# 中に登場するロンドンの通り

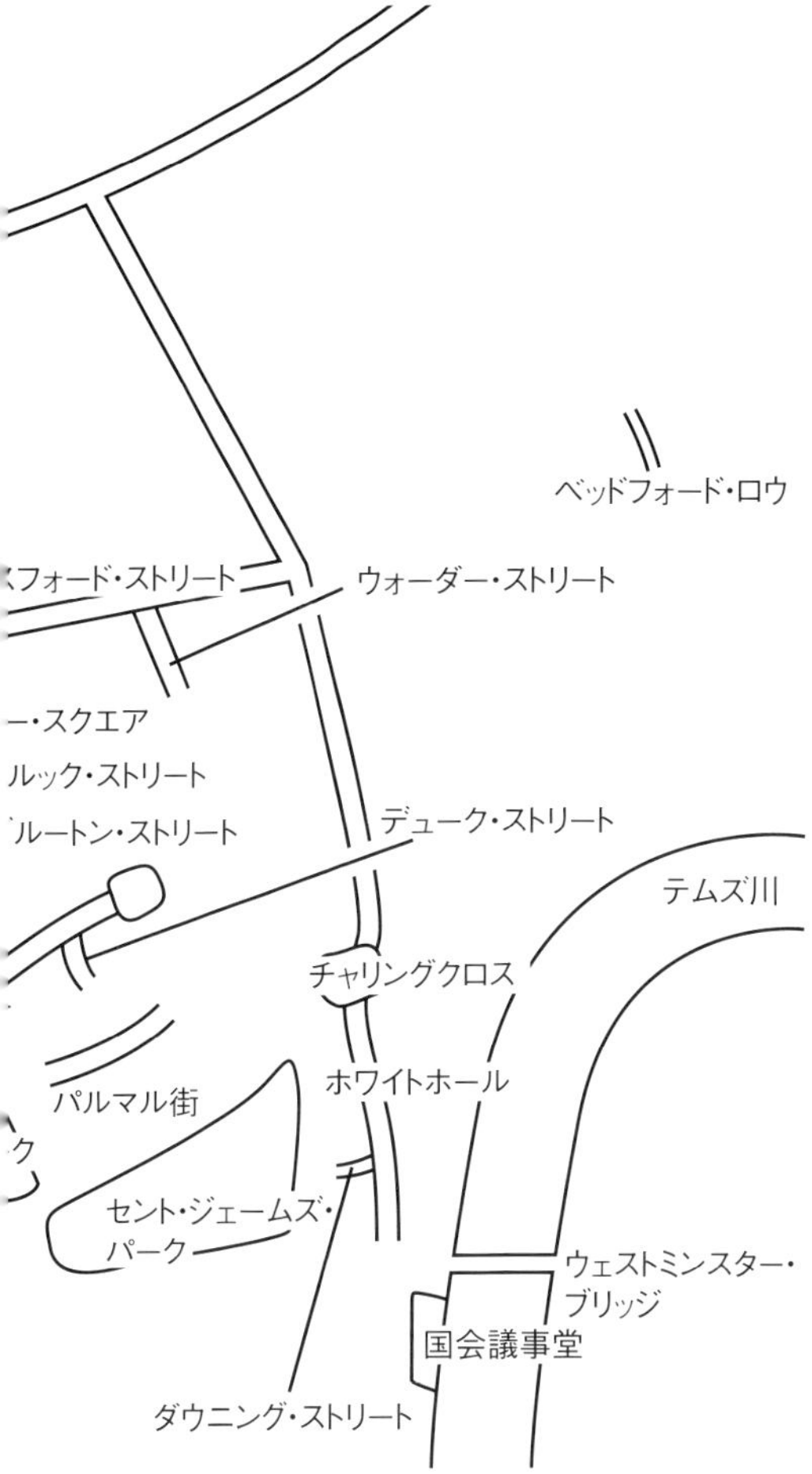

ベッドフォード・ロウ
フォード・ストリート
ウォーダー・ストリート
ー・スクエア
ルック・ストリート
ルートン・ストリート
デューク・ストリート
テムズ川
チャリングクロス
ホワイトホール
パルマル街
ク
セント・ジェームズ・
パーク
ウェストミンスター・
ブリッジ
国会議事堂
ダウニング・ストリート

作
リージェンツ・パーク
ニュー・ロード
ポートマン・ストリート
グロスター・プレイス
オック
ポートマン・スクエア
グリーン・ストリート
ハノーヴァ
グローヴナー・スクエア
マウント・ストリート
ハイド・パーク
サウス・オードリー・
ストリート
ピカデリ
パーク・レーン
グリーン・パ
バッキンガム宮
ベルグレーヴ・スクエア

# フラムリー牧師館

アンソニー・トロロープ

木下善貞 訳

開文社出版

本書は一八六〇―六一年にコーン・ヒル・マガジンに連載され、一八六一年にスミス・アンド・エルダーから出版されたアンソニー・トロロープ作『フラムリー牧師館』（*Framley Parsonage*）の全訳である。翻訳に当たっては、David SkiltonとPeter Miles編によるPenguin Classics版とGraham Handley序によるEveryman's Library版とを参照した。註の作成に当たっては、David Skilton と Peter Miles の註に負うところが大きい。

# 目次

# 主要な作中人物

**ロバーツ医師**　エクセターで開業。メアリー、マーク、ジェラルド、ブラーンチ、ジェーン、ジョン、ルーシーの父。
**マーク・ロバーツ**　ロバーツ医師の長男。ラフトン卿の友人で、フラムリー牧師館の俸給牧師。二十五歳。
**ラフトン卿夫人**　フラムリー・コートの女主人。高教会派。ルードヴィックとジャスティニアの母。
**ラフトン卿（ルードヴィック）**　ラフトン卿夫人の長男。男爵。年収二万ポンド。
**メレディス令夫人（ジャスティニア）**　ラフトン卿夫人の長女。サー・ジョージ・メレディスと結婚。
**ルーシー・ロバーツ**　ロバーツ医師の末娘。マーク・ロバーツに引き取られ、フラムリー牧師館に来る。
**ファニー・モンセル**　ジャスティニアの友人で、マーク・ロバーツと結婚。
**クラウディ**　ブラーンチと結婚したデボンシャーの郷士。
**ポッジェンズ夫妻**　フラムリー・コート近くの雑貨屋。
**エバン・ジョーンズ**　フラムリー牧師館の副牧師。
**カルペッパー大尉**　ラフトン卿の狩猟仲間。フラムリー・コートの客。
**スタッブズ夫妻**　フラムリー牧師館の使用人。
**ジェマイマ**　フラムリー牧師館の料理番。
**ナサニエル・サワビー**　チャルディコウツに住む郷士。西バーセットシャー選出ホイッグ党国会議員。五十歳、未婚。借金まみれ。
**ハロルド・スミス**　ホイッグ党の政治家で、小袋大臣となる。
**ハロルド・スミス夫人（ハリエット）**　ナサニエル・サワビーの妹。四十歳すぎ。

サプルハウス　日刊紙『ジュピター』を後ろ盾とする政治家。独身。
プラウディ主教と奥方　バーチェスター主教夫妻。低教会派。
オリヴィア・プラウディ　プラウディ主教の長女。
オムニアム公爵　ギャザラム城に住むホイッグ党の領袖。
フォザーギル　オムニアム公爵の実務全般を取り仕切る農地管理人。
ボウナージーズ卿　ギャザラム城の客となった知識人。
ミス・ダンスタブル（マーサ）　レバノンの香油で財をなした人の相続人。四十歳。お金を求めて多くの男性が接近する。

イージーマン先生　ミス・ダンスタブルの主治医。
ミス・ケリギィ　ミス・ダンスタブルの旅の連れ。
グラントリー博士　バーチェスター大執事。プラムステッド・エピスコパイの禄付牧師。
グラントリー夫人（スーザン）　大執事の妻。ハーディング師の長女。
グリゼルダ・グラントリー　大執事の長女。
ダンベロー卿　ハートルトップ侯爵の長男で、独身子爵。
ハートルトップ卿夫人　ダンベロー卿の母。
グレシャム夫妻（フランクとメアリー）　ボクソル・ヒルに住む名士。
ソーン医師　グレシャムズベリーで開業。メアリー・グレシャムの伯父。五十歳。
グレシャム　グレシャムズベリーに住む郷士。フランク・グレシャムの父。
レディー・アラベラ　郷士グレシャムの妻。ド・コーシー伯爵の妹。
スキャッチャード令夫人　実業家サー・ロジャー・スキャッチャードの未亡人。

ジョン・トウザーとその弟トム・トウザー　普段はオースティンと名乗るロンドンのユダヤ人高利貸し兄弟。
ジョサイア・クローリー　ホグルストック教区の永年副牧師。
クローリー夫人　ジョサイアとのあいだにグレース、ボビーら四人の子がいる。
ブロック卿　ホイッグ党首相パーマーストン子爵がモデル。
ド・テリア卿　保守党首相ダービー伯爵がモデル。
シドニア　保守党首相ディズレーリがモデル。
ジョン・ロバーツ　ロバーツ医師の三男。小袋大臣個人秘書官補。
バギンズ　小袋局の使い走り。
ブリトルバック卿　ブロック卿失脚の原因となった大臣。
グリーン・ウォーカー　ハートルトップ侯爵夫人の甥。クルー・ジャンクションを選挙区とする野心的政治家。
フォレスト　バーチェスターの銀行の支店長。
アラビン博士　バーチェスター聖堂参事会長。
アラビン夫人（エレナー）　ハーディング師の次女。
メアリー・ボールド　アラビン夫人の先夫の姉。
ハーディング師　バーチェスター聖堂音楽監督。グラントリー夫人とアラビン夫人の父。
トバイアス・ティクラー師　ベスナル・グリーンの説教師。オリヴィア・プラウディの婚約者。
カーリング　マーク・ロバーツが雇ったバーチェスターの弁護士。
トム・タワーズ　『ジュピター』の大物記者。
クイヴァーフル夫人　現ハイラム慈善院長の妻。

# 第一章「みながあらゆる褒め言葉を並べ」



若いマーク・ロバーツが学寮を卒業したとき、父は「みながあらゆる褒め言葉を並べ、すばらしい気質に恵まれた息子を持つ幸運を称賛するようになった」[1]と言ったのも無理はない。

この父はエクセターに住む医者だった。彼はこれといって資産のない紳士だったが、利益のあがる診療をしたから、この国でお金があればえられる最良の待遇で家族を養い、教育を受けさせた。マークは長男で、二番目の子だった。この物語の最初の一、二ページは偶然の機会と意図的行動がともにこの若者の頭上に積みあげた長所の目録を作りあげることに費やされなければならない。

マークはまだとても小さいころ、父の旧友だったある牧師のもとへ私塾生として送られたことから出世の第一歩を踏み出した。この牧師にもう一人だけ塾生――若き日のラフトン卿――がいて、この二人の少年のあいだに親しい絆が生まれた。

二人の少年がそんな間柄になったから、ラフトン卿夫人が息子を訪問したとき、次の休暇をフラムリー・コートですごすように若きロバーツを招待した。この招待が実現したあと、マークは貴族の未亡人から褒め言葉で一杯の手紙をもらってエクセターへ帰ることになった。卿夫人は息子にこんな仲間ができて嬉しいと言い、少年たちが同じ教育を一緒に受けられたらいいとの希望を述べた。ロバーツ医師は貴族的な香りと交際を重視する人物だったから、そんな友情が我が子にもたらす好機を無駄にする気にならなかった。それゆえ、若い卿がハロー校[2]に送られたとき、マーク・ロバーツもまたそこに入れられた。

ラフトン卿とマークはしばしば口論したし、ときには取っ組み合いの喧嘩もした。三か月間一言も口をきかないことさえあった。しかし、そんなことがあっても医者の希望が邪魔されることはなかった。マークは幾度も二週間のフラムリー・コート滞在を繰り返した。ラフトン卿夫人はいつも最高の褒め言葉でマークのことを手紙に書いた。

それから二人の若者はともにオックスフォードに進学した。マークは学業ですばらしい成果をあげたというよりも、大いに尊敬できる生活態度を堅守した点で好運に恵まれた。家族はマークを誇りに思い、医者はいつも喜んで患者に息子のことを話した。それは彼が受賞者だったり、メダルや奨学金をえたりしたからではなく、行動の全般が優れていたからだ。彼は最良の仲間とつき合い――借金を作らなかった――、交際は好むが下品な連中を避けることができ、ワインをたしなむけれど一度も酔っ払ったことがなく、とりわけ大学でいちばん人気がある学生の一人だった。

それから、この若いヒュペリーオーン[3]の就職問題が生じた。ロバーツ医師はこの件でフラムリー・コートに招待されて、ラフトン卿夫人と相談した。ロバーツ医師は息子にいちばん合う職業は聖職だとの強い認識を抱いて帰って行った。

ラフトン卿夫人はエクセターからロバーツ医師を無駄に呼んだわけではなかった。ラフトン家がフラムリー牧師館の聖職禄贈与権を所有していたからだ。若い卿が二十五歳になる前に牧師職に空位が生じたら、ラフトン卿夫人が、その後に空位が生じた場合、若い卿が贈与権を持つことになっていた。しかし、母と世継ぎは共同でロバーツ医師に約束を与えることで同意した。今現職はすでに七十を越え、禄は年九百ポンドの価値があったから、聖職としては申し分のないものだった。

父が息子のためこういう職を選ぶことが正しく、教会財産を保管する俗人がこういう約束をすることが正しいとされる限り、有爵未亡人と医者が若者の生活態度と信条でこの選択をしたのは正しかったと言ってもよい。もしラフトン卿夫人に二番目の息子がいたら、その子がおそらくその禄を手に入れても、誰もおかしいとは思わなかった。その二番目の息子がマーク・ロバーツのような息子だったら、確かに誰もおかしいとは思わなかっただろう。

ラフトン卿夫人は宗教問題を重視する人だったので、たんに息子の友人だからという理由で禄を与えるような人ではなかった。卿夫人は高教会の教義になじんでおり、若いマーク・ロバーツも同じ教義を持つことに気づいていた。息子と教区牧師が仲よく暮らしていってほしいと望んでいたから、少なくともこの措置でそれを確実にすることができた。卿夫人は教区の俸給牧師を充分協力できる人にしておきたいと望んでおり、おそらくある程度影響下に置きたいとの願望を無意識に抱いていた。もしもっと年上の人を指名すれば、おそらく同様の目的は達せられないだろう。もし息子が贈与権を握れば、おそらくまったく違ったものになるだろう。

こういうことで、禄は若いロバーツに与えられることになった。

彼は学位をえた。めざましい成績で、というわけにはいかなかったけれど、父の望みにかなう仕方でえた。彼はそれからラフトン卿と学監とともに八か月、十か月旅して、帰郷するとすぐ叙任を受けた。

フラムリーの禄はバーチェスター主教区内にあった。マークがその主教区への所属をどれほど希望していたか知れば、そこに副牧師職を手に入れるのはあまり難しくなかった。とはいえ、彼はこの副牧師職を長く勤めることはなかった。十二か月もたたないうち、哀れな老ストップフォード博士、すなわち現職のフラムリー俸給牧師が祖先のところに召された。マークは豊かな希望に実を結ぶ仕事を担うことになった。

しかし、物語の実際の出来事に向かう前に、彼の幸運についてまだ話すことが残っている。ラフトン卿夫人は先に述べたように教義の問題を重視したけれど、牧師に独身主義を要求するほど高教会の原理を高く掲げてはいなかった。まったく逆で、人は妻を持たなければ立派な教区牧師になれないと考えていた。そこで、ひいきの若者に社会的地位を確保し、紳士の必要にかなう充分な収入を与えたあと、卿夫人はそんなふうに恵まれた若者のため、伴侶を見つける仕事に取りかかった。

嫁捜しの点でも、ほかの問題と同じように、マークは女パトロンの意見に同調した。が、今度の場合、禄の件が初めて話題にされたあんな露骨なやり方で卿夫人から意見が伝えられたのではなかった。ラフトン卿夫人はこういうことに対処する女性らしい手管の点でじつに優れた才能を具えていた。卿夫人は既婚の長女にミス・モンセルをフラムリー・コートに同伴させた。彼、マークが彼女と恋に落ちるようにとの明確な意図を持ってそうしたことを俸給牧師に一度も漏らすことはなかった。しかし、実情はそういうことだった。

ラフトン卿夫人には子供が二人しかいなかった。長女はサー・ジョージ・メレディスと結婚して四、五年になった。この長女の親友がミス・モンセルだ。今私の眼前に作家として大きな困難が立ちはだかる。このミス・モンセル――あるいはむしろマーク・ロバーツ夫人――を描き出さなければならない。ミス・モンセルとしては長々と注目する必要はないだろう。ただ私たちは彼女をファニー・モンセルと呼んで、家庭を支える未来の伴侶として、その主人の心の所有者として男性の近くに連れて来られた女性のなかでいちばん快い人の一人だと断言しよう。粗さのない高い行動規範、弱さのない女性的な優しさ、悪意なく笑う癖、真に愛情あふれる心、そんなものがもし女性に牧師の妻の資格を与えるとするなら、ファニー・モンセルはその地位を満たすのに充分な資格を具えていた。

彼女は体つきが普通よりいくぶん大きかった。口が大きくなければ、美しい顔立ちだった。髪は豊かで、明るい褐色。目も褐色だった。目がそんなだから、顔のなかでも際立った特徴と言っていい。褐色の目は普通ではない。その目は澄んで大きく、優しさで、あるいは歓びで満ち満ちていた。こんな娘が求婚してくれとばかりにフラムリーに連れて来られたとき、マーク・ロバーツは引き続き幸運に恵まれていた。

マークはミス・モンセルを口説いて、勝ち取った。確かに彼は美男子だった。このとき、俸給牧師は二十五歳。未来のロバーツ夫人は二、三歳若かった。ファニー・モンセルは手ぶらで俸給牧師館に嫁入りしたわけではなくて、女相続人だったとはまで言えないが、数千ポンドの支度金を遺贈されていた。それは婚資として定められていたので、その金の利息が若いロバーツの重い生命保険料を支払った。それに加えて、牧師らしく最適にすごせるように牧師館に家財道具を揃え、歓びに満ちた人生行路を始める充分なお金を彼の手元に残した。

ラフトン卿夫人は被後見人のためこれだけのことをした。デボンシャーの医者は居間の暖炉の火を前に座って考え込み、人が人生の結果を振り返るように振り返って、長男であるフラムリーの俸給牧師マーク・ロバーツ師の結果にとても満足したと想像していいだろう。

これまで、私たちの主人公のことは個人的にほとんど述べてこなかった。おそらくあまり多くを語る必要はないかもしれない。彼が徐々に画布の上に現れて、見る人に彼の人となりを内面的にも外面的にも明らかにしてくれることを期待したい。ここでは、彼が天国の智天使に生まれたわけでも、地獄の悪魔に生まれたわけでもないと言っておけば充分だろう。彼は教育訓練によって作られたそのままの人だった。善への大きな可能性とともに悪への傾向も充分、充分すぎるほど具えていた。それで、彼の場合できる限り誘惑を遠ざけることがどうしても必要だった。彼はすっかり駄目になりそうないろいろな目にあったとはいえ、言葉の普通の意味で駄目になることはなかった。如才なさすぎたし、常識的すぎたから、自分が母から想像されていたような模範だとはとても信じることができなかった。おそらくうぬ惚れから大きな危険に陥ることはなさそうだった。もしもう少しうぬ惚れが強かったら、もっと不快な人になっていたにしても、そのほうが彼の行路はより安全だったかもしれない。

彼は男らしく、背が高く、金髪だった。四角い額は思慮の深さよりも知性を示し、手はきれいで白く、爪は平たく楕円だった。いい服でも、よくない服でも、みすぼらしくても、流行のものでも、誰にも気づかせないように着こなす力があった。

マーク・ロバーツはそんな人で、二十五歳かもう少したったころファニー・モンセルと結婚した。結婚式は彼の教会で執り行われた。というのは、ミス・モンセルは自分の家がなかったから、最後の三か月はフラムリー・コートに滞在していたのだ。彼女はサー・ジョージ・メレディスの手から新郎に引き渡された。ラフトン卿夫人によると、式は卿夫人が娘の式にしたのとほぼ同じ心遣いを注いだ理想に近いものだった。結婚させる行為、結び目を結ぶ役それ自体はバーチェスター聖堂参事会長――ラフトン卿夫人の尊敬する友人――によって行われた。バーチェスターからフラムリーへの距離は遠く、道路は手に負えない状態で、鉄道も助けにならなかったのに、参事会長の妻アラビン夫人も式に参列した。ラフトン卿も当然出席した。卿はきっと四人の美しい花嫁付き添いの一人と恋に落ちるだろうと人々は力説した。四人のなかで次女のブラーンチ・ロバーツが抜群に美しいと一般に認められていた。

そこにはマークのもう一人のもっと若い妹――式には出席していたものの、何の役も務めなかった妹――がいた。彼女は当時まだほんの十六歳で、そのときは将来について何の予言もしてもらうことはなかった。しかし、今後読者には彼女のことをよく知ってもらうようになるから、ここで特に触れておこう。名はルーシー・ロバーツと言った。

それから俸給牧師と妻は新婚旅行に出かけて、その間老副牧師がフラムリーの人々の魂の世話をした。やがて夫婦は帰って来た。さらに間を置いてやがて子が生まれ、それからもう一人生まれた。そのあと私たちの物語が始まる時が訪れる。しかし、始まる前に、デボンシャーの医者にあらゆる褒め言葉を並べ、こんな息子を持った幸運を称賛した点、みなは正しかったと主張してもいいのではないか？

「今日はお屋敷に行ったんだろ？」とマークは妻に聞いた。彼は夕食用に着替える前、応接間の暖炉の安楽椅子に座って、体を伸ばしていたところだ。十一月のある夕方で、その日は一日じゅう外出していた。そういうとき、着替えを遅らせたいとの思いは一段と強い。強靱な精神力の持ち主なら、応接間の暖炉の誘惑にあうこともなく玄関から自室までまっすぐ向かうところだ。

「いいえ、ラフトン卿夫人がこちらに来られていました」

「セーラ・トンプソンに賛成の議論かな？」

「その通りよ、マーク」

「セーラ・トンプソンのことをおまえは何と言ったんだい？」

「私の意見はほとんどありません。でも、正規の訓練を受けた先生のほうが望ましいというあなたの考え、つまりあなたの考えと思う私の考えを伝えました」

「しかし、卿夫人は同意しなかったんだね？」

「いいえ、よくわかりません――でも、おそらく同意しませんでした」

「きっと同意しなかったと思うよ。卿夫人は通したいことがあると、それを通すのが大好きなんだ」

「でも、マーク、奥様の主張はたいていい立派なものです」

「しかし、いいかい、卿夫人はこの学校の問題で子供のことよりも被後見人のことを考えているんだよ」

「それを奥様に伝えるべきです。きっと奥様のほうが折れると思います」

それから二人はまた口をつぐんだ。俸給牧師は体の正面を暖められる限り暖めたあと、回れ右して背中を暖め始めた。

「ねえ、マーク、六時二十分よ。着替えません?」

「いいかい、ファニー、セーラ・トンプソンの件は卿夫人の思い通りにさせなければいけないよ。明日会って、そう言いなさい」

「奥様が間違っていると思ったら、マーク、私なら絶対譲りませんよ。奥様も私の譲歩なんか期待しませんよ」

「もしぼくが今回こだわったら、次はきっと譲らなければならないね。次はもっと重要な問題になるかもしれない」

「でも、もし間違っているのなら、マーク?」

「間違っているとは言わなかったよ。そのうえ、たとえ間違っていても、極小の間違いなら、我慢しなければならない。セーラ・トンプソンはすこぶる立派な人だ。ただちゃんと教えられるかどうかが問題なんだ」

若い妻は口に出しては言わなかったが、夫が間違っていると思った。人が過ちに、多くの過ちに堪えなければならないのは確かだ。しかし、改善できる過ちに我慢する必要はない。教区の子供に有能な先生を手に入れることができるとき、なぜ牧師の夫は無能な先生を受け入れることに同意できるのか? こんなとき、自分なら——そうロバーツ夫人は思った——ラフトン卿夫人と最後まで戦っただろう。

しかし、翌朝妻は命じられた通り有爵未亡人と話をして、セーラ・トンプソンに対する異議は取りさげると伝えた。

「ああ！　セーラの人柄がわかったら、きっと牧師は賛成してくれると思いました」と卿夫人は言った。「説明しさえすればよかったのです」それから、彼女は服装を整えて、じつに優雅な姿を見せた。というのは、じつを言うとラフトン卿夫人は教区に関することで反対されるのをはなはだ嫌ったからだ。

「それで、ファニー」とラフトン卿夫人はいちばん優しい口調で言った。「あなたは土曜にどこへも行かないでしょう？」

「はい、そのつもりです」

「じゃあ私たちのところに来なさい。ジャスティニアが来る予定なのよ」――ジャスティニアは今サー・メレディスと結婚していた――「あなたとロバーツさんは月曜まで私たちのところに泊まればいいのです。ロバーツさんは日曜に小さな書斎をまるまる一人で使えます。メレディス夫妻は月曜に帰るのよ。ジャスティニアはあなたが一緒にいないと機嫌が悪いのです」

ラフトン卿夫人はセーラ・トンプソンの件が思うようにならなければ、ロバーツ夫妻を招待すまいと決めていたと言えば、卿夫人を不当に扱うことになる。しかし、思うようにならなければ、そんな結果になったかもしれない。しかし、実際のところ彼女は親切心の権化だった。子供がいるので残念ながら夜はうちに帰らなければならないと、ロバーツ夫人が少し言い訳を言ったとき、ラフトン卿夫人は子供と子守を受け入れる充分な余裕がフラムリー・コートにあると言い張って、二度うなずき、三度床を傘で突いて思い通りに問題を決着させた。

これは火曜の朝のことだった。同じ日の夕方夕食前、俸給牧師は馬が馬屋に連れて行かれるのを見ると、すぐ再び応接間の暖炉の前で同じ椅子に座った。

「マーク」と妻は言った。「メレディス夫妻が土曜と日曜にフラムリーに来る予定なのです。私たちはお屋敷に行って月曜まで泊まる約束をしました」

「嘘だろ！　参ったなあ、何てしゃくにさわる！」

「どうして？　問題はないと思ったのに。もし私が行かなかったら、ジャスティニアから不親切と思われます」

「おまえは行ったらいいよ。もちろん行くんだろ。しかし、ぼくは行けない」

「でも、どうして、あなた？」

「どうしてって？　ついさっき校舎でチャルディコウツからの手紙に回答したんだ。サワビーはぼくに一週間かそこら来いと強く言っている。ぼくも行くと答えた」

「チャルディコウツに一週間出かけるのですか、マーク？」

「十日間とも言ったと思うよ」

「二回日曜にいないのです？」

「いや、ファニー、一回だけだ。そう口やかましく言うなよ」

「私が口やかましいなんて言わないで、マーク。そうじゃないことはわかっているでしょう。でも、残念ね。ラフトン卿夫人がいやがるのがそれなのです。先月はスコットランドへ行って日曜に二回欠席したから」

「九月だよ、ファニー。それが口うるさいって言うんだ」

「まあ、でも、マーク、大好きなマーク。そんなことを言わないで。私が本気じゃないことはわかっているはずね。でも、ラフトン卿夫人はあのチャルディコウツの人たちが嫌いなのです。前回あなたがあそこへ行ったとき、ラフトン卿があなたと一緒だったと思います。奥様がどれほど当惑なさったことか！」

「ラフトン卿はまだスコットランドにいるから、今回はぼくと一緒じゃない。今度出かける理由はハロルド・スミスと奥さんがそこに来るからで、彼らのことがもっと知りたいんだよ。ハロルド・スミスはいずれ入閣が間違いない人だから、そんな人と知己になる機会を棒に振ることはできないね」

「でも、マーク、政府に何を期待しているのです？」

「うん、ファニー、もちろん何も期待していない、と言わなければならない。ぜんぜん期待していない。それでも、ぼくはハロルド・スミス夫妻に会いに行くよ」

「日曜より前に戻って来られないのですか？」

「チャルディコウツで説教すると約束したんだ。ハロルド・スミスがバーチェスターで南洋州諸島(4)について講演する予定でね。ぼくも同じ話題で慈善説教をする予定になっている。もっと宣教師を送り出したがっているからね」

「チャルディコウツで慈善説教って！」

「いいじゃないか？　大入り満員になるだろう。おそらくアラビン夫妻が出席する」

「そうはどうかしら。アラビン夫人がハロルド・スミス夫人と親しくすることはあるかもしれません。それもないと私は思いますけれどね。でも、アラビン夫人がスミス夫人の兄さんを嫌っているのははっきりしていますから、チャルディコウツに泊まることはないと思いますね」

「それに主教がたぶん一日か二日来ることになっている」

「それは確かにありうることですね、マーク。もしプラウディ夫人に会うのが嬉しくてチャルディコウツへ向かうのなら、これ以上何も言うことはありません」

「ぼくはおまえが嫌うよりプラウディ夫人を嫌っているよ、ファニー」と俸給牧師は少しいらだって言った。というのは、妻が厳しく彼に当たっていると思ったからだ。「しかし、教区牧師が時々主教に会うのはいいことだと普通思われているからね。こんな人たちがそこに滞在しているあいだ、特に説教を請われてそこに招待されたんだから、断れないよ」それから、彼は立ちあがると、ろうそく立てを手に取って、化粧室へ逃げて行った。

「でも、ラフトン卿夫人に何と言えばいいかしら?」と妻はその夜のうちに夫に聞いた。

「ちょっと御夫人に手紙を書いて、ぼくが次の日曜にチャルディコウツで説教の約束をしているのがわかったと伝えなさい。もちろんおまえは行くんだろ?」

「はい、でも、奥様は当惑すると思います。前回お客様があったときも、あなたはいなかったから」

「それは仕方がない。卿夫人はセーラ・トンプソンに固執するのをやめなければね。いつも勝つことを期待してはいけないな」

「たとえセーラ・トンプソンの件で奥様があなたの言う負けを喫したとしても、私は気にしません。あれはあながた主張を通さなければならなかった一件でした」

「このもう一つの件はぼくが勝つ番だね。こんなに考え方に違いがあるっていうのは残念だな」

そのとき妻はいらだったけれど、これ以上は何も言わないほうがいいと判断した。寝床に就く前、妻は夫から勧められたようにラフトン卿夫人に手紙を書いた。

註

（1）ローマの喜劇作家テレンティウス（186/185-? 159B.C.）の『アンドロスの女』（166B.C.）第九十六、七行からの引用。

（2）ハロー・オン・ザ・ヒルにある一五七一年創設のパブリックスクール。

（3）ウラノスとガイアの子で、タイタン族の一人。太陽神ヘーリオスの父。しばしばアポローンと混同される。

（4）オセアニアのうちオーストラリア大陸とタスマニア、ニュージーランド、ニューギニア及び周辺の島々地域を指すが、ここでは特にニューギニア及び周辺の島々。

# 第二章　フラムリーの仲間とチャルディコウツの仲間

前章で名をあげた人々、また彼らが住む場所について一言二言言葉を添える必要があるだろう。ラフトン卿夫人については、おそらく充分読者に紹介したと思う。彼女の息子が今フラムリーの資産を所有していた。ラフトン一族の住まいはこれまで別の州のラフトン・パークという今にも崩れそうな古い家だった。それで、卿夫人は生涯の住み家としてフラムリー・コートを割り当てられた。息子のラフトン卿は未婚だった。卿はラフトン・パークには家を構えていなかった――そこは祖父が亡くなってから誰も住んでいなかった――ので、この近郊のどこかに住む必要があったとき、母のところに住んだ。未亡人は息子がもっと会いに来てくれたら嬉しかったのに、そうはならなかった。卿はスコットランドに狩猟小屋を持ち、ロンドンに数室の部屋を借り、レスターシャーに馬群を所有していた。イギリスでできるどんな狩りよりも立派な狩りをしていると思う卿のまわりの田舎ジェントリーらをその馬群だけでげんなりさせるのに充分だった。しかし、卿は東バーセットシャーの狩猟団に会費を払い、娯楽については好きなようにしたいと思っていた。

フラムリーそれ自体は快い田舎で、領主の威厳とか、威光とかはなかった反面、快適な田舎の生活に必要なものはみな備えていた。その家は二階建ての低い建物で、さまざまな時代に建てられたから、どの建築様式だとも取り立てて言うことができなかった。部屋は高尚ではなかったにせよ、暖かくて居心地がよかった。

庭園は州のどの庭園よりも手入れされ、整然としていた。事実、フラムリー・コートが名高いのはまさしく庭園のせいだった。

　厳密に言うと、ここには村というものはなかった。本通りはフラムリー・パドック、低木林、森などに囲まれた自作農地を抜けて、一マイル半に渡って――二百ヤードの直線もなく――曲がりくねっていた。この本通りと十字に交差する領地を通る別の通りがあって、その交差点にフラムリー・クロスという地名が生まれた。ここに「ラフトン・アームズ」というパブが建っており、このフラムリー・クロスで猟犬が時々集合した。というのは、フラムリーの森は若い卿の怠惰にもかかわらず、よく獲物が捕れたからだ。また、クロスには靴屋が住んでおり、郵便局も兼ねていた。

　フラムリー教会はこのクロスから本通りを四分の一マイルほど離れた左手、右手のフラムリー・コート正門向かい側に建っていた。教会はおよそ百年前に建てられたみすぼらしい醜い建物だった。当時教会はどれもみすぼらしく醜く造られており、会衆を充分収容できる大きさもなかった。それで、会衆のある者は教区の両端に建てられたシオンやエベニーザーなどという非国教徒の礼拝所へ追いやられた。ラフトン卿夫人はお気に入りの牧師が初め思ったほど精力的でなく、会衆の流出を食い止めてくれないと考えた。それゆえ、卿夫人は新教会の建設を見届けることを最優先課題として、この喜ばしい事業を始めるように息子と牧師の両方にしきりに雄弁を振るっていた。

　クロスから本通りを進むと左手教会の先、すぐ近くに男子学校と女子学校の目立つ建物――この設立はラフトン卿夫人の尽力によるものだ――が並び、学校の先にはこぎれいな小さい雑貨屋があった。その雑貨屋の主人は教会の庶務係兼寺男、妻は教会の座席案内人をしていた。ポッジェンズというのが彼らの名で、夫婦は卿夫人に多大な好意を寄せており、ともに昔はお屋敷の使用人だった。

ここで本通りは急に左折して、言わばフラムリー・コートから離れて行き、その曲がり角の先左手に俸給牧師館があった。牧師館の敷地の裏から、教会の中庭に続く小道があって、ポッジェンズの雑貨屋を孤立した角に切り離していた。じつを言うと、俸給牧師はもしそんな力があったら、喜んでそこからポッジェンズ夫妻とキャベツ畑を追い払ったことだろう。というのは、ナボテの小さなぶどう園(1)はいつも近所の有力者の目障りだったではないか?

この場合の有力者はアハブほど立派な口実を持ち合わせていなかった。というのは、彼の牧師館くらいこの種のものとして完璧なものはなかったからだ。ここには節度ある資産を所有する節度ある男性の家に必要な細かな品々がみな揃えられており、節度のない男性が求める、あるいは節度のない資産を必要とする高価な贅沢品はいっさいなかった。庭園やパドックは牧師館とぴったり調和して、すべてが秩序づけられていた。建物は未加工、むき出しのまま大工仕事の臭いがするほど新しくはなく、新しさが心地よい包容力になじむころになっていた。

フラムリーにはここよりほかに村はなかった。本通りと交差する通りに沿ってコートの裏手に一、二軒さらに店があった。また、そこにはとてもこざっぱりした田舎屋があり、ラフトン卿夫人のもう一人の被後見人、前副牧師未亡人が住んでいた。本通りと交差する通りに沿ってフラムリー・クロスからコートとは反対側に教会からたっぷり一マイルの距離、コートからはもっと遠く離れたところに一軒の大きなけばけばしい煉瓦の家があり、そこに現副牧師が住んでいた。この紳士、エバン・ジョーンズ師は年齢から見ると俸給牧師の父といってもいい歳だったが、長年フラムリーの副牧師を勤めていた。彼は低教会派であったことや、その見苦しい外見から、ラフトン卿夫人から個人的に嫌われていたものの、解任を迫られるようなことはなかった。彼はあの大きな煉瓦の家で二、三人の私塾生を受け入れていた。もし私塾生から切り離され、副牧師の職を解かれでもしたら、どこかよその土地で暮らすことは難しかっただろう。このためE・ジョーンズ師は情けをかけられて、赤ら顔でぶざまな大きい足をしていたけれど、三か月に一度、不器量な娘とともにフラムリー・コートのディナーに招かれた。

　フラムリー・コートの敷地のそと、フラムリー教区には農家や農夫の家を除くと、これらのほかに一軒の家もなかった。そのくせ、教区は広大な面積を誇った。

　フラムリーはバーセットシャー東部にあり、ここは万人の知る通り政治的に見るとイギリスのどの州にも劣らず保守的な地域だ。ここにさえ堕落があるのは事実だったが、それでもそんな堕落がない州がどこにあっただろう？　このまやかしの時代にあって、いったいここ以外のどこでまるまる純粋な古い農本主義の美徳が見出せようか？　ところが、そういう堕落した人の一人にラフトン卿が数えられていることは残念ながら伝えておこう。彼は堅固なホイッグ党員ではないし、またおそらくホイッグ党員ですらない。しかし、彼は州の古いしきたりを嘲り、馬鹿にする。急進派のブライト氏[2]を当人が望むなら州選出の議員にしても構わないとはっきり言い、不幸にも自分は貴族だから、この問題にかかわる権利すらないと言い切る。こういうことはみなはなはだ嘆かわしいことだ。というのは、昔フラムリー地区ほどはっきり保守的な地域は州のどこにもなかったからだ。実際今日に至っても有爵未亡人は時々保守派に肩入れしている。

　郷士ナサニエル・サワビーはチャルディコウツの所有者であり、物語中の現在の時点で西バーセットシャー選出国会議員の一人だ。しかし、この西部は双子の東部に具わるすばらしい政治的属性を何一つ自慢することができない。西部はホイッグ一色であり、政治的には一、二の大貴族によってほとんど支配されている。マーク・ロバーツがチャルディコウツを訪問しようとしたとき、妻がそんな訪問を望んでいないことを私はほのめかした。それは確かに事実だった。というのは、妻は愛らしい、分別のある、すばらしい女性であり、若い牧師がつきあう友人としてサワビー氏がふさわしくないことを知り、ラフトン卿夫人が不快に思う家が西部全体でチャルディコウツ以外に一つしかないことを承知していたからだ。嫌う理由はいくつもあると言ったほうがいいかもしれない。第一に、サワビー氏はホイッグ党員であり、オムニアム公爵というあの偉大なホイッグ党独裁者の主たる後ろ盾によって国会に議席を占めていた。その公爵の住まいはサワビー氏のそれよりも危険な場所で、公爵はラフトン卿夫人からルーシファーの地上の化身と見られていた。第二に、サワビー氏は未婚だった。実際ラフトン卿もそうで、母はこの点をひどく嘆いていた。サワビー氏が五十であるのに対して、若い卿がまだ二十六だったのに憂慮していた。卿夫人の考えによると、すべての男性は妻を養えるようになれば即結婚すべきだという。一般に男性は勝手な欲求充足のためこの義務を無視する。邪悪な独身男性はもっと無邪気な男性に結婚の義務を無視するようそそのかす。女性のほうから目に見えぬ強制を加えなければ、多くの男性は結婚しない。そんな考え——かなり個人的な見方で、本人も不完全にしか意識していない先入観——を卿夫人は持っていた。オムニアム公爵とはまさしくそういう罪人の首領であり、ラフトン卿夫人は息子がサワビー氏やチャルディコウツという手先によって、オムニアム公爵の有害な影響力に屈してしまうのではないかとひどく恐れていた。

さらに、サワビー氏は広大な土地を持っているのに、じつに貧しい男として知られていた。世間の噂によると、彼は選挙運動で多額の金を浪費し、さらに多くの金を賭け事で浪費した。彼の資産のかなりの部分がすでに公爵の手に落ちていた。公爵はまわりで購入できるものはほぼ全部買い漁っていた。事実、公爵はバーセットシャーの資産についてじつに貪欲で、土地を手に入れるため近所の若者を破滅させたと敵から非難されていた。どうしよう——ああ！　公爵がこんなふうにしてフラムリー・コートの見事な土地の一部を所有するようになったら、どうしよう？　土地の全部を公爵が所有するようになったら、どうしよう？　ラフトン卿夫人がチャルディコウツを嫌うのは当然と言えただろう。

ラフトン卿夫人がチャルディコウツ一派と名づけた人々は、彼女がかくあるべしと考える仲間とは真っ向から対立する集団だった。彼女は快活な、穏やかな、裕福な人々を愛し、教会を愛し、国を愛し、女王を愛し、あまり世間の評判になりたがらない人々を愛した。まわりの農家がみな苦労なく地代を払えること、老女がみな暖かいフランネルのペチコートを身に着けること、働く男性たちが栄養のある食事と湿気のない家によってリウマチから救われること、彼らがみな牧師らや、世俗的かつ精神的主人らに対して従順であることを望んだ。彼女が考える国を愛するというのはそういうことだった。彼女はまた雑木林がキジで、刈株畑がヤマウズラで、ハリエニシダの隠れ場が狐で一杯になることを望んだ。そんなふうに彼女は国を愛した。クリミア戦争中はロシアが負けることを熱心に願った。しかし、イギリス人を除外したフランス人によって負けることも――実情はそうなりそうに思えた――、パーマーストン卿(3)指揮下のイギリス人によって負けることも望まなかった。事実、彼女はアバディーン卿(4)が追放されたあと、この戦争にほとんど信頼を置くことができなかった。ダービー卿が政権に就いていたら望ましかったのに!

しかし、今はチャルディコウツ一派について私は話しているところだ。結局、彼ら一派に非常に危険なところはなかった。というのは、サワビー氏が独身者の悪行にふけるのは、もしふけるとすれば、田舎においてではなくロンドンにおいてだったから。一派として言うと、主犯はハロルド・スミス氏か、おそらくスミス氏の妻だった。スミス氏も国会議員で、多くの人々が考えているように売り出し中の人だった。彼の父は長年国会で論客として鳴らして、高い公職に就いていた。ハロルドは若いころから入閣をめざした。一生懸命仕事をして成功を確実にすることができれば、遅かれ早かれ入閣を実現することだろう。彼はすでに複数の下位の官職に就き、大蔵省に入り、一、二か月海軍省にもいて、その勤勉さで役人らを驚嘆させた。アバディーン卿政権下で海軍省にいたから、卿とともに辞任を強いられた。スミス氏は末のほうの息子で、大きな資産を持ち合わせなかった。職業としての政治活動はそれゆえ重要だった。彼は若いころサワビー氏の妹と結婚したが、妻は彼より六、七歳ほど年上で、ごくわずかな持参金しか持っていなかった。このためハロルド・スミス氏は人を見る目がないと言われた。スミス氏はこの上なく有能だと判断する人もいたけれど、個人的にどの政党にも人気があるという人ではなかった。彼は勤勉で、博識で、全体として誠実である反面、うぬ惚れが強く、くどく、尊大だった。

ハロルド・スミス夫人は夫とは正反対の人だった。夫人は賢く、快活で、歳の割に――四十を越えていた――美しい容姿をしていた。世俗的なものに対する鋭敏な感覚と、この世の歓びに対する研ぎ澄まされた好みを持ち合わせていた。彼女は勤勉でも、博識でも、おそらくまるっきり誠実でもなかった。しかし、政治的誠実さの必要を理解し、その利点を重視することができる女性がいたろうか？　夫人は退屈でも、尊大でもなかった。うぬ惚れが強かったとしても、それを表に出さなかった。夫がすぐ政界の要人になるという思惑に基づいて結婚した結果、夫に失望していた。スミス氏がまだ若き日の予言を少しも実現していなかったからだ。

チャルディコウツ一派というとき、ラフトン卿夫人は胸中バーチェスター主教と奥方と娘をはっきりそのなかに加えていた。プラウディ主教は当然宗教と宗教的思想に傾倒する人だったし、サワビー氏は宗教的心情なんかさらさら持ち合わせていなかったのを見ると、一見あまりつき合いの素地がないように見えたし、おそらくたいした交際もなかっただろう。しかし、プラウディ夫人とハロルド・スミス夫人はプラウディ一家がこの主教区に来て以来、四、五年間揺るぎない友人同士だった。そのため、スミス夫人が兄のもとを訪れる際、主教はいつもチャルディコウツに連れて来られた。さてこのプラウディ主教が高教会派の聖職者ではなかったから、ラフトン卿夫人はこの主教が主教区に来たことがそもそも許せなかった。卿夫人は主教職自体には本能的に高い敬意を払ったが、プラウディ主教についてはサワビー氏や、あの悪の工作者オムニアム公爵と同程度の評価しかしていなかった。ロバーツ氏がどこかへ行く口実として主教に会う利点を申し立てたとき、ラフトン卿夫人はいつも上唇をかすかに歪めた。プラウディ主教は――なるほど主教と呼ばれなければならないけれど――いかがわしい人物なのだと言葉にして言うことははばかられた。とはいえ、その唇の歪みによって卿夫人は理解してくれる人々に内面の感情がいかなるものか説明した。

それから、サプルハウス氏がチャルディコウツ一派の一員になると思われた。マーク・ロバーツは少なくともそう聞いており、その知らせはすぐフラムリー・コートに届いた。さて、高教会派でかつ保守派の若い紳士、そんな州の牧師がつき合う相手として、サプルハウス氏というのはあのハロルド・スミスよりも望ましくない相手だった。サプルハウス氏もまた国会議員であり、あのロシアとの戦争初期、首都の日刊紙上で国を救える唯一の人として激賞された。彼を入閣させよと『ジュピター』[5]紙は言った。そうすれば改革の希望が生まれ、この危機の時代に一気に陥る忘却からイギリスの過去の栄光を救い出すチャンスがあると。これに対して、内閣はサプルハウス氏の支援をあまり期待しなかったとしても、『ジュピター』をいつものように喜んで後ろ盾としたいから、この紳士を迎え入れ、内閣のなかに足場を与えた。しかし、国を救い、国民を導くため生まれてきた人がいったいどうして次官の席で満足できようか？　サプルハウス氏は不満で、彼の価値は与えられた地位よりはるかに高いはずだとすぐ直訴した。彼は高い地位の約束か、ナイフによる戦い[6]か、どちらかを、新聞で当時かなり叩かれていた首相に迫った。首相が直訴した彼の価値を認めてくれて、『ジュピター』に対して健全な怖れを抱いてくれることを彼は信じて疑わなかった。しかし、首相は袋叩きになっていたにもかかわらず、サプルハウス氏と『ジュピター』を買いかぶりすぎていたと判断した。

それゆえ、首相は石おのを振るって書きたいだけ書けと国の救い手に迫った。それ以来、サプルハウス氏は石おのを振るったが、予想したほど成果をあげていなかった。彼もサワビー氏と昵懇で、はっきりチャルディコウツ一派に属していた。

チャルディコウツ一派という汚名には、道徳的な罪というよりも政治的、宗教的な罪にかかわる人々がほかにも多く含まれていた。ラフトン卿夫人はこの一派を大いに毛嫌いして、彼らをサタンの子らと見なした。息子がその仲間の一人と知ったとき、母は悲嘆に暮れた。被後見人の牧師がこの一派に交際を求めていると聞いたとき、後見人として満腔の怒りを感じた。ラフトン卿夫人が当惑するだろうとロバーツ夫人が言うのも無理はなかった。

「発つ前にコートに寄りませんか?」と翌朝妻が尋ねた。彼はその日二十四マイル離れたチャルディコウツにディナーの前に到着するため、昼食後自前のギグ[7]を御して出発するつもりだった。

「うん、立ち寄ることは考えていない。行ったら何か役に立つかい?」

「さあ、うまく説明できませんが、私なら寄りますね。たぶん一つには、出かけることに決めたのなら、そうはっきり言うのを恐れていないことを奥様に示すためにね」

「恐れてって! そんなの馬鹿げているよ、ファニー。恐れてなんかいない。ただ、いったいどうして卿夫人の不愉快な言葉を聞きに行く必要があるか、それがわからないんだ。それに時間もないしね。歩いて行ってジョーンズに仕事のことで会わなければならないし、旅行の準備があるから、時間通り出かけるので精一杯だよ」

彼は副牧師のジョーンズを訪問した。そうすることに何の良心の呵責も感じなかった。むしろこれから会う予定の国会議員らや連れになる主教のことを自慢に思った。抱えているただ一人の副牧師、エバン・

ジョーンズ氏にこの件を話したとき、州代表国会議員の屋敷で主教に会うことは、俸給牧師にとってごく当たり前のことででもあるかのように話した。当たり前のことだと言いたいのだ。ただし、どうして彼はラフトン卿夫人に対しても同じ口調でそう言えなかったのか？　それから、彼は妻と子供に口づけしたあと、馬車で出発した。次の十日間の期待で気をよくしていた一方、すでに帰ってきたときの気まずさを予想していた。

ロバーツ夫人は続く三日間卿夫人に会わなかった。会わないように手立てを講じたわけではなかったけれど、あえてお屋敷へ行こうとはしなかった。いつものように学校へ行き、農家の奥さんを一人二人訪問しても、フラムリー・コートの敷地には一歩も入らなかった。彼女は夫よりも勇敢だったが、それでもいやなことは避けたかった。

土曜日、暗くなり始める少し前、彼女が決定的な一歩を踏み出す用意をしようと思っていたとき、友人のメレディス令夫人が訪ねて来た。

「ねえ、ファニー、残念だけど私たちまたロバーツさんに会えないのね」と令夫人。

「そうなのです。不幸な行き違いのことをご存知でした？　夫はあなた方が来ることを知る前にサワビーさんと約束していたのです。もし知っていたら、出かけることなんかなかったと考えてください」

「私たちのせいでもっと楽しい人たちからご主人を遠ざけてしまったら、かえって恐縮してしまいます」

「まあ、ジャスティニア、ずるいわね。フラムリー・コートより楽しいから、夫はチャルディコウツへ行ってしまったと遠まわしに言っているのでしょう。でも、それは今度の場合違います。ラフトン卿夫人にもそう思ってほしくないのです」

メレディス令夫人は笑って友人の腰に腕を回した。「夫を守る雄弁を私のところで使い尽くさないでね」

と彼女は言った。「母を相手にするとき、どうしてもそれが必要になりますから」

「でも、あなたのお母さん、怒っています?」とロバーツ夫人が聞いた。この件に関する本当の知らせをいかに聞きたがっていたか、その表情が示していた。

「うん、ファニー、あなたって私と同じくらい母のことがわかるのね。母はフラムリーの俸給牧師をとりわけ高く評価していますから、チャルディコウツのあの政治家らのところへ彼をやるのがいやなのよ」

「でも、ジャスティニア、主教もそこに来られる予定なのです」

「牧師が留守をする理由として母がそれを認めるとは思えませんね。そうよ、ご主人はとても高く評価されていることを知って、誇りに思っていいのです。でも、いい、ファニー、これから私と一緒に来てください。屋敷で着替えたらいいのよ。では、子供を見に行きましょう」

このあとロバーツ夫人はフラムリー・コートへ一緒に歩いて行くとき、留守の牧師が痛烈に非難されたら、味方をするように友に約束させた。

俸給牧師の妻は玄関広間へ続く車寄せに入ったらすぐ「あなたはすぐ自室にあがります?」と聞いた。メレディス令夫人はただちに友が言わんとすることを察知して、いやなことを先延ばしにしてはいけないと腹を決めた。「入って早く終わらせてしまうほうがいいわね」と令夫人は言った。「そうしたら、くつろいで夕べをすごせるから」いよいよ応接間のドアを開くと、そこに一人ソファーに腰かけたラフトン卿夫人がいた。

「ねえ、母さん」と娘は言った。「ロバーツさんのことでファニーをひどく叱ってはいけませんよ。彼は主教の前で慈善説教をするため出かけたのです。そんな状況では、おそらく断ることができなかったでしょう」これは疑いもなく善意から述べられたメレディス令夫人の拡大解釈だった。しかし、それでも拡大解釈に違いはなかった。というのは、主教が日曜にチャルディコウツにいるなんて、誰一人考えなかったからだ。

「こんにちは、ファニー」とラフトン卿夫人は立ちあがりながら言った。「叱るつもりはありません。それにどうしてあなたがそんな馬鹿げたことを言い出すのかわかりませんね、ジャスティニア。もちろんロバーツさんがいないのはとても残念です。特にサー・ジョージがいらっしゃった先週の日曜にもここにいなかったからなおさらです。確かにロバーツさんには受け持ちの教会にいてほしい。ほかの牧師にはそこにいてもらいたくないのです。もしファニーがこれを非難と受け取るなら、いったいどう――」

「まあ！　そんなふうには受け取りません、ラフトン卿夫人。そう言ってくださるなんて、とてもありがたいと思います。でも、じつに残念なことに、ロバーツさんはサー・ジョージがいらっしゃることを知る前にチャルディコウツの招待を承諾してしまったのです。それに――」

「ええ、チャルディコウツに私たちが提供できないような大きな魅力があるのはわかります」とラフトン卿夫人。

「本当にそういうことではなかったのです。夫は説教するように依頼されました。そしてハロルド・スミスさんが――」かわいそうなファニーは事態を悪化させるだけだった。もし彼女が世間のことに聡かったら、ラフトン卿夫人の最初の非難に込められたささやかなお世辞を受け入れて、沈黙を守ったことだろう。

「ええ、そうね、ハロルド・スミス夫妻！　たまらない魅力だと思います。ハロルド・スミス夫人やプラウディ夫人が華を添える仲間に加わることをいったいどうして人が拒絶できます？　たとえ彼が義務によってそこに近づいてはいけないと求められてもね」

「まあ、母さん」とジャスティニア。

「ねえ、あなた、どう言ったらいいかしら？　私に嘘をついてほしいとは思わないでしょう？　私はハロルド・スミス夫人が嫌いなのです――少なくとも噂に聞く限りではね。彼女が結婚してから会っていませんから、私の思い違いかもしれません。けれど本心を白状すると、ロバーツさんはチャルディコウツでハロルド・スミス夫妻といるよりも、フラムリー・コートで私たちといるほうがいいと思うのです――たとえあっちにプラウディ夫人がおまけについているとしてもね」

あたりはほとんど暗くなっていたから、ロバーツ夫人が顔を赤らめる様子を見ることはできなかった。しかし、夫人はとてもよくできた妻だったから、こういうことを聞いて当然怒りを感じた。夫人はみずからは夫を非難することができても、他人が夫を非難するのを黙って聞いていることができなかった。

「もちろん夫はここにいるほうがいいに決まっています」と夫人は言った。「でも、ラフトン卿夫人、人は必ずしもいつも最良の場所にいることはできません。紳士は時には――」

「まあ――まあ、あなた、もういいのよ。とにかくご主人はあなたを連れて行くことはありませんでしたから。それで、彼を許します」ラフトン卿夫人はそう言って、彼女に口づけした。「じつのところ――」と卿夫人は二人の若い妻に向かって低い囁き声で言った。「じつのところ、私たちは哀れな老エバン・ジョーンズにも堪える必要があるのです。今夜彼をここに呼ぶことにしていますから、彼を迎えるためこれから着替えをしに行かなくてはいけません」

それで、一同は着替えに向かった。ラフトン卿夫人は留守の夫をかばったことでますますロバーツ夫人が好きになるくらい心根の優しい人だった。

**註**

(1)「列王紀上」第二十一章に「ナボテのぶどう畑」をほしがるサマリア王アハブの話が出てくる。

（2）ジョン・ブライト（1811-89）はクエーカー教徒で、製造業者の利益を代表する国会議員（1843-89）。自由貿易を唱え、リチャード・コブデン（1804-65）とともに反穀物法同盟を指導した。

（3）ホイッグ党のイギリス首相（1855-58, 1859-65）。

（4）アバディーン卿の連立内閣が一八五五年クリミア戦争の指揮に失敗したあと、トーリー党のダービー卿ではなく、ホイッグ党のパーマーストン卿が後継内閣を作った。

（5）『タイムズ』のこと。

（6）バイロン卿の『チャイルド・ハロルドの巡歴』第一巻第八十六連に「それでもなお戦争、戦争の叫びあり、『ナイフを取りても戦わん！』」とある。

（7）一頭立て軽装無蓋二輪馬車。

# 第三章　チャルディコウツ

チャルディコウツはフラムリー・コートよりずっと気取った屋敷だ。実際現在の特徴よりむしろ過去のそれを見れば、そこがかなり見栄を張っていることがわかる。屋敷にくっついてそこの資産に属するわけではないが、チャルディコウツ御猟林と呼ばれる古い森がある。この森の一部が屋敷のすぐ背後に迫っているから、この場所はおのずと個性と知名度をえている。チャルディコウツ御猟林――少なくともその大部分――は誰もが知る通り王室の財産だけれど、今この功利主義の時代には伐採される運命にある。森は昔この地方の半分にも広がり、シルバーブリッジに達するほど大きなものだった。今森は昔の全体に渡って所々に点在する断片になっている。残存するかなり大きな森は樹齢数百年のうつろな老ナラと隈なく広がるしぼんだブナからなり、チャルディコウツとアフリーの二教区にある。人々は今でも遠くからやって来て、チャルディコウツのナラを見、秋に厚い落ち葉を踏む足音を聞く。しかし、まもなくここを訪れる人もいなくなるだろう。過去の巨人は小麦やカブラに屈服することになる。一人の無慈悲な大蔵大臣が由緒ある連想や田舎の美しさを無視して、土地から金銭的見返りを求める。チャルディコウツ御猟林は地上から消えてしまう運命にある。

しかし、森の一部はサワビー氏の私有地だ。彼はこれまであらゆる金銭上の苦悩のなか、父祖からの遺産であるその森を斧や競売室から何とか守ってきた。チャルディコウツの家は大きな石造りの建物で、おそらくチャールズ二世[1]時代のものと思われる。家には重厚な二連の石段で二つの玄関に近づくことができる。家の正面にはまっすぐ長い荘厳な菩提樹の並木道があり、チャルディコウツ村の中央に位置する番小屋付正門に続いている。一方、家の後方の窓からは森を見通す四つの異なる眺めがある。森に開かれた四本の緑の騎馬道が大きな鉄製の門、御猟林と私有地を分ける境界、で一つに収斂している。サワビー家は何代にも渡ってチャルディコウツ御猟林の王室森林保護官だった。それゆえ、自分の森に対するのと同じように王室の森に対しても幅広い権威を有していた。とはいえ、これもいずれ終わるだろう。というのは、森がなくなってしまうからだ。

マーク・ロバーツが菩提樹の並木道を玄関ドアに向かって馬車で近づいたとき、もう暗くなっていた。年九か月は墓場のように死んで静かな家が今は隅々まで活気に満ちていることがすぐ見て取れた。多くの窓に明かりが灯り、馬屋からざわざわと声が聞こえ、使用人らが忙しく動き回り、犬が吠え、正面石段の前の暗い砂利に馬車のわだちがたくさんついていた。

「おや、あなたですか、ロバーツさん？」馬丁はそう言うと牧師の馬の頭を取って、片手で帽子に触れた。「ご機嫌いかがですか」

「とてもいいよ、ボブ、ありがとう。チャルディコウツのほうはうまく行っているかい？」

「かなり陽気にやっています、ロバーツさん。ここは今活気にあふれています。主教と奥方が今朝お見えになりました」

「ああ――ああ――そうだ！　お二人はこちらにいらっしゃるんだったね。お嬢さんらもご一緒かい？」

「お嬢様はお一人だけです。ミス・オリヴィア、そうお呼びしている方だと思います」

「サワビーさんはいかが？」

「とてもお元気ですよ。ご主人様とハロルド・スミス様、それにフォザーギル様——ご存知のように公爵の実務を取り仕切っていらっしゃるお方——が今向こうの馬屋で馬を降りておられるところです」

「狩りから帰られたところだね、え、ボブ?」

「はい、さようでございます。今しがたお帰りです」それから、ロバーツ氏は家のなかに入った。世話係が旅行カバンを肩に載せて続いた。

私たちの若い俸給牧師がチャルディコウツでたいへん馴染みの人物であることがわかるだろう。馬丁から知られていたし、屋敷の人々のことを伝えられるほど馴染みの人だった。そうだ。マークはフラムリーの人々に想像させていたよりもずっとそこと親密だった。公然と意図してだましたというのでも、チャルディコウツについて嘘をついていたというのでもなかった。とはいえ、サワビーと盟友に近い関係であることを家で吹聴したことはなかった。サワビー氏とラフトン卿がロンドンでどれほどしばしば会っていたか家で話したこともなかった。こんなことでご婦人方を悩ませる必要がどこにあろうか? ラフトン卿夫人のようなすばらしい女性を当惑させる必要がどこにあろうか?

サワビー氏は若い男なら誰しも親しくなりたいと思わずにはいられない人だった。歳は五十で、おそらく取り立てて健全な生活を送ってきたとは言えないにせよ、若々しい身なりをし、いつも元気そうに見えた。頭は禿げており、額は広く、瞳は潤んで煌めいていた。賢くて、心地よくつき合える人であり、常に上機嫌で、それがよく似合っていた。名家の出の育ちのいい紳士でもあった。先祖はこの地方では有名で、周辺の農夫らが自慢したものだが、ウラソーンのソーン家やグレシャムズベリーのグレシャム家を除くと、この地方のどの地主よりも由緒ある家柄、コーシー城のド・コーシー家よりも古く長く続く家柄だった。比較して言えば、オムニアム公爵なんかまだ新しい人と言ってよかった。

それにサワビー氏は国会議員でもあった。政権についている人々、政権につきそうな人々の友人であり、世間のことをわけ知り顔で話せる人だった。また、聖職者が目の前にいるときは、ほかのときは別として、彼らが気に入らないといった態度を取ることはなかった。彼は神の名を汚すことも、自分の悪徳を曝け出すことも、教会の信心を冷笑することもなかった。たとえ彼自身が教会人でないにしても、少なくともそういう人たちと上手にやっていく方法を心得ていた。

私たちの俸給牧師がサワビー氏との親交をどうしてありがたいと思わずにいられようか？　ラフトン卿夫人のような女性がサワビー氏を馬鹿にするのは仕方がないと、彼は独り言で言った。というのは、ラフトン卿夫人は一年のうち十か月をフラムリー・コートで、さらに二か月をロンドンですごすあいだ、味方以外の人とは誰一人会わなかったからだ。男は世間であらゆる種類の人に会わなければならないことや、近ごろ聖職者になることは世捨て人になることではないことが、女性には、彼の妻にさえ――立派で、優秀で、思慮深く、聡明な妻だったけれど――わからない、と牧師は一人つぶやいた。

マーク・ロバーツがチャルディコウツへ行ってサワビー氏と親交を深めることについて、良心の法廷で自己弁護を求められたとき、主張するのはこんなことだった。サワビー氏が危険な男だということは百も承知だった。サワビー氏が借金で首が回らないこと、すでに若いラフトン卿を借金のいざこざに巻き込んだことも知っていた。マークはキリストの戦士としてこんな人とは違ったタイプの交際仲間を見つけるべきだと告げる良心の声を聞いた。それにもかかわらず、彼はチャルディコウツへ行った。自分の行動に決して満足できる状態ではなかったのに、満足できる多くの理由を胸中繰り返し言い聞かせて行った。

彼はすぐ応接間に通された。ハロルド・スミス夫人がプラウディ夫人とその令嬢、それに一度も彼が会ったことのない、名も知らない女性と一緒にいた。

「ロバーツさんですか？」ハロルド・スミス夫人は立ちあがると、相手が何者かよくわかっているのを闇のベールに隠して挨拶した。「私たちのささいな窮状を救うため、こんな日にバーセットシャーから二十四マイルも馬車を御していらっしゃったのですね？　ええ、とにかく心から感謝いたします」

それから、俸給牧師は主教の奥方に対するにふさわしいいんぎんな態度でプラウディ夫人と握手した。プラウディ夫人は主教の奥方が俸給牧師に見せるへりくだった満面の笑みをたたえて挨拶を返した。ミス・プラウディはあまり礼儀正しくなかった。もしロバーツ氏がまだ独身だったら、彼女も愛らしいほほ笑みを見せたことだろう。しかし、彼女はあまりにも長く牧師らに笑顔を振りまいてきたので、今既婚の教区牧師にそれを振りまくような無駄な真似はしなかった。

「それで私が役に立てる窮状とは何でしょう、スミス夫人？」

「ここには六、七人の紳士がいらっしゃいます、ロバーツさん。あの人たちはいつも朝食前に狩りに出かけて、――私が言いたいのは――ディナーが終わる時間になってもちっとも帰って来ません。本当に帰らないのならいいのです。それならあの人たちを待たなくても済みますから」

「サプルハウスさんを除いてね」と見知らぬ女性が大声で言った。

「あの方は普通書斎に閉じこもって記事を書いてらっしゃいます」

「ほかの紳士方と同じように彼も狩りで首の骨を折る努力をしてくれたら、もっといい時間の使い方になりますのにね」と見知らぬ女性が言った。

「ただしうまく折れないでしょうけれど」とハロルド・スミス夫人が言った。「でも、ロバーツさん、あなたもおそらくほかの紳士方と同じようにワルなのね。きっとあなたも明日狩りをなさるのでしょう」

「ちょっとスミスさん！」とプラウディ夫人が少し非難と恐れを含む口調で言った。

「あら！　忘れていました。ええ、もちろんあなたは狩りなんかしませんね、ロバーツさん。狩りができたらって願うだけですね」

「どうして狩りができないのです？」と大きな声の女性が聞いた。

「まあミス・ダンスタブル！　牧師が狩りをするなんて、しかも主教と同じ屋敷にいるときに？　善し悪しというものを考えなければ！」

「あら——まあ！　主教は嫌う——のですか？　ねえ、教えてくださらない？　もしあなたが狩りをしたら、主教からどんな目にあうかしら？」

「それはその時の主教のご機嫌次第でしょう、奥様」とロバーツ氏が答えた。「もしとてもご機嫌が悪かったら、公邸の門前で打ち首にされるかもしれません」

プラウディ夫人は椅子のなかで居ずまいを正して、会話の調子が気に入らないことを表した。ミス・プラウディは本に目を集中させて、ミス・ダンスタブルからも、会話からも注意を引かれなかった振りをした。

「もし紳士方が今夜首の骨を折るつもりがないのなら」とハロルド・スミス夫人が言った。「そう知らせてくださればいいのです。もう六時半ですわ」

それで、ロバーツ氏は今夜そんな恐ろしいことは起こりそうにない、先ほど玄関に入ったとき、サワビー氏とほかの狩人らが馬屋の前にいたとみなに説明した。

「それなら、みなさん、着替えをしたほうがよさそうです」とハロルド・スミス夫人。ところが、彼女がドアのほうへ歩いて行くと、そのドアが開いて、背の低い紳士がゆっくり穏やかな足取りで入って来た。暗かったので、ロバーツ氏はその人が誰なのかはっきりわからなかった。「あら、主教！　あなたですか？」とハロルド・スミス夫人が言った。「ここにあなたの主教区の精鋭がいらっしゃいますよ」主教は暗闇を手探りして牧師のほうへ進むと、心から握手した。「チャルディコウツでロバーツさんにお会いできて嬉しい」と主教は言った。――「とても嬉しい。次の日曜にあなたはパプアの宣教のため説教をする予定なのでしょう？　ええ、そう聞きましたよ。いい仕事、すばらしい仕事です」それからプラウディ博士はチャルディコウツに長くとどまれないので、その説教を聞くことができないとたいそう残念がった。マークがサワビー氏と親しくしているからといって、主教から反感を買われていないことは明白だった。しかし、そのときマークは主教のそんな見方が不適切だと胸の奥で感じていた。

「やあ、ロバーツ、会えて嬉しいよ」とサワビー氏が言った。ディナーの前、応接間の敷物の上で会ったときのことだ。「ハロルド・スミスは知っているかい？　うん、もちろん知っているね。ええと、ほかに誰がいるかな？　ああ、サプルハウスだ。サプルハウスさん、友人のロバーツさんを紹介させてください。哀れなパプア人をキリスト教に改宗するため、次の日曜にあんたのポケットから五ポンド紙幣を拝借しようとしているのが、ロバーツさんなんだよ。つまり、もしハロルド・スミスが土曜の講演でその仕事から手を引かなければの話だがね、そうだろ。それから、ロバーツ、主教にはもちろんお目にかかったろ」彼は続けて囁き声で言った。「主教というのはいいもんだろうな？　わしにもあんたの半分でいいから主教になるチャンスがあればいいのに。だが、あんた、わしはひどい過ちを犯してしまった。ミス・プラウディに独身の牧師を見つけることができなかったんだ。それで彼女をディナーにお連れする役をあんたに手伝ってもらわなければならない」そのとき、ゴングの大きな音が鳴り響いて、みな二人一組になって食堂へ向かった。

ディナーの席でマークはミス・プラウディとミス・ダンスタブルと呼ばれる女性のあいだに座った。前者についてはあまり好きになれなかった。主人の要請があったにもかかわらず、彼女のため独身の牧師役を演じる気になれなかった。しかし、もう一人の女性とはディナーのあいだお喋りを楽しんだ。もっともテーブルのほかの人もみな同じようにこの女性とはお喋りしようと決めているように見えた。彼女は若くも、美しくもなく、特別淑女らしくもなかった。しかし、この女性はサプルハウス氏にはねたましいほどの人気、プラウディ夫人には気に障るほどの人気を博していた。しかし、そういうプラウディ夫人もほかの人たちと同じように彼女を称賛していた。それで、ミス・ダンスタブルからは限られた注意しか向けられることはないと私たちの牧師は悟った。

「主教」と彼女は食卓の向こう側から話しかけた。「一日じゅうあなたがいないのを寂しく思っていました！　私たちに話しかけてくださる方が一人もいなかったのです」

「これは、これは、ミス・ダンスタブル。もしそれがわかっていればねえ――とはいえ、重要な仕事をしていたものですから」

「重要な仕事がここであるなんて信じられません。どうです、スミスさん？」

「私が信じられないと思いますか？」とスミス夫人が言った。「もしあなたが一週間でもハロルド・スミスさんと結婚してみたら、信じる気になります」

「信じる気になるって、ねえ？　偏見を改めるそんなチャンスが、私になくて何て残念なのでしょう！　けれど、あなたも職業人なのでしょう、サプルハウスさん、そういう噂を聞きました」ミス・ダンスタブルはそう言うと右手に座っている人のほうを向いた。

「仕事ではハロルド・スミスにとてもかないません」とサプルハウス氏は言った。「しかし、私はおそらく主教とはいい勝負でしょう」

「仕事に取りかかるとき、何をなさいます？　どうします？　道具は何が必要かしら？　思うに手始めは吸取紙帳かしら？」

「それは仕事にもよりますね。靴屋は糸にろうをつけることから始めますから」

「では、ハロルド・スミスさんは――?」

「たいていは昨日の数字を計算するところからでしょう。あるいは公文書用の赤いひもを解くところからかもしれません。立派な概要のついた書類と統計的事実が彼の強味ですから」

「では、主教は何から始めるのかしら? 教えていただけます?」

「胃腸の具合に応じて部下の聖職者に祝福を与えるか、叱責を加えるか、どちらかです。プラウディ夫人ならいちばん正確にみな説明してくれますよ」

「夫人が説明してくれるって、ねえ? おっしゃることはわかりますが、少しも信じられません。主教はご自分の問題をご自分で処理するのでしょう。それはあなたやハロルド・スミスさんとまったく同じでしょう?」

「私とですか、ミス・ダンスタブル?」

「ええ、あなたとです」

「しかし、不幸なことに私には私の代わりにそういうことを処理する妻がおりません」

「それでしたら、奥さんをお持ちの方々を笑ってはいけませんね。結婚なさったら身に降りかかることが、あなたにはまだおわかりになっていないから」

サプルハウス氏は大胆な発言に取りかかって、ミス・ダンスタブルとの交際を通して彼が今言われているような危険に身を曝すことができたら嬉しいと言った。しかし、その発言の半分も進まないうちに彼女はサプルハウス氏に背を向けて、マーク・ロバーツと会話を始めた。

「あなたの教区にはたくさん仕事がおありですか、ロバーツさん?」とミス・ダンスタブルは聞いた。

マークは名とか、教区を預かっていることとか、相手が知っていると思わなかったので、その質問にかなり驚いた。彼女が主教やその職務に関して話す口調はあまり好きになれなかった。それで彼女と親交を深めたいという意欲をなくしてしまっていたから、その質問に熱意をもって答える用意ができていなかった。

「どの教区牧師もやろうと思えばたくさん仕事はあります」

「あら、問題はそこですね。そうじゃない、ロバーツさん？　やろうと思えばよね？　本当にたくさんの人がやっています――私の知っている多くの人がそうしています。そしてどんな結果になるか見てください。けれど、多くの人がその仕事をおろそかにするんです――そしてどんな結果になるか見てください。妻子と充分な収入のある教区牧師の生活こそ、人が送れる最良の生活に違いありませんのに」

「同感ですね」とマーク・ロバーツは言った。とはいえ、相手のそんな祝福の言葉から生じる充実感があらゆる点で彼の心を満たしているか自問した。彼はミス・ダンスタブルが話したものをすべて手に入れていた。それなのに、ハロルド・スミスのような新進の政治家と知り合う機会をないがしろにできないと先日妻に言ったばかりだった。

「文句を言いたい点はね」とミス・ダンスタブルは続けた。「私たちは義務をはたすように聖職者に求めているくせに、それに見合った収入を充分与えていない――ほとんど収入を与えていない――という点なのです。家族を抱えた教養ある紳士が年七十ポンドというはした金で半生、おそらく一生働かされるなんてスキャンダルじゃありませんか！」

マークはスキャンダルだと認めたあと、エバン・ジョーンズ氏とその娘のことを想起し、自分の待遇、家、九百ポンドの年収のことを考えた。

「あなた方聖職者はとても誇り高いので――貴族的っていうと上品な言葉ですね――、普通の貧しい人々からお金を取ることができないのです。土地や寄付金から、タイズ（十分の一税）や教会財産から、あなた方は支払を受ける。弁護士や医者のように稼ぎのため働く気にはなれないのです。稼ぎのために働くなんて、そんな屈辱的な目にあうくらいなら副牧師は飢え死にするほうがましなのです」

「かなり現実離れした話ですね、ミス・ダンスタブル」

「かなり現実離れした話です。つまり、これについてはこれ以上話す必要がないとおっしゃるのね」

「何もそんなつもりではありません」

「あら！　けれど、そのつもりでしたわ、ロバーツさん。聞いていてそんな感じがしました。あなた方聖職者は誰からも反論を受けない説教用に、こういういやな話は取っておきたいのでしょう。何でも願いがかなうなら、私、ぜひ一度説教壇に登って説教がしてみたいわ」

「一度やってみると、そんな希望がいかにすぐつまらないものになるか、想像できないでしょうね」

「それは会衆に私の話を聞かせられるかどうかに懸かっています。スパージョン氏[2]が説教をつまらないと思うことはないと思います」そのあと、彼女がサワビー氏から聞かれたことに注意を奪われたので、マーク・ロバーツはミス・プラウディと会話するしかなくなった。しかし、ミス・プラウディは会話が楽しそうではなく、彼が頑張って話しかけてもそっけない単音節で答えるだけだった。

「ハロルド・スミスがパプアの島民について講演する話は、当然知っているだろ？」とサワビー氏はマークに聞いた。ディナーのあとワインを片手に火を囲んで座ったときのことだ。マークはそう聞いており、聴衆の一人になれるのは嬉しいと答えた。

「あんたはそれを聞かなければいけない、翌日ハロルド・スミスがあんたの話を聞く――あるいは少なくとも聞く振りをして、あんたに相応のことをするからね。ずいぶん退屈な話になるだろう――説教じゃなくて講演のほうはね」それから彼は友人の耳にかなり小さな声で囁いた。「ハロルド・スミスがボルネオについて二時間話すのを聞くため、日が暮れてから十マイル馬車で走って、十マイル戻らなきゃならないことを想像してみろよ。それをしなければならないんだ、おわかりかな?」

「たぶんとてもおもしろい講演になりそうです」

「なあ、あんた、あんたはわしほどたくさんこういった目にあっていないからね。ハロルドが講演するのは正しい。それがやつの生きる道なんだ。男が何かを始めたら、最後までやり通さなきゃならないからね。ところでラフトンは最近どこにいる?」

「最後に便りがあった時はスコットランドでした。しかし、おそらく今はメルトン(3)でしょう」

「自分の州で狩りをしないなんて、あいつもひどくけちなやつだな。講演に行ったり、ご近所にご馳走をおごったり、そういう退屈な仕事をみな逃げる。わしらを扱う扱い方がそれだ。彼には義理の観念がない、そうだろ?」

「ラフトン卿夫人がそういうことをやってくれますからね」

「わしにもそういうことをしてくれるサワビー母さんがいたらなあ。しかもラフトンには面倒を見なければならない選挙民もいない――あの果報者め! ところで、ラフトンはオックスフォードシャーのあの飛び地を売却する話をあんたにしたかね? あれはラフトン家の資産だが、本当はもうそうじゃない。わしにとってあれは土地の値打ち以上の心労の種になっている」

ラフトン卿はマークにこの売却話をしていて、彼、ラフトン卿とサワビー氏のあいだの金銭取引の結果、この犠牲は絶対避けられないと説明していた。しかし、ラフトン卿夫人に知られないままこの売却話を実現することは不可能に思われた。それで、息子は母にこの話を伝えるだけでなく、母を説得し、母の怒りをなだめるようにロバーツ氏に依頼していた。マークはまだこの依頼を実行に移していなかった。今回のチャルディコウッ訪問によっておそらくかえって実行を難しくしてしまったと言っていい。

「この世でいちばんすばらしい島々なんだ」とハロルド・スミスが主教に言った。

「そうなんですか？」主教は目を大きく見開いて、強い関心の表情を見せた。

「それにもっとも知性のある人々なんだよ」

「何とまあ！」と主教。

「欠けているのは導きと激励と教育――」

「とキリスト教」と主教が提案した。

「もちろんキリスト教だね」スミス氏は教会の高位聖職者と話していることを思い出してそう言った。こういう人たちに調子を合わせるのはだいじなことだとスミス氏は思った。しかし、キリスト教に関しては日曜の説教で取りあげられる予定だから、彼の担当ではなかった。

「それで島民に対してどういうふうに始めるつもりなのですか？」とサプルハウス氏が聞いた。難題を示すのが彼の生涯の仕事だった。

「島民に対してどういうふうに始めるか――ああ――ねえ――それは簡単なことさ。難しいのはお金を全部使い切ったあと、島民とうまくつき合っていくことなんだ。我々はまず文明のご利益の説明から始める」

「すばらしい計画ですね！」とサプルハウス氏が言った。「しかし、どう取りかかるのです、スミス？」

「どう取りかかるかって？　オーストラリアやアメリカではどう取りかかったんだい？　批判するのはじつに簡単なんだが、こういう問題でいちばんだいじなのは協力して行動することさ」

「オーストラリアの場合、我々は彼らのところに重罪犯を追放しました」とサプルハウス氏は言った。「すると彼らは我々のため働き出したんです。アメリカの場合、我々は文明化する代わりに彼らを絶滅しました」

「インドでは現住民を絶滅しておらんよ」とハロルド・スミスは憤慨して言った。

「キリスト教化しようともしていませんね。主教はあなたの島民をもちろんキリスト教化したいとお望みのようですが」

「サプルハウス、あんたは公正に振る舞っていないね」とサワビー氏は言った。「ハロルド・スミスに対しても、わしらに対してもね、そうだろ。――あんたはスミスに講演の練習をさせているが、それはスミスにとってよくないことだ。わしらに練習を聞かせているが、それもわしらにとってよくないことだ」

「サプルハウスはイギリスの英知を独占する一派に属している」とハロルド・スミスは言った。「あるいは、少なくともその一派が英知を独占していると思っている。だが、その一派のどこが最悪かというと社説の話にふけることなんだ」

「二流記事の話にふけるよりましですね」とサプルハウス氏は言った。「第一級の官僚の一部がそうなんです」

「来週公爵邸であなたにお目にかかれますか、ロバーツさん？」と主教が応接間に入るなり言った。

公爵邸でお目にかかるって！　――ラフトン卿夫人は公爵をバーセットシャーの人々の敵と明確に見なしていた！　私たちの主人公は公爵邸へ行こうなんて思いもしなかったうえ、公爵が誰かをもてなそうとしていることも知らなかった。

「いいえ、閣下、お目にかかれるとは思いません。じつのところ公爵とは面識がありませんので」

「おや――おや！　それは知らなかった。サワビーさんが行くことになっていますからね。ハロルド・スミス夫妻も、サプルハウスさんも行くと思いますよ。公爵はすばらしい人です――つまり、州の利害のすべてに関してね」と主教。そうつけ加えたのは、独身公爵の道徳面が最良とは言えないことを思い出したからだ。

それから主教はフラムリー教会がどんな様子か質問し始めた。それにはフラムリー・コートについての関心も少し混じっていた。そのとき、主教はかなり鋭い声によって会話を邪魔されて、すぐその声のほうに注意を向けた。

「主教」と、かなり鋭い声があったとたん、主教は足早に部屋を横切って、ソファーの背面に回った。そこに奥方が腰かけていた。

「公爵邸を辞去したあと、ミス・ダンスタブルは二日間私たちのところに泊まることを考えてくださっています」

「それは何にもまして喜ばしい」と主教。彼は今関心のまとである有力な女性に深々と頭をさげた。ミス・ダンスタブルが大物女相続人ということが、それとなくみなに知られるようになっていた。

「プラウディ夫人は何て親切な方なのでしょう。プードルとオウムとお気に入りの老婆と一緒に私を受け入れてくださるなんて」

「お供のどなたでも受け入れる余地があることをミス・ダンスタブルに申しあげましたのよ」とプラウディ夫人が言った。「当方には何の支障もありません」

「『喜んでする労苦とはいえやはり痛みは痛み』(4)」と、いんぎんな主教は言うと、頭を低くして、胸に片手を置いた。

その間に、フォザーギル氏がマーク・ロバーツを捕まえていた。フォザーギル氏は紳士であり、州の治安判事であり、オムニアム公爵の土地管理人を務めていた。厳密に言うと、彼は報酬を受け取る公爵の代理人ではなかった。しかし、公爵が直接手をくだすのがあまりにも面倒なとき、彼が公爵に代わって「管理」し、人々に会い、州を歩き回り、手紙を書き、選挙関係者を支え、人気を勝ち取っていた。事実、彼は測り知れないほど貴重な人だった。もしフォザーギル氏がいなければ、公爵はどうしていいかわからないと西バーセットシャーの人々はよく言ったものだ。フォザーギル氏は立派に公爵の役に立っていた。

「ロバーツさん」とフォザーギル氏は言った。「あなたにお会いできてとても嬉しい——本当にとても嬉しいんです。友人のサワビーからあなたのことはよく聞いています」

マークはお辞儀をして、光栄にもフォザーギル氏と知り合いになれて嬉しいと返事した。

「私はオムニアム公爵から委託を受けています」とフォザーギル氏は続けた。「もしあなたが来週ギャザラム城で開かれる閣下のパーティーに参加していただけるなら、閣下がどんなに嬉しいかお伝えするようにとね。主教もいらっしゃいますし、じつは今ここにおられるほぼみなさんが参加するんです。あなたがチャルディコウツに来られると聞いていたら、公爵は手紙を書いておられたでしょう。ですが、その時はまだ何も決まっていなかったんです。閣下はご自分の屋敷であなたとお近づきになれたらどんなに嬉しいか、あなたに伝えるように私に託されました。サワビーにももう話しましたよ」とフォザーギル氏はさらに続けた。「彼もあなたが私たちに加われるように強く望んでいます」

マークはこの申し出がなされたとき、顔が赤くなるのを感じた。マークが当然所属する州の仲間たち——彼と妻、彼を幸せにし、高い地位につけてくれた人々——はオムニアム公爵を恐怖と当惑の目で見ていた。それなのに今公爵邸への招待を受けた！　彼も公爵の友人の一人に数えてもいいという申し出がなされたのだ。

彼はこの申し出について残念に思う一方、誇らしくも思った。公爵のほうからお近づきになりたいと言われて、得意にならずにそれを受け入れられる若者はどんな職業の者にしろ少ないだろう。マークもこれまで大人物と知り合いになることで出世してきた。もっと出世したいという野心も胸に秘めていた。貴族のご機嫌取りと呼ばれ、後ろ指を指されることがあってはならないにせよ、聖職者の足にとっていちばん快適な道は大人物によって踏み固められた道をたどることだとの感覚が確かにあった。

それでも、彼はそのとき公爵の招待を断った。とても嬉しいけれど、教区の職務があるのでチャルディコウツからフラムリーへ直接帰らなければなりませんと言った。

「今夜お返事をいただかなくても結構なんです」とフォザーギル氏は言った。「週末前私たちはサワビーや主教と相談します。ロバーツさん、こう言わせていただけるなら、公爵とお近づきになれるこんな機会を棒に振るのは残念千万ですね」

寝床に就いたとき、マークは胸中まだ公爵邸には行くまいと決めていた。それでも、行かないのは残念だと感じていた。結局、ラフトン卿夫人の意向に何もかも従うことはどうしても必要なことだったのか？

註

（1）王位（1630-85）。清教徒革命によってフランスに亡命、帰国して王政復古（1660）により王に復位した。

（2）チャールズ・ハッデン・スパージョン（1834-92）のこと。優れた説教で知られるロンドンのバプティスト派説教者。

（3）メルトン・モーブリーというイングランド中部レスターシャーにある町。スティルトンチーズの産地。

（4）『マクベス』第二幕第三場。

第四章　良心の問題

邪悪なものにあこがれるのは疑いもなく悪い。それにもかかわらず、私たちはみなあこがれる。邪悪なものにあこがれるのは、アダムの堕落によって私たちが投げ込まれた悪のまさに本質と言っていい。私たちがみな罪人だと認めるとき、みな邪悪なものにあこがれることを認めている。

野心は——マーク・アントニー[1]が大昔に教えてくれたように——大きな悪だ。もし人の野心がほかの人にかかわるものでなく、自己の昇進にかかわるものなら、疑いもなく大きな悪だ。しかし、この邪悪な仕方で野心を持たない人が私たちのなかにいったいどれだけいようか？

大人物——高い地位の人と言ってもいい——と知り合いになりたいという欲望ほど浅ましいものはない。肩書き漁りや富の崇拝ほど汚いものはない。私たちはみなこれを知って、生涯毎日これを口にする。しかし、パーク・レーン[2]の社交場とベッドフォード・ロウ[3]の社交場に入る道が私たちの前に開けていたら、富と肩書きの崇拝が汚いからといって、ベッドフォード・ロウを選ぶ人がいったいどれだけいようか？

マーク・ロバーツ師がチャルディコウツに到着した翌朝目覚めたとき、その精神状態について私は何か言い訳を言う必要があるから、このかなり陳腐な意見を述べている。彼が牧師という職業に就いているからといって、ほかの人とは違った不公平な圧力を受けることがないように願いたい。牧師もほかの人と同じように激情に曝される。私が理解する限り、ほかの人と同じようにしばしばいろいろな野心に駆られる。牧師はみな教会法上の規則によって主教職に就くとき(4)、拒否の感情を私的に見せなければならない。しかし、私たちはそんな拒否の感情が一般に格別強いとは信じられない。

その朝目覚めたとき、マークが最初に思い起こしたのはフォザーギル氏の招待の件だった。公爵は特別の伝言を送って、彼、牧師と知り合いになれたら、いかに嬉しいか告げてきた！　この伝言のどれだけの部分がフォザーギル氏のでっちあげなのか、マーク・ロバーツは考えなかった。

彼は他の若い牧師が副牧師職のことを考え始める齢で禄を手に入れた。中年の牧師が夢のなかで老年期に手に入るかもしれぬ楽園と見なすような禄を手に入れた。もちろん彼はこれらのよきものをみな自分独自の長所の結果と見なした。もちろん他の牧師と自分は違うのだとも感じた。自分は生まれながら大人物と親しくなれる資質に恵まれ、都会風で、洗練されており、現代の牧師として身を処す適性を豊かに具えていると感じた。彼は禄をくれたことに対してラフトン卿夫人に感謝した。しかし、おそらくもっと感謝してもよかったのに、そうでもなかった。

彼は少なくともラフトン卿夫人の使用人でも、居候でもなかった。それを多くの機会に独り言で繰り返したり、同じ考えを妻にほのめかしたりした。彼は教区牧師の仕事でたいてい自己の行動の裁判官とならなければならなかった。多くのことで女パトロンの行動の裁判官となる義務も負っていた。ラフトン卿夫人から禄を授けられたからといって、決して卿夫人が彼の行動の正しい裁判官となるわけではない。彼はしばしばこれを自分に言い聞かせた。ラフトン卿夫人はそんな裁判官席に着きたいときっと願っているのだと同じくらいしばしば口に出して言った。

首相や大物官僚は一般に誰を主教や聖堂参事会長にすれば好都合と思うだろうか？　彼らは聖職者の義務を能率的にはたし、また上流社会にたやすく地位を占められる牧師を考えるのではないだろうか？　彼はなるほどフラムリーですこぶる裕福だった。しかし、ラフトン卿夫人を熊の妖怪のように見ていたら、フラムリーを超えるものを手に入れることはできない。ラフトン卿夫人と彼女の偏見を論外のものと見なすなら、公爵の招待を拒絶する理由がどこにあろうか？　そんな理由はないと彼は思った。もし誰かこの問題について彼より正しい裁判官がいるとしたら、それは主教であるに違いない。その主教が彼にギャザラム城へ行くことを望んでいるのは明らかだった。

彼はまだこの件で返事を変えてよかった。フォザーギル氏から特にそれを説明されていた。それゆえ、最終的な決定権はまだ彼の手中にあった。そんな訪問にはかなりお金がかかるだろう。出費なしに大きなお屋敷に滞在することはできないとわかっていた。収入はあったにしろ、手持ちのお金がそれほどあるわけではなかった。今年はラフトン卿とスコットランドへ出かけた。おそらくうちに帰るというのが分別ある判断だったろう。

それから、彼はある程度屈服していると感じたフラムリーへの隷属状態から脱却するのが男として、司祭としてはたすべき義務ではないかと考えた。ラフトン卿夫人を恐れるせいで、この招待を断ろうとしているのが本当ではないか？　もしそうなら、恐れというような動機によって自分は動かされているのか？　そんな動機に縛られることがあってはならなかった。そんな精神状態で彼は起きあがって、服を身に着けた。

その日も狩りがあった。猟犬はチャルディコウツの近くで集合し、御猟林の境界の隠れ場を狩り立てることになった。女性たちは森のなかの車道を馬車で走るので、ロバーツ氏は馬でその女性たちに付き添うことになった。実際、その日は狩りそのものというよりむしろ女性のために設定された狩りの日だった。こういう日は落ち着いた中年の狩り好きには迷惑だが、若者らには華美な服装を見せびらかし、馬上でちょっと女性といちゃつくチャンスがあるから好まれる。主教も一行に加わるようにと念を押された。少なくとも主教は前夜は加わると言っていたから、馬車の一台に主教のため席が予約された。しかし、その後主教とプラウディ夫人がひそかに問題を議論したあと、朝食のとき主教は気を変えたと明言した。

サワビー氏はすこぶる貧乏――借金で追い込まれる限度まで貧乏――だと知られていたにもかかわらず、金でできるあらゆる贅沢を尽くしていた。彼は国会議員として持つ保護特権がなければ、イギリスでは監獄に入るしかないと信じられていた。とはいえ、彼の馬と馬車、使用人と随行員には際限がないように見えた。長年に渡って彼はこういう生活をしてきた。訓練を積めば完璧になる、習うより慣れろ、と言われる。しかし、こんな人の仲間になるのははなはだ危険だ。コレラも黄熱病も天然痘も借金ほど強い伝染力はない。もし人が借金で困っている人々のなかでいつも生活したら、金欠病が移るのは確実だ。サワビー氏ほどこんなふうに地域共同体を取り返しがつかないほど汚染した人はいなかった。それでも彼はこのやり方を続けていた。この朝、まるで友人のオムニアム公爵と実質同じくらいに金持ちででもあるかのように、彼の屋敷の門前に馬車と馬が群がった。

「ロバーツ、なあ」森の空き地の一つを進んでいたとき、サワビー氏が声をかけた。猟犬が集合する場所はチャルディコウツの屋敷から四、五マイル離れたところにあった。「ちょっと一緒に馬を進めてくれ。話したいことがあるんだ。もしわしが後方にとどまっていたら、みんな猟犬のところにはたどり着かないよ」それでマークは明らかに女性の付き添いということで参加していたが、桃色の上着を着て、サワビー氏と並んで馬を進めた。

「なあ、フォザーギルから聞いたんだが、あんたはギャザラム城へ行くのをためらっているようだな」

「はい、確かにその話は断りました。ぼくはあなたのような道楽者ではありませんから。やらなきゃいけない職務がありますす」

「たわごと！」とサワビー氏。彼はそう言って、ある種嘲りの笑みを浮かべつつ牧師の顔を覗き込んだ。

「そう言うのは簡単ですね、サワビー。理解してくれと要求する筋合いはおそらくぼくにはありません」

「うん、だが、わしは理解している。理解したうえでたわごとだと言っている。あんたのこのためらいが職務にかかわる何か良心の呵責からきているんだったら、わしは嘲笑うことなんか決してない。だが、正直に答えてくれ、あんたは今度の場合はそうじゃないとわかっているんじゃないか、そうだろ？」

「そんなことはありません」

「うん、だが、あんたはわかっていると思う。もしこの招待をしつこく断るとすれば、それはあんたがラフトン卿夫人を怒らせることを恐れているからじゃないのか？　あんたとラフトンの両方を操りひもで操るとは、あの女にどんな力があるのかわしにはわからんが」

ロバーツはもちろんその非難を打ち消して、ラフトン卿夫人を恐れるせいで牧師館に帰ろうとするのではないと抗議した。しかし、熱くなってそんな抗議をしたものの、あまり効果はないとわかっていた。サワビーはただ笑みを浮かべて、プディングの味は食べてみればわかる、論より証拠だと言った。

「あんたは骨折り仕事をしなくてもいいように副牧師を抱えている。そうでなければ、抱える何の意味があるのかね？」と彼は聞いた。

「骨折り仕事！　もしぼくがあくせく働く仕事人間なら、今日どうしてここにいられますか？」

「なあ、ロバーツ、いいかい。わしはたぶん今古い友人としての熱意からからちを超えて話している。わしはずいぶん年上だが、あんたを尊敬しているので、あんたが手に入れたいい獲物を投げ捨てるのを見たくないんだ」

「ええ、サワビー、ご親切に感謝していることは言うまでもありません」

「もしあんたがフラムリーに一生住んで」と世慣れた人は言った。「有爵未亡人の日だまりのなかでぬくぬく暮らして満足しているのなら、ねえ、そういうことなら友だちの輪を広げてもおそらくあまり意味はないだろう。だが、もしそれよりもっと高い望みを持っているのなら、公爵の屋敷へ行くという今回のチャンスをあんたが見逃すのはすこぶるよろしくない。公爵が今回のように一人の牧師に格別親切にするのは見たことがないからね」

「確かに公爵にはとても感謝しています」

「じつはあんたはその気になれば州の有名人になってもおかしくない人だ。だが、ただラフトン卿夫人の指図に従っていてはそうはいかない。なるほど卿夫人は愛らしい婆さんではあるがね」

「そうなんです、サワビー。卿夫人を知ればそう言えます」

「そうだろ。だが、あんたやわしが婆さんの考えにそのまま従うのはよろしくない。いいかい、今度の場合はこの主教区の主教が参加する予定なんだ。わしが信じるところ、その主教があんたにも参加してほしいとすでに意向を明らかにしている」

「行くかどうか主教から聞かれました」

「そうだろ、グラントリー大執事も参加する」

「あの方がですか?」とマークは聞いた。さて、もしそうだとしたら、それは大きな得点になる。グラントリー大執事はラフトン卿夫人の親友だったから。

「フォザーギルからそう聞いている。あんたが行かないのは本当に誤りだ。はっきりそう言える。それに職務についてあんたが言うとき――実際には副牧師を抱えているわけだから――、まあたわごとだね」彼はあぶみに足をかけて立ちあがりつつ、肩越しに振り返ってこの最後の言葉を口にした。彼は今合流しようと猟犬に取り囲まれて早足で駆けて来る猟犬係の目をとらえていた。

マークはその日の大半をプラウディ夫人のそばで――この奥方は馬車でそっくり返っていた――馬を走らせることになった。娘のほうは取りつく島がなかったが、プラウディ夫人は愛想よく彼にほほ笑みかけた。プラウディ夫人はお付きの牧師を従えるのが大好きだった。ロバーツ氏が上流の人々――有爵未亡人とか、国会議員とか、その種の人々――とつき合っていることがわかったので、奥方は進んで彼を栄誉ある臨時の付牧師のようなものに任命した。

「私たち、ハロルド・スミス夫人と私が何を決めたか教えましょう」とプラウディ夫人が彼に言った。「バーチェスターの講演は土曜の夜遅くあるから、あなた方はみな私たちのところに来てディナーをいただくのがよろしいでしょ」

マークはお辞儀をして、感謝すると、そんなご一行の一員になれるのはとても幸せだとはっきり言った。ラフトン卿夫人はプラウディ夫人を特別嫌っていたけれど、卿夫人でさえこの措置には反対を唱えることができないだろう。

「それからみなさんは旅籠に泊まる予定です。あまりにも時間が遅すぎますからね、女性たちが一年のこの時期あの距離を引き返すことは考えられません。ハロルド・スミス夫人にも、ミス・ダンスタブルにも、主教公邸のほうで部屋は何とか確保すると言いました。しかし、この二人はほかの女性たちから離れるわけにはいきません。それで女性たちはみなその夜旅籠へ行くんです。しかし、ロバーツさん、あなたが旅籠に泊まることを主教は許しません。もちろんあなたは公邸に泊まるんです」

講演は土曜の夜に行われる予定で、翌日は日曜、その朝彼はチャルディコウツで説教しなければならない、それがすぐマークの脳裏に思い浮かんだ。「みなさんがその夜こちらへ帰って来るものと思っていました」

と彼は言った。

「ええ、そのつもりでした。しかし、おわかりのようにスミス夫人が怖がって」

「ぼくは説教するため日曜の朝ここに帰って来なければいけません、プラウディ夫人」

「ああ、それはまずい——じつに具合が悪い。私くらい安息日の冒涜を嫌う人間はいません。実際私に特別気難しいところがあるとすれば、安息日のことなんです。しかし、どうしてもしなければならない仕事ってあるでしょ、ロバーツさん、そうでしょ？　それなら、あなたはどうしても日曜の朝チャルディコウツに帰らなければなりません！」それで問題は決着した。プラウディ夫人は安息日遵守に関して普通妥協することがなかった。しかし、ハロルド・スミス夫人のような人を扱わなければならない場合、多少譲歩するとうまくいった。「夜が明けるやいなや出発したらいいでしょ、それでよければね、ロバーツさん」とプラウディ夫人。

狩りについて誇るべきところはあまりなかったけれど、女性たちにとってはなかなか愉快な一日だった。男性たちは御猟林を抜ける草道を馬で行ったり来たりした。ときには走り足りなかったかのように全速力で走った。そのときは御者も理由がわからないのに、とても速く馬車を走らせた。速度も感染性の病気の一つなのだ。それから、次に狩人らは葬儀屋の歩調で進む。そうすると、狐が横切って、猟犬らはどちらが獲物の方向で、どちらが獲物の逆方向かわからなくなる。そのとき、馬車もゆっくり進み、女性たちは立ちあがって話をする。それから昼食時間が来て、一日はかなり心地よくすぎていった。

「これが狩りなんですか？」とミス・ダンスタブル。

「そう、これが狩りなんだ」とサワビー。

「私にできないようなことをする紳士に一人も出会いませんでした。泥のなかですべって転んだ一人の若者を除いてね。これじゃおもしろくありません」

「でも、骨折というようなことはありませんでしたよ、あなた?」とハロルド・スミス夫人。

「誰も狐一匹捕まえられませんでしたね」とミス・ダンスタブルは言った。「じつは、スミス夫人、私、紳士らについては遊びよりも何匹取ったかという仕事のほうを重視するのです。今後、私が猟犬の一団を狩りで使ってみます」

「そうしてください、あなた。私は猟犬係になります。プラウディ夫人も加わってくれないかしら」

「今晩公爵に手紙を書きますよ」とフォザーギル氏がマークに言った。みなが馬屋前の中庭に馬で近づいていたときのことだ。「君が招待を受け入れてくれると閣下に報告してもいい——かな?」

「これは、これは、公爵はご親切ですね」とマーク。

「公爵は君を知りたがっている、それは確かだね」とフォザーギル。

おだてられた馬鹿な若い牧師は受け入れる以外に何と答えることができようか? マークは行くと答えた。その夜が終わるまでのあいだに友人のサワビーは彼にお祝いを言い、主教は彼と冗談を交わして、あなたがそんなに簡単にいい仲間を捨てられるはずがないと思っていたと言った。ミス・ダンスタブルは国会にせ医者が付牧師を抱えてもいいと許可されたら、すぐ彼を付牧師にすると言った。マークはその発言が理解できなかったが、あとでわかったことによると、ミス・ダンスタブルは尊敬すべき彼女の亡父によって発明され、特許状をえて、莫大な富をもたらしたレバノンの香油という名高い塗布薬を専有する人だった。プラウディ夫人はマークを仲間の一人と完全に認知して、教会のあらゆる問題について話しかけた。それから、マークが公爵の城の客となるに値する人物と思われていることがわかったとき、ミス・プラウディでさえとうとう彼にほほ笑みかけた。彼は世界のすべてが開かれているように感じた。

しかし、その夜彼は幸せな気持ちになれなかった。翌朝妻に手紙を書かなければならなかったからだ。夫がオムニアム公爵の客になると知ったとき、ファニーの額に悲しみの苦痛の表情が浮かぶのをすでに想像することができた。そのうえ手持ちの金が乏しくなってきたから、妻に送金するように頼まなければならなかった。ラフトン卿夫人には何か伝言を送るべきだろうか、それとも送らないほうがいいのか？　どちらにしても卿夫人に宣戦布告しなければならない。それでも、ラフトン卿夫人のおかげでこれまですべてやってこられたのではないか？　勝ちえたものはいろいろあったにせよ、こんなふうだったから彼は幸せな気持ちで床に就くことができなかった。

次の日は金曜で、彼は手紙を書くといういやな仕事を先送りした。土曜でも大丈夫だろう。土曜の朝、みなでバーチェスターへ向けて出発する前、彼は手紙を書いた。その内容は次のようなものだった。――

チャルディコウツにて、一八五――年十一月――日

最愛の妻へ

私たちがみなここでどんなに楽しくすごしているか、さらにどんな娯楽が待ち受けているかおまえに言ったら驚くだろう。アラビン夫妻はおまえの推察通りこの一行には加わっていない。プラウディ夫妻が加わっている――これもおまえの推察通りだね。おまえの推察はいつも正しい。ぼくが土曜に主教公邸で泊まることになったと言ったら、おまえはどう思うかい？　その日バーチェスターで講演があるのを知っていると思う。それで、ぼくらはみなもちろん行かなければならない。ここにいる仲間のハロルド・スミスが講演するからだ。月が出ていないので、その夜のうちにチャルディコウツに帰ることができないとわかった。主教の奥方はぼくの聖職服が旅籠の世俗性に汚されるのを許してくれない。ずいぶん親切で、思いやりがあると思

うだろ？

　しかし、これよりもっと驚かせる知らせがおまえにあるんだ。来週ギャザラム城で盛大なパーティーが催される。公爵から正式にぼく宛に送られた招待状に応じるようにみんなから説得された。ぼくは最初断ったけれど、ここにいるみんなから断るのはじつにおかしいと言われ、理由が知りたいと聞かれた。ぼくはそれに答える段になって、あげる理由が見つからなかった。主教が行くんだ。主教はぼくが招待を受けているのに、行かないと言っているのをとても奇妙に思ったようだ。

　愛するおまえがどう思うかわかる。おまえが喜ばないことはわかる。この人食い鬼の国からおまえのところに帰るまで弁解は延期することにしよう——生きて戻ることができたらの話だがね。しかし、冗談はさて置いて、ファニー、これだけ招待のことが話されているところで、抵抗したらまずいことになっただろう。公爵のことをとやかく批判したら、横柄に振る舞っているように見えただろう。こういう状況で招待を断れる五十歳以下の牧師は、主教区には誰一人いないと思うよ。クローリーを除いてね。クローリーはこんな問題ではすこぶる狂信的で、担当教区から散歩して出ることさえ誤りだと信じているからね。

　ぼくは日曜をまたいで来週までギャザラム城にいなければならない。実際この金曜はそこへ行っている。ジョーンズにはお勤めについて手紙を書いた。彼がクリスマスにウェールズへ行きたがっているのを知っているので、この埋め合わせはできると思う。そのときはぼくの放浪が全部終わっているから、ジョーンズは望めば二か月そこへ行ける。日曜学校の教室はおまえがぼくの組も一緒に引き受けてくれると思う。しかし、どうかたっぷり質問攻めにしておくれ。もしおまえの手に負えなければ、ポッジェンズ夫人に男子組を持たせておくれ。本当にそのほうがいいと思う。

　おまえは当然ぼくの居場所を卿夫人に知らせるだろうね。ぼくからと卿夫人に伝えておくれ。主教については、もう一人の大人物と同様、おそらく少し誇張して人物像が語られていると。ラフトン卿夫人が主教を好きになることは決してないとね。卿夫人には、公爵の城へ行く問題がほとんどぼくの良心の問題になってしまったとわからせておくれ。公爵の招待を拒絶するのが正しいと主張すれば、ぼくはこの件を完全に党派的な問題にしてしまうことになる。そうしないようにする方法が見つからなかった。ぼくがラフトン卿夫人の教区から来ているから、オムニアム公爵の城には行けない、そう言われると思った。そう言われたくなかったんだ。

ここを発つ前にもう少しお金が必要なことがわかった、五ポンドか十ポンド——いや十ポンドだ。もし工面ができなかったら、デイヴィスからもらっておくれ。彼はぼくにそれ以上の借金がある。

さて、愛するおまえを神が祝福し、お守りくださるように。パパに代わって愛する子供に口づけし、祝福してやっておくれ。

いつもおまえのものである

M・R

目一杯に書かれた便箋を包む封筒には「フラムリー・コートにできるだけ波乱を起こさないようにしておくれ」と書かれてあった。

マークの手紙がいかに強気で、理詰めで、反論できないかたちになっていたとしても、彼が抱えるためらいや弱気や疑念や怖れはみなこの短い追伸に表れていた。

## 註

（1）ローマの将軍（83?-30B.C.）で、カエサルの死後第二次三頭政治を行う。アクティウムの戦い（31B.C.）でクレオパトラとともにオクタビアヌスに敗れた。
（2）ハイド・パークの東側を南北に走る通り。高級ホテルが多い。
（3）グレイズ・イン・ガーデンズの西に位置する通り。流行の先端をいくパーク・レーンとは対照的な場所。
（4）「ノロ・エピスコパリ！」（わたしは主教になりたくない！）という回答が正式の主教受諾の言葉と見なされている。

# 第五章　「愛し合う者同士の喧嘩は愛の息を吹き返す(1)」

さて、これから読者の同意をえて、フラムリーへの手紙を持った郵便集配人を追うことにしよう。手紙は巡り巡る道路経由によっても、いつもと同じ輸送方法によっても運ばれることはなかった。手紙はコーシーの手押し夜間郵便車でバーチェスターに入った。道中、アフリーやチャルディコウツの村をすぎ、ロンドン行きのぼり郵便列車に間に合うようにバーチェスターに到着した。それは郵便列車によって首都へ向けて送られたが、バーセット支線の分岐駅バーチェスター・ジャンクションで進路を変えられ、それから大幹線に沿ってシルバーブリッジまでくだって来た。手紙はそこで朝の六時から七時のあいだフラムリーの郵便集配人に背負われて、ロバーツ夫人が四人の使用人に祈りの言葉をちょうど読み終えるころ、順当にフラムリー牧師館に届けられた。あるいは、通常の場合なら手紙はそんなふうに届けられたと言っていい。しかし、実際には手紙は日曜にシルバーブリッジに着いて、月曜までそこに留め置かれた。フラムリーの人々が日曜の配達を断っていたからだ。それから、雨の降る月曜の朝手紙が牧師館に届けられたとき、ロバーツ夫人はうちにいなかった。私たちがみな知っている通り、彼女はフラムリー・コートの卿夫人のところにいた。

「ああ、びしょびしょじゃ」と郵便集配人は言って、震えながら手紙と新聞を手渡した。牧師は世間に明るい人で、『ジュピター』を購読していた。

「お入りなさい、郵便屋んロビンさん、しばらく暖まって行きなさい」と料理番のジェマイマ。彼女は腰かけを少し脇へ寄せたものの、それでも台所の大きな火の正面にしっかり居座っていた。

「うん、これからどうなるかわからんなあ。ちょっと立ち止まってクロイチゴを摘もうとしたら、生け垣に目があって、シルバーブリッジじゃ告げ口されてしまう」

「ここにはクロイチゴも、あんた、生垣もありませんよ。だから座って暖まりなさい。これはクロイチゴよりましと思いますよ」彼女はロビンにお椀一杯の紅茶と一切れのバター付パンを手渡した。

郵便屋のロビンはずぶぬれになった帽子を床に置き、差し出された紅茶を受け取って、料理番のジェマイマに礼を言った。「じゃが、これからどうなるかわからんなあ」と郵便屋は言った。「こんなに途方もなく雨が降るときにゃあね」ああ、読者よ、こんな日に私たちの誰がこんな誘いに抵抗することができようか？

こんなふうにマークの手紙は回り道をした。しかし、手紙は土曜の夕方チャルディコウツを出発し、翌朝ロバーツ夫人のもとに着いたか、あるいはもし日曜があいだに入らなかったら、夜のあいだに旅の遍歴を終えて着いていたことを見れば、輸送の行程は便利な手順で組まれていたと考えていい。しかし、私たちならもっと短い道筋を通るだろう。

ロビンは毎日最初にフラムリー郵便局、次にフラムリー・コートの裏門、それから俸給牧師の家という道順をたどっていたので、料理番のジェマイマはこんな雨の朝この手紙を奥様のところへもう一度運ぶ仕事に郵便屋を使うことができなかった。というのは、ロビンには手紙を待つ次の村があったからだ。

「どうして、あんた、それをコートんアプルジョンさんに預けて来なかったんよ？」アプルジョン氏はコートの執事で、郵便袋を受け取る係だった。「奥様がそこにいることをあんたは知っていたんだから」

それからロビンは紅茶とトーストに注意を払いつつ、手紙の受取人がどこにいようと、宛名書きされた家に手紙を届けることがいかに法で命じられているか丁寧に説明した。彼は様々な長い単語を含む引用文を援用しながら、じつに申し分なく法を規定した。しかし、効果はあまりかんばしくなかった。というのは、その料理番は彼を馬鹿と呼んだから。もし庭師が入って来てロビンの肩を持ってくれなかったら、彼はもっとひどい目にあっていただろう。「女どもは何も知らんし、何もわからん」と庭師は言った。「おれにその手紙を渡してくれ。おれがお屋敷へ持って行こう。ご主人の筆跡だね」それから郵便屋のロビンは先へ進み、庭師は反対のほうへ進んだ。たとえこんなひどい雨の日でも、庭師はコートの庭へ行くための口実をいやとは思わなかった。

ロバーツ夫人は夫の手紙が届けられたとき、メレディス令夫人と応接間の暖炉の前に座っていた。みなはフラムリー・コートの手紙袋の中味を朝食の席で議論していた。しかし、それももう一時間近く前のことだ。ラフトン卿夫人はいつもの習慣ですでに自室に引きあげており、手紙を書き、仕事を片づけていた。というのは、ラフトン卿夫人は数字を器用に扱う人で、ハロルド・スミスとほとんど同じくらい実務にたけていた。その朝、卿夫人も手紙を受け取って、少なからず不快な思いをしていた。卿夫人は朝食のとき眉を暗く曇らせていたけれど、ロバーツ夫人からもメレディス令夫人からもこの不快がどうして生じたか理由を知られることはなかった。卿夫人は何も言わずに不吉な手紙をバッグに押し込み、朝食が済むとすぐ食堂を離れていた。

「何か問題が生じたね」とサー・ジョージ。

「母さんはルードヴィックのお金のことでずいぶん悩んでいるのよ」とメレディス令夫人。ルードヴィックとはラフトン卿、オックスフォードシャーのラフトンのラフトン男爵、ルードヴィック・ラフトンのことだ。

「だが、私はラフトンが道をはずれているとは思わないね」とサー・ジョージは食堂から出るとき言った。

「ねえ、ジャスティ、私たちの出発を明日まで延期しよう。でも、いいかい、始発の列車でなくちゃいけないよ」メレディス令夫人は覚えておくと言って、それからみなは応接間に入った。ロバーツ夫人が夫の手紙を受け取ったのはそこでだった。

ファニーは手紙を読んだとき、フラムリーの牧師、ラフトン卿夫人一家の聖職者、つまり夫がオムニアム公爵のところに泊まりに行くという発想そのものが理解できなかった。公爵と公爵に属するすべてが有害で、憎むべきものだという考えがフラムリー・コートには広く浸透していた。公爵はホイッグ党員で、独身で、博打打ちで、あらゆる点でふしだらで、いかなる教会の教義も持たぬ人、若者を腐敗させる人、若妻たちの公然たる敵、人々の小さな世襲財産を呑み込む人、母が息子のために案じ、姉が弟のために案じる人、さらに悪いことには父が娘のために案じ、兄が妹のために案じるゆえんとなる人だった。――公爵と公爵に属する人々は、ラフトン卿夫人と卿夫人に属する人々とは正反対の極に住み、また住まなければならない人々だった！

ロバーツ夫人が公爵に関するこんな邪悪な話をみな完全に信じ込んでいたことは覚えておかなくてはならない。夫がアポルオン[2]の邸宅に泊まろうとしている、ほかならぬルーシファー[3]の翼の下に身を投じようとしている、そんなことがどうして受け入れられようか？　彼女は悲しみを表情に宿しながら、夫の内面を余すところなく表す追伸を読み落とすことなく、もう一度じっくり手紙を読んだ。

「ねえ、ジャスティニア！」と彼女はついに言った。

「何です、あなたにも悪い知らせがあったの？」

「何があったかどう話していいかわかりません。手紙を読んでもらったほうが早いと思います」彼女はそう言って夫からの手紙をメレディス令夫人に手渡した――ただし追伸は見せなかった。

「さて、母はいったい何て言うかしら」メレディス令夫人はそう言うと、手紙を折り畳んで、封筒のなかに戻した。

「どうしたらいい、ジャスティニア？　卿夫人にどう伝えたらいいかしら？」二人の女性はそれから頭を寄せ合って、どうすればラフトン卿夫人の怒りをなだめられるか考えた。ロバーツ夫人は昼食のあと牧師館に帰る手はずにしていた。その晩メレディス夫妻が泊まることが決まったあとも、帰ることに固執していた。メレディス令夫人は今友人に、牧師の夫の非道な行為については何も触れないまま手はず通りに帰って、牧師館に着いたらすぐ手紙をラフトン卿夫人に書けばいいと助言した。「母はあなたがここで手紙を受け取ったとは思わないでしょう」とメレディス令夫人。

しかし、ロバーツ夫人はこれに同意しようとしなかった。そんなやり方は卑怯だと思った。夫が間違ったことをしていること、夫本人がそれを感じていることがわかっていた。それでも、彼女は夫を守る義務があった。嵐がどれだけひどくても、それは自分の頭上で炸裂させなければならない。それで、すぐラフトン卿夫人の私室にあがり、ドアを叩いた。そうしたとき、メレディス令夫人もあとに続いた。

「お入り」とラフトン卿夫人。その声に穏やかな、快い響きはなかった。二人が入ったとき、卿夫人は小さな書き物机に座り、頭を腕の上に載せて休んでいた。机上にはその朝受け取った手紙が開かれていた。確かに二通の手紙がそこにあった。一通はロンドンの弁護士から卿夫人に宛てたもの、もう一通は息子からロンドンの弁護士に宛てたものだった。それらの手紙はオックスフォードシャーにあるラフトン家所有の、サワビー氏が一度話したことがある、あの飛び地を即座に売却する件にかかわるものだった。それだけ説明すれば充分だろう。ラフトン卿は弁護士にすぐ土地を売却するように告げ、さらに友人のロバーツがことの経緯をすべて母に説明しているはずだとつけ加えていた。それから実際その必要があったので、弁護士はラフトン卿夫人に手紙を書いた。しかし、不幸なことに卿夫人はこれまでこの件について何も聞いていなかった。

卿夫人は一族の資産の売却を恐ろしいと感じた。年に一万五千ポンドか二万ポンドの収入のある若い男、つまり息子がさらに支援の金を必要とするということも、息子が自分で母に手紙を書いてこなかったということも恐ろしかった。そのうえ、息子の友人になるように送り込んだお気に入りの牧師がこの件にかかわり、彼女が知らないあいだにこの件を知り、息子の不埒な行動の仲介人や代理人として使われていたことも恐ろしかった。そういうことがみな恐ろしかった。ラフトン卿夫人は眉を暗く曇らせ、不安な気持ちでそこに座っていた。私たちの哀れな牧師について一言言えば、彼は友人の依頼をはたす勇気が今までなかったということを除いて、この件で罪はなかったと言っていいかもしれない。

「何用かしら、ファニー？」ドアが開くと、ラフトン卿夫人はすぐ言った。「私はあと三十分もすれば下に降りますよ、ジャスティニア」

「ファニーは今一通手紙を受け取って、すぐ母さんに話したいそうです」とメレディス令夫人。

「どんな手紙です、ファニー？」

哀れなファニーはひどくおびえて、やっと心臓が飛び出るのを抑えていた。手紙をそのままラフトン卿夫人に見せるかどうか決心がつかないでいた。

「主人からの手紙です」とファニー。

「あら、ご主人はもう一週間チャルディコウツに滞在するつもりなのでしょう。私としては不満はありません」ラフトン卿夫人はオックスフォードシャーのあの農場のことを考えていたから、好意的に話すことができなかった。年寄りの分別にとって、若者の無分別が腹立たしかった。ラフトン卿夫人くらいけちでも、貪欲でもない女性はいない。それでも、卿夫人にとって旧家の所有地の一部を売却することは心臓の血を失うのと同じことだった。

「ここに手紙があります、ラフトン卿夫人。読んでくださったほうが早いと思います」ファニーは手紙を手渡したが、再び追伸を見せなかった。彼女は階下で手紙を読み、再度読み返したところ、夫がほかの人にそれを見せることを意図していたかどうかわからなかった。手紙の議論の流れからすると、意図していたと思った。とにかく彼女が夫のため弁明して言える以上に夫は自分のため弁明していた。それで、おそらく卿夫人がそれを読むのがいちばん早かった。

手紙を受け取って読んだとき、ラフトン卿夫人はみるみる顔を曇らせた。読み始める前、卿夫人は差出人に対して構えた態度を示していたが、手紙のなかの一言一言によっていっそう彼をうとましく思うようになった。

「まあ、彼は主教公邸に入るつもりなのね。でも、仲間を選ばなければ。ハロルド・スミスがお仲間の一人なんて！　ご主人があなたに会う前にミス・プラウディに会っていなかったのは、あなた、残念ね。主教の付牧師になれたかもしれないのに。ギャザラム城ですって！　あそこへ行くつもり？　それなら、彼との仲は終わりだと、ファニー、はっきり言います」

「ああ、ラフトン卿夫人、そうおっしゃらないでください」ロバーツ夫人はそう言うとき、目に涙を浮かべていた。

「母さん、母さん、そんな言い方はやめて」とメレディス令夫人。

「けれど、おまえ、どう言ったらいいのです？　そう言うしかありません。私に嘘はつかせたくないでしょう？　人は選択しなければなりません。つまり、二つの対立する党派に二股をかけて生活することはできません。少なくとも私が一派に属し、オムニアム公爵が別の一派に属している限りできません。主教がそこへ行くって、まったく！　私に大嫌いなものがあるとすれば、偽善です」

「手紙のなかに偽善なんかありません、ラフトン卿夫人」

「けれど、私はあると言います、ファニー。実際じつに奇妙ね！　『弁解は延期する』って！　もし夫が正直に行動しているなら、どうして妻に弁解する必要があるかしら？　言葉が自分の首を締めています。『抵抗したらまずい』って！　さて、ロバーツさんが招待を断ったらまずいって、本当に思ったとあなたたち私に言うつもりかしら？　それが偽善だと言っているのです。それ以上にふさわしい言葉はありません」

しかし、このときまでに哀れな妻は泣いていた涙を拭い、次の行動に備えていた。ラフトン卿夫人のあまりにも厳しい態度によって勇気を与えられていた。夫がこんなふうに攻撃されたとき、夫のため戦うのが義務だと思っていた。ラフトン卿夫人の発言がもう少し穏やかだったら、ロバーツ夫人は何も返す言葉がなかったところだ。

「夫に判断の過ちはあったかもしれません」と夫人は言った。「でも、夫は偽善者なんかじゃありません」

「なるほどね、あなた、たぶんあなたのほうが私よりもよくわかっていますね。けれど、私の目にはこれはひどい偽善に映るのです。ねえ、ジャスティニア？」

「ねえ、母さん、もっと穏やかに話してよ」

「穏やかにって！　それはたいへん結構ね。裏切られたとき、人はどうやって感情を穏やかにしていられるのです？」

「主人があなたを裏切ったとおっしゃっているんじゃありませんよね？」と妻が聞いた。

「まあ、いいえ、もちろん違います」卿夫人はさらに手紙を読み続けた。「『公爵に判断を依存しているように見える』って。彼は王国内のどんな悪名高い屋敷に入るときも、これと同じ議論を使うのでしょうね？　そういうことなら、私たちはみな判断を次々に他人に依存しなければならなくなります。『クローリー』って！ええ、もし彼がもう少しクローリーさんのようだったら、私にとっても、教区にとっても、あなたにとってもよかったでしょう。私がこの教区に彼を連れて来たことを神がお許しくださいますように。ただそれだけです」

「ラフトン卿夫人、あなたは夫にずいぶん厳しく当たっています。そう言わざるをえません――本当に厳しく。あなたのような友人からこんなことは予想もしませんでした」

「ねえ、私が心にあることを口に出す人間だということくらいはわかっているはずです。『ジョーンズに手紙を書いた』って――そう。哀れなジョーンズに手紙を書くのはたやすいことです。ジョーンズに手紙を書いて、職務をみなはたすように命じればいい。そうしたら、彼は出かけて行って、公爵家の付牧師になれます」

「夫は主教区全体のどの牧師よりも職務をたくさんこなしていると思っています」とロバーツ夫人は今また涙を浮かべて言った。

「それなのに、あなたは学校の彼の仕事を引き受ける。あなたとポッジェンズ夫人がね。副牧師やら、妻やら、ポッジェンズ夫人やらのおかげで、彼は帰って来なくてもいいわけです」

「ああ、母さん」とジャスティニアは言った。「どうか、どうか、そんなに厳しく彼女に当たらないで」

「手紙を最後まで読ませてちょうだい、あなた。――うん、ここまで。『ぼくの居場所を卿夫人に知らせる』って。彼はあなたがこの手紙を私に見せるとは思わなかったようね」

「見せるとは思わなかった？」ロバーツ夫人は手紙を取り戻そうと手を差し出したが、無駄だった。「私はお見せするのが最善だと思って、お見せしたのです」

「よければすぐ読み終わります。これは何かしら？　よくもまあこんなことで品のない冗談を送って来られるものね。ええ、私がプラウディ博士を好きになることはありません。これは予想外でした。彼の良心の問題ですって！　まあ――まあ、まあ。もし私が自分で手紙を読んだのでなかったら、彼がそんなふうに思っているとは信じられませんでした。ええ、信じられませんでした。『私の教区から来ているから、オムニアム公爵の城には行けない！』これは私が言ってもおかしくない文言ね。この教区にふさわしい人はオムニアム公爵の屋敷にはふさわしくない。この思いを教区内のほかの誰よりも彼が強く持っていると思っていました。私はだまされていたのです――それだけのこと」

「夫はあなたをだますようなことは何もしていません、ラフトン卿夫人」

「ご主人があなたをだましていなければいいのですがね、あなた。『もう少しお金が』って。ええ、たぶんもっとお金が必要になるでしょう。はい、あなたの手紙よ、ファニー。とても残念な手紙ね。これ以上何も言うことはありません」卿夫人は手紙を折り畳んで、ロバーツ夫人に返した。

「あなたにお見せするのが正しいと思ったのに」とロバーツ夫人。

「正しいと思ったかどうかはたいした問題ではありません。伝えてもらって当然なのです」

「あなたにお伝えするように夫から特別言われました」

「ええ、そうね。彼がこんな問題を私に知られないままやれたとは思いません。私に知られないまま職務を怠けて出かけ、オムニアム公爵のもとで博打打ちや姦夫と生活することなどできるはずがありません」

今、ファニー・ロバーツはあふれる感情を抑えられなかった。こういう発言を聞いたとき、彼女はラフトン卿夫人のことも、メレディス令夫人のこともみな忘れ、夫のことしか頭になかった――夫は夫であり、落ち度があったにせよ、よき、愛すべき夫だった――頭のなかにあったもう一つのことは自分が彼の妻だということだった。

「ラフトン卿夫人」と彼女は言った。「私の夫のことをそんなふうに言うなんてご自分をお忘れです」

「どういうことです！」とラフトン卿夫人は言った。「そんな手紙を見せられても、私は思うこともまともに言えないのですか？」

「そんな厳しいことをお考えになるのなら、見せはしませんでした。たとえあなたでもそんなふうに私に言うのは不当です。そんな話は聞きたくありません」

「まあ、気位が高いのね」とラフトン卿夫人。

「夫がオムニアム公爵のところへ行くのが正しいかどうか、判断するような厚かましい真似は私にはできません。行動を判断するのは夫であり、あなたも私もそんな立場にはありません」

「肉屋の請求書を未払いにして、子供の靴を買うお金もなくあなたが置き去りにされるとき、誰が判断するのですか？」

「あなたではありません、ラフトン卿夫人。たとえそんないやな日を迎えることになったとしても、――あなたにも、私にも、そんな日が来ることを予想する権利はありませんが――、私は困ってあなたに救いを求めることはしません。今度のことのあとでは」

「よろしいわ、あなた。そっちのほうがよければ、あなたもオムニアム公爵のところへ行っていいのよ」

「ファニー、こっちへ来て」とメレディス令夫人が言った。「どうして母を怒らせようとするのよ？」

「怒らせたくなんかありません。でも、夫がこんなふうに悪しざまに言われているのに、弁護しないで聞いてはいられません。もし私が夫を弁護しなかったら、誰がするのです？　ラフトン卿夫人は夫にひどいことを言いました。しかも、事実ではありません」

「まあ、ファニー！」とジャスティニア。

「よろしい、たいへんよろしい！」とラフトン卿夫人は言った。「これが受ける報いのようね」

「あなたがどういうつもりで報いと言っているのかわかりません、ラフトン卿夫人。でも、夫のことをそんなふうに言われて、私が平然と聞いていられるとお思いですか？　夫はあなたが名をあげたような人たちと一緒に生活しているわけではありません。職務を怠ってもいません。もし夫に匹敵する教区牧師がいたら、教区民は恵まれています。オムニアム公爵の屋敷のようなところへ行くとき、夫が主教と一緒に行くか、行かないかは決定的な違いがあると思います。なぜか説明できませんが、それとわかるのです」

「特に主教がロバーツさんと同じように悪魔とつるんでいるとき」とラフトン卿夫人は言った。「その主教がみなを引き連れて公爵のお仲間になる。三人は美の三女神(4)を表すわけよ。そうよね、ジャスティニア？」

ラフトン卿夫人は自分の機知に小さな苦い笑いを浮かべた。

「退室してもよろしいでしょうか、ラフトン卿夫人」

「あら、そうね、もちろんよ、あなた」

「あなたを怒らせてしまったのなら、お許しください。でも、ロバーツさんを非難する人があれば私は反論します。あなたは夫にじつに理不尽でした。ですから、たとえあなたを怒らせても、言うべきことは言わなければなりません」

「ねえ、ファニー。それはあんまりな言葉です」とラフトン卿夫人は言った。「あなたはこの三十分私を叱りつけてきた。ご主人のこの新しい友人について私があなたに祝意を表さなかったといってです。今またもう一度蒸し返そうとしている。これにはとても我慢ができません。ほかに特別言うことがなければ、お引き取りになってはどうかしら」そう話すとき、ラフトン卿夫人は強情な、厳しい、辛辣な顔をした。

ロバーツ夫人は古い友人からこんなふうに言われたことは一度もなかった。事実誰からもこんなふうに言われたことがなかったから、どう振る舞っていいかわからなかった。

「そうですか、ラフトン卿夫人」と彼女は言った。「それでは帰ります。さようなら」

「さようなら」ラフトン卿夫人はそう言うと、机のほうを向いて書類をいじくり始めた。ファニーはフラムリー・コートを出て牧師館に帰るとき、必ず卿夫人の温かい抱擁を受けた。今は手を取られることもなく帰ろうとしていた。二人のあいだに今、はっきりいさかいがあった――このいさかいがいつまでも続く、そんなことになるのか？

「ファニーが帰るのよ、ねえ母さん」とメレディス令夫人が言った。「母さんが下に降りる前にファニーはうちに帰り着いてしまいます」

「仕方がありませんよ、おまえ。ファニーは思い通りにするしかありません。私が彼女の行動を判断するような真似はできませんから。今さっき彼女がそう言ったのです」

ロバーツ夫人はそんなことを言った覚えはなかったが、気位が高かったのでそれを取り立てて指摘することはしなかった。それで、穏やかな足取りでドアを通って退いた。メレディス令夫人はそのとき母をなだめるような囁き声を発したあと、ファニーのあとを追った。ああ、悲し、なだめようとする囁きに少しも効果がなかった。

二人の女性は階段を降りるあいだ何も言えなかった。応接間に戻ったとき、完全におびえて互いの顔を覗き込んだ。さあどうしたらいいかしら？　こんな悲劇的な結果になろうとは思いもしなかった。ファニー・ロバーツは公然と名指しされた敵としてラフトン卿夫人の屋敷を去ろうとしている、これが本当なのか？――結婚する前から、結婚後も同様、ほとんど一家の養女のように扱われてきた彼女が？

「ねえ、ファニー、どうしてあんな口答えをしたのよ？」とメレディス令夫人が聞いた。「もともと母がいらだっていたのはわかっているでしょう。今度のこととは別にロバーツさんに腹を立てることがあったのよ」

「あなたはサー・ジョージを非難する人に反論しませんか？」

「ええ、しません。母にはね。私なら母に好きなように言わせて、戦いはサー・ジョージに任せます」

「あら、でもあなたは違います。あなたはじつの娘ですし、サー・ジョージはお婿さんですもの――サー・ジョージの行動をまさか奥様があんなふうに話すことはないでしょう」

「いえ母はその気になれば話しますよ。あなたをやはり母の部屋にあがらせなければよかった」

「終わってむしろよかったのです、ジャスティニア。主人に対する奥様の考えがあんなものなら、わかってむしろよかったのです。奥様にはずいぶん恩義があるし、あなたには愛情を寄せているけれど、それでも夫が悪しざまに言われるのを聞くくらいなら、この屋敷には来ません。どんな家にだって来ません」

「大好きなファニー、怒った二人が会えばどんなことになるかわかっていたのに」

「奥様のところにあがったとき、私は怒っていませんでした、少しもね」

「振り返ってみてもしょうがありません。これからどうします、ファニー？」

「うちへ帰ります」とロバーツ夫人は言った。「これから荷物をまとめて、あとでジェームズに取りに来させます」

「昼食のあとまで待ったら。そのころなら、帰る前に母と口づけができるのじゃないかしら」

「いえ、ジャスティニア。待てません。主人に次の収集までに返信するため、内容を考えなければなりません。ここで手紙を書くことはできないし、四時に収集がありますから」ロバーツ夫人は椅子から立ちあがると、決然と帰り支度を始めた。

「ディナーの前にお宅に寄ってみますね」とメレディス令夫人は言った。「いい知らせを持って行けたら、一緒にここに戻って来られるかもしれません。私、あなたと母を仲たがいさせたままフラムリーを離れることなんかできません」

ロバーツ夫人はこれに何も答えなかった。数分後、夫人は牧師館の子供部屋にいた。子供に口づけし、長子にパパへの伝言を考えるように促した。しかし、長子を納得させていたときも、夫人は目に涙をためていたから、何か悲しいことがあることを少年に悟られてしまった。

夫人は二時ごろまでそこに座って、子供のため細々としたことをして、返事を書き始められない言い訳にしていた。しかし、収集までもう二時間しかなかった。返事を書くのはきっと難しく、熟考と修正を必要とするだろう。おそらく一度ならず複写もしなければならない。お金に関して言えば、少なくとも今マークがほしがっているくらいは手元に持っていた。しかし、それを送ってしまえば、ほとんど無一文になってしまう。とはいえ、夫人は入用の場合、夫が望んだようにデイヴィスに頼ってもよかった。

それで、夫人は応接間の机に座って手紙を書いた。思ったほど時間はかからないとわかった一方、書くのは難しかった。真実を夫に伝える義務があると感じていたうえ、友人らと交際する夫の喜びを台無しにしたくなかったからだ。とはいえ、ラフトン卿夫人が激怒していることは夫に伝えた。「理不尽なほど怒っていると言わなければなりません」と妻は夫に味方していることを示すため書き加えた。「私たちはものすごい口喧嘩をしてしまいました。それで悲しいのです。あなたも悲しむことと思います、最愛のあなた、それはわかります。ですが、私たちは奥様の心根がいかに善良であるか知っています。ジャスティニアの考えによると、奥様はほかに悩みがあったようです。あなたがお帰りになる前に奥様と仲直りができていればいいと思っています。ただし、最愛のマーク、どうか前の手紙で言っていたより長く留守にしないでください」それから、夫人は小さい子たちについて三、四段落、学校について二段落書いたけれど、ここではそれを割愛していいだろう。

ロバーツ夫人はやっと手紙を書き終えると、慎重に折り畳んで封筒に入れ、軽率にも二枚の五ポンド紙幣を合わせてそこに入れた。そのとき、小さなくぐり戸から玄関に通じる砂利の小道に足音を聞いた。その小道は応接間の窓の近くを通っていたので、通りすぎて行く外套の最後の一部をちらと見ることができた。「ジャスティニアね」と夫人は独り言を言った。朝のはらはらする事件をもう一度議論するかと思うと心は掻き乱れた。「もし彼女から謝ってほしいと言われたら」と夫人はすでに胸中つぶやいていた。「どうしよう。夫が間違っているということは友人にも認めるつもりがなかったから」

それからドアが開いて――客は使用人の助けを借りずに入って来た――、ラフトン卿夫人本人が目の前に立っていた。「ファニー」と卿夫人はすぐ言った。「あなたの許しを請いに来ました」

「ああ、ラフトン卿夫人！」

「先ほどあなたが来ていたとき、私はずいぶん悩んでいました――あれ以外の件があったのです、あなた。けれど、それでもご主人について私がしたような話し方はすべきではありませんでした。それで許しを請いに来たのです」

ロバーツ夫人はこう話しかけられて、答えることが――少なくとも言葉では――できなくなった。それで夫人は目に一杯涙を溜めて、跳びあがり、昔からの友人の腕のなかに身を投じた。「ああ、ラフトン卿夫人！」夫人は再び泣きじゃくった。

「私を許してくれますね？」と卿夫人は若い友人の抱擁に応えながら言った。「やれやれ、よかった。あなたが今朝私の部屋を出てからずっと悲しんでいました。あなたもそうだったでしょう。けれど、ファニー、私たちはお互いに深く愛し合って、相手をじつによく理解しているから、長いあいだ喧嘩することはありませんよね？」

「ええ、そうです、ラフトン卿夫人」

「もちろんです。友人は毎日道端で拾えるものでも、軽々しく捨てられるものでもありません。さあ、座って、あなた、少しお話しましょう。ほら、このボンネットを取らなければ。あなたがひもを引っ張るから窒息しそうになりました」ラフトン卿夫人はテーブルにボンネットを置くと、ソファーの隅にくつろいで座った。

「ねえあなた」と卿夫人は言った。「女性にとって夫に対する義務に匹敵する義務はありません。それで、あなたが今朝ロバーツさんを擁護したのはこの上なく正しかったのです」

ロバーツ夫人はこれについて何も言わなかったが、卿夫人の手を取って少し強く握った。

「あなたがすることをずっと見てきて、あなたをいとしく思っていました。本当よ、あなた。あなたは少し喧嘩っ早いところがあります。ジャスティニアだってそれを認めています。あなたが帰ってから、娘からうるさく言われました。実際、あなたがその美しい瞳であんな表情をすることができるとは私、知りませんでした」

「ああ、ラフトン卿夫人！」

「けれど、おそらく私も充分猛々しく見えたことでしょう。ですから、それについてはもう言わないようにしましょうね？　さて、あなたのご主人について話しましょうか？」

「ラフトン卿夫人、夫を許してもらわなければなりません」

「ええ、あなたの頼みですから、許しますよ。これ以上公爵について一言も言わないことにします。今も、ご主人が帰って来てからもね。ええと、ご主人が帰って来るのは――いつでしたか?」

「来週の水曜と思います」

「水曜ね。それじゃご主人に水曜に屋敷に来てディナーを取るように伝えてください。きっと間に合うでしょう。例の恐ろしい公爵について一言も話すつもりはありません」

「感謝します、ラフトン卿夫人」

「けれど、いいかしら、あなた。あんな友人なんか持たないほうが本当ははるかにいいのです」

「ええ、きっとそうです。そのほうがずっといいのです」

「あら、それを認めてくれて嬉しいわ。あなたが公爵に好意を持っているように見えましたから」

「とんでもありません、ラフトン卿夫人」

「それならいいのです。さて、もし私の忠告を聞いてくれるなら、ご主人がもう二度とあそこへ行かないように、善良な、愛らしい、優しい妻として――事実そうなのです――あなたの影響力を行使してくださいね。私はお婆さんで、ご主人は若者ですから、私を時代遅れだと考えるのはごく自然なことです。それを怒ってはいません。けれど、古い友人から離れないようにするのが、あらゆる点でいいのだと、ご主人もやがて気づかれるでしょう。心の安らぎ、牧師としての評判、財布、子供とあなた、永遠の幸福のためにもいいことです。公爵はご主人が求めるべき相手ではありません。たとえ公爵から求められても、引き込まれてはなりません」

　ラフトン卿夫人は話を終えた。ファニー・ロバーツはすすり泣きしながら友人の足元にひざまずいて、その膝に顔を隠した。自分の行動を判断する夫の能力について今彼女は弁護の言葉がなかった。

「さて、私は帰らなければなりません。けれど、ジャスティニアから、いいですか、今夜あなたをディナーに連れて来るようにと——必要なら力ずくでと——固く約束させられています。連れて来ないと娘と仲直りする方法が見つからないのです。ですから、困っている私を見捨てないでね」ファニーはもちろんフラムリー・コートへ行ってディナーをいただくと答えた。

「それからその手紙を決して送ってはいけませんよ」卿夫人は部屋を出るとき、そう言ってロバーツ夫人の机上の宛名書きされた手紙を傘でつついた。「その中身がどういうものか私にはよくわかります。すっかり書き替えてもらわなければいけません」それからラフトン卿夫人は帰って行った。

ロバーツ夫人はすぐ机に向かうと、手紙を裂いて開けた。腕時計を見ると四時をすぎていた。郵便の集配人が来たとき、新しい手紙に取りかかったばかりだった。「ねえ、メアリー」と夫人は言った。「彼を待たせておいてちょうだい。もし十五分待ってくれたら、一シリング差しあげますって」

「その必要はありません、奥様。ビールを一杯飲ませればいいんです」

「ビールを差しあげて、メアリー。でも、たくさん飲ませないでよ。手紙を落とされたら困るから。十分で書きあげます」

夫人は五分もしないうちに前便とはまったく異なる一通を走り書きした。夫はすぐお金がほしいだろうから、一日も遅らせることができなかった。

註

（1）ローマの喜劇作家テレンティウス（186/85-? 159B.C.）の『アンドロスの女』（166B.C.）にこの一節がある。

（2）底なしの深い穴に住む悪魔。「ヨハネの黙示録」第九章第十一節。
（3）天から落ちた明けの明星。魔王。「イザヤ書」第十四章第十二節。
（4）エウプロシュネー（喜び）とアグライアー（輝く女）とタレイア（花の盛り）というカリスらを指している。しかし、ここでは悪の三位一体、悪魔と罪と死を意味する。

# 第六章　ハロルド・スミス氏の講演

チャルディコウツの一行は終始楽しくすごしたから、時間はあっという間にすぎていった。ロバーツ氏のおもな友人は、サワビー氏を別格とすると、ミス・ダンスタブルだった。そのミス・ダンスタブルはロバーツ氏にはずいぶん好感を抱いたようだが、サプルハウス氏にはそのお世辞の多さにかなり不快感を示していた。また、当家の主人に対しても礼儀を欠かさぬ程度にしか丁重に振る舞っていなかった。よく見ると、サプルハウス氏とサワビー氏はどちらも独身で、マーク・ロバーツは妻帯者だった。

ロバーツはラフトン卿が抱える土地売却問題についてサワビー氏と一度ならず話し合った。とはいえ、できればこれを避けたかった。サワビーは仕事と遊びをいつも一緒くたにして、平素から下心を持ってじりじり推し進めるタイプの人だった。この階級の人々は概して毎日働くこともなく、規則正しい労働の習慣もない。しかし、彼らは毎日働く人々よりも絶えずあくせく骨折っているように見えた。

「ラフトンはずいぶん仕事が遅いなあ」とサワビー氏は言った。「約束したのにどうしてすぐできないんだろう？　それに、フラムリー・コートのあの婆さんを怖がっている。なあ、あんた、あんたが何と言おうと、あれは婆さんで、二度と若返りはしないのだ。ちょっとラフトンに手紙を書いてくれないか。この遅延はわしには都合が悪い。ラフトンはあんたの言うことなら、やってくれるからな」

マークは手紙を書くと約束して、実際そうした。しかし、彼が巻き込まれた会話の調子に初め馴染めな

ニューギニア及び周辺の島々

かった。ラフトン卿夫人が婆さんと呼ばれるのを聞くとかなり苦痛に感じた。ラフトン卿による資産処分の議論も同じように苦痛に感じた。マークはこういうことにいらだっていたにもかかわらず、ずるずるとそれに慣らされ、感覚を鈍らされて、友人サワビーの話し方に違和感をなくしていった。

そして土曜の午後、一行はみなでバーチェスターへ出かけた。ハロルド・スミスはこの四十八時間サラワク、ラブアン島、ニューギニア、ソロモン諸島のことを頭にはち切れるほど詰め込んだ。勉強して一時的に専門性をえた人によくあるように、しばらくほかのことが頭のなかになかったから、まわりの人が別のことを考えているのを不満に思った。彼はまわりの人からパプア子爵とか、ボルネオ男爵と呼ばれた。スミス夫人は夫をひやかして、妻にも爵位を寄こすようにと言い張った。ミス・ダンスタブルは南洋諸島以外の人とは結婚しないと誓い、スパイス主教の収入と職務を手に入れるのはいかがかしらとマークに勧めた。プラウディ家の人々はこの小さな皮肉にあまり目くじらを立てることはなかった。適当な機会にまわりの人々に打ち解けた態度を見せるのは気分のいいことだ。プラウディ夫人はこのときをその機会ととらえた。四六時中まじめに賢い態度を取り続けられる人なんかいない。こういうくつろぎのとき、主教、あのいつも賢い人はまじめな英知をしばらく棚あげにした。

「明日は五時にディナーをしたいと思っていますよ、パプア卿夫人」とひょうきんな主教は言った。「閣下と国家のご都合はそれで合いましょうかな。へ！　へ！　へ！」と人のいい高位聖職者はふざけて笑った。

五十歳程度の気の若い男女は冗談を言い、いちゃつき、からかい合うことが何と上手にできるのだろう！二十五歳とか三十歳の助言者がそばに控えて秩序立てなければ、中年男女は腹を抱えて笑い、当てこすりを浴びせ、あだ名で呼び合って楽しむ。普通ならひどくむかつくこういう中年の連れに、もしフラムリーの俸給牧師がうまく調子を合わせられなかったら、彼もおそらくそんな抑圧的な助言者の一人と見なされたかもしれない。しかし、ロバーツは調子を合わせてパプア卿夫人に話しかけ、男爵にひょうきんに振る舞った。それは必ずしもハロルド・スミス氏本人を満足させたわけではない。

というのは、ハロルド・スミス氏はじつに真剣で、こんな冗談めかしたことをあまり嬉しがらなかったのだ。彼はニューギニアの開化へ向けてイギリスの世論をおよそ三か月で動かせると、バーチェスターの世論など意に沿う方向に一晩の努力で動かせると考えていた。彼はほかの連中がどうして真剣になれないのかわからなかったので、私たちの友人マークのへらへらした態度にかなり腹を立てていた。

「男爵を待たせてはいけません」とマークは言った。みんながバーチェスターへ発つ準備をしていたときのことだ。

「どんなつもりでおれを男爵と呼んでいるのかわからんね」とハロルド・スミスが不満を述べた。「あんたが明日説教壇にあがって、それからチャルディコウツの田舎者に献金の帽子を回すとき、冗談があんたの得になるとは思わんよ」

「ガラスのお屋敷に住む人々が説教者に石を投げつけることはありません、田舎者は別としてね、そうよね、男爵」とミス・ダンスタブルは言った。「ロバーツさんはあなたの講演内容にきわめて近い説教をするのですから、冗談なんか言っている場合じゃありませんよ」

「もしおれたちがそとの世界の教化に向けて、牧師がやるまで何もやらなかったら」とハロルド・スミスは言った。「残念ながら長い時間そとの世界を待たせることになるね」

「国会議員で、かつ大臣を嘱望されている人以外こういうことがやれる人はいませんよ」とスミス夫人が囁いた。

彼らは多少刃を交えることがあるものの、みなそんな具合に楽しんでいた。三時に馬車の車列がバーチェスターへ向けて出発した。主教の馬車がもちろん先頭だったが、主教当人はその馬車に乗っていなかった。

「プラウディ夫人、きっと私をご一緒の馬車に乗せてくれますね」とミス・ダンスタブルが言った。出発の瀬戸際、大きな石の階段を降りたときのことだ。「スロープさんのお話の続きをお聞きしたいのです」

さて、この発言が計画をひっくり返してしまった。主教は奥方とスミス夫人とマーク・ロバーツとともに自分の馬車で行く予定だった。サワビー氏はミス・ダンスタブルと一緒にフェートン(1)に乗るように手はずを整えていた。しかし、ミス・ダンスタブルの希望を無視することは夢にも考えられなかった。当然マークが譲歩した。しかし、主教は自分の馬車に乗ることにこだわるわけではないと言った。主教は奥方の視線に屈してそう言ったのだ。それからもちろん変更がいろいろ続いて、結局サワビー氏とハロルド・スミスがフェートンの二人の乗客となった。

哀れな講演者は馬車の席に着くと、この二日間準備してきた内容をちょっと口にした――というのは、思いは口に出る(2)からだ。しかし、聞き手は隣の席の相手が代わっていらだっていた。「南洋諸島のやつらなんかくそ食らえだ」とサワビー氏は言った。「数分もしたらあんたは無神経な畜生みたいに好きなようにしていい。だが、頼むから、それまではおとなしくしていてくれ」サワビー氏がミス・ダンスタブルを馬車の連れにしようとして、ささやかな計画を練っていたのは明らかだ。彼の計画にはわずかしか無意味なものはなかったと言っていい。彼は今馬車の席に身を深く投じて、寝ようとした。義弟と一対一で話をする気なんかさらさらなかった。

プラウディ夫人はスロープ氏の話を始めた、というより再開した。奥方はこの紳士――かつては奥方の意にかなう付牧師、今はもっとも苦々しい敵――の話が格別好きだった。この話をするとき、奥方は時々ミス・ダンスタブルに囁き声で話さなければならなかった。ある既婚女性に関する一、二けしからぬ、若い口バーツ氏の耳にさえふさわしくない逸話があったからだ。しかし、ハロルド・スミス夫人がその話を大声で話すように主張したので、ミス・ダンスタブルはプラウディ夫人の目配せにもかかわらず、できればスミス夫人も満足させたいと思った。

「まあ、その女性の手に口づけするなんて、あの男は牧師なのでしょう！」とミス・ダンスタブルは言った。「そんなことをしていたなんて思ってもいませんでしたわ、ロバーツさん」

「静かな流れはいちばん深いのよ」とハロルド・スミス夫人。

「しっ！　静かに！」とプラウディ夫人は口でというより目で制した。「あの悪い男からこうむった精神的打撃のせいで、この上なく悲しい目にあいました。そのあいだじゅう、いい、あの男はその女性に言い寄っていたんです――」それから、プラウディ夫人は女性の名を囁いた。

「まあ、聖堂参事会長の奥さん！」とミス・ダンスタブルは叫んだ。その声があまりに大きかったので、それを聞いた後ろの馬車の御者がどうどうと馬に声をかけた。

「大執事の義妹！」とハロルド・スミス夫人は金切り声をあげた。

「放置したら、あの男は次に何をやっていたかしら？」とミス・ダンスタブル。

「彼女はそのころまだ参事会長の奥さんではなかったでしょ」とプラウディ夫人は説明した。

「まあ、聖堂参事会には楽しい夫婦ができていたところね、まったく」とミス・ダンスタブルは言った。

「バーチェスターにもう一組あなたが作るべきよ、ロバーツさん」

「ただおそらくロバーツ夫人はその気になれないかもしれません」とハロルド・スミス夫人。

「それから、あの男が主教を利用して画策した陰謀のことがあるでしょ！」とプラウディ夫人。

「愛と戦争では何でもありですよ、おわかり」とミス・ダンスタブル。

「しかし、あの男は陰謀を始めたとき、誰を相手にしなければならないか、わかっていなかったんです」とプラウディ夫人。

「主教はあの男の手には負えなかったのですね――」とハロルド・スミス夫人は悪意を込めて言った。

「もし主教がどうにかなっても、もう一人が相手になっていたでしょ。あの男はそれからバーチェスターをすこぶる不名誉なかたちで出て行かなければならなかった。その後獣脂ろうそく屋の奥さんと結婚したんです」

「奥さんですって！」とミス・ダンスタブルは言った。「なんて男なのでしょう！」

「未亡人という意味ですよ。しかし、あの男にはどっちも一緒でしょ」

「あの男は金星が上昇中に生まれたのです」とスミス夫人は言った。「あなた方牧師は普通金星に支配されていると思いますよ、ロバーツさん」そんな具合でプラウディ夫人の馬車はまんざら退屈というわけではなく、その日バーチェスターに入った。私たちの友人マークは徐々に仲間に慣れた。彼は主教公邸に到着する前、ミス・ダンスタブルがずいぶん愉快な人だとわかった。

主教のディナーはその種のものとしてはずいぶんすばらしいものだったが、それをここでゆっくり語る時間はない。サワビー氏はディナーでミス・ダンスタブルの隣の席に座ろうとして、サプルハウス氏のささやかな試みを排除することができたから、もう一度曇りない上機嫌で輝いた。しかし、ハロルド・スミス氏はテーブルクロスが取り除かれたとたん、いらいらし始めた。講演会は七時に始まる予定なのに、彼の腕時計ではすでにその時間になっていた。バーチェスターの人々をじらせ、いらだたせるため、サワビーとサプルハウスが講演を遅らせようとしているとスミス氏は断言した。それで、主教は正式の主教のもてなしをすることができなかった。

「忘れていますね、サワビー」とサプルハウスは言った。「この二週間この辺の人々はほかに何も楽しみにするものがなかったのです」

「すぐ満足させてあげないと」とスミス夫人は言った。プラウディ夫人からかすかな同意の合図を受けたせいだ。「さあ、あなた」とスミス夫人はミス・ダンスタブルの腕を取った。「バーチェスターを待たせてはいけません。十五分で用意できるかしら、プラウディ夫人？」そう言って女性たちはさっそうと出て行った。

「もう一杯クラレットを飲む時間はあるかな」と主教。

「ほら、あれは聖堂の七時の鐘だ」ハロルド・スミスは時計の音を聞いてそう言うと、椅子から跳びあがった。「人々が集まっていたら、待たせるのはよくない。おれは行くよ」

「クラレットを一杯だけです、スミスさん。そしたら私たちも行きます」と主教。

「あの女性たちはおれを一時間待たせるだろうな」とハロルドは言うと、グラスにクラレットを注いで立ったまま飲んだ。「彼女らはわざとやっているんだ」ハロルドは妻のことを考えていた一方、主教はこの客が実際にはプラウディ夫人のことを話しているように思った。

一行が職人会館の大きな会場に着いたとき、かなり遅刻していた。しかし、全体から見てこの遅刻が何か悪影響を及ぼしたかどうかわからない。スミス氏の聴衆の大部分は公邸から来た一行を除くとバーチェスターの商人と妻と家族で、彼らはいらだつこともなく大人物らの到着を待っていた。この講演会は無料で聞くことができた。無料かどうかはイギリス人がどう扱われたか評価、判断する際、常に考慮に入れる事実だ。金を払うとき、初めてイギリス人は選択する。そのときは好きなようにいらだっていい。正当性という感覚から大きな影響を受けており、その感覚に従って普通行動している。

それで、公邸の一行が会場に入ったとき、ベンチの人々は丁重に立ちあがった。一行のためいちばん前に席が取ってあった。三つ肘掛椅子があって、主教とプラウディ夫人とミス・ダンスタブルが少し躊躇したあと座った。スミス夫人は南洋諸島のパプア卿夫人の地位から見て、肘掛椅子に座る権利があると認めたものの、その席に座ることをはっきり断った。この発言がかなり大きな声でなされたので、スミス氏は——白い子ヤギ革の手袋を持ち、少し高くなった小さな演壇の小さなテーブルの後ろに立っていたから——それを耳にして、当惑し、かなり気分を害した。パプア卿夫人についての冗談が嫌いだった。

それから、一行のほかの人々は赤い布で覆われた最前列のベンチに座った。「一時間もたったら、この席が非常に狭くて硬いことがわかるよ」とサワビー氏。演壇の上のスミス氏は再びその言葉を漏れ聞いて、手袋をテーブルに打ちつけた。その音が会場じゅうに聞こえたと感じた。二列目の席に一人二人紳士がいて、一行の数人と握手した。年配の善良な独身郷士ウラソーンのソーン氏がいた。郷士の住まいはバーチェスターに近かったから、あまり不便なく来場できた。郷士の隣には聖堂参事会の老牧師であるハーディング氏がいた。プラウディ夫人はハーディング氏と丁寧に握手して、氏が望めば奥方のすぐ後ろの席に座るように身振りで示した。しかし、ハーディング氏はまったくそれを望まなかった。彼は主教に敬意を表したあと、古い友人であるソーン氏の隣に静かに戻って、プラウディ夫人を怒らせた。奥方の表情に怒りが容易に見て取れた。主教の管財人チャドウィック氏もそこにいたが、彼も上記二人の紳士のそばを離れなかった。

今主教と女性たちが席に着いたので、ハロルド・スミス氏は手袋を拾い、再び演壇にそれを置いて、明瞭に三度咳払いしてから始めた。

「イギリス諸島においては」と彼は言った。「地位や富や教養の点で恵まれた人々が社会的地位の低い人々の利益と向上のため進んで名乗り出て、無償、無報酬で時間と知識を与えることが現代のもっとも特徴的なこととなった」彼はしばらく間を置いた。その間、スミス夫人はミス・ダンスタブルに講演の出だしとしてはかなりいいと言い、ミス・ダンスタブルは「自分としては地位や富や教養に恵まれていることにずいぶん感謝している」と答えた。サワビー氏はサプルハウス氏にウインクし、後者は目を大きく見開いて肩をすくめた。しかし、バーチェスターの人々は全体を善意に受け取って、講演者に拍手と足踏みで喝采した。

講演者はそれで気をよくして、再び話し始めた。「この立派な活動に最近時々身を捧げている多くの高貴で有能な貴族や下院議員と自分を同列に置こうとして、私はこんな発言をしているのではありません」

「あまり謙遜しなければいいのですけれど――」とミス・ダンスタブル。

「もし謙遜したら新機軸です」とスミス夫人は答えた。

それから彼は貴族や国会議員の長い名簿を読みあげた。名簿は当然ボウナージーズ卿[3]から始まり、グリーン・ウォーカー氏で終わっていた。後者はクルー・ジャンクション[4]選挙区から伯父の利害を代表して最近国会議員に選ばれ、イートン校のラテン語文法学者ら[5]に関する講演をしてただちに公的生活に入った若い紳士だった。

「今回の私たちの目的は」とスミス氏は続けた。「はるかインド諸国を越え、南海に横たわる雄大で荘厳な島々から何かを学ぶことです。その島々は豊かなスパイスやすてきな果物を生み出し、その海は真珠やサンゴで埋まっています。パプアやフィリピン諸島やボルネオやモルッカ諸島のことです。友よ、あなた方は地図に精通しており、赤道が遠い海洋に描く軌道を知っているはずです」そのとき、多くの人が頭をさげて、ページをめくる音を立てた。「社会的地位の低い人々」の多くが地図を持参しており、この不思議な島々の場所について記憶を蘇らせた。

それからスミス氏もまた地図を片手に持ちつつ、壁に掛けられた大きな別の地図を時々指して、話題の地理を説明した。「わざわざバーチェスターに来なくても、地図帳から見つけ出せたかもしれないのに」と、あの冷淡な配偶者スミス夫人がじつに無慈悲に、しかもきわめて非論理的に言った。なぜなら、捜しても自分では捜し出せないこと、わざわざ指摘されなければわからないことはたくさんあるからだ。ラブアン島の緯度や経度はまさしくそういうものの一、二ではなかろうか?

こうしてハロルド・スミス氏はマカッサル海峡、モルッカ水路を抜け、ボルネオ、セレベス島、ジャイロロ島を結ぶ道に適切に印をつけたとき、さらに高く飛翔した。「しかし、神が人に与えるものはみな」と彼は言った。「もし人がその贈り物を受け取るため手のひらを開かなければ、何の役に立ちますか? この手のひらを広げるということ、これこそ文明化の過程以外の何ものでもありません。そうです、友よ、文明化の過程がだいじではないでしょうか? これら南洋諸島の人々は慈悲深い摂理から与えられるものすべてを享受しています。しかし、そのすべては教育がなければ無なのです。そして、その教育と文明化を彼らに施すのはあなた方——そうです、友よ、あなた方なのです。バーチェスター市民であるあなた方なのです」それから、彼は再び聴衆の手足に仕事ができるように間を置いた。拍手と足踏みがあって、その間にスミス氏は一口水を含んだ。彼は今や水をえた魚のようで、ちゃんとテーブルを拳で叩くやり方をこなした。サワビー氏から漏れる数語が時々聞こえてきたにせよ、彼は自分の声がもたらす響きに聞き惚れるいつもの状態になっていた。それで、陳腐な文句から自明の理へ、自明の理から陳腐な文句へ自分でも魅力的と思える雄弁を切れ目なく続けた。

「文明よ」と彼は目と手を天井に向けて叫んだ。「ああ文明よ——」

「今から一時間半私たちに勝ち目はなさそうですね」とサプルハウス氏は唸って言った。ハロルド・スミスは片目をじろりと彼に向けたが、すぐ天井に戻した。

「ああ文明よ! 汝は人類を気高くし、神と対等にする者、汝に似るものなどあろうか?」ここでプラウディ夫人ははっきり異を唱える身振りを示したから、もし尊敬すべき高位聖職者が居眠りしていなかったら、それはきっと主教にも支持してもらえただろう。しかし、スミス氏は気にしないで、とにかく無視して話を続けた。

「汝に似るものなどあろうか？　汝は不毛の平野を肥沃にする灌漑の流れです。汝が訪れるまで、すべてが暗く寂しい。しかし、汝が訪れれば、真昼の太陽が輝き、大地は作物を生み出し、岩ははらわた深くから貢ぎ物を差し出す。退屈で醜いかたちのものが優雅さと美しさを与えられ、植物的存在が天上界の生命のきざはしを登る。そしてまた、天才が半透明の甲冑に身を固めて現れ、大地の表面全体を片手でつかんで、その隅々まで彼の目的に従属させる。天才すなわち文明の子、学芸の母よ！」

『進歩の系図』から引用されたその最後の部分は大成功を博した。バーチェスター全体が——最前列のあのひねくれた貴族らと最前列の端の肘掛椅子に座る三人を除いて——バーチェスター全体が拍手と足踏みで応えた。最前列の貴族らは文明に密着しすぎていたので、それにあまり関心を抱くことができなかった。三つの肘掛椅子というよりむしろプラウディ夫人のあの特別な椅子は、講演者の発言のなかに異教的な考え、つまりほとんど不信心に等しい異教的感傷性があると考えた。奥方、すなわち教会の柱は今公的な集会に席を占めていたから、それをとても我慢して聞いていることができなかった。

「当てにしなければならないのは文明です」とハロルド・スミス氏は続けた。彼はよく知っているやり方で詩から散文へ調子を落とし、それによって詩のよさも、散文のよさも理解していることを示した。「私たちがこれら島々の実質的な進歩のため、そして——」

「そして、教会です」とプラウディ夫人が叫んだから、集まった人々は大いに驚き、主教を居眠りからすっかり起こしてしまった。主教は聞き慣れた声を耳にすると、椅子から跳びあがり、「その通り、その通り」と叫んだ。

「謹聴、謹聴、謹聴」と、ベンチに座っていたプラウディ夫人の宗派に特に属する市の人々が言った。新しい会堂番の声がそのなかで明瞭に響いたが、その男の採用に奥方は大いに心を砕いたのだ。

「ええ、そうです。もちろん教会です」とハロルド・スミスは言った。この妨害は講演者にとって敵対的であるように思えた。

「教会と安息日の遵守」とプラウディ夫人は叫んだ。奥方は今や聴衆の耳目を集めていたので、それを固守しようとするように見えた。「これらの島民らが安息日を神聖に遵守しなければ、決して繁栄できないことを忘れてはなりません」

哀れなスミス氏は絶好調の高所から乱暴に引きずり降ろされ、二度と高所によじ登ることができないまま、ある意味意に沿わぬかたちで講演を終えた。彼は目の前のテーブルの上に大部の統計的資料を用意しており、聞き手の心を充分つかんだあと、それで彼らを知的に納得させるつもりでいた。しかし、この資料はとても退屈で、気の抜けたものになってしまった。妨害を受けたとき触れていたあの実質的な進歩は、金なしには成し遂げられないこと、聴衆であるバーチェスターの人々は、人間らしく同胞らしく財布を持って進み出なければならないことを彼は説明しようとしていた。つまり、募金も企んでいた。しかし、肘掛椅子から加えられたあの致命的な攻撃の瞬間から、プラウディ夫人が今や時の主人公であることが、彼にもほかのすべての人にも明らかだった。彼は絶頂期から転落し、バーチェスターの人々は彼の訴えにまったく耳を貸さなくなった。こんな理由で講演はみなが予想していたよりたっぷり二十分以上早く終わった。サワビー氏とサプルハウス氏は大いに喜んで、その夜プラウディ夫人に感謝の動議を提案して可決させた。というのは、彼らは就寝前にまだいろいろ楽しいことをしたかったからだ。

「ロバーツ、ちょっと待ってくれ」とサワビー氏は言った。職人会館の玄関に立っていたときのことだ。「主教夫妻と一緒に帰ってはいけない。わしらは「ウオントリーのドラゴン」で軽く夜食を取るつもりなんだ。いろいろあったあとだから、誓って一杯必要だろ。公邸の使用人の一人に入れてくれるように頼んでおけよ」

マークはその提案に沿えたらいいのにと残念に思った。勇気があったら、喜んで夜食会に参加したかった。しかし、彼もほかの牧師と同じように目の前のプラウディ夫人が怖かった。

彼らはとても楽しい夜食会をすごした。しかし、哀れなハロルド・スミス氏は一行のなかでいちばん不幸な思いをしていた。

註

（1）二座席ある幌なし二頭立て軽四輪馬車。
（2）「ルカによる福音書」第六章第四十五節。
（3）「マルコによる福音書」第三章第十七節に「ボアネルゲすなわち雷の子という名」とある。
（4）チェシャー州南東部の都市で、主要鉄道線の合流地。
（5）一八六〇年までに四十版以上を重ねた初心者用教科書『イートン・ラテン語文法』の著者らを指す。

# 第七章　日曜の朝

マーク・ロバーツがその夜食パーティーに行かなかったのはおそらく全体として正しかった。客が腰を降ろしたのは十一時すぎだったし、紳士が寝床に就いたのはもう二時を回ろうとしていた。マークが翌日日曜の朝、ハロルド・スミス氏の島民の宣教のため慈善説教をしなければならないことは覚えておられると思う。じつを言うと、彼は今その仕事に対する熱意をほとんど失っていた。

最初に依頼されたとき、彼はいつものようにその仕事を真剣に考えたので、フラムリーを発つ前、これに備えて説教を完成させていた。しかし、それ以来嘲笑の雰囲気がやることなすこと全体にみなぎるなか、彼は説教のことなんかあまり考えずにその雰囲気にはまり込んでいた。それで、別の話題を題材にしておけばよかったと心から願うばかりだった。

彼がいちばん言いたいところがミス・ダンスタブルやスミス夫人から飛びっきり笑いを引き出した部分であり、彼自身がもっとも笑った部分だとわかった。あの二人の女性がじっと見詰めて彼の視線をとらえ、すでに講演者を嘲笑したように彼、説教者を嘲笑しようと構えていることがわかっていた。そんななか、いったいどうしてそんな話題を適切な気分で説教することができようか?

彼はこう考えたとき、女性の一人には知らずに不当な扱いをしてしまった。ミス・ダンスタブルは楽しいことが好きで、正しく言えばおふざけ好きだったが、宗教や神の教えにかかわるものを嘲笑する気はぜんぜんなかった。ミス・ダンスタブルがプラウディ夫人を宗教的なものの一部と見なしていないことははっきりしていた。なぜなら、彼女はこの奥方を進んで笑いの対象としたからだ。だから、マークがミス・ダンスタブルの人柄をもっと理解していたら、彼女が完璧な作法で説教を終わりまで我慢してくれることがわかっただろう。

しかし、実際のところ彼はかなり不安を感じていた。それで、説教を校正するため朝早く起きた。特に島々に言及する部分――彼らが心から一緒に笑った島の名――は完全に削除した。その代わりに疑いなく役に立つ一般的な発言を入れたので、ハロルド・スミス氏の講演と重複する部分を払拭できたと自認した。説教を書いたとき、おそらくちょっとした物議を醸したいと思っていた。しかし、今は大過なく終われば満足できた。

しかし、その日曜は多くの苦労が彼を待ち受けていた。旅籠の一行は八時に朝食を取り、八時半きっかりに出発する予定だった。そうすれば余裕を持ってチャルディコウツに到着し、教会に入る前に身支度を整えることができた。教会は菩提樹が植わった整然とした長い並木道のすぐ近く、正門の内側、敷地内に建っていた。それゆえ、サワビー氏の家に到着したあとは、あまり長く歩く必要はないと見られていた。

早起きのプラウディ夫人は客――しかも牧師――が日曜の朝食を取るため旅籠に出かけることを認めなかった。奥方はチャルディコウツに戻る安息日の旅について明らかに意に染まぬ同意を与えたから、冒涜を可能な限り少な目に抑える必要があった。マークが友人と一緒に旅して帰ることは渋々了承したものの、主教公邸の家庭の祈りや朝食という喜びに参加しないで帰ることはまかりならぬことだった。それでプラウディ夫人は就寝する前必要な命令を出して、家中の者を大いに困惑させた。

大いに困惑したのはとにかく奥方の使用人だった！　主教自身はずいぶん遅い時間まで姿を現さなかった。

主教はあらゆる点で今奥方の尻に敷かれていた。今はあらゆる点でだった。というのは、主教職に就いてすぐ、自尊心に満ちて大得意になっていた時期、奥方への謀反の意志を抱いたことがあったからだ。しかし、今は神の配剤によって恵まれたあのよき奥方に対して敵意なんか抱いていなかった。そういう恭順のお返しとして、あらゆる点でささやかな安楽があのよき奥方から与えられていた。かつて心の妻に対して挑戦するように誘惑されたあの邪悪な戦いを今主教は何という驚きをもって思い返したことか？

プラウディ家の娘たちもそんな早い時間に姿を現さなかった。娘たちが現れないのはおそらく違う理由からだった。プラウディ夫人は主教に対するほどうまく娘たちを扱うことができなかったからだ。娘たちは日に日に各自の意志を強めていた。プラウディ夫人に恵まれた三人の娘のうち、一人は主教区のじつに優れた若い牧師オプティマス・グレイ師にすでにその意志を合法的に振るう立場にあった。しかし、残り二人の娘はまだそんな支配力の開花に至っておらず、おそらく家のなかでその練習に励みたいという気持ちが強かった。

しかし、プラウディ夫人は七時半きっかりに朝食の席に着いた。家の付牧師も、ロバーツ氏も、家中の使用人も——一人の怠け者を除いて全員——その席にいた。「トマスはどこ？」アルゴスの目を持つ奥方はそう言うと、家庭用祈祷書を手に持って立ちあがった。「よろしければ、奥様、タマスは歯痛で気分が悪いんです」「歯痛ですって！」と奥方は大声を出したが、目にはそれ以上に恐ろしい光があった。「教会へ行く前にトマスを私のところに連れて来なさい」それから、彼らは祈りに入った。祈りは付牧師によって好感の持てる、適切な、慎み深い仕方で読まれた。とはいえ、祈りが終わったとき、プラウディ夫人が祝福を唱える役を引き受けたあたり、少し出しゃばりすぎていたと思わざるをえない。しかし、奥方ははっきり通る朗々たる声で、付牧師にはとても及ばぬ個人的威厳を持って祝福を唱えた。

プラウディ夫人は朝食の席でかなり厳格だったから、公邸を脱出したいという説明できない衝動をフラムリーの俸給牧師に抱かせた。奥方はいつも細心の注意を払って高い身分にふさわしい身なりを整えていた。ところが、そのときはそもそもそういう身なりをしていなかった。奥方が聖堂の聖歌隊の中央に進み出る前、かなり身づくろいをしなければならなかったのは確かだ。しかし今、奥方は顎ひもしかない大きなぶかぶかの帽子、家人も付牧師もそれになじんでいたが、先週の休日に奥方の盛装を見たロバーツ氏の目には無作法そのものに見える帽子をかぶっていた。そのうえ、奥方は首のまわりまで覆う大きな、ゆるい、暗い色の部屋着を着ていた。奥方のドレスはペチコートによる下支え構造でかさあげされているのが普通だったのに、その部屋着はそんなふうに下からかさあげされていなかった。身体にぴったりまつわりついて、奥方の一般的外観にある妥協のない印象を強めていた。さらに、奥方は大きなカーペット地のスリッパを履いていた。それは確かにくつろげるものだったにせよ、客の目には奇異で、見苦しかった。

「早朝のお祈りに家族を集めるのは難しいでしょ？」奥方はそう言ってティーポットを操作した。

「難しいとは思いません」とマークは答えた。「それでも、ぼくのうちはこんなに早く起きることはありません」

「教区牧師は早起きしなくては」と奥方は言った。「村に模範を示すことになりますから」

「教会で朝のお祈りをしようと思っています」とロバーツ氏。

「それは馬鹿げている」と奥方は言った。「馬鹿げているというより悪いことです。それがどうなっていくかわかります。日曜には三度礼拝して、家庭のお祈りを幾度かする、それならたいへんよろしい」奥方はそう言いつつ彼に茶碗を手渡した。

「しかし、プラウディ夫人、日曜に三度礼拝することなんてありませんよ」

「それなら、これからすべきでしょ。貧しい人々にとって日曜には教会以外に幸せになれるところがどこにありますか？　主教は次のお勤めでこの点について強い意見を述べる予定です。そのときは、主教の願いにきっと耳を傾けてくださいますね」

マークはこれに答えないで、卵に専念した。

「フラムリーではあまり大きなおうちをお持ちではないんでしょ？」とプラウディ夫人。

「え？　牧師館のことですか？」

「ええ、あなたは牧師館に住んでおられるんでしょ？」

「そうです――ええ、あまり大きくありません、プラウディ夫人。仕事をし、居心地よくし、子供の世話をするのにちょうどよい大きさです」

「たいへん立派な禄ですよね」と奥方は言った。「私どもにはそんなにいい禄は――プラムステッド、大執事のいるところを除いて――ないと思います。大執事はかなり安楽な生活をしていますから」

「大執事のお父さんはバーチェスター主教でしたから」

「ええ、そうでした。大執事のことなら全部知っています。その主教がいなかったら、大執事にはなれなかったと思いますよ。ええと、あなたの年収は八百ポンドでしょ、ロバーツさん？　まだそんなにお若いのに！　あなたの一生を安全なものにできたと思いますね」

「ありがとうございます、プラウディ夫人」

「そのうえ、また奥さんも財産を少しお持ちなんでしょ？　みながみなそんなふうにうまくいくわけではありませんん、でしょ、ホワイトさん？」プラウディ夫人はそう冗談交じりに付牧師に訴えた。

プラウディ夫人は横柄な女性だったが、それならラフトン卿夫人もそうだった。それゆえ、ロバーツ氏は女性の支配に慣れていたと言えるかもしれない。しかし、彼はそこに座ってトーストをむしゃむしゃ食べつつ、どうしてもこの二人の女性を比較して考えずにはいられなかった。彼は時々ラフトン卿夫人のささやかな出しゃばりに腹を立てたけれど、世俗の女性と聖職にある女性を較べると、前者の支配のほうが軽くて、心地よいものだとはっきりわかった。ラフトン卿夫人からは禄も妻も与えてもらったが、プラウディ夫人からは何も与えてもらわなかった。

朝食後すぐロバーツ氏は「ウオントリーのドラゴン」へ逃げ出した。一つには朝のプラウディ夫人にこれ以上堪えられなかったため、一つには旅籠にいる友人らを急がせるためだった。ハロルド・スミス氏が前夜やきもきしたように、彼ももう時間のことでやきもきし始めていた。スミス夫人が時間に几帳面とは思えなかった。旅籠に到着して彼らの朝食はもう終ったかと聞くや、一人もまだ下に降りて来ていないと言われた。すでに八時半を回っており、もう出発していてもいい時間だった。

すぐサワビー氏の部屋へ行くと、彼はひげを剃っているところだった。「そんな心配そうな顔をするなよ」とサワビー氏は言った。「あんたとスミスにはわしのフェートンを貸そう。あの二頭の馬なら一時間で向こうに到着する。もっともわしらみなが間に合うというわけにはいかないが。みなに人を送って、狩り出して、急がせよう」サワビー氏はそれから様々な鈴の音で多くの助っ人を呼び出し、それぞれの部屋に男女の使者を送った。

「ぼくはギグを借りて、すぐ向かおうと思います」とマークは言った。「ぼくが遅刻するのは話になりませんから」

「わしらの誰も遅刻するのは話にならんだろ。それにギグを借りるのはじつに馬鹿げている。ただ金を捨てるようなもんだ。途中であんたを追い越してしまうよ。下に降りて、お茶ができているか、そのほかいろいろ手配してくれ。請求書を用意させてくれ。ロバーツ、よければあんたも払ってくれ。だが、それはボルネオ男爵に任せるのがいいと思うがな――え、そうだろ？」

マークは下に降りて、お茶を入れ、請求書を用意するように頼んだ。それから、時計を見ながら部屋を歩き回り、友人らの足音を今か今かと待った。そんなふうにしつつも日曜の朝にそんなことをしているのがふさわしいことか、説教に遅れないように十二マイルを早駆けするため、いらいらしながらそこで待っているのが妥当なことかと考えた。むしろ自宅の快適な部屋にいるほうが――ファニーが向かいにいて、子供が床を這っており、彼が落ち着いて礼拝の準備をして、ラフトン卿夫人が礼拝が終わったとき温かい手を置いてくれるほうが――こういうことよりましではないかと考えた。

彼はハロルド・スミスやサワビー氏やオムニアム公爵と近づきにならずにいられなかったと独り言を言った。ほかの人たちと同様、彼も出世を考えなければならなかった。しかし、こういう親しい交際からこれまでどんな歓びがえられたのか？　出世に向けてこれまでどれだけのことをしてきたのか？　本当のことを言うと、彼は日曜の朝ハロルド・スミス夫人にお茶を入れ、サワビー氏のため羊肉の切り身を注文したとき、自分がやっていることを不本意に感じていた。

九時を少しすぎたころ全員が集まったが、彼は急ぐ必要があることを女性たちに理解させることができなかった。一行の指導者であるスミス夫人は少なくとも理解してくれなかった。マークが再びギグを借りることを言い出したとき、ミス・ダンスタブルは一緒に乗ると言って、じつに真剣な様子を見せた。それで、サワビー氏はそんな仕儀を食い止めるため、急いで二個目の卵を口に入れた。マークはきっぱりギグを呼んだ。それなら急ぐことはないと、スミス夫人は言い出した。しかし、給仕が旅籠の馬は全部出払っている、残っているのはどちらも一頭では走れない揃いの二頭だけだという伝言を持って来た。確かに馬屋の半分はすでにサワビー氏の一行によって占拠されていた。

「では、その二頭を貸してください」遅れて大慌てしているマークが言った。

「馬鹿げているよ、ロバーツ。もう用意はできている。二頭はいらん、ジェームズ。さあ、サプルハウス、済んだかい？」

「じゃあ私も急がなくてはいけませんの？」とハロルド・スミス夫人が言った。「あなた方男性って何て気が変わりやすいのでしょう！　あと半分お茶を許していただけないかしら、ロバーツさん？」

マークは今本当に腹を立てて、窓のほうへ歩いた。この連中には思いやりがない、と独り言を言った。彼らはマークの苦境がどんなものか知っていたにもかかわらず、ただ冗談にして笑うだけだった。前夜ハロルド・スミス氏を冗談のまとにしたとき、彼もそれに加わっていたことはおそらくそのとき念頭になかった。

「ジェームズ」と彼は給仕のほうを向いて言った。「お願いだから、すぐその二頭の馬を貸してください」

「はい、かしこまりました。およそ十五分で用意できます。ただし左馬御者のネッドが朝食を取っているところではないかと思います。しかし、今すぐここに来させます」

しかし、ネッドと馬車がそこに到着する前、スミス夫人がしっかりボンネットをかぶって、十時に一行は出発した。マークはハロルド・スミスとフェートンに同乗したものの、その馬車はほかの馬車より少しも速く走らなかった、なるほど先頭を走ったとはいえ、ただそれだけだった。俸給牧師の時計が十一時を告げたとき、馬らは泡汗だらけになっていたが、一行はまだチャルディコウツの門から一マイル離れていた。教会の鐘が聞こえなくなるころ、一行はやっと村へ入った。

「なあ、あんた、結局間に合ったじゃないか」とハロルド・スミス氏は言った。「昨夜おれが我慢させられた時間よりまだましだな」ロバーツは教会への牧師の入場、礼拝を補佐する牧師の入場はぎりぎり間際であってはならないと、牧師は落ち着いて礼儀正しく入場すべきで、息せき切って走って入場してはならないと、相手に説明する余裕なんかなかった。

「ここで止まりたいと思います」と左馬御者が教会のドアすぐ近くで馬を止めつつ言った。そこはこれから礼拝を受けようと集まった人々がごった返しているど真ん中だった。しかし、マークはこれほど遅れるとは予想していなかったので、いったん屋敷に向かう必要があると最初言った。しかし、馬車が再び動き始めたとき、ガウンは人に取りに行かせばいいと思い直した。馬車から降りたとき、彼はその指示を与えた。そのとき、残りの二台の馬車も到着したから、教会のドア付近が騒然となった。マークはこれをじつにまずい状況だと感じた。紳士らは大声で喋り、ハロルド・スミス夫人は祈祷書を持って来ていないと言い、すこぶる疲れているから今は入れない、むしろうちに入って休みたいと言い出した。一行のほかの二人の女性もそうしたから、ミス・ダンスタブルだけが一人残った。しかし、彼女は一人になっても少しも気にならない様子だった。それから、汚いののしり方をする癖のある一行の一人がマークのすぐ後ろを歩いて、何かをののしった。罪障消滅の言葉が読まれているなか、彼らは教会のなかを進んでいった。マーク・ロバーツは自分がじつに恥ずかしかった。もしこの世の出世がこんなものにかかわらなければならないのなら、出世なんかしないほうがいいのではないか?

彼の説教は格別注意を引くこともなく進んだ。彼にとって幸いだったことに、ハロルド・スミス夫人はそこにいなかった。入っていたほかの連れは特に説教に注意を向けているようには見えなかった。話題は教会の普通の会衆、教区の農民や労働者には斬新だったとしても、連れには新鮮さが失われていた。郷士の広い信者席に座ったやんごとない人々は共感を慎ましい寄付で示して満足した。しかし、ミス・ダンスタブルは十ポンド紙幣を寄付したから、チャルディコウツのような場所の寄付金をかなりの額に引きあげた。

「さあわしはニューギニアについてもうこれ以上一言も聞きたくないな」とサワビー氏が言った。教会のあと応接間の暖炉のまわりに全員が集まったときのことだ。「あの話題は殺されて、埋められたと見ていい、そうだろ、ハロルド?」

「確かに昨夜殺されました」とスミス夫人は言った。「あの恐ろしい女性、プラウディ夫人によってね」

「あなたが飛びかかって、奥方を肘掛け椅子から引きずり降ろさなかったのが不思議なくらいです」とミス・ダンスタブルは言った。「それを私は期待していましたから、てっきり乱闘でひどい目にあうのだと思っていました」

「あんな鉄面皮なことをする女性には会ったことがありません」とミス・ダンスタブルの旅の連れミス・ケリギーが言った。

「私も会ったことがないね——一度も。しかも公的な場所でね」とイージーマン先生が言った。彼もミス・ダンスタブルにしばしば同行する医者だった。

「鉄面については」とサプルハウス氏が言った。「奥方の場合、厚すぎて何でもやりかねません。奥方が充分厚いのはいいことです。というのは、哀れな主教はあまり厚さに恵まれていませんから」

「奥方が何を言ったかほとんど聞いていなかった」とハロルド・スミス氏は言った。「だからおれは奥方に即答できなかった。何か日曜のことだったと思う」

「あんたが南海の島民らをそそのかして、安息日に旅行させるのを奥方は望まなかったんだ」とサワビー氏。

「それに奥方はあなたが日曜学校を作るように特に願ったのです」とスミス夫人。それから、彼らはみなでプラウディ夫人をこきおろす作業に取りかかり、奥方を帽子の天辺のリボンからスリッパの底までばらばらに引き裂いた。

「それから、奥方は自分の娘たちと哀れな牧師らが恋に落ちるのを期待するのです。それがあらゆることのなかでいちばん難しいことなのにね」とミス・ダンスタブル。しかし、全体としてみると、私たちの俸給牧師は寝床に就いたとき、有益な日曜をすごしたとは思わなかった。

第八章　ギャザラム城

火曜の朝、マークは妻の手紙と十ポンド紙幣(1)を確かに受け取った。バーチェスター郵便局の人々の誠実さがこれによってはっきり証明された。手紙は郵便集配人のロビンがビールを一杯飲んでいるあいだに急いで書かれたものだったにしろ——二杯目が半分つがれたからといって、まあ、それがどうしたっていうのか？——、それでも手紙は妻の愛と勝利を雄弁に物語っていた。

「あなたに送金するため与えられた時間は少ししかありません」と妻は書いていた。「郵便集配人がここで待っているのです。こんなに急いでいる理由は次に会うときお話しします。手紙が無事届いたら知らせてください。こちらはもう大丈夫です。今までラフトン卿夫人がここに来ておられました。卿夫人はひどくいやがっています。ギャザラム城のことです。でも、あなたはそれについて『奥様から何も聞かされることはない』と思います。ただ水曜にフラムリー・コートで『ディナーに出なければならない』ことだけ覚えておいてください。『あなたのためそれを約束した』のです。出てくれるでしょう、あなた？　もしあなたがおっしゃっていたよりも長くそちらに滞在するつもりなら、そちらへ連れ戻しに参ります。でも、あなたはそんなことはなさいませんね。私の大切なあなたに神のご加護がありますように！　ジョーンズさんは復活祭のあと二番目の日曜にしたのと同じ説教をまたしました。年に二度はいけません。神の祝福がありますように！　子供は元気です。マークがあなたに大きな口づけを送ります。——あなたのFより」

ロバーツは手紙を読み終えて、ポケットにぐしゃぐしゃに押し込んだとき、妻から身に余る世話になったと感じた。確執があったに違いないこと、妻が彼のため忠実に戦って勝ちを占めたことがわかった。道理が通ったから妻が勝利したのではないこともわかった。彼はよくラフトン卿夫人なんか怖くないと胸中言い張ったものだ。それにもかかわらず、卿夫人から非難されることはないと知らされたこの便りのおかげでずいぶん安心することができた。

次の金曜、一行がみなで公爵のもとを訪れると、すでに主教とプラウディ夫人が先着していることがわかった。ほかにも様々な客があったが、たいてい世間あるいは西バーセットシャーで高く評価されている人々だった。ボウナージーズ卿もそこにいた。卿はどんなことでも我意を通す老人で、男性陣から――公爵からさえも――国体上の王ではない知的な王、誰の助けも借りずに精神問題全般を支配しようとするむしろ知的な皇帝と見なされていた。女王陛下の陪席判事であるブロール男爵の姿もあった。男爵は地方の屋敷を訪れる人々のなかでもいちばん陽気な客で、陽気にしているけれどかなり頭の切れる人だった。グリーン・ウォーカー氏もいた。彼は躍進中の若者で、クルー・ジャンクションの選挙民に最近人気の話題を講演した人と同一人物だった。グリーン・ウォーカー氏はハートルトップ侯爵夫人の甥で、この侯爵夫人はオムニアム公爵の友人だった。マーク・ロバーツ氏は仲間になるように熱心に勧められた一団がどういう人々で構成されているか確認したとき、得意な気持ちになった。ラフトン卿夫人の偏見のためこういう出会いを無にするとしたら、賢明と言えようか？

客はとても大勢で、著名な人々だったので、ギャザラム城の巨大な正門が大きく開けられた。紳士淑女が記念品――イタリアで手に入れた大理石の半身像やウォーダー・ストリート(2)で手に入れた甲冑――で飾られた広い玄関広間ですし詰めになり、いつにない多くの靴音をこだまさせた。マークがサワビーとミス・ダンスタブルとともにそこに到着したとき――というのは、今回ミス・ダンスタブルはフェートンで旅して、マークは御者席に座ったからだ――、公爵自身はこのとき応接間にいて、誰にも真似できぬ都会風の振る舞いを見せていた。

「ああ、ミス・ダンスタブル」と公爵は言って、彼女の手を取り、暖炉に導いた。「ギャザラム城が無駄に建てられたわけではないと今初めて感じるね」

「無駄だなんて考えた人は誰もいませんよ、閣下」とミス・ダンスタブルは言った。「建築家は代金を受け取ったとき、きっとそうは思いませんでした」ミス・ダンスタブルは暖めるため炉格子の上につま先を載せたあたり、きわめて冷静で、まるで彼女の父もいかさま医者なんかでなく公爵でもあったかのようだ。

「オウムについて格別厳しい指示を出しておいたよ」と公爵。

「あら！　結局オウムは持って来ませんでした」とミス・ダンスタブル。

「わざわざ鳥の檻を作らせておいたのに――生息地の生活ができるようにね。ねえ、ミス・ダンスタブル、それって不親切じゃないか。オウムを呼び寄せるのはもう間に合わないかね？」

「オウムとイージーマン先生は今一緒に旅しています。じつを言うと、先生から旅の連れを奪うことはできませんね」

「なぜ？　先生用に別の鳥の檻もあるんだ。ミス・ダンスタブル、はっきり言わせてもらうと、それならあなたが示してくれる栄誉の半分は削がれてしまう。だが、プードル――プードルはまだ期待できるんだろ」

「それについてはあなたの期待を裏切ることはありません。あの子はどこにいるかしら？」ミス・ダンスタブルは誰かがきっと犬を連れて来てくれると期待しているようにあたりを見回した。「あの子を探しに行かなくては――あなたの犬と一緒くたに入れられていたらと考えると――あの子、どれだけ肝をつぶしているかしら！」

「ミス・ダンスタブル、それって個人攻撃のつもりなのかね？」しかし、相手の女性は暖炉から立ち去っていたから、公爵はほかの客を迎え入れることができた。

公爵はこれをじつに丁寧に行った。「サワビー」と公爵は言った。「あなたがあの講演を何とか乗り切ったとわかって嬉しいよ。ずいぶんあなたのことを心配していた」

「ウオントリーのドラゴンで強壮剤をもらって、やっとのことで生き返ったよ。公爵、よかったら、ロバーツさんを紹介させてくれ。前回運悪く紹介できなかったからね。主教公邸へ彼を連れて行く必要があって、そこで彼はすばらしい歓待を受けたんだ」

そこで公爵はロバーツ氏と握手を交わし、知り合えてとても嬉しいと言った。公爵は田舎に来てから何度となくマークの名を耳にしていた。それから、公爵は彼にラフトン卿は元気かと聞いて、卿をギャザラム城に呼ぶことができなかったことを悔やんだ。

「しかし、講演会では気晴らしができたと聞いたよ」と公爵は続けた。「二人目の講師がいたようだね。あの可哀そうなハロルド・スミスの影を薄くするほどの講師だったとか？」それで、サワビー氏はささやかなプラウディ挿話をおもしろおかしく活写した。

「あなたの義弟はあれで講師として永久に葬られてしまったね」と公爵は笑って言った。

「もしそうなら、プラウディ夫人に深く感謝しなければならない」とサワビー。そのときハロルド・スミス本人が現れて、バーチェスターの講演会の成功に対して公爵から誠実な祝辞を受け取った。

マーク・ロバーツは向きを変えて立ち去るとき、ミス・ダンスタブルの大声に不意に注意を引きつけられた。彼女は部屋を通り抜けて行く途中、とても親しい友人に出くわしたから、その喜びをまわりの人々から少しも隠さなかった。

「まあ――まあ――まあ！」彼女はそう叫ぶと、上品な装いの、とても落ち着いた物腰の、魅力的な若い女性に飛びかかった。その女性は一人の紳士連れで、彼女のほうに向かって歩いて来たところだ。すぐわかったが、その紳士と女性は夫婦だった。「まあ――まあ！　こんなことって願ってもないことよ」それから、彼女はその女性を抱きかかえると、熱く口づけし、そのあと紳士の両手を握ってしっかり振った。「話さなければならないことが何てたくさんあることかしら！」と彼女は続けた。「ほかの計画は全部お釈迦ね。けれど、メアリー、あなた、どのくらい長くここに滞在なさるおつもり？　私がここを発つのは――ええと――いつか忘れちゃった。けれど、上の手帳には書いてあるの。でも、次の滞在先はプラウディ夫人のところよ。あなたがあそこへ行くことはないわね。ねえ、フランク、お父さんはいかがおすごし？」

フランクと呼ばれた紳士は、父はすこぶる元気だとはっきり言った――「ご存知の通り、もちろん父は猟犬に夢中になっています」

「あら、あなた、猟犬がお父さんに夢中になるよりましじゃないの。彫刻のモデルになった哀れなあの男性(3)みたいにね。けれど、猟犬といえば、フランク、チャルディコウツの狐の管理って何てひどいのかしら！まるまる一日狩りに行ったっていうのに――」

「あなたが狩りに行ったたって！」とメアリーと呼ばれた女性が言った。

「どうして私が狩りに行ってはいけないの？　ねえ、ちょっと、プラウディ夫人だって狩りに出たのよ。けれど、狐は一匹も捕まらなかった。もし本当のことを言ってよければ、狩りってずいぶん退屈だと思ったわ」

「あなたは州の西部で、管理のよろしくないほうの地域にいたんです」とフランクと呼ばれた紳士が言った。

「もちろんそう。本気で狩りをやりたくなったら、グレシャムズベリーへ行かなきゃ。それに疑問の余地はないわね」

「あるいはボクソル・ヒルです」と女性が言った。「そこならグレシャムズベリーと同じくらい狩りへの熱意がありますよ」

「そこなら分別はもっとある、とつけ加えないとね」と紳士。

「はっ、はっ、は！」とミス・ダンスタブルは笑った。「なるほど分別ね！　けれど、レディー・アラベラについては一言も教えてくれないのね」

「母はとても元気です」と紳士。

「ソーン先生はどう？　そう言えば、あなた、ほんの二日前に先生から手紙を受け取ったのよ。明日二階でお見せするわ。けれど、いい、これは絶対に秘密よ。先生はこんなことを続けていたら、ロンドン塔か、コベントリー[4]か、政府報告書か、どこか恐ろしい場所に入ることになるわ」

「で、先生は何と言ったんです？」

「気にしないで、フランク坊ちゃん。あなたに手紙を見せるつもりなんかありません。それはわかってもらわないと。けれど、奥さんが火掻き棒と火挟みに誓って秘密を漏らさないと三度約束するなら、奥さんには見せます。それで、あなた方は完全にボクソル・ヒルに落ち着いたわけね、そうでしょう？」

「フランクの馬は落ち着きました。犬もほとんど移りました」とフランクの妻は言った。「でも、ほかのものについてはまだ自慢ができません」

「さて、楽しい時がすごせそうね。これから着替えをしなければ。けれど、メアリー、今夜は私のそばから離れないようにしてね。たくさん話すことがあるから」ミス・ダンスタブルはそれから部屋を堂々と出て行った。

こういう会話がとても大きな声で交わされたので、当然マーク・ロバーツもそれ――もちろんミス・ダンスタブルが話した部分――を漏れ聞いた。それからマークは紳士がグレシャムズベリーの老グレシャム氏の息子、ボクソル・ヒルの若いフランク・グレシャムだと知った。フランクは最近たいそうな女相続人、いやミス・ダンスタブルに勝る大物女相続人と結婚したという噂だった。結婚してまだ六か月以上たっていなかったから、バーチェスター界隈はまだその噂で持ちきりだった。

「二人の女相続人はずいぶん仲がよさそうじゃないですか？」とサブルハウス氏は言った。「類は友を呼ぶといいますからね？　しかし、ほんの少し前の噂によると、若いグレシャムはミス・ダンスタブルと結婚するつもりだったようです」

「ミス・ダンスタブルと！　何とまあ、ほとんど母といってもおかしくない齢でしょう」とマーク。

「齢なんかどうでもよかったのです。彼はお金と結婚しなければならなかった。ミス・ダンスタブルに一度求婚したことがあるのは間違いないと思います」

「ラフトンから手紙をもらったよ」と翌朝サワビー氏がマークに言った。「遅れたのはみなあんたのせいだと言っている。卿が何かする前にあんたがラフトン卿夫人に話す手はずになっていたので、あんたから手紙を受け取るまで、卿は書くのを保留していたというんだ。あんたはラフトン卿夫人にあの件を一言も話していないようだな」

「確かに言っていません。ぼくがラフトンから依頼されたのは、ラフトン卿夫人がこの話を受け入れられる上機嫌なときを見計らって、話を打ち明けることでした。あなたがラフトン卿夫人についてぼくと同じくらいご存知でしたら、そんな知らせを伝えられる上機嫌な日がなかったことがわかると思います」

「あんたら二人が一人の婆さんを怖がっていたせいで、おれが無期限に待たされなければならなかったんだ！　だが、卿夫人に文句を言うつもりはない。問題はもう決着したから」

「農場は売れたんですか？」

「売れなかった。ラフトン家の土地がそんな冒涜的な目にあうことなんか、あの有爵未亡人には考えられなかったんだ。それで、五千ポンド分の公債を売って、その金をぽんとラフトンにやった——一言も言わずにね。ただそれで息子がほしがっている充分な金になることを希望してだ。わしにもそんな母がいたらと思うよ」

そのとき、マークはサワビーから言われたことについて何も発言することができないと感じた。しかし、彼はこの瞬間ギャザラム城にではなくフラムリーにいたらよかったとの願いと、突然の良心の呵責に襲われた。ラフトン卿夫人の収入と支出についてはよく知っていた。卿夫人は女一人にしてはかなりの金額を使えたので、もの惜しみしない気前のいい暮らしをしていた。高額の慈善活動を続けており、金を貯める必要なんかなかったから、年間収入をたいていその年のうちに使っていた。慈善活動を維持できないということしか卿夫人が慈善の金額を減らす気にならないということもマークは知っていた。卿夫人は今息子の資産を救うため彼女の基礎資産の一部を放棄した。息子は母よりもずっと贅沢な暮らしをしており、息子の資産には母の資産よりも少ない課税しかなされていなかったにもかかわらずだ。

マークはこの金が消えてしまった理由についてもある程度知っていた。サワビーとラフトン卿のあいだには元々競馬の賭け事から生じた未解決の金の請求があった。この件はラフトン卿が成人に達したころからもう四年も続いていた。卿は以前激しく怒ってロバーツにこの件を話したことがあった。卿はサワビー氏から不当に、いや不誠実に扱われたと──卿に責任のない金の支払を要求されたと強く言い、一度ならず競馬クラブに問題を提訴すると断言した。しかし、マークはラフトン卿がこういう問題で判断力があるとは思っていなかったうえ、サワビー氏が実際友人をだまそうとしているとは信じられなかった。それで、若い卿の怒りをなだめ、私的な仲裁者にこの件を相談してみてはどうかと勧めた。これはのちにロバーツとサワビー氏のあいだでも話し合われて、ここからこの二人が親しくなっていった。この件は仲裁者に委ねられることになり、サワビー氏がその人を指名した。ラフトン卿は不利な裁定が出たとき、簡単に受け入れた。そのときまでに怒りが収まっていたからだ。「ぼくはやつらにきれいにだまされてしまった」と卿はマークに笑って言った。「だけど、たいしたことはない。人は経験に代償を払わなければならないからね。もちろんサワビーの仕掛けなんだ。そう考えざるをえない」それから、金額に関してさらに遅延があったうえ、金の一部が第三者に支払われ、手形が渡された。ラフトン卿が総額いくら支払ったか、神とユダヤ人のみぞ知るところだ。サワビー氏の代理人となった浅ましい悪党の金貸しに五千ポンドという莫大な金を渡すことで、今この問題は決着を迎えた。その金は母ラフトン卿夫人の資産から差し出されたものだ！

マークはこれらのことを考えると、サワビー氏にはっきり敵意を感じざるをえなかった──サワビーが悪い男だと思わずにはいられなかった。いや、マークは彼が悪い男だと知っていたのではないか？　それなのに彼はまだサワビー氏と一緒に公爵の庭園を歩き、まだラフトン卿の件について話し、まだサワビーが話すのを興味深げに聞いていた。

「わしほど金をかすめ取られた男はいないな」とサワビーは言った。「それでもやつらじゃなく、結局わしが勝つことになる。だが、あんたは何をしてもいいが、あのユダヤ人らとは、マーク」──ここ最近サワビーはマークとずいぶん親しくなっていた――「やつらとは接触を避けるんだね。なあ、わしなんかやつらの請求書で一部屋を貼り尽くせるほどなんだ。だが、やつらからいつも要求されるけれど、わしは一度だってやつらに要求したことはない」

先ほど私はこのラフトン卿の一件が終わったと述べたが、それは今マークには少しも終わっていないように思えた。「いいかい、ラフトンに伝えてくれ」とサワビーは言った。「ラフトンの名が署名された手形は全部支払って処理された。だが、あのごろつきのトウザーが持っている手形は別だ。トウザーは一枚持っていると思う。更新されたとき破棄されていない手形だ。とはいえ、わしは弁護士のガンプションにそれを手に入れさせるつもりでいる。十ポンドか、二十ポンド、それ以上はかからないだろう。ラフトンに会ったら忘れずにそう伝えてくれないか?」

「十中八九あなたのほうが私よりも先にラフトンに会いますね」

「おや、言わなかったかい? ラフトンはすぐフラムリー・コートへ向かう予定なんだ。あんたが帰ったら、そこで会えるよ」

「フラムリーで会える!」

「そうなんだ。母から贈られたこのささやかな贈り物が子としての卿の心に触れたんだろう。卿はフラムリーに急いで帰って、未亡人の堅い金貨に柔らかい愛撫の返済をするつもりなんだ。わしにも母がいればなあ、そうだろ」

マークは今もサワビー氏を怖いと感じたのに、関係を断つ決断ができなかった。

そのとき城内では政治向きの話がずいぶん飛び交っていた。公爵が熱心にそれに参加したというのではない。公爵はホイッグ党員――とてつもなく巨大なホイッグの山――であり、世間の人はみなそれを知っていた。公爵のホイッグ主義に圧力を加えようと夢見た敵は一人もいなかった。ホイッグ党員の仲間にも彼のホイッグ主義を疑った人はいなかった。とはいえ、公爵はどの一派にも実質的な支持を与えないし、他のどの一派にも実質的な反対をしないホイッグ党員だった。彼はそういった現世的な問題で悩むことから超越したところにいた。彼は選挙でホイッグ党の候補者を支持していつも勝たせ、見返りとしてホイッグ党の大臣から州知事に任命された。別の大臣からはガーター勲章をもらった。しかし、こういったことはオムニアム公爵には当然のこと。彼は生まれながら州知事であり、ガーター勲爵士だった。

それでも、公爵が冷淡で、何もしない人なので、集まった政治家らは現在の希望や将来の目標を互いに語り合い、冗談半分、真面目半分にささやかな陰謀をでっちあげる場所としてギャザラム城がふさわしいと考えた。確かにサプルハウス氏とハロルド・スミス氏はほかの一人二人とともにこういった明白な目的のためギャザラム城にいた。フォザーギル氏もまた著名な政治家で、公爵の心をよく知っていると思われていた。侯爵夫人の甥のグリーン・ウォーカー氏は公爵が世に売り出したいと願っている若者だった。サワビー氏もまた公爵派の一員だったから、これは意見交換する絶好の機会だった。

時の首相(5)は多くの人々の怒りを買った反面、功績を残していないわけではなかった。首相はロシアとの戦争を終結させた。それは栄光に満ちたものではないにしろ、少なくともイギリス人が一時無理して望んだよりも輝きのあるものだった。首相はあのインドの暴動ですばらしい幸運に恵まれた。首相に投票した人々でさえ多くはこれが首相の力によるものではないことを明言した。卓越した人物らがインドに登場して成果をあげたからだ。そこにいた大臣、すなわち首相から送られた総督(6)でさえ、彼の命令下で達成された成功を当時手柄とすることを許されなかった。舵を取る首相を疑う大きな根拠があったからだ。それでも首相は幸運だった。公人にとって成功ほどいい薬はない！

しかし、今波乱の日々が終わりに近づき、首相はそれほど成果をあげていないのではないかとの疑問が浮かびあがってきた。人が二輪戦車の車輪に幸運を貼りつけると、鼻高々に乗り回すものだ。ところが、一方に自分らがいなければ主人は何もできないと思っている使用人がいる。主人こそむしろ使用人なのではないか？　一般大衆も時としてそういう使用人を持つのかもしれない。このあまりにも成功した首相が使用人の一人だとしたら、どうだろうか！

分別ある普通の熱心な下院議員が選挙民のため義務をはたしていくつか質問するとき、首相から冷やかされるのはいやだ。あらゆる面で成功した首相は勝利を一人で抱えていることができなくて、どうしても鼻高々で戦車を乗り回す。平凡で熱心な議員らをあざ笑い、――時々有力議員さえも嘲笑う。何と無礼なことだろう！――しばらくこの首相を追放したほうがいいのではないか？

「我々は首相に貝殻を投げつけてやろうじゃないか？[7]」とハロルド・スミス氏。

「ぜひとも貝殻を投げさせてください」とサプルハウス氏。彼はかつて力量をさげすまれたことをユーノーのように気にしている。[8]サプルハウス氏が宣戦布告するとき、それがどういうことを意味するかよく知られている。袋叩きにあった首相は今待ち構える恐ろしい打撃で打倒されなければならない。「そうだ、我々は貝殻を投げつけよう」サプルハウス氏は目をぎらぎら輝かせて椅子から立ちあがる。「ギリシアには首相と同じくらい高貴な息子はいないのか？[9]　いや、いる。首相は裏切り者だが、もっとましな高貴な息子がいる。人はその友人を見ればわかる」サプルハウス氏はそう言って東を指差す。[10]そこに私たちの味方である親愛なるフランス人が住んでおり、そこに私たちの首相の親しすぎるお仲間がいると見られている。

みなが、グリーン・ウォーカー氏でさえ、これを理解している。「首相は今ぼくらみなの役に立っていないと思う」と有能なクルー・ジャンクション選出の議員は言う。「首相はお高く止まりすぎていてぼくには合いません。多くの人もそう思っています。ぼくの伯父は――」

「その伯父さんというのは格別いい人なんです」とフォザーギル氏。これからグリーン・ウォーカー氏が伯父について発言しようとしていることが無駄になるかもしれないと感じてそう言った。「しかし、じつのところいつも同じ首相を見ていたら飽きてしまいます。毎日ヤマウズラを食べていれば飽きてしまう。私にとって首相が誰だろうと関係がないとはいえ、確かに料理を変えたいですね」

「我々が命じられた通りにするだけで、言いたいことが言えないようなら、その人のところに頼りに行くことが何の役に立つかわからんね」とサワビー氏。

「何の役にも立ちません」とサプルハウス氏は言った。「こんな支配に屈服していたら、我々は有権者に嘘をつくことになります」

「じゃあ、変えようじゃないか」とサワビー氏は言った。「問題は我々自身の手に握られている」

「すっかりね」とグリーン・ウォーカー氏は言った。「それがぼくの伯父がいつも言っていることなんです」

「これでマンチェスター派の連中[12]はチャンス到来だからずいぶん喜ぶだろう」とハロルド・スミス。

「高く乾いた教会[13]の紳士らは」とサワビー氏は言った。「我々が木を揺らせば、果物を拾うのをいやがりはしないだろう」

「果物を拾うことについては、そうかもしれません」とサプルハウス氏。彼は国を救える人ではないか？　もしそうなら、どうして自分でその果物を拾いあげようとしないのか？　彼は国の最大の力によってそんな救済者として選び出されたのではないか？　まあ、今のところ国はもう救いを必要としなくなっていたが、それでもよい時はまだ来そうもない。たとえ実際に続いている戦争[14]が彼の助力によってではなく、ほかの救いによって終わろうとしていたにしろ、別の戦争の噂が広まっているのではないか？　サプルハウス氏は指差したあの国と、敵の友人すなわち首相のことを念頭に置いて、力強い救済者としての自分の仕事がまだ残っていることを悟った。大衆は今目覚め、何を求めているか理解した。彼は倒閣を求める大衆の声に自分が支えられていると信じた。人は大衆の声に支えられていると思い込んだら、驚くほど大衆の英知に大きな信頼を置くことになる。民の声は神の声。(15)「いつもそういうことじゃないか？」とサプルハウス氏は寝るとき、起きるとき独り言を言う。それから、彼は自分がギャザラム城の黒幕であり、そこの人々がみな自分の思い通りになる操り人形だと感じた。友人らが操り人形であり、そのひもを手にしているのは自分だと感じるのは何と愉快なことだろう。しかし、もしサプルハウス氏自身が操り人形だとしたらどうだろうか？

それから数か月後、袋叩きにあった首相が実際に政権から引きずり降ろされ、敵意ある貝殻をたくさん浴びせられて、「ブルータス、お前もか！」(16)と口癖になるほど叫んだとき、あらゆるところであらゆる人々が大ギャザラム城連盟のことを口にした。オムニアム公爵は——と世間の人は言った——国家の状態を大いに憂えて、広く国民の幸せのため何か大きな措置を取る必要があることを鷲の目で見抜いて、下院の多くの議員と貴族院の数人の議員をすぐ屋敷に招聘した——非常に尊敬され、じつに賢いボウナージーズ卿の列席がその際特に伝えられた。人々の噂によると、そこの秘密会議で公爵が見解を明らかにした。首相はホイッグ党の出だが、倒閣の必要があることがこうして合意された。国はそれを望んでいたし、公爵は義務をはたした。世間はこれがあの名高い連盟の始まりだと言い、これによって内閣は倒され、国は救われた——『お靴が二つちゃん』(17)紙はそうつけ加えた。とはいえ、『ジュピター』紙は全部が自紙の手柄だと言った。しかし、それは決して間違っていなかった。手柄は全部『ジュピター』にあった——ほかのいろいろなことでも、今回も。

その間、オムニアム公爵は客人らを穏やかに王侯らしくもてなしたが、サプルハウス氏とも、ハロルド・スミス氏ともあまり政治向きの話をしなかった。ボウナージーズ卿はというと、上記の会話がなされた朝、ミス・ダンスタブルに科学的原理に基づいたシャボン玉作りを教えていた。

「あら、あら！」とミス・ダンスタブルは知識のひらめきを感じて言った。「私はいつも石鹸の泡は石鹸の泡と思っていました。その理由を問うたことなんかありません。普通そんなことはしませんよね、閣下」

「失礼ですが、ミス・ダンスタブル」と老卿は答えた。「一人は問いますね。九百九十九人は問いませんが」

「その九百九十九人はいい思いをするのよ」とミス・ダンスタブルは言った。「燐がこすりつけられていると知ったあと、幽霊にどんな喜びが見出せます？」

「その通りですよ、あなた。『無知がもし歓びなら、賢いことは愚か』(18)です。すべてがその『もし』に懸かっているのです」

そのときミス・ダンスタブルが歌い始めた。

朝露をすする
薬草や花を調べるけれど(19)

「――続きはご存じでしょう、閣下」

ボウナージーズ卿はほとんどどんなことでも知っていたが、それについては知らなかった。それでミス・ダンスタブルは続けた。

もし私にエホバの力がなければ、
私の知ったことはみな何とむなしいことでしょう

「その通り、その通りですね、ミス・ダンスタブル」と老卿は言った。「しかし、エホバの力も持ち、花も調べるとするならどうでしょう？　おそらく力が知識を助けてくれますよ」

全体から見て、ボウナージーズ卿が勝ちを占めたのではないかと思われる。しかし、それが卿のやり方なのだ。卿は生涯勝ちを収めてきた。

公爵が若いフランク・グレシャム氏に特に注意を向けていることにみな気づいていた。ミス・ダンスタブルがこの紳士と妻をつかまえて熱心に話し込んでいたからだ。このグレシャム氏は国いちばんの裕福な平民であり、次の選挙で東バーセットシャー選出議員の一人になると噂されていた。公爵は今東部とほとんど、いやぜんぜん関係を持たなかったけれど、若いグレシャムが強力な保守党員として前面に出てくることをよく知っていた。それでもグレシャムには広大な土地と豊かな資産があったから、公爵の注目を浴びるのも当たり前だった。サワビー氏もまたこのとても若い男がペンでちょっと殴り書きするだけで、ただの紙片をとほうもない額の紙幣に変えてしまうことを知っていて、当然この上なくこの男に親切にしていた。

「あなたはボクソル・ヒルで東バーセットシャーの猟犬を飼っているね？」と公爵。

「猟犬はいますが」とフランクは答えた。「猟犬管理者はぼくではありません」

「ふうん！　そうかね――」

「父が管理者です。だけど、父はボクソル・ヒルのほうがグレシャムズベリーより中心に近いと気づいたんです。猟犬と馬は短い距離を移動するだけでいいですから」

「ボクソル・ヒルは確かに中心だね」

「ええ、その通り！」

「植えつけたハリエニシダの隠れ場はうまくいっているかい？」

「ええ、とても――ハリエニシダはどこでもうまく生えるわけではないことがわかりました。どこでも生えるといいのですが」

「それこそ私がフォザーギルに言っていることだ。それに、たくさん木が生えているところでは害虫を取り除くのが難しいからね」

「でも、ボクソル・ヒルには一本の木もありません」とグレシャム夫人。

「ああ、そう。なるほどあなた方はあそこに入ってまもないからね。確かにグレシャムズベリーには充分森があったな。あそこの森は私たちのところより広いから、そうだろ、フォザーギル？」

フォザーギル氏はグレシャムズベリーの森はじつに広いが、おそらく思うに――と言った。

「うん、そうだ！　わかるよ」と公爵は言った。「フォザーギルによると、昔のブラック・フォレストはギャザラムの森に較べれば取るに足らないものだったようだ。それからまた東バーセットシャーのもので西バーセットシャーのものに匹敵するほどのものはなかったようだ。そうだろ、フォザーギル？」

フォザーギル氏はそう信じるように育てられ、そう信じて死んでいくつもりだとはっきり言った。

「ボクソル・ヒルの外来植物はとても美しくて、すばらしい！」とサワビー氏。

「一本だけ誇らかに立つ成長した樫の木のほうがいいです。どんな外来植物よりもね」と若いグレシャムは仰々しく言った。

「外来植物はやがて入って来るよ」と公爵。

「だけど、ぼくの目が黒いうちははびこってほしくないな。でも、チャルディコウツの森の木は切ってしまうんでしょう、サワビーさん？」

「うん、わしにはわからん。伐採はするつもりなんだろ。わしは二十二の時から森林保護官だったが、切り開くつもりかどうかまだわからんね」

「切り開くだけでなく、根こそぎにしますよ」とフォザーギル氏。

「堪え難い恥ですね」とフランク・グレシャムは言った。「一つ言えるのはホイッグ党政府以外、そんなことをする政府はないと思います」

「はっ、はっ、は！」と公爵は笑った。「いずれにしてもこれだけはわかる」と彼は言った。「もし保守党政府がそれをしたら、ホイッグ党は今あなたが怒っているのと同じくらい怒るね」

「どうしたら森が救えるか教えてあげよう、グレシャムさん」とサワビーは言った。「西バーセットシャーの王室資産全部の購入を申し出るんだよ。喜んで売ってくれる」

「州のこちら側にあなたを迎えることができたら嬉しいね」と公爵。

若いグレシャムはおだてられて少し得意になった。冷やかしでなくこんな購入の申し出ができる相手なんかこの州にそれほどいなかった。公爵自身、チャルディコウツの御猟林を手持ちの金で買うことができるか疑わしかった。しかし、彼、グレシャムなら――彼と妻で――、それができることを誰も疑わなかった。そのとき、グレシャム氏はかつてギャザラム城を訪れた日のことを考えた。当時はとても貧しかったから、公爵から格別礼儀正しい態度で扱われたとは思えなかった。(20)金持ちが金に頼らずにいるのは何と難しいことか！　まさしくラクダが針の穴を通るより難しい。

ミス・ダンスタブルがこの地方に連れて来られたのは、サワビー氏が彼女を妻にしようと思っているためであることを、バーセットシャーじゅう――少なくとも西バーセットシャーじゅう――が知っていた。ミス・ダンスタブル本人はこの縁談について事前に何も聞かされていないと推察されるなか、縁談は言わずと知れたことと見られていた。サワビー氏は金はないとしても、機知に富み、賢く、顔立ちもよく、国会議員だった。世間的に見て恥ずかしくない生活を送り、古い家柄の当主であり、由緒ある土地を所有していた。ミス・ダンスタブルにいったいこれ以上の縁談があったろうか？　彼女はもうそんなに若くはなく、身のまわりのことを慎重に考えるべき時に差し掛かっていた。

サワビー氏に関する限り、縁談は断じて本気であり、サワビー氏の友人の一人にとってもやはり本気だった。妹のハロルド・スミス夫人はこの件に身を捧げて、これを念頭に置いてミス・ダンスタブルとすぐ親交を築きあげた。主教は知ったふうな様子でうなずきつつ、いい話じゃないかとほのめかした。プラウディ夫人は縁談を支持した。サプルハウス氏はこの地方にとどまっている限り、彼が「手を出してはならない」場面だと理解させられた。公爵さえもフォザーギルがうまく取り計らうように望んでいた。

「サワビーは私に莫大な借金がある」と公爵は言った、公爵はサワビー氏の権利証書を全部握っていた。

「担保が充分あるとは思わんよ」

「充分あることはおわかりになります、閣下」とフォザーギル氏は言った。「しかし、いい縁談ですね」

「とてもよろしい」と公爵は言った。それから、サワビー氏とミス・ダンスタブルができるだけ早く夫婦になるように取り計らうのがフォザーギル氏の任務となった。

客のうちのある者は目を皿にして注視していたから、サワビー氏が結婚の申し込みをしたと断言した。ほかのある者はそうしようとしただけだと言った。サワビー氏が今申し込みをしているところだと言い張る、すこぶる事情通の女性もいた。申し込みに対する回答と、取り決めの条件と、いつ結婚するか、賭けが行われているなか、哀れなミス・ダンスタブルはそんなことはつゆ知らなかった。

サワビー氏はことの経過がみなに知られていたにもかかわらず、この件をうまく進めた。揶揄する人々とはほとんど話をしなかった。彼はこういう問題で蓄積した知識を総動員して戦い続けた。しかし、マーク・ロバーツが出発する朝の前夜、彼がまだ申し込みをしていないことははっきりしていた。

最後の二日間、サワビー氏はマークと徐々に親密度を深めていた。彼はこんな率直なかたちで話し合える客はほかにいないかのように、城にいるお偉方の振る舞いを今秘密の話として俸給牧師に話した。義弟のハロルド・スミスよりも、議会の同僚の誰よりも、マークと打ち解けた話をしているように見えた。予想される縁談についても完全にマークに心を開いていた。今サワビー氏は世間の注目のまとだったから、こういうことが私たちの若い牧師を少なからず得意にした。

ロバーツが城を去る前夜、サワビーは客の全員が散会したら彼の寝室に来るように牧師に言った。寝室で牧師を安楽椅子に座らせると、彼、サワビーは部屋を行ったり来たりした。

「親友、あんたにはとてもわからんだろう。今回の件でわしが置かれているこの不安な状況がね」

「彼女に聞いて、さっさと済ませてしまえばいいじゃないですか？　彼女はあなたとの交際が気に入っているように見えますよ」

「うん、それだけじゃない。複雑な事情があるんだ」彼はそう言うと一、二度部屋を行ったり来たりした。その間マークは早く寝床に就きたいと願っていた。

「あんたになら全部知られても気にならない。今手持ちの金がないせいでひどく困っているんだ。おそらく、いやきっとこの縁談は金がないため駄目になってしまうと思う」

「ハロルド・スミスは金を用立ててくれないんですか?」

「はっ、はっ、は！　あんたはハロルド・スミスを知らないな。あいつが一シリングでも人に貸した話を聞いたことがあるかい?」

「では、サプルハウスは?」

「甘いね、あんた！　わしとサプルハウスはここに一緒にいる、彼がわしの家に泊まりに来る、ただそれだけの関係だ。だが、わしとサプルハウスは友人じゃない。いいかい、マーク——わしはあいつが持つペンも含めてあいつの手全部によりも、あんたの小指のため多くのことをしたいと思う。フォザーギルなら貸してくれるかもしれない——だが、フォザーギルが今金に困っているのはわかっている。ひどく厳しいだろ?　この二日以内に四百ポンド用意できなければ、わしは勝負を全部あきらめなければならない」

「彼女本人に頼んだらいいじゃないですか」

「何だって、結婚したい相手にかい！　駄目だ、マーク。そんな気にはなれない。彼女を失ったってできないな」

マークは黙ったまま座って暖炉の火を見詰め、自分の寝室に戻りたいと思った。この四百ポンドを用立てるようにサワビー氏から求められていることに気づいたが、四百ポンドの金なんてどこにもなかった。もし持っていたら、サワビー氏にそれを用立てる愚かな役を自分が演じることがわかっていた。それでも、彼は半分相手に魅惑され、半分恐れを感じていた。

「ラフトンはわしに今以上のことをしてくれてもいいくらい借りがある」とサワビー氏は続けた。「だが、ラフトンはここにいない」

「いえ、卿はあなたに五千ポンド払ったばかりです」

「わしに五千ポンド払ったって！　決してそんなことはしていない。六ペンスだってわしの手には入って来なかった。信じてくれ、マーク、あんたはあの件についてまだ全部知っているわけじゃない。ラフトンを非難するつもりはないんだ。彼は金のことではひどく遅れがちだったとしても、名誉を重んじる男だ。彼はあの件でずっと自分が正しいと思い込んでいたが、彼のほうこそ間違っていた。いいかい、それこそまさにあんた自身が取った見解であることを覚えていないのかい？」

「卿が間違っていると思うと言ったことを覚えています」

「もちろん彼は間違っていた。その間違いがわしにはひどく高くついた。二、三年間その金の埋め合わせをしなければならなかったからね。わしの資産は彼のみたいに大きくないんだ――大きかったらよかったんだがね」

「ミス・ダンスタブルと結婚すればいい。そうしたらうまく行きますよ」

「ああ！　この金が用意できれば、そうしたい。とにかく、縁談を進めるつもりだ。さて、いいかい、マーク、この苦境を助けてくれたら、決して忘れないよ。そしていつかあんたのためわしが力になれる日が巡って来る」

「百ポンドも、いや五十ポンドも持ち合わせがありません」

「もちろんそうだろう。ポケットに四百ポンド入れて通りを歩く人なんかいないからな。この館にも銀行にそれだけ金を持っている人は一人もいないと思う、公爵以外はね」

「それならぼくにどうしてほしいんです？」

「ああ、あんたの名を貸してもらうことに決まっているだろ。信じてくれ、親友、実際にポケットに手を突っ込んで、そんな多額の金を出すようにあんたに求めるつもりはない。三か月その額の金をあんたに頼らせてくれないか？　それほどかからぬうちに金の融通ができるだろう」それから、マークが答える前に、彼はマークの前のテーブルの上に手形の証書とペンとインクを取り出して、まるでもうすでに友人の同意がえられたかのように手形に書き込んでいた。

「誓って、サワビー、ぼくはそんなことをしたくありません」

「なぜだい？　何を恐れている？」――サワビー氏はきわめて鋭くこれを聞いた。「支払日が来た手形の返済をわしが怠った話なんか聞いたことがあるかい？」ロバーツはそんな話を聞いたことがあると思ったが、混乱していてそれが確かかどうかわからなかったので、何も言わなかった。

「いや、あんた、そんなことはなかったよ。いいかい、ただここに『同意する、マーク・ロバーツ』と書くだけでいい。そうしたら、もう二度とこの処理のことをあんたの耳に入れることはしない。あんたは永久にわしに恩を売ることになる」

「牧師として間違ったことをすることになります」とロバーツ。

「牧師として！　いいかい、マーク！　友人のためこれくらいのこともしたくないんならそう言えばいい。だが、わしらのあいだでそんなごまかしはなしにしよう。地方銀行の手形の裏にほかの階級より名がしばしば見つかる階級があるとしたら、牧師がその階級なんだ。いいかい、あんた、わしがこんなに苦しんでいるときに見放さないでくれ」

マーク・ロバーツはペンを取って、手形に署名した。こんなことをしたのは人生初めてのことだった。それからサワビーから心を込めて握手されたあと、みじめな男として自分の寝室に戻った。

## 註

（1）第五章でファニーは手紙に五ポンド紙幣を二枚同封している。
（2）ロンドンのソーホーの東に位置し、当時は骨董屋街だった。
（3）アルテミスの入浴を見たため、彼女に呪われて鹿に変えられ、自分の猟犬に八つ裂きにされたアクタイオーンのこと。
（4）「コベントリー送り」という言い方があるように、コベントリーはいかがわしい行動のせいで社会から追放処分にあった人が行く場所を象徴する。
（5）のちにブロック侯爵として物語に登場してくるこの首相はホイッグ党から首相（1855-58, 1859-65）になったパーマーストン子爵（1784-1865）がモデル。ブロックの名はアナグマの意で、政界の状況がアナグマいじめに似ていることによる。
（6）セポイの乱当時の総督チャールズ・ジョン・キャニング伯爵（1812-62）のこと。
（7）追放あるいは排斥すること。貝殻はギリシア語のオストラコンがカキの殻も意味したことによる誤解。もとは追放すべき人の名を書いた陶片の意。
（8）黄金のリンゴによる審判でパリスはユーノー（ヘーラー）やアテーナーでなくビーナスを選んだ。
（9）バイロン『チャイルド・ハロルド』第四巻第十節。原文はギリシアでなくスパルタ。
（10）国際緊張とフランスによる侵略の恐怖におびえる時代、パーマーストンは一八五八年二月の「殺害共謀法案」の投票で敗北した。パーマーストンがナポレオン三世に好意を抱いていると見られたためだ。ナポレオン三世は当時ヨーロッパの平和に対する脅威と見なされ、クリミア戦争後東の敵国ロシアと親密なつながりがあると疑われていた。
（11）フランスのアンリ四世の聴罪司祭は王に姦通を禁じる説教をしたところ、毎日ヤマウズラを食べさせられて、ついに「ヤマウズラばっかり！」と不平を言った。そのとき、王は聴罪司祭のほうから先にいろいろなものを食べることを禁じられたと述べた。
（12）ジョン・ブライトとリチャード・コブデンら急進派のこと。第二章註二参照。マンチェスター派とはベンジャミン・ディズレーリがイギリス十九世紀の自由貿易運動を指すのに使った呼び名。ブライトとコブデン主導の反穀物法同盟の本拠地がマンチェスターにあったため。

（13）新しいオックスフォード運動から区別された、古きよき高教会派のあだ名。

（14）トロロープが執筆中の一八六〇年にビハールとベンガルで市民の蜂起があったものの、最悪のインドの反乱は一八五八年に終わっていた。その間ガリバルディによるイタリア解放戦争（一八五九年）に至る事件、ガリバルディによるナポリとシチリア王国の征服（一八六〇年）、フランスによるサヴォイ併合によってヨーロッパの平和は脅かされた。

（15）イギリスの神学者アルクインがシャルルマーニュに宛てた手紙のなかで用いた言葉。ウォルター・レイノルズがエドワード三世への説教で引用した。

（16）ユリウス・カエサル（100-44B.C.）の最期の言葉とされる。

（17）揃いの靴を履いたことがなかった貧しい女の子が初めて靴を一足もらって嬉しくなり、みんなに二つと見せて回ったという童話に由来する。

（18）トマス・グレイの『イートン学寮遠望の頌歌』第十節の「無知は歓び、賢いことは愚か」の部分を変形させている。

（19）ヘンデルのオラトリオ『ソロモン』のアリア。

（20）「マタイによる福音書」第十九章第二十四節。

# 第九章　俸給牧師が家に帰る

翌朝ロバーツ氏は重い心で大物の友人らに別れを告げた。夜の半分は目を覚ましたまま横たわり、やってしまったことを考え、自己と立場に折り合いをつけようと腐心した。サワビー氏の寝室を出るやいなや、彼は三か月後再びその四百ポンドのことで悩まされるのは確実だと感じた。あの肘掛椅子に座って、手形を前に置き、手元にペンとインクを用意していたとき、呼び覚ますことができなかったのに、廊下を歩くとき、サワビー氏に関して知られているいくつもの前例を群雲のようにすばやく思い返していた。ラフトン卿が打ち明けたこと――困っているとき見捨てられたと卿がいかに嘆いたか――を思い出した。サワビー氏について知られている人柄を考えると、いずれにせよその多額の借金の一部を返済する用意をしなければならないと悟った。チャルディコウツから集金することはできないという国じゅうに広がる噂のことを思い起こした。

どうしてこんな忌まわしい場所に来たのか？　フラムリーのうちには男が心底望むものが全部あるのではないか？　いや、男が心底、つまり俸給牧師が心底望むものは聖堂参事会長の職であり、聖堂参事会長が心底望むものは主教の職であり、次に主教の目にあるものはランベス、すなわち大主教という高邁な栄光ではないか？　彼は野心家であることを自認していた。しかし、野心の対象に向かってこれまで残念な道のりをたどって来たと今また認めざるをえなかった。

翌朝の食事のとき、ロバーツ氏の馬とギグが用意される前、友人のサワビーは誰よりも快活だった。「それじゃ、帰ってしまうんだね?」と彼は言った。

「はい、午前中に発ちます」

「ラフトンにくれぐれもよろしく伝えてくれ。おそらく狩りで彼に会うかもしれないが、そうでなければ来年の春まで会えないな。わしがフラムリーに行くことはありえない。卿夫人はわしの尻尾を捜して、硫黄の臭いがすると言うに決まっている。さようなら、親友」

悪魔と初めて契約したとき、あのドイツ人学生[1]は新しい友に対して言いようのない魅力を感じた。それは今のロバーツと同じだった。彼はじつに温かい握手をサワビーと交わし、どこかですぐ再会することを期待していると言い、あの女性の件がどうなったかぜひ知らせてほしいと特にはっきり伝えた。契約してしまったからには――親友のため年収のほぼ半分を支払うことを保証したからには――、その金に対して可能な限り対価をえるべきではないか?　もしこの派手な国会議員との親交がそんな対価に値しないとしたら、ほかの何が値しようか?　しかし、そのとき彼は今朝のサワビー氏が前夜ほど彼のことを気にかけていないように感じた、というかそんな気がした。「さようなら」とサワビー氏は言ったが、将来の再会について一言も話さなかったうえ、手紙を書くことさえ約束しなかった。サワビー氏はおそらくたくさんのことを胸中に抱えているのだろう。一つを片づけたら、ただちに次の仕事に注意を集中しなければならないのかもしれない。

ロバーツが責任を負った金額、支払の要求をひどく恐れた金額は、彼の年収のほぼ半分だった。彼は結婚してから一シリングもまだ貯金したことがなかった。牧師館に居を構えたとき、彼は世間から金持ちと見なされていることを知った。金持ちはこうでなければという世間の声を真に受けて、豊かな暮らしを送るように努めてきた。どうしても副牧師が必要なわけではなかったのに、ラフトン卿夫人がかなり無分別と指摘したように、それに七十ポンドを支出した。ジョーンズを教区に置くことによって、彼は同僚の牧師に慈善を施し、自分をより自由のきく立場に置くことができた。ラフトン卿夫人はお気に入りの牧師が裕福に、心地よく暮らすことを望む一方、副牧師の件についてはこうなってみると非常に残念に思った。卿夫人はジョーンズ氏にフラムリーから出ていってもらわなければと胸中何度もつぶやいた。

ロバーツは妻にポニーの馬車を与え、自分は乗用馬と、ギグ用の馬を一頭持っていた。裕福だったから、彼のような立場の人にはそれくらい必要なのだ。だから従僕も、庭師も、馬丁も置いた。庭師と馬丁はどうしても必要だったとしても、従僕に関しては問題があった。妻は従僕に断固反対した。しかし、そういう問題で疑問を抱くことは負けるのと同じだ。一週間ほど従僕のことで話し合ったあと、主人は従僕も必要だと明白に認めた。

その朝、馬車で家に帰る途中、彼はあの従僕も、あの乗用馬も手放さなければならないと判断した。あの二つはとにかく手放さなければ。それから、もうスコットランド旅行にお金は使えない。とりわけ魔女が横行する夜中に貧乏国会議員の寝室に近寄ってはならない。家までの道中、彼はそう決意すると、あの四百ポンドをどう用意したらいいか考えてうんざりした。この問題でサワビーの金なんか、ぜんぜん当てにしていなかった。

しかし、妻が絹のショールを頭からかぶり、出迎えのため玄関ポーチに出て来て、震える振りをしながら馬車から降りるところを見守ってくれたとき、彼は再びほとんど幸せになった。「あなた、きっとお腹がすいているでしょう」と妻は言って、外套を着た夫を暖かい応接間に導いた。ところが、マークは馬車に乗っているあいだ、ずっとサワビーの寝室で交わした契約のことばかり考えていたから、そとの寒ささえ忘れるほどだった。今、彼は愛するファニーの腰に腕を回した。しかし、あの契約のことを妻に話すことができるのか？　とにかく今は言わないでおこう。その間、二人の男の子が彼の腕のなかに飛び込んで来て、露で濡れた頬ひげが乾くほど何度も口づけした。結局、家に帰ることくらいすばらしいことがあろうか？

「それから、ラフトン卿が帰っています。ねえ、フランク、優しくよ、いい子ね」――フランクは長男だった――「あなた、赤ん坊は炉格子の前に置いてね」

「赤ん坊はこっちに寄こして。二人いっぺんに抱くなんて無理ですよ。とっても元気がいいから」と母は誇らしげに言った。「ええ、そうです。卿は昨日早く帰って来ました」

「卿に会ったかい？」

「昨日奥様とここにいらっしゃったのよ。今日は向こうで昼食を一緒にいただきました。卿の手紙が届いて、ええ、間に合ってメレディス夫妻を引き留めたのです。夫妻は明日まで発ちません。結局あなたは夫妻に会えます。サー・ジョージはとても喜んでいらっしゃった。でも、ラフトン卿夫人の喜び方は並みたいではなくて。あんな様子は見たことがありません」

「ご機嫌がいいってことだね、え？」

「そうだと思います。ラフトン卿は馬を全部こちらに運ぶそうです。三月までこちらにいる予定でね」

「三月まで！」

「奥様がそう囁いてくれました。卿が帰って来た喜びが隠せないのです。卿は今年レスターシャーですごすのをすっかりやめるようです。どうしてそういうことになったのかしら」マークはどうしてそういうことになったかよく知っていた。ラフトン卿夫人が息子の訪問を買い取った金額について、マークは、読者もだが、よく知っていた。とはいえ、母が息子に五千ポンド贈ったことをロバーツ夫人は誰からも教えられなかった。

「奥様は今何ごとにつけてもご機嫌がいいのよ」とファニーは続けた。「ですからあなたはギャザラム城のことを持ち出す必要はありません」

「しかし、初めてその話を聞いたとき、卿夫人はずいぶん怒ったんじゃないのかい？」

「ええ、マーク、じつを言うと、怒りました。ジャスティニアと私と一緒に二階の奥様のお部屋にいたとき、一悶着あったのよ。奥様はちょうどそのとき別のいやなことを聞いてしまっていたから、それでーーでも、奥様がどんなふうになるかご存知でしょう。怒りでかっかと燃えあがりました」

「そして、ぼくに罵詈雑言を浴びせたんだろ」

「公爵に浴びせたのです。奥様が公爵が大嫌いなのはわかりますね。これに関しては私も同じです。正直にあなたには言っておきますね、マークご主人さん！」

「公爵は卿夫人が思っているほどひどい人じゃないよ」

「ええ、それってあなたが別の大人物についてもおっしゃることね。でも、サワビーさんがここに現れても、私たちを悩ますことはないと思います。それから、私はとても最上とはいえない気分で奥様のところを退出しました。というのは、私もかっかと怒っていましたから、あなたにはおわかりでしょう」

「当然おまえは怒っただろうね」とマークは言って、妻の腰に回した腕に力を込めた。

「これから恐ろしい戦争になると思いました。それで、家に帰ってあなたに憂鬱な手紙を書いたのです。でも、ちょうど手紙に封をしたとき、何が起こったとお思いになる。奥様がーーたった一人でーー入って来られたのよ。でも、奥様が何をして、何を言ったか言えません。ただ本当に立派に振る舞われました。間違いなく奥様らしい振る舞いでした。愛情深くて、真実味がこもっていて、誠実で。あんな方はいませんね、マーク。奥様はどんな公爵より、どんな肩書きの人より立派です」

「おまえとラフトン卿夫人によると、公爵が普段身に着けているものは角と蹄だろ」と彼はサワビー氏自身が言ったことを思い出して言った。

「私のことは好きなように言っていいけれど、奥様のことは悪く言わないでくださいね。角と蹄が邪悪と放蕩を指しているなら、公爵についてそれほどひどく間違ってはいないと思います。とにかくその大きな外套を脱いで、心地よくなさって」マーク・ロバーツが大きな不正を犯した場面で妻から受けた叱責はそれだけだった。

「今回の手形のことは当然妻に言おう」と彼は一人つぶやいた。「しかし、今日はやめておこう。ラフトンに会うまでやめておこう」

その日の夕方、牧師夫妻はフラムリー・コートで食事をして、若き卿と会った。ラフトン卿夫人もいまだに上機嫌だった。ラフトン卿は顔立ちの整った、生き生きした若者だった。マーク・ロバーツほど背は高くなく、容貌はおそらく知的な印象に欠けるとしても、ずっと立派で、表情の隅々に快活さと気立てのよさが表れていた。いかにも見て快い顔立ちで、ラフトン卿夫人は好んでいとしそうにその顔を見つめた。

「それで、マーク、君はペリシテ人ら[2]と一緒にいたわけだね」それが卿が最初に発した言葉だった。ロバーツは友人の手を取って笑いながら、事情はまさしく言われた通りだと思った。じつのところ、彼はもうすでに「ペリシテ人のくびきのもとに縛られて[3]」いたからだ。ああ、悲しいかな[4]、昨今のペリシテ人らから手を切るのはじつに難しい。時々サムソンのような人が寺院を頭上に引き倒すけれど、その人もペリシテ人らと一緒に瓦礫に呑み込まれることを知っているのではないか？　昨今のペリシテ人ほどすばやく吸いついて離れないウマビルはいない。

「やっとあなたはサー・ジョージを捕まえましたね」とラフトン卿夫人が言った。マークの不在について彼女がほのめかしたのはそれくらいだった。その後、講演のことが話題にのぼった。卿夫人の発言から見ると、俸給牧師が最近一緒にいた人々を彼女が嫌っているのは明らかだった。とはいえ、彼女は牧師を個人的に攻撃したり、非難したりする言葉をいっさい口にしなかった。講演会場でプラウディ夫人が口を挟んださきやかな挿話がすでにフラムリーにも届いており、ラフトン卿夫人がそれを冗談にして楽しむことは充分予想された。卿夫人は主教の奥方が講演の骨格を与えていたと信じている様子だった。日曜の朝食のとき目撃した奥方の服装をのちにマークが描き出したとき、卿夫人は公衆の面前で奥方が本領を発揮するのもそんな姿なのだと思い込もうとした。

「その講演が聞けたら、五ポンド紙幣くらい出しましたね」とサー・ジョージ。

「私なら出しませんね」とラフトン卿夫人は言った。「ロバーツさんが今生き生きと説明なさったことを聞くと、笑わずにはいられません。けれど、私たちの主教の奥方がそんな立場に立っているのを見るのは大きな苦痛です。何と言っても主教の奥さんなのですから」

「だけど、はっきり言って、母さん、ぼくはメレディスの意見に賛成ですよ」とラフトン卿は言った。「さぞかしおもしろかったに違いありません。ご存知のように、あいにく国教会は恥辱にまみれる運命にありますから、ぜひ聞きたかったですね」

「あなたはショックを受けたと思いますよ、ルードヴィック」

「やがては克服したはずです、母さん。まあ闘牛のようなものですかね、目の前で見るのは確かに恐ろしいが、じつにおもしろいと思います。それで、講演していたハロルド・スミスなんだけれど、マーク、彼はその間どうしていたんだい?」

「妨害はそんなに長く続かなかったんです」とロバーツ。

「かわいそうな主教は」とメレディス令夫人は言った。「どんなご様子でした? 本当に同情いたしますわ」

「ええ、居眠りしていたと思いますよ」

「え？　ずっと居眠りをしていたのかい？」とサー・ジョージ。

「妨害で目が覚めたんです。それから、飛びあがって、何か言っていましたね」

「何を？　大きい声でかい？」

「一言二言だけでした」

「何てみっともない場面なのでしょう！」とラフトン卿夫人は言った。「現職の前に主教区にいたあの善良な老人[5]を覚えている人にとって衝撃そのものです。あの方があなたに堅信礼を施してくださったのよ、ルードヴィック、覚えておかなければいけません。あれはバーチェスターでした。おまえはあそこへ行って、そのあとあの方と昼食をご一緒にいただいたのです」

「覚えていますよ。特にあとにも先にもあんなタルトを食べたことがないこともね。ご老人は特にタルトにぼくの注意を向けて、意見が一致したことをこの上なくお喜びのようでした。今の公邸にあんなタルトがないことは請け合ってもいいです」

「もしあなたが公邸へ行けば、プラウディ夫人は喜んで最上のもてなしをしてくれますよ」とサー・ジョージ。

「お願いですからそんなことはしないでちょうだい」とラフトン卿夫人。それがマークの公邸訪問に関して彼女が言った唯一の厳しい言葉だった。

サー・ジョージ・メレディスがいたので、ロバーツはサワビー氏と金銭問題についてラフトン卿に話を切り出せなかった。しかし、翌朝卿と二人だけで会う約束を取りつけた。

「ぼくの馬を見に来なければいけないよ、マーク。今日着いたんだ。メレディス夫妻は正午に発つから、そのあと一時間は一緒にいられる」マークは行くと約束したあと、妻を脇に抱えるようにして自宅へ向かった。

「ねえ、奥様って優しいでしょう?」とファニーが砂利道に足を踏み出すとすぐ言った。

「卿夫人は優しいね。口では言えないほど優しい。しかし、卿夫人が哀れな主教に対して取る態度くらい厳しいものはないよ。実際、主教はそんなに悪い人じゃない」

「そうね。でも、奥様がもっと厳しい態度を見せる時があります。主教の奥方に対する時です。わかるでしょう、マーク、奥様があんなふうに感情的になるのはぜんぜん淑女らしくありません。バーチェスターの人々は奥様をどう思うかしら?」

「ぼくの知る限り、バーチェスターの人々はそれが気に入っているんだ」

「馬鹿馬鹿しい、マーク。そんなはずはありません。でも、今は気にしないで。奥様がいい人だとあなたに認めてほしいだけです」それから、ロバーツ夫人は有爵未亡人を讃える別の挿話を長々と続けた。牧師館で卿夫人が許しを請うたあの出来事以来、ロバーツ夫人は友人のことをどれほど高く評価しても評価しきれなかった。恐ろしい嵐とハリケーンの脅威のあと、その夜はじつに快かった。夫は判断の過ちを犯したにもかかわらず、快く迎え入れられた。ひどく痛むように見えた傷も完全に癒え、すべてがとても心地よかった。もし妻があの小さな手形のことを知ったら、これがどれほど変わっていたことだろう!

翌日正午、卿と牧師はフラムリーの馬屋を一緒に歩いた。騒ぎがそこで持ちあがっていた。というのは、馬屋の大部分はこの数年間ほとんど使われていなかったからだ。しかし、今そこは混み合って、活況を呈していた。七、八頭の高価な馬がレスターシャーからラフトン卿を追って届いていた。フラムリーの昔気質の馬丁にはどの馬も広すぎると思われる規模の面積を占めていた。しかし、卿は自分が連れてきた親方の思う通りにさせた。

マークは司祭だったが、ごく世俗的な人だったから良馬を好んだ。それで、しばらくラフトン卿にこの四歳の若牝馬《ひんば》とか、牝馬マウストラップ⑹のあの見事な若牡馬《ぼば》ラトルボーンズとかがどんなにいい馬か詳しく喋らせていた。しかし、マークは胸中重くのしかかる別の問題があったので、馬のことで半時間すごしたあと、友を灌木のあいだの歩道にうまく誘導して行った。

「それで、あなたはサワビーと決着をつけたんですね」とロバーツは話を始めた。

「決着をつけた、うん、だけど金額を知っているかい?」

「確か五千ポンド払ったと思いますが」

「そう。それ以前におよそ三千ポンド。しかも、一シリングも本当はぼくが借金したものじゃなかった。将来何をしてもいいけれど、サワビーには捕まらないようにしなきゃあね」

「しかし、彼が不正なことをしたとあなたは思っていない」

「マーク、じつを言うと、もうその件は頭のなかから払いのけてしまったから、蒸し返したくないんだ。母が土地を守るため金を払ってくれた。もちろん母に金を返さなければいけない。だけど、サワビーとは二度と金のやり取りはしないと約束していい。彼が詐欺師だとは言わないにしろ、とにかく狡猾なやつだ」

「ねえ、ラフトン、ぼくが彼のため四百ポンドの手形に署名したと言ったら、何て言います?」

「おいおい、なぜそんな――、だけど冗談だろ?　君のような立場の人がそんなことはしないよね」

「しかし、本当なんです」

ラフトン卿は長く、低く口笛を吹いた。

「昨夜ぼくが向こうにいたとき、彼から署名をせがまれたんです。彼の手形が不渡りを出したことなんかないと言われました」

ラフトン卿はまた口笛を吹いた。

「彼の手形が不渡りを出したことがないって？　ねえ、ユダヤ人らの財布は彼の不渡り手形で一杯なんだ。君は本当に彼のため四百ポンドの署名をしたのかい？」

「確かにしました」

「支払期限は？」

「三か月後です」

「その金をどこで工面するか考えたかい？」

「工面できないのはよくわかっています。少なくとも期日まではとても。銀行が手形を更新してくれて、ぼくが少しずつ払っていくしかありません。つまり、もしサワビーが本当に手形を買い取ってくれなかったらです」

「国債を買い取るほうがまだ考えられるね」

ロバーツはそれからミス・ダンスタブルとサワビーの縁談を卿に話して、この紳士がおそらく相手の女性から受け入れられるとの意見を述べた。

「ぜんぜんない話じゃないね」と卿は言った。「サワビーは感じのいい男だから。もしそうなれば、彼はほしいものをみな手に入れるわけだ。だけど、彼の債権者らには何の得にもならない。公爵は権利証書を持っているから、それで確かに金を回収できるだろう。土地は実際上妻のものになる。だけど君みたいな雑魚は一シリングだってもらえないね」

哀れなマーク！　彼はすでに薄々こういうことを予感していたものの、こんなにはっきり言葉で言われるとは思わなかった。あの手形に署名した弱さに対する罰として、彼が四百ポンドだけでなく、利子も、更新の費用も、手数料も、印紙代も払わなくてはならないことは明白だった。そう、彼は公爵の館に滞在中間違いなくペリシテ人らのなかにいたのだ。チャルディコウツとギャザラム城の栄光をすっかり放棄していたら、そのほうがよかったことをまざまざと理解し始めた。

さて、これをどう妻に話せばいいのか？

註

（1）メフィストフェレスに魂を売ったファウストのこと。
（2）教養も美的情操もない俗物、実利主義者のこと。
（3）ミルトンの『闘技士サムソン』第四十二行。
（4）「士師記」第十六章。
（5）グラントリー主教のこと。
（6）鹿毛の血統馬。

# 第十章　ルーシー・ロバーツ

さて、これをどう妻に話せばいいのか？　これは私たちがさきほどマーク・ロバーツのもとを去ったとき、彼の心に重くのしかかっていた問いだ。彼はこの問題を思い巡らしたあげく、一つの結論に達した。達したけれど、それを実行できそうもなかったから、必ずしもいい結論に達したわけではない。

彼はどの銀行であの手形を割り引いてくれるか確かめるつもりだった。サワビーに聞いてみよう。もしサワビーに聞けなかったら、バーチェスターの三つの銀行へ行ってみよう。銀行の一つでは受け入れてもらえるという自信が少なからずあった。彼は銀行の支店長にその金を返済する意思があること、しかし、三か月後に完済する力はないこと、収入の状況がどうなっているか、などを説明するつもりだった。そうしたら支店長は問題をどう処理したらいいか教えてくれるはずだ。三か月ごとに五十ポンドずつ利子付でなら支払えると思った。支店長とこれを調整できたら、すぐ妻にこの件を打ち明けよう。問題が未解決の今、妻に打ち明けたら、妻は聞いただけでおびえて病気になってしまう。

しかし、彼は翌朝郵便集配人のロビンから一通の手紙を手渡されたあと、長いあいだこの計画を先送りすることになった。手紙はエクセターからだった。父が病に倒れたという知らせで、すぐ危険だと告げられた。その夜――妹が手紙を書いた夜――老父はもっと悪くなっており、マークはできるだけ早くエクセターに帰ることが望まれた。もちろんマークはエクセターに戻った――そしてフラムリーの人々の魂をまたもや低教会派のウェールズ人に委ねてしまった。フラムリーはシルバーブリッジからわずか四マイルのところに位置しており、シルバーブリッジまで行けば、イギリス西部への直通便があった。それで、彼はその日の日没前にエクセターにいた。

それでも、到着が間に合わなかった。病は突然で、進行が急だったので、老人は長男を再び目にすることなく息を引き取った。マークが嘆きの家に到着したとき、ちょうど置かれた立場の一変に家族が気づき始めるころだった。

この医者は全体として見ると輝かしい経歴を残したが、それでも世間から思われていたほどたくさんお金を遺さなかった。遺せるはずがなかった。ロバーツ医師は多くの子供に教育を受けさせ、常に安楽な生活をし、自力で稼いだ金以外の収入を持たなかった。その収入は裕福な老紳士や中年の婦人らから医者として信頼を勝ちえるとすぐ確かに気持ちのいいほど簡単に入ってきた。しかし、妻と七人の子供に世間的に望ましいと見られる暮らしをさせるため、その収入をほぼ入ると同じ速度で使いはたした。マークはすでに見たようにハロー校とオックスフォードで教育を受けたから、それゆえ人生初期にすでに財産を受け取ったと言えよう。次男のジェラルド・ロバーツは一流の連隊の将校職を買ってもらった。次男も強運の持ち主で、クリミア戦争に生き残り、大尉になった。少佐職を購入する資金は確保されている。いちばん年下のジョン・ロバーツは小袋局[1]で働く公務員で、すでに小袋大臣の個人秘書官補としての地位――たいした収入はないとしても、かなり信用度の高い地位――に就いていた。ジョンのため教育費はふんだんに使われた。というのは、最近は少なくとも三か国語を知る若者でなければ小袋局に入れなかった。また、三角法か、聖書神学か、一つの死語か、選択で精通[2]していなくてはならなかった。

医者には四人の娘がいた。ラフトン卿が俸給牧師の結婚式で恋に落ちたと噂されたあのブラーンチを含めて、上の二人はもう結婚していた。卿の代わりにデボンシャーの郷士が彼女を射止めていた。しかし、結婚に際して、医者はその郷士に数千ポンド、おそらく二千か三千ポンドを与える必要があった。老医者は金がなんとかなると想像していた。長女もまた父の家からまったく手ぶらで嫁に出すわけにはいかなかった。こういうことで、医者が亡くなったとき、家には二人の娘が残っていた。このうち末娘のルーシーがこれから私たちの物語のなかに大いに登場することになる。

マークは十日間エクセターに滞在した。マークとデボンシャーの郷士クラウディが遺言執行人として指名を受けた。遺言ではほとんどの子供に支度金を用意したという医者の確信が説明されていた。愛する息子マークに関しては不安を感じなくてもいいと父は言った。これが読まれるのを聞いたとき、マークは優しく笑みを浮かべつつ、じつに幸せそうな様子をした。それにもかかわらず、心はいくらか沈んでいた。というのは、今のタイミングでちょっとした棚ぼたでもあれば、あの恐ろしいサワビーの夢魔からすぐ解放されるとの希望があったからだった。それから遺言は続いてメアリー、ジェラルド、ブラーンチについて触れ、彼らも神の摂理のおかげで欠乏に苦しむことがない状況にあると述べた。このとき、もし郷士クラウディの顔を覗き込んだら、彼も少しがっかりしたことがわかるだろう。というのは、郷士は人前にずっと顔を出している義兄ほど上手に感情を制御することができなかったからだ。個人秘書官補のジョンに対しては、千ポンドの遺産が遺された。ジェーンとルーシーには四パーセントの確かな利子付の一定額が遺された。ベネディック(3)になりたがっている分別ある若い男性たちの目のなかで、この若い女性たちが魅力的な価値を持つのに充分なお金だった。そのほかには家具しか残らなかったから、医者はそれを売却し、売上金をみなで分けるように望んでいた。各人には六十から七十ポンドほどになって、父の死に付随する諸経費として使われた。

その後、そこにいた男女みなが老ロバーツ医師はよくやったという話をした。彼の人生は立派で、実り多かった。遺言は正しかった。マークはほかの人々の前でそう明言した――胸中ちょっと落胆があったにもかかわらずそう確信していた。遺言が明らかになってから三日目の朝、クリームクロッテッド・ホールの郷士クラウディは落胆を完全に克服して、遺言はきわめて正当だと言った。それから郷士クラウディがジェーンを引き取ることになった――というのは、ジェーンに目をつけていると思われる郷士仲間がクラウディの近所にいたからだ。末のルーシーはフラムリー牧師館に引き取られることになった。手紙を受け取ってから二週間たったころ、マークは妹のルーシーを保護して家に連れて帰った。

マークはこういう経緯のせいでサワビーと手形の夢魔に関する賢明な決意を大いに邪魔された。第一に思っていたほど早くバーチェスターへ行くことができなかった。それから、ジョンに当然事情を説明して、しかるべき利子を払えば、この弟から金を貸してもらえるかもしれないとの考えに思い当たった。しかし、エクセターで、言わば父の墓前に立っていたとき、そんな話を切り出す気になれなかったから、問題を先送りにした。手形の支払期日までまだ取り決めの時間が充分あったので、どうするか決めるまでファニーには打ち明けないことにした。借金返済の方法が用意されていることを言えないままこれを打ち明けたら、妻を殺してしまうと彼は胸中何度もつぶやいた。

さて今、ルーシー・ロバーツについて一言言わなければならない。こんな描写をしないまま物語を先に続けることができたら、こんな嬉しいことはないのだが！　しかし、ルーシー・ロバーツはこのささやかな物語を一歩前進させる役割を演じなければならない。このため彼女の姿形や性格がどんなものか読者に理解してもらう必要がある。この前彼女が登場したとき、わずか十六歳で、兄の結婚式であまり目立った役割を演じなかった。しかし、あれから二年以上がたって父が亡くなった今、彼女はやがて十九歳になる。若い娘という不明瞭な言葉は三歳から既婚でなければ四十三歳まで通用するから、その不明確さを排除して一般的な呼び方を捨てると、彼女は兄の結婚式のときは子供だったが、父の死のときは女になっていたと言っていい。おそらく死を見取るこんな場面ほど女らしさが増し、子供がすばやく大人になるときはない。今まで女の義務をはたすようにルーシーに迫る圧力はほとんどなかった。彼女は年二十五ポンドの手当で私的に必要なものを全部まかなう滑稽な試み——父の愛情に満ちた気前のよさによって滑稽なものになっていた試み——以外にお金の取引について何も知らなかった。三つ年上の姉ジェーンが——というのは、ジョンがその姉とのあいだに生まれていたから——家のやり繰りをした。すなわち、ジェーンが紅茶を入れ、ディナーについて家政婦と相談した。しかし、ルーシーは父の係で、父のそばに座り、夜寝るとき本を読み、スリッパを運び、安楽椅子の座り心地を世話した。彼女は子供としてこれらのことをした。しかし、棺の頭側に立ったとき、棺のそばにひざまずいたとき、彼女は女になっていた。

ルーシーは三人の姉の誰よりも背が低かった。三人の姉はすばらしい女性だとの賞賛をほしいままにした。エクセターの人々は上の三人の姉を追想し、市に広がっている彼女らの一般的な記憶を振り返りつつ、ルーシーにはその賛辞を示したがらなかった。「おや——おや！」と人々はルーシーについて言った。「かわいそうなルーシーはロバーツのほかの子に少しも似ていませんね。そうでしょ、ポール夫人？」——というのは、娘たちがすばらしい女性に成長したように、息子たちは頑健な男性として一人前になっていたからだ——。するとポール夫人は答えた。「少しも似ていないって、そうかしら？　ブラーンチがあの年齢の時どうだったかちょっと思い出してみればいいのよ。それでも、ルーシーは美しい目を持っている。あのうちの子供のなかで彼女がいちばん賢いっていう噂よ」

ルーシーについてのこの描写はあまりにも核心を突いているので、思うにこれ以上何もつけ加える必要がない。彼女はブラーンチに似ていなかった。なぜなら、ブラーンチはとても明るい肌の色と、細いうなじと、みごとな胸と、「女神の歩きぶり」(4)を具えて――つまり目に見る限り真の女神だったから。ブラーンチはさらにアップルパイについて立派な意見を持ち、クリームクロッテッド・ホールを十八か月も支配しないうち、豚とミルクの秘密の全部と、リンゴ酒とガチョウのひなに関する秘密のほとんどを理解していた。ルーシーは取り立てて言うほどのうなじ――つまり、人から雄弁な賛辞を引き出すほどのうなじ――を持ち合わせていなかったうえ、茶色い肌をしていた。彼女は貯蔵食品の実用性に夢中になってもおかしくなかったのに、そういうことにはぜんぜん関心がなかった。うなじと肌の色に関しては、かわいそうに手の施しようがなかったが、重宝な人になるチャンスは逃していたと考えられる。

それにしても、ルーシーは何という目をしていたのだろう！　ポール夫人はその点で正しかった。その目はあなたに向かって優しく煌めく――いつも煌めくというのではない。実際、もし彼女と初対面なら、しばしば優しく煌めくことはないから。優しかろうと、残忍だろうと、その目は見てくらむほどの輝きで煌めく。いったいそれが何色か問題にする人がいようか？　たいていそんな目は緑色か、灰色だから、おそらく緑色の目だ。たとえ緑色の目が魅力的でないと思われるとしても。とはいえ、そんな輝きで人を驚かせるのは目の色ではなく、その炎だった。

ルーシー・ロバーツは完全にブルネットだった。頬の浅黒い色合いは時々優美に華やかで美しく、前髪は長くて柔らかく、小さな歯はめったに見られないが、真珠のように白かった。髪は短いけれどじつに柔らかかった――真っ黒ではなく、暗褐色だった。ブラーンチも見事な歯で知られていた。その歯はフランスの都市の新しい家の列のように白く、整然として、高慢だった。ところが、ブラーンチが笑うと、顔は歯だけになってしまった。ピアノの前に座ると、同じようにうなじだけになってしまった。しかし、ルーシーの歯ときたら！──あの完全に揃った象牙の見事に仕上がった列と優美な真珠色が見られるのは、彼女が何かに突然驚いて一瞬唇を開く時だけだった。ポール夫人はルーシーの歯を見る機会が一度でもあったら、その歯についても一言言っただろう。

「でも彼女が兄妹のなかでいちばん賢いという噂よ」ポール夫人は適切にそうつけ加えた。エクセターの人々はそんな意見を述べた点、きわめて正当だった。家族のなかでどの子がいちばん利口か小さな町ではみな知っている。そんなことがどうして起こるかよくわからないが、必ずそういうことが起こる。ポール夫人はただ世間一般の意見を述べたにすぎないにしろ、世間一般の意見は正しかった。ルーシー・ロバーツは男兄弟、女姉妹の誰よりも知性に恵まれていた。

「じつを言うと、マーク、私はブラーンチよりもルーシーのほうを高く評価しています」とロバーツ夫人は言った。結婚してこの名を名乗った数時間後のことだ。「ルーシーが美人でないのはわかる。でも、私はいいと思います」

「ぼくのいとしいファニー！」とマークは驚いた口調で答えた。

「私はいいと思います。もちろんほかの人たちはそうは思わないでしょう。でも、私は型にはまった美人が好きになれません。おそらくそんな美人には嫉妬してしまうからです」

マークが口にした次の言葉を繰り返して言う必要はないだろう。若い花嫁に対するひどいお世辞があったのは誰もが認めることだ。しかし、マークはこれを覚えていて、いつもルーシーを妻のお気に入りと呼んだ。それ以来マークの姉妹の誰もフラムリーに来ることがなかった。ファニーはブラーンチの結婚式のときエクセターで一週間すごしたあいだ、姉妹と格別親しくなったとは言えない。それにもかかわらず、誰かをどうしてもフラムリーに引き取る必要が生じたとき、マークは妻が言ったことを思い出して、ただちにルーシーを引き取りたいと申し出た。ジェーンは心根がブラーンチと同類だったから、喜んでクリームクロッテッド・ホールへ行くことを願った。あの肥えたトトネス[5]の田舎では、クリームクロッテッド・ホールの土地に隣接してヘビーベッド・ハウスの土地があった。ヘビーベッド・ハウスにはまだ女主人がいなかった。

ルーシーを引き取ることになったという知らせが届いたとき、ファニーはとても喜んだ。現在の状況で姉妹の一人がマークと一緒に住むのはもちろん適切なことだった。ファニーはあの穏やかな、小さな、輝く瞳の人がやって来て、同じ屋根の下で一緒に寄り添うことになると思うと幸せだった。子供はルーシーが大好きになるに違いない――母よりも好きになることはないとしても。ポーチを見おろす居心地のよい小さな部屋――そこの煙突は一度も使われたことがない――をルーシーのため用意する必要がある。ポニーに乗る権利も許さなければ――それにはロバーツ夫人の大きな犠牲を伴っていた。待ち受けるラフトン卿夫人の最良の善意も伝えなければならなかった。実際、ルーシーの前途に敷かれた運命が悲運というわけではなかった。

ラフトン卿夫人は当然医師の訃報を耳にして、いろいろ親切な伝言をマークに送り、エクセターですべてのことが落ち着くまで急いで帰って来る必要はないと助言した。それから、教区に入って来る予定の新参者の話を聞いた。それが末っ子のルーシーだとわかったとき、卿夫人も満足した。というのは、ブラーンチの魅力については否定できないけれど、必ずしも卿夫人の好みではなかった。もしブラーンチに似た娘が現れたら、若いラフトン卿にどんな危険が待ち受けることになったかわからない！

「これでいいのよ」と卿夫人は言った。「マークはちゃんとやるべきことをしました。私はあの若い娘を覚えています。かなり小さな子でしょう、とても内気で？」

「かなり小さな子で、とても内気。何という寸描！」とラフトン卿。

「気にしないで、ルードヴィック。ある若い娘は小さいし、そのなかには少なくとも内気な方もいます。

私たちは喜んで彼女とお近づきになりたいのです」

「あなたのもう一人の義理の妹をよく覚えています」とラフトン卿は言った。「彼女は美しい女性でした」

「ルーシーを美女とは思わないでしょう」とロバーツ夫人。

「小さくて、内気で、そして――」ラフトン卿がそこまで言ったとき、ロバーツ夫人は「不器量」と言って発話を補完した。夫人はルーシーの顔が好きだったが、ほかの人はおそらくそうではないと思っていた。

「そんなことを言うなんて」とラフトン卿夫人は言った。「あなたは妹を持つに値しません。私は彼女のことをとてもよく覚えていますが、不器量なんかじゃありませんでした。あなた方の結婚式で見た彼女の振る舞いにはずいぶん魅せられましたよ、あなた。美人である点よりもむしろ別の点で彼女を評価しました。本当です」

「ぼくはぜんぜん覚えていない」と卿。それで、会話は終わった。

それから二週間後、マークは妹と一緒に現れた。二人は暗くなってもなかなか到着しなかった――六時か七時のあいだまで――。もう十二月になっていた。地面には雪(6)があり、空気に霜の寒気があり、月も見えなかったから、用心深い人はそとに出るとき、馬の蹄鉄を立てた。そんな天候だったから、マークのギグがシルバーブリッジへ送り出されたとき、外套とショールでほぼ一杯だった。ルーシーの荷物を乗せるため、荷馬車が送り出され、あらゆる準備が整えられた。三度ファニーはポーチの上の小さな部屋に火が赤々と燃えているか確かめに行った。馬車の車輪の音を聞いたとき、彼女は叔母を快く迎えるように息子を納得させていた。今まで息子が知っている人といったら、もちろん子供部屋のお付きの人以外、父母とラフトン卿夫人しかいなかった。

それから三分すると、ルーシーは火のそばに立っていた。その三分間は夫妻の抱擁に当てられた。誰が客として連れて来られようと、二週間の留守のあと妻はほかの誰を歓迎するよりも夫に口づけした。それから彼女はルーシーのほうを向いて、外套を脱ぐのを手伝い始めた。

「あら、ありがとうございます」とルーシーは言った。「寒くはありません――あまりね。お構いなしにしてください。自分でやります」しかし、彼女はここで大口を利いてしまった。というのは、指が寒さでひどくかじかんで、何もできる状態ではなかった。

彼らはもちろん喪服を着ていた。喪服の陰気な姿はルーシー本人の様子よりもファニーに衝撃を与えた。ルーシーは喪服の黒のなかに呑み込まれて、ほとんど死の象徴に見えた。彼女はうつむいて、火に顔を向けたまま、置かれた状況にほとんどおびえきっているように見えた。

「妹が何と言おうとね、ファニー」とマークは言った。「とても寒いはずだ。ぼくがそうだから。いやというほど寒い。一緒に妹の部屋にあがったほうがいいよ。今夜はそんなに着飾る必要はないだろ、え、ルーシー？」

寝室に入ってルーシーの凍った体が少し解けた。ファニーは口づけしたとき、彼女について言った不器量という言葉は間違いだったと一人つぶやいた。ルーシーは少なくとも不器量ではなかった。

「すぐここに慣れると思いますよ」とファニーは言った。「あなたがくつろげたらいいのですが」ファニーは義妹の手を取って、強く握った。

顔をあげたルーシーの目は非常に感じやすそうだった。「きっとここであなた方と幸せになれます」と彼女は言った。「でも――でも――愛する父さんは！」それから二人は抱き合って、ひとしきり口づけし、泣いた。やっと客が髪をなでつけ、涙を洗ったとき、「不器量って」とファニーは胸中つぶやいた――「不器量って！　私がこれまで見たいちばん美しい顔立ちだわ！」

「あなたの妹さん、とてもきれいね」と彼女はマークに言った。その夜就寝前に夫婦だけで彼女のことを相談したときのことだ。

「いや、きれいじゃない。しかし、とてもいい子で、あの子なりに賢いところもある」

「彼女は完璧に美しいと思います。あんな目は今まで見たことがありません」

「妹のことはそれじゃ、おまえに任せるよ。妹に夫を見つけてやってくれ」

「それは簡単じゃないかもしれません。誰とも結婚しない人のように見えます」

「うん、結婚してくれればいいんだが。しかし、妹は生まれつき独身向きで——ずっといつまでもおまえの子らのルーシー叔母さん——でいるように見えるね」

「心から喜んでそうなってほしいわ。でも、彼女はそんなに長くただ叔母さんでいるとは思いません。彼女が気に入る人を見つけるのはきっと難しいでしょう。でも、私が男性なら、すぐ彼女に恋しますね。彼女の歯を見ました、マーク?」

「見たことはないと思うね」

「人の頭に歯があるかどうかさえきっと知らないのです」

「おまえ以外の人の歯は知らないな。おまえの歯は全部覚えているがね」

「あなたは馬鹿ね」

「しかも、とても眠たい馬鹿さ。だから、よかったら、寝床に就くよ」それで、ルーシーの美しさについてそれ以上話をすることはなかった。

ロバーツ夫人は初めの二日間義妹を特別扱いしなかった。ルーシーは感情を少しもそとに表さなかった。そのうえ、ルーシーはごく少数の一人、特別な輪の中心に自分を置かなくても満足していける本当にごく少数の一人だった。普通の精神の持ち主が自分を輪の中心に置かないでいるのは不可能だ。人は自分のディナーをきわめて重要なものと思うので、ほかの人がみなそれにまったく無関心だとは信じられない。女性は若いころはベビー服、年を取ったときはリンネルやカーテンのふさ飾り、といった興味ある収集に目を奪われるので、ほかの人がそれを見て喜ばないはずがないと思う。しかしながら、私が人のこういう傾向を悪いと決めつけているとは思わないでほしい。人はこういう傾向のせいで、ある種の会話に入り、ある種の共感に導かれる。ジョーンズ夫人はホワイト夫人のリンネル収納庫を見て、ホワイト夫人に自分の収納庫を見せたいと望む。人は水差しからなかにあるものしか注げない。もし私たちが自分のことについて、あるいはとにかく自分が中心である人の輪について話さなければ、私たちの大部分の人は何も話すことができない。私としては世間の無意味なお喋りを黙らせたいと思う人々の主張を認めることができない。私としてはジョーンズ夫人のリンネルを見るのはいつも楽しいし、私のディナーの詳細を夫人に話すチャンスをとらえ損なうことはない。

しかし、ルーシー・ロバーツはそんな才能を持ち合わせなかった。彼女は義姉の家に見知らぬ人として来て、最初応接間の自分の隅っこや居間のテーブルの自分の席にいるだけで満足しているようだった。お悔やみの言葉も、率直な語らいの慰めも必要とするようには見えなかった。彼女がふさぎ込んでいたとか、話しかけられても答えなかったとか、子供を無視したとか、そういうことはない。しかし、彼女はすぐ自分を曝け出して、あらゆる望みや悲しみをファニーの心に打ち明けることはしなかった。ファニーはそれを望んでいたのだ。

ロバーツ夫人はいわゆる感情をそとに表すタイプだった。ラフトン卿夫人に腹を立てればそれをそとに表した。そのとき以来ラフトン卿夫人に対する愛情と賞賛が増したので、それもまたそとに表した。夫に何か気にくわないことがあれば、たとえ隠そうとしても、隠せたと思い込んでいるとしても、それを隠すことができなかった——同じように温かい、変わらぬ、あふれる女性の愛情も隠すことができなかった。ファニーは夫と腕を組んで部屋を歩くとき、いつも夫がそこでいちばんいい男と思うのを部屋のみなに見せびらかした。彼女は自分が感情をそとに表すタイプだったから、ルーシーが心配事をみなすぐ打ち明けてくれなかったことにむしろ失望した。

「ルーシーはずいぶんおとなしい人なのね」とファニーは夫に言った。

「そういう気質なんだ」とマークは答えた。「子供のころはいつもおとなしかった。ぼくらがいろいろなものを壊していたのに、彼女はティーカップ一個壊さなかった」

「今何か壊してくれたらいいのに」とファニーは言った。「そうしたら、話をするきっかけができるから」とはいえ、こんな理由で彼女が義妹を嫌いになることはなかった。彼女は自分に恵まれている資質を義妹が持ち合わせないため、おそらく無意識にいっそう義妹を高く評価した。

それから二日後、ラフトン卿夫人が訪ねて来た。もちろんファニーが卿夫人のことを新来者にかなり言い含めておいたと思われる。田舎のこのような隣人は生活の全般に渡って多大な影響を及ぼすので、こんな隣人について説明しないでいるのは論外なのだ。ロバーツ夫人はほとんど有爵未亡人の庇護のもとで育てられたから、卿夫人のことをたくさん話して当たり前と思っていた。そうだからと言って、ロバーツ夫人を貴族や富豪に近づきたがる人、あるいはおべっか使いと見なしてはならない。もしこういう違いがわからないような、人の性質に関する原則の初歩を勉強する必要がある。

ラフトン卿夫人が来訪した。ルーシーは驚いて声も出なかった。ファニーは卿夫人の第一印象が好ましいものになるように特別望んでいたので、そのため訪問のあいだできるだけ卿夫人とルーシーが二人だけになるように心がけた。しかし、この場合賢いやり方とは言えなかった。とはいえ、ラフトン卿夫人はルーシーの沈黙で出会いが失敗に陥らないようにする女性らしい技量を具えていた。

「いつ私たちのディナーに来てくれますか？」ラフトン卿夫人ははっきり古い友人のファニーのほうを向いてそう尋ねた。

「あら、日を指定してください。私たちにはそんなにたくさん約束はありませんから」

「木曜はどうかしら、ミス・ロバーツ？　知らない人に会うことはありませんよ。私の息子だけです。つまり、外出するというふうに考える必要もないのです。ここにいるファニーが教えてくれるでしょうが、フラムリー・コートに足を運ぶのは外出するというよりも、牧師館のなかで部屋を移動するようなものです。そうでしょう、ファニー」ファニーは「じつに頻繁にフラムリー・コートに足を運んでいますから、おそらくコートに行くことを軽く見すぎているのです」と笑って言った。

「ここの人たちはみな一つの幸せな家庭のように思っていますよ、ミス・ロバーツ。この家庭にあなたが入って来てくれるチャンスがあって、とても嬉しい」

ルーシーはいちばん愛らしい笑顔を卿夫人に見せたが、そのとき彼女が何と言ったか聞き取れなかった。しかし、今ルーシーがフラムリー・コートまでとはいえディナーに出かける気がないことははっきりしていた。「ラフトン卿夫人はとてもご親切でした」と彼女はファニーに言った。「でも、まだ喪が明けていないんです――それで、それで――みなさんが私をここに残して出かけて行ってくれたら、とても嬉しいんです」しかし、目的は彼女と一緒に出かけること――はっきり彼女をコートへ連れて行くこと――だったから、ディナーは少しのあいだ無期限の延期になった。

## 註

（1）コモンロー（裁判所が扱う判例によって発達した一般国内法）に関する大法官府の訴訟処理部門で、法廷関係者に対する訴訟を取り扱った。チューダー朝期から一八七四年に廃止されるまで存続した。訴訟記録が小袋に保管されたためこの名がある。

（2）ノースコートとトレヴェリアン報告書に基づいて公務員の採用のための試験制度が一八五四年に導入された。トロロープはそれに強く反発していた。

（3）シェイクスピアの『空騒ぎ』の登場人物。女性と結婚を否定していた独身貴族だが、最後にベアトリスと結婚する。

（4）ローマの詩人ウェルギリウス（70-19 B.C.）の叙事詩『アイネーイス』第一巻に「歩きぶりいかにも女神を思わせる」とある。

（5）トーキーとプリマスの中間にあるデボンシャーの町。

（6）霜の道をしっかり踏みしめるため蹄鉄の歯を下に向け、とがらせた。

# 第十一章　グリゼルダ・グラントリー

ルーシーがラフトン卿に最初に紹介されたのはこのあとほぼ一か月近くたったころで、ごく偶然そういうことになった。その間、ルーシーのことは牧師館にしばしば姿を見せたラフトン卿夫人によってかなり知られるようになった。しかし、教区のこの新参者はたくさん届く招待状を一枚も受け取る勇気がなかった。ロバーツ氏と妻がフラムリー・コートをよく訪れていたのとは対照的に、怖がっているルーシーがそこの招待に応じる日はなかなか訪れなかった。

彼女はラフトン卿を教会で見かけたことはあったけれど、その人とわかっていなかったうえ、少しもちゃんと見ていなかった。しかし、ある日、というよりもある夕暮れ、すでに暗くなったころ、卿はルーシーとロバーツ夫人が牧師館へ歩いているところに追い着いた。彼は銃を肩に掛け、三匹のポインターを足のまわりにはべらせて、狩猟管理人を後ろに従えていた。

「今晩は、ロバーツ夫人?」と彼はもう少しで追い着きそうになるところで声を掛けた。「ぼくは最後の半マイルをずっと追いかけていましたよ。こんなに速く歩く女性たちは初めてです」

「あなた方紳士のようにぶらぶら歩いていたら、私たち、凍ってしまいます」夫人はそう言って立ち止まると、卿と握手した。夫人はそのときルーシーと卿が初対面だということを忘れていたので、紹介の労を取らなかった。

「妹さんにぼくを紹介してくれませんか?」卿はそう言って帽子を脱ぎ、ルーシーにお辞儀をした。「一か月以上お隣同士でしたけれど、まだ紹介してもらったことがありませんね」

ファニーは言い訳を言うと、二人を紹介した。三人はフラムリー・ゲートまで歩き続けた。ラフトン卿は二人に話しかけ、ファニーが二人を代表してそれに答えた。ゲートのところで三人は立ち止まった。

「あなたが一人でいるのを見て驚きました」とロバーツ夫人は言った。「カルペッパー大尉が一緒だと思っていました」

「大尉は今日に限ってぼくを置き去りにしたんです。もし小声で言うなら、大尉がどこへ行ったか教えてあげます。たとえ森に向かってでも大声で言う勇気はありません」

「大尉はどんな恐ろしいところへ行ったのです? そんな恐ろしいことを囁かれるのはいやですね」

「大尉は行ったんです、あの――、あの――、母に言わないと約束できますか?」

「奥様に言わないって! あら、もう好奇心でわくわくします! いったいどこへ行ったのかしら?」

「じゃあ約束してくれますか?」

「ええ、ええ! 約束します。なぜって、ラフトン卿夫人が私にカルペッパー大尉の居場所を尋ねることなんかないに決まっていますから。言いません。そうよね、ルーシー?」

「大尉は一日がかりでギャザラム城へキジ狩りに行ったんです。ねえ、いいですか、裏切ってはいけませんよ。母は大尉が歯痛で部屋に閉じこもっていると思っていますから。母に城の名を言ってはいけません」

ロバーツ夫人はこのあとラフトン卿夫人に会いに行く約束があり、一方ルーシーは牧師館に一人で歩いて帰るところだった。

「あなたのご主人を訪ねる約束をしていました」とラフトン卿が言った。「あるいは、ご主人の犬のポントをね。それで、二ついいことをしますよ。まず一つは二羽のキジを持っていくこと、もう一つはフラムリーの道に出る邪悪な霊からミス・ロバーツを守ることです」そこでロバーツ夫人はゲートのところで脇道に入り、ルーシーと卿は一緒に道を歩いた。

ラフトン卿はこれまでミス・ロバーツに話しかけたことはなかったが、彼女が決して不器量ではないことをすでに見て取っていた。教会以外で彼女を見かけることがほとんどないなか、こんな顔の所有者は知っておく価値があると前々から思っていたから、今話しかけるチャンスをえて喜んだ。「では、あなたは未知の乙女を城のなかに閉じ込めていたんですね」と卿は一度ロバーツ夫人に言ったことがあった。「もし彼女がこれ以上長く囚われの身のままなら、ぼくが出かけて行って力づくで彼女を解放する義務があると思います」卿は彼女に会う目的で二度出かけて行って、二度ともルーシーからうまく逃げられていた。さて、今回彼女はきれいに捕まってしまったと言っていい。ラフトン卿は狩猟管理人から二羽のキジを受け取ると、肩に担いで、新たに捕まえた獲物とともに歩き続けた。

「ずいぶん長くここにいたのに」と彼は言った。「あなたに会うことができませんでしたね」

「はい、若様」とルーシー。これまで貴族にほとんど会ったことがなかった。

「ロバーツ夫人はあなたを不法に閉じ込めているから、ぼくらは力づくか、策略を練ってあなたを解放すると夫人に言いましたよ」

「私――私――私には、その、最近とても悲しいことがあったんです」

「うん、ミス・ロバーツ。悲しいことがあったのは知っています。ただ冗談を言っただけですよ。だけど、はっきり言って、もうぼくらのところへ出て来てほしいんです。母はあなたに来てもらえたらと、ひとかたならず願っています」

「卿夫人はとても優しくしてくださいます。ラフトン卿、あなたもです」

「ぼくは父を知らないから」とラフトン卿は重々しく言った。「それで、あなたがどれほどひどい喪失感を味わったかよくわかります」彼はそれからしばらく間を置いて続けた。「ロバーツ先生のことは覚えています」

「本当ですか?」とルーシーは彼のほうを鋭く向いて、今活気ある声を出した。彼女がフラムリーに来てから、亡き父について誰からも話しかけられたことがなかった。亡き人に触れることがまるで禁止された話題ででもあるかのようだった。こんなことはいかによく起こることか! 愛する人を亡くしたとき、友人らは亡き人について触れることを恐れる。遺された私たちが亡き人の名ほど心地よい話題はないと思っているときにだ。つまり、私たちは自分や他人の悲しみを扱う方法をめったに理解していない。

激しい炎の道を止めるのは神聖冒涜だと考える人々がかつていた――よくは知らないが、まだいるのかもしれない。もし一軒の家が焼けるとすると、たとえそれを救う力があるとしても、家は焼け落ちなければならない。というのは、誰がいったい神の行く手を邪魔したりできようか? 悲しみについての私たちの考え方もおおかたこれに似ている。悲しみの火を消すのは邪悪であるか、少なくとも薄情だと私たちは思う。もしある男の妻が亡くなったら、男は陰気な顔をして少なくとも二年間、あるいはまるまる十八か月哀れな姿で歩き回る。それから徐々にさらに六か月かけて悲しみを薄めていく。もし男が二年もしないで悲しみを癒すことができたら――言わば悲しみの火を消すことができたら――、少なくとも男にはその力をそとに表さないようにさせなければ!

「うん、先生をよく覚えています」とラフトン卿は続けた。「ぼくが子供のころ、先生は二度フラムリーに来たことがあるんです。マークとぼくのことを母と相談するためにね――ハロー校の鞭打ちがイートン校のそれより効果的かどうかとね。先生はじつにぼくに親切でした。ぼくのためあらゆるよいことを予言してくれました」

「父さんはみんなにとても優しかったんです」とルーシー。

「先生は――優しくて、善良で、愛想のいい人で――、子供から崇拝される人だったと思いますね」

「まさしくその通りの人でした。父さんから不親切な言葉を聞いた覚えがありません。父さんの声に耳障りな口調なんかありませんでした。ずいぶん寛大な人でした」ルーシーはすでに述べたようにたいてい感情をそとに表さなかったが、今この話題に関しては、この見知らぬ人に対してほとんど雄弁に話していた。

「この喪失があなたに深く応えても不思議はないと思いますよ、ミス・ロバーツ」

「ええ、応えています。マークは兄妹のなかでいちばんいい人です。ファニーも私には不釣り合いなほど親切で、いい人です。でも、私はいつも父さんの特別なお気に入りでした。最後の一、二年間父さんにぴったりくっついて生活してきたんです！」

「亡くなったとき、幾つでしたか？」

「ちょうど七十でした、ラフトン卿」

「そうか、じゃあお父さんはお歳でしたね。ぼくの母はまだ五十だけれど、時々婆さんって呼ぶんです。母がそんな歳に見えると思いますか？　母は不必要に年寄りに見せかけているってぼくらは言うんです」

「ラフトン卿夫人は若作りしませんから」

「その通りですね。母が若作りしているのを見たことがありません。母についてまず思い出すのはいつも黒い服を着ていたこと。母は若作りするのをもうあきらめたんです。それにしても、かなり地味な服を着ているでしょう？」

「女性が過度に若作りするのは好きではありません。つまり、あの――あの歳の女性が」

「五十の女性、と言いたいんでしょう?」

「そうです。そう言ってよければ五十の女性です」

「では、あなたはきっと母が好きになりますよ」

二人は牧師館のくぐり戸、正面玄関の手前で道路に開いている庭に続く小門に到着した。

「なかでマークを捜せるかな?」

「たぶん捜せますわ、若様」

「では、ぼくはこちらへ回ります。馬屋のほうに少し用事があるから。あなたにはここで会っていないけれど、ぼくはよく来ているからおなじみなんです。だけど、ミス・ロバーツ、いったんよそよそしさがほぐれたからには、友人になれると期待していますよ」ラフトン卿はそれから手を差し出して、彼女から手を与えられたとき、まるで古い友人がするようにしっかり握った。

事実、ルーシーはまるで古くからの友人でもあるかのように卿と話していた。ルーシーはこの一、二分彼が貴族で、知らぬ人だったことを忘れていた。いつものように堅苦しくし、用心することも忘れていた。ラフトン卿が彼女のことを心から知りたくて話しかけてきた結果、彼女も気づかぬうちにこの愛想のいい言葉に引き込まれていた。ラフトン卿は普通のほかの若者と同じように女性の輝く目を見るのを好む点を除けば、たいしてこの出会いを重視していなかった。ただし、この場合夕闇がかなり深かったので、卿はほとんどルーシーの目を見ることができなかった。

「ねえ、ルーシー、夕方の連れが気に入ってくれるといいのですが」とロバーツ夫人。夕食の前に応接間の暖炉を囲むように三人が集まったときのことだ。

「ええ、はい、まあ」とルーシー。

「それでは卿にお世辞を言ったことになりませんね」

「お世辞を言うつもりはありません、ファニー」

「ルーシーは冷静沈着だからお世辞なんか言えないんだよ」とマーク。

「ラフトン卿とはほんの十分しか一緒にいませんでした。そんなことを考える余裕はなかったと言いたいんです」

「あら！　でも、ラフトン卿を十分振り向かせることができるなら、目を失ってもいいという娘たちがここにはたくさんいますよ。卿がどれほど評価されているかあなたは知らないのです。卿はちょっと促されれば、ただちにどんな女性にも愛想よくすることができるのです」

「卿は今度の場合そんなふうに促されることはありませんでした」そういうルーシーはかなり偽善者だった。

「かわいそうなルーシー」と兄は言った。「卿はポントの肩を見に来たんだ。それで卿はおまえのことより犬のことを考えていていたと思うよ」

「そうでしょうね」とルーシー。それから二人は夕食に向かった。

ルーシーは偽善者だった。というのは、ラフトン卿はとても好ましい人だと、着替えをしているあいだも思っていた。それでも、話題が若い紳士の性格にかかわる場合、偽善者であることが若い女性には許されている。

ルーシーはそれからまもなくフラムリー・コートのディナーに招かれた。カルペッパー大尉はギャザラム城へ行ったという大罪にもかかわらず、まだ滞在していた。バーチェスター郊外から来た牧師も妻や娘とともにそこにいた。この牧師はグラントリー大執事という——前にも触れたことのある——紳士で、この主教区では主教当人と同じくらいによく知られており——多くの牧師からこの著名な高位聖職者よりも重視されていた。

ミス・グラントリーはルーシー・ロバーツより少し年上の若い女性だった。彼女も寡黙で、いろいろな人のいるところであまり話をしたがらなかった。彼女ははっきり美人だった。しかし、その美しさにはいくぶん彫刻的なところがあった。額は高く白かったが、血色を好む人の嗜好を満足させるにはおそらく過度に大理石ふうだった。目は大きく優雅なかたちで、めったに感情を表すことがなかった。実際、彼女は無表情で、感情をほとんど漏らさなかった。鼻はほぼギリシア型で、額から完全に一直線というわけではなかったにしろ、ほぼ古典的と見なしてしかるべき形態だった。口も申し分なかった——少なくとも芸術家や美の鑑定家はそう言うだろう。それでも、私にはいつも唇にふくよかさが欠けているように思えた。とはいえ、頬や顎や顔の下部に見られる優美な均整美には非の打ちどころがなかった。髪は明るい色で、いつもかなり注意深く整えられており、女性的な愛らしさを豪奢にするあの豊かさには欠けていたものの、外見のすばらしさを損なうほどではなかった。彼女は背が高く、ほっそりして、身のこなしがじつに優雅だった。しかし、若さにつきものの気楽さと気ままさに欠けていると、ある人々からは思われていた。そういう人々の見方によると、彼女は年の割りに落ち着きすぎており、堅苦しく、容姿の美しさ以外にまわりの人々に何もお返しをしないのだという。

しかし、彼女がたいていの人々からバーセットシャー一の美女と見なされており、近隣の州の紳士らが彼女と踊れるかもしれないとの望みだけで、何マイルも汚い道をやって来るのは疑いのない事実だった。彼女は多少どこか魅力に欠けるにしろ、とにかくすばらしい名声を勝ちえていた。去年の春二か月をロンドンですごして、そこでも大評判になった。ハートルトップ卿夫人の長男ダンベロー卿が特に彼女にご執心だったという噂だ。

　大執事がこの娘を誇りにし、当然グラントリー夫人も誇りにしていたことは想像できるだろう。夫人のほうはあれほど優れた女性だったから、自慢なんか慎むべきだったにもかかわらず、娘の美しさについては自制できなかった。グリゼルダ――それが娘の名だった――は今一人娘だった。姉が一人いたが、すでに亡くなっていた。二人の兄がいて、一人は聖職者に、もう一人は陸軍軍人になっていた。大執事の家族はこんな具合だ。大執事はバーチェスター主教を長いあいだ務めた父――当時バーチェスター主教であることは大きな収入になった――の一人息子であり、とても裕福だったので、ミス・グラントリーはかなりの資産を所有すると見られていた。ところが、グラントリー夫人は急いで娘に身を固めさせるつもりはないとのもっぱらの噂だった。平凡な若い女性がただ結婚するだけという場面で、本当に重要な女性は上流階級での地位を確保する。これが女性の商品価値を高めるからだ。世の母は過度の配慮によってときどき逆に商品価値をさげることがある。

　とはいえ、隠し立てなくすぐ事実を話すと――率直に話すのは小説家としてあまり賞賛されることのない叙述の仕方だが――、グリゼルダ・グラントリーはある程度すでにある紳士に引き渡されていた。グリゼルダがそれについて何か知っていたとか、三重に幸せな紳士が幸運を知らされていたとか、ましてや大執事に伝えられていたとか、そういうことではなかった。しかし、グラントリー夫人とラフトン卿夫人は一度ならず二人だけで小部屋に閉じこもり、二人のあいだで条約に署名し、調印した。王と外交官が作る――そして破棄する――協定文書のように羊皮紙に署名し、ろうで捺印したのではない。ほとんど言葉を交わすこともなく署名し、少し強く手を握って調印したのだ。契約したこの二人のあいだでは充分拘束力のある協定だった。この協定の規定によると、グリゼルダ・グラントリーは新ラフトン卿夫人になる予定だった。ラフトン卿夫人はこれまで縁結びでは運がよかった。娘にはサー・ジョージを選んだ。最高に気立てのいいサー・ジョージは卿夫人の考え方に同調した。ロバーツ氏にはファニー・モンセルを選んだ。ファニー・モンセルは一時的にすら反抗しなかった。卿夫人はこういう成果に自信を深めており、愛する息子のルードヴィックがグリゼルダと恋に落ちることをほぼ確信していた。

ラフトン卿夫人は息子にとってこれに勝る縁談はないと思った。前にも述べたことがあるが、卿夫人は国教会の立派な信徒だった。一方、大執事は卿夫人が敬愛する高教会派に属する人で、グラントリー家は――確かに貴族ではないが――立派な家柄だった。ラフトン卿夫人は家柄のことで必ずしも完璧を望んではいなかった。希望する地点をほどほどの高さに設定して、希望が確実に実現されるのを安心して見るタイプの人だった。卿夫人は嫁が美人であればと願った。男性は美人を見るのが好きだから、息子が妻を誇れるように息子のためこれを望んだ。反面、卿夫人は快活な美人を恐れた、世間の男性を誘惑しようと誇示するあの柔らかな煌めく女性の魅力――柔らかなえくぼ、陽気に笑う目、官能的な唇、自意識的なほほ笑み、くつろいだ囁き――を恐れた。もし活発で、早口で、化粧したイヴの生まれ変わりを息子がうちに連れて来たらどうしよう？　二十四代続くイギリス貴族の血で高貴になって現代に現れたにせよ、イヴのそんな娘なら、卿夫人の生活の栄光と喜びは終わってしまうのではないか？

それでも、グリゼルダのお金は無駄にはならないだろう。ラフトン卿夫人は誇張的にものごとをとらえる傾向がある一方、軽率な女性ではなかった。卿夫人は息子の金使いが向こう見ずだとは思っていなかったが、使い方が荒いことは知っていた。一族の財産の残りは息子の若気の至りによって傷を負った。卿夫人はそのささやかな傷を癒すため老主教の資産が香油のように融通されると考えて満足した。それゆえ、こんなふうにして、これらの理由により、グリゼルダ・グラントリーは未来のラフトン卿夫人になるように世界のなかから選ばれたのだ。

ラフトン卿はすでに一度ならずグリゼルダと対面して、契約した二人の母が何らかの合意に達する前に、はっきり彼女への称賛を口にした。ラフトン卿がロンドンで彼女に特別な注意を向けたから、ダンベロー卿は言い表せぬ嫌悪を感じつつ一晩じゅう黙ってすごした。とはいえ、ダンベロー卿はその沈黙によって胸中の思いをもっとも雄弁に物語っていた。ハートルトップ卿夫人とグラントリー夫人は二人ともダンベロー卿を見たとき、この卿が何を言おうとしているかよくわかった。しかし、そんなことにでもなれば、グラントリー夫人は当てがはずれてしまう。ハートルトップ家は夫人の好みではなかった。ハートルトップ家はすでに述べたようにオムニアム公爵の利害と結びついており、グラントリー夫人とは完全に対立する一派に属していた。「あの恐ろしいギャザラム城の人々とよ」と、ラフトン卿夫人なら、両手、両眉をあげ、かぶりを振ってグラントリー夫人に言ったことだろう。ラフトン卿夫人の信じるところ、ギャザラム城の連中は真夜中のどんちゃん騒ぎで赤児をパイに入れて食べ、未亡人を檻に閉じ込めて、時々公爵の客人の余興として拷問にかけるのだった。

ロバーツ氏の一行が応接間に入ったとき、グラントリー家の人々はすでにそこにいた。ルーシーはまだドアの敷居にいるうちから、大執事の声を耳にして、それが大きく堂々と響くのを聞いた。

「愛するラフトン卿夫人、私は奥方からはどんな話が飛び込んで来ても信じます――どんな話でもね。奥方に関する限り、どんな恥知らずなことを聞いても驚きません。もし奥方が主教の前垂れを着けてそこへ行くと主張したとしても、私は驚きませんよ」大執事がプラウディ夫人のことを話しているのだとロバーツ氏らにはすぐわかった。というのは、大執事にとってプラウディ夫人は恐怖の根源だったからだ。

ラフトン卿夫人は客を迎えたあと、ルーシーをグリゼルダ・グラントリーに紹介した。ミス・グラントリーは愛想よくほほ笑むと、わずかにお辞儀をして、とても寒いですねと、可能な限り小さな声で言った。小さな声は女性に具わるすばらしい資質[1]とされている。

ルーシーは何か言わなければならないと思って、寒かったけれど、歩いて来たから気にならなかったと言った。そのとき、グリゼルダは前より少し愛想のない笑みをもう一度浮かべて、会話は終わった。ミス・グラントリーは年上で、広く世間を見てきたので、どちらかと言えば会話を主導することができただろう。しかし、おそらくミス・ロバーツとはあまり話をしたがらなかった。

「ところで、ロバーツ、君がチャルディコウツで説教したと聞いたよ」と大執事はいっそう大きな声を出して言った。「先日サワビーに会ったんだが、サワビーによると、君がプラウディ夫人の講演のおもしろくない最後の部分をやったと言っていた」

「サワビーは意地が悪いから、おもしろくない部分なんて言うんです」とロバーツは言った。「ぼくらはそれを三つの部分に分けて、ハロルド・スミスが最初の講演、ぼくが最後の説教でした――」

「それで奥方が講演の真ん中に入ったんだね。君らは州のみなに衝撃を与えた。しかし、奥方が勝ちを収めたという噂だ」

「ロバーツさんがあそこへ行ったのはじつに残念なことです」とラフトン卿夫人は言った。大執事の腕にもたれかかって食堂に入ったときのことだ。

「彼は行かざるをえなかったと思いたいね」と大執事。大執事は自分の属する教会の宗派から完全に、呼び戻せないほど離れてしまった人でない限り、仲間の牧師に強い圧力をかける気になれなかった。

「避けられなかったと思いますか、大執事?」

「うん、避けられなかったと思う。サワビーはラフトンの友人だからね」

「特別親しくなんかありませんよ」と哀れなラフトン卿夫人は咎める口調で言った。

「いや、二人はずいぶん親しいからね。だから、ロバーツはチャルディコウツで説教するように求められて、断れなかったんだ」

「けれど、そのあと彼はギャザラム城へ行ったのです。おわかりのように、彼に腹を立てているわけではありません。けれど、あそこはとても危険な屋敷ですから」

「そうだね。――しかし、公爵があそこに牧師を呼ぶというのはやはりそれなりに恩寵の印と見られるだろう、ラフトン卿夫人。空気は間違いなく不純だが、いないよりもロバーツがいたほうがまだ純度が増すからね。しかし、おやまあ！　不純な空気のことを言って、何という冒涜を犯してしまったのか？　主教がそこにいたんだね！」

「ええ、主教がいました」とラフトン卿夫人。二人は相手の言いたいことを完全に了解した。

ラフトン卿はグラントリー夫人の腕を取ってディナーに案内した。ミス・グラントリーは彼の向かい側に座る手はずになっていた。これは誰にもわからないように仕組まれており、そこに彼女がちゃんと座っていた。一方、ルーシーは兄とカルペッパー大尉のあいだに席を与えられた。カルペッパー大尉は途方もなく大きな口ひげを蓄えた人で、獲物を殺すすばらしい狩りの腕前に恵まれていた。ところが、それ以外に取り立てて特徴を持ち合わせなかったので、哀れなルーシーに好印象を与えることはなさそうだった。

ルーシーはあの散歩の日以来ラフトン卿に一度だけ二分間会っていた。そのとき、彼は古くからの友人のようにルーシーに話しかけた。場所は牧師館の応接間で、ファニーもいた。ファニーはもうかなり卿に慣れていたから、こんな彼の気安さにあまり注意を払うこともなかったが、ルーシーにはその振る舞いが心地よかった。卿は出しゃばることも、なれなれしくもなく、優しく、親切で、快かった。ルーシーは彼が好ましいと感じた。

さて、この夜ルーシーはこれまでほとんど卿から話しかけられていなかった。彼女以外に集まった人々のなかに卿が話しかけなければならない人がいるのはわかっていた。彼女は言葉の普通の意味で必ずしも控え目一辺倒の人ではなかったが、自分がそこにいるほかの人々ほど重要な存在ではないという、それゆえある程度ないがしろにされてもおかしくないという事実をわきまえていた。しかし、彼女はできたらミス・グラントリーが座っているその席に座ることができたらと願った。ラフトン卿といちゃつきたいと思っていたのでも、そんなことを考える愚か者でもなかった。しかし、カルペッパー大尉のナイフとフォークの音ではなく、卿の声を耳元に聴くことができたらと願った。

今夜は父が亡くなってから初めてルーシーが注意深く着飾ろうと努力した最初の機会だった。今彼女は喪に服して地味な身なりをしていたけれど、とてもきれいだった。

「額には詩情に満ちた赴きがあるのよ」とファニーは一度夫に言った。

「妹をのぼせあがらせて、美人と思い込ませてはいけないよ、ファニー」とマークはそのとき答えた。

「彼女をのぼせあがらせることはそんなに簡単にはできませんよ、マーク。あなたが想像する以上のすばらしいものをルーシーは具えています。ですから、いずれわかります」ロバーツ夫人は義妹についてこう予言した。夫人はそのとき聞かれたら、フラムリー・コート内のグラントリーの利害にとってルーシーの存在が危険なものになると言ったかもしれない。

ラフトン卿はミス・グラントリーに話しかけるとき、よく通る声を出した。ルーシーには、言葉ははっきりしなかったが、声は届いていた。卿は囁いているようには見えないのに、話しかける相手グリゼルダにしか話す内容を聞くことができないような話し方をした。グラントリー夫人はルーシーの左手に座った牧師の兄と絶えず話していた。夫人は立派な田舎牧師に話しかける話題にこと欠くことはなかったので、グリゼルダは邪魔されることなく卿の言葉に耳を傾けていた。

しかし、ルーシーは気づかずにはいられなかった。グリゼルダがほとんど何も言うことがないように――少なくとも何も言わないように見えたことだ。グリゼルダは時々口を開けて、一言二言言葉を漏らした。しかし、たいていの場合ラフトン卿から注意を向けられているという事実で満足しているように見えた。グリゼルダは活発さには欠けていたとはいえ、いつものようにじっと優雅に、落ち着いて、洗練された姿で座っていた。ルーシーはそちらのほうに耳を傾け、目を向けずにはいられなかった。もし自分がその場にいたら、会話のなかで際立った役割をはたすように努めたに違いないと思った。それでも、グリゼルダ・グラントリーはそんな状況でどう振る舞ったらいいか、おそらくルーシーよりもよくわきまえていた。おそらくラフトン卿のような若い男性はこういうとき自分の声の響きのほうに耳を傾けたいのだ。

「ここらあたりはとてもたくさん獲物が捕れるね」カルペッパー大尉はそうディナーが終わるころルーシーに言った。大尉がした二回目の会話の試みだった。一回目、大尉は第九連隊の誰かを知っているかと彼女に聞いた。

「そうですか？」とルーシーは言った。「ええ！　先日腕一杯にキジを抱えたラフトン卿を見かけました」

「腕一杯だって！　この前ギャザラム城では荷車七台も獲物があったよ」

「荷車七台のキジですって！」とルーシーは驚いて言った。

「それでも多いとは言えないね。わしらは銃を八本持っていた、いいかい。獲物が集まっていたら、八本銃があればずいぶん仕事ができる。ギャザラムではじつに手際よくやるんだ。公爵の屋敷に行ったことはあるかい、ねえ?」

ルーシーはギャザラム城のことをフラムリーで何と言っているか聞いていたので、身震いしつつそんなところへ行ったことはないと答えた。このあとカルペッパー大尉からそれ以上悩まされることはなかった。

女性たちが応接間に移ったとき、ルーシーはディナー・テーブルにいたときとほとんど変わらない状態に自分が置かれているのがわかった。ラフトン卿夫人とグラントリー夫人は一緒にソファーに座って、そこでお互いの耳に内緒のお喋りを注ぎ込んでいた。卿夫人はルーシーとミス・グラントリーを紹介していたから、若い者同士でうまくやっていくと当然思っていた。ロバーツ夫人は三人で共通の会話を盛りあげようと、十分は一生懸命頑張った。が、盛りあがらなかった。ミス・グラントリーは単音節でそっけなく話し、そのたびにほほ笑んだ。ルーシーは話すに値することを思いつかなかった。彼女はじっと座って、本を手に取る勇気もなく、牧師館にいたほうがどれだけ幸せか考えた。社交には向いていないと信じ込んで、次の機会にはマークとファニーだけでフラムリー・コートに来させようと思った。

それから紳士らが食堂からやって来て、部屋のなかに別の動きがあった。ラフトン卿夫人は立ちあがって、せかせか動き回った、暖炉の火をつつき、ろうそくを移し、グラントリー博士に数語話しかけ、息子に何か囁き、ルーシーの頬を軽く叩き、音楽をたしなむファニーにちょっと音楽があったらいいと言い、最後にグリゼルダの肩に両手を置いてワンピースが体にぴったり合っていると言った。ラフトン卿夫人はルーシーが言う通り本人は年寄りじみた身なりをしているのに、周囲の人々がきちんと、きれいに、上品に、優雅にしているのを見て喜んだ。

「愛するラフトン卿夫人!」グリゼルダはそう言うと片手をあげて卿夫人の指先を握った。彼女がやっと見せた活発な兆候だったので、ルーシー・ロバーツは見入った。

それから音楽があった。ルーシーが演奏もしなかったし、歌も歌わなかったのとは対照的に、ファニーはその両方をしたうえ、素人にしてはどちらも上手だった。グリゼルダは歌わなかったけれど、楽器を弾いた。演奏にはその習得のため当人の努力も、父のお金も惜しまれなかったことが表れていた。ラフトン卿も少し歌え、カルペッパー大尉もほんの少し歌えた。それで、演奏会が準備された。その間、グラントリー博士とマークは暖炉の前の絨毯の上で話をした。二人の母は息子と娘が鳩のように戯れ、甘い言葉を交わしているのを見守りつつ、満足して座っていた。ルーシーは一人で座って、絵本のページをめくった。本なんか見ているのは気質的に合わないと即座に結論づけた。彼女は誰にも関心はないし、誰からも関心を払われなかった。さて、今はこれをやり通さなければならない。しかし、別のときなら、こんなことはやっていないだろう。本を持って暖炉のそばにいる今ほどみじめな思いをしたことがなかった。

ラフトン卿がミス・グラントリーの芸術的な指の動きを見詰めているのを見るのがいやなので、ルーシーは音楽に背を向けて、長い部屋で許される限りピアノから離れて、小さなテーブルに着いていた。そのとき、突然すぐ後ろから声が聞こえて、自虐的夢想から呼び覚まされた。「ミス・ロバーツ」とその声は言った。「どうしてぼくらを無視するんです?」ルーシーはその言葉をはっきり聞いたのに、ほかの人には聞かれなかったと感じた。ラフトン卿は先ほどミス・グラントリーに話しかけていたように、今ルーシーに話しかけていた。

「私は演奏ができません、若様」とルーシーは言った「歌も歌いません」

「あなたが加わってくれたら、ぼくらには貴重な存在になる。というのは、ぼくらはひどく聞き手不足に悩んでいますからね。あなたは音楽が好きじゃないようですね?」

「好きですよ――時々とても」

「じゃあ、その時々っていつなんですか？　だけど、やがてぼくらはそういうことをみな探り出します。あなたの秘密をみな暴いて、――いつまでに、と言ったらいいかな？――冬の終わりまでには謎をみな読み解いていますね、解かないと思いますか？」

「私に謎なんかありません」

「うん、だけど、ありますね！　あなたがここに来て――ぼくらに背を向けて――座っているのがとても謎めいています」

「あら、ラフトン卿、もし私が間違ったことをしたのなら――！」哀れなルーシーはほとんど椅子から立ちあがって、浅黒い頬を真っ赤にした。

「いや――いや。あなたは間違ったことなんかしていません。冗談を言っただけです。あなたを一人にして放っておくという間違いを犯したのはぼくらなんです、ぼくらのなかでいちばん未知の人であるあなたをね」

「申し分なくやっていますわ、ありがとうございます。一人でいることは気になりません。いつものことなので慣れています」

「おやおや！　だけど、あなたのその習慣をぼくらはやめさせなければいけません。あなたを世捨て人にしてはおけませんからね。だけど、はっきり言って、ミス・ロバーツ、あなたはぼくらのことをまだよく知らないから、それでぼくらのあいだであまり幸せになれないんです」

「ええ！　その通りなんです。あなたはとってもよくしてくださいます」

「あなたはぼくらの親切を受け入れてくれなければいけません。とにかく、ぼくの親切を受け入れてくれなければね。マークとぼくが七歳のころから親友だということは知っているでしょう。彼の妻はそれと同じくらい昔から妹の親友でした。あなたは今その二人と一緒に住んでいるんですから、あなたも親友にならなければね。この申し出を断ったりはしないでしょう?」

「ええ、しません」と彼女は囁き声になって言った。事実、胸の思いを漏らす涙が目からこぼれるのを恐れたから、囁き声よりも大きい声をあげることができなかった。

「グラントリー博士と夫人は二日もすれば帰ってしまいます。そうしたら、ぼくらはここにまたあなたを呼ばなければいけません。ミス・グラントリーはクリスマスまでいる予定ですから、あなた方二人は親友になれるはずです」

ルーシーはほほ笑んで、喜んでいるような表情をしたものの、自分とグリゼルダ・グラントリーが親友になることはないと、二人のあいだに共通のものはありえないと感じていた。自分は小さくて、茶色で、不器量で、取るに足りない人間だったから、グリゼルダから軽蔑されていると確信した。それなのに、彼女のほうはお返しにグリゼルダを軽蔑できなかった。ミス・グラントリーの途方もない美しさと威厳のある態度を賛美せずにはいられなかった。とはいえ、彼女を愛せないことはわかっていた。誇り高い人が軽蔑してくる相手を愛するのは不可能だ。ルーシー・ロバーツはとても誇り高い人だった。

「彼女はとても美人だと思いませんか?」とラフトン卿。

「ええ、とても」とルーシーは答えた。「誰だってそう思います」

「ルードヴィック」とラフトン卿夫人が言った。息子がルーシーの椅子の後ろに長くとどまっているのがはなはだ不満だった。「次の歌を歌ってくれませんか?　ロバーツ夫人もミス・グラントリーもまだピアノのところにいますから?」

「知っている歌はもう全部歌ってしまいましたよ、母さん。カルペッパーがまだ歌っていない。大尉がぼくらに夢を歌ってくれなければ——どんなふうに『大理石の邸宅に住む夢』(2)を見たか！」

「一時間前にそれは歌いました」と大尉は嬉しさもほどほどに言った。

「だけど、『小さな恋人たちが来た！』はまだ歌っていないよ」

しかし、大尉は歌おうとしなかった。それからパーティーはお開きになって、ロバーツ一行は牧師館に帰った。

註

（1）『リア王』第五幕第三場でリアがコーディーリアの声について言う台詞。
（2）アイルランドの作曲家バルフの『ボヘミアの娘』（1843）にアルフレッド・バン（ポエット・バン）がつけた詩で、とても流行った。

# 第十二章　小さな手形

ルーシーはフラムリー・コートの応接間にいた最後の十五分間に自分が社交に向いていないとの強い先入観をいくぶん修正した。ラフトン卿が後ろに立って、快い、穏やかな、優しい言葉をかけてくれるのを聞きながら、あそこであの安楽椅子に座っているのはとても楽しかった。少し時間を与えられれば、卿に対して真の友情を感じることができ、しかも恋に陥る危険もなくそんな友情を感じることができると確信した。それでも、そんな友情はあらゆる種類の発言に曝されるだろうし、世間の普通のやり方とも相容れないだろう。そんな思いもちらと浮かんだ。もし卿が彼女のところに来て、時々注目してくれたら、フラムリー・コートへの訪問はとにかく楽しいだろう。しかし、もし卿が時間を全部グリゼルダ・グラントリーに費やすなら、訪問は堪えられないものになる。彼女はこの最後の思いは否定した。そんな思いを認めなかったし、思うこと自体ができなかった。それにもかかわらず、思わず知らず奇妙なかたちでそんな思いが胸中に入り込んできた。

　それからクリスマス休暇がすぎた。ルーシーが休暇期間中喜びをどれくらい割り当てられ、苦しみにどれくらい堪えたか、詳細に語るのはやめておこう。ミス・グラントリーは十二夜[1]までフラムリー・コートに滞在して、ロバーツ夫妻らもお屋敷でこの期間のほとんどをすごした。ラフトン卿夫人は願いに沿うかたちでこの機会に縁談がまとまってくれることをおそらく望んでいたけれど、そういうふうにはならなかった。ラフトン卿はミス・グラントリーを間違いなく賛美して、実際母に六度そう言った。しかし、彼はグリゼルダ・グラントリーにはルーシー・ロバーツの生気が欠けていると一度言ったことがあった。六度言われたことによるラフトン卿夫人の喜びが一度の発言によって相殺された分より多かったかははなはだ疑問だ。

「ルードヴィック、まさかあなた、二人を比較してなんかいないでしょうね」とラフトン卿夫人。

「もちろん、そんなことはしていませんよ。二人は正反対ですからね。ミス・グラントリーのほうがおそらくぼくの好みに合っていると思います。だけど、ぼくの趣味が悪いからそうなんだと思うくらいの分別はあるんです」

「こんな問題であなたほど正確な、洗練された趣味の人はいません」とラフトン卿夫人。母はそれ以上突っ込んで話す勇気がなかった。息子がいったん母の計略に気づいたら、それが無効になることはよくわきまえていた。じつのところ、ラフトン卿夫人は少しルーシー・ロバーツに冷淡になっていた。卿夫人はこの小さな娘にずいぶん優しくしてきたのに、娘のほうはその親切に報いる気がほとんどないように見えた。そのうえ、ルーシーはラフトン卿からよく話しかけられていた。「まったくあってはならないことじゃありませんか」と卿夫人。ルーシーはラフトン卿とかなりなれなれしい話し方をするようになり、あの短い、不快な、発作的な「若様」という呼びかけを少しもしなくなっていた。

クリスマスの祝いも終わり、一月がすぎていった。ラフトン卿はこの月フラムリーにほとんどいなかった。それでも、州のなかにとどまって、東部、西部の猟犬と狩りをしつつ、様々な家に滞在した。二、三夜チャルディコウツに泊まった。一夜は、小声でしか言えないけれど、何とギャザラム城ですごした！　これについてラフトン卿夫人には何も告げられなかった。「なぜ母を悲しませる必要があるんだい？」と卿はマークに言った。しかし、母は息子に一言も言わなかったが、それを知っていた。知って、悲しんでいた。「あの子がグリゼルダと結婚さえしてくれたら、あんな危険はなくなるのに」と母は一人つぶやいた。

さて、私たちは俸給牧師と小さな手形の件にしばらく話を戻さなければならない。マークが父の遺言を聞いたあと、この悩みに関連して最初に思いついたのは弟のジョンからお金を借りることだった、これは覚えておられるだろう。ジョンはその時エクセターにいて、ロンドンへの帰途、牧師館に一泊する予定だった。マークはその旅のあいだに弟に事情を打ち明けるつもりでいた。聖職者であり本格的な俸給牧師である兄は、かなり年下のこの弟から年齢差が求める以上に大きな敬意を表されていた。それで、兄のほうから愚行を告白するのは苦痛だった。

それでも、マークは事情を話したが、話したことが結局無駄に終わったことをフラムリーに到着する前に知った。弟のジョンは兄が望むなら、八百ポンドでも、当然貸すとすぐ答えた。ジョンは残る二百ポンドはただちに手元に持って喜びを味わいたいと告白した。利子は受け取るつもりがない――兄から利子を取るなんて！　とんでもない。うん、マークが利子についてそんなにやきもきするなら、受け取らなければならないと思う。できれば受け取りたくなんかない。マークがそうしたいなら、やりたいようにすればいい。

これは好都合だった。マークは弟にすぐ遺産を与える必要があるとはっきり結論づけた。しかし、それからそのお金を届ける段になって問題が浮かびあがった。マークは父の遺言で遺言執行人か、執行人の一人であり、したがって当然そのお金を処理することができた。しかし、弟は成人に達するまであと五か月を要したため、まだ遺産を合法的に所有することができなかった。

「お話になりません」と個人秘書官補は小袋大臣に言った。兄が窮状のためほしがるのと同じくらいに、ジョンも手持ちの金に切迫していたのだ。マークも話にならんと感じたが、弟に頼る線はなくなったと了解した。今や銀行がどの程度まで助けてくれるか見極める必要があった。

フラムリーに帰ってから二週間ほどたったころ、マークはバーチェスターへ出かけて、知り合いの銀行の支店長フォレスト氏を訪問した。秘密を守るように幾度も念を押して、この支店長に事情を残らず話した。初め友人のサワビーの名を伏せていたところ、すぐそんな隠し事は何の意味もないと思えてきた。

「なるほどあのサワビーですか」とフォレスト氏は言った。「あなたが彼と懇意にしていることは知っています。彼の友人がみな遅かれ早かれこういう目にあうんです」

フォレスト氏はこの取引の全体を軽く見ているようにマークには思えた。

「支払日が来ても、とても手形に支払ができません」とマーク。

「ああ、それは当然、払えませんね」とフォレスト氏は言った。「四百ポンドをいっぺんに払うなんて無茶です。誰もそんなことをあなたに期待していません」

「しかし、遅かれ早かれ払わなければならなくなると思うんですが?」

「まあ、そうかも知れません。それは一つにはあなたがサワビーをどう扱うかによります。一つには手形が誰に渡ったかにもよります。手形にあなたの名がありますから、利息が支払われて、更新の手数料が入る限り、相手は辛抱してくれるでしょう。ですが、いつかきっと誰かが支払わなければなりません」

フォレスト氏はその手形がバーチェスターにないのは確かだと言った。サワビー氏はバーチェスターの銀行に手形を持ち込めないし、そうしたくてもできないのだとフォレスト氏は思っていた。手形はきっとロンドンにある。けれど、きっと取り立てのためバーチェスターに送られて来ると。

「もし手形が私のところに来たら」とフォレスト氏は言った。「サワビーと更新の手続きができるようにあなたにたっぷり時間を差しあげます。更新の費用は彼が払ってくれるでしょう」

銀行を出たとき、マークはいくらか気が楽になった。フォレスト氏が取引の全体をひどく軽視していたので、マークもそれを軽視してよいと感じた。

「ファニーには三か月たつまで何も言わないほうがいいな」馬車でうちに向かうとき、彼は自分に言い聞かせた。「三か月目になったら、何か取り決めをしなくてはならない」こうして、すぎ去ったこの二か月よりも彼は支払期限までの最後の一か月をより軽い気持ちですごした。支払期限がすぎた手形、支払日が迫る手形、貸し越しの口座、支払われなかった商人、一般的な金の悩みなどの感覚は当初ひどく恐ろしい。しかし、人がすぐそれに慣れるのには驚くばかりだ。初め担ぐ者を押しつぶすかのように思われた重荷は慣れによって堪えられるものになるだけでなく、たやすく、快適なものへと変貌する。常習的な債務者はほとんど金銭的窮迫の興奮を楽しみつつ、陽気に、軽やかに歩む。サワビー氏がそうだ。彼の額が曇るのを見た人がいるだろうか？　人は彼とつき合っていると、むしろ破滅を愛するようになる。すでにもうマーク・ロバーツは手形のことをとても気安く考えていた。銀行員らも何と愉快にこういうことを処理することか。支払えって！　いや、あなたに支払を期待するような理不尽な人はいないね。それにサワビー氏は確かに楽しい人で、金を貸せば何か見返りをくれる人なんだ。ラフトン卿はサワビーに厳しく当たりすぎていないだろうか、そうマークは思った。もしサワビーがこの時友人の牧師に偶然出会ったら、彼は間違いなく牧師からさらに四百ポンド引き受けてもらえたかもしれない。

人は飲酒の高揚感に楽しいところがあるように、金銭的窮迫の興奮にも楽しいところがあると思う。それでも、興奮がとうとう消え失せて、みじめさしか残らない時がやって来る。もし地上に悲惨な人がいるとするなら、それは年取ってよれよれになった道楽者に違いない。借金と融資の手形と手形の引き受けというこの競争、――立派な無遠慮な単語を恐れずに使えば――嘘と詐欺と虚偽と欺瞞のこの競争を走った道楽者だ。そいつは愛せたはずの人々を破滅させ、深く信頼する人々を残らず焼死させ、少し信頼する人たちを焼き焦がした。そいつはついに一人取り残されて、沈む心を力づける一つの誠実な思いもなく、震える手を握ってくれる一人の誠実な友もなく、手に入るパンと水しかないまま人生を終える！　人が簡単に手形を更新できるとお人好しにも信じて、最初の小さな紙に署名するとき、この点だけでも考慮に入れることができたなら！

三か月の期限が切れようとするころ、ロバーツはたまたま友人のサワビーに会った。マークは一、二度馬で猟犬の集合場所までラフトン卿に同行したことがあった。そのとき、マークはおそらく野原を一つ二つ狩猟場のなかに入ったかもしれない。ある牧師らが狩りをするように、彼が狩りをするようになったと考えてはいけない。とても奇妙なことだが、牧師らが狩りをするときはいつも、追跡の特別な才能を示す。まるで狩りが田舎の魂の救済の仕事と特殊性に合った仕事ででもあるかのようだ。そんなふうに狩りをしていると考えたら、私たちの俸給牧師を不当に扱うことになる。しかし、猟犬を見るため道路を馬で進むことがいったいどうして悪いのかと、ラフトン卿から聞かれたとき、牧師はまともに回答を返すことができなかった。牧師の仕事で家にいるほうが時間を有効に使うことになると言ったら、馬鹿げた回答になっただろう。というのは、彼の時間の半分も牧師の仕事に費やしていないというのが有名な話だったから。それで、こうして牧師は猟犬を見る習慣、ダンベロー卿やグリーン・ウォーカー氏やハロルド・スミスやそのほかの罪人らと会い、州の知人らと面識を保つ習慣がついてしまった。こういう出会いの一つで、支払期限の三か月がもうすぐ終わろうとするころ、牧師はサワビーに会った。

「いいですか、サワビー。ちょっとあなたと話がしたいんです。あの手形をどうするつもりなんです？」

「手形――手形！　何の手形？――どの手形？　まるごとの手形、手形そのもの。手形の話が今すべての人の会話のなかに朝、昼、晩と出るようだな」

「ぼくがあなたのため署名した四百ポンドの手形のことです」

「本当に署名なんかしたのかい？　あんた、それってかなり世間知らずじゃなかったのかな？」これはマークにとって予想外のことだった。サワビー氏はあまりにも多く手形を飛び交わせていたので、ギャザラム城の寝室の出来事を完全に忘れてしまった、そんなことがありえるのだろうか？　そのうえ、恩義を施した相手から世間知らずと言われるとは！

「おそらく世間知らずでした」とマークはいくぶんむっとした口調で言った。「それでも、手形がどうしたら買い戻せるか教えてもらえたら嬉しいです」

「おい、マーク、こんなふうにわしの狩りの一日を台無しにするなんて、何てあんたは悪党なんだ。立派なキリスト教徒ならこんな残酷なことができるはずがない。できるとすれば教区牧師くらいのものだな。だが、待てよ、四百ポンドって？　ああ、あれか、トウザーが持っている」

「それで、トウザーはそれをどうするんです？」

「それを金に換えるんだよ。やつの仕事がどっちへ向かっていても、結局そうするね」

「しかし、トウザーは二十日にぼくのところにそれを持って来るんですか？」

「あれ、おや、違う！　誓って、マーク、あんたってひどく世間知らずだな。猫はネズミを爪に捕らえたら、生かしておくよりもすぐ殺したいって思っているんだろ。そうじゃない。だが、冗談はおしまいにして、あんたは思い悩む必要はない。たぶん二度とあれについて耳にすることはないね。あるいは、こっちのほうがきっと可能性大だが、更新するためわしがあんたにあれを送りつけることになるよ。だが、わしか、誰かほかの人から知らせを受け取るまであんたは何もする必要はない」

「ただし、誰にもあの金を取りに来させてはいけませんよ」

「その心配は少しもないな。タリホー、(2)おいあんた！　狐が逃げたぞ。ゴセッツの納屋の向こうだ。しっかりしろ、トウザーのことは心配するな。『一日の苦労は、その日一日だけで充分だ』(3)よ」それから、二人──牧師と国会議員──は一緒に馬を進めた。

マークは手形がたいした問題にはならないと再び安心して帰路についた。トウザーがどうにかそれを処理するだろう。今の時点で妻にこの件を話しても無駄なのは明々白々だった。

しかし、二月二十一日に彼は手形とそれに関することが笑いごとではないとわかる催促状を受け取った。それはサワビー氏の手紙で、バーチェスターの消印はなく、チャルディコウツの日付がついていた。このなかでこの紳士は古い手形ではなく、新しい手形の更新を提案していた。手紙はロンドンで投函されたものとマークは思った。全体をお見せするのがおそらく手っ取り早くその意図を説明できるだろう。

チャルディコウツにて、一八五──年二月二十日

親愛なるマーク

「金貸しにあんたの名を貸し与えるな。それは破滅と罠にほかならない」もしこの言葉が「箴言」のなかにないなら、つけ加えるべきだ。トウザーは便りをくれて、この寒い気候にもかかわらず丈夫に生きていると知らせて来た。わしらは現在二人ともあの四百ポンドの手形を買い戻すことができないので、更新しなければならない。チップや詐取やゆすりその他を加えて、やつに手数料と利子を払わなければならない。本当だ、トウザーはそういうもの全部を取らずにはいられないのだ。

この分とほかの様々な未払い分を工面するため、次の五月二十三日を支払期限として新しい五百ポンドの手形に所用の書き入れをした。そのころまでには、あんたの貧乏な友人にきっと何かいい災難が降りかかっ

ていることだろう。時に、あんたがわしらを置いてグレシャム夫妻と帰って行った翌朝、彼女がどういうふうにギャザラム城を出て行ったか、話していなかったね。たとえ公爵が荷車用ロープで押さえ込もうとしても、彼女はそれでは捕まらなかった。公爵は全力を振るっていたんだがね。彼女はお抱えの医者に会いに行ったから、わしはしばらく手が出せなくなってしまった。しかし、事態は順調に運んでいると思う。

引き受けた手形を送り返す手続きを忘れないようにしてくれ。明後日わしら両名が正しく署名した手形が届かなかったら、トウザーはあんたに迷惑をかけるかも知れない、いや、きっと困らせると思う。やつは恩知らずの人でなしなんだ。やつはこの八年間わしを食い物にして生きてきたが、わしの命を救うためたった一件の手数料も免除してくれなかった。だが、弁護士の手紙による迷惑や費用からわしは特別あんたを救ってやりたいのだ。もし遅れたら、新聞種になるかも知れない。

セント・ジェームズのデューク・ストリート七番地、(4)わし宛の手紙にそれを同封して送ってくれ。そのころまでわしはロンドンにいる。

さようなら、あんた。先日わしらがコボルズ・アッシーズで捕まえた獲物の尻尾はすばらしいものだった。あんたのあの栗色の馬が手に入ればと思う。百三十ポンドまでなら出すよ。

いつもあんたのものである
N・サワビー

マークはこれを読み終えたとき、古い手形が手紙のなかから落ちていないか調べるため机の上を見おろしたが、そこには何も見出せなかった。新しい手形のほかに同封のものはなかった。それから彼はもう一度手紙を読み返してみたところ、古い手形については一言も――少なくともそれがどこにあるか一音節も――書かれていないことがわかった。サワビーはそれが彼の手元にあるとさえ言っていなかった。

マークは本当のところ手形のことなんかよく知らなかった。この二番目の手形に署名するというまさにその事実が最初の手形を無価値、無効にしてしまうのかもしれない。サワビーの沈黙から判断すると、これはみなによく知られていることなので、説明することさえ思いつかなかったのかも知れない。しかし、マークはどうして前の手形が無効になるのかわからなかった。

しかし、どうしたらいいのか？　彼は費用やら弁護士やらの脅迫、特に新聞種の脅迫に震えあがった。確かに震えあがるように書かれていた。それから、彼はサワビーの厚かましさに口が利けないほど驚いた。サワビーは上機嫌で言っているが、「ほかの様々な未払い分を工面するため」、四百ポンドではなく五百ポンドを彼から引き出そうとしていた。

しかし、彼は結局手形に署名して、サワビーから指示された通り送った。それ以外に何ができようか？

彼は愚かだった。人はたとえ前に間違ったことをしたにせよ、いつでも正しい行いをすることができる。しかし、前にした悪行によって前途をとても多くの困難――途方もない割合で増加する困難――でふさがれてしまうから、人はついにもがくなかで窒息し、水中で溺れ死ぬ。

それから彼は妻の目に触れないように鍵をかけてサワビーの手紙を片づけた。どんな教区牧師も受け取るはずのない手紙だった。それくらいは自覚していた。それでも、それを持っておく必要があった。それから数時間再びこの件でみじめな気持ちになった。

註

（1）十二日節つまり一月六日の公現日の前夜。
（2）猟師が狐を認めて犬にかけるかけ声。
（3）「マタイによる福音書」第六章第三十四節。
（4）ピカデリーからセント・ジェームズ・スクエアを結ぶ通り。

# 第十三章　苦言

ラフトン卿夫人は息子の立派な行い――レスターシャーの狩りをあきらめ、冬をフラムリーですごすことにしたこと――に大満足だった。これほど適切、かつ望ましく、快いことがあるだろうか。イギリスの貴族たるもの、領地を持ちかつ馬を乗り回す州で狩りをし、借地人から相応の尊敬と栄誉を受け、屋敷の屋根の下で眠り、さらに――ラフトン卿夫人はそう考えたが――母の眼鏡にかなう未来の若い花嫁と恋をしなければならない。

息子が家にいるのは非常にいいことだった。ラフトン卿夫人は俗に退屈と言われるような人生を嫌った。彼女は多くの義務を抱えて、それをはたすことを重く見たので、退屈や倦怠にふける余裕なんかなかった。それでも、卿がいる屋敷を普段より喜びに満ちたものに感じた。母一人では実現できそうもない楽しさ、息子がいることによってもたらされ、享受できる楽しさには理由があった。卿夫人は息子がいるとき、過去のことよりむしろ未来のことを考えて、若々しく華やいだ気持ちになり、ただ息子を見ているだけで幸せだった。息子のほうは母に愛想よく振る舞った。たとえば、息子はやや時代遅れの母の偏見を耳には音楽のように聞こえる口調で冗談にした。また、息子がほほ笑めば、椅子の脇の小さなベッドにあった、いとおしくてたまらなかった、母が完全に独り占めにしていたあの笑みを思い出させた。彼は母に対して親切に、礼儀正しく接して、少なくともその前ではよい息子として振る舞った。母の前にいないとき、彼の行動が必ずしも完璧ではないという母の危惧をこれにつけ加えれば、フラムリーに息子をとどめておけるラフトン卿夫人の喜びようが想像できるだろう。

卿夫人はあの五千ポンドについてほとんど口にしなかった。幾夜も枕に頭を載せて考えたあと、息子を屋敷に連れ戻せたのだから、これほど立派にお金が使われたためしはないと自分に言い聞かせた。卿は大っぴらにお金のことで母に感謝し、来年じゅうには返すとはっきり言い、資産が売却されずに済んだことを喜んで、母を元気づけた。

「一エーカーといえども土地を手放すことを考えるのはいやですね」とラフトン卿。

「その通りですよ、ルードヴィック。あなたの手で土地を減らしてはいけません。イギリスの貴族やイギリスの紳士が代々の土地を守ることができるのはそんな決意があってのことです。資産が人手に渡るのを見るのは堪えられません」

「だけど、百万長者がお金でどんなことができるかわかるように、たまには土地が市場に出回るのはいいことだと思いますね」

「あなたの土地が出回るなんてとんでもない！」と未亡人。それから、息子の土地が百万長者やペリシテ人から守られるように胸中ささやかに祈った。

「うん、とんでもないことです。ぼくもユダヤ人の仕立屋がラフトンに儲けを投資するところなんか見たくありません」とラフトン卿。

「そんなことがあってたまるものですか！」と未亡人。

すでに述べたように、万事が順調に進んでいた。卿の話し方から判断すると、資産はまだどんな損傷も受けていないことは明らかだった。卿は何の心配事も心に抱えていなかったから、資産について気兼ねなく話した。それでも、今この晴れ晴れとした至福のときでさえ、ラフトン卿夫人の空の輝きを曇らせる暗雲があった。なぜルードヴィックはグリセルダ・グラントリーの件であんなに消極的なのか？　なぜ最近こんな冬の日にあれほどしばしば牧師館へ散歩に行くのか？　それから、ギャザラム城への卿のあのぞっとする訪問！

ギャザラム城で実際に何があったか、卿夫人には知るよしもなかった。しかし、私たちは出しゃばりで、調査も厚かましいから、話すことができる。卿は西バーセットシャーで一日狩りをしたものの、獲物はあまり取れなかった。西部にはまるっきりキツネが不足していて、事情を理解する人々がこの点を取りあげなければ改善は望めないだろう。その後、卿は公爵とかなり退屈なディナーに臨んだ。サワビーもそこにいたから、夕方卿はサワビーとビリヤードをした。サワビーが一、二ポンド勝ったが、それくらいが実質的な損害の程度だった。

しかし、牧師館への卿の散歩のほうがこれよりずっと危険だったかもしれない。息子がルーシー・ロバーツと恋に落ちるなどとは、ラフトン卿夫人はみじんも考えなかった。ルーシーにはそんな恐れを実現させる個人的な魅力がなかったからだ。とはいえ、あの娘は卿のお喋りで夢中になってしまうかもしれない。愚かなことを空想する馬鹿娘かもしれない。そのうえ、人の噂になる。いったいなぜ卿はルーシーが牧師館に来る前よりも頻繁にあそこへ出かけるのか？

この同じ問題があるため、卿夫人は牧師館の人々をコートに招待する件をどう処理したらいいかわからなかった。今まではごく頻繁に彼らを招待して、いくら招待してもしすぎることはないと思っていた。しかし、この習慣を続けるのが今は怖かった。ルーシーを排除して牧師夫婦だけを招待するのは不可能だった。ルーシーが屋敷に来たら、息子はその夜の大半を彼女に話しかけるか、彼女とチェスをしてすごす。このことでラフトン卿夫人は少なからず悩んだ。

ルーシーは現状を穏やかに受け入れていた。彼女はフラムリーに初めて来たとき、じつに内気で、寡黙で、コートの壮大さにおびえていたので、ラフトン卿夫人のほうが思いやりを示して、励ました。卿夫人はルーシーの不慣れな目が幻惑されないように、絢爛豪華を薄めようと努力した。それが今は一変してしまった。ルーシーは――少しも眩惑されることなく――何時間でも若い卿の声に耳を傾けることができた。

このような状況のなか、ラフトン卿夫人は二つの案を思いついた。息子かファニー・ロバーツと相談して、ちょっとした駆け引きをして、この悪い状況を是正しようと。二人のうちどちらに話を持ちかけるか判断しなければならなかった。

「ルードヴィックほど道理のわかる人はいない」とラフトン卿夫人は何度も自分に言い聞かせた。しかしそのあと、ルードヴィックはこういう問題ではじつにうといのうえ差し出口をされたと思い込んだら、馬がはみをくわえたように手に負えなくなる。父譲りのあの癖だ。口を引っぱり回して乱暴に扱わないで優しく導こう。そうしたら、彼はどんな歩調でも歩き、どんな場所へも行く。ところが、厳しく扱えば、それがどんなにささいなことでも、尻を着いて座り込んでしまう。そうなったら、その日一マイルも先へ進めるかわからない。そのため、全体から見てもう一つの案のほうがいい、とラフトン卿夫人は思った。その選択が正しかったことに疑いはない。

ある日の午後、卿夫人はファニーを私室に呼んで、客にボンネットを取るように言い、用意周到に肘掛け安楽椅子に座らせると、用向きがすこぶる重要なものだと様々なかたちで表した。

「ファニー」と卿夫人は切り出した。「話しておかなければいけない大切な話があります。けれど、それがとても言いにくい話なのです」ファニーは目を見開いて、何かよくないことでなければいいのですがと言った。

「いいえ、あなた、よくないことではありません、そう思いますよ。何も問題はないと言っていいのです。それでも、用心するのはいいことでしょう」

「ええ、そうですね」とファニー。何かよくないことを言われそうだ、何か卿夫人には受け入れ難いことで呼ばれたのだと直観した。この時、ロバーツ夫人はきっと夫のことだと恐れた。実際、ラフトン卿夫人はその件についても一言二言言いたいことがあったが、必ずしも今言う必要はなかった。狩りをする牧師なんて受け入れられるはずがない。しかし、この問題は数日棚あげにしてもよかった。

「ねえ、ファニー、私たちがあなたの妹のルーシーにずいぶん好意を寄せているのはわかりますね」すぐロバーツ夫人はぱっと心を開いて、まるでもうみな聞いてしまったかのように話の続きを理解した。「それは改めて言う必要もないでしょう。きっと私たちの態度に表れていますから」

「ええ、そうですね。いつも」

「ですから、不平を言うつもりはないと思ってもらわなければ」とラフトン卿夫人が続けた。

「お叱りを受けるようなことがなければいいのですが」とファニー。彼女は決して反抗的に話すのではなく、謙虚にかつ奥様を怒らせないように願いつつ話した。ファニーは一度ラフトン卿夫人に際立った勝利を収めた。このため、卿夫人に対する寛容な態度とそれに匹敵する抜け目なさでもって、今回は自分が折れてもいいと感じた。再び同じような勝利を収めたいと願うのに長くかからないかもしれないから。

「あら、いいえ、そんな話ではないのです」とラフトン卿夫人は言った。「不平を言うわけじゃありません。ただ私とあなたでちょっとお喋りすればたぶん正せる話です。さもなければ面倒なことになるかもしれませんん」

「ルーシーのことですか?」

「そう、あなた、ルーシーのことです。あの子はとてもすばらしい、立派な子で、お父さんの自慢の種ですね――」

「妹は私たちにとっても大きな癒しです」とファニー。

「きっとそうでしょう。あの子はあなた方にとってとても楽しい連れ、子供にとってとても役に立つ友に違いありません。けれど――」それから、ラフトン卿夫人は少し間を置いた。というのは、彼女はいつも雄弁で、思慮深かったにもかかわらず、このときは真意をぴたりと表現する言葉を選ぶのに苦慮したのだ。

「妹がいなかったらどうしていいかわかりません」とファニーはもじもじしている卿夫人を助けようとして言った。

「けれど、じつを言うとこうなのです。あの子とラフトン卿がずいぶん二人で一緒にいて、かなり二人だけで話をするようになっています。きっとあなたも気づいているに違いありません、ファニー。何かやましいことがあると疑っているのではありません。私が生まれつき疑り深いとは思いませんから」

「まあ、何てこと!」とファニー。

「けれど、二人は相手について、また自分について思い違いをしそうです。ルーシーはルードヴィックが意図する以上の感触を受け取るかもしれません。ルードヴィックも――」しかし、ルードヴィックがどう考え、どう行動するか明言するのは必ずしも簡単ではなかった。それでも、ラフトン卿夫人は構わず続けた。

「あなたには優れた分別と機転があるから、ファニー、私が言うことをきっと理解してくれますね。ルーシーは頭がよくて、楽しくて、その他いいところがある子です。ルードヴィックはほかの若い男性と同じで、親切な行為が意図する以上の意味で相手から受け取られることがあるのを知らないのです――」

「ルーシーが卿に恋しているとお考えですか?」

「まあ、あなた、いえ、そんなことは考えていません。もしそうなっていると思ったら、彼女を追い払ってしまうように勧告します。彼女はそんな愚かな子ではないと思います」

「愛とか、恋とかそんなことはないと思いますが、ラフトン卿夫人」

「そう思いますよ、あなた、ですから、ラフトン卿には断じてこのことは話していません。ルーシーをそんな軽率な子だと疑っていると、卿から思われたくありません。それでも、あなたがちょっと一言ルーシーに言ってくださったらいいと思うのです。こういう時には時折ちょっと手を加えることが役に立ちますから」

「でも、何と言えばいいのです?」

「ただ説明してあげればいいのです。特定の若い男性とばかり話をしている若い娘は目をつけられると――その娘はラフトン卿の心を射止めようとしているとまわりの人々から非難されると。私が彼女を疑っているというのではないのです。あの子はちゃんとした心根を持っていると思います。教養もあるし、信条もまっすぐだとわかる。けれど、まわりの人はあの子の噂をします。私同様、ファニー、あなたもそれは理解しなければなりません」

ルーシー・ロバーツがラフトン卿に恋するのを、ちゃんとした心根や教育やまっすぐな信条によって食い止められるかどうかファニーは考えずにはいられなかった。ファニーはこの点に疑念を抱いたけれど、卿夫人には伝えなかった。彼女はラフトン卿とルーシー・ロバーツの縁談など考えたこともなかったし、その可能性がほのめかされた今、それを推し進めたいともさらさら思わなかった。ラフトン卿夫人が言うように、口出しすることでいい結果が生まれるとは思わなかったが、この問題では卿夫人に共感することができた。彼女はすぐルーシーに話をしてみようと申し出た。

「ルーシーがこの件で何か考えるところがあるとは思えません」とロバーツ夫人。

「おそらくそうでしょう。私もあの子に限ってそんなことはないと思います。けれど、若い女性は時々思わず恋をして、あとになって、もともとそんなつもりがなかったから、虐待されたと思い込むようなことがあるものです」

「奥様がお望みでしたら、妹に用心させます、ラフトン卿夫人」

「本当に、あなた、まさにそれです。あの子に用心させること——必要なのはそれだけです。あの子はだいじな、賢い、いい子ですから、あの子との良好な関係が崩されるようなことになったらとても残念です」

ロバーツ夫人はこの脅迫が真に意味するところを正確にとらえた。もしルーシーがこのままラフトン卿の時間と関心を独り占めにするようなら、これまでのように頻繁にフラムリー・コートを訪問できなくなる。ルーシーのちょっかいさえなければ、ラフトン卿夫人は牧師館の友人のため多くのこと、実際じつに多くのことをしてくれるだろう。しかし、たとえその友人のためであっても、息子の将来を危険に曝すようなことは許せるはずがない、ということだった。

それ以上二人のあいだに会話はなかった。ロバーツ夫人はルーシーに話をすると約束して、帰ろうと立ちあがった。

「あなたは私と同じように考えてくれて」とラフトン卿夫人はロバーツ夫人の手を握って言った。「じつに完璧に万事を処理してくれるから、安心していられます」ロバーツ夫人は必ずしも卿夫人と同意見ではなかったが、言っても無駄だと思った。

ロバーツ夫人はすぐうちへ向かって歩き出した。彼女がお屋敷の敷地から道へ出たとき、道が牧師館のほうへ曲がるところ、ポッジェンズの店の向かい側に、馬に乗ったラフトン卿とそばに立つルーシーが見えた。

すでに五時になろうとするころで、あたりは暗くなっていた。近づいたとき、というより突然二人を視野のなかにとらえたとき、二人が親密な会話を交わしているのがわかった。ラフトン卿は顔をルーシーのほうへ向け、馬はじっと立っていた。卿は連れのほうに身をかがめていたので、右手に握っていた鞭がほとんど彼女の腕を抱えて、背中にさがっていた。卿の手はあたかも彼女の肩に触れているか、肩に載っているかのように見えた。ルーシーは手袋をした片手を馬の首に当て、そばに立って彼の顔を見あげていた。ロバーツ夫人はそんな二人を見たとき、ラフトン卿夫人の怖れにも根拠があると認めざるをえなかった。

ところが、ロバーツ夫人が近づいてみると、ルーシーはそんな怖れを払拭するように、そんな怖れに根拠がないと証明するように、計算した振る舞い方をした。彼女はその位置から動こうともせず、手を降ろそうともせず、困惑した様子も、特に意識した様子も表に出さなかった。一歩も動かないまま、近づいてきた義姉にほほ笑みかけて、ぎこちない様子を見せなかった。

「ラフトン卿が乗馬を習えって言うんです」とルーシー。

「乗馬を習えですって！」とファニー。そんな提案にどう答えたらいいかわからなかった。

「そうなんです」とラフトン卿は言った。「この馬なら彼女を優雅に乗せられます。子羊のようにおとなしい馬ですから。ぼくは昨日こいつに女性用の乗馬シーツを掛けてグレゴリーを乗せてみた。グレゴリーは女性用の鞍に登ったんです」

「グレゴリーはルーシーより乗馬の腕はいいですからね」

「この馬はまるで生涯女性を乗せてきたかのようにゆるい駆け足で走りましたよ。口はビロードみたいなんです。といっても、はっきり言ってそれは欠点なんですがね。こいつは口が柔らかすぎる」

「それって男性が優しすぎるのと似たようなものですね」とルーシー。

「そうですね。あなたなら当然両方手際よく乗りこなせますよ。両方とも扱いにくい動物ですけれど、こつがわかればとても楽しいでしょう」

「でも、私、こつがわかりません」

「馬については二日もあれば乗れるようになります。ぜひあなたにはやってみてほしい。彼女にとってすばらしいことだとは思いませんか、ロバーツ夫人?」

「ルーシーは乗馬服を持っていません」とロバーツ夫人はどんなときにも共通する言い訳を利用した。

「屋敷にジャスティニアのが一着あります。妹はここに来たら馬に乗れるように、いつも一着置いているんです」

「妹がメレディス令夫人のものを勝手に使うなんて考えられません」とファニーは卿の提案にほとんど肝をつぶして言った。

「もちろん言語道断ですね、ファニー」とルーシーは今かなり真剣に言った。「第一にラフトン卿の馬には乗りません。第二にメレディス令夫人の乗馬服は借りません。第三に乗馬はとても怖いんです。最後にその他諸々の理由で乗馬はありえません」

「馬鹿馬鹿しい」とラフトン卿。

「馬鹿馬鹿しいことがたくさんありますね」とルーシーは笑って言った。「でも、ラフトン卿が話したことからみな生じたことです。あら、冷えて来たんじゃありません、ファニー?　というわけで、さよならを言います」それから、二人の女性は卿と握手をしたあと、牧師館のほうへ歩いて行った。

ロバーツ夫人はこのやり取りのなかで、ルーシーが話し、振る舞うときの徹底した冷静さに非常に驚いた。夫人はその冷静さと返事を受け取ったラフトン卿の無念の様子を結びつけて――結びつけずにはいられなかった――、ルーシーが乗馬に同意しないせいでラフトン卿がすこぶる困惑したと思った。一方、ルーシーのほうはこれ以上この件について一言も言わせまいと決意しているかのように断固たる口調で拒否を貫いた。

二人は牧師館の門に差しかかるまで一、二分黙ったまま歩き続けた。やがてルーシーが笑いながら言った。

「あんなに大きくて立派な馬に私が乗るなんて想像もつきませんね？　私が馬に乗っているのを見て、卿がその最初の手ほどきをしているのを見たら、ラフトン卿夫人は何ておっしゃるかしら？」

「いい気持ちはしないでしょうね」とファニー。

「きっとそうでしょう。でも、こんなことで奥様を怒らせたくありません。奥様はラフトン卿が私に話しかけるのを見るのもいやなんじゃないかと時々思います」

「奥様は気に入らないのですよ、ルーシー。卿があなたといちゃつくのを見るのはね」

ルーシーは冗談半分である一方、ロバーツ夫人はかなり真剣だった。ファニーはいちゃついているという言葉を口にしたとたん、こんな言葉を使ったのはまずかったと自責の念に駆られた。彼女はラフトン卿夫人から警戒されていることを義妹に遠回しに伝えたかったのに、そうするとき、意図せずルーシーを責めるかたちになってしまった。

「いちゃついているって、ファニー！」ルーシーはそう言うと小道で立ち止まり、目を大きく見開いて連れの顔を覗き込んだ。「私がラフトン卿といちゃついていたっていうんですか？」

「そうは言っていません」

「じゃあ私が卿にいちゃつかせたっていうこと？」

「あなたを傷つけるつもりじゃなかったのよ、ルーシー」

「じゃあどういうつもりでしたの、ファニー？」

「それは、こういうこと。ラフトン卿夫人は卿があなたに特別な注意を払ったり、あなたがそれを受け入れたりしているのが気に入らないのです。乗馬の件がいい例です。お断りしたほうがいいのです」

「ですから断ったじゃありませんか。もちろんそんな申し出を受け入れることなんか夢にも考えていません。卿の馬で田舎を駆け回るなんて！　私が何をしたからって、ファニー、そんなふうに考えるのかしら？」

「あなたは何もしていませんね」

「それならどうしてさっきのように言ったんです？」

「あなたに用心してほしいからです。あなたの粗捜しをするつもりはありません、ルーシー、わかってね。でも、概して若い男女の親密な友情が危険であることははっきりしています」

それから二人は黙ったまま玄関まで歩いた。玄関に着くと、ルーシーはなかに入らないで、ドアのところで言った。「ファニー、疲れていなければ、もう少し散歩しましょう」

「ええ、疲れていません」

「あなたの言いたいことがすぐ理解できればいいんですが」とルーシー。それから、二人は家から離れて歩いた。「正直に教えてください、ラフトン卿と私はいちゃついていたと思います？」

「卿のほうは少しいちゃついている感じでした」

「ラフトン卿夫人はこのことで私にお説教するようにあなたに依頼したんですね？」

哀れなロバーツ夫人はどう答えていいかわからなかった。まわりの人々みんなを悪く思いたくなかった。みんなにお行儀よくして、特に悪感情を作り出さないでほしかった。みんなが快適で、仲よくすることを願った。それなのに突然こんなふうに聞かれて、真実を語るよりほかになかった。

「意見しろとは言われていません」とファニーはついに言った。

「じゃあ、説諭しろと、説得しろと、私に教訓を与えろと、私を怒らせてラフトン卿に背を向けさせろと言われたんですか?」

「用心させるようによ、あなた。ラフトン卿夫人のおっしゃったことを聞いても、あなたが腹を立てることはなかったと思います」

「あら、用心させるって。紳士に恋をしないように娘に用心させるって。その娘にとってそれはとても愉快でしょうね。特にその紳士がすごくお金持ちで、貴族で、そんな種類の男性である場合には!」

「一瞬たりとも誰もあなたが悪いことをしたとは言っていませんよ、ルーシー」

「悪いこと——いいえ。たとえ私が卿に恋していたとしても、それが悪いことかどうかわかりません。グリセルダ・グラントリーがここにいたとき、同じように用心するように誰か彼女に言ったかしら? 若い貴族が歩き回るとき、当然のことながら娘はみな用心するように言われる。なぜ卿のほうに『危険』のラベルをつけないのかしら?」それから二人は再びしばらく黙っていた。ロバーツ夫人はこの件についてこれ以上言うことはないと感じた。

「ラフトン卿のような危険人物を指すには『毒』というラベルがぴったりね。間違って飲んではいけないから、卿には特別な色を着けておかないと駄目よ」

「あなたは安全ですね」とファニーは笑って言った。「だってこの特殊な瓶には特に用心するように言われましたから」

「あら! でも、たくさん毒を飲んでしまったあとでは、用心が何の役に立つかしら? もう毒について言われても、意味がないわけです。どれくらい長く飲んでいたかわからないくらい前から飲んで、効き目が現れてきたあとで言われてもね。いや! いや! いや! 肌の色をきれいにする何の変哲もないただの粉薬と思っていたのに。もう手遅れかしら？　それとも解毒剤があるかしら？」

　ロバーツ夫人は義妹をいつも充分理解していたわけではなかったから、この時多少途方に暮れてしまった。

「どちらにもまだたいして実害は出ていないと思いますが」と夫人は陽気に言った。

「ああ、あなたにはわかりません、ファニー。でも、思うにもし私が死んだら――死にますから――死にそうに感じるのよ。もしそうなったら、ラフトン卿夫人を厄介な目にあわせることになりますね。なぜ奥様は間に合うように彼に『危険』のラベルを貼ってくれなかったのかしら？」それから、二人は家に入り、それぞれの部屋にあがった。

　現在のルーシーの心境を理解するのは難しかった。彼女自身、理解しているとは言い難かった。ラフトン卿に関してこんなふうに話題になったことで、ひどい打撃を受けていた。フラムリー・コートの楽しい夕べはもう終わった、遠慮なく自然な口調で卿に話しかけることはもう二度とないのだと悟った。卿と親しくなる前、この土地の空気はずいぶん冷たいと感じていたが、今再び冷たいと感じた。ここで二つの家、フラムリー・コートと牧師館から迎え入れられた。今となっては居心地のよさから見て、後者に引きこもる必要があった。ラフトン卿夫人の応接間ではもう二度とくつろぐことはないだろう。

　それでも、彼女はラフトン卿夫人のほうが間違っているのではないかと、考えずにはいられなかった。義姉から話しかけられたとき、それを冗談にするくらいの勇気と冷静さを具えていたとはいえ、冗談ごとでは済まないとも自覚していた。ラフトン卿からはっきり恋を打ち明けられたわけではないにせよ、男性のあの普通の快い友情――かつてはそういう考えで納得していた友情――とはぜんぜん違った口調で最近話しかけられていた。その種の親密な友情は危険だと言ったとき、ファニーは間違っていたのか？

　いや、ルーシー、非常に危険なのだ。その夜、床に就く前、ルーシーはそれが危険なのだと認めた。眠れぬ目で枕を濡らしつつ横になりながら、毒のラベルはもう遅すぎたと、毒が回ったあとで用心するように言われたと認めざるをえなかった。解毒剤はあるのか？　彼女に考えられる残る問題はそれだけだった。それにもかかわらず、翌朝彼女は表面上きわめて落ち着いていた。朝食後マークが家を出るとき、彼女は毒の置いてあるラフトン卿夫人の食器棚についてファニーと冗談を交わしていた。

# 第十四章　ホグルストックのクローリー氏

　そのころラフトン卿夫人は自分で選んだ教区牧師の悪行というもう一つの心労を抱えていた。卿夫人が抜擢したのだから、たとえ牧師職に対する彼の罪が重大だったとしても、彼をあきらめる気にはなれなかった。彼女は確かに何ものもあきらめるような人ではなく、とりわけ被後見人をあきらめるような人ではなかった。卿夫人が彼を選んだという事実が愛顧するいちばん強い根拠だった。とはいえ、牧師職に対する彼の罪がきわめて重く見えたので、どんな措置を取ったらいいか途方に暮れた。本人を叱る勇気はなかった。叱るべきだったろうか？　叱って、彼から大きなお世話だと言われたら――そっくりそのままの言葉でなくても、それに類することを言い返されるかもしれない――、教区に亀裂が生じるだろう。そんなことになるくらいなら、どんなことでもましだった。彼女と教区牧師が仲違いしたかたちが常態となったら、一生の仕事が台無しになってしまい、活力の出口が――完全に閉ざされてしまうのではないにしろ――ふさがれてしまう。

　しかし、どうしたらいいのかしら？　牧師は冬の初めにチャルディコウツへ行き、さらにギャザラム城へ行って、博打打ち、ホイッグ党員、無神論者、ふしだらな快楽を追う人々、プラウディ派などとつき合った。卿夫人はそれを大目に見てきた。今、彼が狩りをする牧師とわかったから、卿夫人の手には負えなかった。教区を馬で進むとき、ただ猟犬を見ているだけだとファニーは言う。それはそれでいい。ファニーはだまされてもしようがない。妻なのだから、夫の不正を見ないのが義務だろう。しかし、ラフトン卿夫人はだまされるわけにはいかなかった。卿夫人はコボルズ・アッシーズがどこにあるかよく知っていた。それはフラムリー教区にはなかったし、隣の教区にもなかった。チャルディコウツへ向かって半分くらいの西バーセットシャーにあった。二頭の馬が死んで、ロバーツ牧師が西バーセットシャーの狩猟家のあいだで不滅の栄光を勝ちえた、あの競争の噂を彼女は聞いたことがあった。州で起こっている出来事についてラフトン卿夫人から情報を秘匿するのは容易ではなかった。

卿夫人はこれらのことをみな知りながら、まだ牧師には何も言っていなかった。彼女はそのためいっそう悲しんだ。嘆きは口に出されれば救いになる。人が助言するとき、少なくとも助言に効果があってほしいと思う。ロバーツ氏が猟犬のあとを追うのは残念ねと、卿夫人は息子に一度ならず言った。「牧師が狩りをするのは不適切だという点で世間の考えは一致しています」と彼女は非難の口調で力説した。とはいえ、息子は母に何の慰めも報いてくれなかった。「彼は狩りをしませんよ――ぼくがするような狩りはね」と息子は答えた。「たとえ狩りをしても、ぼくはぜんぜん差し支えないと思います。大主教であっても、娯楽は必要ですからね」「彼にはうちのなかに娯楽があります」とラフトン卿夫人は答えた。「妻は何をしているのですか――妹は？」しかし、このルーシーに触れる部分は割愛された。

ラフトン卿は決して母に協力しようとしなかった。消極的にさえ俸給牧師の行く手を阻んだり、狩りの勢揃いで役員の地位を与えないように画策したりしなかった。ラフトン卿とマークは子供時代をともにすごしてきたから、卿はマークが彼と同じように田舎の刺激を楽しんでいることを知っていた。楽しんだからといってどんな差し障りがあったろうか？　ラフトン卿夫人は今マーク本人の良心にいちばんいい救いの手を差し伸べていた。彼は一度ならず反省して、狩りをする牧師にはなるまいと心に誓った。事実、そこまで堕落してしまったら、将来の昇進の見込みはどこにあったろうか？　将来の生活設計において牧師の生活に必要な方針と思われるものを再検討したとき、彼は聖職者として他人には特別厳格な態度を取らないようにしたかった。踊りや、トランプ台や、舞台や、小説の糾弾者として有名になりたくなかった。教訓と実践によってキリスト教が生み出す漸進的改善に協力しつつ、まわりの世界をあるがまま受け入れたかった。急激な、あるいは堂々たる改革をめざすつもりはなかった。ケーキとビールはまだ人気があり、ショウガは口に熱い(1)のだ。説教はしても、決して謹厳な世捨て人にはなりたくなかった。彼は明るい顔と、人を信じる誠実な心と、逞しい腕と、謙虚な精神に恵まれていたから、それらを大いに利用してまわりの人々に教えを垂れたかった。男たちには陽気だが、不品行にならないように、女たちには敬虔だが、活力を失わないように教えるつもりだった。

彼は将来の生活についてそんな方針を持っていた。彼は牧師としてもっと真剣に宗教的に帰依して仕事に励むべきだったと人から思われるかもしれない。とはいえ、彼の方針には一定の知恵があったし、また疑いもなく愚かさも含まれていたから、それが明らかにもめごとを必至にした。「この方針が悪いと考える振りをしたくない」と彼は独り言を言った。「これが胸の奥底で悪いとは思えないから」それゆえ、彼は狩りをする郷士らに混じって汚染されないように生活しようと決意した。そのうち、彼は生来まわりの人と同じように行動する強い傾向を具えていたから、ほかの人にいいと認められるものが自分にとって悪いはずがないと徐々に思うようになった。

しかし、良心の叱責はあった。彼は今年を限りにもう狩りはやめようと一度ならず誓った。そのころ、帰宅したとき、心を斬りつけるような視線をファニーから浴びることがあった。妻からは何も言われなかった。その日の狩りが楽しかったかどうか、皮肉な口調、怒った目で聞かれることもなかった。狩りのことを話しても、妻から気のある返事は期待できなかった。夫にかかわる別のことなら、いつも熱意を込めて答えてもらえるのに。しばらくして、彼はまた事態を悪化させてしまった。というのは、三月の終わりごろ、また別のじつに愚かなことを仕出かしてしまった。一頭の高価な馬をサワビーから買うことにほぼ同意したのだ。その馬がどうしてもほしいわけではなかったうえ、いったん所有すればさらに面倒になることはわかり切っていた。紳士が馬屋にいい馬を一頭持ったら、そこでただ馬にがつがつ大食させるだけで済むはずがない。もし馬が軽装二輪用の馬なら、所有者は二輪馬車を走らせたくなる。もし猟馬なら、幸せな所有者は猟犬の一団と走らせたくなるものだ。

「マーク」とサワビーは言った。ある日二人で一緒に遠出したときのことだ。「わしのこの馬は活発すぎて、乗りこなせない。あんたは若くて逞しいから、一時間かそこら馬を替えてくれ」それから馬を替えた。ロバーツが乗った馬は見事に走った。

「すばらしい馬です」とマークはサワビーに再び会ったとき言った。

「そうだな、あんたくらいの体重がないとね。わしには豚に真珠だ。目的に合わない迷惑な馬さ。これまでのようにこれと仲よくやっていくことはできない。いい種の猟馬なんだ。もうすぐ六歳になる」どういうふうにしてそのすばらしい馬の値段が二人のあいだで話題になったか、正確に描き出す必要はないだろう。しかし、サワビー氏はその馬を百三十ポンドで牧師にやると言った。「あんたが本当にあいつを手に入れてくれたらいい」とサワビーは言った。「そうしたら心の大きな重みを部分的に軽くしてくれるから」マークは驚いた様子で友人の顔を見あげた。というのは、そのとき何で馬の話がそういうことになるのかわからなかったからだ。

「残念ながら、いいかい、あの呪われた手形の件で遅かれ早かれあんたはポケットに手を突っ込まなければならなくなる」――マークはその不敬な言葉を耳にするや尻込みした――「あんたが価値あるものを手近に持っていると思えたら、わしは嬉しいんだ」

「ぼくがあの五百ポンド全額を支払わなければならないって言うんですか？」

「ああ！　いや、あんた。そういうことを言っているんじゃない。だが、いくらかはおそらく払わなければならないだろう。もしあんたがダンディを百三十ポンドで引き取ってくれたら、トーザーが来たとき、請求に対する準備ができていることになる。馬はひどく安くしておくよ。請求までまだたっぷり時間があるからね」マークは初め穏やかな、意を決した口調で、馬はほしくないとはっきり言った。しかし、もし彼がサワビー氏の借金の一部をどうしても払わなければならないとするなら、できる範囲内である程度報酬をえておいたほうがいいとあとで思った。おそらく馬を手に入れて売ったほうがいいだろう。とはいえ、そうしたら、この手形について価値ある約因[2]を交わしたとサワビー氏に主張させる口実になるとか、解決できぬ金銭上の紛糾を用意させる手助けをするとか、そういうことに彼は思い至らなかった。サワビー氏はこういうことの価値をよく知っていた。ラフトン卿のあの別件で見せたように、こうしておけば彼はもっともらしい物語をいろいろでっちあげることができた。「ダンディを手に入れるかい？」と彼はマークにもう一度聞いた。

「今その馬を手に入れるかどうか決められません」と牧師は言った。「狩猟シーズンが終わった今、その馬で何ができますか？」

「その通りだね、あんた。シーズンが終わった今、わしはあの馬に何が望めよう？　三月の終わりでなく十月の初めだったら、ダンディは百三十でなく二百三十ポンドだっただろう。六か月もすればあの馬はあんたの望み通りの額に跳ねあがっているよ。あいつの骨を見ろよ」俸給牧師は馬の骨を、じつにわけ知りの、牧師らしくない仕方で調べた。四本の足を次々に持ちあげ、蹄叉[3]に触れ、部分の比率を目で測った。脚に沿って手で上下になで、下部の関節を指で測り、目を覗き込み、胸幅、背のくぼみ、肋骨の形状、尻の曲線、運動の負荷をかけたときの呼吸能力を考慮した。それから、少し離れて馬を横から見て、全体のかたちと造りについて考えをまとめた。「少し前屈みのように見えますね」と牧師。

「地面の傾きのせいさ。動かしてみろよ、ボブ。そら、そこに立たせてみろ」

「こいつは完璧じゃありません」とマークは言った。「くびすが気に入らないんです。しかし、かなりすばらしいスタイルの馬ですね」

「わしもそう思う。もしこいつがあんたの言う通り完璧だったら、百三十ポンドであんたの馬屋に入りはしないだろう。これまでに見た完璧な馬というのを思い出せるかい？」

「あなたの雌馬のミセス・ギャンプはほぼ完璧でした」

「ミセス・ギャンプでさえ欠点はあったよ。第一食べない馬だった。だが、ミセス・ギャンプよりいい馬に出会うことはめったにないな」こういうふうに二人は馬屋の会話を繰り広げた。サワビーはこの会話のなかで徐々に友人の神聖な職業のことを忘れ、おそらく牧師自身もしばしば職のことを忘れそうになった。しかし、違う。牧師は職を忘れてはいなかった。それを気にかけている一方、それを思うことが近ごろ常に苦痛になっていた。

州の東部――東バーセットシャー――の北端にかなり離れて――西部との境界に近いところにホグルストックという教区がある。この物語が終わるころまでにこれらの地名の正確な説明用にバーセットシャーの地図を用意する必要があると思っている。フラムリーも州の北部にあり、鉄道大幹線の南に位置している。ここから三十マイルばかりロンドンに寄ったところでバーチェスター支線が大幹線から分岐している。フラムリー・コートの最寄り駅はシルバーブリッジだが、この駅は州の西部にある。ホグルストックは大幹線の北にあり、鉄道が教区の一部を走っている。教会同士は七マイルほど離れているものの、ホグルストックはフラムリーと隣接している。バーセットシャーは全体から見ると、茂った大きな生け垣、小ぎれいな湿った奥行きの深い細道、両端に草が生えた広い緑の道路、そんな特徴を持つ、快い緑の樹木のこんもり茂る州だ。州全体の特徴はそうだとしても、北端ではこれが変化している。ここは人工的な低い生け垣があるだけで、森のない、荒涼とした醜い風景になっている。耕作地がないわけではないけれど、それは新式の大きな畑に分割されており、カブ、小麦、サトウダイコンがしかるべき手順で輪作されている。しかし、イギリスの耕作地の特別な美しさには少しも恵まれていない。ホグルストック教区には牧師の家以外に紳士の家はない。この家はなるほど紳士の家ではあるにしろ、とてもそれにふさわしい家とは言い難い。真っ直ぐの醜い小さな家だった。家には庭が半分は前に、半分は後ろにある。この庭は教区のほかのところと同じように実利的で、まったく飾りを欠いている。庭にはキャベツができるが、木は一本もない。上等の、と思う、ジャガイモができるが、花はほとんどないし、灌木と言えるようなものもない。実際、ホグルストック教区は隣の州――バーセットシャーほど魅力的ではない隣の州――にあってもおかしくないところだ。これはバーセットシャーの田舎に精通している私の読者の一部にはよく知られている事実だ。

クローリー氏――この名はすでに物語のなかで出てきた――はホグルストックの現職牧師だ。もともと報酬の取り決めがなされたとき、どんな原則に基づいて私たちのこの教区牧師のそれが定められたか、教会ドイツ字体[4]の熱心な、深遠な中年愛好者によってもうわからないと思う。司祭は教区の生産物のタイズ（十分の一税）から報酬を受け取り、教会の修繕費や教育費のようなほかのものもそこから支払われる、そういうことはよく知られている。禄付牧師は報酬の多い牧師で、教区の大タイズ[5]を全部――あるいは少なくともそこから牧師に当てられた部分を――受け取る。俸給牧師は誰かの代理であり、それゆえ小タイズだけしかもらう資格がなく、報酬は少ない。私たちはこういう問題にうとくて、一般にこれくらいの知識しかない。

こうして見ても、古い中世の時代でさえ牧師の仕事に応じた公平な報酬の試算がなされたとは思えない。とにかく今そのような試算がないのは明らかだ。昨今の改革の時代においてさえ、誰か無鉄砲な改革者がそんな試算をやるべきだと提案したら、教会聖職者のなかから叫び声があがらないだろうか？　牧師を知り、愛し、牧師とともに生活した人々にちょっと想像させてみればいい。牧師が教会所有物を自力でか、他力で手に入れるのではなく、牧師がする仕事に応じて報酬を受け取る時のことを！　ああ、ドッディントンよ！　ああ、スタノップ(6)よ。考えてもみよ、教会の仕事がその量と質によって買われ、支払われる！　そんな冒涜的な発想が汝らの温かい教会の胸に入り込んだ時のことを！

こんな発想はきっと不愉快であるにしろ、我らイギリス人はいずれこういう結論に至ると預言していい。愉快な考え方をする教会人はたいていこの点で同じことを考えていると思う。教区報酬に関する現在の取り決めは由緒ある、紳士的、イギリス的、珍奇なものとして愛されている。私たちはできる限り長く喜んでそれを守っていきたいが、合理的な判断によってではなく、因習に基づく偏見によって守っていることを知っている。由緒ある、紳士的、イギリス的、珍奇な取り決めはこれまでずいぶんおもしろいものだった。しかし、この由緒ある、珍奇な取り決めはすこぶる不完全だから、是正のため他の方策が求められているのではないか？　いや、そんな方策が絶対必要とされているのではないか？

ある主教が年一万五千ポンドもらっているのは何と愉快なことだろう。とはいえ、同じ数の教区牧師を抱える別の主教はたった四千ポンドしかもらっていない！　ある主教は年二万ポンドもらえるのに、同じ主教区の後任(7)が次にはたった五千ポンドだ！　ここには愉快で、珍奇なものがあり、取り決めには封建的な魅力もある。しかし、私たちの多くは施されたこのような変更に不快感を抱いている。主教が一定の給与をもらうにしろ、土地と執行吏という付属物を持たなければただの半人前の主教にすぎない。主教はその美しさを刈り取られている。誰でもそれは違うと反証があげられるものなら、反証をあげてみればいい。私は自分の正しさを証明したい——この問題で少しも考えを変えるつもりはない。年三千ポンドもらう聖堂参事会長が一、二人いること、老パープル博士は四つの聖職者席を保有しており、一つは金箔、他の三つは銀箔だということ、そんなことを人は知りたいのだ。そんな知識が私にはいつも快い！　金箔の聖職者席！　教会を愛する人の耳には何と快い響きだろう！　しかし、主教は今その美しさを刈り取られ、聖堂参事会長は今勢いを削がれている。実利主義の現代、教会の土地は肥えていることが望まれる。食べ物を産み出す小さな土地——そこに牧師が張りついて生きていく土地——に分割できるからだ。そして、あまりにも無限に小さく土地を分割するから、働く牧師がほとんど生活できないくらいにまでしてしまう。それから、満開の禄付牧師と俸給牧師が、満開の十分の一税——厳格な実利主義的原理に照らしてあまりにも満開すぎる場合はそれなりの十分の一税——をもらって次に続く。スタノップとドッディントンは世俗的利得に対する償いを要求され、頭をさげなければならない。しかし、おそらく望まれるほど償いをすることはないだろう。実利主義の時代、教会以外の商売や職業、生活手段において、人は仕事に応じて報酬を受ける。教会においてもいずれそうなるだろう。遅かれ早かれそれが実利主義の、改革派の、割り切った国会の布告となるだろう。

　私はこの問題について私なりの計画を持っているとはいえ、男女読者とも読まないだろうからここでそれを紹介するつもりはない。クローリー氏はホグルストック教区の全義務をはたして、年百三十ポンドしかもらっていない。この事実をここで述べる必要があって上記発言をしたと理解してほしい。ホグルストックは大きな教区で、人口の多い二つの村を抱え、村には煉瓦造り職人が一杯いた。彼らは熱心な牧師——彼らを陽気に騒いだまま悪魔のところへ行かせたくない牧師——にとってじつに厄介な連中であり、ホグルストックには二人分もの牧師の仕事があった。しかし、牧師の仕事に支払われるそこの全基金は年百三十ポンドというみじめな聖職給だった。それは珍奇でも、由緒あるものでも、封建的でもない報酬だ。というのは、ホグルストックは聖職者として永年副牧師しか認めなかったからだ。(8)

クローリー氏は担当教区から散歩して出ることさえ誤りだと信じている。彼はロバーツ氏からそう言われた牧師としてすでに物語に登場した。マーク・ロバーツはそう言ってもちろん同僚牧師をちゃかしたけれど、クローリー氏が厳格な人――厳格で、断固とした不快な人、神と胸中の良心を恐れる人――であることに疑問の余地はない。クローリー氏とその関心について一言二言言っておかなければならない。彼は今ほぼ四十歳で、現職に就いてからほんの四、五年しかたっていない。彼は牧師として最初の十年間、コーンウォール北海岸の荒涼とした、醜い、冷たい教区で副牧師の職務をはたし、生活苦を忍んだ。見返りのない必ずしも満足のいかない職務、愛と貧困、徐々に増加する心労、病気と負債と死からなるうんざりするような生活、恐ろしい苦闘だった。クローリー氏が叙任とほとんど同時に結婚したあと、子供が次々にその冷え冷えとした、わびしいコーンウォールの田舎家で生まれた。彼は立派な教養のある、だいじに育てられた、持参金のない女性と結婚した。夫婦は神と互いにのみ慰めを求め、世間とそのやり方を無視し、ともに勇敢に戦おうと決意して荒波に乗り出した。優雅な生活、柔らかな衣服、おいしい食べ物を手に入れようとの考えは放棄した。自分の手に仕事を持つ人々、そんな労働者の最上等の人々でも、彼が稼ぐ金で礼儀正しく、健康に生活することができただろう。しかし、紳士であり、牧師であればそうはいかなかった。そんな具合に夫婦は自分の手ではなく、自分の心で仕事をしつつ、じつに貧しく、じつに礼儀正しく生活した。

そういうふうに夫婦は位置を定めて、はだしの十四歳のきゃしゃな娘を小さな家の家事手伝いとして置き、世間に立ち向かった。夫婦ともしばらくは勇気を保ち、互いを深く愛し、仕事でいくらか成功を収めた。しかし、いったん紳士として世間を歩いたことのある人が身分を変えること、社会的地位の低いところに身を落とすことがどういうことか理解するのは難しい。ましてや愛する女の境遇をおとしめることがどういうことか理解するのは難しい。人が哲学的に考えるとき、軽視すべき、つまらない、ささいなものが千もあるが、そのささいなものなしに済ますのは、その哲学をじつに厳しく検証することになる。これを読むごく普通の人に朝の部屋着に着替えるいつものやり方を考えさせ、部屋着がない場合それがどれだけ応えるか白状させればいい。それから、夫婦に子供が生まれた。労働者の妻はクローリー夫人の田舎家に入ってくるような雑事なんかまったくなくただ子供を健康に育てればいい。ところが、夫人はおびただしい量の雑事を課せられた。気絶したり、投げ出したりしたというのではない。夫人は夫婦のうちでは堅固な素材でできており、持ちこたえたけれど、夫のほうは屈してしまった。

夫はときどき屈服した――魂も、精神も屈服した。そういうとき、彼は辛辣な言葉で不平を言い、この世は自分に厳しすぎる、重荷で背は折れてしまった、神は自分を見放したと大声で言った。彼は何日も何日もそんな鬱状態で、よそのうちを訪問することも、そとの人の顔を見ることもなく、田舎家に引きこもった。そういう期間は夫にも、妻にもつらかった。彼は顔も洗わずうちのなかに座り、無精ひげの顔に頬杖をつき、よれよれの化粧着をだらしなくぶらさげ、食べ物をほとんど口にせず、めったに話さず、祈ろうとするがしばしばかたちだけに終わった。それから椅子から立ちあがり、発作的に逆上してこのみじめさを取り除いてくれるように神に呼びかけた。こういう瞬間、妻は夫に寄り添って離れなかった。一時期四人の子供がいて、この幼い子供の全重量が妻の腕、筋肉、精神と肉体の強靱さに委ねられたが、妻は夫を慰める努力をやめることはなかった。それから、夫はついにがばと床に伏して、神の慈悲を求める痛ましい祈りを捧げた。それから一晩寝たあと再び仕事に向かった。

しかし、妻は絶望に屈することはなかった。苦闘よりも妻の忍耐力のほうが勝った。もとは女性的な愛らしさを多少たたえていたのに、そんなものはもうなくなった。顔色はあっという間に褪せ、溌剌とした柔らかな色合いは顔と額からたちまち消えた。痩せて、疲れて、ほとんどやつれた姿になった。頬骨が肌から浮き出し、肘が鋭くとがり、指が骸骨のそれのように痩せた。目は光沢を失っても、異様なほど輝いて、突き出て、青ざめた顔には大きすぎた。人目が気になるとよく自慢した柔らかな褐色の巻き毛は、かつては見られるのがいやで、ブラシをかけて後ろに隠していたのに、今はまばらで、だらしなく、汚かった。今は人目なんかどうでもよかった。夫を説教壇に登らせるに足る状態にしているか、子供――四人の無垢の子――が食べているか、子供の背中が冷たい風を受けていないか、それが今彼女の心配事だった。それから二人の子が死んだ。彼女は霜の降りた土の下に二人が埋められるのを見届けに出かけた。夫が墓仕事で気絶していないか気がかりだったから。夫はこんなとき誰の助けも借りようとせず、少なくともそれを誇りにしていた。二人が死んだが、病が長く続いたため、借金が夫婦を襲った。事実、この五年間借金がゆっくり、しかし確かな足取りで夫婦に忍び寄った。子供が飢えるのを見るとき、パンが差し出されれば、誰がそれを取らずにいられようか？ 妻が病気で横たわるのを見るとき、薬が間近にあれば、誰がそれを求めずにいられようか？ そういうことで、借金が夫婦を襲った。荒くれた男たちがわずかな金を取り立てた。世間的にはわずかな金だったが、夫婦には途方もなく大きな金だった。そうすると、夫はうちのなか、奥の部屋の隅っこに引きこもり――深く恥じ――恥と沈んだ心と失意のなか――、世間から身を隠した。

しかし、こんな男に友はいなかったのか、と聞いていい。思うに、こんな男に多くの友はいないだろう。とはいえ、まったく友がいないわけではなかった。コーンウォールの副牧師にはほとんど毎年一度一人の同僚牧師が訪問した。この紳士は学寮時代からの古い友で、できる限りの力でこの副牧師夫婦を支援した。この紳士は近所の農家によく一週間間借りした。絶望するクローリー氏を見つけても、帰るときには彼の魂に慰めの言葉を残して行った。こういう恩恵は一方的なものではなかった。クローリー氏はある期間鬱状態になる反面、他人には強くなれて、愛したこの紳士を救うため一度ならず大きな力を発揮した。それから、紳士のほうから金銭上の援助もあった。最初のころはあまり大きな金ではなかった。というのは、この友も当時金持ちではなかったから。それでも、あの質素な炉辺には充分な金だった。ただし、うまく受け取ってもらえたらの話だ。受け取ってもらうのが途方もない難題だった。クローリー氏は金銭の受け取りを何が何でも拒否したからだ。しかし、妻の助けがあって、夫に内緒で請求書にひそかに支払われた。ケイトには靴が届いたが、この子は靴の必要がなくなるところへ行ってしまった。ハリーとフランク用の布地が妻の一つしかないトランクに隠されてひそかに侵入した。あの細い指がその布地を二人の少年に着せるため服にあつらえたのに、一人によってしか——それが神のご意志だった——着られることはなかった。

　こういうのがコーンウォールの副牧師時代、いちばん厳しい苦闘をしていた期間のクローリー夫妻の状況だった。一日しっかり働くことが一日のそれなりの報酬に値すると考える人[9]には、苛酷な労働の割に報酬がほとんどないのは堪え難いことのように思える。若くして結婚した当人にみな責任があると考える人はいるだろう。それでも、一日しっかり働くことは一日のそれなりの報酬に値しないのか、という疑問は残る。この人は苛酷な労働をした——人の仕事のなかでもおそらくこの上なく厳しい仕事をした。そして十年間年七十ポンドの報酬をえた。結婚しているにせよ、独身にせよ、しっかり働いた仕事に対して彼が公正な報酬を受け取ったと言えるだろうか？　とはいえ、お金のやり方さえわかれば、喜んで聖職者にお金を払うという人はたくさんいる！　しかし、ロバーツ氏がミス・ダンスタブルに言ったように、それも現実離れした話なのだ。こういうのがコーンウォールの副牧師時代のクローリー氏だった。

## 註

（1）シェイクスピアの『十二夜』第二幕第三場。トウビーと道化の掛け合いに「ケーキとビールの騒ぎ」「ショウガは口に熱い」の台詞が出てくる。

（2）手形が振り出された価値に関する正確な約定で、手形が効力を持つ契約となるための要件。イギリスの手形では約因が明示されなければならなかった。

（3）蹄底にある三角状の軟骨。

（4）初期活版印刷時代にヨーロッパで多く使われた活字書体。

（5）タイズ（十分の一税）は大タイズと小タイズに大別される。大タイズは穀物、干し草、木材、大きな家畜、その他の主要収穫物に課される十分の一税。場所によって収穫物が異なるためタイズとして課されるものは変わるが、小タイズは畑から取れるもの、野菜、果物、ハーブ、小家畜に課される十分の一税。

（6）ケンブリッジ州のドッディントンは年八千ポンド、ダラム州のスタノップは年四千ポンドという裕福な聖職禄を誇り、スキャンダルのまととなっていた。一八四七年と一八五六年の法律でこれらの教区は分割された。

（7）一八四〇年の「教会の職務と歳入法」は聖職に空きができたとき、その機をとらえて高位聖職者の収入を合理化しようとした。

（8）牧師が雇う副牧師とは違って、主教が宗教裁判所の正式な手続きをへることなしにはその地位を動かすことができない副牧師、教会財産を取得した者の気まぐれに地位を左右されない副牧師を永年副牧師という。しかし、この永年副牧師は十分の一税をまったく受け取ることができず、教会財産を取得した者からの地代のみに依存する貧しい立場にあった。

（9）トマス・カーライルを指す。

# 第十五章　ラフトン卿夫人の使者

その後、そのクローリー氏の友は――名はすぐ述べる――急に大抜擢を受けた。そのころアラビン氏と言ったが、のちに急な大抜擢が頂点に達したとき、アラビン博士となった。彼はその前の数年はたんにラザラス学寮のフェローでしかなかった。その後東バーセッシャーにある聖イーウォルドの俸給牧師となり、まだそこに落ち着いていなかったころ、ボールド未亡人と結婚した。ボールド未亡人は土地と公債資産の持ち主で、扶養家族として幼児も抱えていた。彼はまだボールド未亡人と結婚していないか、婚約したばかりのころ、バーチェスター聖堂参事会長に就任した。こういうことはみな主教区と州の年代記のなかで読むことができる。

新参事会長は今や金持ちになったので、キャメルフォード(1)のある弁護士の助けを借りて、何とか貧しい友の借金を肩代わりしようとした。それは総額百ポンドにしかならぬささやかな企てにすぎなかった。それから十八か月もたたないころ、たいした昇格でもない人事権が参事会長の手に転がり込んだ。これがホグルストックの聖職禄で、年百三十ポンドという俸給だった。それだけでもコーンウォールの副牧師報酬の二倍だったし、さらに家がついていた。哀れなクローリー夫人はそれを聞いたとき、今や貧乏との闘いはほとんど終わったと思った。今まで十年間年七十ポンドで暮らしてきた人々にとって、年百三十ポンドでできないことがあろうか？

それで彼らは粗末な生活必需品を携えて、その荒涼とした寒い田舎を離れ、別の田舎に落ち着いた。そこも荒涼として寒かったにしろ、前ほどひどくはなかった。彼らはそこに落ち着いて、人間の無情と悪魔の熱意を相手に再び苦闘を始めた。私はクローリー氏が厳格で、不快な男だと言ったが、間違いなくそうだった。この男は本物の素材でできていたので、絶え間ない不当な逆境のせいで不快な男になったのではない。この男はあまりにも深い悲しみに打ちつけられたので、悲しみの跡形を消えることなくはっきり刻印されたのだ。彼は社会に関心を抱く人々が悪事を働くのだと看破して、決して社会に関心を抱こうとしなかった。これらの悲しみは神からもたらされたのだと、長い目で見れば悲しみは彼の幸福に資するものだと、彼は事実としてそう知り、そう心底信じた。それでも、彼は悲しみのため気難しくなり、無口になり、強情になった。いつも自分と自分の家族が虐待されていると感じた。この世の生が不平等にしたものを永遠が平等にしてくれるという信念で、すなわち悪魔が釣り糸と竿を用いて逃れようともがいている人々を釣る最後の餌で、彼は悪魔から誘惑されるまましばしば自分を慰めた。

フラムリーの土地はホグルストック教区には入っていなかったが、ラフトン卿夫人はこの新来者にできる限り親切にした。神の摂理はホグルストックにラフトン卿夫人のような人を提供してくれなかったし、貴族もしくは貴婦人、郷士もしくは郷士らのかたちで卿夫人の代理となるような人も与えてくれなかった。ホグルストックの農民らは男女とも無礼な、粗野な連中であり、紋章着用を許された農夫とは社会的な地位の点でも大差があった。ラフトン卿夫人はこれを知り、参事会長の妻であるアラビン夫人からクローリー家のことを充分聞くと、より広範囲に光を放って、見捨てられた一家に光が注ぐようにランプの芯を切った。

クローリー夫人がラフトン卿夫人に尽力と善意を無駄にしたと感じさせることは一度もなかった。クローリー夫人は感謝しつつ卿夫人の親切を受け取り、卿夫人の影響下で穏やかな生活を部分的に取り戻した。クローローリー家の人々がフラムリー・コートのディナーに参加することは論外だった。たとえディナー以外のものがきちんとしており、自由に使えるものが揃っているとしても、クローリー氏がディナーに来ることはありそうもないと考えられた。実際、クローリー夫人はそんな丁重な儀式にはくつろいで最後までいられそうもないとすぐ言った。卿夫人の招待を受け入れたら、それをきっかけに参事会長が参事会長邸に彼ら夫婦に来て泊まるように言い出すだろうと副牧師の妻は言った。妻は夫婦どちらもそれには堪えられないと思っていた。それでも、副牧師の妻はラフトン卿夫人の存在を慰めと感じ、困った時のため卿夫人が身近にいることを望ましいと思った。

ラフトン卿夫人がクローリー氏を相手に親切を施すことはすこぶる難しかった。しかし、彼に対してすら、卿夫人がまったく何もできなかったわけではない。卿夫人はあちらとこちらの教区のことを話して、マーク・ロバーツを派遣し、次第にクローリー氏を普通の人間に教化しようとした。クローリーとロバーツのあいだにも友情というよりもむしろ親しい関係が生まれた。ロバーツは教会の法と神学の法に関する事柄でクローリーの意見を聞こうと、辛抱強く彼の話に耳を傾けて、賛成できるところは賛成し、できないところは穏やかに違う意見を述べた。というのは、ロバーツは八方美人だったからだ。このようにしてラフトン卿夫人の庇護とロバーツ夫人の協力をえて、フラムリーとホグルストックのあいだにつながりが生じた。

今ラフトン卿夫人はキツネ狩りをする変節した教区牧師に、どうしたらいちばん適切な——聖職者である相手にふさわしい——影響力を及ぼせるか慎重に考えた。その結果、クローリー氏を使うことを思いついた。クローリー氏は宗派的な考え方で確かに卿夫人と同じ立場に立っており、しかも同僚牧師への意見を恐れる人ではなかった。それでクローリー氏を呼びに人を送った。

彼は外見上マーク・ロバーツとは正反対だった。すらりと痩せた細身の貧弱な人で、肩が少し前屈みになっていた。髪は淡い色で、長く、弱々しく、ぼうぼうにもつれていた。額は高く、顔は細かった。小さな灰色の目は深く陥没し、鼻はかたちがよく、唇は薄く、口は表情豊かだった。見る者は誰でもこの顔には目的と意味があるように思った。彼はいつも、夏も冬も、長くすすけた灰色の上着――ほとんどかかとまで届く長さのもの――をきちんと首元までボタンを留めて着た。身長は六フィートあったが、細身の体形だったから、もっと背が高く見えた。

彼はラフトン卿夫人の指示に従ってすぐ現れた。使用人のそばに座ってギグで来たが、道中一言も話さなかった。使用人は相手の顔を覗き込んで、その無口に強い印象を受けた。マーク・ロバーツなら、ホグルストックからフラムリー・コートへ行くあいだ、馬や土地のことばかりでなく高尚な問題についてもずっと使用人と話をしたことだろう。

ラフトン卿夫人は胸襟を開いて悩みをクローリー氏に話した。しかし、話のあいだロバーツ氏がすばらしい教区牧師であることも主張し続けた。「彼は教会のなかではかくあってほしいと願うようなそんな牧師です」と卿夫人は説明した。教会の教えに関する特殊な考えをクローリー氏から聞かされるのを避け、氏を当面の一つの課題に集中させるためだった。「けれど、彼はこの禄をあまりにも若いうちから手に入れてしまったので、クローリーさん、私が願うほどしっかり安定していないのです。人生のそんなに早い時期に彼をそんな地位に就けた点、彼と同じように私にも罪があります」

「その通りだと思います」とクローリー氏。彼はこんな問題を切り出されて少し感情を害していたのかもしれない。

「その通り、その通りです」と卿夫人は若干怒りをごくりと飲み込んで続けた。「けれど、それはもう終わったことで、取り返しがつきません。ロバーツさんがいずれ牧師職の栄誉を高める人になることは信じて疑いません。というのは、心根に悪意がなく、人情味があるからです。けれど、今彼が誘惑に負けてしまっているということを心配しています」

「彼は週に二、三度狩りをしていると聞きました。まわりの人はみなその噂をしています」

「いいえ、クローリーさん。週に二、三度ではありません。一度より多いこともめったにないと思います。それに何よりもラフトン卿と一緒にいることが目的なのだと信じています」

「それだから狩りがいいということにはならないと思いますね」とクローリー氏。

「それでも、そんな理由がありますから、彼が狩りの趣味に強く染まっているわけではないと見られるのです。もちろん牧師の場合、それは邪悪と見なさざるをえないのですが」

「どんな人の場合でも狩りは邪悪と見なさざるをえません」とクローリー氏は言った。「それ自体が残酷で、怠惰と不品行に導くものです」

ラフトン卿夫人はもう一度ごくりと怒りを飲み込んだ。助けてもらうためクローリー氏をこちらに呼び出したのだから、彼と口論するのは得策でないと感じた。それでも、息子の娯楽を怠惰で、不品行だと言われるのは気に入らなかった。卿夫人は狩りを田舎紳士にふさわしい娯楽だといつも考えていた。事実、狩りをイギリスの田舎生活特有の慣習の一つと位置づけて、バーセットシャーの狩りを何か神聖なものと見なしていた。彼女はキツネが罠にかかったと聞くと堪えられなかった。それくらいならむしろ不平なんか言わずに七面鳥を取られたほうがましだった。本心がそうだったので、狩りが邪悪だと言われるのはいやだったし、この件についてクローリー氏の意見なんか聞きたくなかった。それでも、卿夫人は強い怒りを飲み込んで我慢した。

「とにかく牧師に狩りはふさわしくありません」と卿夫人は言った。「ロバーツさんがあなたの意見を高く評価しているのを私は知っていますから、あなたならたぶん彼にやめるように忠告する役を引き受けてくださると思いました。もし私がこの件で直接干渉するなら、彼は足蹴にされたと思うでしょう」

「間違いなくそう思います」とクローリー氏は言った。「妻か、母か、姉か、彼にきわめて近い、親しい女性ででもない限り、女性がこんな問題で牧師に忠告するのは無理です」

「ご存知の通り同じ教区に住んでいるうえ、私なら――」教区の先頭に立ち、人々を支配する立場にあるのだから、忠告できないことはない。卿夫人の考えを代弁するなら、そう言おうとしたのだ。しかし、彼女は冷静に自分を取り戻して、そうは言わなかった。彼女の影響力はなるほど大きかったにせよ、聖職者らしからぬ有害な習慣について彼女がロバーツ氏に意見をする適切な役回りではないと思った。意見にふさわしい人間だと無理に証明しようとして、今本筋からそれるつもりはなかった。

「そうです」とクローリー氏は言った。「その通り。あなたの生き方が忠告を必要とすると彼が牧師の立場で判断したら、彼のほうがあなたに忠告する資格を有しています。あなたが彼に注意するのは決して正当とは見なされません」

ラフトン卿夫人はこれを聞いてつらい思いをした。彼女は女性らしい力を尽くして最善の策を練り、罪人であるマークの気持ちを傷つけまいと努力してきた。それなのに、助けてもらおうと呼び出した霊のような慰め手から、まるで彼女が尊大で、横柄な人間ででもあるかのように扱われた。クローリー氏に助けを求めたことがあだになって、教区牧師に対する彼女の立場の弱さを思い知らされることになった。状況から見て、クローリー氏が彼女の弱味を指摘することは控えてくれてもよかったのに。

「まあ、あなた、私の生き方のことで牧師から忠告を受けることはないようにしたいものです。けれど、この話は本筋をそれています。私が知りたいのは、あなたがロバーツさんに話をしてくれるかどうかです」

「もちろん話しましょう」と彼。

「それは本当にありがとうございます。けれど、クローリーさん、どうか、どうか、これだけは忘れないでください。絶対に厳しく当たってもらいたくありません。彼はすばらしい若者です。それに――」

「ラフトン卿夫人、彼と話をするとき、私は神がそのとき私にお与えになる言葉を使って、私のやり方で精一杯やるだけです。私は誰にも厳しく当たりたくありません。しかし、真実でないことを話すのは例外なく無益な、というよりむしろ悪いことです」

「もちろん――その通りです」

「もし真実が聞けないほど耳が遠かったら、真実によっては利益がえられないほど精神が歪んでいるのです」クローリー氏はそう言うと、立ちあがって暇乞いをしようとした。

しかし、ラフトン卿夫人は昼食を一緒にするように主張した。彼はもぐもぐ口ごもって、できれば断ろうとした。だが、このことで卿夫人は有無を言わせなかった。彼女は職務について牧師に意見する役にはふさわしくなかったが、もてなしについてはどうすべきか理解していた。昼食を取らないままクローリー氏を帰すわけにはいかないとこの主張を通した。クローリー氏は教区牧師と教区民の関係という大問題なら強くなれるのに、提示されたものが冷たいローストビーフと熱いジャガイモという問題となると、謙虚、従順になり、臆病になったと言ってもよかった。ラフトン卿夫人はシェリー酒の代わりにマデイラを勧め、クローリー氏は従ったけれど、その違いをまったく理解していなかった。ギグのなかにはクローリー夫人へのおみやげとして浜菜[2]の入ったかごがあった。彼に勇気があったら、それは置いて帰っただろうが、そんな勇気はなかった。ラフトン卿夫人は浜菜の下に隠した子供のためのマーマレードについては彼に一言も言わなかった。彼の手を借りなくても、それが正しい行先に向かうとわかっていた。クローリー氏はフラムリー・コートのギグでうちへ帰った。

三、四日後、クローリー氏は歩いてフラムリー牧師館へ行った。猟犬を土曜日に使うことがないと聞いていたので、その日に合わせた。教区の仕事に出かける前、ロバーツ氏を捕まえられるように早く出発した。この目的を達成するため充分早く出たので、牧師館の玄関に着いたのは九時半で、牧師は妻と妹とともにちょうど朝食の席に着いているところだった。

「おや、クローリー」とロバーツは客がきちんと挨拶する前に言った。「よくいらっしゃいました」客が訪ねて来た言い訳をどう言おうか考えるまもなく、ロバーツは彼を椅子に座らせ、ロバーツ夫人はお茶を注ぎ、ルーシーはナイフと皿を渡した。

「こんなふうにお邪魔したことを許してください」と客はやっとつぶやいた。「しかし、仕事のことで二言三言あなたに聞いてほしいことがあるのです」

「いいですとも」とロバーツは言うと、ゆでた腎臓をクローリー氏の皿に移した。「でも、朝食をたっぷりいただくことくらい仕事の下準備としてふさわしいことはありません。ルーシー、クローリーさんにバターつきトーストをお渡しして。卵を、ファニー、卵はどこだい?」その時、仕着せを来たジョンが新鮮な卵を持って来た。「さあ食べよう。ぼくはいつも熱いうちに卵を食べるんです。クローリー、あなたにもそうすることをお勧めしますよ」

クローリー氏はこんな言葉を聞いても何も言わず、置かれた状況に少しもくつろぐことができなかった。彼は自宅のテーブルの上に残してきた食事と目の前に今見ている食事の違いについて、またそんな違いが生じる原因についてふと考えた。とはいえ、そう考えたとしても、つかの間だった。というのは、彼は今まるっきり別の問題に心を奪われていたからだ。それから朝食が終わって、数分たつと二人の牧師は牧師館の書斎にいた。

「ロバーツさん」と年上の牧師は話し始めた。彼は本がたっぷり収納された書斎机の向かい側の普通の椅子に落ち着きなく座っていた。マークは暖炉のそばの自分用の肘掛椅子に楽に腰掛けていた。「不快な用件で訪ねて来ました」

マークはすぐサワビー氏の手形の件を思い浮かべたが、クローリー氏があの件に何か関係することはありえないと思った。

「しかし、あなたの同僚牧師として、あなたに敬意を払い、あなたの幸せを祈る者として、私はこの問題を引き受けなければならないと思いました」

「どんな問題ですか、クローリー?」

「ロバーツさん、あなたの現在の生活態度はキリストに従う戦士のそれにふさわしくないという噂があります」

「噂があるって!　いったい誰がそんな?」

「あなたの近所の人々、あなたの生活を観察し、あなたのすることをみな知っている人々、あなたが足元を照らすランプとして行動するのを見たいと思っているのに、騎手や猟師とつき合い、猟犬のあとを全速力で追うのを見る人々、世俗的な快楽を求める人たちのなかでも、いちばん虚栄心に満ちた人たちのなかにあなたがいるのを見る人々です。あなたに立派な生活の模範を期待する権利を持ちながら、それを見出せない人々です」

クローリー氏は単刀直入に問題の核心に踏み込んで、抱えている仕事をいっそうたやすくした。処理しなければならないいやな課題があるとき、ただちにその根幹に迫ることに勝る方法はない。

「そういう人々があなたにここに来るように命じたんですか?」

「誰も私に命じていないし、命じることもできません。他人の考えではなく私の考えを話すために来たのです。とはいえ、あなたのまわりの人々が考え、言うことに触れざるをえません。なぜなら、あなたの義務がはたされるべきはその人々に対してだからです。あなたはまわりの人々に対して信心深く、清らかな生活を送る義務を負っています。もっと高い意味では、その義務を天にまします父なる神に対しても負っています。そんな生活をするため最善を尽くしているかどうか、今失礼ながらあなたにお尋ねしたいのです?」それから、彼は黙ったまま回答を待った。

クローリーは風変わりな人物で、普通の人間関係においてはじつに謙虚、従順で、言葉で言い表せないほど役に立たず、不器用だった。ところが、精神の働きという点ではすこぶる大胆、積極的で、雄弁と言ってもいいほどだった! 彼はそこに座って、くぼんだ灰色の目から犠牲者をひるませる視線を放ち、同僚の顔を覗き込んだ。それから、繰り返して言った。「教区民のなかで教区牧師にふさわしいそんな生活を送るため最善を尽くしているか、ロバーツさん、今失礼ながらあなたにお尋ねしたいのです?」彼は再び回答を待って間を置いた。

「その問いに差し支えなく肯定の答えができる人は」とマークは小さい声で言った。「ぼくらのなかにほとんどいません」

「しかし、あなたほどその問いに答えられない人が私たちのなかにたくさんいると思いますか? たとえたくさんいたとしても、あなたは若く、進取の気性に富み、才能に恵まれているのですから、そんな人たちのなかに自分が数えられることに満足していられますか? キリストの甲冑を身に着けていながら、神から見放された人になることに満足していられますか? もしそうだと言うのなら、私はあなたを見損なっていました。それなら引き揚げるしかありません」彼は再び間を置いたあと続けた。「私に話してください、弟よ。できれば心を開いてください」彼は椅子から立ちあがると、部屋を横切り、マークの肩に優しく手を置いた。

マークは椅子にもたれかかって座り、最初ほんの少しのあいだ厚かましく押し通そうと考えた。しかし、その考えをすぐ放棄した。彼は安らいだ姿勢から身を起こして、机に肘をついて前屈みになっていたが、今こんな言葉を聞いたとき、頭を腕の上に沈め、手のあいだに顔を埋めた。

「恐ろしい堕落なのです」とクローリーは続けた。「堕落は恐ろしいが、立ち返ることが難しいから二重に恐ろしいのです。しかし、あなたはそんな思慮のない罪人の一人に自分を位置づけることに満足できるはずがありません。そんな罪を滅ぼすためあなたはここ、罪人らなかに置かれているのです。それなのに、あなたは狩りをする牧師になり、冒涜者や嘲る悪魔らのあいだを楽しい気分で馬に乗る。きわめて高い志を持ち、キリストの牧師の職務についてじつにしばしば、じつに上手に話していたあなたが。偉大で単純な教義のおおざっぱな教えではまるであなたのエネルギーには不充分だとでも言うように、教会のつまらぬ細目を誇り高く論じることのできるあなたが！　あの熱心な論争のあいだ、私の傍らに偽善者がいたとは思えません！」

「偽善者ではありません――決して偽善者ではありません」とマークは言った。ほとんどすすり泣きに近い口調だった。

「しかし、神に見放された人！　私はあなたをそう呼ばなければならないのですか？　いや、いや、ロバーツさん、あなたは見放された人なんかではありません。偽善者でも、見放された人でもありません。ただ歩いているとき、闇のなかで転び、石のあいだで足を傷つけただけなのです。これからは手に提灯を持ち、油断なく小道に注意し、イバラと岩のあいだを用心深く歩きましょう。用心深く、しかし大胆に、男らしい勇気とキリスト教徒としての従順さを具えて歩きましょう。すべての人がこの涙の谷(3)を通る巡礼の旅では、そうしなければならないのです」それから、彼は同僚に止める暇も与えることなく、急いで部屋から、家から、出て行った。家族のほかの者に二度と会うこともなくホグルストックへの道を大股に歩いて帰った。こうして彼は送り出された使命をはたし、深い泥のなかを十四マイル歩いたのだ。

ロバーツ氏が部屋を出たのはそれから数時間後のことだった。クローリーが本当にいなくなったこと、二度と彼に会うことはないとわかるとすぐ、彼はドアに鍵を掛け、腰を降ろして、現在の生活について考え込んだ。十一時ごろ妻はもう一人のあの変な牧師がそこにいるかどうかわからないままドアをノックした。というのは、誰もクローリーが出て行くのを見なかったからだ。しかし、マークは書斎に残っていたいと快活に返事をした。

このときの思念と決意がこれからの彼に役立つことを期待しよう。

註

(1) コーンウォール州北部ボドミン高地北西、キャメル渓谷に位置する町。ボドミンの北十六キロ。

(2) ヨーロッパ西海岸地方に自生するアブラナ科の植物。イギリスでは栽培して若芽を軟白して食用にする。

(3) 「サルヴェ・レジナ」(聖務日課の終わりに歌われる聖母賛歌の一つ)からの引用。

# 第十六章　ポッジェンズ夫人の赤ちゃん

狩りの季節はほぼ終わり、バーセットシャーのお偉方らはロンドンの華やかな社交シーズンのことを考えた。ラフトン卿夫人はかなり落ち着かない気持ちでいつもこの贅沢のことを考えた。彼女はある重要な考えに基づいて上京が適切だと判断しなかったら、喜んで一年じゅうフラムリー・コートにいたかった。噂に聞く世のラフトン卿夫人ら、有爵未亡人と未来の有爵未亡人らは寄る年波のせいで不可能になるまで、ずっとロンドンで社交シーズンを――時にはそのシーズンが終わったあとも長く――すごした。けれども、彼女は現代文明の一端を年に一度田舎に持ち帰るという考え、おそらくまんざら間違っているとは言い難い考えに突き動かされていた。確かに間違ってはいないだろう。というのは、もし彼女が上京しなかったら、いったいどうして新しい帽子の型や、女性のウエストの改造された型が農業地域に入り、田舎の人の目がその気品と美を受け入れることができようか？　なるほど改造されたウエストや新しい帽子は都市だけにとどめておくべきだと考える人もいる。しかし、そんな人は、そんな議論を突き詰めれば、すき引き農夫には代赭石《たいしゃ》(1)でしか化粧してほしくないし、乳搾りには革服しか着てほしくないと言うのと同じになる。

ラフトン卿夫人はこんなことやまたほかの理由から毎年四月にロンドンへ行き、六月初めまで滞在した。しかし、彼女はこの時期を苦行と心得ていた。ロンドンではたいして大人物というわけではなかった。一度としてそうなろうと大金を費やしたこともなく、女性パトロンあるいは社交界の女性閣僚として輝いたこともなかった。ロンドンでは彼女は輝きも、元気も、性分に合う娯楽もないまま、フラムリーで起こった事件の記事を読んだり、それについて地方の情報をもっと送るように手紙を書いたりするとき、いちばん幸せに時をすごした。

しかし、今回はロンドン訪問に興味を添えるきわめて重要な課題があった。グリゼルダ・グラントリーをもてなして、グリゼルダと交際させるためできる限り息子を引き留めることだった。作戦内容は、グラントリー夫人と大執事がまずグリゼルダを連れて上京し、一か月ロンドンに滞在する。夫妻がプラムステッドに帰るとき、ラフトン卿夫人がグリゼルダを引き取る、というものだ。ラフトン卿夫人は必ずしも全面的にこの作戦に乗り気ではなかった。というのは、ラフトン＝グラントリー協定の条件を考慮するなら、グラントリー夫人は当然ハートルトップ家の人々に背を向けてしかるべきだった。ところが、グラントリー夫人に二心があることに卿夫人は気づいていた。それを指摘したとしても、グラントリー夫人はラフトン卿の手続きが――言い寄るのも、愛の告白も――のろいこと、一の矢が少し怪しいとき、万一の場合に備えてどうしても二の矢を用意しておく必要があること、の二点を言い訳として申し立てただろう。卿とルーシー・ロバーツのあの不幸なプラトニックな友情について、グラントリー夫人が何か耳にしたというようなことがあるのかしら？

グラントリー夫人から三月末に手紙が届いて、ラフトン卿夫人はいっそう不安を掻き立てられた。それで、これまで以上に恋の現場に立ち会いたい、グリゼルダを手元に置きたいと願った。グラントリー夫人はその手紙のなかでロンドン社交界一般について、とりわけラフトンとグラントリーの人々について特に重要でない消息を伝えたあと、娘について内密に次のように書いていた。――

「娘が非常に称賛されているのは」と夫人は母の誇りと謙遜を交えて書いた。「否定しようのない事実です。

娘は私が連れて行けないほどたくさん招待を受け、私が決して行きたいと思わない家々に招待されています。ハートルトップ卿夫人の最初の舞踏会に娘が出るのを断ることができませんでした。今年はこれに似た舞踏会がほかになさそうだからです。もちろん、親愛なるラフトン卿夫人、あなたにとってそこはもってのほかの家でしょう。私一人だけのことでしたら、確かに私にとってもその家は論外です。公爵がもちろん来ておられました。世間の人々が集まっているとき、ハートルトップ卿夫人は応接間の客にもっと慎重な選択をすべきだと本当に思います。ダンベロー卿が私の願い以上にグリゼルダを賛美しているのがはっきりわかります。彼女、愛する娘はじつにすばらしい分別に恵まれていますから、それでのぼせあがることはありません。でも、そんな男性の賞賛に抵抗できる娘がいったい何人いるでしょうか？　お父さんの侯爵はご存知の通りとても虚弱になられました。この建設ブームが到来して以来、ランカシャーの資産は年二十万ポンド以上だと教えられました！　ダンベロー卿が娘とたくさん話をしたとは思いません。実際、卿は誰に対してもあまり話をするようには見えません。でも、卿は娘とダンスをするためいつも立ちあがります。卿は気になる競争相手の男性に娘がダンスをしようと立ちあがろうものなら、ぎこちなく、そわそわするのがわかります。先夜ミス・ダンスタブルのパーティーでグリゼルダが私たちの友人の一人とダンスしたとき、卿は本当に痛ましい様子でした。でも、その晩の娘はとても楽しそうで、あんな活気に満ちた姿を見せたことがありませんん！」

手紙のなかにはこんなことや同種のことがもっと書かれていたから、ラフトン卿夫人は早くロンドンへ行きたいと思った。ラフトン卿夫人がグリゼルダを後見人にしたら、ハートルトップ卿夫人のどぎつい威勢なんかに目を向けさせることがないのは明白だった。とにかくそれは確かだった。ラフトン卿夫人はグラントリー夫人がなぜあんな家に娘を連れて行ったか解せなかった。ハートルトップ卿夫人のその家は、オムニアム公爵がロンドンで絶えず姿を現すほとんど唯一の家として世間によく知られていた。ラフトン卿夫人なら、あんな家に若い娘を連れて行くのはギャザルム城へ連れて行くのと同じと思っただろう。彼女はこんな理由で友人のグラントリー夫人に怒りさえ覚えた。それでも、グラントリー夫人の手紙が彼女をこんなふうに故意に怒らせるため――彼女のすばやい対応を促す目的を持って――書かれたものとは、おそらく充分見抜けなかった。実際こんな問題に関して、グラントリー夫人はラフトン卿夫人よりも有能な――目的を定めてそれを追求する点でもっと有能な――女性だった。ラフトン＝グラントリー協定はお金がすべてと考えない点で最善だと、グラントリー夫人は思っていた。しかし、それに失敗したら、ハートルトップ＝グラントリー協定も悪くない。後者を二の矢と見なせば、決して悪くないとグラントリー夫人は思っていた。

ラフトン卿夫人はとても愛情のこもった返事を出した。グリゼルダが楽しんでいるのがわかって、じつに嬉しいとそこにははっきり書いた。ダンベロー卿が世間では愚か者として知られていること、またその母もやはり望ましいところからほど遠い人であることを遠まわしに書いた。それから、諸般の事情により卿夫人は予定よりも四日早く上京すること、グリゼルダをすぐ彼女のもとに寄越してほしいことをつけ加えた。ラフトン卿はブルートン・ストリートで寝泊まりすることはないとしても――ロンドンで卿夫人はブルートン・ストリートに住んでいた――、議会の仕事が許す限りそこですごすことを約束してくれたと書いた。(2)

ああラフトン卿夫人！　ラフトン卿夫人！　その最後の言葉を書いたとき、手紙を受け取った人にあなたが嘘をついていることを強く印象づけたとは思わないのか？　あなたは優しい母らしい愛情のこもったやり方で本当は次のように息子に頼んだのではないか？　「ルードヴィック、今年はブルートン・ストリートに来てもらえないかしら？　グリゼルダ・グラントリーが一緒にいます。彼女を退屈させないようにしなくてはね――そうでしょう」そうしたら、卿は「ああ、もちろんですね、母さん」と答えて、かなり無愛想に部屋から出て行った。それが本当のところだったのではないか？　卿か、もしくはあなたが議会の仕事のことを一言でも話したのか？　一言も話さなかっただろう！　ああ、ラフトン卿夫人！　あなたは友人に嘘を書いたのではないか？

近ごろ私たちはずいぶん厳しく子供に真実を求めるようになってきている。十歳、十二歳、十四歳の子の勇気が生来弱いことを考慮すれば、時として厳しすぎると言っていい。しかし、私たち立派な大人が嘘を規制する厳しい方策を少しも確立していないことはわかっている。私が子供に嘘をつくように唱道していると思われたらとんでもないことだが、子供には嘘は親よりも許されている。ラフトン卿夫人の嘘は――少なくとも大人には――許される範囲内のものだ。それでも、もし彼女が真実に拘泥したら、もっと完璧だっただろう。例えば少年が学校からうちに友人が来て泊まると約束したと手紙を書くとしよう。ところが、友人はそんな約束なんかしていないのだ。その最初の少年は牧師や教師の目から見ると何と悪い子に見えることか！

ラフトン卿と母のそのささやかな会話――議会の仕事について卿はそのなかで一言も話さなかった――は、彼がロンドンへ発つ前夜に交わされた。そのとき、彼は確かにあまり機嫌がよくなかったし、母にあまり優しく振る舞わなかった。母がミス・グラントリーのことを話し始めたとき、彼は部屋を出て行った。母がその夜もう一度深く考えないままグリゼルダの美しさについて一言二言話したとき、グリゼルダは女魔法使いではないから、世間を驚嘆させることなんかできないと卿は言った。

「もし彼女が魔法使いなら」とラフトン卿夫人はかなり感情を害して言った。「これからロンドンへ連れ出したりはしません。あなたが魔法使いと呼ぶような娘を私はたくさん知っています。そんな娘はいつまでも話し、しかもいつも大声か、囁き声で話すのです。私はそんな娘は嫌いですし、あなたもきっと心の底では嫌いなはずです」

「ええ、そんな娘が好きになるなら、かなり好みにやかましいと言えますね」

「グリゼルダ・グラントリーは淑女です。そういう人とロンドンで一緒にいられるのは嬉しい。彼女はジャスティニアが一緒にいたいと思う、そういう娘ですから」

「その通りですね」とラフトン卿は言った。「彼女はジャスティニアのじつにいい連れになると思います」

さて、ラフトン卿からこう言われたとき、母は当て擦りを言われたと感じた。息子がラフトン＝グラントリー協定に背を向けているように思えたので、母はいっそうその嫌味を強く意識した。息子が自分の結婚にかかわる陰謀を察知したら、そっぽを向くに違いないと母は確信していた。彼は今そんな陰謀に気づいているようにも見えた。妹のじつにいい連れになるというグリゼルダについての皮肉は、彼が気づいていると考える以外にどうとらえたらいいのか？

さて、ここで私たちは時間をさかのぼって、フラムリーの一場面を見てみよう。その場面がラフトン卿の不機嫌と疑念を明らかにして、どうして彼があんなふうに母をあしらったか説明してくれるだろう。この場面はロバーツ夫人とルーシーが牧師館の庭を一緒に散歩した夜からおよそ十日後に起こった。この十日間ルーシーは若い貴族と特別な会話に巻き込まれないように注意していた。彼女はその期間フラムリー・コートでディナーを取り、二日目の夜もそこですごした。ラフトン卿もまた三度、四度牧師館を訪ねて、いつものように散歩しようとルーシーを捜した。しかし、ラフトン卿夫人がロバーツ夫人に懸念をほのめかした日から、彼は昔のようにルーシーと親しくすることができなかった。

ラフトン卿は彼女がいないのをずいぶん寂しく思った。初めのうちこの変化が意図して企てられた誰かの差し金だとは思っていなかった。実際、彼は当惑したにせよ、そんなことは疑ってもみなかった。しかし、彼は出発に定められた時が近づくにつれて、彼の母か、義姉かに話す数語以外、ルーシーの声を聞けないという奇妙な状態に気がついた。そこで、卿は発つ前に彼女に話しかけて、謎を説明してもらおうと決心した。卿は計画を実行して、ある特別な日の午後牧師館を訪問した。間の悪いことに母がグリゼルダ・グラントリーを褒めそやした同じ日の夕方だった。ロバーツがその時家を留守にしており、ロバーツ夫人が彼の母の上京が近づいたので、特別に世話が必要な貧しい人のリストを屋敷で母と相談しているのを知っていた。彼はこれにつけ込んで大胆に牧師館の庭を歩き、庭師にどちらか女性が在宅かと無頓着な声で聞き、哀れなルーシーを玄関先で捕まえた。

「入るんですか、出かけるんですか、ミス・ロバーツ?」

「ちょっと出かけるところです」とルーシー。彼女は長い立ち話をどうしたらうまく避けられるか思案し始めた。

「ああ、出かけるところですか? 申し出てよいものかどうかわかりませんが、もしよければ私も――」

「まあ、ラフトン卿、ちょっと無理ですわ。今からご近所のポッジェンズ夫人を訪問するところです。ポッジェンズ夫人のうちに行く理由、今度生まれた夫人の赤ちゃんに会う理由が特別あなたにはありませんからね?」

「あなたには特別な理由があるんですか?」

「ええ、ポッジェンズの赤ちゃんに用があるんです。ポッジェンズの赤ちゃんは本当にかわいい子よ。生まれてまだ二日なんです」ルーシーはそう言って、玄関先のお喋りをやめようと一、二歩前に進んだ。

卿はこれを見てほんの少し眉をひそめ、彼女の目的を邪魔しようと決意した。ルーシー・ロバーツのような娘にこんなふうに彼のほうが頓挫させられるのは受け入れ難かった。彼女と話すためここに来たのだから、話すつもりだった。とにかくそれくらいの要求を当然と見なせる親しさが二人にはあったはずだ。

「ミス・ロバーツ」と卿は言った。「ぼくは明日ロンドンへ発つんです。今あなたにお別れを言わないと、二度と言うチャンスがないんです」

「さようなら、ラフトン卿」彼女は手を差し出して、前と変わらぬ穏和な、愛想のいい、きびきびした笑顔を卿に向けた。「若いニワトリを守るため、あなたが約束した法案を議会に提出するのを忘れないでくださいね」

卿は彼女の手を取ったけれど、必ずしもそれだけを求めていなかった。「ポッジェンズ夫人と赤ちゃんはきっと十分くらい待てるはずです。ぼくはこれから何か月もあなたに会えません。それなのに、あなたはぼくに二言しか与えてくれないように見えます」

「もし二言で充分役に立つものなら、二百も言葉を使う必要なんかありませんね」と彼女は言って、快活に応接間に歩いて戻った。「ファニーが今いませんから、あなたの時間を無駄にしたくなかったんです」

彼女は卿よりもはるかに落ち着いていて、克己心があった。彼女は次に何が起こるか考えて戦々恐々とする反面、外見上は動揺なんかこれまでのところ少しも見せなかった。彼女は卿が話そうとすることを聞いたとき、動揺しないで冷静でいられたらいいのだが。

卿は何を言おうとして意を決してここに来たかよくわからなかった。彼はルーシー・ロバーツを愛しているとはっきり自覚していなかった。彼はルーシーを愛しているから妻にするとも、愛しているが妻にしないとも心を決めていなかった。いいほうにも、悪いほうにも、どんなかたちにしろ、この件を深く考えたことがなかった。彼女が好きになり、とてもかわいいと、彼女に話しかけるのはじつに楽しいと思っていた。一方、グリゼルダ・グラントリーやほかの若い知人女性に話しかけるのはしばしば骨が折れた。ルーシーとすごす三十分はいつも彼を満足させた。ほかの人といるよりも彼女といるほうが自分が明るくなり、活発に話をしようとしているのがわかった。それゆえ、彼は完全にルーシー・ロバーツが好きなんだと気づいた。その愛情がプラトニックなものか、反プラトニックなものか、自分に問いかけてみることはなかった。しかし、彼は二人の親密さが突然止められる直前、見る目を具えたどんな娘にも反プラトニックと見なされるような言葉を話していた。彼女の足元に身を投げて、熱烈な情熱に責めさいなまれていると言ったことはなかった。しかし、彼は恋人が愛する女性の手に触れるようにルーシーの手に触れた。彼女を信頼して、母のこと、妹のこと、友人のことを話した。愛する友のルーシー、と彼女を呼んだ。

ルーシーにとって、こういうことがみなじつに甘美で、かつ毒を含んでいた。この若い貴族に対する愛情は兄に対するような純粋な友情にすぎないと、彼女はしばしば自分に言い聞かせた。こんな関係に浴びせる世間の冷たい皮肉には、嘘で答えようと胸中つぶやいた。しかし、こんな関係に浴びせる世間の皮肉は冷たいかもしれないが、それでも真実なのだと今は認めた。そう認めたので、自分とラフトン卿のあいだの親密な関係を終わらせなければならないと意を定めた。彼女は結論に達したとはいえ、卿はそうではなかった。卿は卿なりに考えて、彼女が終わらせるのが分別あることと判断したその危険な関係を再開する目的で今そこにいた。

「では、明日発つんですね?」と彼女は卿と応接間に入るとすぐ言った。

「うん、明日の朝早い汽車で発ちます。今度いつ会えるかわかりません」

「来年の冬ではないかしら?」

「うん、それも一日か二日かもしれません。冬をここですごすかどうかも決まっていません。実際、誰もどこにいるかわかりませんからね」

「ええ、わかりません。少なくともあなたのような方にわかるはずがありません。私は放浪族ではありませんから」

「あなたも放浪族ならいいのに」

「放浪族なんて少しも楽しくないと思います。あなたの放浪生活は若い女性には合いません」

「若い女性は喜んでそんな生活が好きになると思いますがね。枠にはめられていない若い女性は世界じゅうにいますから」

「そんな女性はとても退屈な人だとわかるんじゃないかしら?」

「いや、ぼくは好きですね。女性たちが古風なしきたりから解放されればされるほどいいと思います。ぼくは未来の急進派——人民の正規兵です。ただしそうなったら母を悲しませることになりますが」

「どんなことをなさっても、ラフトン卿、それだけはなさらないで」

「ぼくがあなたをとても好きになった理由はそこなんです」と彼は続けた。「なぜなら、あなたは古いしきたりから抜け出しているから」

「私がですか?」

「そう。あなたは思うように足を動かして、一人で好きなところへ行く。お婆さんの古い軌道馬車のように決まったところに連れて行かれるんではないんです」

「お婆さんの古い軌道馬車が結局いちばん安全で、いちばんいいと、私が強く信じていることをご存知かしら? 私は軌道からあまり離れていないから、そこに戻るつもりなんです」

「そんなことはできません! お婆さんの一団が由緒ある偏見で編まれた巻きロープをたくさん持って駆けつけても、あなたを軌道に連れ戻すことはできません」

「そうです、ラフトン卿、それは本当です。でも、一人お婆さんがいれば――」そこで彼女は話すのをやめた。一人息子のことを心配する愛情豊かな母が一人いれば、充分連れ戻せるのだと彼に言うことができなかった。定められた軌道からこんなふうに離れてしまった結果、すでに平常心が破壊され、幸せで平和な生活が嘆かわしい戦いに変わってしまっていることを彼に説明することができなかった。

「あなたが戻ろうとしているのはわかります」と卿は言った。「ぼくに目があるのに見えないとでも思うんですか？　いいですか、ルーシー、あなたとぼくは友だちでしたから、こんなふうに別れてはいけません。母は女性の模範なんです。本気で言っているんですよ――女性の模範って。ぼくへの愛は母の愛の完璧なものと言っていい」

「そう、そうです、あなたがそれを理解しているのは嬉しい」

「理解しなかったら、獣よりも悪い人になってしまいますね。それでも、母にぼくのすべてを決めさせるわけにはいきません。もしそうしたら、はっきり言ってぼくは男でなくなってしまう」

「あれほど真実の助言ができる人をいったいどこで見つけられるというんです？」

「いや、それでもぼくのことはぼくが決めなくてはいけない。ぼくの疑念が完全に正しいかどうかわかりませんが、母があなたとぼくのあいだにこの疎遠を作り出したと思えてならないんです。そうではありませんか？」

「私に聞かれるなら、はっきり違うと言えます」ルーシーは浅黒い顔のあらゆる血管をルビー色に染めてそう言った。彼女は血の流れは制御できなかったけれど、声は――声と態度は――しっかり制御した。

「しかし、母がこの疎遠を作り出したのではないんですか？　あなたがぼくに真実しか話さないことはわかっていますから聞くんです」

「私はこの件について、ラフトン卿、真実であろうと嘘であろうと何も言うつもりはありません。私が話す筋合いではない話です」

「うん！　なるほど」と卿。彼は椅子から立ちあがると、暖炉に背を向け、マントルピースに寄り掛かった。「母はぼくにぼくのものを選ばせてくれないんです、友人やぼくの――」しかし、彼は最後まで言わなかった。

「でも、なぜそれを私に言うんですか、ラフトン卿？」

「そう！　ぼくはぼくの友人を選ぶことができないんです。神の創造物のなかでもいちばん立派な、純粋な人であってもね。ルーシー、あなたがぼくに好意を抱けなくなったとは思えません。きっとあなたはぼくに好意を抱いているはずです」

卿が彼女を捜し出し、追い詰め、ここに来たことに必要な説明の重荷をみな彼女に押しつけるやり方は男らしくないと彼女は感じた。しかし、真実を伝えなければならない。彼女は神の助けがあればそれを言う力が与えられると思った。

「ええ、ラフトン卿、あなたに好意を抱いていました――今も抱いています。あなたは好意という言葉で、違う家族の男女、私たちのように短時間で知り合った男女のあいだに普通広く生まれる知り合いの感情以上のものを言いたいんですね」

「うん、もっと多くの意味合いを込めてね」と卿は力を込めて言った。

「まあ、私はその多くという意味を――それよりぴったり合った意味を――定義するつもりはありません」

「うん、互いの精神と感情を尊重する二人のあいだに生じるもっと温かい、もっと愛情に満ちた、もっと価値ある意味合いを込めて言うんです」

「私はそれに近い好意をあなたに抱きました——じつに愚かなことでした。やめてください！　あなたが私に話させたんです。ですから話の腰を折ってはいけません。あなたに好意を抱いたため、愚かにも私はあなたがたった今話した賢いお婆さんの軌道からそれてしまいました。あなたの良心はそう告げていないんですか？　私は軌道からそれているのが楽しかった。自立自尊の感じが好きで、そんななかであなたのような人と打ち解けた友情にふけってもいいと思ったんです。それに、私とはずいぶん違うあなたの地位がこれをもっと魅力的にしたんです」

「馬鹿げたこと！」

「ええ！　でも、魅力的にしたんです。今ならわかります。でも、世間はそんな関係について私のことを何と言うでしょう？」

「世間だって！」

「ええ、世間です！　あなたは世間を無視する余裕があるかもしれません。でも、私はそんな哲学者じゃありません。牧師の妹である私が若い貴族の気を引いてその心を射止めようとしたと、若い貴族が私を笑いものにしようとしたと世間は言います」

「世間はそんなことは言いませんよ！」とラフトン卿は横柄に言った。

「あら！　でも、そう言います。カヌート王[3]が川の流れを止められないように、あなたも世間の噂を止められません。あなたのお母さんは私を世間の噂から救い出すため賢明にも乗り出してくださったんです。私があなたに求める唯一の願いは、あなたも私を救いだしてくださることです」彼女はポッジェンズ夫人の赤ちゃんを訪問するため、すぐ出かけようとするように立ちあがった。

「行っちゃいけないよ、ルーシー！」と卿は言うと、ドアの前に立ちはだかった。

「もうルーシーという呼び方をしては駄目です、ラフトン卿。それを最初に許した私がひどく馬鹿でした」

「それはないよ！　ぼくはルーシーが――広く世間の前でルーシーと呼ぶのが――いい。ぼくのルーシー、ぼくだけのルーシー――心のいちばんの親友で、選ばれた恋人。ルーシー、ここにぼくの手がある。どうかこの手を受け入れておくれ。どれくらい長くあなたがぼくの心をとらえていたか、今言ってもたいしたことではないね」

　彼女は獲物が今足元に置かれていたから、疑いもなく勝利を意識した。美しさによってではなく、即座の機知と表情豊かな唇によって卿を味方に引き寄せたのだ。今卿は彼女の力が至上のものであることを認めざるをえなかった。彼女を失うより、むしろあらゆる危険を冒したかった。彼女のほうは勝利を意識する一方、卿に向けた表情には少しもそういうものを表さなかった。

　彼女はこれからどうしたらいいか一瞬たりとも疑わなかった。卿は愛情からではなく、困惑からこの愛の告白に突然飛び込んだのだ。彼女は結果的に彼女に向けられる世間の不当な批判のことで卿を責めた。卿は寛大だったから、いちばん気高い犠牲を払うことによって、彼女にその損害を償おうと思い立ったのだ。しかし、ルーシー・ロバーツはそんな犠牲をすんなり受け入れるような女性ではなかった。

　卿が彼女の腰を抱こうとするように前に進み出たから、彼女は後退して、手の届かないところに逃げた。

「ラフトン卿！」と彼女は言った。「もっと冷静になられたら、これが間違っていることがおわかりになります。二人にとって今最善のことは別れることです」

「お互いに完全に理解し合うまで、それは最善ではなくて、最悪のことです」

「では、私を、私があなたの妻になれるはずがないことを、完全に理解してください」

「ルーシー！　ぼくを愛してくれないんですか？」

「試してみる気がないと言っているんです。ここで愛だ、恋だと頑張らないでください、でないとあなたは愚かさのせいで自分を憎まなければならなくなりますよ」

「だけど、あなたがぼくの愛を受け入れるまで、胸に手を当ててぼくを愛せないと、愛するつもりはないと誓うまで、辛抱して頑張ります」

「それなら、もう私を行かせてください」とルーシー。彼女の言葉が途切れたあいだに、卿は部屋を一、二度急いで行ったり来たりした。「ラフトン卿」と彼女は続けた。「もし私を今行かせてくれたら、あなたがお話になった言葉はなかったものと見なします」

「いったん口にしたことは誰に知られようと気にしません。世間の人に知られるのが早ければ早いほど、それだけぼくは嬉しい。もっともそれがあなたを傷つけるのでなければの話ですが――」

「あなたのお母さんのことを考えてみてください、ラフトン卿」

「これまでに会ったいちばん優しい最高の女性を娘として与える以外に、ぼくは母にどんないいことをしてやれるでしょう？　母があなたを理解したら、ぼくと同じように好きになると思います。ルーシー、ぼくを安心させる返事を一言ください」

「あなたの未来の安心を損なうようなことを言うつもりはありません。あなたの妻になることはできません」

「ぼくを愛せないというんですか？」

「あなたにこれ以上私を困らせる権利はありません」彼女はそう言うと、眉間に怒りのしわを寄せてソファーに座った。

「それはないよ！」と卿は言った。「あなたが胸に手を当ててぼくを愛せないと誓うまで、そんな返事は受け取りません」

「ねえ、どうしてそんなに困らせるんですか、ラフトン卿？」

「それはね、ぼくの幸せがその返事に懸かっているから、事実を知らなければいけないからです。ぼくは心からあなたを愛している。あなたの心がぼくにどう向かっているか知る必要があるんです」

彼女は再びソファーから立ちあがって、しっかり卿の顔を見た。

「ラフトン卿」と彼女は言った。「私はあなたを愛せません」彼女はそう言ったとき、卿の望み通り胸に手を当てた。

「では、神よ、どうかお助けを！ とてもみじめです。さようなら、ルーシー」卿はそう言って、彼女に手を差し出した。

「さようなら、若様、どうか私に腹を立てないでください」

「いや、いや、いや！」卿はそれ以上に何も言わずに部屋と家を出て、屋敷へ急いだ。その夜、卿が母にグリゼルダ・グラントリーは妹のじつにいい連れになると言ったのは驚くほどのことではない。卿はそんな連れなんか少しも求めていなかったのだ。

卿がすっかりいなくなると――窓から彼の姿が見えなくなったとき――ルーシーはしっかりした足取りで部屋にあがり、鍵を閉め、それからベッドに身を預けた。なぜ――ああ！ なぜあんな嘘をついてしまったのか、嘘を正当化できるものがあったのか？ 力の限りに彼を愛していることを自覚しているとき、あれは嘘ではなかったのか？

しかし、卿の母がいた！ 世間の嘲りがあった。彼女が罠を仕掛け、若い愚かな貴族を引っ掛けたと世間は機会があれば言うだろう。彼女は誇り高かったから、世間にそんなことを言わせるつもりはなかった。

愛情は強かったものの、誇りはおそらくもっと強かった。少なくとも卿との対話のあいだは強かった。しかし、彼女はいったいどうして嘘を自分に許すことができよう？

註
（1）土状をした軟質の赤鉄鉱。黄褐色または赤褐色の顔料。
（2）ニュー・ボンド・ストリートからバークリー・スクエアへ抜ける通り。
（3）イングランド王（1016-35）、デンマーク王（1018-35）、ノルウェー王（1028-35）を兼ね、スウェーデンの一部を含む大アングロ・スカンジナビア王国を創建した。

# 第十七章　プラウディ夫人の社交談話会《カーンヴァーサーツイオウニ》

ラフトン卿夫人のロンドン到着に先立つ数週間、グリゼルダ・グラントリーがその母の世俗性によって曝された損害と危険を考えると、嘆かわしいと言うほかなかった。時々ロンドンから漏れてくる噂を聞いたとき、少なくとも卿夫人はじつに嘆かわしいと思った。グリゼルダが社交界で新鮮な月桂樹を刈り取ることを許された家には好ましくない家も含まれており、それはハートルトップ卿夫人の家だけではなかった。この若い女性はミス・ダンスタブル主催の有名な夜会に集まった名立たる美女のなかでいちばん賞賛されたと、『モーニング・ポスト』紙は公然と書いていた。それから、グリゼルダがプラウディ夫人の応接間で開かれた社交談話会に栄誉を添えたとも噂された。

ラフトン卿夫人はミス・ダンスタブルについて公然と欠点を指摘することができなかった。卿夫人が承知の通り、ミス・ダンスタブルは非常に多くのまともな人々とつき合っており、たとえば卿夫人の隣人であるあきれるほどの保守派、グレシャム夫妻の友人でもあった。しかしまた、ミス・ダンスタブルは好ましくない多くの人々とも交流があった。確かに彼女はオムニアム公爵から老グッディガファー卿未亡人――この四半世紀に渡って七つの基本徳目の体現者――まで様々な人と親密だった。(1) ミス・ダンスタブルは糖蜜にも、硫黄にも同じように甘くほほ笑みかけた。彼女はエクセター・ホールでいともくつろいでいられたし、世間の噂によると――おそらく必ずしも真実とは限らないが――、複数の不愉快な低教会派主教の選択について相談を受けたという。彼女はイングランド中部地方の教会活動にも同じようにしばしば出席していた。この教会の手に負えぬ高位聖職者はストール(2)や夕べの祈りを好み、金曜日に食べる魚(3)や懺悔を忌避しなかったので、新教徒らしさに欠けると見られていた。ラフトン卿夫人は節操が固かったので、こんなどっちつかずが好きではなくて、ミス・ダンスタブルに神とマモンの両方に仕えるのは不可能だと言ってやりたかった。

しかし、ラフトン卿夫人にとってプラウディ夫人はミス・ダンスタブルよりもっと好ましからざる人物だった。プラウディ家とグラントリー家の確執がバーセットシャーあたりでどれほど先鋭化していたか、教会の問題で両家が互いにどれほど上品な顔をしていられなかったか、両家がいかに主教区内で二つの党派を代表し、一緒になればまるで水と油のようだったか――この両家の戦いでラフトン家は常にグラントリー家側に味方して行動した――、そういうことを見てみると、グリゼルダがプラウディ夫人の夕べの会に連れて行かれたと聞いて、ラフトン卿夫人は驚いた。「大執事が相談を受けていれば」と卿夫人は一人つぶやいた。「こんなことは起こらなかったはずなのに」しかし、彼女はそこで間違えていた。というのは、娘を社交界に導く問題に関して大執事はいっさい干渉していなかったからだ。

全体から見ると、私はグラントリー夫人のほうがラフトン卿夫人よりも世間をよく理解していると思う。グラントリー夫人は心の奥底でプラウディ夫人を――あるキリスト教徒の女性が別のキリスト教徒の女性を憎める限り――憎んでいた。もちろんグラントリー夫人は表面上プラウディ夫人に対してその無礼をすべて許し、その幸せを祈り、キリスト教的な言葉の意味でほかのあらゆる女性と同様和解していた。とはいえ、この辛抱と従順の表面下には、おそらくそれとはまったく無関係にと言っていいが、確かに日常の無反省な言葉で男女が憎しみと呼ぶ敵対的な感情が流れていた。この憎しみはバーチェスターでは年じゅうあらゆる人の目の前で猛威を振るい、荒れ狂った。それにもかかわらず、グラントリー夫人はロンドンでグリゼルダをプラウディ夫人の夜会に連れて行った。

最近プラウディ夫人は主教の妻たちのなかでも自分がまんざら捨てたものではないと思い込んでいた。奥方は今年グロスター・プレス（4）にある新しい屋敷――そこの接待の間はとにかく奥方の望み通りにできあがっていた――で社交の季節を始めた。そこには非常に堂々とした大きな正面応接間があり、かなり堂々とした第二応接間も、奥の角の一つが明らかに隣家と押し合った結果、だいぶ不格好に欠けていたけれど、あった。それから三つ目の部屋――応接間と言ったらいいか、押し入れと言ったらいいか？――があって、プラウディ夫人はこの三つ目の部屋を世間の人に知ってもらいたいと思って、そこに座っているのを見られるのが好きだった。プラウディ夫人はバーセットシャーから来た牧師の妻たちに内緒で、全体が堂々としたスイートルームでしょと言った。「堂々たるスイートルームですね、本当に、プラウディ夫人！」とバーセットシャーから来た牧師の妻たちは普通答えた。

プラウディ夫人はどんな種類のパーティーあるいは娯楽を提供したら、自分が有名になれるかしばらくわからなかったので、途方に暮れていた。舞踏会とか夜食とかは当然論外だった。奥方は娘たちがよそのうちで一晩じゅう踊ることには反対しなかった。少なくとも最近は反対しなかった。というのは、それが上流社会では必要とされたうえ、若い娘たちには自分の意思があったからだ。ただし、娘たちが主教の前垂れの影に隠れて奥方の家で踊ったら、それは罪であり、醜聞だった。それから、夜食について言うと、たくさん知人をもてなす方法としてそれがいちばんお金がかかった。

「たんに飲食のためにだけ友人らのところに出かけると思うとぞっとします」とプラウディ夫人はバーセットシャーから来た牧師の妻たちによく言ったものだ。「それってきわめて快楽的傾向を表していますから」

「本当ですね、プラウディ夫人。しかも俗悪です！」と妻たちは答えたものだ。

しかし、妻たちのなかでも年長の者はバーチェスター主教公邸でかつて惜しみなく、気前よくもてなしてくれた亡きグラントリー主教──神よ、彼の魂を休ませたまえ！──の古きよき時代を哀惜とともに思い出した。老俸給牧師の妻がいて、その人の返事はあまり丁重とは言えなかった──。

「お腹がすいたらね、プラウディ夫人」と彼女は言った。「私たちはみな快楽的傾向を表すんです」

「そういうものはみなご自分のうちでいただいたら、アシル夫人、ずっといいでしょ」とプラウディ夫人はすぐ答えた。私はこの意見に同意しかねることをここで明言しておかなければならない。

しかし、社交談話会なら、快楽的なところがないうえ、快楽の充足にしばしば伴うあの堪え難い出費もなかった。プラウディ夫人は社交談話会という言葉で胸中に希求するすべてを表してはいないと感じた。それは長く使われて色あせ、今は忘れられた言葉だったから、ロンドン社交界の華やかな流行部分にというよりも、インテリと見なされる部分に訴えるところがあるように思えた。その言葉は精神性の点では奥方にぴったり合っていたし、また実際経済的でもあった。流行という点について言うと、プラウディ夫人のような人がその言葉に輝く金箔を新しくかぶせることは可能かもしれない。誰か主導的な人物が直接流行を生み出す必要がある。それがプラウディ夫人であってどうしていけないのか？

奥方はもし人々が話をするなら、新奇なことで驚かせ、もし人々がそれ以上話す気がなくなれば、惰性でそこにいてもらうように勧めるつもりだった。堂々たるスイートルームの家具に配慮して、置けるだけたくさん椅子とソファーを置いた。奥の押し入れ──奥の小さな応接間と奥方はバーセットシャーから来た牧師の妻たちに言った──には特に壁ぎわに二つの椅子と綿入りのベンチを用意した。ほかの出席者には立ってもらう──奥方の表現によると「一つにまとまって」もらう──しかなかった。二時間の社交談話会のあいだに四度、お茶とケーキがお盆に乗せられて配られることになった。特にディナーのあとかなり早く小さなケーキが配られた場合、どの程度までこれが客に行き渡るか知ったら、驚くだろう。男性たちは食べることができなかった。女性たちはお皿も、テーブルもなかったから、断らずにはいられなかった。ジョーンズ夫人は手に砕けやすいケーキを一切れ持っていれば、食べ終わる前にきっといちばんいいドレスを台無しにしてしまうとわかっていた。プラウディ夫人は週ごとの帳簿を前にして社交談話会の財政的な結果を調べたとき、正しいことをしたという良心の声を耳にした。

何とか早くディナーを食べ終えて、金属製の紅茶沸かしを中央に置いた大きなテーブルに着席することができたら、お茶を飲むため外出するのも悪くない。しかし、私なら朝食用の大型コーヒーカップが紳士のため用意されるように提案したい。それから快い仲間たち――快い仲間が一人ならもっと望ましい――がいれば、そういうお茶会は私の趣味に照らせば社交の局面として決して悪くない。しかし、社交の本分がディナーなら、補助的なごく少量のもの以外、私はあの食べ物を配ってもらう給仕法が嫌いだ。

私たちのような年収八百ポンド――およそそのあたり――の二流紳士階級のあいだでも、確かに食べ物を配ってもらう給仕法は下品で、堪え難い――自然な快適さを台無しにするものとして、莫大な収入の人たちの俗悪な猿真似として、二重に堪え難い――ものになっている。オムニアム公爵やハートルトップ卿夫人が食べ物を配ってもらうのは、それはそれでいいのだ。そんな屋敷で時々ディナーをいただく私の友人によると、彼らはワインを飲むとすぐ飲んだ分が注いでもらえ、羊肉は遅延なく配られ、ジャガイモ担当給仕は肉担当給仕のすぐあとに続くという。これほど快適なものはないだろう。これら一流の大人物らは物質的快適というものをちゃんと心得ている。しかし、私たち年収八百ポンドの者がオペラボックスや立派な馬車の供回りで大人物らと肩を並べることができないのと同様、飲食の点でも彼らと肩を並べるのは無理なのだ。肉担当やカップ担当やその他の給仕という点で、八百ポンド階級の者は普通手先の器用なフィリス[5]や八百屋のほかに頼りにできる人はいない。それは確かだ。フィリスはおそらく手先は器用、八百屋はごく行動的としても、メディア・ペルシア法[6]によって自分で取って食べることを禁止された十二人にディナーを提供することなんて無理だ。年収八百ポンドの私たちがお互い同士の家で食べるとき、しばしばディナーにはならない。そんな嘆かわしい結果に終わるのは言わずもがなだ。フィリスはポテトを運ぶけれど、私たちが羊肉を食べ終わるまで来なかったり、いくら言いつけてもいい加減な状態でやって来たりだ。八百屋のガニュメデス[7]はネクタイの締め方や手袋の申し分ない白さについては称賛できる一方、私たちに絶えずシェリー酒を注ぎ続けることはできない。

先日私は消化に必要な少量の食前酒も与えられずに放置されたこういう苦境にある女性を見て、あえてワインを一緒に飲みましょうと誘った。ところが、その女性は私のお辞儀に応えて驚きに打たれたように目を見開いた。私が顔面ペンキ以外に何も身に着けないでインディアンの荒々しい戦いの踊りに加わるように誘ったとしても、これほど彼女は驚きはしなかっただろう。彼女はキリスト教徒の男女が互いにワインをよく飲んでいた古きよき時代を覚えていたらよかったのにと思う。

テーブルに着いて親しく友人とつき合い、お皿に必要になったときはいつでも腕をぐいと伸ばして熱いジャガイモを取り、その気になるたびに頻繁に唇にグラスを運べた古きよき時代に祝福がありますように。

客があるとき、テーブルにどんな特別な贅沢あるいは華やかさを持ち出そうと、私たち自身のためでなく、客のためそうするのでなければならない。これはもてなしの原則として主張していいだろう。たとえば、もしディナーをいつもとは違ったかたちで出しても、それは毎日の習慣よりも、もっと満足したかたちで友人らが食事できるようにするためでなければならない。すなわち、私たちの習慣を押しつけて、友人らに実質的な損失を与えるようなものであってはならない。もし私がサイドボードとテーブルを飾りつけて、客に見て快い上品なものに触れてほしいと願うなら、私はふさわしいもてなしの感覚で振る舞っている。しかし、銀の無価値な装飾品でジョーンズ夫人を嫉妬に狂わせるのが目的なら、私はじつにさもしい心の持ち主だ。こういうことは広い意味で理解されていい。意味がそれほど広くない場合でも、つまり真のもてなしとは何か確かめるため、より多くの考察が必要とされる場合でも、私たちはいつもこれと同じ指針に立たなければならない。そうしていれば、私たち年収八百ポンドの人々は友人の前に置く実際の肉と料理の配置換えの問題よりも、友人を本当にもてなす方向に向けてもっと大きな進歩を実現することができるだろう。

私たちはラフトン＝グラントリー協定の条件が両家の母のあいだで厳かに批准されたことを知っている。とはいえ、ダンベロー卿が主教の家の集まりに出席する予定だとの情報に基づいて、グラントリー夫人がプラウディ夫人の夜会に娘を連れて行く気になった、ということまで想像するのは不可能だろう。両契約当事者が高潔である場合、時として卑劣な契約者の目からは不誠実と見なされるほど当事者に自由裁量が許されるというのは事実だ。それなら、大執事の妻が弓に二の矢をつがえることを思いついたことは許されるかもしれない。それはともかく、ダンベロー卿はプラウディ夫人の社交談話会に出席し、グリゼルダがその会のソファーの隅に座ることになった。――彼女のすぐ近くにはダンベロー卿が「一つにまとまる」ことができる空間があった。

二人がそこに入ってまもなくすると、卿は一つにまとまった。「いい天気ですね」と卿は言いつつ近づいて、ミス・グラントリーの肘のそばに位置を占めた。

「今日は馬車に乗っていて、かなり寒いと思いました」とグリゼルダ。

「かなり寒いって」とダンベロー卿。それから彼は白いネクタイを調節し、頬ひげに触れた。彼はここまで来ると、積極的にそれ以上会話を試みようとしなかった。しかし、彼は侯爵にふさわしく一つのまとまりを作ったから、プラウディ夫人に強い満足を与えた。

「ご親切に感謝しますね、ダンベロー卿」奥方は卿のところにやって来て、そう言い、温かく握手した。「私のこのささやかなお茶の会に来てくださってありがとう」

「飛びっきり愉快ですね」と卿は言った。「こんな会が好きです――面倒なところがないから」

「ええ、それが魅力でしょ。そうじゃないかしら？　面倒なところがない、いらいら気をもむこともない、ひけらかしもない。私がいつも言っているのはそれです。私の考えでは、社会というのは考えをたやすく交換する――いわゆる会話する――場を人に与えるところなんです」

「ええ、そう、まさしくその通り」

「一緒に食べたり、飲んだりしたって無駄でしょ――え、ダンベロー卿？　しかし、私たちの生活習慣はそんな動物的な傾向にはまることだけが人を一つにまとめることだと示しているように見えます。この点、確かに社会は大きな間違いを犯してきました」

「私はやはりおいしいディナーが好きです」とダンベロー卿。

「ええ、そうです、もちろん――そうです。私たちの味覚は喜びを味わうためある、私はこれを否定するような説教をする人たちとは違います。もし私たちが何か嫌いなら、それはよくないものに決まっていますね？」

「おいしいディナーを実際に提供することができる人は多くのことを知っています」とダンベロー卿はいつになく生気を帯びて言った。

「計り知れないほど多くのことをね。それ自体芸術でしょ。とにかく私が尊敬する芸術です。しかし、私たちっていつも食べているわけではありませんでしょ？」

「そうです」とダンベロー卿は言った。「いつも食べているわけではありません」卿は自分の力がとても制限されたのを知って嘆くような表情をした。

それからプラウディ夫人はグラントリー夫人のところに移動した。この二人の女性は田舎では近所に住んで殺戮戦を展開したのに、ロンドンではごく親しくしていた。それでも、プラウディ夫人は主教と大執事の違いくらいはわきまえているといった態度を取った。それはごく身近な観察者にもわかった。「あなたに会えてとても嬉しい」と奥方は言った。「いいえ、動かなくて結構よ。私はしばらく座りませんから。しかし、どうして大執事は来られなかったんです？」

「どうしても無理なのです。本当に」とグラントリー夫人は言った。「大執事はロンドンにいるとき自由になる時間がまったくないのです」

「あまり長くこちらには滞在されないんでしょ」

「私たちはどちらももう充分というくらい長くいました、本当ですよ。ロンドンの生活は私にはずいぶん厄介なのです」

「しかし、地位にある人はそれに堪えなければなりません、でしょ」とプラウディ夫人は言った。「たとえば、主教は議会に出席しなければなりません」

「そうなのですか？」とグラントリー夫人は主教のその方面の仕事を何も知らなかったかのように聞いた。

「大執事にはそんな責任がなくてよかったです」

「ええ、そう。そんなものは大執事にはないんです」とプラウディ夫人はひどくまじめに言った。「しかし、ミス・グラントリーは何ておきれいなんでしょ！　かなり褒められていると聞きました」

この言葉は母には少し堪え難かった。社交界はあげてグリゼルダがこの社交シーズンで疑いなくいちばんの美女と認めたと、グラントリー夫人は信じていたからだ。侯爵や貴族がすでに娘の笑顔をえようと競っていたし、新聞に娘の紹介記事がいくつか載っていた。こういうあとで「かなり褒められて」などと言われるのは堪え難かった。そんな文句は少し頬の赤いかわいい乳搾りの娘なら似つかわしかったかもしれない。

「娘はもちろんその点あなたの娘さんたちの足元にも及びません」とグラントリー夫人はじつに穏やかに言った。プラウディ夫人の娘たちは美しさゆえに生まれる派手な賛辞を今のところ社交界から引き出していなかった。娘たちの母は侮辱を最大限に感じたとはいえ、今の場所で戦端を開こうとはしなかった。奥方はこの件を心に刻んで、決着をバーチェスターと聖堂参事会に持ち越した。奥方は手段のある限りこういう負債をいつもいつか返済した。

「あら、まさか、ミス・ダンスタブルでは!」プラウディ夫人は女性が部屋に入って来たのを見てそう言うと、その有名な客を出迎えに行った。

「これは社交談話会ですよね?」とその女性はいつものように大声で言った。「まあ、驚きました、とてもすてき。会話を意味するのですね、プラウディ夫人?」

「はっ、はっ、は! ミス・ダンスタブル、あなたのような方は本当にいませんね」

「でも、そうじゃありません? お茶とケーキなのですね? それから、話すのに疲れたら、出て行く、そうね?」

「これから三時間、疲れてはいけませんよ」

「ええ、私は話をして疲れたことなんかありません。それはみなさんご存知ですね。主教はどう思われます? この社交談話会ってすてきじゃありません?」

主教は両手を擦り合わせ、笑みを浮かべると、かなりいいと思うと言った。

「プラウディ夫人はこまごました準備がお上手でいいですね」とミス・ダンスタブル。

「ええ、ええ」と主教は言った。「家内はこういうことをするのが好きなのです。私も鼻が高い。もちろん、ダンスタブルさん、あなたはもっと大規模な夜会に慣れておられるでしょうが」

「私がですか！　とんでもない、そんなことはありません。私くらい大げさなものが嫌いな人間はいません。もちろん、私は言われた通りにする必要があります。大きな家に住んで、お仕着せを着た身長六フィートの三人の従僕を雇っています。頭でっかちのかつらを被った御者や、私を震えあがらせるほど大きな馬も抱えていなければなりません。もしそうしなかったら、私は狂人のように言われて、自分のこともきちんとできないと責められるのです。けれど、大仰なことについては、私は大嫌いです。私もきっとこんな社交談話会を開こうと思います。プラウディ夫人にお越しいただいて、一つ二つお知恵をご教授していただかないと」

主教は再び両手を擦り合わせると、奥方はきっと教えてくれると言った。主教はミス・ダンスタブルと一緒にいるとどうしても落ち着かなかった。彼女が言っていることが本気なのかどうか、ほとんどわからなかった。それで主教は何か言い訳をつぶやいて、急ぎ足で去って行った。ミス・ダンスタブルは主教の明らかな戸惑いを見て、含み笑いした。彼女は生来親切で、気前がよく、隠し立てのない人だったが、現在は親切心も、気前のよさも、率直さもない人々のなかで生活していた。彼女には一面賢くて、皮肉っぽいところがあって、これらの特徴のほうが気前のよさや率直さよりもまわりの世界でずっと役立つと思っていた。生来の長所に進歩があってもいいのにそれがないまま、このように歳月をすごしてきた。それでも、胸中に本当に愛する人々への温かい愛情を宿しており、自分が理想の生き方とは違う生き方をしていることに気づいていた。軽蔑する振りをしている富によって、その輝きによってではなく、必然的に生み出すその生活様式によって、自分の性格の健全性が浸食されていることに気づいていた。自分が徐々に不遜な、横柄な、人を嘲る性格になっているのを知り、それを憎みつつ、そこから脱却する方法がわからなかった。

彼女はこれまで人間性の暗い部分をずいぶん見てきたので、そういう暗いところに触れて、もっと驚いてもいいのに驚かなくなっていた。多くの破産した浪費家らからねらわれる恰好の獲物になっていた。あまりに多くの海賊らから人生の公海上で追いかけられ、捕まえられそうになったので、そんな財産目当てを男らしくないとか、貪欲すぎるとか考えなくなっていた。そんな生活のなか、彼女は自分の武器で戦いを遂行していくことに満足し、強い目的意識と機知の強さに自信を深めていた。

ミス・ダンスタブルは本当に愛する数人の友に恵まれていたから、その人たちのあいだで内的自己を曝け出し、言いたいことを真の声で大胆に話した。そんなふうに話す女性はプラウディ夫人が機嫌を取り、オムニアム公爵が歓迎し、ハロルド・スミス夫人が心の友だと主張するあのミス・ダンスタブルとは別人だった。彼女は心を休ませてくれ、世間の重荷をともに担ってくれる特別な相手を見つけ出せたらいいのだが！　とはいえ、鋭い機知と、限りない財産と、大きい笑い声の持ち主はいったいどこでそんな相手を見つけ出せようか？　むしろ嫌いな人々をまわりに引き寄せ、喜んで運命を結びつけたいと願う人々を怖がらせて近づけないように、まわりじゅうが示し合わせているように思った。

それから、彼女はハロルド・スミス夫人と会った。スミス夫人は夕方プラウディ夫人の堂々たる揃いの部屋を見学し、談話会で二十分ほどすごそうとやって来たのだ。「あなたにお祝いを言っていいかしら」とミス・ダンスタブルは友人に熱意を込めて言った。

「いいえ、お願いですから、どうかそんなことはなさらないで。でないと、次にはきっとお祝いを取り消さなければならなくなります。それは好ましくないでしょう」

「けれど、ブロック卿が昨日ご主人をお呼びになったと聞きました」ちなみにブロック卿(8)は時の首相だった。

「そうなのです。ハロルドは一日中あちこち首相と一緒でした。ですが、賢くて分別のある人ならできるのですが、夫は目を閉じるべき場面で目を閉じることも、発言すべき場面で発言することも、神から送られたものを見ることもできません。夫はいつも取引ばかりして。そんなことを好む首相なんかいません」

「もし夫がうちに帰って来て、結局取引は中止と言わなければならないとすると、そんな夫の立場に立ちたくありませんね」

「はっ、はっ、は！　そうね、私なら平静ではいられませんね。ですが、おわかりのように私たち女に何ができるというんです？　話が落ち着いたら、あなたにすぐ手紙を送ります」ハロルド・スミス夫人はそう言うと、部屋を一通り回ってから、二十分もしないうちに再び馬車に乗った。

「彼女、美しい横顔をお持ちですね？」と、ミス・ダンスタブルは夕方いくぶん遅くプラウディ夫人に話しかけた。もちろん彼女とはミス・グラントリーのことだ。

「ええ、確かにきれいです」とプラウディ夫人は言った。「しかし、残念なのはそれに何の意味もないことなんです」

「紳士方は美しさに大きな意味があると思っているように見えますが」

「それがはっきりしません。彼女は会話ができないんです、わかるでしょ、一言もね。彼女はこの一時間ダンベロー卿のすぐ近くに座っていましたが、三回しか口を開きませんでした」

「けれど、プラウディさん、ダンベロー卿に面と向かって話しかけられる若い女性がいるでしょうか？」

プラウディ夫人は娘のオリヴィアなら機会さえあれば、きっと話しかけられると思った。オリヴィアはとてもお喋り好きなのだ。

二人の女性が若い男女をまだ見ているうち、ダンベロー卿がまた口を開いて、「今日は充分おつき合いしていただきました」とグリゼルダに話しかけた。

「あなたにはほかにお約束があるのでしょう」と彼女。

「そうなのです。クランテルブロックス卿夫人のところへ行こうと思います」それから卿は出発した。その夜、ここに記録された以外に卿とミス・グラントリーのあいだで交わされた言葉はなかった。しかし、卿とその若い女性は普通以上の関係を臭わせるほど親密にいちゃついてその夜をすごしたと世間は喧伝した。グラントリー夫人は馬車で宿に帰るとき、疑念を抱き始めた。大ハートルトップ家の跡継ぎが今これほど成立を願っている大縁組協定に自分が反対を唱えるのは賢いことだろうかと。慎重な母はこの件について娘にまだ一言も話していなかったが、すぐそうする必要があるかもしれない。ラフトン卿夫人がロンドンに急いで上京するのはいい。しかし、ラフトン卿がブルートン・ストリートに姿を見せないとすれば、それが何の役に立つのかしら？

**註**

（1）福音主義者や宣教師団体が集会に使用したストランドにある建物の名。

（2）未詳。当時同じ主張を持つ「手に負えない主教」といえばエクセターのヘンリー・フィルポッツだった。

（3）カトリックは金曜日に魚を食べる習慣があった。ストールは聖職者が肩から膝下まで垂らす帯のこと。夕べの祈り（vesper）、懺悔などもカトリックの特徴で、この主教が高教会派内のオックスフォード運動支持者であることをとを表している。

(4) ベーカー・ストリートに平行してその西側を走り、メリルボン・ロードと交差する通り。

(5) 牧歌的な世界を描く文学で代表的な田舎娘。

(6) カスピ海の南西部にあった古王国。紀元前七から六世紀に栄えたが、前五五〇年にペルシアに併合された。現在のイラン北西部に当たる。

(7) ゼウスによってオリュンポス山に誘拐され、神々の酒の酌をしたトロイアの美少年。

(8) 第八章註五参照。

# 第十八章　新大臣の引き立て

ラフトン卿夫人がロンドンへ向けてフラムリーを発とうとしていたちょうどそのころ、マーク・ロバーツは断れない手紙を受け取った。それは彼に——遊びではなく仕事で——一、二日ほどロンドンへ上京するように求める疲れを知らぬ友人サワビーの手紙だった。

親愛なるロバーツ（と手紙は書いていた。——）

あのかわいそうな小柄なバースレム、バーチェスター聖堂名誉参事会員が亡くなったと聞いた。わしらはみんないつか死ななければならない、いいかい——あんたがフラムリーの説教壇からきっと一度ならず教区民にそう話したことがあるようにだ。空いた会員席が埋められることになるけれど、ほかの人ではなくて、どうしてあんたがそれを手に入れていけない理由があるだろうか？　年収六百ポンドで宿舎つきだ。小柄なバースレムは年九百ポンドだったが、古きよき時代は去ってしまった。現在の教会の制度のもとでその宿舎が貸せるかどうかわしにはわからん。昔は貸せたんだ。というのは、わしが覚えている限り、獣脂ろうそく商人の未亡人ウィギンズ夫人が老スタンホープさんの宿舎に住んでいたことがあるからね。

ハロルド・スミスは小袋大臣として政府に入ったところだ。だから、今求めればこの会員席を手に入れることができると思う。ハロルドはわしの言うことを拒めないので、あんたが一言言えば、わしが彼に伝えてやる。あんた自身が上京したほうがいいかもしれない。だが、電報で「受ける」か「受けない」か知らせてくれ。

もし「受ける」なら、当然あんたは受けるだろうが、その場合どうしても上京しなければならない。わしはパブ「旅人」か、国会議事堂かにいる。名誉参事会員席はあんたにぴったりの職だと思う。あんたの面倒にはならないし、地位をあげるし、あんたの寝床、食卓、棚、飼い葉桶に少しは役立つだろう。

ずっと誠実にあなたのものである
N・サワビー

追伸――それにもう一つ、奇遇にもあんたの弟が小袋局新大臣の個人秘書官だと聞いた。弟は使用人にわしの妹の馬車を呼ばせることがおもな仕事らしい。ハロルドには大臣になってから一度しか会っていない。小袋大臣夫人によると、就任以来彼の背は確かに一インチ伸びたそうだ。

これは確かにサワビー氏のじつに親切な申し出であり、損害を与えた友人の牧師に彼が負い目を感じていることを表していた。それが本当のところだった。西バーセットシャーのこの国会議員ほど向こう見ずな人がいようか？　彼は自分のことでも、関係するどんな人のことでも前後の見境なく振る舞った。自分を破滅させるのと同じくらい何の後悔もなく友人を破滅させることができた。すべてが彼の網のなかに入って来た美しい獲物だった。それでも彼は人がよかったから、友人を助けるための手段が見つかるなら、手段を尽くそうとした。

彼は知人のなかで誰を愛するよりもマーク・ロバーツを愛した。すでにほとんど取り返しのつかない傷をマークに負わせてしまったことも、マークと縁を切る前におそらくもっと深い傷を負わせることもわかっていた。彼にチャンスがあったら、そうするのは確かだった。それでも、もし脇腹をついて友人にお返しをする方法があったら、彼は間違いなくそうするつもりでいた。そういったチャンスが今訪れた。彼は妹のスミス夫人に強く求めた。空いた聖職禄をマーク・ロバーツに与えるため全影響力を行使すると約束するまで、小袋局新大臣に休みを与えないようにと。

マークはサワビーのこの手紙をすぐ妻に見せた。あの呪わしい金銭取引についてそこに一行も書かれていなかったのは何と幸運なことだろう！　そう彼はひそかに思った。もし彼がもっとサワビーを理解していたら、この紳士が金銭取引に関しては是非とも必要になるまで口を利かないことがわかっただろう。

「おまえがサワビーさんを嫌うのはわかる」とマークは妻に言った。「しかし、これがとても親切な申し出だとおまえも認めなければいけないね」

「気に入らないのは噂に聞くあの人の性格なのです」とロバーツ夫人。

「しかし、ぼくは今どうしたらいいだろう、ファニー？　彼が言うように、ほかの人でなくてぼくがその会員席を手に入れてはいけない理由があるかい？」

「教区の仕事に差し支えが出ると思いますが？」と妻は聞いた。

「距離が近いから、少しも差し支えはないと思うね。ジョーンズ爺さんを辞めさせることも考えたけれど、この会員席を手に入れたら、当然副牧師を置かなければならなくなる」

妻はこの話が来たとき、夫に昇進を思いとどまらせようとは思わなかった。俸給牧師の妻がどうしてそんなふうに夫を説得できようか？　それでも、妻はその話が望ましいとは思わなかった。たとえ名誉参事会員席という贈り物を両手に抱えて来るとしても、チャルディコウツのいかさまギリシア人(1)を妻は恐れた。それにラフトン卿夫人はいったいどう思うかしら？

「それでは、ロンドンへ上京しなければなりませんね、マーク？」

「うん、もちろんだ。つまり、この件でハロルド・スミスの親切な尽力を受け入れるならね」

「受け入れたほうがいいと思います」とファニー。受け入れないように希望しても無駄だと感じた。

「禄付きの名誉参事会員席はね、ファニー、教区牧師が普通喉から手が出るほどほしがるものなんだ。そんな収入の増加を断ることとぼくが子供に負う義務をいったいどう両立させることができよう？」それで、マークはすぐシルバーブリッジへ行って電報を打ち、翌日ロンドンへ行くことが決まった。「でも、当然まずラフトン卿夫人に会わなければいけませんね」と、ファニーはこれが決まるとすぐ言った。

マークはもし見苦しくなく避けることができたら、卿夫人に会うのを避けたかったけれど、そんなことをしたら、不作法であると同時に無分別だと感じた。現政府からこの昇進を受け入れるわけだから、ラフトン卿夫人に言うのをどうして恐れる必要があろうか？　牧師がバーチェスターの名誉参事会員になることに何ら不名誉な点はなかった。ラフトン卿夫人自身いつも名誉参事会員、特に小柄なバースレム博士、自然の負債をたった今払い終えた痩せた小男に対して礼儀正しかった。彼女はいつも聖堂参事会をひいきにしていた。彼女がプラウディ主教を元々嫌うわけは、主教、あるいは主教の奥方、あるいは主教の付牧師が聖堂の牧師らに干渉したことに由来していた。これらのことを考え合わせると、マーク・ロバーツはラフトン卿夫人が彼の幸運を喜んでくれると信じようとした。それでも、彼はそれが信じられなかった。卿夫人はチャルディコウツのいかさまギリシア人から届いた贈り物にいずれにせよ反発するだろう。

俸給牧師が何とかことの顛末を説明したとき、卿夫人は「あら、なるほどね」と言った。「けれど、新しい強力なパトロンが見つかって、おめでとうロバーツさん」

「この聖職禄とここフラムリーのぼくの地位は何ら支障なく両立できると、ラフトン卿夫人、ぼくと同じように感じていただけると思います」とマークは言った。彼は友人に対する卿夫人の中傷に気づかぬ振りを通そうと慎重に構えていた。

「ええ、そうだといいですね。もちろん、あなたはとても若いのよ、ロバーツさん、こういう会員席は普通もっと経験を重ねた牧師に与えられてきたものです」

「しかし、この禄を断るべきだとおっしゃりたいのではないでしょうね？」

「もしあなたが本当に助言を求めているのなら、どんな助言をしたらいいか、聞かれてすぐ意見を言う用意はできていません。けれど、あなたはもう結論を出しているようですから、私がそれを考える必要はありません。実際、あなたにはいい思いをしてほしいし、いろいろな面でその席があなたの利益になることを望んでいます」

「ぼくがまだそれを手に入れていないのは、ラフトン卿夫人、おわかりですね」

「あら、もうあなたに提供されたものと思っていました。そういう権限をみな持っているようにあなたはこの新大臣のことを話したように思いました」

「いいえ、違います。新大臣の影響力がどれくらいあるかぼくはぜんぜん知りません。しかし、ぼくの文通相手が保証してくれて――」

「サワビーさんのことね。どうして名で呼ばないのです？」

「サワビーさんは新大臣が頼み込んでくれることを請け合っていて、スミスさんの要求が通ることはほぼ確実だと思っています」

「ええ、その通りね。サワビーさんとハロルド・スミスさんが一緒になれば、どんなことでも成功疑いなし。彼らは当世の勝ち組ですからね。ええ、ロバーツさん、あなたにはいい思いをしてほしいのです」卿夫人は誠意の印としてマークに片手を差し出した。

マークは手を取って、この件についてもう何も言うまいと決めた。ラフトン卿夫人が昔のように誠実に接してくれないことは今よくわかった。遅かれ早かれ卿夫人とは決着をつけなければならないと覚悟した。なぜいつも彼を嘲るような態度を取るのか、彼がよく知って、ありがたいと思っていたあの愛情のこもった、親切な、懐かしい笑顔でなぜ挨拶してくれないのか、卿夫人に聞いてみたかった。彼女は正直で、誠実な人だと信じて疑わなかった。もし率直に尋ねたら、隠さずに答えてくれるだろう。彼女は昔のやり方に戻る気になりさえしたら、心から昔のやり方に戻れるだろう。しかし、彼は今率直に尋ねてみることができなかった。クローリー氏が彼のところを訪ねて来たのはほんの二、三日前のことだった。クローリー氏がラフトン卿夫人から送り込まれたとは考えられなかったか? 現時点で彼の手は卿夫人に抗議できるほど充分きれいではなかった。まずその手をきれいにして、それから抗議しようと思った。

「一年の一時期、バーチェスターですごしてみたいと思わないかい?」と彼はその夜、妻と妹に聞いた。

「家が二軒あってもただ厄介なだけだと思います」と妻は言った。「私たちはここでとても幸せです」

「私は聖堂の町が好きよ」とルーシーは言った。「特に構内が好き」

「バーチェスター構内はほかのどこよりも密集しているんだ」とマークは言った。「門をくぐると聖堂参事会に属さない宿舎はないんだよ」

「でも、家を二軒維持するとなると、追加の収入はすぐなくなってしまいますね」とファニーは用心深く言った。

「要点はその宿舎を家具付きで毎年夏に貸すことですね」とルーシー。

「しかし、条件に従って入居する義務があるんだ」と俸給牧師は言った。「それに冬のあいだフラムリーから離れているのはいやだな。ラフトンにぜんぜん会えなくなる」彼はおそらく猟のことを考え、さらに手をきれいにすることを考えたことだろう。

「冬のあいだ離れているのは少しも気になりません」とルーシーは去年の冬身に起こったことを考えて言った。

「でも、あの大きくて古い宿舎に家具を備えつけるお金はいったいどこにあるのです？　お願いですから、マーク、性急なことはなさらないで」妻は夫の腕に優しく手を置いた。マークがロンドンに発つ前夜、一家はこんなふうに聖職禄の問題を話し合った。

ハロルド・スミスがこの十年間政争に費やしてきた熱心な努力が実って、ついに成功が訪れた。小袋大臣はインド改革にかかわる首相の案(2)を理解することができず、嫌気が差して辞職し、ハロルド・スミス氏が業務の様々な中断のあとその後任に落ち着いた。ハロルド・スミスは首相が諸般の事情で人事の手をかなり縛られていたから、首相自身がその地位に選んだ人ではないと言われた。首相のブロック卿は疑いもなく人気があったとはいえ、最近の大きな人材登用(3)に当たってひどく不評を買い、国じゅうから非難を浴びていた。『ジュピター』紙は怖じ気づかせるような嘲りを込めて、ヴィクトリア女王のこの時代にはあらゆる種類の悪徳が入閣の条件と見なされるのかと問うた。両院の野党は純粋な道徳の鎧を身に着けて、政治的ユウェナリス(4)よろしく怒りに満ちた雄々しさと鋭い不満を皮肉に込めた。与党の人々でさえ当惑して両手をあげた。こういった状況のなか、首相はどの党にも特別反対されない人を選ばなければならなかった。ハロルド・スミスは今妻と一緒に暮らして、普通にお金に困っている状態だった。彼は競馬馬を所有しなかったし、ブロック卿が今初めて耳にしたところ、地方の町で大衆向けの講演をしていた。彼はかなりしっかりした議席を保持しており、必要とあれば長々と議場で話すこともできた。一方、ブロック卿には内閣の組織全体が一気に瓦解しそうだとの大局観があった。首相自身の評判は悪くはなかったにせよ、それだけでは首相にとっても最近登用して不評だった彼の友人にとっても不充分だった。これらの状況が組み合わされた結果、首相は空席になった小袋大臣の職をハロルド・スミスで埋めたのだ。

小袋大臣はとても誇り高かった。この三、四か月彼とサプルハウス氏は内閣をすみやかに崩壊に追い込むことで合意していた。「この種の独裁政治を許してはならない」とハロルド・スミス本人が言い、女王の政府に対する信頼喪失を将来の投票において示そうと構えていた。サプルハウス氏はこの問題で全面的にスミス氏に同意していた。サプルハウス氏はかの意地悪なパリスから容姿を完全に軽蔑されたユーノーだった。彼もまた復讐の日が訪れるとき、選ぶ院内のロビーについてほぞを固めていた。ところが、ハロルド・スミスに今大きな変節があった。首相は強さが求められるべきところで新しい強さを求め、内閣の組織に新しい血を注入する点で英知を示した。人々も、おそらく議会も、今新鮮な自信を感じるだろう。首相は全影響力をサプルハウスに振るうつもりでいた。しかし、結局サプルハウス氏が必ずしもすべてではなかった。

ロンドンに到着した翌朝、俸給牧師は小袋局を訪問した。それはダウニング・ストリートと政府のより高い神々の在所近くに位置していた。建物自体はたいしたものではない。片側をつっかえ補強され、前面がふくれ出ており、煙で汚れ、泥で黒ずみ、建築上の優雅な特徴も現代科学による改築もなかった。それでも、その役所の場所が建物に社会的位置づけを与え、小袋局に勤める事務員を職業上尊敬できるものにしていた。マークは前夜友人のサワビーと会って、そのとき翌朝新大臣の事務所で再び会う約束をした。弟とちょっとお喋りするため、時間より少し前にそこに到着した。

マークは個人秘書官の部屋に入ったとき、昇進による弟の外見上の変化にとても驚いた。ジョン・ロバーツは頑丈な造りの、まっすぐな脚の、しなやかな体の若者だった。生来の取り柄のせいで見た目には快かったが、そそっかしい足取りの癖と、だらしないとは言わないまでも時々不注意な服装の癖をつけていた。しかし、今彼はまさに完璧の極致と言えた。颯爽としたフロックコートは体にぴったり合って、頭髪にほつれ毛なんか一本もなかった。ベストとズボンは新しくて、光沢があった。隅の傘立てにある傘は細身で、こぎれいで、小さく、洒落ていた。

「ねえ、ジョン、本当に立派になったね」と兄。

「どうかな、よくわからない」とジョンは言った。「でも、やらなければならないいやな仕事が山ほどあるよ」

「仕事のことかい？　公務員の仕事のなかでもいちばん楽な仕事に就いていると思っていたよ」

「うん！　そこがみんな誤解している点だね。一ページ十五行、一行五語の割合でフールスキャップ版用紙に多量に文字を書かないから、ぼくら個人秘書官には何もすることがないと思われている。これを見ておくれ」彼は十二通ほどの手紙を軽蔑して投げて寄こした。「いいかい、マーク、大臣の引き立てをえるのは簡単じゃないんだ。今ぼくは手紙を寄こした人それぞれを喜ばせる手紙を書かなければならない。それでも、それぞれの要求は断らなければならないんだ」

「それはたいへんだね」

「たいへんなんてものじゃないよ。とはいえ、結局それにはコツがあるんだ。『いやだという意地の悪い、鋭い言葉からとげを抜くため』[5] 機知を働かせなければならない。ぼくは毎日それをしている。世間の人もそれがすこぶる気に入っていると思うね」

「おそらくおまえの拒絶はほかの人の黙認より甘いのかもしれない」

「そんなつもりはないけれどね。ぼくら個人秘書官はみんな同じことをしなければならない。ねえ、それが信じられるかい？　小袋局のロビーの使い走りに職の空きがないと伝えるだけで、もう便箋を三抱えも使ったんだ。七人の有爵婦人がお気に入りの従僕のためその使い走りをやらせようとするからさ。でも、ほら――小袋大臣だ！」

ベルが鳴って、個人秘書官は便箋から飛びあがると、大人物の部屋に軽快に向かった。

「すぐ会うそうです」と彼は戻って来て言った。「バギンズ、ロバーツ師を小袋大臣へご案内しろ」

バギンズは有爵婦人らが空いていない彼の職をえようと非常に活発に争っているその使い走りだった。それからマークはバギンズの二歩あとに続いて隣の部屋に案内された。

もし人が個人秘書官になることで変わるとしたら、大臣になることで人はもっと変わってしまう。部屋に入ったとき、ロバーツはこれがバーチェスターの講演会場でプラウディ夫人からひどくいじめられたあのハロルド・スミスと同一人物だとはとうてい信じることができなかった。その時の彼は不機嫌で、神経質で、落ち着かない、しがない男だった。今の彼は役所の暖炉の前の敷物に立って、表情を明るくしている、見てじつに感じがいい笑み、親切そうな、恩着せがましい笑みを浮かべていた。役所の大人物、閣下の地位、大臣であることをひしひしと感じつつ、ズボンのポケットに両手を突っ込んで、嬉しそうにそこに立っていた。サワビーも一緒にいて、少し後ろに控えており、その位置から大臣の肩越しに時折ウインクした。

「うん、ロバーツ、あんたに会えて嬉しいよ。それはそうと、あんたの弟さんがおれの個人秘書官だなんて何て奇遇なんだろう！」

それはたんなる偶然ですとマークは言った。

「とても賢い若者だね、自愛すればきっと成功するよ」

「成功するとぼくも信じて疑いません」とマーク。

「ああ、そう、その通りだとも。さて、どういったご用件かな、ロバーツさん？」

ここでサワビー氏が話に割り込んで、ロバーツ氏自身は会員席を要求するつもりはみじんもなかったこと、友人らはバーチェスターのこの聖職禄をロバーツ氏が手に入れたほうが、今いるほかのどんな牧師が手に入れるよりも望ましいと考えたこと、それでロバーツ氏は尊敬する小袋局新大臣から進んで昇進を受け取る気になったことを説明した。

大臣はサワビーの割り込みが少し気に入らなかった。目下の者に対して恩着せがましく振る舞う機会を制限されたうえ、マーク・ロバーツから受け取れると期待していた請願のお世辞の甘さを奪われたからだ。とはいえ、大臣はとても優しかった。

「バーチェスターの空きの出た栄誉職について」と大臣は言った。「ブロック卿が何を望んでおられるかおれにははっきりわからない。もちろんこの件についてすでに首相と話をして、首相がおれの願いを聞いてくれると信じるだけの根拠はある。首相からははっきりした約束はえられなかったが、おれの願いが通る結果を期待している。そんなところまでは言っていいだろう。もしそうなって、その栄誉職がロバーツさんのものになることをお祝いできたら、おれの最大の喜びと言っていい。――ロバーツさんならその職をきっと威厳と敬虔と兄弟愛で務めてくれるからね」大臣がそう言い終えたとき、サワビー氏は最後のウインクをして、この件が決着したと見ているると言った。

「いや、まだ決着はついていないよ、ナサニエル」と慎重な大臣。

「ついたようなものだろ」とサワビーは言い返した。「わしらはみな口先だけのお世辞がどんなものか知っている。役所の人間は、マーク、はっきりした約束をしないんだ。うちの台所の火で焼いている羊肉の脚が食べられると自分にさえ明確な約束をしない。最近は危険を冒さないことがきわめて必要なんだ、そうじゃないかな、ハロルド?」

「当をえているね」とハロルド・スミスは賢明にもかぶりを振りつつ言った。「さて、ロバーツ、誰が来た?」大臣は個人秘書官に聞いた。秘書官はあるお偉方の到来を知らせに来ていた。「ああ、わかった。あんたにさよならの挨拶をしなければ。少し急ぐものでね。いいかい、ロバーツさん、あんたのためできるだけのことをするよ。しかし、約束はないとはっきり理解しておいてくれなければいけない」

「ああ、約束はないんだね」とサワビーは言った。「もちろんないんだろ」それから、サワビーはロバーツの腕に寄りかかりながらチャリングクロスへ向かってホワイトホールをのんびり歩いた。そのとき、サワビーはチャルディコウツの馬屋で大食しているあの高価な猟馬を買ってくれるように再びロバーツに迫った。

註

(1) ウェルギリウス『アエネーイス』第二巻第四十九行に「贈り物を持って来るときでも私はギリシア人を怖れる」とある。
(2) 一八五八年二月パーマーストンはインドの行政と軍の支配権を東インド会社から王権に移す法案を提出した。
(3) 初代クランリカード侯爵(1802-74)の登用がパーマーストン内閣の没落を早めた。侯爵は一八五八年王璽尚書卿(Lord Privy Seal)だった。本書ではブリトルバック卿として登場する人物のモデル。
(4) ローマ帝国の政治、社会を諷刺した詩人(c.60-c.128)。
(5) サー・ヘンリー・テーラー作『フィリップ・ヴァン・アルテフェルデ』(1834)第一部第一幕第二場からの引用。

# 第十九章　金銭取引

サワビー氏はフラムリーの俸給牧師のためこのよき会員席を手に入れる決意をしたとき、小袋大臣との親しい関係による影響力だけを当てにしていたのではない。彼はもっと権力中枢を動かす努力をしてもいい局面だと感じた。それで、直接頼むのではなくフォザーギル氏を通して公爵にこのことを打ち明けた。女性や馬や絵について話すのなら、公爵は時折愛想のいい時があった。しかし、世間を知る人ならこんな問題を直接公爵のところへ持って行くことは考えられなかった。

彼はフォザーギル氏を通して公爵に申し入れた。フラムリーの牧師をラフトン側からこちら側へ買収することは、アマレク人の称賛すべき分捕り品(1)となるだろうと少しずるく表現した。この買収ができたら、聖堂構内にさえオムニアム側の支配力を伸ばすことができる。そのうえ、ロバーツ氏がラフトン卿自身にかなり影響力を及ぼせることはみなに知られている。こういうふうに促されて、オムニアム公爵は首相に二言言った。公爵からの二言はブロック卿にさえ大きな効果があった。これらすべての結果として、マーク・ロバーツはその会員席を手に入れたが、フラムリーに帰って数日たつまで成功の知らせを聞かなかった。

サワビー氏は公爵がこの一件ではたした支援――並はずれた力添えだとチャルディコウツの人は言った――をマークに伝えることを忘れなかった。「公爵がこんなことをした話は聞いたことがない」とサワビー氏は言った。「公爵が招待したとき、あんたがギャザラム城へ行っていなかったら、今回こんなことはしてくれなかった。実際、フォザーギルはそんなことをしても無駄と思っただろう。それはあんたにはよくわかっているはずだね。教えてやろう、マーク、わしの仲間を軽んずるのはよくないな。公爵の言葉は小袋大臣の厳粛な懇願より効果的だとわしは信じている」

マークは当然適切な言葉で感謝を表して、あの馬を百三十ポンドで買った。「あれは四本足のどんな動物よりも」とサワビー氏は言った。「価値ある馬だからね。あんたにあの猟馬を勧める唯一の理由は、トウザーへの支払日が近づいたとき、それくらいの金額を融通してもらわなければならないと思うからだよ」マークは猟馬を別の人に売らない理由、金を正規のかたちで融通しない理由を相手に聞いてみようとは思いつかなかった。しかし、聞いてみたらサワビー氏には都合が悪かっただろう。

マークはその猟馬が立派なものと知っていたから、宿に歩いて帰るとき、新しく所有した馬を半分誇りに思った。しかし、この購入の件はどう妻に説明したらいいだろうか？　これについて何も言わないまま馬屋に入れるにはどうしたらいいのか？　しかし、彼は収入の絶対量に目を向けたとき、気に入ったら新しい馬を買う資格が自分にはあると感じていた。クローリー氏がこの新しい購入の噂を聞いて何と言うだろうと彼は思った。友人や隣人が自分のことを何というか最近ずいぶん気にするようになっていた。

彼がロンドンに来て二日たっていた。金曜午後にうちに着くように翌日朝食後帰郷する予定だった。しかし、その夜これから寝床に就こうとしていた矢先、驚いたことにホテルのコーヒー店にラフトン卿が入って来た。卿は顔を真っ赤にして急ぎ足でやって来て、明らかにとても怒っていた。

卿は友人に近づくと、差し出された手を取って言った。「ロバーツ、このトウザーという男について何か知っているかい？」

「トウザー――どのトウザー？　サワビーがそんな男のことを話すのを聞いたことがあります」

「もちろん聞いているだろ。ぼくの間違いでなければ、君自身がこの男のことを手紙に書いているんだから」

「書いたかもしれません。サワビーがあなたの土地の件でその男のことに触れたのを覚えています。しかし、なぜぼくに聞くんです?」

「この男はぼくに手紙を書いてきただけでなく、ディナーに向けて着替えをしていたとき、部屋に押し入って来て、男が持っている八百ポンドの手形に支払をしなければ、訴訟を起こすと無礼にもぼくにはっきり言ったんだ」

「しかし、あなたはその件でサワビーと決着をつけたんでしょう?」

「ずいぶん高くついたけれど決着をつけたよ。大騒ぎするよりましだと、ぼくはまるで馬鹿みたいに彼が要求する全額、法外なお金を払った。だけど、これははっきり言って詐欺だ。こんなことが続くようならありのまま公表してやる」

ロバーツが店内を見回したところ、幸運にも二人しかそこにいなかった。「サワビーがあなたに詐欺を働いたと言うんですか?」と牧師。

「そのように見える」とラフトン卿は言った。「こういうことにこれ以上堪える気はないとはっきり言っておくよ。数年前あの男のせいでぼくは馬鹿な真似をしてしまった。だけど、四千ポンドもあったら、ぼくがすった全額を埋め合わせることができただろう。ぼくはもうこれまでにその額の三倍以上を支払ってきた。これ以上一シリングでも支払を要求されたら、神かけてこの件をすべて公表するよ」

「しかし、ラフトン、ぼくにはよくわかりません。この手形は何ですか?　あなたの名が署名されているんですか?」

「うん、署名されている。ぼくの名があることは否定できない。もしはっきり支払う必要があるなら、支払うつもりだ。だけど、もし支払うんなら、弁護士にそれを厳密に調べさせて、陪審の前に出すつもりだ」

「しかし、そういう手形はみな支払済みと思っていました」

「手形が更新されたとき、古い手形はみなサワビーに預けていた。すでに支払済みのその一枚が今ぼくのところに持ち込まれたんだ」

マークは自分が署名した二枚の手形を想起せずにはいられなかった。その二枚とも今は疑いもなくトウザーか、同業の紳士かの手に渡っていた。その二枚ともマークのところに持ち込まれる可能性があった。一枚目を返済したかと思うや、二枚目も。彼はそのとき支払済みであるにもかかわらず残った手形についてサワビーから何か言われたことを思い出した。その解決のためわずかなお金が必要になるのだと。彼はそれをラフトン卿に言った。

「君は八百ポンドがわずかなお金だと言うのかい？　ぼくならそうは言わないね」

「彼らはきっとそんな多額の請求はしてこないと思います」

「いや、きっとそういう請求をしてくるね。実際にしてきたんだ。ぼくが会った男、トウザーの友人とぼくに言った男、おそらくトウザー自身だった男は、もしその金が一週間か十日以内に支払われないなら、法的な手続きを取る必要があるとはっきり言った。それは更新された古い手形だとぼくが釈明したとき、友人らは額面通りの価値があると思っているとやつは断言したよ」

「それを買い戻すには、十ポンド程度支払わなければならないとサワビーが言っていました。ぼくなら、それくらいの金なら男に出しますね」

「ぼくは一シリングも出すつもりはないね。ぼくも、ほかの人も、誰も、容赦するなと指示してこの件を弁護士の手に委ねるつもりだ。サワビーのような男からオレンジのように絞られるつもりはない」

「しかし、ラフトン、あなたはぼくに腹を立てているように見えます」

「いや、立てていない。だけど、このサワビーについては君に警告しておくほうがいいと思ってね。この男との最近の取引はもっぱら君を通してなされてきたから、それで――」

「でも取引はサワビーとあなたの願いをかなえるためでした。あなた方二人を喜ばせたかっただけです。手形なんかにぼくはかかわっていないと思ってくださるといいのですが」

「君が手形の件で彼とかかわっているのはわかっている」

「ねえ、ラフトン、それじゃあ、あなたが詐欺と言っているこの取引にぼくがかかわっていて、ぼくが非難されているということなんですか？」

「ぼくに関する限り、詐欺があって、今も詐欺が続いている」

「問いに答えていませんね。ぼくを非難しているんですか？　もしそうなら、弁護士のところへ行ったほうがいいというあなたの意見に賛成します」

「ぼくはそうすべきだと思う」

「仕方がありませんね。しかし、全体としてあなたくらい理不尽な、不当な考えを持つ人を知りません。ただあなたを助けるため、ただあなたの依頼に応えるため、あなたの金銭取引の問題をぼくはサワビーと話したんです。それから、彼の依頼――それはもともとあなたの依頼に由来するものです――に従って、ぼくはあなたに手紙を書き、話をしました。彼はぼくをあなたへの使者として使いましたが、それはあなたがぼくを彼への使者として使ったのと同じです。そして、これが今結果なんです」

「君を非難してはいないよ、ロバーツ。だけど、ぼくは君がサワビーと取引していることを知っている。

君自身がそう教えてくれた」

「はい、彼の依頼で彼に用立てるためです。ぼくは手形に署名しました」

「手形は一枚だけかい？」

「一枚だけです。それから更新された同じ手形、正確には同じではないんですが、最初の手形を意味する一枚です。最初のは四百ポンド。次のは五百ポンドです」

「じゃあ、君は両方に返済しなければならない。そして、もちろん世間は君がバーチェスターのあの会員席に代金を払ったと言うだろう」

マークはとてもこれには堪えられなかった。ぞっとする怖いことは最近たくさん聞いた。しかし、これほどぞっとすること、これほどひどく茫然とさせること、これほどみじめさと破滅の現実を魂に突きつけることはなかった。彼はすぐ回答しないで暖炉に背を向け、炉辺の敷物の上に立って、部屋のいちばん奥を見あげた。これまで彼はラフトン卿の顔に目を向けていたが、今ラフトン卿と自分は何の関係もないかのように感じた。ラフトン卿とラフトン卿夫人はどちらももう彼の幸せを祈る人とは思えなかった。確かに彼はいったい誰を今頼りにすることができたろう？　彼がこのみじめさのなかに投げ込んだ心の妻以外に。

苦悩のこの瞬間、様々な考えが頭のなかを駆け巡った。彼はバーチェスターへのこの登用——それを買ったと様々に着色されて噂されるだろう会員席——をすぐ放棄しよう。ハロルド・スミスを訪ねて、はっきり会員席を断ろう。それからうちに帰って、起こったことをすべて妻に打ち明けよう。まだそれが役立つものなら、すべてをラフトン卿夫人にも話そう。手形が呈示されたとき、請求の正当性について問うことなく、誰にも、サワビーにも、不平を言わないで、両方の手形に支払できるように準備しよう。全額を返済するまで、もしそれが必要なら、収入の半分を銀行のフォレスト氏に納めよう。持っている馬を全部売ろう。従僕と馬丁を解雇し、少なくとも再び堅実な基盤の上に立つように努めよう。この時、この瞬間、彼は自分が置かれた状況を憎み、そこに自分を置いた愚かさを憎んだ。サワビーやハロルド・スミスと一緒にロンドンにいて、教会の高位職をえようとこんな問題でまったく力を持たぬ男に請願し、馬を買い、支払日をすぎた手形について打ち合わせをしている、そんな自分をいったいどうしたら良心と和解させることができようか？どうしても自分を良心と和解させることができなかった。彼のことを神から見捨てられた人と言ったクローリー氏は正しかったのだ。

ラフトン卿は面会のあいだずっと激しく怒っており、話せば話すほど怒りを募らせて、今部屋を一、二度行ったり来たりした。歩くにつれて、ロバーツに理不尽なことをしたと思うようになった。サワビーを非難して、もし彼、ラフトン卿がこの手形についてこれ以上迷惑をこうむるなら、事件をすべて司直の手に委ねるとロバーツを通してこの紳士に伝えてもらおうとここに来た。しかし、卿はこれをしないでロバーツを非難してしまった。このぞっとする金銭取引で、ロバーツが最近卿自身の友人としてよりも、サワビーの友人になっていたことにいらだっていた。卿は意図したよりもずっと強い言葉でマークに感情をぶつけてしまった。

「君個人に対してはね、マーク」と卿はロバーツが立っていた場所に戻って言った。「困らせるようなことは少しも言いたくなかった」

「充分言ってくれましたよ、ラフトン卿」

「ぼくが受けた不当な扱いに猛烈に腹を立てていたから、よくあるとばっちりというやつだね」

「不正があっても、あなたに不正を働いた人と、ただあなたの願いと満足のため努力した人を分けてくれればよかったと思います。ぼくは牧師としてこんな問題にかかわった点で、著しく間違っていたことがわかりました。サワビーに名を貸した点で、途方もなく馬鹿だったことがはっきりわかりました。いくぶん無遠慮にこういうことを言ってもらってむしろよかったんです。しかし、あなたから教えを受けるとは予想していませんでした」

「うん、災いはもう充分あったね。問題はぼくらがこれからどうしたらいいかだ」

「あなたの意図はもうすでに表されています。この件を司直の手に委ねるんでしょう」

「君を晒し者にするつもりはないね」

「晒し者にするって、ラフトン卿！　しかし、人はぼくがあなたのお金を処理していたと思うでしょうね」

「ぼくを誤解しているよ。君を問題にすることはぜんぜん考えていない。だけど、もしぼくがこのみじめな事件で法的措置を取ったら、サワビーと君の取引が明るみに出てしまうんじゃないのか？」

「サワビーとの取引って、取引なんかありません。結局ぼくが多額の金を彼のために払う、払わなければならないだけです。その多額の金をぼく自身は手に触れたこともなければ、約因(2)さえ身に覚えがないんです」

「バーチェスターのこの会員席については何と言われるだろうね？」

「たった今あなたから非難されたからには、会員席を引き受けるわけにはいきません」

このときほかの紳士が三、四人店に入ってきたので、友人らの会話は止まった。二人は立ったままま だ暖炉の近くにとどまって、数分間何も喋らなかった。ロバーツはラフトン卿が立ち去るのを待っていたところ、ラフトン卿は足を運んできた本題をまだ話していなかった。卿はとうとう囁くようにまた話し始めた。「明日サワビーに私の部屋に来てもらうように頼むのがいちばんいいと思う。君もそこに立ち会ってくれたらいい」

「その必要はないと思います」とロバーツは言った。「あなたの件に介入したら、ぼくが痛い目にあいそうです。もうそんなことはしません」

「もちろん強制はできない。だけど、立ち会ってもらえたら、それはサワビーにしごく当然の報いを与え、ぼくに親切を施すことになるね」

ロバーツは部屋のなかを六度行ったり来たりして、今の緊急事態にいちばんふさわしい行動は何か考えようとした。もし裁判のなかで彼の名が引きずり回されたら、もし融通手形にかかわったと新聞紙上で書き立てられたら、きっと破滅的なことになるだろう。これら金銭取引における彼のかかわりを世間がどうはやし立てるか、ラフトン卿の指摘からすでにわかっていた。そして彼の妻がいた――どうして妻はこの発覚に堪えることができようか？

「明日あなたの部屋でサワビーに会いますが、一つ条件があります」と彼はついに言った。

「それは何だい？」

「あなたのことにしろ、ほかの人のことにしろ、サワビーとの取引でぼくが金銭的利得をえたと思ったことはないという明確な保証をあなたからいただくことです」

「ぼくはそんなことで君を一度も疑ったことはないよ。むしろ、君が彼によって体面を傷つけられていると思ったんだ」

「その通りです――ぼくはこれら手形に法的責任を負っています。しかし、たとえそんな責任を負っていても、ぼくが一シリングも受け取っていないことをあなたには当然知っておいてほしいんです。ぼくは彼をまずあなたの友人と思い、それからぼくの友人と見なしました。その友人を喜ばせようと努力した結果がこれでした」

二人一緒にコーヒー店のテーブルの上に頭を寄せ合って座っていたとき、ラフトン卿はマークから求められた保証を最終的に与えた。それで、ロバーツは翌日午後オールバニー(3)のラフトン卿の部屋でサワビーに会うため、フラムリーに帰るのを土曜まで延期することを約束した。これが決められるとすぐラフトン卿は暇乞いして去った。

そのあと、哀れなマークは不安な夜をすごした。ラフトン卿がたとえ今はそう思っていなくても、手形の名義人が聖職者推挙権者に金銭的融通をしたことの見返りとして、バーチェスター名誉参事会員席を受け取ったと思っているのは明らかだった。これほど最悪なことはなかった。そもそもこれは聖職売買になるだろう。筆舌に尽くせぬほどさもしい罪になるだろう。そう考えるだけでマークの魂は恐怖と困惑で満たされた。ラフトン卿は今説得されて疑念を晴らしているかもしれない。しかし、ほかの人々も同じことを考えるだろう。その場合彼らの疑いを抑えることは不可能だ。そういうほかの人々が外部世界を作り出しており、いつも聖職者の悪を見つけてはほくそ笑みたがっているのだ。

それから彼が購入したあの哀れな猟馬、あの馬のせいでサワビー氏との取引において価値あるものが何も生じなかったとは言えなくなってしまった! 馬はどうしたらいいのか? それから彼は最近負担できる以上のお金を浪費していた。もし名誉参事会員席をあきらめる必要があるとすれば、まさしくこのロンドンへの旅も非常に軽率なものとなる。会員席の放棄については決意を固めた。それから、こういう混乱のなかで人がいつもするようにその決意を取り消した。彼はラフトン卿に対する憤慨の最初の瞬間に取るべき行動方針を立てた。会員席の放棄という方針を採用することによって、貧困、嘲り、不快、高邁なる希望の消滅、野心の崩壊に直面しなければならなかった。会員席の放棄が今最善だと彼は胸中幾度もつぶやいた。しかし、私たちが高邁なる希望をあきらめ、貧困、嘲り、不快に進んで直面するのはじつに難しい!

しかし、翌朝彼はバーチェスターの会員席をもはや望まないことをハロルド・スミスに知らせる決意で、小袋局に大胆に入って行った。弟が空いていないバギンズの職の件でひどくご執心な有爵婦人に芸術的な手紙を書いているのをやはり見つけた。しかし、そこの大人物、小袋大臣は不在だった。大臣は国会が開会し始めるおそらく四時かそれ以降に顔を見せるかもしれないが、午前中役所に現れることはなさそうだった。彼は小袋大臣としての職務をきっとどこか別の場所ではたしていた。おそらくうちに仕事を持ち帰るのだ。世間も知っているようにそれはごく熱心な公務員によくあることだ。

マークは弟に心を打ち明けて、伝言を残すことを考えた。だが、そうする勇気がなかった。というよりも分別のせいでそうするのをやめた、といったほうが正しいかもしれない。ほかの人に言う前に妻に言うほうが先と考えたからだ。それで、三十分弟と話しただけでその場を離れた。

ラフトン卿の部屋に出かける時間が来るまで、その日はずいぶん退屈だった。しかし、とうとうその時間が来て、時計が時を打つとき、ピカデリーからオールバニーに入った。建物に入る前に中庭を横切っていると、後ろから声を掛けられた。

「バーチェスター塔の大時計のように時間ぴったりだな」とサワビー氏が言った。「大人物の名誉参事会員殿から呼び出しを受けるとはどういうことか確かめに来たんだ」

彼は振り返って、機械的にサワビー氏に片手を延ばした。様子から見ると、外見がこんなに快く、振る舞いがこんなに気楽で、楽しげなサワビーを見たことがないと思った。

「ラフトン卿からお聞きになったんでしょう」とマークはとても悲しげな声で言った。

「卿から聞いたって！　ああ、そう、もちろん、卿から聞いたよ。教えてあげよう、マーク」オールバニーの廊下を一緒に歩くとき、彼はほとんど囁き声で話した。「ラフトンはお金に関してはまだまだ青二才

──完璧な子供──だね。ご存知のようにこの世でいちばん愛される、最優秀の人だが、お金のことではじつに赤ん坊なんだ」それから二人は卿の部屋に入った。

ラフトン卿も悲しげな顔つきをしていたが、だからといってサワビーを当惑させることは少しもなかった。サワビーは完璧に冷静な足取りと満足しきった輝く顔つきで若い卿にすばやく歩み寄った。

「やあ、ラフトン、元気かい?」と彼は言った。「わしのご立派な友人のトウザーがあんたに迷惑をかけたようだね?」

それから、ラフトン卿は沈んだ不満な顔つきでトウザーの詐欺的要求について再び話し始めた。サワビーは邪魔をしないで、辛抱強く最後まで聞いていた。ラフトン卿はひどい目にあわされた話で怒りを募らせて、前にマーク・ロバーツを咎めたように、サワビーをはっきりなじるのをためらわなかったが、サワビーはじつに辛抱強く最後まで聞いた。卿は弁護士を通して以外一シリングも払わないと言い、金を払う前にすべての事実を法廷に曝け出すように弁護士に指示すると言った。自分やほかの人にどんな結果が及ぼうとかまわないとも言った。全容を陪審にかける決意をしたのだ。

「お望みなら大陪審にも、特別陪審にも、普通陪審にも、古ユダヤ法廷にも、かけたらいい」とサワビーは言った。「真実はね、ラフトン、あんたは金を失ったうえ、支払に遅延があったから、いじめられているんだよ」

「ぼくは負けた金の三倍以上払った」とラフトン卿は足を踏み鳴らして言った。

「わしは今その問題には立ち入らない。わしの考えでは、それはもうあんた自身が触れた人々によって以前に決着がついたことだ。だが、答えてくれるかい?　いったいなぜロバーツがこの件でとばっちりを受けるんだい?　彼が何をしたというんだ?」

「いや、わからない。彼があなたと問題を取り決めたんだろ」

「そんなことはしていない。彼は親切だから、あんたからわしへ橋渡しをしてくれて、わしからあんたへ返事を伝えただけさ。彼がかかわったのはそれだけだ」

「ぼくが彼を巻き込みたがっているというのかい？」

「あんたは誰も巻き込みたくないんだろ。だが、あんたは怒りっぽく、扱いが難しく、おまけにじつに道理がわからない。さらに悪いことに、あんたは疑り深いところがあるとも言わなければならないな。この件全体でわしはあんたを喜ばせようと大いに苦心したよ。お返しにわしは親切にされるどころかひどい目にあった」

「トウザーに手形を渡さなかったかい――あの男が今持っている手形を？」

「まずね、やつは手形を持っていない。次に、わしはやつに渡さなかった。こういう手形はたくさんの人の手を通り抜けて、支払請求をする人間に届くんだ」

「じゃあ、先日ぼくのところに来たのは誰なんだ？」

「あれはトム・トウザーだと思う。わしらのトウザーの弟だね」

「じゃあその男が手形を持っている。というのは、その男が持っているのを見たんだから」

「待ってくれ。それはあるかもしれない。手形を買い取るためにはいくらか支払をしなければならん。そういう伝言はしておいたよ。もちろんやつらは何の対価もなしにその種のものを放棄することはないんだ」

「十ポンドとあなたは言いましたね」とマーク。

「十か二十ポンド、そのくらいの額だね。だが、やつがそんなはした金を請求すると思うほどあんたらもやわではないだろ。もちろんやつは額面通りの支払を要求する。手形があるんだ、ラフトン卿」サワビーはそう言って一枚の手形を取り出すと、テーブル越しに卿に手渡した。「今朝それに二十五ポンド支払ったよ」

ラフトン卿はその紙を手に取って見た。「うん」と彼は言った。「この手形だね。今これをどうしたらいいかな?」

「一族の文書保管所にしまっておきたまえ」とサワビーは言った。「あるいは火にくべるか、あんたのお好きなように」

「これが最後の手形なのかい? もうこれ以上出ることはないのか?」

「何枚署名したかあんたのほうがわしよりよく知っているはずだろ。わしはほかには知らない。それが最後の更新でわしが知っている唯一残った手形だ」

「それに二十五ポンド払った?」

「そうさ。あんたがこんな癇癪を起こさなかったら、また、わしがこの手形を持って来る必要がなかったら、この午後あんたが大騒ぎするというような事情がなかったら、十五ポンドか二十ポンドで手に入ったかもしれない。三、四日もすれば、十五ポンドでよかったね」

「あなたが余分に払った十ポンドはたいした問題じゃない。もちろん二十五ポンドは支払うよ」とラフトン卿は少し自分が恥ずかしくなって言った。

「それは好きなようにしてくれたらいい」

「いや! これは当然ぼくの問題だ。そのくらいの額なら気にしない」卿は小切手を切るため椅子に座った。

「さて、ラフトン、いいかい、少し言わせてくれ」サワビーは暖炉を背にして立つと、手に持った小さなステッキをもてあそんだ。「頼むからまわりの人たちにもっと寛容になってくれ。何かのことで落ち着きがなくなると、あんたは普通の人が我慢できないような言葉を使う。ロバーツやわしのようにあんたをよく知っている人なら何とか我慢するけれどね。わしがここに来てからずっとあんたはあらゆる不正でわしを責めた――」

「ねえ、サワビー」

「あんた、最後まで言わせてくれ。あんたはわしを責めた、いいかい、あんたは彼も責めた。だが、あんたは自分を責めることにたぶん思い当たらなかったね」

「当然、思い当たっているよ」

「もちろんトウザーのようなやつらとかかわり合いになった点であんたは悪かった。わしもひどく悪かった。それを指摘するのにそれほどたいした道徳的権威を必要としないな。模範的な紳士はトウザーなんかと取引しない。そんな取引をしなければ、いっそう立派な紳士なんだ。だが、人は負う重荷に堪えるだけの背中を持たなければならない。できればこの先トウザーに近づくな。だが、もしやつと取引するのなら、頼むから癇癪を起こさないでくれ」

「立派だね、サワビー。だけど、あなたはよくわかっていないながら――」

「わしが知っているのはね――」と悪魔は二十五ポンドの小切手を畳んでポケットにしまうと、聖書を引用しながら言った。(4)「人が毒麦をまくとき、小麦を刈り取ることはできない。小麦を期待なんかしても無駄だ。わしはこういう問題では頑強だから、ずいぶん堪えることができる――つまりあまり厳しく追い詰められなければの話だがね」彼は話ながらラフトン卿の顔を正面から見た。「だが、あんたはロバーツに厳しすぎたと思う」

「ぼくのことはいいですよ、サワビー。ラフトン卿とぼくは古くからの友ですから」

「それでお互いに勝手なことができるわけだ。よろしい。これでわしの説教は終わり。親愛なる高位聖職者殿、あんたにお祝いを言わせてくれ。あの件はきっぱり決着がついたとフォザーギルから聞いたよ」

マークは再び顔を曇らせた。「いえむしろ」と彼は言った。「ぼくはその席の推薦を断りたいんです」

「断るって！」とサワビー。彼はその席をえるため最大限の努力を払ってきたから、俸給牧師かラフトン卿から個人的侮辱を積みあげられるよりも、牧師の迷いのほうにはっきり腹を立てた。

「断りたいと思います」とマーク。

「なぜだい？」

マークはラフトン卿の顔を見あげて、しばらく沈黙を続けた。

「現在の状況ははっきり言ってそんな犠牲を払う局面ではないはずだよ」と卿。

「いったいどんな状況だったらそんな局面になるって言うんだ？」とサワビーが聞いた。「オムニアム公爵は同郷の教区牧師のあんたにその席を手に入れようとささやかな影響力を行使してきた。もしあんたが今それを拒否したら、とんでもないことになると思うよ」

ロバーツはそれから理由を隠さず全部述べて、手形取引について、また金を用立てたことに対する約因として会員席が与えられたと見られる点について、ラフトン卿が申し立てたことを正確に説明した。

「それは本当に残念だ」とサワビー。

「だから、サワビー、ぼくはマークのことで説教されたくないね」とラフトン卿。

「わしの説教はもう終わった」とサワビーは言った。彼は友人をあまり追い詰めるのはよくないことをわきまえていた。「第二の説教はないよ。だが、ロバーツ、聞いてくれ。おれの知る限り、ハロルド・スミスはこの会員席の取得とあまり、というかほとんど関係がない。同郷の教区牧師が聖堂参事会に入ることを切望していると公爵が首相に言って、ブロック卿の要請であんたが任命されたんだ。こんな経緯があるなか、あんたがその職を放棄すると言い出すなら、あんたは気が違っているとしか言いようがない。あんたがおれのため引き受けてくれた手形について不安に思う必要は少しもない。金の用意はある。だが、もちろん支払日が来たら、おれに百三十ポンドくれなければな――」

サワビー氏はしっかり自分をその場の立役者にしたあと、立ち去った。もし五十男が抜け目がなくて、あまり平凡でなかったら、三十歳以下の連れであれば普通自分をその場の立役者にすることができる。

ロバーツはサワビーが去ったあとオールバニーに長居しなかった。ラフトン卿からひどいことを言ったことに対する後悔の表明と、重ね重ね将来の友情の約束を受け取ってから、立ち去った。確かにラフトン卿は少し忸怩たる思いだった。「名誉参事会員席に関しては、いろいろな経緯があったあとだから、当然君はそれを引き受けなければならない」と卿は言った。それにもかかわらず、卿は馬と百三十ポンドについてサワビーがほのめかしたことをしっかり心に留めた。

ロバーツはホテルに帰ったとき、バーチェスターの昇進を受け入れる気になっていたから、この件について弟に何も言わなかったことをとても喜んだ。全体として気分は高揚していた。手形についてサワビーから保障してもらったことは大きな慰めとなった。不思議な話だが、彼はそれを完全に信じてしまった。確かにサワビーは今回の会談で完全な勝ち馬だったから、彼の言ったことをラフトン卿もロバーツも信じ込んでしまった。それはこの二人のどちらにとっても必ずしも真実ではなかったのだ。

## 註

(1)「サムエル記上」第十五章第三節に「今行ってアマレクを撃ち、そのすべての持ち物を滅ぼし尽くせ。彼らを許すな」という神の命令が述べられている。サウルはこの神の命令に背いてアマレクを滅ぼさず、「分捕り品」と「捕虜」を取ったので、神から見捨てられた。「分捕り品」はここでは「称賛されること」ではない。

(2)マークはサワビーによって換金された融通手形を二枚振り出した。二枚とも約因のない手形だったが、名誉参事会員席との交換として振り出されたと見られてもおかしくない。

(3)ピカデリーにある建物。十八世紀末に建てられた子爵邸を増築、独身者用アパートにしたもので、多くの有名人が住んだ。

(4)「マタイによる福音書」第十三章第十九節から第四十三節。

# 第二十章　閣内のハロルド・スミス

数日間、ハロルド・スミス派全体が意気揚々と振る舞っていた。首領が閣僚に任命されただけでなく、ブロック卿が彼を選ぶことによって驚くほど党を強化し、首相自身の傲慢さや判断の誤りによって政府の体勢に与えていた傷を著しく癒したという噂が広まった。ハロルド・スミス派の人々は意気盛んにそう言った。成し遂げたことを考えると、ハロルドがいくぶん大得意になっていたとしても驚くには当たらない。

初めて閣僚になる日は誰にとっても誇らしい日に違いない。しかし、謙虚な人がそんな人生の局面を考えるとき、内閣とはそもそも何かに思いを凝らして途方に暮れてしまう。閣僚はそこに参列する神々なのか、それとも人なのか？　椅子に座るのか、それとも雲の上をうろつくのか？　彼らが口を開くとき、オリュムポスの館[1]には天球の音楽が聞こえ、その和声で天上に眠気を誘うのか？　彼らはどんなふうに集まるのか？　どんな順番で話しかけるのか？　神々の声は自由で、平等なのか？　とぼとぼ歩く内務省のテミスとか、植民地省のケレースとかは、槍と兜を身に着けた強力な外務省のパラスと同じようにうっとり注目して耳を傾けてもらえるのか？　ホワイトホールのマルスは王璽省の輝く若いビーナスに色目を使うのか？　それで、大蔵省のふいごに必ずしもうまく風を送っていないあの奇妙な鋳掛け屋バルカン[2]の気分を害するのか？　上院議長の老サトゥルヌス、この過去の時代の遺物は支配する館を別のところに持っているが、黙ったまま長椅子に座っている。郵政省のマーキュリーは偉大なるジュピター[3]から命じられるままいつも天体から天体へ身軽に飛ぶつもりでいるのか？　一方、波に慣れぬネプチューンはインド省のアポロンに必要な援助を申し出るのか？　ユーノーがほかから離れて、つまらなさそうに、不機嫌に、ないがしろにされて座っている様子を見ると、彼女は閣議の長で、名は偉大だとしても、神々のあいだでは軽蔑されていると推察できる。もしバッカスとキューピッドが商務省と労働省を分かち合うなら、何が適切かいつもきちんと助言してくれるだろう。アンブロシアの晩餐会にごく最近招聘された控え目な小袋局のディアーナは、小さな声を同僚の神々にまだ届かせることができないで、ドア近くに内気にとどまっている。しかし、ジュピター、偉大なるジュピター、老ジュピター、オリュムポスの王、神々と人間の英雄は自分の声で招集した閣議でどう振る舞うのか？　王は両肩のまわりに天空から切り取った紫のマントを着け、くつろいで横たわるのか？　言うことを聞かぬ神を従わせるため雷電をいつも手元に置いておくのか？　王はこの不死の館に沈黙を強いることができるのか？　神々の王にして人間の王が自分よりも小さな者らに対して、今も、これからも支配する制度はほかのどの場所でも、どの国でも同じようにあるのではないか？

ハロルド・スミスは神々の会議の堂々たる館に招聘されたとき、誇らしさを感じた。しかし、彼は最初や二番目の閣議で主導的な役割を演じることはなかった。そう考えていいだろう。私の読者は教区会に座っていて、新参者が会議でいかにおとなしく、いかに喋らないか思い出すだろう。新参者は熱意のない賛成に終始し、もし違う意見を述べたら、勝手な振る舞いをわびる。ところが、ほどなくして同僚らの声に慣れ、部屋の違和感がなくなり、テーブルの人々がわかって信頼できるようになったら、彼は怖れや狼狽をかなぐり捨てて、猛烈な雄弁と激しい足踏みで同僚らをぎょっとさせる。こういう具合だから、ハロルド・スミスの場合も初めの閣議では二、三度そういう状態だろうと想定しよう。悲し！　ああ、悲し！　新参者が見せるこんな喜ばしい姿はとても短命なのだ！

それから、彼の成功をいくぶん損なう一撃、残酷で卑劣な一撃が彼に加えられた。しかもそれは彼が親しいと思っていた人、洋々たる前途を切り開いて彼を浮揚させてくれると浅はかにも当てにしていた人からの一撃だった。首相はハロルド・スミスの協力をえることによって健康的な若い血を内閣に注入したと友人らから噂された。ハロルドはそのうたい文句が気に入って、友人のサプルハウスあるいはその仲間によってその文句が作られたと見ていた。しかし、極楽浄土からはずされたサプルハウスが浄土の内側にいるハロルド・スミスにどうして親しくできようか？　極楽浄土のなかで首まで至福に浸りきっている人は友人らが遠ざかって行くのを予想しなければならない。人間性はこういうことには堪えられないのだ。もし私が旧友のジョーンズから何か手に入れたいと思うなら、彼が高い地位に押しあげられるところが見たい。しかし、もしジョーンズが高い地位にあっても、私に何もしてくれないなら、頭上で彼が得意になっているのは私にとって侮辱であり、無礼だ。そのとき、愛する親しい仲間が最高の昇進にふさわしい人だといったい誰が信じられようか？　サプルハウス氏はスミス氏をあまりにも親しく知りすぎていたので、若い血の注入のことなんか考えてもいなかった。

この結果、内閣に対して好意的でない記事が『ジュピター』紙に掲載された。その記事は新閣僚を若い血と見る見方についてくどくど述べて、ハロルド・スミスはむしろ薄めた水より悪いとほのめかした。「首相は道徳的な傾向を強く持つ貴族的影響力を新たに注入することによって」とその記事は述べた。「人々のなかから頼りになる人材を味方につけ、損なわれた活力を最近補強した。今首相はブリトルバック卿(4)とハロルド・スミス氏の協力をえて、何でも期待できる！　力を失っていた首相の手足は効能あるメーデイアの大鍋(5)で生き返らせてもらい――首相の手足の何本かは無力になっていたと見なければならない――、若く、丸みを帯びて、逞しくなった。新しい力は各方面に拡散するだろう。インドは救われて平穏になり、フランスの野心は抑えられ、公平な改革は法廷と議会選挙を模様替えし、ユートピアは実現される。そういうことが内閣のなかでハロルド・スミス氏の若い血に期待されるようだ！」

　これでも充分容赦のないものだったが、記事の結論部分ほど残酷ではなかった。結論に至るまでに記者は皮肉な姿勢を改めて、この件について真剣な見解を表明した。「このような野合は」と記事は述べた。「傲慢さと判断の誤りのせいで内閣をすみやかな倒閣運動に直面させるだろう。倒閣は避けられないと、ブロック卿に請け合ってもいい。首相に辞任の話が出てこないのが不思議だ。彼は多くの点で国家危急の際、我々が現在持つ最善の政治家だ。しかし、もし彼が手近な仕事の助手としてハロルド・スミス氏やブリトルバック卿といった人物を当てにするほど無思慮であるなら、国民から支持を期待することはできない。ハロルド・スミス氏は閣僚になるべき資質を持ち合わせていないのだ」

　ハロルド・スミス氏は朝食用テーブルに座ってこの記事を読んだとき、サプルハウスの文体的特徴を隅々に認めたか、認められると思った。力を失った手足についての比喩は、ユートピアの実現のそれとともにどこからどこまでサプルハウスのものだった。「やつが機知を利かせたいときはいつもユートピアの話をする」とハロルド・スミスは一人つぶやいた。というのは、ハロルド夫人はこういう朝食にはたいてい現れなかったから。

　それからハロルドは役所に出かけて、出会う人のみなの視線に『ジュピター』のあの記事が読まれているのを感じた。個人秘書官は明らかに記事のことに触れてくすくす笑った。バギンスが上着を取る仕草から、使い走りが詰めるロビーでももう知れ渡っていることが明らかだった。「私が退職するとき、あいつが私の後任を埋めることはないな」とバギンスは独り言を言った。それからその朝にハロルドが出席した二度目の閣議があった。彼はそこに集まったどの神、どの女神にも、首相がまた間違いを犯したと新聞から見られていることを知る表情を見た。もし万一サプルハウスに別の論調で書くように促すことができたら、同じ新しい血が逆にいい影響力を持つと感じられていたかもしれない。

　こういうことはみなハロルドの幸せを大いに損なうものだったが、それでも彼から地位という事実を奪うことはできなかった。ブロック卿は『ジュピター』に批判記事が出たからといって、彼をやめさせることはできない。ブロック卿はそんな理由で新しい同僚を見捨てるような人ではなかった。それで、ハロルド・スミスは緊褌一番、新たな熱意で小袋局の職務に取りかかった。「誓って『ジュピター』は正しい」と若いロバーツは独り言を言った。小袋局について説明する四十通目の私的書簡を書きあげたときのことだ。ハロルド・スミスは手紙を正確に書くように恐ろしく強く個人秘書官に要求していた。

　しかし、いろいろ難癖があったにもかかわらず、ハロルド・スミスは新しい栄誉ある職に就いて幸せだった。ハロルド・スミス夫人もその栄誉を享受した。夫人は知人たちの前で少なからず新閣僚の夫に質問を浴びせた。『ジュピター』の記者と同じくらい夫に厳しい質問だった。夫人はミス・ダンスタブルに新しい血のことを囁き声で話して、ウエストミンスター・ブリッジに出かけてテムズ川が本当に燃えているか(6)確かめてみると言った。夫人は勝ち誇って笑い、栄誉を身に受けても、そとには表していないと得意がった。しかし、世間は夫人が勝ち誇っていることを知って、その高揚感を嘲った。

　このころスミス夫人もパーティー――プラウディ夫人のように純粋な意図を持つ社交談話会ではなく、まったく不埒な、世俗的なダンス・パーティー――を開いた。そこにはヴァイオリンや氷やシャンパンがあって、小袋局のおかげでハロルドに増えた給与の最初の四半期分がなくなった。このダンス・パーティーはラフトン卿夫人が招待客の一人となったという事実によって、おもに記憶されるべきものだ。卿夫人はロンドンに到着するやいなや、H・スミス夫人からグリゼルダと彼女自身への招待状を受け取って、すぐその栄誉を断る返事をしようとした。サワビー氏の妹の家でいったい何をする必要があろうか？　しかし、そのときたまたま息子が一緒にいて、行ってほしいと言ったので、卿夫人はそれに従った。もし息子の説得の調子に普通以上のものがなかったら、たんに卿夫人だけにかかわるものだったら、息子の優しい気遣いにほほ笑みを返し、額に感謝の口づけをする機会を作って、断っていただろう。しかし、息子は母に彼とグリゼルダのことを気づかせた。「行ったほうがいいよ、母さん、ぼくに会うためにね」と卿は言った。「先日ハロルド夫人から捕まって、ぼくは行くと約束するまで放してもらえなかったんです」

「それは確かに魅力的ね」とラフトン卿夫人は言った。「あなたがいるとわかっている家へ行くのは好きです」

「今母さんはミス・グラントリーと一緒だから、彼女のため最善のことをすべきですね」

「そうするつもりですよ、ルードヴィック。やらなければならないことを親切に思い出させてくれてあなたに感謝しなければなりません」卿夫人はハロルド・スミス夫人のパーティーへ行くと返事した。かわいそうな卿夫人！　彼女はミス・グラントリーについて息子が言った数語に元々込められていない重みを付与したのだ。息子がグリゼルダに会いたがっていること、息子が思いを遂げるためこのちょっとした策を弄していることが嬉しかった。しかし、彼は母を喜ばせたいと願う以外、何も考えないで話したのだ。

それでも、彼はハロルド・スミス夫人のパーティーへ行った。そこでグリゼルダと一度ならず踊ったから、明らかにダンベロー卿をうろたえさせた。ラフトン卿は遅く入って来た。そのとき、ダンベロー卿はグリゼルダに腕を貸して部屋をゆっくり歩いていた。ラフトン卿夫人は近くに座って悲しい目で二人を観察していた。グリゼルダが座ると、ダンベロー卿は彼女のすぐそばに黙って立った。

「ルードヴィック」と母は囁いた。「グリゼルダは幽霊のようにつきまとうあの男にじつにうんざりしています。行って彼女を救い出しなさい」

彼は行ってグリゼルダを救い出し、そのあとほぼ一時間立て続けに彼女と踊った。ダンベロー卿がその若い女性を賛美している、そう世間で噂されているのを知っていたので、彼は同僚貴族の心を嫉妬と怒りで一杯にする喜びを味わった。そのうえグリゼルダが彼の眼にとても美しく映ったから、もし彼女がもう少し快活であるか、母の戦術がもう少し控え目だったら、彼はフラムリー牧師館の応接間で言ったこと、誓ったことがあったにせよ、ラフトンの妻[7]の座を占めるようにその夜彼女に求婚していたかもしれない。

私たちの慇懃で、陽気なロサリオは母の家でミス・グラントリーとかなり一緒に日々をすごしたこと、またそのような接触の危険があったことも読者の記憶にとどめられていると思う。ラフトン卿は美女を見て心が動かない人でも、若い女性と何時間もすごして優しく接近しない人でもなかった。もしそんな接近がなかったら、おそらくラフトン卿夫人はこの縁談を追求しはしなかっただろう。しかし、この件を卿夫人の目から見ると、息子のルードヴィックがミス・グラントリーへの偏愛をいくつかの場面で見せていたから、必要とするのはチャンスだけだと思えるくらい先行きの明るいものだった。今、スミス夫人のこのダンス・パーティーで卿がそういうチャンスを利用するようにしばらく見えたので、母はとても喜んだ。もしこの夜うまく進むなら、卿夫人はハロルド・スミス夫人のあらゆる罪を許しただろう。

しばらくのあいだ事態はうまくいくように見えた。ラフトン卿がグリゼルダに求婚する意図を持ってここに来たとか、確固たる求婚の意思を持っていたとか、そういうふうに考えてはならない。若い男性はこういう問題で確固たる意思なんか持ち合わせていない！　彼らは譬えて言うと蛾なのだ。美しいろうそくの光をおもしろがり、目をくらまされたまま羽ばたきして時々炎に入ったり出たりする。最後に向こう見ずな瞬間、あまりにも灯心近くに飛び込んで、羽を焦がし、足を不具にして落ちると、結婚生活という激しい炎によって燃え尽きて真黒になる。幸せな結婚は天上にしかないと人は言うけれど、私はそれを信じる。クレスウェル・クレスウェル卿がいるとしても、たいていの結婚はほどほどに幸せなのだ。離婚という結果に対して地上では何と注意が払われないことか！

「母があなたをちゃんと扱ってくれていればいいんですが？」とラフトン卿はグリゼルダに言った。ダンスとダンスのあいだ、ドア付近で一緒に立っていたときのことだ。

「ええ、ええ。とてもご親切にしてくださいます」

「あなたは軽率にもくそまじめな、控えめな女性の手に身を委ねてしまった。実際、ハロルド・スミス夫人の入閣記念ダンス・パーティーにあなたが出席できたのはぼくの力添えによるんです。あなたがそれを知っているかどうかわからないけれどね」

「ええ、ええ。ラフトン卿夫人から伺いました」

「あなたははっきり言ってぼくに感謝していますか、それとも迷惑していますか？　あなたに損をさせましたか、それとも得をさせましたか？　ブルートン・ストリートのソファーの隅で小説を読みながら座っているのと、ダンベロー卿とここでポルカを踊る振りをするのと、どっちがいいですか？」

「あなたのおっしゃっていることがわかりません。私はダンベロー卿とは今夜一度も踊っていません。カドリールを踊るつもりでしたが、踊りませんでした」

「その通り、それこそぼくが言っている――彼と踊る振りなんですよ。その振りだってダンベロー卿にはずいぶんつらいんです、そうでしょう？」それから、ラフトン卿はただ踊る振りだけの人ではなかったから、腕を彼女の腰に回すと、部屋を縦横無尽に踊り回った。グリゼルダは言葉で欠けていたものを足で力強く埋め合わせられることを存分に証明した。その間、ダンベロー卿は二人を見詰めつつ立ち尽くして、ラフトン卿の野郎ぺらぺらよく喋る、頭の空っぽな馬鹿だなと胸中つぶやいた。もしこの仇が速い旋回動作で脚の腱を痛めたら、あるいは全財産を失うとか、全盲になるとか、慢性腰痛に苦しむとか、そんな突然の不幸に襲われたら、こいつにふさわしい報いだなと思った。彼は寝る前に当然ほかの人の罪は許してくれるように祈る一方、恋敵についてはそんな気持ちのまま寝床に就いた。

それから、二人が踊りをやめてまた立っていたとき、ラフトン卿は新鮮な空気を求めて激しくあえぐ合間、グリゼルダにロンドンは好きかと尋ねた。「とても好きよ」とグリゼルダも少しあえぎながら答えた。

「フラムリーあたりでは――あなたが退屈していたのではないかと――心配していました」

「あら、いえ、――特別気に入りました」

「あなたが去ったあと――ずいぶん退屈したんです。わかるでしょう。家には話かけるに値する人が――一人もいませんでしたから」それから、彼らは肺が落ち着くまでしばらく黙っていた。

「人っ子一人ね」と彼は故意に嘘をつくつもりなんかなく続けた。というのは、言っていることを深く考えていなかったから。そのとき、彼はグリゼルダがフラムリーからいなくなったときすこぶる安堵したことも、ミス・グラントリーと同じうちで一か月交際するよりも、ルーシー・ロバーツと一時間いるほうが会話では多く話すことができたことも、頭のなかから飛んでいた。それでも、私たちは彼に厳しく当たってはならない。愛と戦争においてはすべてが正当化される。これがもし愛でないとすれば、愛によく似た普通の代替物なのだ。

「人っ子一人ね」とラフトン卿は言った。「翌朝猟園でほとんど首を吊りそうになりました――ただし雨が降っていなかったらですが」

「何て馬鹿なこと！　お母さんとお話なさればよかったのに」

「うん、母さんか——そうですね、もしよかったらカルペッパー大尉もいたとあなたは言うんでしょう。ぼくは心から母を愛しています。だけど、あなたのいない埋め合わせが母でできると思いますか？」彼の声と瞳はとても優しかった。

「それにミス・ロバーツも。あなたは彼女を並々ならず賛美していると思いました」

「何、ルーシー・ロバーツ？」とラフトン卿。彼はルーシーという名を今どう処理していいかわからなかった。その名は今のささやかな戯れ合いにあった活気をみな吹き飛ばしてしまった。「確かにぼくはルーシー・ロバーツが好きです。彼女はじつに利口なんですよ。だけど、あなたが去ったあと、たまたまほとんど、いやまったく彼女の姿を見ませんでした」

グリゼルダはこれに何も答えないで、いずまいを正すと、洞穴のなかでオリオンを動けなくしたディアーナ(9)と同じくらい冷たい表情をした。ラフトン卿の三度か四度の会話の試みに対して、彼女は短音節の回答しか返すことはなかった。それから二人は再び踊ったとはいえ、グリゼルダの足取りには決して前のような活気はなかった。

その時二人のあいだに起こったことは、ここで描かれた以上のことはなかった。おまけとして卿は彼女に氷やレモネードのグラスを勧めたり、おそらく彼女の手を握ろうとささやかな試みをしたりしたかもしれない。ところが、したとしても、それらはみな一方的なものだった。そのようなちょっかいに対して、グリゼルダ・グラントリーはディアーナのように冷たかった。

しかし、これらはみな些細なことであって、ラフトン卿夫人の精神と感情を一杯に満たすには充分だった。六人の娘を持つ母が娘を嫁がせたいと思う以上に、ラフトン卿夫人は息子を結婚させたい、つまり好ましい娘と結婚させたいと思った。そして、今彼は実際母の願いを叶えてくれそうに思えた。母は気づかれないように注意しつつ、その夜のあいだずっと息子を観察していた。母はダンベロー卿の失敗と憤慨を見たし、息子の勝利と高い自尊心も見た。息子がすでに何か重要なことを言ったというのが本当のところではないか？

グリゼルダの冷たさによってそれが中途半端なものになっているだけなのではないか？　母の側から賢明な手助けがあれば、その中途半端が確実なものになり、その冷たさが温かさに変わるというのが本当のところではないか？　しかし、もしそうならそんな干渉には――ラフトン卿夫人にははっきりわかっていた――きわめて繊細な手筈が必要だった。

「楽しい夜をすごせましたか？」とラフトン卿夫人は聞いた。卿夫人の化粧室で炉格子に足をかけてグリゼルダと一緒に座っていたときのことだ。ラフトン卿夫人はここに、すなわち普通自分の娘か、時々ファニー・ロバーツ以外入ることができない私的至聖所に、この客を招待した。とはいえ、グリゼルダのような嫁が入れないような至聖所があったろうか？

「ええ、ええ、とっても」とグリゼルダ。

「あなたは笑みのほとんどをルードヴィックに与えているようでした」ラフトン卿夫人は実際にそうだったときわめて喜んでいる表情を見せた。

「あら！　わかりません」とグリゼルダは言った。「彼と二、三度踊りました」

「私を喜ばせようとして踊りすぎないでね、あなた。私がルードヴィックと友人の踊りを見るのが好きだからといってね」

「本当に感謝しています、ラフトン卿夫人」

「とんでもありません、あなた。あの子はこんなにすばらしいお相手をどこで見つけてきたのかしら」卿夫人はどの程度まで踏み込んでいいかわからなくて、少し間を置いた。その間、グリゼルダは熱い石炭を見つめながらじっと座っていた。「あの子があなたをずいぶん賛美しているのはわかっています」とラフトン卿夫人は続けた。

「あら！　いえ！　そんなことはありません」とグリゼルダ。それから、また間があった。

「これだけは言えます」とラフトン卿夫人は言った。「もしあの子があなたを賛美するなら――賛美していると信じています――それは私にとっても喜ばしいのです。というのは、おわかりのように、あなた、私自身があなたを気に入っているからです」

「あら、ありがとうございます」グリゼルダはそう言うと、前よりももっと根気強く石炭を見詰めた。

「あの子はたいへんすばらしい気質の若者です――私の息子ですけれど、そう言えます――そして、もしあなたとあの子のあいだに何かいいことがあれば――」

「本当に何もありません、ラフトン卿夫人」

「けれど、もし何かいいことがあれば、私はルードヴィックがとてもいい選択をしたと思って嬉しいのです」

「でも、そのようなことには決してならないと思います、きっと、ラフトン卿夫人。卿もそんなことはさらさら考えていません」

「けれど、おそらくいつか考えますよ。それじゃあ、おやすみなさい、あなた」

「おやすみなさい、ラフトン卿夫人」グリゼルダはじつに落ち着いた態度で卿夫人に口づけすると、自分の寝室に戻った。彼女は眠りに就く前、ドレスの様々な服飾品を念入りに調べ、今夜のドレスの傷みがどの程度か見た。

註

（1）政権に就いていたオリュムポスの神々とはブロック卿のホイッグ党内閣を指している。第八章註五参照。テミスは法・秩序・正義の女神、ケレースは豊穣の女神、パラスは女神アテーナーの呼称の一つ。
（2）パーマーストン内閣時代の蔵相で、のちに四回首相となったグラッドストンがモデル。
（3）ブロック卿のこと。
（4）第十八章註三参照。
（5）イアーソーンの金羊毛の獲得を助けた女魔法使いメーデイアは老人を大鍋で煮て若返らせることができた。
（6）「テムズ川を炎上させる」とは華々しいことをして名をあげるという意味がある。
（7）ニコラス・ロウの悲劇『美しい悔悟者』（1703）に登場する女たらしの若者。
（8）イギリスの法律家、裁判官、トーリー党政治家（1794-1863）。一八五八年に創設された離婚裁判所の主席常任判事として、離婚を世俗的な立脚点からとらえ直して近代家族法を出現させた。
（9）オリオンはアルテミス（ローマではディアーナ）を犯そうとして女神の放ったサソリに刺されて死んだとされる。

# 第二十一章　ポニーのパックがぶたれたわけ

マーク・ロバーツはオールバニーの出来事の翌日、かなり安心して帰郷した。彼は今牧師として負い目を感じることなく名誉参事会員席を引き受けてもいいと感じた。確かにサワビー氏が言ったことを聞き、ラフトン卿がそれに同意したあと、会員席を断ったら、気が違っていると思われると感じた。さらにサワビー氏の手形に関する約束によってもずいぶん気が楽になった。結局、猟馬に百三十ポンド支払わなければならない――そのお金に相当する馬だった――という欠点以外、問題はみな取り除くことができるのではないか？

帰郷の翌日、彼を名誉参事会員席に推挙するむね、正式の知らせを受け取った。彼はすでに名誉参事会員であるか、もしくは聖堂参事会と参事会長から会員任命の儀式を執り行ってもらうとすぐそうなるかどちらかだ。収入はすでに彼のものだった。さらに宿舎も一週間以内に与えられることになった。とはいえ、彼はできれば宿舎の取り決めのほうはないほうが嬉しかった。妻はこの取り決めに満足したから、率直に愛情を表して、上手にお祝いを言った。人がこんな棚ぼたからえられる喜びの大きさは、他人からの大らかな、惜しげのない喜びにずいぶん依存するものだ！　ラフトン卿夫人の祝いの言葉を聞いて、彼はもらったものを残さず吐き出してしまいそうになった。しかし、妻の笑顔に触れて再び元気を取り戻した。ルーシーの温かい、心からの喜びに接して、サワビー氏やオムニアム公爵とつき合っていてよかったと思った。それから、あのすばらしい馬、ダンディが牧師館の馬屋にやって来て、馬丁と庭師と馬屋助手の少年を大いに喜ばせた。この少年は主人が熱心に狩りにふけるようになってから、言わば思いがけないかたちで馬屋に入ることが許されていた。しかし、応接間の人々はこの喜びを共有しなかったので、この馬が馬屋の門を回って来るのを最初に見たとき、すぐ質問した。「サワビーさんに恩義を返すため少し前に彼から買った馬なんだ。上手に売れるなら、すぐまた売るつもりさ」とマーク。しかし、フラムリー牧師館の二人の女性は今述べたこの説明に納得しなかった。馬屋に贅沢品を買うことで、他人に恩義を返すことができると思う紳士のやり方がよくわからなかった。ダンディがいなくても牧師館の馬屋には充分馬がいる。すぐ売るため猟馬を買うのは控え目に言っても牧師の普通の趣味と仕事になじまないやり方だと、二人の女性は感じた。

「あの馬にたくさんお金を使っていないといいのですけれどね、マーク」とファニー。

「せいぜい次に入って来るお金くらいのものだよ」とマーク。ファニーは夫の表情から見て、今はこれ以上問い詰めないほうがいいと判断した。

「すぐ支給の宿舎に入らなければいけないと思う」とマークは名誉参事会員席に関する話しやすい話題に戻って言った。

「私たち、みんなすぐバーチェスターへ行って住むことになるんですか?」とルーシー。

「宿舎に家具は備えつけられていないでしょう、マーク?」と妻は言った。「どういうふうにやればいいかわかりません」

「怖れなくてもいいよ。ぼくはバーチェスターに貸間を借りるから」

「あなたにいつも会えなくなりますね」とロバーツ夫人がうろたえて言った。それで、名誉参事会員は毎週フラムリーに入ったり出たりすると、可能性としてバーチェスターには土、日曜だけ泊まることになると、おそらくそれもいつもではないと明言した。

「名誉参事会員の仕事って、あまりつらい仕事ではなさそうね」とルーシー。

「でも、ずいぶん威厳のある職なのよ」とファニーは言った。「名誉参事会員は教会でも高位の職なのでしょう、マーク？」

「断然そうだよ」と彼は言った。「特別な教会法によって妻もそうなんだ。最悪なのは夫婦ともかつらをかぶらなければならないことさ」

「帽子をあげましょうか、マーク？　脇から巻き毛が出ていて、巻き毛を持ちあげる糸がついているやつよ」とルーシー。

「残念ながらその帽子は給与外給付のなかには入らないと思うね」

「薔薇飾りも入らないんですか？　それならあなたが高位聖職者なんて信じられません。普通の牧師の——たとえばクローリーさんのみたいな——帽子をかぶるつもりじゃないでしょうね？」

「うん、帽子のつばにひねりを加えるのはいいと思う。しかし、参事会長と相談するまでその辺は確かじゃないね」

このように牧師館の人々はこれから訪れるいいことを話して、新しい馬や、去年の冬よく使った狩り用のブーツや、ラフトン卿夫人のがらりと変わった表情を忘れようとした。悪いことは消え去り、いいことだけが残るように思われた。

今や四月になり、野原は緑に色づき始め、風は東から変わり優しく温和になり、早春の花々は牧師館の庭に明るい色を見せ、すべてはかぐわしく、快かった。これはロバーツ夫人にとって貴重な一年の時期だった。夫は暖かい月が来るといつも冬のあいだよりもいい牧師になった。遠い州の友人ら——妻が会ったこともないし、快く思っていない人たち——は春が来ると姿を消して、彼らの家々を空っぽにし、無害にした。夫は冬よりも教区の職務とおそらく家庭の仕事にしっかり励んだ。この時期の夫は過去の罪科を現在の熱意によって良心的に償おうとする模範的な牧師、模範的な夫だった。それから、妻はまだそれをみずから認めたことはなかったけれど、大切な友人、ラフトン卿夫人の不在がおそらくそれ自体快いものだった。ロバーツ夫人が心からラフトン卿夫人を慕い、卿夫人があらゆるよい性質を持っていたにもかかわらず、やはり奥様が主人風を吹かせるところがあったのは事実だ。彼女は指図するのが好きで、それを人々に感じさせた。彼女のもとで奴隷のように感じつつ働いていたなんてロバーツ夫人は絶対認めないだろう。しかし、ロバーツ夫人は思いやりのある猫の一時的不在を楽しむネズミと言ってよかった。ラフトン卿夫人が不在のとき、ロバーツ夫人は教区内で影響力を増した。

マークもダンディをすぐ金に替えるのは実際的でないとわかったが、不満はなかった。この時期彼はずいぶん長いあいだバーチェスターに行っていた。牧師が参事会員になる前に必要とされる深い秘密の儀式と、聖職者の厳密な審査が行われていたからだ。この間、ダンディはむしろ悩みの種だった。あのみじめな手形の支払期限は五月初旬だった。四月末前、サワビーはいやな日に備えて最大限の努力をしていると、ダンディの代金をもし「すぐ」送ってもらえれば、金策がかなり楽になると、手紙で知らせて来た。サワビー氏のお金についての言い方くらい、その場その場で違うものはなかった。金を工面したいとき、一つ一つが重要で、切羽詰まっていた。迅速さと、超人的な努力と、手に無記名の引受手形を持って走り回る男たちだけが最期の審判の雷鳴を阻止することができた。しかし、相手から報復の申し立てがなされる局面では、彼は飛びっ切り気楽な声と快活な態度で、すべてがじつに穏やかに澄み渡っていることを証明できた。彼は今超人的な努力を払わなければならない切羽詰まった局面だったから、ダンディの代金百三十ポンドを強く求めた。いろいろなことがあったので、マークは手形が安全になるまで一シリングも払えないなどと言う気になれなかった。それで、銀行のフォレスト氏の助けをえて、ロンドンにいる友人サワビーにダンディの代金を支払った。

そして、ルーシー・ロバーツ――そろそろ私たちは彼女について一言話さなければならない。彼女が世界を足元に捧げられたあのとき、いかにやんごとない求婚者を退けたか、ただ退けるだけでなく、もう二度と甘い香りの誓いを繰り返さないように諭して退けたか見てきた。彼女は愛していないし、愛せないとラフトン卿に言い切って、富と栄誉と高い地位だけでなく、それ以上のもの、それよりはるかに悪いもの、すなわち彼女の温かい心が放すまいとする恋人の愛、愛の対象を投げ捨ててしまった。彼女は自分の愛情が卿にしがみついていることをそのときも知っていたが、卿が去って行くやいなやもっとしみじみ感じた。ラフトン卿夫人に顔をしかめさせ、息子を罠にかけたと言わせたくないという強い決意と強い誇りのせいで彼女は押しつぶされてしまった。

貴族であること、広い土地を持つこと、ハンサムで丸ぽちゃの顔をしていることを別にすれば、ラフトン卿は娘の関心や愛に値しないと言われるのはわかっている。夢物語の英雄のほうがこの世の現実の摩擦にさらされる英雄よりもすばらしいと思われているから、そう言われるのだろう。ラフトン卿を作りあげている素材は夢物語の純粋な英雄のほどほどの混ぜ物でしかない、ということは白状したほうがいいかもしれない。とはいえ、ただ純粋な英雄だけが女性の愛をえるに値するとするなら、この世はいったいどうなってしまうのか？　男性はどうしたらいいのか？　どう――ああ！　女性はどうなってしまうのか？　ルーシー・ロバーツは退けた恋人に普通以上の英雄的力量があるとは思わなかった。いや、おそらく彼の実際の英雄的力量を過小評価していた。それでも、彼女は自尊心を傷つけることなく、恋人にそんな英雄的力量があると考えることができたら、ずいぶん嬉しかっただろう。

女性がお金のため結婚すべきではないという点に誰もが賛成している。女性は爵位あるいは土地、収入あるいは伝来の揃いのダイヤモンドで身を売るとき、農夫が羊や牛を扱うように自分を扱っている。いちばん身を落として パンを稼ぐ売春婦と同じように、自分を、すなわち心や魂が含まれる内的自己を軽んじている。しかし、爵位や土地や収入はイヴの娘たちには重きをなす問題で、アダムの息子たちにも同様だ。最上の地位とか、世間を前にしていい暮らしをする力とかはじつに貴重で、疑いようもなく価値あるものと見なされている。ただこれを認めるとしても、これらのよきものには高すぎる値がついていることを勘案しよう。それゆえ、もしラフトン卿夫人になっていたらどうなっていたかルーシーが多少後悔しつつ想像したことを、私は真実を語ることを望んでいるので、認めなければならない。こんな男性の妻になるチャンス、こんな心の所有者になるチャンス、こんな運命の女主人公になるチャンスがいったいほかにあるのか？――これ以上多くのこと、これ以上いいことをいったいこの世は彼女に提供してくれるのか？　今彼女はラフトン卿夫人から陰謀を企むずるい女と呼ばれることに堪えられず、そういうものをみな捨ててしまった！　彼女はそんな杞憂に動かされて、真実を言うのがとても望ましい問題だったのに、嘘をついて卿を拒絶してしまった。

しかし、彼女は兄と義姉と一緒にいて快活だった。一粒の静かな涙が目頭に浮かんで、まぶたをじわりと濡らすのは一人になったとき、夜自室にさがったときや孤独な散歩のときだった。彼女は「恋をそとに漏らすこと」も、隠し事に「薔薇色の頬をむしばませること」(1)もなかった。彼女は様々な仕事、家のなかの習慣、喜びを味わうもの静かな態度の維持などを今までと同じにこなした。この点、彼女は天与の特別な強さを見せた。それでもやはりじつのところ失恋と野心の崩壊を嘆いていた。

「私たち、今朝ホグルストックへ行くつもりよ」とファニーがある日朝食のとき言った。「マーク、あなたも一緒に行きませんか？」

「うん、いや。行かない。ポニーの馬車で二人はきついからね」

「まあ、新しい馬ならあなたをあそこまで運べることに気づけばよかった。あなたがクローリーさんに会いたいと言うのを聞いていましたから」

「ぼくも行くんだ。明日おまえの言う新しい馬にそこに連れて行ってもらう。十二時ごろに着くと伝えてくれないか？」

「もっと早めの時間に行ったほうがいいです。あの方はいつも教区のなかに出ていますから」

「そうだね、では十一時と言ってくれ。用件は教区のことなんだ。だから、彼がぼくのため家にとどまっていても良心を苦しめる必要はないね」

「では、ルーシー、私たちで馬車を御さなければね、それだけよ。あなたが御者をしてね。帰るときは交代しましょう」ルーシーがこれに賛成したから、学校の仕事が終わるとすぐ二人は出発した。

二人は庭を一緒に散歩した一か月以上前のあの夜以来、ラフトン卿について一言も話していなかった。ルーシーがその時点まで卿とのあいだに恋愛沙汰なんかなかったとそのとき偽ったため、義姉はそれを信じていた。ロバーツ夫人に疑惑を抱かせるようなことはそれ以来何も起こらなかった。夫人は二人の緊密な親交が終わったとすぐ理解し、すべてがこうあらねばならない状態になったと思った。

「知っているかしら」とロバーツ夫人はその日馬車のなかで言った。「ラフトン卿はグリゼルダ・グラントリーと結婚すると思いますよ」

ルーシーは持っていた手綱を少しぐいと引かずにはいられなかった。血が心臓にどっと押し寄せるのを感じた。しかし、動揺をそとに漏らさなかった。「もしかしたらそうかもしれません」ルーシーはそう言って、ポニーを小さく鞭打った。

「まあ、ルーシー、パックを打っちゃいけません。ちゃんと進んでいますよ」

「パックに謝ります。でも、鞭を任されたら、とても使いたくなるんです」

「まあ、でも使わないで。ラフトン卿夫人がこの縁談を望んでいるのははっきりわかります」

「おそらくそうでしょうね。ミス・グラントリーには大きな財産が入る見込みなんでしょう」

「まんざらそうでもないのよ。でも、彼女はラフトン卿夫人が好きなタイプの娘なのです。淑女で、とても美しくて――」

「まあ、ファニー！」

「本当にそう思うのよ。いわゆる愛らしいというよりも、おわかり、とても美しい。それに物静かで、控えめで、興奮することなんかありません。きっとまじめに義務をはたす方なのでしょう」

「ずいぶんまじめな方であることに間違いありません」ルーシーはどこか冷やかしの口調を込めて言った。

「でも、問題は私が思うにラフトン卿が彼女を好きになるかどうかですね」

「好きになると思いますよ――多少はね。卿はあなたに話しかけたほどたくさん彼女に話しかけることはなかったのですが――」

「あら！　それはみなラフトン卿夫人が悪いのよ。卿夫人が正しいラベルを彼に貼っていなかったから」

「大きな被害があったようには見えないけれど？」

「あら！　神のお慈悲で、ほとんどありません。私の場合三、四年できっと克服できます――もし私にロバのミルクと転地が与えられたらね」

「転地ならバーチェスターへ連れて行きますよ。でも、言っているように、ラフトン卿はグリゼルダ・グラントリーが好きなのだと本当に思います」

「それなら彼って異様なほど趣味が悪いと思いますね」とルーシー。今まで使っていた冷やかしの口調とはまるっきり違った真剣な調子で言った。

「何です、ルーシー!」と義姉が彼女を見詰めて言った。「残念ながら、ロバのミルクが本当に必要なのかしら」

「私の状況を見ると、おそらくラフトン卿のことなんか何も知らないほうがよかったんです。というのは、あなたが言うように、若い女性が若い男性を知るのはとても危険なことですから。でも、私は彼のことをよく知っていますから、彼がグリゼルダ・グラントリーのような娘を好きになってはいけないことくらいわかります。彼女が冷たい、生命のない、精神のない、味気ない、たんなる自動人形だと彼にはわかるはずです。グリゼルダの道徳的卓越性がどんなものであろうと、精神的には彼女のなかには何もないと思います。私から見れば、彼女は今まで見た人のなかでいちばん彫像みたいな人です。じっと座って賛美される、それこそ彼女が望んでいることです。たとえ望んでいるものがえられなくても、つまりじっと座って賛美されなくても、満足なんです。私はあなたのようにラフトン卿夫人を崇拝していません。でも、私は卿夫人のことを高く評価していますから、あんな娘を息子の嫁に選ぶことが不思議なんです。卿夫人がそれを望んでいることは疑いません。でも、彼もそれを望んでいるとするなら、驚かずにはいられませんね」ルーシーはそう話し終わると、またポニーを鞭打った。告げ口屋の血が顔を真っ赤にしたのを感じたから、いらだってやったのだ。

「まあ、ルーシー、たとえ卿があなたの兄だとしても、そんなに熱心に話せないでしょう」

「ええ、話せませんね。彼は私が親密になった唯一の男性の友人ですから、彼が身を捨てるようなことをすると考えると我慢できません。あんな女性に関心を持つなんてひどい過ちだとはっきりわかります」

「もし卿と母が二人とも満足したら、私たちも満足していいと思いますね」

「私は満足しません。私の同意をえようとしても無駄よ、ファニー。あなたが私にこの話をさせたんです。このことで嘘をつくつもりはありません。私はラフトン卿のことがとても好きよ。そしてグリゼルダ・グラントリーのことが同じくらいに嫌いなんです。ですから彼らが夫婦になることなんて納得できません。でも、彼らのどちらも私の同意を求めたりはしないと思うし、ラフトン卿夫人だってそうすることはありませんからね」それから、彼女らは無言で四分の一マイルほど進んだ。

「かわいそうなパック！」とルーシーはとうとう言った。「ミス・グラントリーが彫像のように見えるからといって、これ以上パックを鞭打つことはしません。それから、ファニー、私を精神病院に入れたほうがいいなんてマークに言わないでね。鷹とアオサギを区別する(2)ことくらいできますから、あんな不釣り合いな結婚は見たくないんです」二人はその話題についてそれ以上何も話すことなく、二分もするとホグルストックの牧師の家に着いた。

クローリー夫人はコーンウォールの副牧師館からホグルストックに来たとき、二人の子供を連れて来た。それから二人の子が増えてその世話も加わった。子のうちの一人は今クループ(3)にかかっていて、現在訪問がなされたのは、この母に安心と慰めを与えるためだった。二人の女性はパックの世話を少年に任せて馬車から降りると、すぐクローリー夫人の一つしかない居間に入った。彼女は三か月くらいの赤ん坊を膝に乗せて座り、揺りかごの台に片足を掛けて揺すっていた。病気になっている年上の子が赤ん坊の場所、すなわち揺りかごを奪って寝ていた。かなり年上のほかの二人の子もその部屋にいた。いちばん上は女の子で九歳くらいだろうか、もう一人は男の子で三歳年下だった。上の二人は父の肘のところに立っており、父は文法の初期の謎に二人を導き入れようと熱心に教えていた。じつを言うと、クローリー氏がそこにいなければいいのにとロバーツ夫人は思っていた。というのは、夫人は身の回りに隠して密輸品、表向きは子供への贈り物ということになっているが、じつはたくさん仕事を背負わされた哀れな母を救う品を持ち込んでおり、クローリー氏のいるところでそれを取り出すことはできないと思っていた。

この母はすでに述べたように恐ろしいコーンウォール時代後半ほど痩せこけていなかったし、やつれてもいなかった。ラフトン卿夫人とアラビン夫人が協力して施す支援と、乏しいながら改善された収入による慰めのおかげで、彼女は子供のころ住んでいた穏やかな世界にいくらか引き戻されていた。とはいえ、年百三十ポンドの寛大な――新地域の牧師の収入規模で言うと寛大な――俸給でも、妻と四人の子を抱えた紳士は職人の家族の普通の暮らしさえ維持することができなかった。飲食、つまり肉とお茶とバターの量に関しては、どんな職人でも半飢餓状態でしかないと思うくらいの量しか消費できなかった。子供にはもっといい服が必要であり、夫にもいい服が必要だった。妻の服について言うと、クローリー夫人のいちばんいい長ドレスでも、ごく少数の職人の妻しか我慢できないだろう。夫人の母がつましい嫁入り道具をやっとのことで娘に与えたとき、その長ドレスの生地を用意したのだ。

ルーシーはクローリー夫人に会ったことがなかった。ホグルストックへのこういう訪問は頻繁ではなく、普通ラフトン卿夫人とロバーツ夫人によって一緒になされていた。クローリー氏はこの二人の訪問を嫌っていることが知られており、彼だけ仲間はずれになることに野蛮な満足を感じていた。彼は支援を施そうとする人々にかえって怒りを向けると言われ、借金の立て替えをしたことで確かにまだバーチェスター聖堂参事会長を許していなかった。今の禄も参事会長から与えられていたから、結果参事会長に昔のような親しみを感じられなくなっていた。旧友アラビンはその昔副牧師とほとんど同じくらい無一文でコーンウォールのあの農家にやって来た。それから、二人、アラビンとクローリーは岩だらけの海岸を何時間も一緒に歩いて、波の音を聞き、議論の多い深甚な神秘を討議したものだ。時には熱く怒り、時には優しい愛情あふれる慈悲を示し、しかしいつも相手の真実を認め合っていた。二人は今比較的近くに住んでいたけれど、このような討議の機会はなかった。いずれにしても三か月に一度旧友はクローリー氏に参事会長邸を訪ねて来るように迫った。アラビン博士は邸内の客にクローリー氏が遠慮するなら、誰も邸には入れないと約束した。しかし、クローリーは訪問を嫌った。参事会長邸の美しい装飾と壮麗さ、あの暖かい心地よい図書室を見て、彼はすぐ沈黙してしまった。なぜアラビン博士はホグルストックに出向いて、昔よくしたように汚い細道をのしのしと一緒に歩かないのか？　そうしたら彼は友と愉快にすごすことができるだろう。そうしたら話すことができるだろう。そうしたら昔の日々が甦るだろう。しかし、今は！「アラビンは今いつもつやのある立派な馬に乗っている」と彼は一度妻に冷ややかに言ったことがあった。貧困があまりにもひどく身に染みていたので、裕福な友を愛する気になれなかった。

註

（1）『十二夜』第二幕第四場。

（2）『ハムレット』第二幕第二場では「鷹と鷲の区別」とある。

（3）偽膜性咽頭炎。子供の喉頭や気管を冒す炎症で、激しい空咳と呼吸困難を伴う。

# 第二十二章　ホグルストック牧師館

私たちは前章の終わりでルーシー・ロバーツがクローリー夫人に紹介されるのを待っているところでお別れした。夫人は膝の上に赤ん坊を抱えて座り、揺りかごで寝ているもう一人を足元で揺らしていた。クローリー氏は古い文法書のページに指を挟んで椅子から立ちあがった。その本は年上の二人の子に教えるため使っていたものだ。ロバーツ夫人とルーシーが居間に入ったとき、クローリーの家族がみんなこんなふうに二人の前にいた。

「こちらが私の妹のルーシーです」とロバーツ夫人は言った。「どうぞそのまま、クローリー夫人、もし動かれるのでしたら、赤ちゃんは私に渡してください」彼女は両腕を差し出すと、赤ん坊を受け取り、そこでくつろがせた。というのは、彼女はこの種の仕事をうちでもしており、子守の手助けはホグルストックより充分えられたけれど、決してその仕事をおろそかにしていなかった。

クローリー夫人は立ちあがると、会えて嬉しいとルーシーに言った。クローリー氏は手に文法書を持って、謙虚な、従順な顔つきで進み出た。もし私たちがクローリー夫妻の心の奥底を覗き込むことができたら、夫には貧しさに対する誇りと恥の混じり合った感情がある一方、妻には誇りも恥もないのを見ることができただろう。妻は人生の現実をあまりにも厳しく感じていたので、外見なんか考えなかった。もし新調の長ドレスがあったら、役に立つから気に入るだろう。しかし、教会に着て入る彼女の長ドレスが三度裏返しされたものだと州のみなが知っているとき、外見を取り繕うことなんか無意味だった。それでも、夫は自分も妻もみすぼらしい身なりをしていると思って、悔しがった。

「残念ながらあなたには椅子がないようですね、ミス・ロバーツ」とクローリー氏。

「ええ、ここにはこの若い紳士の本以外にありません」とルーシーは言って、表紙のないぼろぼろの本の山をテーブルの上に動かした。「これを動かしたことを許してくれるといいんですが」

「それはボブのではなくて――大部分は――私のです」と少女。

「だけど、何冊かはぼくのだよ」と少年は言った「そうだろ、グレース？」

「あなたは学者さん？」とルーシーは少女を引き寄せて聞いた。

「わかりません」とグレースはおどおどした表情で言った。「ギリシア作家抜粋集[1]と不規則動詞を習っています」

「ギリシア作家抜粋集と不規則動詞！」とルーシーは驚いて両手をあげた。

「姉ちゃんはホラティウス[2]の頌詩を暗記しているんだ」とボブ。

「ホラティウスの頌詩！」とルーシー。彼女は若い内気な天才少女をまだ膝の近くに抱えていた。

「私が子供に与えることができるのはそんなものしかありません」とクローリー氏は言い訳を言った。「わずかな学識が私の持つ唯一の財産ですから、子供とそれを分かち合う努力をするのです」

「それが私たちのいちばんの財産と言われていますね」とルーシー。しかし、ホラティウスとギリシア語の不規則動詞は九歳の少女にはあまりにも早い押しつけの気味があると思った。それでも、グレースはかわいい、気取らない様子の少女で、味方にぴったりくっついて、構ってほしがっているようだった。それで、ルーシーはクローリー氏がどこかにいなくなったら、贈り物が出せるのにと思った。

「こちらに来られるときロバーツさんはお元気でしたか?」とクローリー氏は尋ねた。フラムリーの書斎で同僚牧師に力強く話しかけたあのときの口調とはぜんぜん違う堅苦しい、儀式的な口調だった。

「夫はとても元気です。ありがとうございます。夫の幸運についてはお聞きになりましたか?」

「はい、聞いています」とクローリー氏は重々しく言った。「彼の昇進があらゆる点で今も、今後もいいほうに向かえばいいと思っていますよ」

しかし、親切な希望を表明する仕方から判断すると、彼はその希望と予想が明らかに一致しそうもないと見ていたようだ。

「ついでながら、兄は明日十一時ごろここにお伺いすると伝えてほしいと言っていました、そうじゃない、ファニー」

「ええ、夫は教区の仕事のことであなたとお話したいようです」とロバーツ夫人は子育ての問題でクローリー夫人と交わしていた熱心な議論からちょっと顔をあげて言った。

「どうか彼に伝えてください」とクローリー氏は言った。「喜んでお会いしたいと。しかし、今や彼は新しい職務に就かれているので、私のほうからフラムリーにお伺いしたほうがいいのではないですか?」

「新しい職務の影響はまだそれほど出ていません」とルーシーは言った。「こちらへ馬で来るくらい兄には何でもありません」

「そうですか、その点私よりも彼のほうが便利ですからね。残念ながら私には馬がないのです」

それから、ルーシーは小さな少年を撫で始めて、徐々にボタン形ショウガ入りクッキーの小さな袋をマフから少年の手にすべらせた。彼女は辛抱強くなかったので、義姉ほど待てなかった。

少年は袋を手に取って、なかを覗き込み、それからルーシーの顔を見あげた。

「それは何かな、ボブ?」とクローリー氏が聞いた。

「ショウガ入りクッキー」とボビーは口ごもった。罪を犯したと感じていたが、おそらくまだ重罪と見なされるはずはないとも思っていた。

「ミス・ロバーツ」と父は言った。「あなたにはとても感謝しています。しかし、子供はこんなことに慣れていないのです」

「私は意思の力が弱くて、クローリーさん、子供のところへ行くときはいつもこういうものを持ち歩くんです。ですから私を許してくれなければいけません。小さいお子さんにこれをあげてください」

「ああ、なるほど、ボブ、いい子だね、その袋をママに渡しなさい、そうしたらママが一度に一個ずつおまえとグレースにくれるよ」それから、袋は母のところに厳粛に運ばれて、息子の手から受け取られ、本棚の高いところに置かれた。

「今は一つももらえないんですか?」とルーシー・ロバーツはじつに悲しそうに言った。「そんなに厳しくしないで、クローリーさん、――クッキーに厳しくしないで、私に厳しくしてください。クッキーがちゃんとできているか確かめさせてくれませんか?」

「きっとちゃんとできていますよ。しかし、クッキーはしばらくママが預かっていたほうがいいと思います」

これを聞いてルーシーはひどくがっかりした。もしショウガ入りクッキーの小さな袋がこれほど大きないざこざになるなら、マフのなかにまだ残っているグアバ・ゼリーの瓶とボンボンの箱をどう処理したらいいのかしら? ポニーの馬車に積まれたオレンジの小包をどうやって運び込んだらいいのかしら? さらに病気の子のためのゼリーと、鶏の澄ましスープ――それもじつはゼリーになっていた――があった。隠さず本当のことを話すと、フラムリー牧師館の農場から持ち込んだ新鮮な豚の骨付き肉と、かご一杯の卵もあった。もしロバーツ夫人がそれらを運び出すチャンスを見つけられたら、出すことにしていたが、クローリー氏がいる前で出したら、嘲笑されたうえ、きっと捨てられてしまう。二、三本ポートワインを加えることも考えたあげく、持って来る勇気がなかったから、今この難しい状況をさらに悪化させずに済んだ。

クローリー氏と会話を続けるのはとても難しいとルーシーはわかった。ロバーツ夫人とクローリー夫人がやがて幼いほうの二人の子を連れて寝室に退いたあと、いっそうこれをひしひし感じた。「私のマフを一緒に持って行ってくれないなんて」とルーシーは思った。「何てついてないんでしょう！」いろいろなものが隠されている重いマフは膝の上に置かれたままだった。

「あなた方は一年の一部をバーチェスターで暮らすことになるでしょうね」とクローリー氏。

「本当にまだわからないんです。バーチェスターの最初の一か月は貸間にするとマークは言っています」

「しかし、宿舎がありますよ？」

「ええ、そのようです」

「あの会員席が教区の仕事の邪魔にならないかと心配ですね。教区の公益施設、たとえば学校なんかの邪魔にね」

「近いから、たとえ宿舎にいてもフラムリーをあまり留守にすることはないとマークは考えています。そのうえラフトン卿夫人が学校のことではご親切にしてくださるから」

「ああ！　そう。しかし、ラフトン卿夫人は牧師ではありませんからね、ミス・ロバーツ」

卿夫人はほとんど同じようなものだと口の先まで出かかったけれど、ルーシーは思いとどまった。

この時、神の救いか、クローリー夫人の赤い腕のお手伝いがミス・ロバーツに大きな救いをもたらした。

このお手伝いは主人のところに歩いて来て、呼ばれていると耳元で囁いた。教区の学校から呼び出される時間だった。牧師がきちんと出席するので、この時間になると、たとえ留守でも、学校から平気で人が送られて来た。

「ミス・ロバーツ、残念ですが、ちょっと失礼」彼はそう言って立ちあがり、帽子とステッキを手に取った。ルーシーはご主人の邪魔はしたくないと言いながら、すでに宝物を上手に降ろす方法を考え始めた。「ロバーツ夫人によろしく言ってください。別れの挨拶ができなくて申し訳ないとお伝えください。しかし、帰りに校舎のそばを通るとき、おそらく夫人には会えると思います」それから、彼はステッキを手に持って、去って行った。ルーシーはボビーがすぐボタン形ショウガ入りクッキーの袋に目を向けているように感じた。

「ボブ」と彼女は囁くように言った。「砂糖菓子は好き?」

「うん、とても好き」とボブはいつになく厳粛に言い、父が通りすぎるのを見るため窓に目を向けた。

「じゃあこちらへ来て」とルーシー。しかし、そう言ったとき、ドアがまた開いて、クローリー氏が現れた。「本を忘れてしまった」彼は部屋のなかに戻って来ると、教区を歩き回るときに携行する使い古した祈祷書を取りあげた。ボビーは父を見て、数歩後ずさりした。グレースも後ずさりした。本当のことを言うと、グレースは不規則動詞の勉強があったにもかかわらず、砂糖菓子の響きに引き寄せられていた。ルーシーはマフから手を引っ込め、やましそうな顔つきをした。彼女は善良な人をだまそうとしていたのではないか? いや、善良な人をだますようにその子に教えていたのではないか? しかし、だまさなければ天使でさえ一緒に生活できないそんな素質の人がいるのだ。

「パパはもう行っちゃったよ」とボビーは囁いた。「角を曲がるのを見たんだ」とにかくこの子は教えを学んでいた。それが自然だった。

別の人もまたパパがいなくなったことを知っていた。というのは、ボブとグレースが砂糖菓子の大きな塊を数えて——そのあいだに慰めのため一インチの大麦糖を二人とも頬ばって——いたあいだ、ロバーツ夫人は玄関ドアを開け、大きなかごと台所用布で包まれた小包をひそかに家に持ち込んで、クローリー夫人の寝室のテーブルの上ですばやく荷ほどきしたからだ。

「思い切ってこんなものを持って来ました」とファニーは恥じらいつつ言った。「一人の病気の子がどれだけ家全体に重くのしかかるか知っていますから」

「ああ！　あなた」クローリー夫人はロバーツ夫人の腕をつかみ、顔を覗き込んで言った。「貧乏の試練を神から受けて、私に恥はありません。子供のため、こういう救いの手が嬉しい」

「でも、ご主人は怒るんじゃありません？」

「何とかします。愛するロバーツさん、夫にあきれてはいけません。運命は夫にとって時にとても堪え難いのです。こんなことは女によりも男にとってはるかに厳しいのです」

ファニーはこれを素直に受け入れる気にならなかったので、返事をしなかった。「あなたの役に立つことができたらいいのですが」と彼女は言った。「私を古くからの友と思ってくださるなら、私を必要とするとき手紙で知らせてください。頻繁に来るのはためらうのです。ご主人を怒らせてはいけませんから」

それから二人は徐々に打ち解けてきた。貧困に苦しむ永年副牧師の妻は心に抱える重い重荷をバーチェスター名誉参事会員の裕福な若い妻に打ち明けることができた。「周囲の牧師の妻たちとは」と前者は言った。「ずいぶん違っていると感じるのはつらい。ほかの妻たちが穏やかに暮らしているとき、私は手仕事を一杯抱えて、絶え間なく格闘を続けている。それなのに夫や子供の前に健康的な食事を用意することができないと知るのはつらい。精神のあらゆる活動をこんなことばかりに費やしていると考えるのはつらい——堪え難いこと。それでも」と彼女は言った。「夫が男らしく振る舞い、世間を前に大胆に運命に立ち向かっている限り、私は堪えていける」それから、彼女はコーンウォールの以前の住まいよりもホグルストックのほうが夫にとってどれだけいいか話して、とてもよくしてくれる友人に温かい言葉でお礼を述べた。

「アラビン夫人はあなた方が訪ねてくれることを強く願っていると聞きました」とロバーツ夫人。

「ええ。ところが、残念ながらそれができないのです。子供がいますから、おわかりでしょう、ロバーツ夫人」

「私が二人面倒を見ますよ」

「あら、いえ、ご親切に対してそんなかたちでひどいお返しをすることはできません。でも、私をうちに置いて夫一人で訪ねて行けばいいと思うのに、夫は行こうとしません。時々そうしたほうがいいと思って、全力で説得しました。もし夫が世のなかと、つまり聖職者仲間と、もう一度関係を修復することができたら、職務の遂行の点でもっといい状態になると思うから。ところが、夫はそれができないと言い、夫の上着は参事会長のテーブルに着くにはふさわしくないと怒って答えるのです」クローリー夫人はそんな理由を説明するとき、赤面していた。

「そんな！　アラビン博士のような旧友を相手に？　そんな遠慮なんかまったく馬鹿げています」

「それはわかっています。参事会長は夫がどんな上着を着ていようと、会えたら喜ぶでしょう。ところが、夫は職務で呼ばれるのでない限り、裕福な人の家に入ることに我慢ができないのです」

「でも、きっとそれは見当違いでは？」

「見当違いです。ところが、私に何ができるというのです？　残念ながら夫は金持ちを敵と見なしています。一方で、夫は友と語り合う慰めを求めています。同じ教育を受けた対等の精神の持ち主とね、相手の思想に耳を傾け、自分の思想を語りかける対等の友と。ところが、そんな友は精神において対等であるだけでなく、財布の中身においても対等でなければなりません。夫はいったいどこでそんな人を見つけられますか?」

「でも、彼はもっと高い地位に昇進できるかもしれません」

「あら、いいえ。たとえ夫が昇進したとしても、今はそれにふさわしい状態じゃありません。子供に教育を施すことができたら、かわいそうなグレースのため、何かしてやることさえできたら——」

これに対してロバーツ夫人は一言二言答えたものの、あまり多く話せなかった。しかし、夫人は夫の許可がえられたら、グレースのため何かしてやらなければと考えた。そういうことができたら、立派な仕事ではないか? 神から恵まれたよきものをほかの人のため利用するのは義務ではないか?

クローリー夫人が鶏の澄ましスープと豚の脚と卵の補給を台所にしまい込んだあと、二人の女性はそれぞれ小さい子をまた腕に抱いて居間に戻った。ルーシーはその間上の子供の相手をして、二人の既婚女性が入ったとき、いろいろな贅沢品を驚くほど安い価格で売り買いする店を開いていた。そこにはグアバ・ゼリーがあり、オレンジがあり、赤と黄と縞の砂糖菓子があった。さらにボタン形ショウガ入りクッキーは営利目的のため大胆に本棚から降ろされ、食卓の上に広げられていた。ルーシーは売り子のようにその後ろに立って、口づけと交換に品物を分配していた。

「ママ、ママ」とボビーは母に駆け寄って、「何か買わなきゃ」と売り子を指差した。「大麦糖のあの山は口づけ二つだよ」ボビーの口元を見ると、口づけはすでにいくつもなされたことがわかる。

いらいらしているパックの馬車の後ろに二人が再び乗って、玄関からかなり離れたとき、ファニーが口を開いた。

「あのご夫婦は何と違った性格のご夫婦なのでしょう」と彼女は言った「心情も精神も何と違って！」

「でも、ご主人よりも奥さんの心情って何て格調が高いんでしょう！　ご主人は多くの点で何と弱々しく、奥さんはあらゆる点で何と力強いんでしょう！　ご主人の誇り、ご主人の恥は何と見当違いなんでしょう！」

「でも、ご主人が堪えなければならないことを頭に入れる必要がありますね。彼のような生活を送っていたら、どうしても誤った誇りや誤った恥に左右されてしまいます」

「でも、奥さんにはどちらもありません」とルーシー。

「家族に一人英雄がいるからといって、そこにもう一人英雄を期待することなんかできませんね」とロバーツ夫人は言った。「私の知人のなかでクローリー夫人が思うにいちばん英雄の資質に近いのです」

それから二人がホグルストック学校のそばを通りすぎたとき、クローリー氏は車輪の音を聞いて出て来た。

「こんなに長く妻のところにいてくださって」と彼は言った。「とてもご親切にしていただきました」

「あなたが出たあと、たくさんお喋りしました」

「とてもご親切にしていただいて。というのは、妻は近ごろ友人に会うこともあまりないからです。明日は十一時にこの学校にいるとロバーツさんに伝えてください」

それから彼が帽子を取ってお辞儀をしたあと、二人は馬車で去って行った。

「もしご主人が奥さんの気持ちを心から気にかけているなら、私はご主人がそんなに悪い人とは思いません」とルーシー。

註

（1）さまざまなギリシア作家から採られた翻訳用の抜粋集。たとえばF・E・J・ヴァルピー著『ギリシア作家抜粋第二集あるいは新秀逸語録』(1828)。

（2）ローマの叙情・諷刺詩人(65-8B. C.)。

# 第二十三章　巨人らの勝利

四月も終わろうとするころ、地球上のあらゆる居住可能な地域にほとんど同時にある知らせが届いた。私たちの物語の主要人物の一人——ある人々からは主人公と思われているかもしれない——にとってその知らせが意味するものは恐ろしいものだった。やんごとない国会議員らはみな疑いなく恐ろしいと思い、その妻や娘たちも恐ろしいと思った。神々[1]に対して戦っていたタイタン族[2]はこの間に成功を収めた。無知に染まり、腐敗と結びついていた古い巨人族テュポーエウス、ミマース、ポルピュリオーン、ロイコスらはオリュムポス山の頂きまでよじ登った。恐るべき投石器で武装して立ち、致命的な重い飛び道具を放つあの大胆不敵な投擲手、出版界のエンケラドスことサプルハウスの助力によるものだった。きら星からなる国会のこの総破裂のなか、哀れなディアーナ、小袋局のディアーナは乱暴なオリオンに栄誉ある地位を放棄する以外に何ができたろうか?　言い換えると、閣僚は辞職を強いられ、ハロルド・スミスも一緒に辞職せざるをえなかった。

「それで、哀れなハロルドは大臣の甘い汁をたっぷり吸う前に退場だ」とサワビーは友人の牧師に送る手紙に書いた。「わしが知る限り、彼が加わってから内閣に生じた唯一の教会聖職者の任命がフラムリーに届いて、わしを大いに喜ばせ、満足させてくれた」しかし、同じ話題に触れられて、受けた恩恵のことをたびたび想起させられたマークに喜びも、満足もあるわけがなかった。

内閣のこの崩壊は悲惨だった。ハロルド・スミスは新しい血を注入するという考えに最後まで確信を抱いていたから特にみじめだった。彼は参加したばかりの政府が議会の大多数から不信任を受けるなんてほとんど信じられなかった。「もしこんなふうに続けていたら」と彼は若い友人、グリーン・ウォーカーに言った。「女王の政府はやっていけないよ」(3) ある大人物が女王の政府の運営に困難が生じているとの意見を最初に述べて以来、この点が近年しばしば議論されてきた。それにもかかわらず、女王の政府は存続しており、政府の仕事に対する人々の才能や適性は下降しているようには見えない。もし若い政治家が少ないとすれば、それは古参の御者がいつまでも馬具をカタカタ鳴らしたがるせいだ。

「どうしたら女王の政府がやっていけるか、おれには見当もつかない」とハロルド・スミスはグリーン・ウォーカーに言った。大きな関心を呼んだ総辞職の初日、女王が一流の政治家を次々に宮殿に呼び込んでいたその日、下院のロビーの隅に立っていたときのことだ。不安を感じていた人々は別の首班によるめでたい組閣が実際に可能か疑い始めていた。神々はみな地位から姿を消してしまった。巨人らは神々のため何かしてくれるほど善良だろうか? 巨人らは何もしてくれそうもないと思う人々もいた。「下院は月曜まで休会になるだろう。おれは何をもらっても、女王陛下に代わる気にはなれないよ」とハロルド・スミス氏。

「本当に、そうですね!」とグリーン・ウォーカー。彼は一人の閣僚の実質的な支えとして働くことに誇りを感じて、近ごろ忠実なハロルド・スミス派になっていた。もし彼がたんにブロック卿派で満足していたら、取るに足りぬ人物と見なされていただろう。「本当に、そうですね!」グリーン・ウォーカーは女王陛下が陥っている危険な状況を思って、目を見開き、かぶりを振った。「F卿は外務大臣の椅子が手に入らなければ彼らには加わらないとぼくは偶然知りました」(4) そう言って、彼はタイタン族の会議で最重要人物になると思われる百手のガイアに触れた。

「もちろんF卿が加わることはありえない。巨人らがいったい何をするつもりなのかおれにはわからんよ。あちらにはシドニア[5]がいるだろ。彼は今何か異議を唱えているという噂だ」今シドニアはとても力があると思われているもう一人の巨人だった。

「女王が彼に会おうとしないのはみんな知っています」とグリーン・ウォーカーは言った。ウォーカーはクルー・ジャンクション選出の国会議員で、またハートルトップ卿夫人の甥だったから、当然女王が何をし、何をしないか正確に確認する手段を持ち合わせていた。

「事実は下院がみずから何をしようとしているか、少しも理解していないことなんだ」とハロルド・スミスは追放された神としての立場に立ち返って言った。「下院自体が何を望んでいるかわからない。おれが彼らに尋ねたいのはこれだ。女王に政府を与えるつもりがあるのか、ないのか？　彼らにシドニアやド・テリア卿[6]を支える用意があるのか、ないのか？　もしあるなら、おれは従順で、慎ましい彼らの従者になるよ。だが、支えるとすると、おれはかなり驚くね、それだけだ」ド・テリア卿は当時みなから巨人らの首領と見なされていた。

「ぼくだって驚いちゃいますよ。彼らが支えることなんてできません。マンチェスター派の連中だっています。ぼくの地方で見られる連中の動きを知るべきです。連中はド・テリア卿を支持しないと思いますよ。支持するなんて不自然でしょう」

「不自然って！　人間性は終わりに来たとおれは思っているよ」とハロルド・スミス。彼は入閣したとたんに政府を転覆させる謀議があったこと自体が理解できなかった。しかも、彼がどれだけ政府に尽くせるか見せる前に転覆されたことも納得がいかなかった。「事実はこういうことだ、ウォーカー、おれたちにもう強い愛党心なんてないんだ」

「本当にそうです、これっぽっちもない――」とグリーン・ウォーカー。彼は今政治的野心に燃えていた。

「おれたちがそれを取り戻すまで、腕の確かな確固たる政府が登場することはないね。週替わりで考えが変わる連中は誰からも信用されない。ある月に大臣を権力の座に就けたその議員が、次の月には真っ先かけてその大臣に不信任投票をするんだから」

「こんなことはやめなければいけませんね。でないと、ぼくらは用無しになる」

「ブリトルバック卿の件でブロックが犯した過ちをおれは否定するつもりはない。ブロックは確かに間違っていたと思うし、おれはそう言い続けてきた。だが、いったい全体なぜ――!」ハロルド・スミスは言葉を最後まで言い終えることなく顔を背け、手を打ち合わせ、時代の愚かさに対する驚きを表した。彼が言いたかったのはおそらくこういうことだ。小袋局にあった最近の任命のような善行は今触れた別の悪行――ブリトルバック卿の件――を充分埋め合わせると考えなければ、この地上の問題にあらゆる正義はなくなる。これほど大きな徳が顕現したときでさえ、許されないような悪があろうか?

「ぼくは全部サプルハウスのせいだと思います」とグリーン・ウォーカーは友人を慰めようとして言った。

「そうだ」とハロルド・スミス。彼は息を詰めて、一人しかない聞き手に話しかけるとき、議会で使う雄弁に近い話し方をした。「そうだ、おれたちは金目当ての無責任な新聞の――しかもたった一つの新聞の――奴隷になろうとしている。一人の男がいるが、そいつは何の偉大な才脳にも恵まれることなく、何の公的な信任も、政治家として何の信用もえることなく、世に広く作家としてさえ認められていない。それなのにそいつは『ジュピター』紙の記者であるがゆえに政府を転覆することができ、国を混迷に陥れることができる。ブロック卿のような人があれほど臆病になってしまうとは、おれには驚くべきことだ」それでも、これが話されたのはハロルド・スミス自身がサプルハウスに助言してからまだひと月もたっていなかった。ハロルド自身がそのとき『ジュピター』紙から一連の激烈な記事が出さえすれば、マンチェスター派から期待できる支援とあいまって、おそらく首相を権力の座から引きずり降ろすことができると言ったのだ。とはいえ、確かにそのとき首相はまだ若い血で内閣を再活性化していなかった。「女王の政府がどのように存続していくか、今はそれが問題だな」とハロルド・スミスは今繰り返した。私たちが触れたおよそ一か月前のあのとき、彼が当惑することのなかった問題だ。

このとき、サワビーとサプルハウスが首相による休会通知のあと、さほど重要でない業務を終え、下院から出てハロルドたちに合流した。

「なあ、ハロルド」とサワビーは言った。「あんたの親分の声明をどう思う？」

「何も言うことはないね」とハロルド・スミス。彼は帽子のひさしの下からとてもまじめ腐って、というよりむしろひどく怒って見あげた。サワビーはこの危機のとき、政府を支持していたのに、いったいなぜ今サプルハウスのようなやつとつるんでいるのか？

「首相は立派な声明をしたと思うよ」とサワビー。

「確かに立派でした」とサプルハウスは言った。「この種のことをするときのいつもの彼らしい処し方ですね。あれほど上手に状況説明ができる人、あれほど効果的に個人的声明が出せる人は彼以外にいません。この種のことのため彼は将来に備えて自分をだいじにすべきです」

「その間、誰が女王の政府を運営していくんだ？」とハロルド・スミスはとても険しい顔つきで言った。

「そういうことはもっと小物連中に任せなければね」と『ジュピター』紙の論客サプルハウスが答えた。

「人が本当に首相に耳を傾ける議論、人が本当に首相に関心を持つ話題は、いつだって個人的なものです。私たちのうちいったい何人がインド統治の最善の方法に本当に関心を寄せるでしょうか？　しかし、首相の人格にかかわる問題では、私たちはみな鳴り響くシンバルのまわりにいる蜂のように集[7]まるのです」

「それは嫉妬や悪意や慈悲の欠如[8]から生まれるんだ」とハロルド・スミス。

「そうだ、スリ、窃盗、誹謗、嘘、中傷[9]からもな」とサワビー氏。

「私たちは他人の地位をねたんで、むやみにそれをほしがるものです」とサプルハウス。

「そんなやつらもいるな」とサワビーは言った。「だが、害をもたらすのは誹謗、嘘、中傷だろ。そうじゃないかい、ハロルド？」

「その間、女王の政府をどうやって営んでいくんですか？」とグリーン・ウォーカー氏。


　翌朝、ド・テリア卿が女王とともにバッキンガム宮殿にいたことが知られて、およそ十二時ごろ新閣僚の名簿が公表された。これは巨人ら一族にとって至高の満足だったに違いない。一族にはテルス[10]の息子たちみなと多くの娘たちが含まれていた。ところが、それからその日午後遅くブロック卿が再び宮殿に召喚されたので、ウエストエンド[11]の社交クラブでは、神々にも再びチャンスがあると考えられた。「せめて――」と夕刊紙『純粋主義者』は言った。この新聞はハロルド・スミス氏の利害に深くかかわると見られていた。「せめてブロック卿に適材適所の英知が授けられていればと惜しまれる。首相がスミス氏を入閣させたのはつい先日のことだ。これは正しい方向への第一歩と誰もが認めるにせよ、不幸にも起こってしまった混乱を防ぐには遅すぎた措置だった。女王の政府を存続させるため、政治家の名簿を選ぶチャンスがこのブロック卿に再び訪れることはありうる。その際には、スミス氏のような人々が才能、勤勉、公認された公職への適性を具えて、国家に恒久的に役立つ地位に就くことが望ましい」

　サプルハウスは社交クラブでサワビー氏の隣に座ってこれを読んだとき、文体にずいぶん際立った特徴があるので、筆者について疑問の余地はないと言い切った。しかし、ハロルド・スミスが活字に組まれた段階でこの記事を読んだことはあっても、みずからそれを書いたとは思えなかった。

しかし、『ジュピター』紙は翌朝ブロック卿と神々が組閣の要請、再要請にもかかわらずきっぱり追放され、ド・テリア卿と巨人らが政権を握ることになったと世間に知らしめて、問題を決着させた。外務省にしか行かないとごねたあの気難しい巨人は実際にはさほど重要でない職域へ移された。シドニアは傑出した名士、ド・テリア卿に対して噂された不仲にもかかわらず、最上位の巨人にふさわしい豊富な資産を用いて売り込みを始めた。「ブロック卿が教訓を学べないほどまだもうろくしていないことを望みたい」と『ジュピター』紙は書いた。「もしまだ学べるとするなら、今回の下院の決定、つまり国の決定と言ってもいいものは、ブリトルバック卿のような貴族や、ハロルド・スミス氏のような壊れた葦を信頼すべきでないことを卿に教えている」さて、いつものことだが、サプルハウス氏によるこの最後の一撃はきわめて不親切で、すこぶる不必要なものと思われた。

「ねえ、あなた」とハロルド夫人は言った。破局が伝えられたあと初めて夫人がミス・ダンスタブルに会ったときのことだ。「どうすれば私はこの凋落に堪えられるかしら」それから、夫人は細かくレースで飾られたハンカチを目に当てた。

「キリスト教徒としての自己否定はどう」とミス・ダンスタブルは提案した。

「馬鹿みたい！」とハロルド・スミス夫人は言った。「あなた方百万長者はいつもキリスト教徒の自己否定のことなんか言い出すのね。なぜなら、今まで何かを放棄するように求められたことがないからです。もし私にキリスト教徒の断念の美徳が具わっていたら、虚飾と空虚を好むはずがありません。ねえ、考えてみてください、あなた。閣僚の妻だったのはたった三週間だなんて！」

「かわいそうなスミスさんはどういうふうに我慢していますか？」

「何？　ハロルド？　夫はただ復讐の希望を糧に生きています。サプルハウスさんの息の根を止められたら、満足して死ぬ気です」

それから、両院でさらに満足のいく説明がなされた。高貴な生まれの礼儀正しい巨人らは、オッサ山の上にペリオン山[12]を重ねて、つまり不可能な難事に挑んで、まるっきり意に反して権力の座によじ登ったのだと神々に請け合った。というのは、彼ら、巨人らは威厳のある甘美な撤退をじつは望んでいたからだ。しかし、人々の非常に強い支持があった。巨人らが国政に当たるべしと信じる――巨人ら自身のではなく――ほかの人たちの声があった。事実、時代の意思はあまりにもはっきり巨人らの側に味方していたので、ほかに選択の余地はなかった。ブリアレオース[13]は上院で、オリオンは下院でそう説明した。それで、神々は喜んで政権を譲り渡した。神々は下品な俗世の嫉妬あるいは悪意からかけ離れたところに住んでいたので、巨人らが政府の仕事を続けるに当たってそれを全力で支援すると約束した。巨人らはそんな貴重な助言、親切な支援に対していかに深甚な恩義を感じたかはっきり伝えた。これらはみなすこぶる喜ばしいことだった。それでも、普通の人々は昔ながらの考え方に従って、いつもの争いが続くと期待していたように見える。立派なスピーチのなかで敵を愛するのは簡単でも、実際の生活のなかでそうするのは非常に難しい。

しかし、今も昔も巨人らは謙虚さという独自の長所を具えていたから、神々のたどったあとをそのまま踏襲することができた。もし神々が苦心惨憺審議して見事な計画を練りあげていたら、巨人らはいつも進んでそれを養子とし、しかも里子として扱うのではなく、彼ら自身の頭脳の産物ででもあるかのようにその子を押し出し、賛美した。さて、このころ主教の数を増やす計画があって、かなり練られていた。優秀な聖職者のあいだでは、善良で行動的な主教が著しく望まれており、主教はいくらいてもいすぎることはないという強い感情があった。ブロック卿にはすでに固まった法案があった。首都の高位聖職者のヘラクレス的労苦を分担するためウエストミンスター主教が必要とされた。ニューカースルの黒人らの心を真っ白に洗い、鉱山関係者をキリスト教徒化するため、北部にもう一人、ベヴァリー主教(14)とでも呼ぶべき主教が必要とされた。ところが、巨人らは周知のようにこれに対抗して野蛮な力を結集するつもりでいた。より多くの副牧師、地域の現職が不足している。馬車で転げている主教はもういらない、と巨人らは言った。主教が馬車のなかで転げているのは立派なことだが、イギリス社会は今のところそういった恩恵には充分恵まれている、と巨人らは主張した。それゆえ、ブロック卿と神々は彼らのささやかな法案の成立に大きな恐れを抱いていた。

しかし、今巨人らが政権に就くとすぐ神々の主教区創設法案がそのまま継続されることになった。法案は神々しいものでなく、巨人らのものらしく見えるようにいくつかの小さな修正が施された。とはいえ、実質はぜんぜん変わらなかった。しかし、敵によって指名された主教が決してよろしくない反面、味方によって指名された主教は非常によろしいという点は認めていい。こういう感情が巨人らに浸透していた。いずれにせよ、主教区創設法案は巨人政府の最初の仕事として、提出され、実施され、雷鳥が鳴き始め(15)て巨人ら同様神々の活動にも終止符が打たれる前、新高位聖職者を選出し、職に就けることになった。

この決定から生まれた副次的な結果として、大執事とグラントリー夫人がロンドンに上京し、前に泊まったところにまた宿を取るということが起こった。この二度目の滞在の初めの一週間、様々な機会にグラントリー博士が大蔵大臣の執務室に入っていくところが目撃された。このような問題で確固たる決論を引き出す前に、著名な高教会派牧師らから多くの助言をえることが必要だった。そして、バーチェスター大執事よりも高い名声を持つ聖職者はほとんどいなかった。それから、大臣がとにかくウエストミンスター主教区を処理したとの噂が世間に広まった。

このころはグラントリー夫人にとってじつに不安な時期だった。大執事自身の野心がいかなるものだったかわざわざ問うてみることはやめよう。大執事は年齢と経験のおかげで地上の栄誉の虚しさを悟り、バーセットシャーの禄付牧師館の裕福な心地よさで充分満足できるかもしれない。しかし、牧師の妻に主教職の拒絶(16)を求めるような教会規律の学説はない。大執事はおそらく私心のない支援を大臣に与えたかっただけだ。ところが、グラントリー夫人は高い地位に就くこと、とにかくプラウディ夫人と同等になることを切望した。夫人はこんな願いを抱くのは子供のためだと、子供が世間を前にいい地位をえて、最大限に自己を活用する手段をえるためだと胸中言い聞かせた。「プラムステッドあたりに閉じこもっていては、いいですか、人は何もできません」と夫人はロンドンに一回目に滞在したときラフトン卿夫人に言った。ところが、それが言われたのはプラムステッドのあの禄付牧師館に決して不足したところも、卑しむべきところもないと夫人が考えたときから、まだあまり時間がたっていなかった。母が再び上京して来たから、グリゼルダは母のもとに戻るべきかという問題が生じたが、この考えにはラフトン卿夫人から強い反対があって、結局反対が通った。「あのかわいい娘は私と一緒にいてとても幸せにしています」とラフトン卿夫人は言った。「彼女をもっと親しく私のそばに置いて、お互いに知り合い、愛し合えたら嬉しいです」

本当のことを言うと、ラフトン卿夫人はグリゼルダを知り、愛そうと懸命に努めてきたにもかかわらず、これまでその願いを完全に充足させるところまでいっていなかった。卿夫人がグリゼルダを――好感からでなく、意志から生じる一種の愛で――愛しているのは確かだった。これまでずっと自分にも他人にも心からグリゼルダを愛していると言ってきた。その若い女性の容貌を賛美し、その振る舞い方も好きで、財産と家系をよしとして、いくぶん性急に嫁として選んだ。ゆえに彼女を愛したのだ。だが、今までのところこの若い友人が理解できているかどうか、ラフトン卿夫人ははっきりわからなかった。卿夫人がこの縁談の立案者だったから、それゆえ今まで通り変わらずそれに温かく固執した。しかし、愛らしい娘がこれまで自分が嫁として夢見てきたものと同じかどうか疑い始めた。

「でも、ラフトンさん」とグラントリー夫人は言った。「娘の愛情を厳しく吟味しすぎているというようなことはありませんか？　ねえ、もし娘が卿を尊敬するようになれば、そのときは――」

「まあ！　もしそうなれば、結果を怖れることはありません。もし彼女がルードヴィックに好意のかけらでも見せてくれたら、彼はただちにグリゼルダの足元にすべてを捧げると思います。彼は衝動的ですが、グリゼルダはそうではありません」

「そうですね、ラフトン卿夫人。衝動的に振る舞って、彼女の愛情を請い求めるのが男性の特権です。心をそとに表さないで、彼に愛を求めさせるのが女性の特権です。あまりにも衝動的すぎるのが今時の若い女性の欠点なのでしょうね。彼女らは女性のものではない特権を身に着けて、自分の特権を見失っています」

「その通り！　まったくもって同感です。グリゼルダを私が高く評価するのはおそらくそんなところのせいですね、それでも――」若い女性は衝動的に紳士に激しい非難を浴びせる必要も、思い切りよく身を投げ出す必要もない。それでも、グリゼルダは血肉でできている印くらい見せてくれてもよかった。特に両親と家族みなから恋路をすんなり走ってほしいと強く願われているときにはだ。ラフトン卿夫人はそんな思いを胸に巡らした。しかし、それについては何も言わないで、ただ観察するだけだった。

「娘が是認し難い情熱に身を任せるとは思いません」とグラントリー夫人。

「確かにそれはありませんね」とラフトン卿夫人は進んで同意した。おそらくグリゼルダは是認されようと、是認されまいとどんな情熱にも身を任せることがないのではと思った。

「ラフトン卿が娘としばしば会っているかどうか今わかりません」とグラントリー夫人。夫人は卿の余暇に関するラフトン卿夫人のあの約束をおそらく思い出していた。

「ここ最近、この政変の期間、おわかりでしょうが、みんなずいぶん忙しくしていました。ルードヴィックは絶えず国会に詰めていました。それから、男性陣は今社交クラブにいることが必要だと思っているようです」

「そう、そうね、もちろんそうです」とグラントリー夫人。夫人は現在の危機の重要性を軽視する気は少しもなかったし、今女王の顧問らが偉業をはたそうとしているとき、男性陣が集まるのを不思議とは思わなかった。とはいえ、二人の母はとうとう完全な了解に達した。グリゼルダは今まで通りラフトン卿夫人のもとにとどまり、もし卿夫人の息子が彼女に求愛する特権を行使する気になったら、彼を受け入れることになった。ただし、その間、ちょっとこちらのほうは怪しさが拭えなかったが、グリゼルダは弓に張るかもしれないもう一本の弦を何らかのかたちで利用する特権も禁じられないことになった。

「でも、母さん」とグリゼルダは母娘水入らずの会話のなかで聞いた。「父さんが主教に推されているのは本当ですか?」

「まだ何もわかりませんよ、あなた。世間の人はそう噂しています。父さんはド・テリア卿のところにずいぶん詰めていましたから」

「その方は首相ではないの?」

「ええ、そう。その方が首相と言えて、私、嬉しいですね」

「首相は気に入った人を——つまりどんな牧師も——主教にできると思いますけれど」

「でも、空いている主教区がないのです」とグラントリー夫人。

「では、チャンスはありませんね」とグリゼルダはとても不機嫌な表情で言った。

「主教を二人増やす国会法を作ろうとしているところなのです。とにかく、そういうことを話し合っています。それで、もし作れたら——」

「父さんがウエストミンスター主教になる——そうでしょう？　私たち、ロンドンに住むことになるの？」

「でも、これは喋ってはいけませんよ、あなた」

「はい、話しません。でも、母さん、ウエストミンスター主教はバーチェスター主教より地位が高いのではありません？　私はミス・プラウディらを鼻であしらえるようになりたいの」このことから見て、グリゼルダ・グラントリーでさえ活気づいて話す話題があることがわかる。家族のほかの人たちと同じように、彼女は教会には献身的だった。

その日の午後遅く大執事はマウント・ストリート(17)の常宿に戻ってディナーを食べた。その日の大半を大蔵省の応接室や聖職者会議や社交クラブなどですごしたあとのことだ。大執事が帰って来たとき、妻は一日で悪い知らせがあることがわかった。

「まったく信じられない」夫は応接間の暖炉に背を向けて立って、そうこぼした。

「何が信じられないのです？」妻は夫の不安を分かち合おうとして聞いた。

「もし事実と知らなかったら、ブロック卿から聞いた話としても信じることができなかった」と大執事。

「何を知ったのです？」と不安になって妻が聞いた。

「結局、ブロック卿らは法案に反対するつもりなんだよ」

「そんな馬鹿な！」とグラントリー夫人。

「しかし、彼らはそのつもりなんだ」

「新たに二人の主教を増やす法案でしょう、大執事？　自分が作った法案に反対するの！」

「そうなんだ、自分の法案に反対するんだ。まったく信じられない。しかし、事実そうなんだ。いくつか変更を加えるように私たちは強いられた。彼らがもう忘れてしまったささいな点――じつに細かな点――なんだ。それで、今になって彼らはこの安っぽいささいな点で意見の対立が避けられなくなったと言う。ブロック卿が張本人なんだ。内閣に対して党派的な対立を控えると言ったあとで、やるのがこういうことなんだ」

「その人にはひどく悪いところも、間違ったところもないと信じていましたのに」とグラントリー夫人。

「しかも彼らが権力を掌握していたころ、野党時代の現内閣を宗教の大義に背いているとあれだけたくさん批判してきたあとでだ！　ド・テリア卿は数週間前、法案に反対する理由をたくさん述べていたから、この法案に熱心であるはずがないと、彼らは今はっきり言っている。このような高い地位にある人々にそんな裏表があるなんて恐ろしいことではないか？」

「むかむかしますね」とグラントリー夫人。

それから、二人はこうむった損害のことを考えたから、会話が途切れた。

「でも、大執事――」

「ん？」

「あなたはそのささいな点をあきらめて、ブロック卿らを恥じ入らせて従わせることはできないの？」

「何をしたって彼らは恥じ入ることはないよ」

「でも、試してみてもいいのではないかしら？」

この勝負は意義あるもので、懸かっているものが重要だったから、グラントリー夫人は最後まで続ける価値があると思った。

「無駄だね」

「でも、私ならきっとド・テリア卿に提案します。国じゅうが卿に賛成すると確信しています。少なくとも教会は賛成しますよ」

「無理だね。じつを言うと、それは私も考えた。しかし、あそこのある人たちはうまくいかないと思っているようだ」

グラントリー夫人はしばらくソファーに座って、こんな悲惨な転落から抜け出す道はないかとひたすら考えた。

「でも、大執事――」

「上にあがって着替えるよ」と落胆した大執事。

「でも、大執事、現内閣はこんな問題で確かに多数派を占めています。内閣は今も多数派を確信していると思いましたが」

「いや、確信できないんだ」

「でも、とにかく勝ち目は内閣の側にあるのでしょう？　彼らが義務をはたして、党内を結束させる努力をしてくれればいいことです」

それで、大執事は本当のことをすべて語った。

「現在の状況でこの会期に法案を提出するつもりはさらさらないとド・テリア卿が言っている。だから、私たちはプラムステッドに帰ったほうがいい」

グラントリー夫人はもうこれ以上言うことはないと感じた。年代記作者が彼らの苦悩にベールを降ろすのは正しいと言えるだろう。

## 註

(1)ギリシア神話とこの章の英雄風にちゃかした政党間の扱いには特に緊密な平行関係はない。おおまかに神々はブロック卿を中心とするホイッグ党を指す。
(2)トロロープは巨人らとして一括りにしているが、ギガースとタイタン族を区別していない。巨人らはド・テリア卿やシドニアを中心とする保守党を指している。ミマース（*Mimas*）、ポルピュリオーン（*Porphyrion*）、ロイコス（*Rhœcus*）、エンケラドス（*Enceladus*）はギガースで、テュポーエウス（*Typhœus*）はギガースが敗北したとき生まれた巨大な怪物。
(3)大人物とはウェリントン公爵とされている。公爵は一八三一年から三二年にかけて議会改革に反対したとき、この意見を表明した。近年というのは安定した内閣を作ることが慢性的に困難だった一八五〇年代を指している。
(4)ギリシアの大地の女神。ウラノスとガイアの子らのなかにはヘカトンケイルという巨人三兄弟がおり、彼らは五十の頭と百本の腕を持っていたため「百手」を意味するこの名で呼ばれた。
(5)シドニアはベンジャミン・ディズレーリ作の政治小説『コニングスビー』に登場する作中人物で、ディズレーリ自身を指している。ディズレーリは保守党首相（1868, 1874-80）。
(6)ド・テリア卿は保守党首相（1852, 1858-59, 1866-68）のダービー伯爵がモデル。ド・テリアの名はブロック卿の名同様アナグマいじめのような議会政治のイメージから来ている。
(7)ウェルギリウス『農耕歌』第四巻からの引用。
(8)『祈祷書』の「連祷」からの引用。
(9)『祈祷書』の「教理問答」からの引用。
(10)ローマの大地の女神。ギリシアのガイアと同一視される。
(11)およそ東はチャリング・クロス・ロードから西はハイド・パークあたりまでの地域。
(12)ペリオン山はギリシア中東部テッサリア地方東部の山（1,547m）で、神話ではケンタウロスが住む。オッサ山もテッサリア地方東部の山（1,978m）。『オデュッセイア』第十一巻には、二人の巨人がこの二つの山を重ね、さらにそれをオリュムポス山に重ねて天へ登ろうとしたが成就しなかったと記述されている。

(13) 百手巨人（ヘカトンケイル）の一人アイガイオーン（*Aegaeon*）のこと。「強き者」（*Briareus*）と呼ばれた。

(14) 新しい主教職を作る法案は一八六〇年三月十六日の国会以前からあった。「ベヴァリー主教」は架空の主教で、『慈善院長』第五章で初出。

(15) 国会は雷鳥猟が始まる八月十二日前に閉会する。

(16) 第四章注四参照。

(17) メイフェアーにあって、パーク・レーンからバークリー・スクエアを東西に結ぶ通り。

# 第二十四章　「真実は偉大なり」(1)

サワビー氏が失った財産を取り戻すため、あの金持ちの女相続人ミス・ダンスタブルと結婚して、財政状況を再建しようと初冬のころ計画していたことを読者はご承知と思う。私の友人サワビー氏がここまでこの物語をともに歩んできた人々から今のところどうもあまり高い評価をえていないのは残念だ。彼は金遣いの荒い博打打ちであり、浪費と賭博の両方のせいで不誠実な人として描かれてきた。それでも、サワビー氏より悪い連中はたくさんいる。たとえミス・ダンスタブルがこの男と結婚しても、彼女の足元に絶えず身を投げ出している求婚者らのなかから最悪の相手を選んだことにはならない。私は喜んでそう言う用意がある。この男はいつも向こう見ずに見えたし、実際向こう見ずだったが、まだよりよいものを求める志を持ち、誠実なイギリス紳士の経歴から今まで逸脱していたことを自覚していた。これまで州に恩恵をもたらすことはほとんどなかったにせよ、州代表の国会議員であることを誇りにしていた。今にも彼の手から所有権を奪われそうになっていたけれど、チャルディコウツの領地を自慢していた。血管に流れる由緒ある血を自負していた。浪費と邪悪な習慣を埋め合わせるほど世間の目からは高く評価されている、あのゆったりした、心地よい、快活な立ち居振る舞いも誇りにしていた。今彼が独り言で言ったように、もう一度チャンスさえあれば、何もかも違っていただろう。トウザーらとつるむのはすっかりやめるつもりだった。手形に手を出すのもやめ、何百パーセントに膨れあがるかわからぬ借金に支払するのもやめる。友人を餌食にするのもやめて、オムニアム公爵の魔手から権利証書を取り返すつもりでいた。もう一度チャンスさえあれば！　ミス・ダンスタブルの財産があれば、こういうことがみなかなう。いや、それ以上のことが見込める。しかも、ミス・ダンスタブルは彼の好みの女性なのだ。軟弱でなく、女性らしくなく、かわいくもなく、あまり若くもない。しかし、賢く、冷静で、どんな階級の人を相手にしても負けなかった。年齢について言うと、サワビー氏もあまり若いとは言えなかった。こういう結婚を実現しても、恥じる理由はないだろう。友人らの前で彼らのしかめ面を気にすることなく、この結婚の話をすることができる。テーブルの妻の席に彼女を着けても恥じることなく――そう確信しつつ――、友人らを家に招待することができる。計画が明瞭になればなるほど、彼は胸中自分に言い聞かせた。順調にことが運ばなくても、彼女を利用して、金を巻きあげるのはやめよう――どうしても必要なもの以上の金はと。

彼はチャルディコウツの資産をミス・ダンスタブルの足元に差し出したつもりでいたが、相手の女性はかまととを決め込んでいた。いよいよギャザラム城で行動を起こそうとした矢先、彼が定めたまさにその日、この女性はギャザラム城から逃げ出した。それ以来、次々にいろいろなことに見舞われて、ロンドンで彼女に会うのも延期されたから、今どんな回答が待ち受けていようと、サワビー氏はついにこの女性の意向を聞く決意をした。急いで彼女との縁組を成立させることができなければ、彼女の前でチャルディコウツのサワビー氏と名乗ることさえできなくなってしまう。ちょうどそんなとき、フォザーギル氏を通して、事態を決着できたら公爵が喜ぶだろうとの知らせが届いた。サワビー氏はその伝言の意味をよく理解していた。

サワビー氏は味方の助けを借りないで一人でこの戦いに挑んでいたわけではない。この戦いでサワビー氏ほど信頼できる味方をえた人はいないだろう。ミス・ダンスタブルとて女なら結婚もすると最初に彼の脳裏に吹き込んだ人こそ、彼の味方、生涯苦楽をともにした唯一の信頼できる友だった。

「百人もの金に困った策士らが求婚を試みて、失敗に終わった」とサワビー氏は言った。最初に計画が提案されたときのことだ。

「ですが、それでも彼女はいつか誰かと結婚します。その相手があなたであってもおかしくないでしょう?」と妹は答えた。そう、ハロルド・スミス夫人が先ほど話した味方だった。

ハロルド・スミス夫人はどんな欠点を持ち合わせていようとこの美点――すなわち兄を愛してやまないという美点だけは誇りにすることができた。兄がおそらく夫人が愛したただ一人の人だった。夫人に子はいなかったし、夫はというと、愛していると感じたことは一度もなかった。夫とは地位のため結婚したのだ。賢い女性だったから、自分の気質をよく理解し、制御して、不釣合いな結婚につきものの不幸をさほど味わうことなくうまくやり繰りして世間を渡ってきた。家庭内で夫人はどうにか支配権を確保したが、寛大な、上機嫌なやり方でそうしたから、その支配を堪えられるものにしていた。家庭のそとに出ると、夫人は夫の政治的立場を支えた。なるほど夫の欠点をほかの誰よりも鋭く嘲笑っていた。そんななか、夫人の心の主人は兄だった。兄がどんな苦境に陥ろうと、どんな浪費に走ろうと、どんな向こう見ずな行動をしようと、夫人はいつも進んで手を差し伸べた。兄を支えるためミス・ダンスタブルとも親しくなり、ここ一年この女性のわがままを甘やかしてきた。あるいはむしろ、わがままを甘やかすことによってではなく、多少ふざけ気味でも、とにかく誠実そうに見える、自由でゆったりしたつき合いによって、ミス・ダンスタブルの心に接近できると判断した。そういう判断ができる分別を夫人は具えていた。ハロルド・スミス夫人はおそらくあまり正直な人柄の人とは言えなかったが、最近ミス・ダンスタブルのため正直に見える外見を身に着けた。これがまるっきり無駄ではなかったようだ。というのはミス・ダンスタブルとハロルド・スミス夫人は確かに親しかったから。

「もしやらなければならないのなら、これ以上待ってはいけない」とサワビー氏は神々の失脚から一、二日後妹に言った。この妹がこんな危急の時に兄を救うことに心を傾けていたという事実から、兄に対する愛情の深さが窺えよう。事実、夫人にとって、夫の閣僚としての地位など兄の州の紳士としての地位に比べればどうでもよいことだった。

「早いに越したことはありません」とハロルド・スミス夫人。

「つまりすぐ彼女に申し込めと言うんだね」

「もちろんです。ですが、ナット、覚えておいて、そんなに簡単な仕事ではありません。ひざまずいて愛していると誓っても何の役にも立ちません」

「わしがやるなら、ひざまずいたりしないでやる――それは確かだろ、ハリエット」

「ええ、それに愛していると誓うこともなしです。ミス・ダンスタブルに成功する方法は一つだけ――真実を言わなければいけません」

「何だって！　わしは破滅したと言い、騎兵、歩兵、竜騎兵全軍がやられたと言い、泥沼から救い出してくれるように彼女に求めるのかい？」

「そうです。奇妙に思えるかもしれないけれど、それしかチャンスはありません」

「チャルディコウツでおまえが言っていたこととずいぶん違うなあ」

「そうです。ですが、そのころよりも彼女のことがずっとわかってきました。あれから彼女の気まぐれな性格を研究する以外にほとんど何もして来なかったのです。彼女が本当にあなたが好きなら――好きだと思います――あなたのどんな罪も許してくれます。ただし、愛していると誓ったら許してくれません」

「そんな言葉を使わないで、どうやって申し込んだらいいかわからんなあ」

「ですが、何も言ってはいけません——一言も。由緒ある、高い身分の紳士ではあるが、悲しいかな、みすぼらしい生活を送っていると言わなければいけません」

「そんなこと、相手はとっくに知っているよ」

「当然知っています。ですが、彼女はあなたの口から直接聞いて知る必要があります。それから、自分を正すため彼女と結婚——お金のため彼女と結婚したいと言いなさい」

「それでは彼女をえられないと思うがね」

「それで駄目なら、私が知っているほかのどんなやり方でやっても駄目です。さっきも言ったように、簡単な仕事ではありません。当然、彼女を幸せにしたいと願っていることを信じさせなければいけません。それでも、それが目的として前面に打ち出されてもいけません。あなたの第一の目的は彼女のお金です。そして成功の唯一の鍵は真実を言うことです」

「男がこんな立場に置かれることはめったにないだろうな」とサワビーは言って、妹の部屋を行ったり来たりした。「誓って、わしにそんな仕事ができるとは思えんね。きっと失敗するだろう。そんな話を持って女のところへ行って、結婚を迫れる男なんてロンドンじゅう探してもいないと思う」

「それができないなら、あきらめるほうがいいです」とハロルド・スミス夫人は言った。「ですが、もしできれば——今言ったようなかたちでやり遂げることができれば——、私の意見としては、あなたが成功する確率は低くないと思います。実際——」しばらく間を置いて——その間兄は部屋を歩き続けて、置かれた立場の難しさを考えていた——、妹はつけ加えた。「実際、あなた方男性はそもそも女のことなんかかいもくわかっていないのです。あなた方は女に強さも、弱さも認めようとしない。あなた方は大胆すぎるし、臆病すぎる。女は馬鹿だと思って、女は馬鹿だと思って、はっきりそう口にするのに、女は親切な行動なんかできないと思い込んでいる。彼女があなたを助けようと思ったら、あなたと結婚しないわけがありません。結局、彼女は失うものなんかほとんどないのです。土地だってある。彼女が取り戻せば、あなたのものになる、と同時に、彼女のものになるのです」

「そうなってくれたらありがたいね、確かに。だが、わしは慎み深いから、そんなふうに彼女に申し込むことなんかできそうもない」

「彼女は今のままよりあなたの妻になったほうが地位ははるかにあがります。上機嫌で温厚なあなたなら、彼女をうまく扱えるでしょう。全体的に見て、彼女は今のままでいるよりチャルディコウツのサワビー夫人になったほうがずっと幸せになれます」

「彼女にその気があれば、明日にでも貴族の妻になれると思う」

「ですが、彼女はそんなものになりたくないのです。金に困った貴族が私の教えた方法を用いたら、ひょっとすると彼女を射止められたかもしれません。ですが、貧乏貴族に私の方法はわかりません。貧乏貴族らはやってみて——間違いなく六人はいたと思います——失敗しました。なぜなら、彼女を愛していると嘘をついたからです。難しいかもしれませんが、彼女に真実を告げるしかあなたにチャンスはありません」

「どこでやったらいいかな？」

「あなたがよければここで。ですが、彼女の自宅のほうがいいでしょう」

「だが、わしは彼女があそこで——少なくとも一人でいるのを見たことがないな。決して一人ではいないと思う。求婚者らを寄せつけないように、いつもまわりに多くの人を侍らせている。誓って言うが、ハリエット、あきらめようと思う。おまえが言ったように彼女に言い寄るのは不可能だな」

「弱気が美人をよ[2]、ナット——続きは知っていますね？」

「だが、詩人はおまえが提案したような求婚の仕方を歌ったことはないと思う。手始めに借金の一覧表でも見せるのがいいかな。それでもまだ疑うようなら、フォザーギルや、州知事の執行吏や、トウザー一家の名でも出してみるか」

「そういうことで彼女があなたを疑うことはありません。少しも驚かないでしょう」

それから再び沈黙があった。その間、サワビー氏はまだ部屋を行ったり来たりして、こんな危なっかしい企てがうまくいくものか思案していた。

「いいかい、ハリエット」と彼がようやく口を開いた。「おまえが代わりにやってくれたらなあ」

「そうねえ、本気で言っているのなら、やってみます」

「これだけは言える、わしにこれができるとは思えんよ。金のため彼女と結婚したいなんて、そんなふうにぺらぺら喋る勇気は、はっきり言ってないな」

「わかりました、ナット、私がやってみます。どちらにせよ、私は彼女なんか怖くありません。私たち、すばらしい友だち同士なのです。正直に言って、私の知る女性たちのなかで彼女がいちばん好きです。ですが、あなたのためということがなかったら、彼女と親しくなることはなかったでしょうね」

「今度はわしのため、彼女と喧嘩をしなければならなくなるね?」

「それはまったくありません。彼女が私の提案を受け入れようと、受け入れまいと、私たちが友だちであることに変わりはありません。彼女が私の代わりに死んでくれるとも、私が彼女の代わりに死んでやろうとも思いません。ですが、世界が続く限り、私たちは相性よくやっていきます。こんな些細なことで友情は壊れません」

そういうことで話はまとまった。翌日、ハロルド・スミス夫人はミス・ダンスタブルに話を打ち明ける機会を見つけることになった。夫人はその女性に資産――何十万ポンドという信じがたい額のお金――を西バーセットシャーの破産した国会議員と分かち合うように求めることになった。その議員が女性にお返しとして与えることができるのは男の体と借金だった。

ハロルド・スミス夫人はミス・ダンスタブルと相性がいいと言ったとき、真実を話していた。二人の友情について間違った話し方はしていなかった。一方が他方のため死ぬ覚悟はなかった。お互いの愛と好意について何一つ話し合ったことはなかった。会うとき、別れるとき、口づけしたり、泣いたり、大げさに話を交わしたりするわけでもなかった。一方が他方に対して感謝しなければならない大きな恩義も、許してやったひどい仕打ちもなかった。しかし、二人は相性がよかった。これがこの世でいちばん快いつき合いの秘訣だと私は思う。

この二人の相性がいいというのは、それでも嘆かわしいことだった。というのは、ミス・ダンスタブルがただそれに気づきさえしたら、二人のうち彼女のほうがずっと価値ある女性だったからだ。彼女が完璧に満足できる関係を保ってハロルド・スミス夫人と生活していけると思い込んでいるのも嘆かわしかった。ハロルド・スミス夫人は名利欲が強く、兄を除くあらゆる人に対して薄情で、すでにほのめかしたように不誠実だった。一方、ミス・ダンスタブルは現在の生活のせいか、名利欲を持たなかった。彼女は情愛が深く、真実を好み、まわりの人々から正直になるように許してもらえたら、じつに正直になれた。しかし、彼女はゆとりやユーモア、時には下品とも見える機知を好み、世のペテン師らを嘲るのが大好きだった。ハロルド・スミス夫人はミス・ダンスタブルのこういう傾向をみな甘やかしていた。

こういう状況のなか、二人はほぼ毎日一緒だった。午前中の早いうち、ミス・ダンスタブル邸へ行くのがハロルド・スミス夫人の決まりになっていた。サワビー氏は一人でいるのを見たことがないと言っていたけれど、その女性は彼の妹が見つけたとき、おおかた一人でいた。そのあと、二人はその日の気まぐれ、あるいは仕事に駆り立てられるまま、一緒にか、あるいは別々に外出した。二人はこんな気兼ねのない交際をして、互いの機嫌を損ねるようなことがないように上手に振る舞っていた。

サワビー氏とハロルド・スミス夫人のあいだに取り決めができた翌日、夫人はいつものようにミス・ダンスタブル邸を訪ねた。すぐこの女相続人が専用に使っている小部屋で二人きりになった。特別な場合、様々な種類の人がそこに入ることを許された。時には教会を建てようと計画する牧師、ロンドン社交界で中傷に苦しむ未亡人、頭脳労働に対する正当な報酬をえられない貧乏作家、世間の厳しい重圧に堪えられない気力の乏しい哀れな女家庭教師などが入って来た。しかし、恋人に変貌しうる男や、つまらない話を長々とする退屈女は入ることを許されなかった。最近、このロンドンの社交シーズンのあいだ、この小部屋のドアがもっとも頻繁に招き入れたのがハロルド・スミス夫人だった。

ついに目的達成を目指して努力する時が来た。この時のためこれまで友情を温めてきたのだ。馬車でここにやって来たとき、ハロルド・スミス夫人は難しい危険な企てを前にして、しばしば起こる心の落ち込みを感じていた。夫人はちょっとした提案をするだけだから、怖いことなんかないと強がる一方、やはり恐怖に似たものを感じていた。いよいよ例の小部屋に足を踏み入れたとき、こんな厄介な仕事なんか早く終わってしまえばいいと思った。

「今日はかわいそうなスミスさんはご機嫌いかがかしら?」友人がいつもの安楽椅子に腰かけたとき、ミス・ダンスタブルはお見舞いの調子でそう聞いた。神々の失脚からまだ三日とたっていなかった。前小袋大臣が悲運から立ち直れないのも無理はなかった。

「ええ、今朝は少しいいと思います。少なくとも夫が卵に向かう様子からそう判断できますね。ですが、まだ取り分け用の大型ナイフの使い方が気に入りません。そんな時きっとサプルハウスさんのことを考えているると思います」

「かわいそうな人！　サプルハウスさんのほうよ。結局、どうしてほかの人のように職業に専念できないのかしら？　自分も生き、他人も生かす、そう私は言うのよ」

「そうね、ですが彼の場合、自分を殺し、他人も殺す。そうハロルド(3)は言っています。それにしても、今回のことでは疲れました。今日は別のことを話すためここに来たのです」

「私はむしろサプルハウスさんが好きです」とミス・ダンスタブルは強く言った。「彼って遠慮せずにやりますよね。彼ははたすべき仕事、仕えるべき大義――つまり彼の大義――を持っている。その仕事をし、その大義に仕えるため神が手に握らせた武器を使うのです」

「それは野獣がするのと同じですね」

「野獣くらい正直な生き物がどこで見つかりますか？　お腹がすいてあなたを食べたいと思ったら、虎はあなたを引き裂く。それがサプルハウスがすること。けれど、お腹がすいたという言い訳もなく、人を次々に引き裂く連中が私たちのなかにはたくさんいます。破壊するのが楽しいから、たったそれだけの理由でね」

「ねえ、あなた、今日あなたのところに来たのは、聞いてもらえればわかると思いますが、破壊の話ではありません。むしろはっきり救済の話です。あなたを口説きに来ました」

「つまり、その救済はたぶん私の魂のためのものではないのね」とミス・ダンスタブル。

ミス・ダンスタブルが瞬時にこの訪問の目的を察知し、しかもそれを知っても少しも動揺しないことをハロルド・スミス夫人ははっきり見て取った。女相続人の声の調子や突如固まった険しい顔つきから判断して、おとなしく言うことを聞いてくれるとは思えなかった。しかし、大きな努力なくして大きな目標達成はありえない。

「そうかもしれませんが」とハロルド・スミス夫人は言った。「あなたにとっても、相手にとっても救いになればと期待しています。ですが、いずれにしてもあなたを怒らせることはないと思います」

「あら、まあ、もうその種のことで怒ることはありません」

「そうね、もう慣れっこになっていますからね」

「皮剥に慣れたウナギみたいにね、あなた。(4) まるっきり気にしません——ただ時々少し退屈なだけです」

「退屈させないようにしますね。そのためにも単刀直入に言うほうがいいでしょう。あまり金持ちではないということくらいはナサニエルのことをご存じでしょう?」

「それを聞かれるのですから、お兄さんがとても貧乏だと思っていると答えても気分を害されないかしら」

「少しも害しはしません。むしろ本当のことを言われて嬉しいくらいです。何が起ころうとも、私の願い(5)は本当のことをあらゆる面で誠実に語ること。真実、嘘偽りのない真実、真実以外に何も語らないことです」

「真実は偉大なり」とミス・ダンスタブルは言った。「チャルディコウツでバーチェスター主教がラテン語で教えてくださったわ。もう少し続きがあったのですが、長い単語があって忘れちゃった」

「主教は正しいことをおっしゃっていますね、あなた、それは確かです。ですが、ラテン語の話をなさると、私、途方に暮れてしまいます。今話していましたが、兄の金銭状態がじつにまずいことになりました。兄にはすばらしい財産があるのです。何世紀前からかわからない昔から——ノルマン征服のずっと前からだと思います——一族のものでした」

「私のご先祖はそのころは何者だったかしら？」

「私たちのご先祖が何者だったか、そんなことは今重要なこととは思えません」とハロルド・スミス夫人は言って、もののわかった様子でかぶりを振った。「ですが、由緒ある資産が消えるのを見るのは悲しいのです」

「ええ、そうね。資産が古かろうが新しかろうが、消えていくのを見て喜ぶ人はいません。私はつい先ごろ薬剤師の店で資産を作ったばかりですが、すでにその種の感情はありますよ」

「あなたの資産の消滅に私が手を貸すようなことがありませんように」とハロルド・スミス夫人は言った。

「十ポンド紙幣さえなくす手先にはなりたくありません」

「愛する主教がおっしゃる通り、真実は偉大なりよ」とミス・ダンスタブルが強く言った。「さあ、たった今同意したように、真実、嘘偽りのない真実、真実以外に何も語らないことを求めます」

ハロルド・スミス夫人は委ねられた仕事の難しさがわかり始めた。ビジネスの問題にかかわったとたん、ミス・ダンスタブルに堅牢なところが生じて、そこに夫人が何らかの刻印を押すことはほとんど不可能のように見えた。ミス・ダンスタブルがサワビー氏の申し込みをすでに拒否する決意を表したからというのではなくて、真実を見る目を曇らされたくないとの痛ましい決意を表したからだ！　ハロルド・スミス夫人はいわゆるペテンを避けようと決意してこの話を始めたとはいえ、普段から夫人の言葉使いのなかにこの種のペテンがあまりにも際立った特徴として存在していたので、これを捨てるのはじつに難しいことがわかった。

「私の願いもその真実です」と夫人は言った。「もちろん私のおもな目的は兄の幸せを確保することですが」

「ご主人のハロルド・スミスさんにはずいぶんお気の毒ね」

「あら、あら、あら――私の言いたいことがお見通しなのね」

「ええ、わかっているつもりよ。あなたのお兄さんは良家の紳士だけれど、お金がない」

「それほどひどくはありません」

「では、お金のやり繰りに困っている、あるいはあなたが言いたい金欠状態の紳士。一方私のほうは家柄には欠けるけれど、充分なお金がある女。私たちを一緒にして結婚させればとてもいいとあなたは考える。――けれど誰にとっていいのかしら?」とミス・ダンスタブル。

「ええ、あなたの言う通りです」とハロルド・スミス夫人。

「どちらにとっていいのかしら? 主教とさっきのラテン語を思い出してちょうだい」

「それならナサニエルにとってです」とハロルド・スミス夫人は大胆に言った。「兄にとってまたとないチャンスなのです」夫人はそう言って、かすかに笑みを浮かべた。「正直に言わせてもらいました。そうしないと悪意があることになりますから」

「ええ、正直なところね。これを言うようにお兄さんがあなたをここに寄越したのですか?」

「ええ、それも、ほかのことも兄の差し金です」

「じゃあ、ほかのことっていうのも聞きましょう。本当に重要な部分はきっともう話されてしまったのでしょうから」

「いいえ、決して、決して全部話していません。ですが、あなた、あなたがあまりにも厳しく人に誠実さを求めるので、かえって人に真実をありのまま話させなくしています。そんなありのままの裸のやり方が人に話をさせるあなたのやり方なのです」

「あら、あなたは裸のものが、たとえ真実でも、下品だと思っているのね」

「真実は何か衣装をまとって出たほうが裸よりもこの世の仕事に向いているし、ふさわしいと思います。近ごろは見聞きするものに仕込まれた嘘のパン種に慣れすぎてしまったので、ありのままの真実ほど私たちを欺きやすいものはないのです。店主が品物はまあまあ普通のものだと言えば、もちろん私はそれが四分の一ペニーにも値しないものだと思ってしまう。ですが、こんなことはかわいそうな兄には関係のないことです。ええと、私何の話をしていましたか？」

「お兄さんが私をいかにうまく利用するか話すところです」

「そんなところでしたね」

「お兄さんが私を叩くことはないとか、私がお兄さんの手の届かないところにお金を置けば、全部使いはたしてしまうことはないとか、父が薬剤師だったからといって私をさげすむことはないとか、そんなことを言おうとしていたのじゃなくて？」

「あなたはチャルディコウツのサワビー夫人になったほうが幸せになれると、私は言おうとしていました。今のままでいるよりも――」

「レバノン山のミス・ダンスタブルでいるよりもでしょう？　サワビーさんからほかに伝言はありませんか？　愛の言葉とか、その類のご愛想は一つもないのですか？　そんな跳躍をする前にサワビーさんのお気持ちを理解しておきたいわ」

「兄は同年齢の男性の誰よりもあなたに敬意を抱いていると思います」

「私と同年齢のどんな女性にも、でしょう。あまり献身的な表現とは言えませんね。けれど、あなたが主教の金言を忘れないでいてくれて嬉しい」

「私に何を言わせたいのです？　兄はあなたに夢中だと言ったら、私がだまそうとしているとあなたは言うでしょう。今私がそんなことを言わなかったから、兄には愛情が足りないとあなたは言う。あなたを喜ばせるのはじつに難しいと思います」

「おそらく私ってそうなのでしょう。おまけにとても理不尽なのです。あなたのお兄さんがそんな栄誉を私に差し出してくださるとき、その種の質問はすべきじゃないのでしょうね。夫になりたいと言ってくださる男性に愛を期待するのは、もちろん私の途方もない高望みなのでしょう。男性から愛されていると思うどんな権利が私にあるでしょうか？　お金持ちだから夫が手に入る、それがわかっていれば充分なはずですね。礼遇してくださる紳士が本当に私と一緒にいたいのか、家庭に私がいることにただ我慢してくださるだけなのか、私のような人間に聞く権利があるでしょうか？」

「ねえ、ミス・ダンスタブル——」

「もちろん私は紳士から愛されようなんて期待するほど馬鹿じゃありません。こういう場合によくある一連のお世辞を省いてくださって、あなたのお兄さんに感謝すべきだと感じています。お兄さんは少なくとも退屈な人じゃない——というより代理のあなたが退屈な人じゃないおかげですね。彼はきっと議会の仕事で格別お忙しいから、こんな野暮用に本人が出向く暇なんかなかったのでしょう。お兄さんに感謝しています。お兄さんに資産の目録を書いて、その所有者にする早い日を指定するよりほか、私になすべきことはありませんね」

スミス夫人はかなり冷たく扱われたと感じた。このミス・ダンスタブルという女性は信頼する友人の前では、金銭ずくの求婚者が見せる求愛のしかめ面をあまりにもしばしば嘲笑し、迫害者を——彼女の金をほしがったからではなく、彼女を馬鹿者と誤認したことで——あまりにも猛烈に非難した。それで、スミス夫人はこの交渉を開始するに当たって採用した方法が、迫害者らのそれよりももっとましな趣向からなされたものだと当然期待してよかった。ところが、ミス・ダンスタブルはほかの女性と同じで、男性たちを足元にひざまずかせたいと願っていた。そんなことがありうるのか？　そうスミス夫人は思った。兄に間違った助言を与えてしまったのか？　昔ながらの方法で求婚していたら、そのほうが兄にとってよかったのか？

「女っていうのはじつに扱いにくいものね」とハロルド・スミス夫人は同性のことでありながら、感慨にふけりつつ独り言を言った。

「兄は初めみずからここに来るつもりでした」と夫人は言った。「ですが、私がそうしないように助言したのです」

「それはどうもお世話になりました」

「兄の本心がどういうものか私のほうが隠し立てなく、率直にあなたに説明できると思いました」

「まあ！　お兄さんの本心が立派なものであることに疑いの余地はありません」とミス・ダンスタブルは言った。「彼はきっとこんなふうに私をだましたいとは思わなかったでしょう」

これは笑わずにはいられなかった。ハロルド・スミス夫人は笑って言った。「誓って、あなたって聖人でも怒らせますよ」

「あなたが提案している縁談で、私がそんな聖人とお近づきになれるとは思えません。普段チャルディコウツにそんなにたくさん聖人はいないと思います――もちろん愛する主教と奥方を除いての話ですけれどね」

「ですが、あなた、ナサニエルに何と伝えたらいいかしら？」

「もちろん私がどれほど彼に感謝しているか伝えてください」

「ねえ、こんな厚かましい、非ロマンチックな言い方をして私はおそらくあなたの機嫌を損ねてしまいました」

「いいえ、少しも損ねていません。真実、嘘偽りのない真実、真実以外に何も語らないことを求めるって、同意した通りです。でも、どんな試みも初めのうちはちょっと粗野なものになりがちですからね」

「今度はナサニエル本人に来させます」

「いいえ、そんなことはしないでください。彼をも、私をも、苦しめる必要があるかしら？　私はお兄さんのことが好きよ、ある意味とても。けれど、どう考えてみても彼と結婚しようとは思いません。彼は金目当てで私と結婚するつもりで、それ以外の理由があげられそうにないのは明々白々ではありませんか？」

「もちろん兄があなたのお金にまったく無関心だと言ったらおかしなことになります」

「そうよね――まったくおかしなことになりますね。お兄さんは立派な身分を持っておられるけれど、お金がない人です。私と結婚したいのはほしいものを私が持っているからでしょう。けれど、あなた、私はお兄さんの持っているものなんかほしくありませんから、この取引は公平じゃありません」

「ですが、兄はあなたを幸せにするため全力を尽くします」

「彼にはとても感謝しています。けれど、おわかりでしょうが、今のままで私は充分幸せです。そうしたからといって、私にいったい何が手に入るというのです？」

「好きだとあなたが告白した連れです」

「ああ！　けれど、あなたのお兄さんのような連れはありがた迷惑です。駄目よ、あなた――駄目です。一度きっぱり言ったら、駄目という私の言葉を信じてください」

「それじゃミス・ダンスタブル、あなたは結婚なさらないおつもり？」

「いいえ、明日にでも――好きな人に会えたら、その人のものになります。けれど、私が好きになる人は私を受け入れてくれないと思うのです。第一に、私が結婚するとしたら、その人はまったくお金に無関心な人に違いありません。それじゃ、あなた、この世にそんな人って見つかりませんから」

「そうかもしれませんね」とミス・ダンスタブル。

このあと話されたことをここで繰り返す必要はないだろう。ミス・ダンスタブルはきわめてはっきり回答したけれど、ハロルド・スミス夫人はすぐ主張をあきらめようとはしなかった。チャルディコウツが借金を返済した暁には、チャルディコウツの女主人という地位が友人にとっていかにふさわしい地位となるか夫人は説明しようとした。さらにチャルディコウツの主人は金銭的窮地から脱して、金持ちとして知られるようになれば、神々がオリュムポス山に復帰するとき、十中八九貴族に列するものと見なされる、とまで夫人はほのめかした。ハロルド・スミス氏は閣僚として当然最善を尽くしてくれるだろう。ところが、こういう話は何もかも無駄だった。

「私はそんな定めじゃないのです」とミス・ダンスタブルは言った。「ですからもう押しつけはやめて」

「もう喧嘩はよしにしましょう」とハロルド・スミス夫人は優しく言った。

「ええ、そうよ、喧嘩をする必要がどこにあります？」

「じゃあ、兄を見ていやな顔をしません？」

「いやな顔をする必要がありますか？　けれど、スミスさん、いやな顔よりもっとましな態度を取りますね。あなたのことも、お兄さんのことも好きですから。もし私が控え目なかたちでお兄さんの窮地を救うことができるなら、私に言ってくださるように彼に伝えてください」

このあとすぐ、ハロルド・スミス夫人は家路についた。兄はミス・ダンスタブルが申し出たような金銭的支援を受け入れることはもちろん考えないだろうと夫人は強く思った。夫人を公平に見れば、それがそのときの夫人の本心だった。しかし、兄に会いに行って、この面会の報告を済ませたとき、チャルディコウツの資産にとってミス・ダンスタブルはオムニアム公爵よりもいい債権者になってくれるかもしれない、そんな考えが夫人の胸中に浮かんだ。

註

（1）ウルガタ聖書外典第三エスドラス書第四章第四十一節。
（2）弱気が美人を勝ちえたためしなし。(Faint heart never won fair lady.)
（3）原稿とコーンヒル版ではホラティウスとなっている。
（4）バイロン卿の『ドン・ジュアン』（1819-24）第五巻第七章に「ウナギが皮剥に慣れているように、疑いもなく慣れている」とある。
（5）裁判所で証人が証言するときの宣誓の言葉。

# 第二十五章　非直情的



二つの主教区創設に関する巨人らの最終決定について、グラントリー大執事が胸をむかつかせたのは驚くに当たらない。大執事は政治家だったが、巨人らのような政治家ではなかった。部外者によくあることだが、彼の場合、政治的な目は近視眼的であり、政治的な野心は限定的だった。友人の巨人らが政権についたとき、彼はその主教区創設法案をもともと政敵が作り出した有害なものと見ていた。それはほかのプラウディたち、プラウディに類する連中に高位、高収入をもたらして、教会に恐るべき損害をもたらすように、法制化されていたのではないか？　しかし、友人の巨人らがその法案を棚ぼた式に手に入れたとき、彼は掌を返したようにそれをほとんど国家的救済の手段とも見なした。そのうえ、この問題に関して巨人らの好運の何と大きかったことか！　もし巨人らがこの法案の起草者だったら、これを議会に通すチャンスはなかっただろう。しかし、今――二人の主教が神々の弱々しい手から味方の口に落ちてきた今、成功は保証されたも同然ではないか？　それで、グラントリー博士は腰のベルトを締め直し、勝利があまりにも簡単すぎるのを残念に思いながら、戦場に行進した。それに続く失敗は政党人としての彼の気質にとって厳しい試練となった。

タイタン族の支持者らがここで大いに憐れみの対象となったことは私の強い印象として残っている。巨人ら、つまりペリオン山を持ちあげて、オッサ山の低い岩の上で向こうずねを折っていた人々は、オリュムポスの頂上に向けてどうにか前進を続けていた。彼らは天から光を奪い取ることを至高の政策としていた。もしこっそり手を差し伸べてジュピターの窓から雷電を一つか、二つ奪い取る、あるいはそれほど破壊的でない品物か、同じくらい神聖な製造品を奪い取ることが目的でなければ、巨人らがほかのどんな目的でオッサ山の上にペリオン山を載せるようなことをしようか？　より高位の巨人らはありふれた先例や理論や偏愛に埋もれながら、神々の神聖な製造品がどうしても必要なことを見抜いている点で賢かった。それでも、巨人らは支持者の心をとらえることができなかった。巨人らの全軍が殉教者の群れだった。[1]「私は二十年巨人らを支持してきたが、彼らからどんなふうに扱われてきたか見てくれ！」これがいつも巨人らの支持者、つまり奴隷の昔ながらの嘆きではなかったか？「私は生涯党に忠実だったのに、今私はどこにいるのか？」と彼は言う。実際、どこにいるのか、友よ？　まわりを見回しても、どこにいるのかわからないのが実情だ。私はこれを聞いても驚かない。彼はできればずっと乾いた地面の上に立っていたかったのに、気づけばひどい泥沼にはまっているのだ。

グラントリー博士は胸糞が悪くなってしまった。彼は感情面であまりにも純粋、几帳面だったので、大声でどの巨人が悪いと名指しすることをためらった。それでも、胸中地面が沈み込むような悲しい感情を味わった。彼は立派な大義のためなら敢然と戦うことがいいことだと信じるほど、まだ政治面ではしろうとだった。確かにウエストミンスター主教になりたかったし、公正に見える手段でその昇進を実現したかった。それくらいいいではないか？　とはいえ、これが彼の野心の目標ではなかった。巨人らがあらゆる問題で、他の問題と同じように主教職の問題でも、勝利を収めることを願った。それで、巨人らが最初の小競り合いを始めたとたん、屈服してしまったことが彼には理解できなかった。彼は大っぴらに口を開くときは多くの神々の批判をしたけれど、胸の奥底では巨人のポルピュリオーンやオリオンに苦い感情を抱いていた。

「ねえ、博士、この会期中には無理です。本当に成立しそうもありません」そう大執事に言ったのは、半人前だが特別奥義に精通した大蔵省の若い怪物だった。彼は党のあらゆるごまかしをよく知っていると自慢して、党を支持する殉教者の群れをかなり愚鈍な、しかしとても役に立つ時代遅れの集団と見ていた。グラントリー博士はこの半人前の怪物と問題を議論する気になれなかった。あらゆる怪物のなかでもいちばん叩かれた怪物、彼らのなかで神のような巨人は大執事に一言二言言って、大執事もその巨人に一言二言返した。ポルピュリオーンは主教区創設法案が通りそうもないことを大執事に伝えた。大執事は法案がなぜ駄目なのかわからないと、顔を熱くし、頬を赤くしてポルピュリオーンに迫った。礼儀正しいその巨人は大きく重い頭を横に振って、ほほ笑んだ。大執事はそれからその巨人のもとを去り、最後に大蔵省の会議室の廊下を歩くとき、無意識に靴からほこりを払った(2)。マウント・ストリートの常宿に歩いて帰る途中、彼はそれ自体まんざら悪くない多くの思いを巡らした。なぜ主教職のことなんかで思いわずらう必要があろうか？　プラムステッドの禄付牧師館の今ある生活では駄目なのか？　彼の年齢で新しい土地に移植され、新しい職務にかかわり、新しい人々のあいだで生活するのはかえってよくないのではないか？　バーチェスターでなら人の役に立ち、尊敬もされるのではないか？　ウエストミンスターにのぼったら、ほかの人々から利用されるたんなる道具と見られるのではないか？　大執事はあの特別奥義に精通した若い怪物の口調があまり好きになれなかった。彼こそ殉教者の群れのなかでも際立った時代遅れだとはっきりその怪物から見られていたからだ。大執事は妻をバーチェスターに連れ戻して、摂理の配剤に基づくよきもので満足し、そこで生活するつもりだった。

政治的に高い位置にある葡萄がすっぱくなった、と友人らはせせら笑って言う。どうかな？　手の届かないところにぶらさがる葡萄がすっぱくなるのはいいことではないか？　高くて手にはっきり届かない葡萄を全部すっぱいと見なすことができる点、大執事は賢いのではないか？　大蔵省のベンチにある葡萄は神々と巨人らが手に入れようと争っているが、食べるのを禁じられるとき、ひどくすっぱくなり、食べるとき、もっとすっぱい。その葡萄は私にとってもすこぶるすっぱい。きっと消化できないし、食べた人に病気を引き起こすので、それを治すため病人食(3)を用意する必要があるだろう。今大執事はそういう精神状態だった。ロンドンでウエストミンスター主教の職に着いた場合に、良心にのしかかる重圧のことを大執事は考えた。こんな状態で彼は妻のところに歩いて帰った。

妻との話し合いの最初の部分で、彼は悲しみを甦らせていた。田舎で満足するようにというこの新しい教義を説くとき、彼自身、似つかわしいことをしているとは思えなかった。彼が深く信頼し、深く愛した心の妻は壁の上に高くぶらさがる葡萄をほしがった。こんなとき野心を捨てるように妻を説得するのはとても手に負えないとわかっていた。あきらめるようにとの説得には時間がかかりそうだった。しかし、それから何分もしないうちに大執事はことの顛末と決心を妻に話した。「だからプラムステッドに戻ったほうがいい」と彼は言った。妻は異を唱えなかった。

「かわいそうなグリゼルダには残念ね」とグラントリー夫人は夕方夫と再び一緒になったとき言った。

「しかし、あの子はラフトン卿夫人と残ることになると思ったが?」

「ええ、しばらく残ることになります。ラフトン卿夫人くらい信頼してあの子を委ねられる人はいません。願ったりかなったりの人ですね」

「そうだね。グリゼルダに関する限り、憐れむべき状態とは思えないな」

「そんな状態ではありませんよ」とグラントリー夫人は言った。「でも、ねえ大執事、ラフトン卿夫人にはもちろん思惑があるのです」

「思惑って?」

「あの方がラフトン卿とグリゼルダの縁談を進めたがっているのはもう秘密とは言えません。もしこれがまとまったら、とても嬉しい縁談になります――」

「ラフトン卿がグリゼルダと結婚！」大執事は眉をあげて、早口で言った。彼はこれまで娘の将来の嫁ぎ先なんか考えてみたこともなかった。「そんなことは夢にも思わなかった」

「でも、ほかの人たちは夢見る以上のことをしてきたのです、大執事。縁談そのものについては非の打ち所がないと思います。ラフトン卿はそれほど金持ちではありませんが、資産はれっきとしたものです。私の知る限り、性格も全体的に立派です。互いに好き合うようになるなら、私はこの結婚に満足しています。でも、あの子をラフトン卿夫人とまったく二人だけにするという考えには納得がいきません。世間の人は縁談が決まったものと思うでしょう。それで決まらなかったら――決まらないこともありますから、そんなことにでもなったら、あの子には災いです。あの子はどこに行ってもとても称賛されています。それは確かですね。ダンベロー卿も――」

大執事はさらにいっそう目を大きく見開いた。そんな婿の選択が彼の前に用意されているとは考えてもみなかった。じつを言うと、妻の野心の高さに困惑していた。男爵領と年二万ポンドのラフトン卿が手頃な相手として考えられている。しかし、それに失敗しても、資産がその十倍はある未来の侯爵がいて、娘を受け入れる用意があるなんて！　それから大執事は、夫が時々妻のことを思うように、バーチェスター慈善院長邸の庭の楡の下で求婚したスーザン・ハーディングのことを思い、あの市の粗末な貸間に今なお住んでいる義父、愛する老ハーディング氏のことを思った。そんなことを思いながら、妻の心の大きさに驚嘆し、それを賛美した。

「ド・テリア卿を決して許せません」と妻は胸中様々な点を結び合わせて言った。

「馬鹿げたこと」と大執事は言った。「許してやらなければ」

「今ロンドンを離れるのはとても困ります」

「仕方がないね」と大執事はいくぶんぞんざいに言った。というのは、彼はかなり自分の思い通りにする人で、結局そうした。

「ええ、仕方がないのはわかっています」とグラントリー夫人は深く傷ついたことがわかる口調で言った。「仕方がないのはわかっています。かわいそうなグリゼルダ！」それから夫婦は寝床に着いた。

翌朝グリゼルダの訪問があった。二人だけのひそかな話し合いのなか、母は将来の嫁ぎ先の見込みとしてこれまで以上に娘に突っ込んだ話をした。グラントリー夫人はこの件をほとんど何も娘に話していなかった。母が介入しなくても、娘がラフトン卿の愛の誓いという栄誉を受け入れたら、あるいはダンベロー卿の愛の誓いでもよかったが、嬉しくないはずがなかった。その場合、母はわかっていた。娘は熱心に心を開いて話してくれるはずだった。どっちの男性になっても、好ましい縁談として取り決めることができる。グリゼルダの側に間違いを犯すとか、性急にことを進めるとか、そういう心配はなかった。グリゼルダが是認し難い情熱にのめり込むことは決してないと自慢するとき、母は娘を完全に把握していた。しかし、ラフトン＝グラントリー協定――グリゼルダはこれについて何も知らない――が存在するなか、弓に二本のつるを張って二股をかけるなら、適切な導きがなければ哀れな子がつまずくことがあるのではないか？　こういう思いがあったから、グラントリー夫人はロンドンを発つ前、数語言葉を残す決意をした。それで娘に一行書き送った。グリゼルダはラフトン卿夫人の馬車で二時にマウント・ストリートに到着した。馬車は話し合いのあいだ通りの角のビール店で待っていた。

「父さんはウエストミンスター主教になれないんですか？」と若い娘は聞いた。そういう希望がまったくついえたことを理解してもらうため、母が巨人らの行動を充分説明したあとのことだ。

「そうです、あなた。とにかく今はなれません」

「何て残念ね！　決まったことと思っていましたのに。気に入った人を主教にできないのなら、ド・テリア卿が首相であることに何の意味があるかしら？」

「ド・テリア卿は確かに父さんをないがしろにしたと思います。しかし、もう見込みのない問題ですから、今は踏み込まないことにしましょう」

「プラウディ一派は何て喜ぶことかしら！」

グラントリー夫人が止めなかったら、グリゼルダは一時間でもこの話をしていただろう。母は別の問題に進む必要があった。それで、ラフトン卿夫人がいかに愛すべき女性であるか話し始めた。母はそれから続けてグリゼルダに、この友人であり、後見人役である卿夫人のもとにとどまれるあいだロンドンに残るように指示した。しかし、ラフトン卿夫人はロンドンにいるといつも急いでフラムリーに帰りたがるので有名だったから、おそらくこれも長くはないかもしれないとつけ加えた。

「でも、卿夫人は今年そんなに急いで帰らないと思いますよ、母さん」とグリゼルダ。彼女は五月にはプラムステッドよりもブルートン・ストリートにいるほうがよかったし、ラフトン卿夫人の馬車の鏡板にある宝冠も快かった。

それから、グラントリー夫人は説明を始めた——とても用心深く。「そうよ、あなた、今年はたぶん急いでいません——つまり、あなたが卿夫人と一緒にいるあいだはね」

「確かにとても親切にしてくださいます」

「あの方はとても親切ですよ。たくさん愛してあげなければいけません。私は愛しています。ラフトン卿夫人に対するほど私が深い敬意を払う友人はいません。あなたを卿夫人に残しても安心していられるのはそのためです」

「それでも、私は母さんと父さんにはロンドンにとどまっていてくれたらなあと思います。つまり、もし父さんが主教にしてもらえたらの話ですが」

「もうそんなことは考えても無駄よ、あなた。私が特にあなたに言いたかったのはこれ、つまりラフトン卿夫人が企てている計画が何かということです」

「計画って?」とグリゼルダ。彼女は他人が考えていることをあまり詮索したことがなかった。

「そうよ、グリゼルダ。あなたが田舎のフラムリー・コートにとどまっていたあいだも、それからまた、おそらくこちらのブルートン・ストリートに来てからも、ずいぶんたくさん――ラフトン卿に会ったはずです」

「彼はブルートン・ストリートにはあまり来ません――それほどしょっちゅうはね」

「えっ」とグラントリー夫人はかすかに叫んだ。できたら喜んでその声を押し殺していただろう。だが、それはうまくいかなかった。ラフトン卿夫人が裏切りを働いていると思う根拠があったら、彼女はただちに娘を引き取って、この協定を破棄し、ハートルトップ協定の用意をするつもりだった。胸中そんな思いを駆け巡らした。とはいえ、彼女はその間ずっとラフトン卿夫人が裏切ることはないと思っていた。落ち度はラフトン卿夫人にも、おそらくラフトン卿にもなかったのだろう。グラントリー夫人はラフトン卿夫人が娘について言った不満の真意を理解していた。もちろん夫人は娘の味方をして、全体的にうまく擁護したけれど、もしグリゼルダがもう少し直情径行的になれたら、第一級の結婚のチャンスは増すだろうとみずから認めた。男性はたとえどんなに均整が取れていようと彫像とは結婚したがらない。母は背を六フィートまで伸ばすことを娘に教えられないように、直情的になることは教えられない。しかし、娘に直情的に見えるように教えることは可能ではないか? 母の手にさえもその仕事はかなり繊細なものだった。

「もちろん卿は田舎で同じうちに住んでいたころほど、ここではうちにいられません」グラントリー夫人は現在のラフトン卿の役を演じてみせた。「卿は社交クラブにいるか、上院にいるか、二十の別の場所にいるに違いありません」

「卿はパーティーに行くのがとても好きで、上手に踊ります」

「きっとそうなのでしょう。それくらいは私にもわかります。卿が踊りたがっている相手も知っています」

母はそう言うと愛情を込めて娘をちょっと抱きしめた。

「私のことを言っているの、母さん？」

「そう、その通りよ、あなた。本当のことじゃありません？　卿はロンドンでほかの誰よりもあなたと踊るのが好きなんだとラフトン卿夫人から聞いています」

「それはわかりません」グリゼルダは床に目を落として言った。グラントリー夫人は全体的に見てこれは話の滑り出しとしてかなり好調だと思った。もっといい出出しでもよかった。娘と未来の夫の共感を結びつける、ワルツよりもっと真剣な関心が見つかればもっといい。しかし、どんな関心でもないよりましだった。生まれつき直情径行的でない人に関心を見つけるのは難しい。

「ラフトン卿夫人はとにかくそう言っています」とグラントリー夫人はきわめて用心深く続けた。「ラフトン卿はあなた以外の相手がいやなのだと卿夫人は考えています。あなたはどう考えているの、グリゼルダ？」

「わかりません、母さん」

「でも、若い女性はそういうことを考えるのではないの？」

「そうかしら、母さん？」

「考えると思うのよ、そうじゃない？　事実はね、グリゼルダ、ラフトン卿夫人はもしかしたら、と考えているのよ――何を考えているかあなたに推測できます？」

「いいえ、母さん」しかし、これはグリゼルダの嘘だった。

「私のグリゼルダが卿夫人の息子さんのいちばんいい奥さんになるかもしれないってね。私もそう考えています。もしあなたみたいな妻を手に入れることができたら、あの方はとても好運な人だと思います。でも、あなたはどう考えているの、グリゼルダ？」

「何も考えていません、母さん」

しかし、こういうことでうまくいくわけがなかった。本人が考えることが絶対必要だったし、母が本人に考えるように言うことが絶対必要だった。娘にこれほど直情性が欠けていると、結局どんな結果になるか、誰にもわからない。若い女性がそのほほ笑みをえようと溜息をつく高貴な求婚者のことを少しも考えようとしないなら、ラフトン＝グラントリー協定もハートルトップ側もただ無駄に打ち捨てられるだけだ。そのうえ、不自然でもあった。母が知っているように、グリゼルダは向こう見ずな感情の持ち主ではなかった。とはいえ、彼女にもやはり好き嫌いがあった。主教職の問題にはかなり熱中していた。縫製のいい新しいドレスの話題ではグリゼルダ・グラントリーほど深い関心を示す人はいなかった。彼女が将来の見込みについて無関心だとは思えなかった。そんな見込みがおもに結婚いかんに懸かっていることはわかっていたに違いない。母はもう少しで娘に腹を立てるところだったが、それでもとても優しく続けた。

「何も考えたことがない！　でも、あなた、考えなければね。もしラフトン卿があなたに結婚の申し込みをしてきたら、何と答えたらいいか決めなければなりません。ラフトン卿夫人が息子さんに願っているのはそれなのですから」

「それでも、卿は申し込んできませんよ、母さん」

「もししてきたら？」

「でも、きっとしてきません。卿はそんなことはぜんぜん考えていません――それに――それに――」

「何ですか、あなた?」

「わかりません、母さん」

「はっきり言ってちょうだい、あなた！　私が心配しているのはあなたの幸せです。ラフトン卿夫人も私もあなたたち二人が愛し合ったら、幸せな結婚ができると思っています。卿夫人は息子さんがあなたに好意を寄せていると思っています。あなたが卿のことを好きになれないとわかったら、たとえ彼がラフトン卿の十倍も立派としても、そのことであなたを悩ましたりしません。言いたいことがあるのじゃないの、あなた?」

「ラフトン卿は誰よりもあの――あの――ルーシー・ロバーツに好意を寄せていると思います」とグリゼルダは今態度に少し動揺を見せて言った。「ずんぐりむっくりの黒い人なのに」

「ルーシー・ロバーツ！」グラントリー夫人は娘が嫉妬の強い感情に動かされているのを知って驚いた。そんな人に嫉妬する理由なんかみじんもないと強く思った。「ルーシー・ロバーツ、なんとまあ！　礼儀上話しかける以外、ラフトン卿がその人に話しかける理由があるとは思えません」

「それでも、事実なのです、母さん！　フラムリーのことを覚えていませんか?」

グラントリー夫人は振り返ってみて、ラフトン卿がかなり親密な様子で牧師の妹と話し込んでいるのを一度目撃したことがあるのを思い出した。しかし、そこに何かあるとは思わなかった。もしグリゼルダが求愛中の恋人に冷たい理由がそれだとしたら、その記憶が取り除けないのはじつに残念だった。

「今あなたが言うから、その若い女性のことを思い出しました」とグラントリー夫人は言った。「色黒で、とても背が低くて、たいして容姿もよろしくない娘ね。後ろのほうにずっと控えている人のように見えました」

「それはよくわかりません、母さん」

「私が彼女を見た限りではそうでした。でも、愛するグリゼルダ、あなたはそんなことを重く見ないようにしなければね。ラフトン卿はもちろん母の家ではどんな若い女性にも礼儀正しく振る舞わなければなりません。ミス・ロバーツについて彼に他意はまったくないと信じます。その娘が私のいる前で口を利いたことはないと思いますから。確かにその娘の知性について私には何も言えません。その娘が私のいる前で口を利いたことはないと思いますから。でも――」

「ああ！　あの人って好きなだけ話せるお喋りなのです。小さなずるい人なのよ」

「でも、とにかく、あなた、彼女には個人的な魅力なんか少しもありません。ラフトン卿はミス・ロバーツが言ったり、したりすることなんかに――そんなことなんかに――心を奪われるような人ではありません。そう思います」

個人的な魅力という言葉が述べられたとき、グリゼルダは頭を巡らして、壁の鏡の一つに自分の横顔をとらえて、それから頭をつんと反らせ、ちょっと見得を切る仕草をして、母が思ったように、とてもいい顔つきをした。「もちろんそんなことはちっとも気にしていません、母さん」

「ええ、あなた、もちろんそうでしょう。たいしたことではないと思います。私はあなたの気持ちにこれっぽっちの強制も加えたくありません。あなたの良識と高い信念を完全に信頼しなければ、こんなふうにあなたに話しかけたりはしません。でも、今言ったように、あなたとラフトン卿が好き同士とわかったら、卿夫人と私はとても嬉しいといちばん言いたいのです」

「きっと卿はそんなことは考えていないと思いますよ、母さん」

「ルーシー・ロバーツへのこだわりはどうか頭から振り捨ててください。あなたのためでないとしても、卿のためにね。卿にはもっといい好みがあると信じてください」

しかし、グリゼルダはいったん思い込んだら、それを容易に払拭することができなかった。「好みについては、蓼食う虫も好き好きなのです」と彼女は言った。そして、この件に関する会話は終わった。グラントリー夫人はこの会話からえた感触として、ダンベロー卿のほうがよさそうだとの考えに結局たどり着いた。

**註**

（1）『祈祷書』のなかにある神の賛美の歌テ・デウムからの引用。
（2）「マタイによる福音書」第十章十四節に「もしあなたがたを迎えもせず、またあなたがたの言葉を聞きもしない人があれば、その家や町を立ち去るときに、足のちりを払い落としなさい」とある。
（3）レンズマメと大麦粉で作る病人用の食事。

374

# 第二十六章　直情的

読者はポニーのパックがホグルストックへの旅のあいだ、いかに鞭で打たれたか覚えておられると思う。パックはそのときそれほど苦痛を味わうことはなかったと思われる。その皮膚はロバーツ夫人の心ほど柔らかくなかったから。その小さな動物はオートムギやこの世のよきもので腹一杯、元気一杯だったから、鞭で叩かれたとき、飛び跳ね、小さな耳を震わし、二十ヤードを途方もない速さで走った。ポニーはひどい苦痛に堪えたとロバーツ夫人は思った。しかし、実際には鞭打ちのあいだいちばん苦しんでいたのはパックではなかった。

ルーシーは強い感情にせき立てられて、つまりラフトン卿とミス・グラントリーの結婚が妥当だとどうしても納得することができなくて、ラフトン卿をまるで兄でもあるかのように慕っていると義姉に口に出さずにはいられなかった。ルーシーはこの思慕を自覚していた――いや、それ以上のことも自覚していた――しかも頻繁に。しかし、今彼女は声に出してそれを義姉に言った。その結果、言ったことが記憶され、考察され、ある程度彼女に対する義姉の態度を改める原因となったことがわかった。ファニーは打ち解けた会話のなかでラフトン家のことに目立って触れなくなり、夫からラフトン卿の話を持ち出されて逃げられなくなったとき以外、卿について話すのをやめた。ルーシーは一度ならずこの状況を改善しようと試みて、笑いながら、半分冷やかすように若い卿のことを話した。卿の狩りや射撃について皮肉な態度を取り、卿のグリゼルダへの愛を冗談めかして大胆に言葉にした。しかし、彼女は失敗したと感じた。ファニーについては完全に失敗したと、兄については兄の目を閉ざすよりもむしろ広げてしまう結果になったと感じた。それで、その努力を放棄して、ラフトン卿について話すのをやめた。夫婦間で彼女の秘密が話題にのぼり、話されたことがわかった。

このころ、ルーシーが牧師館に来てからこれまでなかったほど長いあいだ二人の女性は応接間に二人きりでいた。ラフトン卿夫人の不在のため、フラムリー・コートへのほぼ毎日の訪問がなかった。マークは聖堂参事会員として認められる前に、はたさなければならないかなり厄介な仕事を抱えて、このころ長時間バーチェスターにいた。彼は好んで「在宅」と呼ぶ状態にすぐなった。つまり、日曜朝の礼拝で月一回説教を担当し、ちょっとしたじつに威厳のある補佐役を引き受けることだ。宿舎の準備がまだできていなかったから、まだ厳密にはバーチェスターに住んではいなかった。少なくともそれがそこに住まない表向きの理由だった。亡き名誉参事会員スタンホープ博士(1)の家財がまだ取り払われておらず、それらに対する債権者の権利主張があって、明け渡しはさらに遅れそうだった。使用を認められたすばらしい宿舎――気前のいい伝統の恩恵――を切望する紳士には、これは少々不便だったかもしれない。しかし、ロバーツ氏はそう感じなかった。もしスタンホープ博士の家族か債権者がその家をさらに十二か月占拠してくれたら、そのほうが彼には嬉しかった。ラフトン卿夫人がずっとロンドンに滞在していたため、彼は宿舎の遅れのおかげで、卿夫人から気づかれることなくフラムリー教会の不在の最初の一か月を乗り切ることができた。これもまた都合がよかったから、私たちの若い名誉参事会員は新しい昇進をこれまで以上に有利なものと考えた。

ファニーとルーシーはこのように二人だけで取り残された。およそ心からあふれることを口が語るものだ(2)から、このような信頼の期間にあふれる心がおのずと口を開くものだ。ルーシーは自分の状態を初め考えたとき、沈黙という力強い能力に身を委ねようと決めた。もちろん恋心は語るまい。薔薇色の頬が隠しごとによって蝕まれる様子も、石碑の上の忍耐像のように堪える姿[3]も一瞬たりとも見せまい。胸中の戦いを勇敢に戦い抜き、敵を完全に倒そう。説教するか、断食するか、恋心を弱らせて押さえ込むかしよう。そんなことをしても、誰も賢くなるわけではないけれど。震えることなくラフトン卿と握手するように胸中言い聞かせよう。卿の妻がグリゼルダ・グラントリーでない限り、その人を驚くほど好きになるように心構えを作ろう。彼女の決意はそういうものだったが、最初の週の終わりにはそんな決意は粉みじんになって、風に吹き散らされてしまった。

二人はある雨の一日家のなかでずっと一緒に座っていた。マークがバーチェスターで参事会長と食事をすることになったので、子供をほとんど膝に載せて、早く夕食を取った。夫から好きにしていいと言われたとき、妻がよくすることだ。夜に近づいて外が暗くなるころ、子供はもう寝室に入っていたが、二人はまだ応接間に座っていた。そのとき、ホグルストック訪問から五回目になるけれど、ロバーツ夫人はクローリー家のため何か役立つことはできないかと、胸の願いを明らかにし始めた。とりわけ父のすぐそばに立ってギリシア語の不規則動詞を習っているグレース・クローリーがロバーツ夫人の憐みの対象となったように見えた。

「どう手を着けたらいいかわかりません」とロバーツ夫人。

今ルーシーはホグルストック訪問に触れられるたび、必ず心を占めていたあの問題へと思いを引き戻された。彼女はそんなときどれだけパックを打ったか、どんなふうに冷やかし半分に、それでいてきわめて真剣に、打ったことをわび、理由を説明したか思い出した。それゆえグレース・クローリーには期待されるほどはっきり関心を抱いていなかった。

「ええ、わかりませんね」とルーシー。

「あの日馬車でうちに帰るとき、そのことをずっと考えていました」とファニーは言った。「問題は、私たちがあの子に何ができるかです」

「その通りですね」とルーシー。彼女はラフトン卿にとても好意を寄せていると明言した路上の地点を思い出した。

「一、二か月あの子をここに置いて学校に行かせてあげられたらいいのに。でも、クローリーさんは学費を払わせてくれないでしょうね」

「そうね」とルーシー。心はクローリー氏とグレースから遠く離れていた。

「それなら、あの子をどうしたらいいかわからないじゃありませんか、そうでしょう?」

「ええ、そのようです」

「何も教えられないなら、この家にかわいそうなあの子を置いても意味がありません。マークがあの子にギリシア語の動詞を教えられるとは思いませんから」

「その通りね」

「ルーシー、私の話していることにうわの空よ。この一時間身を入れて聞いていません。私が話していることがわかっているとは思えません」

「いいえ、聞いています――グレース・クローリーですね。もしお望みなら、私があの子に教えます、ただし私は何も知りませんが」

「私が言っているのはそんなことじゃありません。あなたにそんな仕事を引き受けるようにお願いするつもりはありません。そうじゃなくて、ちゃんと私と話をしてくれてもいいでしょう」

「話をしてくれてもいいって? 結構です、そうします。何のことでしたか? あ、そうそう、グレース・クローリーね。誰がギリシア語の不規則動詞を教えられるか知りたいんでしたね。あら、ファニー、私、すごく頭が痛い。どうか怒らないで」それからルーシーは背中をソファーにもたせかけると、痛そうに片手を額に当てて、まるっきり会話を放棄した。

ロバーツ夫人はすぐ彼女に寄り添った。「かわいいルーシー、あなたが最近しばしば訴えている頭痛の原因っていったい何？　そんな頭痛なんかこれまでなかったのに」

「私がだんだん馬鹿になってきているからです、気にしないで。かわいそうなグレースについて話を続けましょう。女家庭教師を雇っても役に立ちませんね？」

「具合が悪そうよ、ルーシー」ロバーツ夫人は心配そうな表情で言った。「どこか悪いのよ」

「どこか悪いって！　いえ、どこも悪くありません。口にするほどのことはないんです。デヴォンシャーに帰って、そこで生活することを時々考えるんです。ブラーンチのところにしばらく泊まれるし、エクセターに下宿することもできる」

「デヴォンシャーに帰るですって！」ロバーツ夫人は義妹がおかしくなったというような表情をした。「なぜ私たちから逃げたがっているのです？　この家はもうずっとあなたのもの、あなたのうちのはずじゃありませんか」

「そう？　それなら、私は重体ですね。ああ、何て、何て私は馬鹿なんでしょう！　何て間抜けだったんでしょう！　ファニー、私はもうここにはいられません。ここに来なければよかった。来なければ——来なければ——来なければ、あなたはそんなに恐ろしい目で私を見詰めているけれど」彼女は跳びあがると、義姉の腕のなかに身をあずけて、激しく口づけを始めた。「私から傷つけられたなんて言わないでね。というのは、私から愛されていることはあなたには充分わかっているんですから。一生あなたと一緒に生きていけると、あなたは完璧だったと——実際完璧です——そう私から思われていることはあなたにはわかっているんです。でも——」

「マークから何か言われたの?」

「何も言われていません——一言も。マークではないんです。ああ、ファニー!」

「どういうことかわかっていました」とロバーツ夫人は深い悲しみを顔に表して、低く震える声で言った。

「もちろんあなたにはわかっています。ずっとわかっていたんです。ポニーの馬車のあの日からあなたにはわかっていると思っていました。あなたは彼の名を口にする勇気がなかったんです。あなたにわかっていたのがそれで見え見えじゃありませんか。私は、私はマークに偽善を働きました。私の偽善はあなたには通用しませんが。さあ、やはり私はデヴォンシャーに帰るほうがいいんじゃないかしら?」

「かわいい、かわいいルーシー」

「あのラベル貼りのことは間違っていませんでした。ああ、神様! 私たち女って何て間抜けなのかしら! 私はたった一ダースの甘い言葉で九柱戯のように倒されて転がり、私のものと呼べる土地は一インチもなくなってしまいました。私は強さをとても誇りにしていましたから、小娘みたいにすましたり、お馬鹿になったり、感傷的になったり、そんなことはすまいと固く決心していました! マークやあなたのように彼を好きになろうとはっきり決めていました——」

「もし卿が言ってはならないことをあなたに言ったとしたら、卿が好きになれません」

「でも、彼は言っていません」彼女は少し間を置いて考えた。「ええ、彼は言っていません。あなたが知って怒るようなことは、一言も言っていません。おそらく私をルーシーと呼んだ以外にはね。彼が悪いのではなく、私が悪かったんです」

「あなたが甘い言葉を言ったからね」

「ファニー、私がどれだけひどい馬鹿で、お話にならない阿呆か、あなたにはわからないでしょう。今言う彼の甘い言葉って、アイルランドから送った牛がどうしているか彼があなたに聞いたり、ポントの肩について彼がマークに話しかけたり、そうするときに使う彼の言葉と同類のものでした。彼は父さんを知っていたと、マークと同じ学校に通っていたと、ここ牧師館であなたととても仲よしになったから、私とも仲よしになれるに違いないと言いました。いえ、彼は悪くなかったんです。悪戯をした彼の甘い言葉ってそんな言葉でした。でも、彼のお母さんって何てよく世間がわかっていらっしゃるのかしら！　私が安全でいられるためには、彼に目を向けてはいけなかったんです」

「でも、愛するルーシー――」

「あなたが何をおっしゃりたいかわかって、残さずそれを認めます。彼は英雄なんかではありません。すばらしいところなんかどこにもない。英知の言葉を発したり、詩に近い思いを口にしたりするのを耳にしたこともありません。馬で狐を追いかけ、かわいそうな鳥を殺すことに全精力を傾けるだけ。彼が何か一つでもすばらしい行いをしたという話は聞いたことがない。でも――」

ファニーは義妹の話し方に特別驚いたので、どう言ったらいいかわからなかった。「卿は優れた息子さんだと思いますね」とやっとのことで言った。

「ギャザラム城に行くこと以外はね。彼の容姿を見てみましょう。かたちのいいまっすぐな脚、とても魅力的な額、愛想のいい眼、白い歯が特徴的です。そんな完璧なものの並んだ目録を見て、私が骨の髄まで魅了され、陥落せずにいられたでしょうか？　でも、私が陥落したのはそのせいじゃないんです、ファニー。それなら抵抗することができました。少なくとも堪えられたと思います。私の息の根を止めたのは彼の爵位なんです。これまで貴族に話しかけたことなんかありませんでした。ああ、私ったら！　何て馬鹿で、何て獣だったんでしょう！」それから彼女は涙に暮れた。

じつを言うと、ロバーツ夫人はかわいそうなルーシーの苦しみがほとんど理解できなかった。ルーシーが本当にみじめなのはよくわかった。とはいえ、彼女が皮肉一杯、ほとんど冗談めいた口調で自分と苦しみのことを話したので、どれほど真剣なのかわからなかった。彼女には他人から必ずしも理解されない揶揄の癖もあったから、夫人は時々怖くて最初に心に浮かんだ言葉を口に出すことができなかった。しかし、今やルーシーが泣き崩れ、心乱れて息もできなくなったから、もはや夫人は黙っていられなくなった。「愛するルーシー、どうかそんな話し方をするのはやめてちょうだい。みんなよくなります。間違ったことをしなければ、みんなうまく収まります」

「ええ、誰も間違ったことをしなければね。それってよく父さんが論点先取りの誤りと呼んでいたものよ。でも、ねえ、ファニー、私は負けるつもりはありません。死ぬか、戦いを勝ち抜くかです。自分を心から恥じているから、戦いを最後までやり続けることが自分に対する義務なんです」

「どんな戦いをやり続けるの、ルーシー？」

「この戦いよ。今、ここ、この瞬間も私はラフトン卿に会うことができません。もし彼が門のなかに現れたら、私はおびえた鶏のように走って逃げなければ。もし彼が教区のなかにいるとわかったら、この家から出る勇気がありません」

「何が言いたいのかよくわかりませんね。きっとあなたが私に本心を打ち明けていないせいです」

「ええ、そう。私としては嘘と偽善をうまくやってきたと思います。でも、愛するファニー、あなたには半分もわかっていません。わかるはずがないし、わかってもいけません」

「でも、あなた方には何もなかったと、あなたは言ったと思いましたよ」

「そうかしら。そうね、あなたに嘘はついていません。彼は間違ったことは一言も言わなかったと、私、言いました。彼が間違っているはずはありません――でも、気にしないで。私がしようと思っていることを教えましょう。先週それをずっと考えていました――マークに知られなければいいんですが」

「もし私があなたなら、彼にみな打ち明けますね」

「何ですって、マークに！　もしあなたが兄に話したら、もう二度と、二度と、二度とあなたとは話をしません。私が心から姉妹愛をあなたに捧げているとき、あなたは裏切るつもりなの――？」

ロバーツ夫人は進んでマークに話すつもりはないと釈明しなければならなかった。さらに特別そうしていいと許可されない限り、夫にも言わないことを厳かに約束した。

「女子修道院に入ろうと思っています」とルーシーは続けた。「こういう修道院がどんなところかご存知？」ロバーツ夫人はよく知っていると請け合った。それからルーシーは続けた。「一年前なら私こそイギリスじゅうでいちばん修道院生活なんか認めないと言ったでしょう。でも、今はそれが私にとって最善だと信じています。断食し、鞭打ちし、そうすることで私本来の心と魂を取り戻すんです」

「本来の魂ですって、ルーシー！」とロバーツ夫人はおびえた口調で言った。

「そう、あなたがそう言いたければ、私本来の心と言います。でも、私は心という言葉を使うのは好きではありません。私の心なんかどうでもいいんです。できればその心を自由にしたい――この若い気取り屋の貴族とか、ほかの人からね。そうしたら、ここ――ここ――ここが間違っているといつも感じることなく、読み、話し、歩き、眠り、食べることができる」そう言って彼女は激しく片手を胸の脇に押し当てた。「私が感じているものは何かしら、ファニー？　なぜ運動もできないほど体が弱っているのかしら？　なぜ一瞬たりとも本に集中することができないのかしら？　なぜ二つの文章を一つにすることができないのかしら？　なぜ一口一口が喉を通らないのかしら？　ああ、ファニー、彼の脚のせいかしら、それとも彼の爵位のせいかしら、どう思う？」

ロバーツ夫人はルーシーの悲しむ姿に触れて――ルーシーはひどく悲しそうだった――ほほ笑まずにはいられなかった。事実、ルーシーは時々どこか滑稽な表情を見せ、皮肉が自分に向かうように振る舞っていた！「私を笑いものにしてください」と彼女は言った。「私を笑いものにするのがいちばんいいんです。美男で貴族という理由で一人の男性を好きになるなんて、断食と鞭打ちを除けば、それがいちばんいいんです。美男で貴族という理由で一人の男性を好きになるなんて、私はこそこそ屋で、間抜けに違いないと言ってください！」

「でも、美男で貴族という理由だけではありませんね。ラフトン卿にはそれよりいいところがたくさんあります。これは言っておかなければね、かわいいルーシー、あなたが卿に恋しても何の不思議もありません。ただ――ただ――」

「ただ、何ですか？　さあ、言ってください。控えめに話したり、叱ったら私が怒ると思ったりしないで」

「ただあなたは用心深い人だから、紳士のほうから好きだと意中を明かすまで――あなたのほうから紳士が好きになったなんて言うはずがないと思っていました」

「用心深いって！　そうね、その通り。それがぴったりの言葉ね。でも、用心深くしなければならなかったのは彼のほうです。彼は火格子か、そう言いたければ恋愛防止の柵かを前にぶらさげていなければね。用心深いって！　あなた方みなが私を引きずり出すまで、私は用心深くなかったかしら？　コートへ行きたがったかしら？　コートへ行ったとき、私は隅っこに座って、使用人の大部屋にいたほうがどれほどいいか考えながら、自分を笑いものにしなかったかしら？　ラフトン卿夫人――彼女が私を引きずり出し、それから警告を与え、それから、それから——なぜラフトン卿夫人は彼女のやり方を通そうとするのかしら？　なぜ私は彼女の犠牲にならなければならないのかしら？　ラフトン卿夫人も、彼女の身内のどなたも、知りたくなんかなかったのに」

「あなたにラフトン卿夫人を咎める理由があるとは思えませんね。おそらくほかの人を咎める理由もあまりないと思います」

「ええ、そう、全部私が悪かったんです。さかのぼってみても、ファニー、どうしてもどこで最初の一歩を踏み間違えたか、どこで間違ったかわかりません。私は一つだけ悪いことをしたんですが、それが私が後悔しないただ一つのことです」

「それは何なの、ルーシー？」

「彼に嘘をついたことです」

ロバーツ夫人は何が何だかわからなくなってしまった。わからないと感じたから、友人としても、義姉としても何も助言してやれないと思った。ラフトン卿とのあいだではごくありふれた言葉しか交わしていないとルーシーは初め明言した——そうロバーツ夫人は思った。しかし、今彼女は嘘をついたと自分を責め、その嘘は彼女が後悔しない唯一のものだとはっきり言った。

「嘘はつかないほうがいいですね」とロバーツ夫人は言った。「嘘をついたら、あなたらしくないから」

「でも、嘘をついたんです。もし彼がもう一度ここに来て、同じように私に話しかけてきたら、また嘘をつきます。そうしなければと思ったのよ。嘘をつかなかったら、世のなかの重荷全部を私が背負い込むことになる。あなたは顔をしかめて、よそよそしくなるでしょう。ああ、私のファニー、もしあなたを本当に怒らせたら、あなた、どんな顔をするかしら？」

「あなたが私を怒らせるとは思いませんね、ルーシー」

「でも、万一私が本当のことを話したら、きっとあなたは怒るのではないかしら？　さあ、話して。でも、いえ、ファニー、話す必要なんかありません。あなたを、それから、卿夫人を、恐れているからではないんです。でも、卿夫人のひどくふさぎ込んだ顔を私がとうてい直視することができないのは神のみがご存知です」

「あなたがわかりませんね、ルーシー。あなたが言うように、もしありふれた会話以外にあなた方のあいだに何も交わされなかったというのなら、どんな本当のこと、どんな嘘を、あなたは卿に言うことができたのかしら？」

ルーシーはソファーから立ちあがり、部屋を行ったり来たり二回してから口を開いた。ロバーツ夫人は普通の好奇心——女性のそれというよりも、人が一般に持つ好奇心と私は言っておこう——で一杯だった。そのうえ義妹への愛情であふれていた。その場に座ったまま、好奇心と不安の両方を抱えて、黙って相手に目を向けていた。

「そんなことを言ったかしら？」とルーシーはついに言った。(5)「いいえ、ファニー、私のことを誤解しています。そんなことは言いませんでした。ええ、牛と犬については言いました。それは本当よ。私がこんな馬鹿になるころ彼の甘い言葉がどんなものだったかあなたに言いました。そのあと、彼はもっと話したんです」

「どんなことを話したの、ルーシー？」

「あなたが信頼できたら、喜んで話します」とルーシー。彼女はロバーツ夫人の足元にひざまずくと、残る涙のしずく越しに夫人の顔を見あげてほほ笑んだ。「喜んで話します。でも、本当にあなたが秘密を守れるか、まだわからないんです。私なら友人から告白されたら、世界を敵に回しても、秘密を守ります。守るとあなたが誓えば、ファニー、話します。でも、もしあなたに自信がないんなら――マークにみな囁いてしまうんなら――、黙っています」

ロバーツ夫人は何か恐ろしいものがここに隠されているように感じた。結婚以来これまで心によぎる思いのうち、夫と分かち合えない思いは何一つなかった。しかし、夫人は今突然これを突きつけられたから、そんな秘密――ルーシーの兄に言えない秘密、夫に言えない秘密――の預かり手となることがいいことかどうか考えてみる余裕がなかった。いったい誰かこれまで秘密の共有を申し出られて、拒否できた人がいようか？　少なくとも誰か恋愛の秘密を申し出られて、断れた人がいようか？　どんな義姉にそれができよう？

ロバーツ夫人はそれゆえ約束を交わした。そうしたとき、夫人はルーシーの髪を撫でつけ、額に口づけし、涙でいっそう輝いて虹のように見える目を覗き込んだ。「卿があなたにどんなことを話したの、ルーシー？」

「どんな？　彼は妻になってくれと私に言った、それだけです」

「ラフトン卿はあなたに結婚を申し込んだの？」

「そうです。結婚を申し込んだんです。信じられないでしょう？　そんなことが起こったなんて信じられないでしょう？」ルーシーが再び立ちあがったとき、他人から向けられていると彼女が感じる軽蔑――彼女が自分に向ける軽蔑――のせいで、頬に血がのぼっていた。「でも、夢ではない――夢ではないと思う。彼は本当に結婚を申し込んだと思います」

「思いますって、ルーシー！」

「そう、そう言っていいんです」

「紳士なら正式の申し込みをして、申し込んだかどうかあなたに不確かな思いをさせることはありませんね」

「ああ、いいえ。そんな不確かさはありませんでした。まったくね。スミスさんがミス・ジョーンズにスミス夫人になるように申し込むとしても、彼ほどはっきり申し込んではいません。私がそれを夢見ていたんではないかと言っているだけです」

「ルーシー！」

「ええ、夢なんかではありませんでした。ここに、まさしくこの地点——絨毯のあの花模様の上——に彼は立って、妻になるように私に十二度も請うたんです。あなたとマークが絨毯のこの部分を切り取って、私に記念にくれないかしら」

「それで、何て答えたの？」

「愛していないと嘘で答えました」

「断ったの？」

「そう。本物の貴族を断ったんです。そう思うと、どこか満足感がありますね？　ファニー、そんな嘘をついたのは悪かったかしら？」

「なぜ断ったの？」

「なぜって？　聞くまでもないでしょう。フラムリー・コートへ行って、私は息子さんと婚約しましたと会話のなかで卿夫人に言ったら、どういうことになるか考えてみてください。ラフトン卿夫人のことを考えてみてください。でも、卿夫人のことが問題で断ったんではないんです、ファニー。もし私が彼の利益になると思い、彼を後悔させることはないと思ったら、私はどんなことでも——彼のために——恐れることはありませんでした。たとえあなたからしかめ面をされてもね。あなたはきっとしかめ面をするでしょうから。私がラフトン卿と結婚するなんて冒涜だとあなたは思ったはずです！　そうでしょう」

ロバーツ夫人は考えたこと、考えなければならなかったことをどう口に出したらいいかわからなかった。助言する前にじっくり問題を考える必要があると思っているのに、目の前に助言を期待するルーシーがいた。ラフトン卿が本当にルーシー・ロバーツを愛しており、ルーシー・ロバーツからも愛されているのなら、二人が夫婦になっていけない理由があろうか？　しかし、夫人はその結婚が、おそらくルーシーが言うような冒瀆ではないにせよ、何か問題の多いものだと感じた。ラフトン卿夫人はどう言い、どう考え、どう感じるのかしら？　こんな致命的な一撃をもたらす牧師館について卿夫人はどう言い、どう考え、どう感じるのかしら？　俸給牧師とその妻を邪悪な恩知らずと非難しはしないかしら？　そんな状況下で牧師館の生活は堪えられるものかしら？

「あなたの言ったことでひどくびっくりしてしまいました。これについてまだどう答えたらいいかわかりません」とロバーツ夫人。

「びっくりしますよね？　あのとき彼は頭がおかしくなっていたに違いありません。それ以外に説明のしようがありません。彼の家系のなかにそんな血が入っているのかしら」

「何、狂気の？」ロバーツ夫人はかなり真剣な聞き方をした。

「彼がそんな考えに取り憑かれたとき、頭がおかしくなっていたと思いませんか？　でも、あなたには信じられないでしょうね。それはわかります。とはいえ、正真正銘の事実です。彼はまさにここに、この地点に立って、私が受け入れるまで辛抱して頑張ると言いました。彼の両足が絨毯のあの区分線の内側にあったことをなぜ見ていたのかわかりません」

「あなたは卿の愛を決して受け入れようとしなかったのね？」

「ええ、何も言うことはなかったんです。いいですか、私はここに立って、手を心臓のところに置いて

――そうするように彼から言われたんです――、彼を愛することはできないと答えました」

「そうしたら何と」

「出て行きました――深く傷ついたような表情で。生きている人のなかでいちばんみじめだと言って、ゆっくり忍び出るように去って行きました。私は彼が本気だったとちょっとだけ思って、呼び戻しそうになりました。でも、そうしなかったわ、ファニー。この愛の獲得のことで私がうぬぼれすぎているとか、思いあがっているとか、そんなふうに考えないでね。彼は門にたどり着くかつかないかのうち、魔手を逃れたことを神に感謝しているはずです」

「それは信じられません」

「でも、私はそう信じます。ラフトン卿夫人のことも考えました。卿夫人から蔑まれたうえ、息子の心を奪ったと非難されたら、私は堪えられません。現状のままのほうがまだいいと思います。でも、教えて。嘘は例外なく悪いんですか、あるいは結果は手段を正当化するんですか？　それとも本当のことを言って、彼が立っているところにさえ私は口づけすることができると彼に知らせるべきだったかしら？」

これはロバーツ夫人にはとても回答できそうもない偉い先生方向きの問題だった。夫人はその嘘を非難しようとも、許そうともしなかった。それについてルーシーはみずから良心を調節しなければならなかった。

「それで、私はこれからどうしたらいいかしら？」とルーシーは半分悲劇的、半分嘲りの口調で聞いた。

「どうしたらいいか？」とロバーツ夫人。

「ええ、何とかしなければ。私が男性ならもちろんスイスへ行きます。あるいは症状が悪ければ、ハンガリーまで。女性の場合、どうしたらいいかしら？　近ごろは自殺することはないと思いますけれど」

「ルーシー、あなたがわずかでも卿を愛しているなんて信じられません。もし愛しているなら、そんな話し方はしませんね」

「ほら、ほら、そこが私の唯一の希望なんです。もしあなたにもそれが信じられなくなるまで私を笑うことができたら、私も少しずつ彼が好きなんだということを信じなくなるでしょう。でも、ファニー、それがじつに難しいんです。もし私が断食して、夜明け前に起き、自分を鞭打つとか、何かいやなことを――たとえば、鍋と平鍋と燭台をきれいにするとか――すれば、それがいちばん私のためになると思うんです。荒布(6)を手に入れたので、悔い改めるため仕立てて着ます」

「また冗談ね、ルーシー」

「いいえ、誓って、本質的なところで冗談なんか言っていません。血と肉を通してでなければ、いったいどうして心に働きかけられるでしょうか?」

「こういう心配事に堪える強さを与えてくださるように神に祈ったら?」

「でも、どう祈りを言葉にし、どう願いを言葉にすればいいかしら? 私のどこが間違いだったかわからないんです。大胆に言うと、この問題で私の落ち度が見つからないんです。ただ私が馬鹿だったということくらいわかっています」

その部屋は新たにそこに入る人には今やすっかり暗くなっていた。二人は話しながらそこにとどまっていて暗闇に目が慣れていたから、馬の足音に突然邪魔されなければ、まだそのまま座っていたことだろう。

「マークです」ファニーはそう言うと跳びあがって、夫が入るとき明かりを用意させるため呼び鈴に走った。

「兄は今夜バーチェスターに泊まると思っていました」

「私もよ。でも、わからないとも言っていました。もし夕食をまだ済ましていなかったら、どうしましょう？」

夫が帰宅するとき、よき妻の心に最初に浮かぶ思いはいつもそれだと私は思う。夫はもう夕食を済ませたかしら？　夕食に何を出したらいいかしら？　夕食は気に入ってくれるかしら？　ああ、ああ！　家には冷たい羊肉しかない。ところが、家の主人は今回は夕食を済ませ、おそらく少し参事会長のクラレットが入っていたため、顔を輝かせて上機嫌で帰宅した。「上の人に言ったんだ」と夫は言った。「これから二か月はそちらが宿舎の所有権を持ってくださいとね。上の人はこの取り決めに同意したよ」

「とても嬉しい」とロバーツ夫人。

「修繕費用についてはほとんど心配しなくていいと思う」

「それはよかったですね」とロバーツ夫人。それでも、夫人はバーチェスター構内の宿舎のことよりもルーシーのことで頭が一杯だった。

「兄に秘密を漏らさないでね」とルーシーは夜義姉にお休みの口づけをするとき言った。

「漏らしません、あなたが許可しない限りはね」

「でも、許可することはありません」

**註**

（1）第十八章の冒頭ではその聖堂名誉参事会員は「バースレム」という名になっている。トロロープは忘れてしまったか、あるいはアイダーダウン教区の亡き現職ヴェシー・スタンホープ博士への言及を重視したか、どちらかだ。スタンホープ博士は「バーセットシャー年代記」の最初の三巻では長期不在と職務怠慢のけしからぬ例となった。『ソーン医師』の第十九章では「イタリアの別荘で卒中のため死亡した」と報告されている。『フラムリー牧師館』でトロロープは作家人生で一度だけ小説完成前に出版を始めたため、この不一致を正すことができなかった。

(2)「マタイによる福音書」第四十一章三十四節。

(3)『十二夜』第二幕第四場。第二十一章註一参照。

(4)イギリス国教会内の女性信徒にはローマ・カトリック的傾向への恐怖が一般にあった。

(5)アイルランドから送った牛とポントのこと。

(6)「マタイによる福音書」第十一章第二十一節。

# 第二十七章　サウス・オードリー・ストリート(1)

オムニアム公爵はチャルディコウツの抵当に関して何らかの取り決めが必要だ、との希望をフォザーギル氏に伝えた。フォザーギル氏は弁護士の饒舌な言葉で書かれているもののように、その希望に込められた公爵の意図をはっきり理解した。公爵はチャルディコウツをきれいそっくり手に入れて、倉に入れ、ギャザラムの資産の枢要部分としたかったのだ。友人のサワビー氏とミス・ダンスタブルの縁談が手間取っていたので、チャルディコウツをそっくりいただいて、倉に入れるほうが早いように公爵には思えたのだ。それに加えて、ボクソル・ヒルの若いフランク・グレシャムがチャルディコウツ御猟林と呼ばれる王室領地全部を購入する契約を政府と交わしたという知らせが州の西部にも入って来た。公爵も御猟林の話を提示されていたが、はっきりした返事をしていなかった。もしサワビー氏からお金を返してもらっていたら、公爵はグレシャム氏の機先を制することができたはずだ。しかし、今やそれが不可能に見えたので、公爵は御猟林でなければ別の資産を適切に倉に入れることを決意した。それで、フォザーギル氏はロンドンへ行き、いやがるサワビー氏と面会しなければならなくなった。

この前私たちがサワビー氏に会ってからこの間、彼は結婚の申し込みに対するミス・ダンスタブルの回答を妹から知らされて、その方面にこれ以上望みがないことを悟った。

借金からの完全な解放の希望がその方面からなくなったとしても、金策の申し出はあった。サワビー氏のいいところは、ミス・ダンスタブルからもうその種の支援を受けることは不可能だとすぐ断言したことだ。しかし、妹はこの申し出がたんに事務上の取引にすぎないと、ミス・ダンスタブルは利子を受け取るのだと、もし彼女が四パーセントの利子で満足してくれれば――公爵が五パーセントの利子を取り、ほかの債権者らが六、七、八、十パーセントとどのくらい増えるか神のみぞ知る利子を取るところだったから――、当事者みなにとっていいことだと説明した。サワビー氏本人はフォザーギル氏と同様、公爵の通知の意味をよく理解していた。その地域のたくさんの立派な土地がそんな憂き目にあったように、チャルディコウツは取られて、公爵の倉に入れられる予定なのだ。チャルディコウツはそっくり呑み込まれて、そこの主人は由緒ある一族の広間から追い出され、愛した古い森を奪われ、幼少のころから知り、成人とともに所有している大庭園やパドックや快い場所をすっかり他人に明け渡す定めなのだ。

こんな降伏ほど苦々しい苦痛はない。自分の手で財産を築き、掻き集めても、実際に財産を自分の目で見たことがない男がそれを失うのは、これと較べればたいしたことではない。そんな男は財産を偶然手に入れたのだから、次の偶然で失ってもおかしくない。失うのは男がしている勝負の一部であり、もし負けることができなければ、その男は哀れな、弱い、臆病な人間ということになる。そんな男はだいたい逆境に堪える心構えを身に着けている。しかしながら、何代も受け継がれてきた土地を浪費してしまうとは、一族の一員でありながらその一族を破滅させてしまうとは、子と孫を恵まれたものにしたに違いないものを全部自分一人の胃袋に飲み込んでしまうとは！　この世のどんな不幸もこれに勝る不幸はないと思われる。

サワビー氏は向こう見ずな陽気さと大胆さをいかに身につけ、利用するかよく知っている反面、誰よりもこの不幸を鋭く感じていた。それは全部彼の過ちだった。土地は全部彼のものとして譲り受けたのに、今彼が死ぬ前、それは全部公爵の貪欲な胃袋のなかに入っている。公爵はその土地を担保にして融通した金を今やきれいそっくり回収することができる。サワビーはフォザーギル氏から伝言を受け取ったとき、その意図を見切ったので、彼がチャルディコウツのサワビー氏であることをいったんやめたら、二度と西バーセットシャー代表国会議員に選出される見込みもなくなることがよくわかった。そうなったら、彼にとってこの世は終わってしまう。この世が終わってしまうと考えるとき、人は何を感じるのだろう?

　問題の朝、彼はまだ快活な表情をして約束の面会に向かった[2]。フォザーギル氏はこんな仕事で上京したとき、公爵のロンドンの法的代理人、ガンプションとゲイズビー法律事務所にいつも自分用の部屋を持っていた。サワビー氏が呼び出されたのはこの部屋だった。ガンプションとゲイズビー法律事務所はサウス・オードリー・ストリートにあった。法律事務所の二階にある薄暗い、すすけた奥の居間ほどこの地上でサワビー氏が嫌う場所はないと言っていいかもしれない。彼はかなり頻繁にそこを訪れたが、そのたびに不快だった。そこは拷問用に取って置かれた恐ろしい部屋だった。たまたま巻き込まれたこんな哀れな田舎紳士の心を最終的に押しつぶす明確な意図を持って、家具が置かれ、壁紙が貼られ、カーテンが吊るされていた。色は全部褐色がかった深紅――褐色に変色した深紅だった。陽光、太陽の本物の優しい光は決してそこまで通ることはなく、ろうそくをいくら灯しても褐色の暗闇を明るくすることができなかった。窓は一度も洗われたことがなく、天井は暗褐色。古びたトルコ絨毯はほこりが厚く積もって、これも褐色だった。部屋の中央の不格好な事務用テーブルには黒革の覆いが掛けてあったが、それももう褐色になっていた。暖炉の片側の引っ込んだ部分に本棚があって、すすけた褐色の法律の本が一杯並んでいたけれど、何年も誰も本に触っていなかった。暖炉の飾りの上に、すすで黒くなった法律関係の系譜図が掛かっていた。それがパーク・レーンに近いサウス・オードリー・ストリートにあるガンプションとゲイズビー法律事務所のなか、フォザーギル氏がいつも仕事で使っている部屋だった。

私は旧友がこの部屋について話すのを一度聞いたことがある。それはグレシャムベリーのグレシャム氏で、チャルディコウツ御猟林の王室領地をそのときまさしく購入しようとしていたフランク・グレシャムの父に当たる。この大グレシャム氏もかつて不幸な日々を送ったことがあるが、それはすぎて終わり、今は幸せに暮らしている。彼もこの部屋に座ったことがあって、彼の土地に対して権限を持ち、その権限を振るおうとする男たちの声に耳を傾けた。彼がそのとき私の心に残した印象は、私が子供のころ読んだユドルフォ城(3)の一室について心に抱いた印象とそっくり同じだった。ユドルフォの部屋には椅子が一つあって、座った者は頭を一方に、脚を他方に引っ張られ、手足を一本ずつ引き抜かれる。手から指を、顎から歯を、頭から髪を、骨から肉を、受け口から関節を引き抜かれて、椅子に座っているのは生命のない胴以外に何も残らなくなる。私が聞いたところによると、グレシャム氏はいつも同じ席に座った。そういうふうに座って受けた拷問、議論を強いられた資産のはぎ取り、目撃を強いられた自己解体、それは私にその部屋をユドルフォの一室よりも悪質なものに思わせた。彼は幸運にも――めったにない巡り合わせで――生きて骨と関節を元通りにすることができて、元気に活躍している。しかし、彼がその部屋について話すとき、心は恐怖で一杯なのだ。

「どんな報酬を約束されても」と大グレシャム氏は一度私にとても厳粛に言った。「何を言われても、二度とあの部屋に入る気はない」実際、彼はこの感情を強く抱いていたから、事態が好転したあと、サウス・オードリー・ストリートを二度と歩かなかった。問題の朝、サワビー氏はこの拷問部屋に入った。一、二、三分後そこにフォザーギル氏が加わった。

フォザーギル氏はある意味友人のサワビーに似ていた。彼は状況に応じてまったく異なる二人の人物を演じた。一般的に言うと、彼は世間的には陽気で、愉快で、評判のいい男であり、飲食を好む、公爵の利害に忠実な人として知られ、その利害がかかわるとき、いくぶん無節操な、苛酷な人と思われていた。しかし、そのほかの点では気のいい男だった。かつて誰かに利子も、担保も取らずに金を貸したという噂があった。現在の場面には、彼が職業上の適性と職業に付随する能力だけを身に備えて現れたことをサワビーは一目で見て取った。彼はすばやい小股の足取りで部屋に入って来た。旧友と握手したとき、顔に笑みはなかった。彼は書類と羊皮紙が入った箱を持って来ており、部屋に入ってすすけた古い椅子に腰を降ろすまで一分もかからなかった。

「いつからロンドンにいるんだ、フォザーギル？」サワビーは暖炉に背を向けてまだ立ったままだった。彼は一つだけ決意していた——何があろうとその書類のどれにも、どれについても絶対触れたり、見たり、聞いたりすまいと。そこからは何もいいものが出て来ないことがよくわかっていた。彼もまたこそ泥を働かれないように法にのっとって注意してくれる弁護士を抱えていた。

「いつから？　一昨日からです。こんなに忙しかったことはありません。公爵がいつものように全部いっぺんに終わらせたがっているんです」

「わしが借りている全額をすぐ支払わせたいんなら、公爵は当てがはずれるね」

「うん、なるほど。すぐ用件に入ってくださってありがとう。それがいちばんですから。こちらへ来て座りませんか？」

「いや、結構。立っているよ」

「しかし、この数字を確認しなければならないでしょう」

「そんな必要はないよ、フォザーギル。何の役に立つと言うんだね？　思うに、わしにも、あんたにも何の役にも立たない。何か間違いがあれば、ユダヤ人のお仲間が見つけ出すよ。公爵は何が望みなんだね？」

「ええ、正直に言いますと、お金がほしいんです」

「ある意味、しかも重要な意味で公爵はそれを手に入れている。彼は定期的に利子を受け取っているからね？」

「回数を考えれば、それはちゃんとしています。しかし、サワビー、それは戯れ言ですよ。あなたは私同様公爵がわかっており、彼が望むものがよくわかっているはずです。彼はあなたに時間をあげましたから、もしあなたが金をえるため何らかの策を講じていたら、土地を守れたかもしれません」

「十八万ポンドだよ！　どんな策を講じたらそんな金がえられるというのかね？　手形を飛ばして、トウザーに入手させ、シティで現金に換えさせればいい！」

「あなたが結婚することを期待していました」

「すっかり駄目になったよ」

「それなら、自分のものを取り戻そうとしている公爵を責められないと思いますよ。これ以上こんな大金を目立たせておくのは彼にとっても不都合ですからね。ご存知のように、彼は土地がほしくてね。それを手に入れたいんです。もしあなたが借金を返済してくれていたら、彼は王室領地を購入することができたでしょう。今若いグレシャムが公爵と競り合って、それを手に入れる形勢です。これに公爵は怒ったんです。あなたには正直に言ったほうがいいと思いますからね。彼はお金か、土地かどちらか手に入れることに決めたんです」

「つまりわしは資産を取りあげられるということだね」

「ええ、そう。あなたがそう言いたいんならね。即刻差し押さえ、というのが私のえた指示です」

「それなら、公爵はわしを虐待しているとしか言えんな」

「おや、サワビー、それは理解できませんね」

「だが、そうだろ。公爵は金を規則的に手に入れている。それに、利子がもらえていれば、決してわしを悩ませることのなかった連中からわざわざ公爵はこの負債を買い取ったんだ」

「議席は手に入れていませんか？」

「議席って！　わしは議席と引き替えに返済を求められているのかい？」

「誰も議席に支払しろとは言っていません。あなたは私が知るじつに多くの人々にそっくりです。あなたはケーキが食べたいと思い、食べる。この二十年間それを食べ続けて、今公爵がお返しをほしがるからといって、あなたは虐待を受けていると思う」

「もし公爵がわしを売るなら、虐待していると――虐待よりもっとむごい扱いをしていると思うね。激しい言葉は使いたくないが、それは虐待よりずっとひどいものだ。公爵が本気でわしをそんなふうに扱うとはとても信じられない」

「自分の金を求めることが苛酷だというんですか！」

「彼が求めるのは自分の金じゃない。わしの土地だ」

「では、公爵はその支払をしていないんですか？　あなたは土地の代金を受け取っていないんですか？　いいですか、サワビー、あなたが怒っても何の役にも立ちません。この三年間あなたは自分に何が迫りつつあるかわかっていたんです。私にもわかりましたね。公爵は目的もなしにどうしてあなたにお金を貸すでしょうか？　当然公爵には考えがあります。しかし、私に言えるのは、公爵があなたをせき立てることはなかったんです。もしあなたが土地を守るため何かすることができたら、守ることもできたと、まわりを見回す時間は充分あったと思います」

サワビーは最初に占めた場所に立って、しばらく黙っていた。とても厳しい顔つきだった。若い友人らをしばしば力強く魅了した——ラフトン卿を惹きつけ、マーク・ロバーツを夢中にさせた——愛嬌の片鱗もそこには見られなかった。世界は敵対し、周囲は終焉を迎えようとしていた。彼は確かにケーキを食べてしまったと、今できることは——頭を撃ち抜くという選択肢以外に——ほとんど残っていないと理解し始めた。男の背中は背負うあらゆる荷に備えて充分広くなければならないと、彼はラフトン卿に言ったことがあった。彼は今この荷を背負えるほど充分広い、強い背中を自慢することができるだろうか？　しかし、この厳しい瞬間にすらまだ彼は男らしくなくてはならぬという力強い記憶に支えられていた。最終的な破滅が近づくなか、ともに暮らした人々の知識と記憶から彼はまもなく一掃されてしまう。それでも、最後まで持ちこたえていくだろう。身から出た錆なのは本当で、その報いを受けるのが正義だと理解した。

この間ずっとフォザーギルは書類を相手に忙しそうにしていた。まるでお金に関する熟慮と計算に没頭しているかのように一枚、一枚紙をひっくり返した。しかし、じつを言うと、彼はその間ずっと一文字も読んでいなかった。読むべきものは何もなかった。こんな問題に関する読み、書き、勘定は下っ端がすることで、フォザーギル氏のような大人物がすることではなかった。サワビーに立ち退きを要求するのが彼の仕事だった。そこにある全記録はほとんど何の役にも立たなかった。公爵は力を持っており、サワビーはそれを知っていた。公爵は今本気でその力を行使するつもりでいたから、それを説明するのがフォザーギルの仕事だった。彼は仕事に慣れていたから、まるでそうしているのが至福の時ででもあるかのように紙をひっくり返し、読んでいる振りを続けた。

「わしは公爵に直接会おう」とついにサワビー氏は言った。声にはどこか恐ろしい響きがあった。

「公爵がこの種の件であなたに会う気がないのはおわかりのことと思います。お金に関しては誰とも話をしません。あなたも私同様それはよくご存知のはずです」

「誓って、わしは公爵と話をしよう。お金に関しては誰とも話さないって！　お金があれほど好きなのに、その話をするのをなぜ恥じることがあろう？　わしは公爵と会おう」

「これ以上話すことは何もありませんよ、サワビー。もちろん公爵にあなたに会うように勧めるつもりもありません。もし強引に会おうとなさるなら、どうなるかわかっていますね。公爵が敵として振る舞っても、それは私のせいではありません。あなたがそんなふうに私を煽っても——何を言って挑発しても——私に自分を忘れさせることはできません」

「弁護士を通してこの件に対処しよう」とサワビー。それから彼は帽子を手に取ると、それ以上何も言わずに部屋を出た。

私たちは最終的に邪悪との審判を受けた人々がたどらなければならないあの永遠の罰の本質が何か知らない。しかし、みずからに堕地獄の罰を科した記憶よりも恐ろしい拷問は考えられないと思う。走路をすべて走り切り、完全に敗北してしまい、最後のチャンスもむなしく消えてなくなり、終わりが訪れ、それとともに恥辱、軽蔑、自嘲——取り返しのつかない恥辱、消すことのできない軽蔑、永遠に心肺を蝕む自嘲——にまみれてしまったと、日々思い出すみじめさに勝るみじめさがあろうか？

サワビー氏は今五十歳で、これまで人生の様々なチャンスを享受してきた。サウス・オードリー・ストリートを歩いて戻るとき、そのチャンスをどう利用してきたか考えずにはいられなかった。彼は成人に達してすぐ立派な資産を所有することになった。平均以上の知性、変わらぬ健康、善悪をかなり明晰に見わける先見性に恵まれていた。そして今何という難局に突き当たったのか！

フォザーギルというあの男は眼前のひどく明瞭な光のなかに彼にかかわるこの事実をみな引きずり出し

た！　今や彼の最期の日、すなわち彼が破壊され、ただちに視界からも、記憶からも抹消される日が訪れた。この事実は曖昧な言葉で和らげてもらうことも、言わば半分でも隠してもらうこともできなかった。「あなたはケーキを持っていて、それを食べた。むさぼって食べた。それで充分ではないか？　二度ケーキを食べるつもりか？　ずっとケーキを食べ続けるつもりか？　いや、友よ、貪り食う人に食べ続けるケーキはない。あなたの提案は公正なものではない。あなたを思うままにできる私たちはそんな提案に耳を貸しはしない。どうかすんなりと消えてくれ。黙って糞山に掃き捨てられてくれ。価値のあるものは全部あなたから離れていった。言わせてくれ、あなたは今や――くずだ」そうすると無慈悲な竹ぼうきが抵抗し難い速さで現れて、そのくずは穴に掃き込まれ、永遠に視界から隠されてしまうのだ。

　これで悲しいのは、その人が強欲を抑制すれば、ケーキを食べつつまだそれを手に持っていられるかもしれないということだ。そうだ、そうすれば、大食の胃袋でいっぺんにむさぼり食う人よりもケーキの味を二度味わえる。もし食べる人が強欲を止められれば、この世のケーキは食べられることによって増える。サワビー氏は悲しい心と憂鬱な精神を抱えつつ、こんな知恵のことをあれこれ思い巡らしながらガンプションとゲイズビー法律事務所の建物を出た。

　彼はフォザーギル氏との面会のあと議事堂へ行くつもりだった。しかし、すぐにも破滅しそうな見込みが重くのしかかっている状況に辛抱できなかった。それに大勢の人の目にすぐ曝されるのはよくないと思った。翌朝早くバーチェスターへくだるつもりでいた――ほんの数時間だけ。ロバーツが引き受けてくれた手形について手配するためだ。その手形――二枚目のもの――に支払期日が来ていて、トウザーからせっつかれていた。

「もう取り返しが利きませんよ、サワビーさん」とトウザーは言った。「私はその手形を持ったことも、取っておいたこともない。ただの二時間もね。トム・トウザーに渡った。そのことは、サワビーさん、あなたも私同様よくご存知ですね」

さて、トウザー、すなわちサワビー氏のジョン・トウザーがトム・トウザーのことを話すときはいつも、七人の悪魔――それぞれ次のやつは前のやつよりももっとたちが悪い悪魔――がぞろぞろ呼び出されることにサワビー氏は気づいていた。彼は巧みにそそのかして悪行に引きずり込んだあの哀れな牧師に対して誠実な思いやり、いやむしろ愛情さえ感じていたから、できれば牧師をトウザーの毒牙から救いたかった。バーチェスター銀行のフォレスト氏ならきっと二枚目の五百ポンドの手形をロバーツ氏のため引き受けてくれるだろう。ただし、彼、サワビーが行って、これがちゃんと行われるか確認する必要がある。もう一つの手形――最初の、額の少ないもの――に関しては、トウザーはきっとしばらく何も言わないでいてくれるだろう。

それがこれから二日間のサワビーの予定だった。しかし、今――糞山に掃き捨てられることになった彼、その彼がロバーツやほかの人のことを心配するとは、ほかにすることはないのだろうか？

彼はこんな気持ちでサウス・オードリー・ストリートを歩き、グローヴナー・スクエア(4)の片側を横切り、ほとんど無意識にグリーン・ストリートに入った。グリーン・ストリートをさらに行った奥、パーク・レーンの近くにハロルド・スミス夫妻が住んでいた。

**註**

（1）パーク・レーンの東を平行して走り、北はグローヴナー・スクエアに至る通り。

（2）原文はゲイジビー（Gagebee）となっているが、前作『ソーン医師』の大グレシャムの体験と重なるためつながりを重視して訳を統一した。

（3）アン・ラドクリフ夫人のゴシック小説『ユドルフォ城の秘密』（1794）。
（4）メイフェアーにある広場の一つ。

# 第二十八章　ソーン医師



ミス・ダンスタブルはギャザラム城で友人のグレシャム夫妻——若いフランク・グレシャムとその妻——に会って、すぐグレシャム夫人の伯父であるソーン先生の近況を尋ねた。ミス・ダンスタブルは中年独身のソーン先生に男性として、医者として大きな信頼を置いているように見えた。彼女はソーン先生に病気の治療を任せたことはなかった。というのは、そういう目的のためならイージーマン先生を医者として抱えていたからだ。そのうえ、病気のことでめったに医者に診てもらう必要もなかった。とはいえ、彼女はいつも友人らにソーン先生のことをすばらしい学識と判断の人として話した。一度か二度重要な問題で先生の助言を求めたことも、その助言に従って行動したこともあった。ソーン先生はロンドンの事情にうとくて、そこに家なんか持たなかったし、首都を訪れることもめったになかった。しかし、ミス・ダンスタブルは先生が住むグレシャムズベリーで知り合って、この数か月でかなり親密になっていた。先生は今姪のグレシャム夫人のロンドン屋敷にいた。というのは、来てほしいというミス・ダンスタブルの願いに応えていたからだ。先生は彼女の願いに添うようにとの姪の強い働きかけに従って、ロンドンを訪れ、助言したのだ。

ソーン先生が田舎の患者の病床から、特にレディー・アラベラ・グレシャム——姪の嫁ぎ先の義母——の病床から、こんなふうに呼び出された特別な用件というのは大きな金銭問題に関係していた。そんな問題について、ソーン先生の忠告なんかたいして価値はないと想像されるかもしれない。彼は自分の利害にかかわっている場合でも、そんな問題についてはよく知らず、株式市場のやり方も土地の価格についても知らなかった。それでも、ミス・ダンスタブルはいつものやり方で誰からも理由を聞かれることなく胸中の願い通りにした。

「ねえ、あなた」と彼女は若いグレシャム夫人に言った。「私があれほど言い張ったのにあなたの伯父さんがロンドンに来なかったら、彼は熊、野蛮人です。きっと二度と彼とも――フランクとも――あなたとも話をしません。ですから、気をつけたほうがいいわ」グレシャム夫人は友人が本気で脅迫しているとは思っていなかった。ミス・ダンスタブルは習慣的に強い言葉を使ったからだ。よく知っている人々は彼女が比喩的な表現で思いを表すのはどういうときか普通わきまえていた。今度の場合も、ぜんぜん本気で言ってはいなかった。それでも、グレシャム夫人は哀れな先生をロンドンに引っ張り出すため強い影響力を行使した。

「そのうえ」とミス・ダンスタブルは言った。「先生を私の社交談話会に呼ぶことに決めました。もし自発的に来ないなら、私が連れに行きます。友人のプラウディ夫人が切った談話会のカードを圧倒することに決めました。客を総取りするつもりよ！」

こういうことの結果、先生はロンドンに出て来て、週の大半をポートマン・スクエア(1)の姪の屋敷に滞在することになった。そのため、レディー・アラベラ――三日も無視されたら死んでしまうと思っていた――を大いにむかつかせた。仕事に関して先生が非常に役に立ったのは間違いない。先生は常識と誠実な目的意識を身に着けていた。先生のなかでそういう資質が相当量の世俗的な経験とうまく釣り合っていたと見ていい。世俗的な経験をたくさん積んでいたら、それは強味だろう！　けれど、何でもかんでも経験するのはとても難しい。しかし、その特別な用件に私たちはこれ以上関心を持つ必要はない。その問題は議論され、解決されたと考えて、ミス・ダンスタブルの社交談話会に向けて服を着替えることにしよう。

彼女は自分のパーティーをプラウディ夫人から借りた名で公然と呼ぶほど才覚に欠けてはいなかった。彼女はハロルド・スミス夫人や数十人の特別親密な友人らのあいだでだけ、このささやかな冗談を楽しんだ。今回友人らをパーティーに招待した案内状でも、もったいぶったところは少しも見せなかった。彼女は木曜の夜九時以降、都合がいい時に会えれば嬉しいと、ただ普通のやり方で知らせただけだ。しかし、ミス・ダンスタブルはその問題の夜にあらゆる人を家に呼び集めたことがわかった。あらゆる階級の人々、神々と巨人ら、聖人と罪人が一つに集められ、我らが愛するラフトン卿夫人のような道徳的方面に熱心な人々も、ハートルトップ卿夫人やオムニアム公爵やサワビー氏のようなその反対方面に熱心な人々もともに集められた。正統派の殉教者が一人東方から(2)連れて来られた。また、愛想のいい現代の聖パウロが海の向こう側から(3)招待された。これにはグラントリー大執事も多いに驚き、恐れた。大執事はこの集まりに出るためわざわざプラムステッドからやって来た。グラントリー夫人も出席したいと思ったが、現代の聖パウロが出席すると聞いて、そんな催しには出られないと声高に主張したから、夫は連れて行くと言い出せなかった。ブロック卿とド・テリア卿が集まりに出席するのも、たいしたことではなかった。神々のさわやかな王と巨人らの優雅な長はどの家で会っても最大限の喜びを表して握手することができた。しかし、かぶりを振る以外に、こぶしを振るう以外に、対面できない人々も集まることになった。サプルハウスが出席することになった。今この敵に対して女の憎しみにも勝る、(4)政治家の憎しみにさえ勝る、憎しみを抱くハロルド・スミスも出席することになった。二流の神々は政権から追われた苦々しい失意のなか、一室に集まることになった。二流の巨人らは別の一室で勝利に酔ってじつに賑やかにする。それはこの巨人らの落ち度だ。ほかの時なら彼らはこんなに非礼ではないのに、ひとときの成功の重みに堪えられないのだ。オリュムポス山に挑むとき――この挑むという行為は疑いもなく巨人らの自然状態だが――、あらゆる方面に受け入れられる自己満足的勤勉と陽気な憎悪の入り混じった精神で、彼らはつま先も指も精出して使い、ひっかき、よじ登る。しかし、予期せずして、また彼らにとって不幸なことに、努力が実を結んだとき、あまりにも面食らってしまったから、これまでどおり巨人らしく、礼儀正しく振る舞うことができないのだ。

こんな大きな、多様な人々の集まりがミス・ダンスタブルの家でもくろまれた。彼女自身は自嘲してみせた。この集まりのことをハロルド・スミス夫人にはまるで並はずれた冗談ででもあるかのように話し、プラウディ夫人にはまるで世に名高いグロスター・プレイスの集まりに負けまいとしているだけだと言った。しかし、ミス・ダンスタブルがこの集まりのためかなり努力したことをロンドンじゅうが知っていた。彼女がいくぶん神経質になっていることも見て取れた。並はずれた冗談であるにもかかわらず、失敗すれば悲しむことが予想された。

彼女はフランク・グレシャム夫人に少しまじめに話した。この夫人は「でも、いったいなぜこんな面倒なことを引き受けたりするんです？」と聞いた。サプルハウス氏の同僚で、報道界の大物が一人来てくれるかどうかわからないので、それで悲しいとミス・ダンスタブルが告白したときのことだ。「いろいろな種類の大物小物が何百と来るとき、タワーズさんが来ようと来まいとどうでもいいことじゃありませんか？」

ところが、ミス・ダンスタブルはかん高い声で答えた。

「彼が来ないと台無しなのよ、あなた。わかってないのね。けれど、事実トム・タワーズ一人が今みんなで、すべてなのです」

それから、グレシャム夫人は初めてではないけれど、虚栄心について友人に説教し始めた。この説教に対してミス・ダンスタブルは「もしこの集まりで全力投球することさえ許されたら、もし今思い通りにさせてもらえたら、私は――」と謎めいたことを言った。彼女は何をするつもりか言わなかったが、グレシャム夫人は次のように推理した。もし社交界という女神の祭壇に今捧げられる香が受け入れられたら、ミス・ダンスタブルはただちにこの邪悪な世の虚飾と虚栄と罪深い肉欲(5)を捨てるつもりなのだと。

「けれど、先生は泊まってくれるかしら、あなた？　それは決定済みと思っていいわね」

ミス・ダンスタブルはソーン先生に時間を割くようにこんなふうに要求したとき、トム・タワーズが欠席しないように神に祈ったときと同じ熱意を示した。さて、じつを言うと、ソーン先生はイーヴニング・パーティーへの出席のためロンドンにとどまるように言われるのは理不尽だと初め思って、しばらく固辞していた。しかし、三、四人の首相経験者が出席するらしいこと、トム・タワーズ本人が現れるかもしれないことを知ると、原理原則を弱め、レディー・アラベラに手紙を書いて、さらに二日不在が長引くけれど堪えてくれるように、朝夕弱い強壮剤を続けるように伝えた。

しかし、ミス・ダンスタブルはソーン先生がこの壮麗なパーティーに出席することをなぜこんなに切望するのか？　実際、先生を田舎の診療から、薬の調合台から、患者への有益な奉仕からなぜこんなにもしばしば呼び出そうとするのか？　先生は彼女と何の血のつながりもなかった。二人の友情は親密だったにせよ、今までのところ短期間で終わっていた。彼女はずいぶん金持ちだったから、あらゆる種類の助言や勧告を買うことができた。一方、先生のほうはとても金持ちとは言えなかったから、診療を絶えず妨害されるのは迷惑千万だった。それにもかかわらず、ミス・ダンスタブルは先生の時間を割いて呼び出すことに何のやましさも感じないように見えた。先生が兄ならそれでもよさそうだった。これについては先生自身もどう考えていいかわからなかった。先生は単純な人で、体験をありのままに、特に愉快にとらえた。ミス・ダンスタブルが気に入っており、その友情に満足していたから、苦労や面倒に引き込む権利が彼女にあるかどうか自問することさえしなかった。しかし、先生の姪、グレシャム夫人はこれを考えた。ミス・ダンスタブルに何か目的があるのか？　もしあるならいったいどんな目的なのか？　それはたんなる先生への尊敬なのか、気まぐれなのか？　奇行なのか——それともひょっとして恋なのか？

これら二人の友人の年齢について率直に言うと、女性のほうは四十をすぎており、先生のほうは五十をすぎていた。こんな状況で恋はありうるのか？　女性のほうは身分の高い男性とか、社交界の男性とか、権力を持つ男性とか、個人的魅力、あるいは心地よい態度、あるいは洗練された趣味、あるいは巧みな弁舌に恵まれた男性とかから結婚の申し込みをほとんどダース単位で受けていた。彼女はそんな男性を一人として愛することはなかったし、そんな男性の誰からも丸め込まれて愛することはないと思っていた。田舎の三、四人の古い友人はソーン先生を評価して、先生の趣味が洗練されていて、態度が快いとおそらく言うかもしれない。しかし、ロンドン社交界では、つまりミス・ダンスタブルが馴染んでいて明らかに日に日に親しくなっている世界では、先生が女性の情熱の対象になりうるとはとても考えられない。

それにもかかわらず、グレシャム夫人はそんな発想を抱いた。夫人はこの田舎の開業医のもとで育ち、じつの娘のように先生と一緒に暮らしてきて、何年も先生の家の救いの天使となっていた。心が女性としての自然な大人の愛情に開かれるまで、先生にいちばん共感を覚えていた。夫人の目のなかで先生はほとんど完璧に見えた。それで、ミス・ダンスタブルが伯父に恋していることが夫人にはありえないことではないように思えた。

ミス・ダンスタブルは結婚することはありうると一度ハロルド・スミス夫人に言ったことがある。そのとき、結婚の唯一の条件として、選ばれる男性はまったく金に無関心な人でなければならないと言った。ハロルド・スミス夫人は友人らから世間をかなり正確に知っていると思われていたが、ミス・ダンスタブルがこの世でそんな男性を見つけ出す可能性はないと答えた。このやり取りは、ミス・ダンスタブルがハロルド・

スミス夫人のような友人と話す際によく使う、ふざけ半分冷やかし半分の口調でなされた。とはいえ、ミス・ダンスタブルはグレシャム夫人にも同じ意味合いのことを一度ならず言ったことがある。それで、グレシャム夫人は女性がよくやるように二と二を足して四とするちょっとした計算をした。この計算の最終結果として、もしソーン先生が申し込めば、ミス・ダンスタブルは先生と結婚すると結論づけた。

それから、グレシャム夫人はさらに二つの問題を考えた。伯父がミス・ダンスタブルと結婚するのはいいことなのか？　もしいいことなら、伯父にそんな申し込みをするように説き伏せることは可能なのか？　多くの賛否両論をあげつつ様々な議論を釣り合わせたあと、グレシャム夫人は全体としてこの縁談は悪くないと考えた。グレシャム夫人はミス・ダンスタブルに対して誠実な愛情を抱いていており、夫もそれを共有していた。夫人はミス・ダンスタブルが虚栄と無関心と有害な生活様式に陥っていると考えていたから、この友人が世間に対して払うこんな犠牲をしばしば深く嘆いていた。しかし、この結婚が実現したら、おそらくすべてを癒してくれるだろう。それから、グレシャム夫人がもっとも真剣な考察を向けたのはもちろん先生の利益の面だった。ソーン先生自身について言うと、独身でいるより結婚したほうが幸せだろうと夫人は考えずにはいられなかった。気性の点で見ると、ミス・ダンスタブルほど優れた女性はいなかった。彼女が不機嫌な顔をしているのを見た人はいなかった。グレシャム夫人は決して金の亡者ではなかったけれど、花嫁の富から利益が生ずるに違いないと感じずにはいられなかった。メアリー・ソーン、現フランク・グレシャム夫人は当人が大女相続人だった。彼女はある経緯から莫大な財産を手に入れることになったが、幸福と富は両立しないと私たちに教えるあの教訓の真実をまだ理解していなかった。それゆえ、先生とミス・ダンスタブルが一緒になればうまくいくと決めてしまった。

しかし、先生はそんな申し出をするように説得できるだろうか？　グレシャム夫人はこの視点から問題を眺めたとき、かなり難しいことがわかった。先生はミス・ダンスタブルが好きだった。しかし、そんな結婚をしようという発想がそもそも先生の頭にないこと、先生にそんな発想を生み出すこと自体がじつに難しく、ほとんど不可能に近いこと、もしたとえそんな発想があったとしても、求婚するように仕向けるのはじつに難しいことがわかった。全体的に見て、この縁談は実現できそうもないように思えた。

ミス・ダンスタブルのパーティーの日、グレシャム夫人と先生は二人してポートマン・スクエアでディナーを取った。グレシャム氏はまだ国会議員になっていなかったが、彼の州にじき欠員が予想されており、彼に勝てる対抗馬がいないことが知られていた。それで、彼は党の政治家ら――すなわち、彼が支持するあの巨人ら――と頻繁につき合うようになっており、今のところ自宅を留守にすることが多かった。

「政治活動にはひどく時間を取られる」と彼は妻に言って、ほかの若い万物愛好者らが集まるパルマル街の社交クラブへディナーをするため出かけて行った。この階級の男性たちは政治活動のためディナーあたりに時間をたくさん割かなければならないのだ。

「ミス・ダンスタブルをどう思います?」とグレシャム夫人は伯父に聞いた。コーヒーを飲みながら一緒に座っていたときのことだ。夫人はその問いに何もつけ加えず、単刀直入に尋ねた。

「彼女をどう思うって!」と先生は言った。「そうだな、メアリー、お前は彼女をどう思うかい? おそらく私たちは同じことを考えていると思うよ」

「でも、そんなことを聞いているんじゃありません。彼女のことをどう思っているかよ? 正直な人だと思います?」

「正直って? うん、確かにそうだね――じつに正直な人と言っていいね」

「それに気立てがいいのでは?」

「非常に気立てがいいね」

「それに情愛が深いのでは？」

「うん、そう。情愛が深い。確かに情愛が深いと言えるね」

「それにきっと頭がいいんです」

「うん、頭がいいと思うね」

「それに、それに――感性が女性らしい」グレシャム夫人は彼女の感性が淑女のようだとはとても言えなかった。もし勇気があったら、喜んでそう言っただろう。

「うん、確かに」と先生は言った。「しかし、メアリー、なぜおまえはミス・ダンスタブルの性格をそんなに詳しく分析しようとするんだい？」

「ええ、伯父さん、なぜかと言うとね」グレシャム夫人は話しているあいだに椅子から立ちあがり、テーブルを回って伯父のそばに行くと、顔と顔が密着するまで腕を伯父の首に回した。それから伯父から見えない背後に立って話し続けた。「なぜなら――ミス・ダンスタブルは――とても伯父さんのことが好きなんだと思うのよ、もし伯父さんが――妻になってくれと頼んだら、きっと喜ぶと思うんです」

「メアリー！」と先生は言って、姪の顔を見ようと振り向いた。

「私は至って本気よ、伯父さん――至って本気です。彼女が言ったほんのささやかなこと、私が彼女に見てきたほんのささやかなことから判断して、今言ったことが本当だと私は信じています」

「それでおまえは私に――」

「愛する伯父さん。私のだいじな伯父さん。私はただあなたが――幸せになることをしてもらいたいだけです。伯父さんと較べたら、私にとってミス・ダンスタブルなんて何でもない人なんです」それから彼女は身をかがめて伯父に口づけした。

先生はほのめかされたことにひどく動揺したので、すぐ返答することができなかった。姪はこれを見て、先生を置いて着替えに出て行った。彼らが再び応接間で会ったとき、フランク・グレシャムがそこにいた。

註

(1)マーブル・アーチの近くにある広場で、東側はベーカー・ストリートに面する。

(2)セント・ジョージズ・イン・ジ・イースト教会のブライアン・キング(1811-95)を指すらしい。この教会はケーブル・ストリート南、キャノン・ストリート・ロード東にある。祭服と儀式に関するキングの主張によって発生した暴動のせいでこの教会には一八五九年から翌年にかけて日曜に警察が配備された。

(3)ニコラス・ワイズマン(1802-65)を指すようだ。彼は司教制度復活によって初代ウェストミンスター大司教兼枢機卿(1850-65)となる。一八五〇年の「ローマ教会の攻勢」のとき、「海の向こう側から」送り込まれた。彼は次章で登場するスパーモイル(鯨油の意)(名はランプとキャンドルを連想させる)と同一人物と見られる。

(4)「サムエル記下」第一章第二十六節に「女の愛にも勝っていた」とある。

(5)『祈祷書』の「教理問答」からの引用。

# 第二十九章　自宅のミス・ダンスタブル

ミス・ダンスタブルが応接室に続く階段の天辺の控室に立って客を出迎えている様子を見ると、失恋している未婚女性のようには見えなかった。彼女の家はロンドンのあちこちで見られる異様な屋敷の一つで、市の通りや町の高台の建設を通常支配している規則に順応するのではなく、むしろ田舎の建築の規則に従って建てられていた。その家は主人が周囲を歩けるように仲間の家々から少し離れ、孤立していた。短い馬車道で接近できて、主玄関は建物の裏にあり、家の正面は公園に面していた。この家を手に入れたとき、ミス・ダンスタブルはいつものように幸運に恵まれていた。一風変わった百万長者が莫大なお金をかけてそれを建てたのに、その百万長者は家に十二か月住んだあと、ここには少しも快適なところがないと、設備の点で生活に必要な細部がほとんど欠陥だらけだと訴えた。結果、家は売りに出され、ミス・ダンスタブルが買い手となった。クランボーン・ハウスとその家は命名されており、今の所有者もこの点に変更を加えていなかった。しかし、世間一般の人はそれを普通オイントメント・ホールと呼び、ミス・ダンスタブルも負けずにこの呼び名を使った。ミス・ダンスタブルはいつも自分のほうから冗談に参加したから、彼女をうまくからかうことは難しかった。

グレシャム夫人とソーン先生は前の会話の話題についてそれから一言も話していなかった。しかし、先生は大勢の使用人とぎらぎらした光のなかで女主人の家の門に入って、前後の客の群れを見たとき、ここでくつろぐことはまったく不可能だと感じた。ミス・ダンスタブルのような人がこんなふうに暮らすのはいいが、ソーン先生の妻がこんなふうに暮らすのは誤りだろう。それでも、これはたんに姪の憶測の問題にすぎなかった。というのは、先生は姪が珍しくミス・ダンスタブルの性格を読み違えたのだと——胸中何度も言い聞かせて——納得していた。

グレシャムの一行は階段から続く控室に入ったとき、ミス・ダンスタブルが数人の盟友に囲まれて立っているのを見た。ハロルド・スミス夫人が彼女のすぐ近くに陣取っていた。イージーマン先生が壁に置かれたソファーに背をもたせかけ、ミス・ダンスタブルと同居している女性がその隣に座っていた。ほかにも一人二人そこにいて、ちょっとした会話を交わしており、それがミス・ダンスタブルの退屈——パーティーの女主人役につきまとう退屈——を紛らせていた。グレシャム夫人が夫の腕につかまって控室に入ったとき、主教の腕に寄りかかって向こう側のドアを通り抜けていくプラウディ夫人の背中が見えた。

ハロルド・スミス夫人は兄のため進めた結婚をミス・ダンスタブルからきっぱり断られたとき、こうむったはずの困惑から明らかに回復していた。金持ちの友人と絶交したいと思う感情がたとえ一日は夫人の胸中にあったにせよ、その感情は今完全に消えていた。なぜなら、ハロルド・スミス夫人は以前と同じように友人と会話を交わしていたからだ。スミス夫人は客が前を通るたび、家の女主人を明らかに満足させる仕方で何か一言話した。ミス・ダンスタブルは飛びっきり優しい笑顔を浮かべて、独特の上機嫌を醸し出すあの愛想のいい、幸せな声の調子でそれに答えた。

「あなたがやっていることは盗用だと奥方は思っていますね」とハロルド・スミス夫人はプラウディ夫人について言った。

「私は剽窃家よ。今の時代イーヴニング・パーティーでまったく独創的なものなんてありえないと思うわ」

「ですが、奥方はあなたが猿真似をしたと思っている」
「けれど、それくらいいいじゃない？　人は多少とも人真似をします。あなただって、まるっきり自分の思いつきで大きなペチコートを最初に着け始めたわけじゃないでしょう？　もしプラウディ夫人にそんな誇りがあるなら、できるだけそれを奪わないでおきましょう。先生とグレシャム夫妻が来られたわ。メアリー、あなた、お元気？」ミス・ダンスタブルは豪華な衣装を身に着けていたにもかかわらず、グレシャム夫人を捕まえて口づけした。それで、後ろから階段を登って来る二十人近い気品のある社交界の人々をあきれさせた。

先生は最近姪からいろいろ話を聞いていたため、いくぶん抑え気味の挨拶をした。ミス・ダンスタブルは今まさに富の頂点に立っており、高嶺の花だっただけでなく、先生の行路からあまりにも遠くかけ離れていたから、先生が彼女と同レベルに身を置くことはまったく不可能だった。先生はそんな高望みをすることも、そんな自己卑下をすることもできなかった。こんなふうに考えていたから、先生は二人のあいだに大きな距離があるように――グレシャムズベリーでまるで親密な友情の時間を共有しなかったかのように――、ミス・ダンスタブルに話しかけた。事実は、ミス・ダンスタブルとソーン先生はまるで同じ世界に属するかのように時間をすごしたことがあった。とにかくミス・ダンスタブルはそんな時間を忘れるつもりはなかったようだ。

ソーン先生はただ彼女に片手を差し出して、それから通りすぎようとした。
「行かないで、先生――」と彼女は言った。「お願いですから、まだ行かないで。あなたがあそこに入ったら、いつ捕まえられるかわかりません。二時間はあなたを追うことができないでしょう。メレディス令夫人、来てくださってとてもありがとうございます――あなたのお母さんもここに来てくださいますね。ええ、とても嬉しいわ。お母さんのご好意に感謝します。あなたは、サー・ジョージ、半罪人ですから、その点を深く追及しません」

「ええ、まったくその通り」とサー・ジョージは言った。「もしかすると大半が半罪人かもしれません」

「男性は神々と巨人らに分かれています」とミス・ダンスタブルは言った。「私たち女性も二つに分かれていて、聖人か罪人の区分なのです。最悪なのは、私たちにもあなた方男性と同じようにしばしば裏切り者が出ることです」そこで、サー・ジョージは笑って通って行った。

「わかっています、先生、あなたはこの種のことが好きではないのね」と彼女は続けた。「けれど、あなたが別のやり方は無視して、あなたのやり方だけに固執するのは筋が通らないのじゃありませんか――そうでしょう、フランク?」

「よくわからないけれど、先生は自分のやり方が気に入っているんです」とグレシャム氏は言った。「あなたの著名な友人のなかに先生が会いたいと思っている方が何人かいますよ」

「いますか? それなら先生も裏切る可能性があるということですね。けれど、先生は本物の確固たる罪人にはなれません。そうでしょう、メアリー? 新しいやり方を習得するにはあなたは少し年を取りすぎていますから、ね、先生?」

「残念ながらその通りです」と先生はかすかに笑みを浮かべて言った。

「ソーン先生は聖人の群れのなかに入るのです?」とハロルド・スミス夫人。

「断然そうです」とミス・ダンスタブルは答えた。「けれど、聖人にもいろいろな型があることをいつも念頭に置いておかなければ、そうでしょう、メアリー? フランシスコ会とドミニコ会の考え方が一致すると思う人はいませんね。ソーン先生はバーチェスターの聖プラウディ一派には属していません。先生は今階段の角を回って来る――見えるでしょう――女司祭のほうがいいのです。女司祭は脇に非常に有名な若い見習いを従えていますね」

「伺ったところから見ると、あなたはミス・グラントリーを罪人のなかに入れているようですね」ハロルド・スミス夫人はラフトン卿夫人が若い友人と近づいて来るのを見てそう言った。「ハートルトップ卿夫人を聖人扱いしなければの話ですが」

ラフトン卿夫人が控室に入ったから、ミス・ダンスタブルは出迎えるため、多くの客に今まで見せていたよりもっと落ち着いた敬意を表して進み出た。

「いらっしゃっていただいてたいへんありがとうございます、ラフトン卿夫人」と彼女は言った。「そのうえ、ミス・グラントリーをお連れしていただいて、いっそう感謝します」

ラフトン卿夫人はちょっと挨拶した。その間、ソーン先生が近づいて、卿夫人と握手した。フランク・グレシャムと妻も同じことをした。フラムリーの人々とグレシャムズベリーの人々のあいだには州のなかのつき合いがあったので、普通の会話があった。それはみなラフトン卿夫人が小さな控室から大きな部屋――プラウディ夫人なら豪華な揃いの応接室とでも呼んだ部屋――へ進んで行く前のことだった。「父さんも来ます」とミス・グラントリーは言った。「そう思っているのですが、まだ会えません」

「そう、そう、大執事から来るとお約束をいただいています」とミス・ダンスタブルは言った。「大執事は、ご存知でしょうが、約束を守る方です。あの方がいないとうまく聖職者間の釣り合いを取ることができません」

「父さんは必ず約束を守ります」とミス・グラントリーはかなり厳しい口調で言った。彼女はかわいそうなミス・ダンスタブルのちょっとした冗談が理解できなかったか、彼女の品位が高すぎてそれに反応することができなかった。

「老サー・ジョンはまもなくチルタン百戸村(1)を志願することになると思います」とラフトン卿夫人はフランク・グレシャムと声を潜めて話をした。卿夫人はいつも東バーセットシャーの政治に深い関心を示しており、グレシャム家の一員が再び州選出国会議員になることに満足の意を表したいと思っていた。グレシャム家はかつてバーセットシャー州代表議員を輩出する家柄だった。

「うん、そうなると思っています」とフランクは顔を赤らめて言った。まだ若かったからそんな栄誉ある地位に昇進するのを恥ずかしがっていた。

「もちろん対抗馬はいません」とラフトン卿夫人は秘密の話として言った。「嬉しいことに東バーセットシャーではめったに対抗馬が出ないのです。けれど、たとえ対抗馬がいても、フラムリーの小作人はみな正しい側に投票することを保証しますね。ラフトン卿も今朝私にそう言ってきたところです」

フランク・グレシャムはそれに答えて駆け出しの若い政治家に期待されるささやかな発言をした。この発言は様々なほかの礼儀正しい囁き声を付随的に伴って、ラフトン卿夫人一行を一、二分控室のなかに引き留めた。このあいだも客は押し寄せて、控室を通って四つか、五つの大きな応接室に入って行った。かわいそうなプラウディ夫人はその豪華な揃いの応接室を見て、すでに心の芯まで嫉妬で刺し通されていた。「こういう部屋こそ」と奥方は思わず一人つぶやいた。「主教に使わせるため国が支給すべき部屋でしょ」

「しかし、客はあまり呼び集められませんね」と奥方は主教に言った。

「うん、うん、集められないと思う」と主教。

「客を集めることが社交談話会では不可欠でしょ」とプラウディ夫人は続けた。「今グロスター・プレイスでは――」しかし、ラフトン卿夫人が控室で待っているので、私たちはこの敵意に満ちた批判をここで全部記録するつもりはない。

さて、別の重要な到着があった――とても重要な到着だった。じつを言うと、ミス・ダンスタブルは今回二人の大人物を特別に招待しようと決めていた。慎重にあらゆる手段を尽くして招待を試みたあとも、この二人の著名な実力者の出席についてはいまだに確信が持てなかった。今私が語っているまさにこのとき、彼女は一見明るく軽やかに――というのは、明るく軽やかなのはこの女主人の性格だったから――振る舞う一方、胸中は不安で引き裂かれていた。もし願っている二人が現れたら、今夜は完全な成功だろう。しかし、もし現れなかったら、苦労は無駄に終わり、パーティーは失敗に終わる。しかしながら、ある理由からミス・ダンスタブルは今回のパーティーを失敗したくなかった。二人の大人物とは『ジュピター』紙のトム・タワーズとオムニアム公爵であることは言うまでもない。

さて、今ラフトン卿夫人が次の応接室に急いで移動しないで、若いグレシャムに礼儀正しい言葉をかけていたとき、ミス・ダンスタブルが新しい世界に先生をなじませようと耳に何か囁こうとしていたとき、とにかく願いの半分がかなったことを女主人に知らせる声があった。名を呼びあげるその声は女主人ともう一人の注意深い耳の持ち主にしか届かなかった。ハロルド・スミス夫人もその名を耳にして、公爵が近づいていることを知った。

これにはすばらしい栄光と勝利があった。とはいえ、公爵はなぜこんな間の悪いときに来たのだろう？ラフトン卿夫人とオムニアム公爵を同時に同じ家に迎え入れることくらい忌まわしいことはない。それくらいミス・ダンスタブルは充分わきまえていた。ところが、彼女がラフトン卿夫人を招待したとき、公爵がパーティーに現れる希望はないと信じていた。それから、そういう希望が出てきたとき、二つの太陽が数分間同じ天空にあっても、衝突したり、軌道が交差したりしないだろうと考えて納得していた。いくつもの応接室は大きく、人で一杯になりそうだった。公爵はおそらくせいぜい一度これらの部屋を通って歩くだけだ。ラフトン卿夫人はきっと仲間の人々に取り囲まれているだろう。こうミス・ダンスタブルは自分を慰めていた。しかし、今すべてが裏目に出た。ラフトン卿夫人のほうからすると、この空の下私たちのイギリスを歩くことを許されたサタンの力の飛びっきりの代表が、今間近に接近しているのがわかったのだ。卿夫人は金切り声をあげるかしら？　それとも憤然として家から退去するかしら？　それとも、昂然と頭をあげ、手を広げ、みなに聞こえる声で悪魔とその所業に大胆に挑戦するかしら？　公爵が近づいて来たとき、ミス・ダンスタブルはこんなことを考えて平常心を失った。

しかし、ハロルド・スミス夫人は平常心を失わなかった。「やっと公爵がいらっしゃいました」と夫人はわざとラフトン卿夫人の注意を引くように言った。

卿夫人が控室を通りすぎて、鉢合わせを避ける余裕がまだあるとスミス夫人は判断した。ところが、ラフトン卿夫人はその言葉を聞いても、必ずしも理解したわけではなかった。いずれにしても、言葉はそのとき伝えようとしていた意味を卿夫人の心にまでは伝えなかった。卿夫人はちょっと間を置いてフランク・グレシャムに最後の言葉を囁いたあと、振り向いて、ドレスを圧迫している紳士が――オムニアム公爵であることを発見した！

この重大な場面で悲運がもはや避けられなくなったとき、ミス・ダンスタブルは彼女の品位、あるいは彼女の性格の品位を損なうように行動することは決してなかった。女主人は災難を嘆く一方、今これをうまく切り抜けることが責務だと理解した。公爵から家に来てもらうという栄誉を授けられたのだから、彼を歓迎するのが義務だった。たとえそれがラフトン卿夫人の息の根を止めるとしても。

「公爵」と女主人は言った。「あなたのこのご親切をはなはだ光栄に存じます。こんなにも優しくしてくださるなんて予想もしていませんでした」

「ご親切はあげてあなたのほうからいただいています」と公爵は言って、女主人の手にかがみ込むようにお辞儀した。

いつもの通りならこれで終わりだった。公爵は通りすぎ、人々に姿を見せ、ハートルトップ卿夫人、主教、グレシャム氏らに一言二言声をかけ、別の出口から部屋を出て、静かにこの場を抜け出す。これが公爵に求められていたことで、公爵はこれをはたすだろう。これによってパーティーの価値は三十パーセントはあがる。しかし、実際には今ウエストエンドのゴシップ好きは公爵についてもっとたくさん噂話ができそうだった。

ラフトン卿夫人は公爵と密着した状態だったから、ミス・ダンスタブルの声を聞くと、その言葉で大人物がそばにいる事実にはっきり気づいて、すばやく振り返り、それでも女性らしい威厳を保ちつつ、ドレスを接触しないように彼から引き離した。こうしたとき、卿夫人はまともに公爵と顔を合わせたので、互いに相手をしっかり見ないではいられなかった。「失礼しました」と公爵は言った。それが二人のあいだで交わされた唯一の発話で、それ以上言葉が交わされることはなかった。しかし、発話はごく単純だったが、当事者らのささやかな脇演技とあいまって、社交界ではすこぶる大きな騒ぎを引き起こした。ラフトン卿夫人はイージーマン先生のほうへ少し身を引くと、低く膝を曲げてお辞儀した。着衣を扱う独特の、傲慢な所作を見せながら低く、ゆっくりお辞儀した。お辞儀は雄弁でも、目を緩やかに下に落とし、唇を緩やかに閉ざした卿夫人のそのときの仕草の半分ほどもそれは雄弁ではなかったし、その仕草くらい力強く公爵の常習的不正を非難することもなかった。お辞儀を始めたとき、卿夫人は敵の顔を正面から見据えていた。お辞儀が終わったとき、目は床に向けられていても、唇の線には言葉では言い表せぬ軽蔑が表れていた。卿夫人は一言も言わないで身を引いた。控え目な美徳と女性らしい弱さは図々しい悪徳と男らしい強さを前にして、常に身を引かなければならない。それにもかかわらず、世間は卿夫人のほうにこの戦いの勝者を見た。公爵は許しを請うたとき、女性に迷惑をかけたと思う紳士によくあるすまなそうな表情をした。しかし、その表情には、その表情に加えて――むしろその表情の下に――ラフトン卿夫人の振る舞いなんか見るに堪えないとのかすかな嘲りの笑みがあった。ミス・ダンスタブルとハロルド・スミス夫人の鋭い目にはこういうことがみなお見通しだった。公爵はこういうひそかな内的嘲りの達人として知られていた。しかし、彼女ら――ミス・ダンスタブルとハロルド・スミス夫人――によってさえも、ラフトン卿夫人が勝利を収めたことがはっきりわかった。卿夫人が再び顔をあげたとき、公爵は通りすぎていた。卿夫人はそれからミス・グラントリーの手を取り、連れに続いて応接室に入って行った。

「これがいわゆる悲運よね」とミス・ダンスタブルは両戦闘員が戦場を離れるとすぐ言った。「運命の女神は時として人を裏切るのです」

「ですが、運命の女神はここであなたを裏切ってはいませんよ」とハロルド・スミス夫人は言った。「明朝、ラフトン卿夫人の胸中を覗くことができたら、彼女が公爵に会ってとても楽しんだことがわかります。卿夫人が勝利を自慢するのは何年も先のことでしょうね。ですが、次の三世代に渡って今日のことはフラムリーの若い女性たちによって語り継がれるでしょう」

ソーン先生を含むグレシャムの一行はこの戦闘のあいだずっと控室にいた。戦闘は二分もかからなかった。三人はラフトン卿夫人がイージーマン先生の膝近くに身を引いたことで動けなくなっていたが、今彼らも先へ進もうとした。

「あら、私を見放すつもりね」とミス・ダンスタブルが言った。「よろしいのよ。けれど、いずれあなた方を見つけ出します。フランク、部屋の一つでダンスが行われる予定です——この催しとプラウディ夫人の談話会を区別するためにね。もし談話会がみな同じなら、馬鹿げていますから、そうよね？　だから行って踊ってほしいのです」

「食事の時にも、談話会とは別の差別化があると思いますよ」とハロルド・スミス夫人。

「そう、そう、当然です。私は人類のなかでもいちばん下品な人間ですから、人々に食事の場を提供するのが好きなのです。サプルハウスさん、あなたに会えて嬉しいわ。けれど、どうか教えてください——」それから彼女はサプルハウス氏の耳に熱心に囁いた。サプルハウス氏は彼女の耳に囁き返した。「じゃあ、彼は来ると思いますか？」とミス・ダンスタブルが聞いた。

サプルハウス氏はうなずいて、来ると思うと言った。しかし、事実として述べるだけの根拠は持ち合わせていなかった。彼は応接室へ向かうとき、ハロルド・スミス夫人をほとんど見ることもなく、先へ進んだ。

「何とも浅ましい顔つき！」とスミス夫人。

「あら！　偏見よ、あなた、無理もありませんけれどね。私はサプルハウスさんがいつも好きです。本人はただいたずらのつもりですが、いたずらが商売になって、それを隠そうとしません。私が政治家なら、私を敵視したサプルハウスに腹を立てるより、むしろ私を刺したピンに腹を立てます。刺したのは私のぎこちなさのせいよ。ピンをもっと上手に使う方法を知っておかなければ」

「ですが、党を支持すると公言しておいて、党を滅ぼすため最善を尽くすような人は憎むべきです」

「そんなことは多くの人がやっていますよ、あなた。しかもサプルハウスさんよりもっとうまくやっていますよ、あなた。しかもサプルハウスさんよりもっとうまくやっています！　愛と戦争では何でもありです——政治もこのなかに入れたらどうかしら？　もしこれに同意してもらえたら、私たちは多くのねたみから解放され、これ以上悪くなることはありません」

ミス・ダンスタブルの部屋はとても大きかったから、奥方によると「確かに豪華な揃いの応接室ですが、おそらくあまりにも――あまりにも――客が少ない、そうでしょ、え、主教？」という状況だった。しかし、今はほぼ一杯になり、三十分しかとどまらない客が多くいなかったら、不便なくらい混んでいただろう。しかしながら、踊り手のため空間はしっかり確保されていた。これにはプラウディ夫人もずいぶん仰天した。奥方が怒ったのは、原則としてロンドンでは踊ることを否定していたからではなく、奥方が社交界で再建した談話会のかたちがひどく冒涜されたからだ。

「これでは社交談話会は何の意味もないものになってしまいます」と奥方は否定語に大きな強調を置いて主教に言った。「こんなふうに扱われたら、まるっきり何の意味もなくなってしまうでしょ」

「そうですね。まったく何の意味もありません」と主教。

「踊りは踊りでいいんです」とプラウディ夫人。

「私は一度も踊りに反対を唱えたことはありません。つまり、平信徒のためにね」と主教。

「しかし、高い目的のため集まると公言したら」とプラウディ夫人は言った。「その公言が実現するように行動しなければなりません」

「もしそうしなければ、偽善者と変わりませんからね」と主教。

「スペードはスペードと呼ばれるべきでしょ」とプラウディ夫人。

「断然その通りです」と主教は賛同した。

「社交談話会を紹介する苦労と費用を私が引き受けたとき」とプラウディ夫人は踏みつけにされたことを強く意識しつつ言った。「あの言葉がこれほど――これほど誤解されようとは思いもしませんでした」奥方はそれから部屋の向こう側に好ましい知人を見つけたから、主教を勝手にさせておいて知人のほうへ去って行った。

ラフトン卿夫人は勝利を収めたあと、敵が追って来ないと思われる踊りの部屋へ行き、そこでまもなく息子に会った。卿夫人はその時グリゼルダと息子の状態にあまり満足していなかった。若い友人に願いを打ち明けるところまでいって、グリゼルダが嫁になってくれるのが願いだとはっきり言ったにもかかわらず、グリゼルダから何もはっきりした回答がえられなかった。男性の働きかけに対して世間に情熱の印を表していいと保証されるまで、ミス・グラントリーのような育ちのいい女性がそんな情熱を胸に封印するのは確かに自然なことだ。しかし、若い女性にそんな沈黙が求められることは充分わかるとしても、この縁談に満足しているかどうかくらい、言葉で伝えてくれてもよさそうなものだとラフトン卿夫人は思った。ところが、グリゼルダはそんなことはおくびにも出さなかった。ラフトン卿が申し込んできたら受ける、というようなことも言わなかった。かといって、ラフトン卿を拒むとも言わなかった。一方、グリゼルダは世間がダンベロー卿と彼女のことを噂しているのを知っていながら、機会あるごとに未来の侯爵と踊りを踊った。こういうことがみなラフトン卿夫人を悩ませた。卿夫人はこのささやかな縁結び計画に好ましい結果をすぐ生み出せないようなら、計画から手を洗ったほうがいいと考え始めた。彼女は息子のためこの縁談をまだ望んでいた。グリゼルダがいい妻になると確信していた。しかし、ラフトン卿夫人は今まで願っていたようにこの嫁に対する強い支持を続けられるかどうか前ほど自信がなくなった。

「ルードヴィック、あなた、ここに長くいました?」と卿夫人が聞いた。息子の顔に目を向けたとき、いつもほほ笑みが浮かんでいた。

「たった今来たばかりなんです。ミス・ダンスタブルから母さんがここにいると教えてもらったので、急いで来ました。何てたくさん客を呼んだんでしょう！　ブロック卿に会いましたか？」

「まだ会っていません」

「ド・テリア卿には？　ぼくは二人に大広間で会いました」

「ド・テリア卿には、お会いしたとき握手をしていただきました」

「こんなに雑多な人が一緒になっているのは見たことがありませんね。みんな踊りに行くから、あそこでプラウディ夫人はすっかり気が違ってしまったようです」

「ミス・プラウディらは踊りますよ」とグリゼルダ・グラントリー。

「だけど、社交談話会で踊りはないと思いますね。違いがわからなくなりますから。パンチ(2)みたいに喜んでいるスパーモイルをあちらで見ました。彼はかなり大きな取り巻き連中を作って、世界の邪悪さに慣れ切っているようにお喋りしていました」

「考えたら会いたくない人たちもここにいますね」とラフトン卿夫人は先ほどの戦闘を思い出して言った。

「だけど、安心していいと思います。というのは、大執事と一緒に階段を登って来ましたから。それが安心の証明です。そうでしょう、ミス・グラントリー」

「怖くなんかありません。あなたのお母さんと一緒なら、私は安全だとわかっていますから」

「それはどうですか」とラフトン卿は笑って言った。「母さん、まだ最悪の人がいるのを知らないようですね。ここに誰がいると思います？」

「誰のことを言っているかわかります。さっき会いましたから」とラフトン卿夫人は穏やかに言った。

「ちょうど階段の上で会ったのです」とグリゼルダはラフトン卿が今まで見たことがない生き生きとした表情で言った。

「誰に、公爵？」

「そう、公爵」とラフトン卿夫人は言った。「あの人に出会うと予想できたら、きっと来ませんでした。けれど、偶然ですから、こんな場合避けられません」

ラフトン卿は母の声の調子と表情の陰りからすぐ母が公爵との個人的な戦いにしっかり堪えたこと、また予想されるほどこの出会いに腹を立てていないことを知った。母は依然ミス・ダンスタブルの家にいたし、ミス・ダンスタブルのやり方に怒りを表してもいなかった。公爵が母の手を引いて夜食に連れて行くのを見ても、ラフトン卿はこれほど驚きはしなかっただろう。しかし、これについてはそれ以上何も言わなかった。

「今から踊りますか、ルードヴィック？」とラフトン卿夫人。

「いや、踊りが談話会を駄目にしてしまうというプラウディ夫人の考えにぼくは賛成しないわけではないんです。ミス・グラントリー、あなたはどう思う？」

グリゼルダは冗談が苦手なうえ、ラフトン卿が彼女と踊るのを避けたがっていると感じた。彼女はこれに腹を立てた。というのは、彼女は求愛とか、いちゃつきとか、若い女性である自分と若い紳士である別の個性との交際とかを、踊りの楽しさから切り離せないものと見なしていたからだ。彼女はこの点プラウディ夫人とは正反対の意見を持っており、談話会におけるこの革新をミス・ダンスタブルの功績として大いに評価していた。グリゼルダは舌よりもつま先のほうを重んじ、優しい言葉よりも高速回転のほうに心を奪われていた。彼女が期待している結婚の申し込みはワルツの途切れた合間、ほとんど息の切れた二語で伝えられる。それから、手慣れた男性の支えを背に受けるため腕をあげるとき、彼女はやっと口を利く力を見つける。

「あなたは――父さんに――言わなきゃ」そのあとはすべてがきちんと決着するまで、そのことに触れられたくないのだ。

「そんなことは考えたこともありません」グリゼルダはそう言って、ラフトン卿から顔を背けた。

とはいえ、ミス・グラントリーがラフトン卿について考えたことがないとか、ラフトン卿の妻になりたいと思ったら、ラフトン卿夫人を味方につけることがどれだけ大きな利点になるか考えたことがないとか、そんなふうに思ってはならない。彼女は今が、美しさが認められた今この最初の社交シーズンが、勝負の時なのだと心得ていた。また、若くて格好いい独身貴族がクロイチゴのように生垣になるのではないこともわきまえていた。もしラフトン卿から結婚を申し込まれたら、彼女は将来のハートルトップ侯爵夫人というより大きな栄光を投げ捨てても、悔恨なんかなしに受け入れただろう。彼女はその方面で知恵がないわけではなかった。それでも、ラフトン卿は申し込んで来なかったし、申し込んで来る気配をぜんぜん見せなかった。グリゼルダ・グラントリーを正しく評価してみるなら、彼女のほうから結婚を打診するような娘ではなかった。ダンベロー卿も申し込んでいなかった。しかし、ダンベロー卿は鳥がお互いに送り合うような印、舌よりもつま先を使うことを好む娘には、言葉による印よりもわかりやすい無言の印を送ってきた。

「そんなことは考えたこともありません」とグリゼルダは冷たく言い放った。その瞬間、一人の男性が彼女の前に立って、次の踊りをと彼女の手を求めた。それがダンベロー卿だった。グリゼルダは軽いお辞儀で答えただけで、立ちあがると、相手の腕に手を置いた。

「踊りが終わったとき、ラフトン卿夫人、またここであなたを見つけられますか?」と彼女は言って、踊り手らのなかに入って行った。目の前で踊りが踊られているとき、男性はとにかく女性を踊りに誘うことがだいじだ。ラフトン卿はこの適切なことをしなかったから、鼻の先ですばらしい賞品を奪われてしまった。

美女と一緒に歩き去るとき、ダンベロー卿ははっきり勝ち誇った素振りを見せた。世間はラフトン卿が彼女と結婚すると言い、ダンベロー卿が彼女を垂涎のまとにしているとも言った。ダンベロー卿はこれに怒った。嘲笑のまとになり、失意の求婚者として歩き回っているように感じた。ラフトン卿がいなかったら、ひょっとするとグリゼルダ・グラントリーをこれほど好きにならなかったかもしれない。しかし、こういう状況のせいで、彼女が好きになった。好きになったからには、誰が同じものにあこがれていようと、侯爵位の継承者としてほしいものを手に入れるのが義務だと思った。絵が競売でよく売れるのはこんな具合によるのだ。ダンベロー卿はミス・グラントリーを競売人の木づちに委ねられたものと見なして、ラフトン卿を競り合っている相手と見た。それゆえ、グリゼルダの腰に腕を回して、音楽に合わせて部屋のあちこちを旋回したとき、彼には勝ち誇った様子が見えた。

ラフトン卿夫人と息子は取り残されて、顔を見合わせた。もちろん卿はグリゼルダに踊りを申し込むつもりでいたが、それでもあまり失望した様子を見せなかった。そう言っていい。当然ラフトン卿夫人も息子とグリゼルダが一緒に立って踊ることを期待していたから、グリゼルダに少し腹を立てたようだ。

「ちょっと待ってくれてもよかったのに」とラフトン卿夫人。

「いいじゃないですか、母さん？　待てないことだってあるんですよ。たとえば、狩りに出るのに早い者勝ちで門を出るようなものです。ミス・グラントリーが最初の申し出を受け入れたのは正しいんです」

ラフトン卿夫人はこの縁談の結末がどうなるか見極めようと決意した。グリゼルダをいつも一緒に連れて歩くことはできない。もし何か取り決めるとするなら、二人がロンドンにいる今、取り決めなければならなかった。社交シーズンが終わったら、グリゼルダはプラムステッドに帰り、ラフトン卿は——どこへ行くかまだ誰も知らないところへ——行ってしまう。次の機会に期待しても無駄だろう。今愛し合わなかったら、この先愛し合うことはない。ラフトン卿夫人は縁談がうまく行かなくなることを恐れ始めた。とはいえ、せめて息子に関する限り、ことの次第がどうなのか今ここで聞き出そうと決めた。

「そうね、最初に申し出た相手が堪えられる人ならね」とラフトン卿夫人。

「堪えられる相手だと思いますよ。もっともダンベロー卿がぼくより長く息の続く人なら駄目ですが」

「彼女のことをそんなふうに言うのはとても残念ね、ルードヴィック」

「なぜ残念なんです、母さん」

「なぜなら、あなたと彼女がお互いに好き同士になってくれればいいと願っているからです」卿夫人は深刻な口調で、優しく、悲しげに言った。大きな頼み事をしていることを知りながら、哀れを誘う目で息子の顔を見あげていた。

「うん、母さんがそれを願っていることは知っていました」

「知っていたの、ルードヴィック！」

「うん、母さんはぼくに隠し事をするのが上手じゃないからね。それにはっきり言ってある時は、一日かそこら、母さんを喜ばせることができたらと思ったこともあったよ。いつもぼくによくしてくれるから、母さんのためならほとんどどんなことでもするつもりです」

「ああ、駄目、駄目、駄目」卿夫人はその賞賛を抑えて、母のため息子が希望と向上心を犠牲にすることがないように諭した。「私のためということであなたに絶対そんなことはさせられません。こんなにいい息子を持つ母なんかいませんよ。私が願うのはただ一つ、あなたの幸せです」

「だけど、母さん、彼女がぼくを幸せにすることはなさそうです。一時は幸せにしてくれるかもしれないと思うくらい気が変になっていた時もありました。そう思えた時もあったんです。ぼくを受け入れるように彼女に申し込んでもおかしくない時が一度はあった。だけど――」

「だけど何、ルードヴィック？」

「気にしないでください。終わったことなんです。今となっては彼女に申し込むことはありません。事実、彼女がぼくを受け入れることはないと思います。彼女は野心家で、ぼくよりも大物をねらっています。これを言ってあげなくては。彼女は自分がやっていることがよくわかっていて、生まれつきトランプを手に持って生まれて来たかのように上手に勝負をすることができるって」

「もう一度彼女に申し込むことはないの?」

「はい、母さん、それはありません。あるとすれば、あなたへの愛――ただただあなたへの愛による以外にありません」

「何があろうとあなたにはそんなことをしてもらいたくありません」

「彼女はダンベローを手に入れたらいい。彼のすばらしい奥さんになりますよ。彼が望む通りの奥さんにね。母さんは彼女がそうなるように手を貸したから、親切を施したことになります」

「けれど、ルードヴィック、あなたが身を固めるのを見たいのです」

「そのうちそうなりますよ、母さん!」

「けれど、いい時はすぐすぎます。光陰矢のごとしよ。結婚を考えてほしいのです、ルードヴィック」

「だけど、母さんが気に入らない妻を連れてきたらどうします?」

「あなたが愛する人なら、どんな人でも受け入れますよ。つまり――」

「つまり、あなたも彼女が気に入ったら、でしょう、母さん?」

「けれど、あなたの好みを強く信頼しています。おしとやかで、気立てのいい人以外に好きにはならないことがわかっていますから」

「おしとやかで、気立てがいいって! それで充分なんですか?」彼はルーシー・ロバーツを思い浮かべて言った。

「ええ、あなたが愛するなら、それで充分です。あなたにはお金をほしがってほしくないのです。グリゼルダには都合のいい持参金があります。けれど、あなたにはそれを求めてほしくないのです」こうして、ミス・ダンスタブルの混雑した応接室に立ったまま、母と息子はラフトン＝グラントリー協定を批准しないことを二人のあいだで確認した。グリゼルダがそばに戻って来たとき、「グラントリー夫人にこれを知らせなければ」とラフトン卿夫人は胸中つぶやいた。ダンベロー卿と踊りの相手のあいだで一ダース以上の言葉は交わされなかった。しかし、その若い女性も前述の縁組協定を施行しないことを今心に決めていた。

さて、女主人のところに戻らなければならない。あまり長く女主人から離れていてはいけない。この章は女主人が大きな危機に当たって、いかに立派に振る舞えるか示すため書かれているのだから。彼女はしばらくしたら入口近くの控室の持ち場を離れ、人ごみのなかに特別な友人を探し出すつもりだとはっきり言った。しかし、そのチャンスは夜遅くまで訪れなかった。客が絶えず到着していたからだ。女主人は挨拶のせいで死ぬほど退屈して、ハロルド・スミス夫人に代理を命じなければならないと一度ならず言った。

スミス夫人は出迎えの仕事のあいだずっと称賛に値する忠実さでつき従って、女主人の仕事を堪えられるものにした。友人のこんな忠誠がなければ、女主人は乗り切れなかっただろう。これがハロルド・スミス夫人の評価を大いに高めたことを指摘しなければならない。スミス夫人はごく簡単な言葉で兄の意向に回答を与えられて、大女相続人に懸けた願いを粉砕された。それでも、夫人は友情に忠実で、この屋敷の義妹の役割でもはたすかのように進んでこの場面の苦労に堪えた。

およそ一時ごろスミス夫人の兄がやって来た。結婚の申し込み以来、彼はミス・ダンスタブルにまだ顔を合わせていなかった。今やっとのことで妹に説得されて姿を現したのだ。

「行って何の役に立つというんだ？」と彼は言った。「わしはもう万事休すさ」――破産した哀れなろくでなしが言いたいのは、ミス・ダンスタブルに仕掛けた勝負はもうおしまいで、それだけでなく彼の人生という大きな勝負も不愉快な終点に達したということだ。

「馬鹿ね」と妹は言った。「オムニアム公爵みたいな男が金をほしがっているからといって、絶望するつもり？　公爵にとって都合のいい担保はほかの人にとっても都合のいい担保なのです」それで、ハロルド・スミス夫人はこれまでよりもいっそうミス・ダンスタブルに愛想よくした。

ミス・ダンスタブルは疲れはてていたけれど、賓客の到着を期待して気力をまだ奮い起こしていた。というのは、その主人公が姿を現す幸運に恵まれるとすれば、遅い時間にしかないと知っていたからだ。そういうとき、サワビー氏が階段をあがって来た。彼は訓練を積んでいたから、巧みに駆使できる涼しい厚かましさでこの試練を切り抜けようとした。しかし、この厚かましさが充分役に立たなかったこと、女主人の真の上機嫌がなかったら、面会はまごつくものになっていたことがはっきり見て取れた。

「私の兄が来ました」とハロルド・スミス夫人は言った。囁き声が震えていたから、夫人が二人の出会いをいくぶん不安とともに見守っていたことがわかる。

「お元気ですか、サワビーさん？」とミス・ダンスタブルは言うと、出迎えるためほとんどドアの先まで出て行った。「遅れても、来られないよりましです」

「たった今議場から出て来たところなんだ」と彼は答えて、女主人に手を差し出した。

「あら、議員のなかでもあなたがはっきり廉恥の人(3)であることはよく知っています。ハロルド・スミスさんが勇気の人であるようにね――そうでしょう、あなた？」

「その二人に対してあなたは際立って厳しくしたと言わなければなりません」とハロルド夫人は笑って言った。「哀れなハロルドについては不当に厳しかった。ナサニエルはここにいますから、自己弁護ができます」

「どんな場面でもあなたくらい弁解がうまい人はいません。けれど、愛するサワビーさん、絶望のあまり私は死にそうなのです。彼は来ると思いますか?」

「彼って? 誰のこと?」

「あなたって馬鹿ね——彼と言えばあの人しかいません! 二人いたのですけれど、一人はもう来ていますから」

「誓って、それではわからんね」とサワビー氏は今気楽になって言った。「だが、何かできることはないかい? 誰か連れて来ようか? ああ、トム・タワーズなのか! 残念ながら、お役に立てないようだ。だが、ほら、彼は階段の下に来ているよ!」それから、サワビー氏は妹と一緒に後ろにさがって、時代の偉大な代表に道を譲った。

「天使と恩寵の使者よ、(4)私を助けたまえ!」とミス・ダンスタブルは言った。「いったいどう振る舞ったらいいかしら? サワビーさん、ひざまずいたほうがいいかしら? 彼って王室のお仕着せを着た記者を後ろに引き連れているかしら?」それから、ミス・ダンスタブルは控室にとどまるのではなく、サワビー氏にしたようにドアの前に二、三歩進み出て、手を差し出し、『ジュピター』のタワーズ氏に飛びっきり甘い笑顔を向けた。

「タワーズさん」と彼女は言った。「私の家にあなたを迎えることができて嬉しいです」

「ミス・ダンスタブル、ここに来られたことをとても栄誉に思います」と彼。

「あなたが感じる栄誉はすべてこちらの栄誉となるものです」彼女はじつに堂々と上品に膝を曲げてお辞儀した。二人は互いに相手の冗談を完全に理解しており、それから少したつととてもくつろいだ会話に誘い込まれていた。

「時に、サワビー、今回の解散風についてどう思う?」とトム・タワーズ。

「わしらはみな神の御心に委ねられた状態だな」サワビー氏は感情を表に出すことなくその問いを把握しようとした。とはいえ、その問いが恐ろしい意味を持つことに気づいた。今の今まで彼はそんな解散風のことなんか聞いたことがなかった。今タワーズ氏の予言を聞いたか、予言の報告を直接聞いたかしたハロルド・スミス夫人も、ミス・ダンスタブルも、その他百人の人々もそんな解散風のことなんか聞いたことがなかった。しかし、こんな知らせはある人々の手によって捏造されたものと見られ、予言はしばしば予言者の権威によって実現される。翌朝、解散が間近だという噂はやんごとない人々のあいだで広まった。「やつらはこういう問題で良心の呵責はない。良心の呵責なんか少しもないんだ」ある小さな神、選挙区に金がかかる小さな神は巨人らについてそう言った。

タワーズ氏は二十分ほどそこで立ち話をして、それから応接室に入らないまま去って行った。彼はここに招待された目的をはたしてくれたから、ミス・ダンスタブルを幸せな気持ちにした。

「彼が来てくれてとても嬉しかった」とハロルド・スミス夫人も勝利感に包まれて言った。

「ええ、嬉しかった」とミス・ダンスタブルは言った。「嬉しがっている私がずいぶん恥ずかしいわ。結局、彼って私や誰かのため、何か役に立つことをしてくれたかしら?」彼女はこんな道徳的な意見を述べたあと、いくつかの応接室を通り抜け、やがてソーン先生が壁に一人寄り掛かっているのを見つけた。

「あら、先生」と彼女は言った。「メアリーとフランクはどこにいます? こんなところに一人で立って、くつろいでいらっしゃらないご様子ね」

「予想していたよりずっとくつろいでいますよ、ありがとう」と先生は言った。「二人はその辺の部屋にいます。きっと私と同じくらい楽しんでいると思いますよ」

「そんなふうに言うなんて、先生、意地悪ね。私が今夜してきたのと同じことをするように求められたら、あなたは何て言うかしら？」

「蓼食う虫も好き好きです。あなたはこういうことが好きなのだと思いますね」

「それははっきりわかりません。腕を貸して、それから私に夜食を取らせてください。つらい仕事の達成感がいつも好きで、成功感もいつも好きです」

「徳はそれ自体が報酬だとみんな知っています」と先生。

「あら、それは私にとって厳しい言葉ですね」とミス・ダンスタブルは言って、テーブルに座った。「こんなパーティーを開いても何の役にも立たないと本当にお思いかしら？」

「いいえ、楽しんでいる人もいますからね」

「あなたの評価によると、いっさい空ですね」とミス・ダンスタブルは言った。「いっさい空で、風を捕らえるようなもの(5)のね。まあ、確かに風を捕らえるようなところがたくさんあります。よろしかったらシェリー酒をどうぞ。一杯のビールがいただけたら、私、何でも差しあげます。けれど、ビールは手に入りませんね。空で、風を捕らえるようなもの！　けれど、私は役に立ちたいと思いました」

「どうかあなたを非難しているなんて思わないでください、ミス・ダンスタブル」

「ええ、けれどそう思ってしまいます。あなただけじゃなく、もう一人の人もじつはそう思っていますが——もしかしたらそれはあなたの判断よりも、私がだいじに思っている人なのです。けれど、それは言いすぎですね。あなたは、ソーン先生、私を非難しています。そして私も私を非難しているのです。私が間違ったことをしたというのではなく、こういう仕事が割に合わないということです」

「うん、そこが問題ですね」

「こういう仕事は割に合いません。それでも公爵とトム・タワーズの両方に来てもらったのは大成功でした。私がかなり上手にやったことは認めてくださいね」

それからまもなくグレシャム一行は去り、一時間かそこらしたらミス・ダンスタブルは寝床に体を引きずって行くことができた。

あらゆるこんな催しについて問われる大問題がこれだ――「これは割に合うものなのか?」

## 註

（1）チルタン・ヒルズ地方の英国王の直属地三郡（Stoke, Desborough, Burnham）の三百戸。下院議員は失格の場合以外、議員法によって辞職できないが、王室の有給職に就けば議員の資格を失う。それで、議員が合法的に辞職しようとする場合、この領地の執事職を志願する。

（2）パンチとジュディー人形芝居に登場するかぎ鼻で、猫背の残酷な主人公。

（3）フランスの英雄的武人シュバリエ・バヤール（c. 1473-1524）について言われた「勇気と廉恥の人」（*sans peur et sans reproche*）から。

（4）『ハムレット』第一幕第四場からの引用。

（5）伝道の書」第一章十四節に「私は日の下で人が行うすべてのわざを見たが、みな空であって風を捕らえるようである」とある。

# 第三十章　グラントリー家の勝利

読者はいいかげんな叙述だったのできっと忘れているだろう。グラントリー夫人はロンドンに上京し、ミス・ダンスタブルのパーティーに出席するように特別夫から誘われることはなかった。夫人はこの件について何も不服を言わなかったが、多少悔しい思いをした。あの名高い催しに出席できなかったからではなく、娘の問題が母の監督を必要としていると感じたからだ。夫人もまたラフトン＝グラントリー協定の最終的な批准に疑いを抱いていた。疑っていたから、娘がラフトン卿夫人の掌中に残っていることに必ずしも満足していなかった。夫人は大執事が出発する前にこの点に触れたとはいえ、夫にはほんの一言二言だけしか話さなかった。というのは、こんなデリケートな問題を信頼して夫に託すことはできなかったからだ。

それゆえ、夫が出発して二日目の朝、ロンドンにすぐ来てほしいという夫の手紙を受け取ったとき、夫人は少なからず驚いた。驚いたが、不安よりも希望で満たされた。というのは、娘の分別に充分自信を持っていたからだ。

パーティーの翌朝、ラフトン卿夫人とグリゼルダはいつものように一緒に朝食を取って、そのときお互いに相手の態度が変わったことに気づいた。ラフトン卿夫人は若い友人がいつもよりやや気配りに欠け、態度も素直でないと思った。グリゼルダはラフトン卿夫人がいつもよりやや優しさ欠けると思った。二人はほとんど会話を交わさなかった。馬車が玄関に着いたとき、グリゼルダが卿夫人に同道しないでうちに一人でいたいと言い出しても、ラフトン卿夫人は少しも驚かなかった。

その日の午後ブルートン・ストリートの家を訪ねた人――少なくともそこに入った人――は大執事を除いていなかった。彼はその日遅くやって来て、ラフトン卿夫人が戻って来るまで娘と一緒にいた。それから、彼は訪問が長引いたことを何ら特別説明することもなく、いつにない唐突さで暇乞いをした。グリゼルダも格別何も言わなかった。それで、夕方はゆっくりすぎていった。卿夫人と若い友人はそれぞれ以前よりも相手への親しさを失ったと無意識に感じていた。

グリゼルダは翌日もまた外出しようとしなかった。すると四時に使用人が彼女宛ての手紙をマウント・ストリートから持参した。グラントリー夫人はロンドンに到着しており、マウント・ストリートの常宿で娘にすぐ会いたいという。グラントリー夫人はラフトン卿夫人に挨拶を送って、五時半か、もしくはそれより遅い時間、つまり卿夫人が会ってくださる都合のいい時間にブルートン・ストリートを訪問したい。グリゼルダはマウント・ストリートにそのままとどまって、ディナーを取ることにする。手紙にはそう書かれていた。ラフトン卿夫人は指定の時間にグラントリー夫人に会えたら嬉しいと返事した。それで、グリゼルダはこの伝言を持って、母の常宿へ向かった。

「馬車を迎えにやります。十時でいいでしょう」とラフトン卿夫人。

「ありがとうございます」とグリゼルダは言った。「それで結構です」それから彼女は出て行った。

五時半ちょうどにグラントリー夫人はラフトン卿夫人の応接間に姿を現した。娘は一緒に来ていなかった。ラフトン卿夫人は友人の表情から判断して、縁談のことを話し合うのだと理解した。確かに卿夫人自身が縁談について話す必要があった。というのは、家族間の協定を批准できなかったことをグラントリー夫人に伝えなければならなかったからだ。紳士が縁組を拒否したので、かわいそうなラフトン卿夫人は託された課題を前にして心が落ち着かなかった。

「あなたの上京は意外でした」とラフトン卿夫人は友人がソファーに腰かけるとすぐ切り出した。

「ええ、そうなのです。今朝になって大執事から手紙をもらいました。それで、どうしてもここに来なければならなくなったのです」

「悪い知らせではなければいいのですが?」とラフトン卿夫人。

「いいえ、悪い知らせとは言えません。ただ物事というものはそうあってほしいと思うようにはいつも進まないものですね」

「そうね、本当に」とラフトン卿夫人は相づちを打った。今この面会で胸中の知らせをグラントリー夫人に説明するのが義務だと思い起こしていた。しかし、卿夫人はおそらく一方の話が他方にも関係すると感じたから、グラントリー夫人にまず話をさせた。

「かわいそうなグリゼルダ!」とグラントリー夫人は溜息交じりに言った。「娘についての私の希望がどんなものだったか、ラフトン卿夫人、あなたには話すまでもないと思います」

「娘さんから何かお聞きになりましたか——何か?」

「できればすぐ娘はあなたにお話していたでしょう——話さなければならない相手はあなたでした——、でも娘は臆病でした。当然と言えば、当然です。それでも、娘が完全に決めてしまう前に父と私に相談したのは正しい判断でした。でも、今は決着したと言っていいのです」

「何が決着したのですか?」とラフトン卿夫人。

「もちろんこういうことがこの先どうなっていくか、予測することはできません」とグラントリー夫人は必要以上に遠回しな言い方で続けた。「私の心からの願いは娘がラフトン卿と結婚することでした。娘が私と同じ州で暮らせたらとずいぶん願っていました。そんな結婚が実現したら、宿願をかなえることになります」

「ええ、そうなったらいいと私も願っています！」とラフトン卿夫人は声に出さずにそうつぶやいた。グラントリー夫人は娘とラフトン卿の縁談を後押しするため、キリスト教徒としてかなり節制してきたかのような話し方をした！　グリゼルダ・グラントリーはじつにいい娘かもしれない。しかし、彼女でさえおそらく――とラフトン卿夫人はその時思った――買いかぶられすぎているのかもしれない。

「愛するグラントリーさん」と卿夫人は言った。「この縁談に抱いた私たちの共通の希望はかなえられそうもないことをこの数日予感していました。私が思うにラフトン卿は――けれどおそらく説明する必要もないでしょう――。あなたがロンドンに来られなかったら、おそらく今日にでもあなたに手紙を書いていたところです。かわいいグリゼルダの運命がどうなろうと、幸せになることを心から願っています」

「娘は幸せになると思います」とグラントリー夫人は大きな満足を表す口調で言った。

「何か――何かあったのですか――？」

「ダンベロー卿が先夜ミス・ダンスタブルのパーティーでグリゼルダに求婚したのです」とグラントリー夫人は言った。床に目を落としたまま、急にずいぶん従順な態度に変わっていた。「ダンベロー卿は大執事と昨日一緒にいて、再び今朝もやって来ました。きっと今もマウント・ストリートにいると思います」

「あら、そういうことなの！」とラフトン卿夫人。この知らせに対して口調でも、態度でも率直に満足が表せる自制心が保てたら、卿夫人はその時何を差し出してもよかった。しかし、そんな自制心が見つからなくて、痛いほどまごついている自分に気がついた。

「ええ」とグラントリー夫人は言った。「もう決着しましたから、また愛するグリゼルダのことをあなたがご親切に心配してくださっているのを知っていますから、すぐお知らせする必要があると思いました。ダンベロー卿の行動ほど正直で、高潔で、寛大なものはありません。全体から判断して、この縁談に私も大執事も満足せずにはいられません」

「なるほど大きな縁組ですね」とラフトン卿夫人は言った。「ハートルトップ卿夫人にはもうお会いになりましたか?」

さて、このハートルトップ卿夫人という女性は、感じのよい縁故者と見なせる人ではなかった。とはいえ、とにかくラフトン卿夫人が漏らした相手をそしると見られる唯一の言葉がこれだった。全体として、卿夫人はうまく振る舞ったと思われる。

「ダンベロー卿は自分のことを完全に自分で決められる人なので、卿夫人にお会いする必要はなかったのです」とグラントリー夫人は言った。「侯爵に話が伝えられて、大執事は明日か明後日には侯爵に会う予定です」

ラフトン卿夫人は友人に祝福を与える以外にもう何もできなかった。おそらくあまり誠実とは言えないにせよ、全体としてまんざら選択を誤っていない言葉使いでこの祝福を述べた。

「彼女が幸せになることを本当に願っています」とラフトン卿夫人は言った。「そして、この縁談が」――その言葉はグラントリー夫人の耳にははなはだ快かった――「あなたにも、ご主人にも、純粋な喜びを与えるものと信じています。彼女が占めるように求められている地位はじつにすばらしいものです。けれど、それが彼女の美点を超えるとは思いません」

これはすこぶる寛大な言葉だったから、グラントリー夫人もそう感じた。夫人はこの知らせが相手から飛びっきり冷たい態度で受け取られることを予想しており、必要とあらば戦う心の準備もしていた。ただし、戦いを望んでいたわけではなかったから、ラフトン卿夫人の誠意はとてもありがたかった。

「愛するラフトン卿夫人」と彼女は言った。「そう言ってくださるなんて、じつにご親切です。あなたにお知らせするまで、この件は誰にも話しませんでした。もちろん誰にも話すつもりもありませんでした。あなたほど娘をよく知っている人、またよく理解してくれている人はいません。これははっきり言えますが、娘が新しい人生の領域であなたに期待できる友情の半分も心から期待できる相手はいません」

ラフトン卿夫人はさらに言葉を添えることはしなかった。未来のハートルトップ侯爵夫人との親交によって多くの喜びがもたらされることを心待ちにしているとまで言い切ることはできなかった。少なくとも卿夫人の世代では、ハートルトップ家とラフトン家はかけ離れた世界で生きていかなければならない。グラントリー夫人との古い友情が求めることはもう言い尽くした。グラントリー夫人はラフトン卿夫人と同じようにこれをよく理解していた。それでも、グラントリー夫人のほうがはるかに世故にたけた女性だった。

グリゼルダはその夜ブルートン・ストリートに帰ってくる、グリゼルダの訪問はこれで終わりにする、そういうことが取り決められた。

「しばらく私はロンドンに残っていたほうがいいと大執事は考えています」とグラントリー夫人は言った。「こんな特異な状況にあるので、グリゼルダは――おそらく私と一緒のほうが落ち着くでしょう」

ラフトン卿夫人はこれに全面的に賛成した。二人は非常に愛情のこもった抱擁のあと、すてきな友人として別れた。

グリゼルダはその夜ブルートン・ストリートに帰って来た。ラフトン卿夫人は彼女の祝福というさらなる任務をこなさなければならなかった。会うだけよりも祝福のほうがいっそう始末が悪かった。特に言葉を前もって考えておく必要があったからだ。しかし、若い女性のすばらしい良識と優れた資質のおかげで、その仕事は比較的簡単に済んだ。彼女は泣くことも、熱に浮かれることも、ヒステリックになることも、どんな情動を見せることもなかった。高貴なダンベロー——寛大なダンベローのことさえ話さなかった。ラフトン卿夫人の口づけをほとんど黙って受け取り、卿夫人の優しさに穏やかに感謝し、将来の威光についておくびにも出さなかった。

「早く寝床に就きたいのです」と彼女は言った。「荷造りも見なければならないので」

「リチャーズが全部やってくれますよ、あなた」

「ええ、ええ、ありがとうございます、リチャーズほど優しい人はいません。ただ自分のドレスは見ておきたいのです」

それで、彼女は早く寝床に就いた。

ラフトン卿夫人は次の二日間息子に会うことはなかった。だが、会ったとき、当然グリゼルダのことを一言二言伝えた。

「知らせを聞きましたか、ルードヴィック？」と卿夫人。

「うん、聞きましたよ、どの社交クラブでも噂になっている。はっきり言って、ぼくは柳の枝(1)のプレゼントに閉口しましたよ」

「あなたは少なくとも悔やむことはありません」と母。

「母さんも悔やむ必要はありません。母さんもきっとその必要はないと思っているでしょう。悔やんでなんかいないと言ってください！　ねえ母さん、ぼくのためにね！　だけど、心の底では思っているんではありませんか？　彼女がぼくの妻として幸せになることはないと——あるいはぼくを幸せにすることはないと」

「それは違いますね」とラフトン卿夫人は溜息をついて言った。それから、息子に口づけして、この子にふさわしい娘はこのイギリスにはいないと胸中言い切った。

註

（1）柳の花言葉は「見捨てられた恋人」。

# 第三十一章　ノルウェーの鮭釣り

ダンベロー卿とグリゼルダ・グラントリーの婚約はその後十日間ロンドンじゅうの噂になった。それは少なくとも当時人々の注意を独占した二つの話題の一つとなった。もう一つはミス・ダンスタブルのパーティーでトム・タワーズが最初に一言漏らした国会の解散風についてのあの恐ろしい噂だった。

「結局、ぼくらにとっていちばんいい状況になりますね」とグリーン・ウォーカー氏は言った。彼はクルー・ジャンクション選挙区でまあまあ当選確実と感じていた。

「解散なんておれはきわめて邪悪なやり口だと思う」とハロルド・スミスは言った。彼はグリーン・ウォーカー氏のように選挙区で安泰ではなく、選挙費用がかかることを不快に思っていた。「秋を乗り切る時間稼ぎなんだ。彼らは解散で十票も増えないだろう。四十票以下ではとても多数派になれない。しかし、彼らに公共心はないんだ――これっぽっちもね。もう誰に公共心があるかわからんよ」

「そう。本当にそうですね。それこそぼくの伯母ハートルトップ卿夫人が言っていることです。この世に義務感なんてものは残っていません。ところで、ダンベローは何とまれに見る馬鹿なことをしましたね！」

それから会話はそっちのほうの話題に移っていった。

ラフトン卿は柳の枝の冗談を自嘲的にじつに上手に話したけれど、その件で卿が心を痛めていたと思う人は誰もいなかった。世間は愚かな結婚と呼ぶことにしたこの件でダンベロー卿を物笑いの種にした。友人らはラフトン卿がダンベロー卿と同じように馬鹿な真似をしようとしていたのを知っていたが、それでも卿にこの話をした。そんななか、ラフトン卿は必ずしも現状に満足していなかった。彼はグリゼルダと結婚する気はさらさらなかった。母の計略に最初に気づいて以来、どう考えてもそんな気になれないと十数回も自分に言い聞かせてきた。グリゼルダは美しいとしても、冷たく、おもしろみに欠け、魅力的でもないとはっきり言った。にもかかわらず、ダンベロー卿が成功したことに彼はほとんど怒りに近いものを感じた。この怒りもまた次の点から見てますます理由のない性質のものだった。というのは、彼はルーシー・ロバーツを忘れられず、ルーシーへの愛を断ち切れず、ルーシーとの様々な会話を胸のうちに抱えて、グリゼルダを非難するのと同じぐらい執拗にルーシーを賛美していたからだ。

「それならあなたの主人公は」とある健全な批評家が言うのが聞こえる。「たいした価値はないね」

第一に、ラフトン卿は私の主人公ではない。第二に、人はたとえひどく不完全であっても、大きな価値がある。ラフトン卿と同じくらいに不完全な男性であっても、なおよき母候補、よき妻を持つに値する。もしそうでないなら、私たちの多くの男性が母候補や妻を持つに値しないことになる！　ほとんどの若い男性はまず四、五人の母候補と――二、三人の母候補とはおそらく同時に――恋に落ちて初めて、子を生んだり、肉を切り分けたり、支払をしたり、子の同じ女性問題でやきもきしたりというこの世の仕事に取りかかる。これが私の信念だ。概して、こんな恋愛経験のある男性が最終的に自分のものにするすばらしい妻に値するのだ。こんなかたちでラフトン卿はある程度グリゼルダに恋に落ちていた。もしグリゼルダに立派な分別がなければ、卿が彼女に手を差し伸べる瞬間があったはずだ。そんな瞬間は二度とは戻らないにせよ、グリゼルダが別の男性に勝ち取られて妻になると聞いたとき、ラフトン卿はやはり失望に近い感情を味わった。それなら、ラフトン卿は飼い葉桶の犬(1)だとあなたは言うかもしれない。そう、私たちはみな多かれ少なかれしばしば飼い葉桶の犬になっているのではないか？　飼い葉桶の犬根性は人の心のもっとも平凡な局面なのではないか？

しかし、ラフトン卿は確かにルーシー・ロバーツに恋していた。もしダンベロー卿のような男がルーシー要塞に包囲戦を仕掛けていると彼が想像したら、彼のいらだちはまったく違った仕方で表れていただろう。グリゼルダ・グラントリーについてなら、彼は淡泊な顔つきをして嬉しそうな口調で冗談が言えたかもしれない。しかし、ルーシーについて同じような知らせを聞いたら、とても冗談では済まなくて、彼の食欲さえ減退させたと思う。

「母さん」と彼はラフトン卿夫人に言った。グリゼルダの婚約発表から一、二日たったころだ。「ノルウェーに釣りに行ってきます」

「ノルウェーに――釣りですって！」

「うん、いい連れがいるんです。クロンターフが行くし、カルペッパーも――」

「何ですって――あのいやな男！」

「あいつは釣りがすごく上手なんです――それにハディントン・ピーブルズと、ええと――それから、全部で六人。来週の今日出発します」

「ずいぶん急な話ね、ルードヴィック」

「そう、急なんです。ぼくらはロンドンにうんざりしました。そんなに急いで行きたいわけではないんですが、クロンターフとカルペッパーによると、今年はシーズンが早まっているらしい。出発する前にフラムリーに帰らなければいけません――馬のことでね。だから明日そこに帰ると伝えに来たんです」

「明日フラムリーに！　三日遅らせてくれたら、私も帰るのに」

しかし、ラフトン卿は帰郷を延期しなかった。卿はフラムリーにいるこの間母に現れてほしくなかったのだ。馬屋で指示を与えるとき、一人でいられたら、気楽だと思った。とにかく卿は母の同道を拒んで、翌朝一人フラムリーへ向かった。

「マーク」ロバーツ夫人はその日お昼ごろ夫の書斎に急いで入って来た。「ラフトン卿がお帰りになったのよ。聞きました？」

「何だって！　フラムリーにかい？」

「フラムリー・コートにいると使用人が言っています。カーソンは卿が馬とパドックにいるのを見たそうです。会いに行きます？」

「もちろん行くよ」とマークは書類を閉じて言った。「ラフトン卿夫人は帰っていないはずだね。卿が一人なら、おそらく夕食に来てくれるだろう」

「それはどうかわかりません」とロバーツ夫人。夫人はかわいそうなルーシーのことを考えていた。

「卿に気難しいところはないから、ぼくらの食べ物でも合うはずだ。とにかく聞いてみるよ」牧師は話を打ち切ると、帽子を取って友人を探しに出かけた。

ラフトン卿のフラムリー到着が庭師から伝えられたとき、ルーシー・ロバーツはその場に居合わせたので、ファニーが夫に知らせに行ったのを知っていた。

「卿はここには来ませんよね？」と彼女はロバーツ夫人が戻って来るとすぐ聞いた。

「わかりません」とファニーは言った。「来なければいいのですが。来ちゃいけないし、来ないと思います。でも、マークは卿を夕食に招待すると言っていました」

「それなら、ファニー、私、仮病を使うしかありません。ほかに上手な逃げ方がわかりません」

「卿は来ないと思います。卿がそんなに残酷になれるとは思えません。きっと来ないと思います。でも、心構えはしておいたほうがいいですね」

ラフトン卿が今の状況で牧師館に来ることはありえないとルーシーも考えた。卿がテーブルに現れたら、同席できないと自分に言い聞かせた。それでも、卿がフラムリーにいると思うと、まんざら苦しいだけではなかった。卿の到着に喜びなんかなかったが、それでも卿が身近にいることで無意識になだめられた。しかし、あの恐ろしい難題が残っていた――もし卿が夕食に来るとわかったら、どうしたらいいかしら？

「もし卿が来たら、ファニー」とルーシーは少し間を置いてまじめに言った。「私は自室にとどまって、マークに好きなように想像させるほかありません。応接間で卿のそばにいるよりも、自室で物笑いになっているほうがましです」

マーク・ロバーツは帽子とステッキを手に取ると、すぐお屋敷のパドックへ向かい、ラフトン卿が馬や馬丁と仕事をしているのを見つけた。マークもまた飛びっきり幸せな気分というわけではなかった。というのは、トウザー氏との文通が増えていたからだ。何枚かの「支払期限のすぎた手形」が今バーチェスター銀行にあって、彼、ロバーツ氏の注意を喚起したいとの通知があの疲れを知らぬ紳士トウザーから来ていた。特別不幸な状況が連鎖して起こったため、トウザー氏はロバーツ氏の名で数回融通した金をこれ以上の遅延なく返済してもらうことがどうしても必要になった、うんぬん。脅迫的な言辞はいっさい使われておらず、奇妙なことに金額も明示されていなかった。しかし、期限がすぎた複数の手形について触れられていることに、ロバーツ氏は非常に正確な注意力で気づかずにはいられなかった。もしトウザー氏がただちに九百ポンドの返済を求めてきたら、どうしよう？　今のところロバーツ氏はただサワビー氏に手紙を書いただけだった。今朝その紳士から返事が来てもおかしくない状況なのに、そういった返事はまだ届いていなかった。その結果、この時彼はあまり幸せな気分ではなかった。

マークはまもなくラフトン卿や馬と一緒にいた。四、五頭の馬が同数の男あるいは少年の世話を受けて、ゆっくりパドックを歩かされていた。主人が馬をより満足して見られるように、馬から次々にシーツがはずされた。しかし、ラフトン卿はこんなふうに義務をはたしていても、心はうわの空といった様子だった。馬丁頭はそれにちゃんと気づいていた。卿は馬にいらだっており、立派な口実ができたら、すぐ馬を視野から追い払いたいと願っていたようだ。

「お元気ですか、ラフトン？」とロバーツは前に進み出て言った。「あなたが帰って来られたと聞いて、すぐやって来ました」

「うん、今朝こちらに着いたばかりなんだ。直接君のところへ行けばよかった。六週間かそこらノルウェーへ行くつもりでいる。今年は鮭が早いので、すぐ出発しなければならない。出発前に君に話しておきたいことがある。じつはそれが何よりぼくがこちらに来た理由なんだ」

卿が何か切迫した、ぎこちない話し方をしたので、ロバーツは驚いて、これから話すと言われた内容があまりいい感触のものではなさそうだと思った。ラフトン卿がトウザーや手形とまたかかわり合いになっていたのかもしれない。

「今夕は私たちのところで夕食はいかがですか」と彼は誘った。「もしまったくお一人なら――そうお見受けします」

「うん、一人なんだ」

「じゃあ、おいでになります？」

「うん、よくわからない。いや、夕食には行けないと思う。そんないやな顔をしないでくれよ。今から全部説明するから」

いったい何を説明しようというのだろう？　トウザーの手形のことがあるからといって、いったいどうしてラフトン卿が牧師館で夕食を取るのが不都合なのだろう？　とはいえ、ロバーツはそれについてその時それ以上何も言わないで、顔を背けて馬のほうを見た。

「非常に立派に揃っていますね」

「うん、うん。どうかな。四、五頭の馬を一緒に見ると、どういうわけか調子のいい馬は一頭も見つからない。あの栗毛の雌馬はただの絵なんだ。今は誰もほしがらないね。去年の冬、あの雌馬は一日もぼくを猟犬のところまで連れて行くことができなかった。馬を入れてくれ、パウンス、もういいよ」

「卿、青毛の老馬に注目していただけませんか?」と馬丁頭のパウンスは憂鬱そうに言った。「こいつは元気ですよ、はい、――雄鹿のように元気です」

「本当のことを言うと、馬は元気がよすぎると思うね。だけど、もういいよ。なかに入れてくれ。さてマーク、時間があったら、まわりをちょっと散歩しないか」

マークはもちろん暇だったから、二人は歩き始めた。

「あなたは気難しいから馬屋が気に入ることはなさそうですね」とロバーツが話し始めた。

「馬屋のことはもう忘れてくれ」とラフトン卿は答えた。「実際、そのことなんか考えていないんだ。マーク」それから、彼はとてもぶっきらぼうに言った。「ぼくに率直に答えてほしい。君の妹は何かぼくのことを話していなかったかい?」

「妹の、ルーシーが?」

「そう、君の妹のルーシーだよ」

「いえ、一度も。少なくとも特別何も。今思い出せる限り何も」

「奥さんも？」

「あなたのことを話したって！　――ファニーが？　もちろん妻は話しますよ、普通の仕方でね。妻があなたのことを話さないなんて考えられません。しかし、何が言いたいんです？」

「ぼくが君の妹に求婚したことをどちらか君に話したかい？」

「あなたがルーシーに求婚したって？」

「そう、ぼくがルーシーに求婚したって」

「いえ、そんなことは誰からも聞いていません。そんなことは夢にも思ったことがありません。ぼくが信じる限り、妻も妹もね。もし二人のどちらかがそんなことをほのめかしたと人が言ったり、そんな噂を広めたりしたら、それは卑劣な嘘です。あきれたな！　ラフトン、あなたはぼくの妻と妹をどう思っているんです？」

「だけど、ぼくはそうしたんだよ」と卿。

「何をしたんです？」と牧師。

「はっきり言って、君の妹に結婚を申し込んだのさ」

「あなたがルーシーに結婚を申し込んだ！」

「うん、申し込んだよ。紳士が女性に対して使える限度一杯の飾りのない言葉でね」

「それで妹は何と答えたんです？」

「彼女はぼくを拒絶したんだ。それで、マーク、ぼくははっきりもう一度求婚する目的でここに来た。君の妹の回答くらい断固たるものはなかったよ。ほとんどにべもなく断られた感じだ。それでも、圧力となってはならない様々な状況が彼女に圧力を加えていた可能性がある。もし彼女の愛がほかの誰にも与えられていないのなら、ぼくにもまだそれをえるチャンスがあるはずだ。弱気が美人を勝ちえたためしなし、という古いことわざがあるだろ。とにかく、もう一度一か八か運を試すつもりなんだ。慎重に考えた結果、彼女に会う前に君と話をしたほうがいいという結論に達したのさ」

ラフトン卿がルーシーに恋している！　マーク・ロバーツはこの言葉を胸中何度も繰り返すたび、そのたび驚きの度合いをはてしなく深めていった。いったいどうしてこんなことになったのか――そしてなぜ？　兄の評価によると、妹のルーシーはじつに平凡な娘だった――確かに不器量ではなかったにしろ、決して美人ではなかった。なるほど愚かではなかったにしろ、決して優秀ではなかった。マークから見ると、知っている全男性のなかで、ラフトン卿がいちばん妹のような娘に恋するタイプではないように思えた。さて、マークはどう言い、どうすべきなのか？　どういう見方を取り、どう振る舞うべきなのか？　一方に彼があらゆる点で恩恵を受けているラフトン卿夫人がいる。もし彼がラフトン卿を妹の求婚者として受け入れたら、卿夫人のいるところから数ヤードしか離れていないあの牧師館の生活はいったいどうなってしまうのか？　これは疑いなくルーシーにとって大きな縁談だった。しかし、ルーシーが実際フラムリー・コートに君臨する女王になるとはとても信じる気になれなかった。

「ファニーはこのことについて何か知っていると思いますか？」と彼はしばらくして聞いた。

「わからないな。奥さんが知っているとしても、ぼくが教えたわけじゃないから。君がいちばんそれに答えてくれると思っていた」

「ぼくはぜんぜん答えられません」とマークは言った。「こういうことについてはとんとうといんです」

「こういうことについて君はもうはっきりした見方を持ってもいいころだろ」とラフトン卿は笑みを浮か

べて言った。「事実として知っておいてくれ。ぼくは彼女に結婚を申し込んで断られ、もう一度それを繰り返そうとしている。彼女の兄として、ぼくの友人として、できる限り君から援助をもらうため今ぼくは打ち明けている」二人は黙って数ヤード歩いたあと、ラフトン卿はつけ加えた。「さて、お望みなら、今日は君のところで夕食をいただこう」

ロバーツ氏はどう答えていいか、義務としてどう答えることが求められているかわからなかった。もし妹が望むなら、そんな結婚と妹のあいだに割って入る権利なんかなかった。それでも、そんな結婚を考えると、何か恐ろしいところがあった！　何か悪い結果になるのではないか、危険な目論見ではないか、誰にとっても結局幸せをもたらさないのではないか、そんなぼんやりした懸念があった。ラフトン卿夫人は何て言うだろう？　それが疑いなく彼の不安の根源にあった。

「あなたのお母さんにこのことをお話になりましたか？」とロバーツ氏。

「母に？　いや。運命がこれからどう転ぶかわからないのに、どうして母に話す必要があるんだい？　拒絶される可能性があれば、人はそんなことをあまり話したがらないものだろ。ぼくが君に話すのは、嘘の口実を使って君のうちに入りたくないからなんだ」

「しかし、ラフトン卿夫人が聞いたら、何て言いますかね？」

「母は最初に聞いたときおそらく不機嫌になって、二十四時間もしたら機嫌を直してくれると思うね。一週間もすればルーシーは母の大のお気に入りになって、母のあらゆる陰謀の首魁になっているよ。君はぼくほど母のことを知らないからね。母はぼくを喜ばせるためなら、首だって差し出して見せるよ」

「そのお返しに、できればお母さんを喜ばせてあげなければいけませんね」

「はっきり言って、母が選んだ女性とは結婚できそうもないんだ。君が言いたいのがそういうことならね」

とラフトン卿。

二人は庭を一時間ばかり歩き続けた結果、今到達した話より先には到達しなかった。マーク・ロバーツは時の弾みですぐ結論を出すことができなかったうえ、ラフトン卿に一度ならず言ったように、ルーシーが兄の言う通りに動いてくれるかどうかはっきりしなかった。それで、ラフトン卿は明朝食後すぐ牧師館を訪れるということで、やっと二人のあいだで決着がついた。夕食はやめておいたほうがいいということになった。ロバーツはできれば朝までに妹にどんな助言を与えたらいいか決めておくと約束した。

マークは妻と相談するまでまったく闇のなかだと感じつつ、フラムリー・コートからまっすぐ牧師館に帰った。もし万一ルーシーがラフトン卿夫人になったら、それをどんなふうにとらえたらいいのか？　妹の運命がそうなりそうだとラフトン卿夫人に言うとき、卿夫人の顔をどんなふうに見たらいいのか？　彼は家に着くとすぐ妻を見つけ出し、妻と部屋に閉じこもって五分もしないうちに、とにかく妻が知っていることを全部聞き出した。

「妹は卿を愛しているというのかい？」とマーク。

「もちろん、そうです。自然なことじゃないかしら？　二人が幾度となく一緒にいるのを見たとき、妹は卿を愛していると思いました。でも、卿のほうが妹を気にかけていたとは考えてもみませんでしたね」

ファニーでさえまだルーシーの魅力の半分も認めていなかったわけだ。夫婦は一時間話し合ったあと、結局書斎の話に加わるように伝言をルーシーに送った。

「ルーシー叔母ちゃん」と丸ぽちゃの小さな子が言った。その子は話しながら叔母の腕のなかに抱えあげられた。「パパとママが書斎で待っている。ぼくは一緒に入っちゃいけないって」

ルーシーはその子に口づけして、顔を押し当てたとき、血が心臓にどくどく流れ込むのを感じた。

「一緒に入っちゃいけないの、あなたとは？」と彼女は言って、遊び相手を下に降ろした。ただ動揺していることをその子にも漏らしたくなかったので、相手をしたのだ。ラフトン卿がフラムリーにいること、兄が卿のところへ行っていたこと、その日の夕食に卿を招待する提案がなされたことを彼女は知っていた。それゆえ、彼女が書斎の話し合いに呼ばれたのは、ラフトン卿のフラムリー到着から派生した結果に違いない。いったいどうして呼ばれることになったのか？　卿を夕食に来させないため、ファニーが卿の求婚の秘密をばらしてしまったのか？　ラフトン卿自身が秘密を喋ってしまうことはありえない！　それからルーシーはまたかがみこんでその子に口づけしたあと、額に両手をあげて髪を解くと、顔にあった心配の表情を消して、ゆっくり兄夫婦のいる居間へ降りて行った。

ルーシーはドアを開ける前、一瞬間を置いて、何が起ころうと勇敢であろうと心に決めた。大胆な顔つき、大きく見開いた目、ゆっくりした足取りでドアを押し開けてなかに入った。

「呼ばれているってフランクから聞きました」とルーシー。

ロバーツ氏とファニーは二人とも暖炉のそばに立っていた。ルーシーが部屋に入ったとき、二人は互いにどちらか先に話しかけるのではないかと思って少し待った。それからファニーが切り出した――

「ラフトン卿がここに来られていますよ、ルーシー」

「ここにって！　どこに？　牧師館に？」

「いや、牧師館じゃなくて、フラムリー・コートだよ」とマーク。

「明朝食後卿はここに来ると約束しています」とファニー。それから再び間があった。ロバーツ夫人はルーシーの顔を見る勇気がなかった。夫人はルーシーの信頼を裏切っていなかった。秘密は夫人からではなくラフトン卿からマークに伝わったのだ。それでも、夫人は秘密をばらした張本人だとルーシーから思われていると感じないではいられなかった。

「ええ、私は反対しません」とルーシーは笑顔を作ろうとしながら言った。

「でも、ルーシー、あなた」――今ロバーツ夫人は腕を義妹の腰に回した――「卿は特別あなたに会いに来るのです」

「あら、それなら話は違います。残念ですけれど、私は――ほかに用事がありますから」

「卿はマークに全部打ち明けたのよ」とロバーツ夫人。

ルーシーは今勇気がほとんどなくなるのを感じた。どちらを見たらいいか、どうやって立ったらいいか、ほとんどわからなかった。ファニーも全部打ち明けてしまったのかしら？　ラフトン卿の知りえないこともファニーはたくさん知っていた。しかし、事実ファニーは全部夫に話してしまっていた――ルーシーの恋の話を全部――、それに求婚者を拒んだルーシーの理由も説明していた。それも、もしラフトン卿が聞いたら、二倍にも恋心を強めたであろう言葉で説明していた。

それから、ルーシーはなぜラフトン卿がフラムリーに来て、求婚の話を兄に打ち明ける顛末になったか考えてみた。彼女は卿のこういう態度に自分が腹を立てていると一瞬信じ込もうとした。しかし、怒りは感じなかった。これについて考えてみる時間はあまりなかったけれど、卿から覚えてもらい、考えてもらい、愛してもらえたという満足感のほうがむしろ胸中に押し寄せて来るのを感じた。これは間違えようのない事実ではないか？　もしまだ卿から愛されていなければ、兄が卿からこの話をされるはずがないのではないか？　卿の申し込みは一瞬の出来心だと五十度も自分に言い聞かせ、そう言って五十度もみじめな気持ちになっていた。とはいえ、この新たな訪問は一瞬の出来心ではありえない。自分は馬鹿げた情熱に溺れる間抜けだと思っていた。しかし今――今はどうだったか？　自分がいつかラフトン卿夫人になるなんて考えたこともなかった。道理に反するほど強情な仕方でそんなことは受け入れられないとの決意を固めていた。にもかかわらず、ラフトン卿がフラムリーに来て、卿のほうから兄に求婚の話を持ち出したと思うと何か説明できない満足を感じた。

「卿はマークに全部打ち明けたのよ」とロバーツ夫人。それからしばらく間があって、その間にこれらの考えがルーシーの胸中を駆け巡った。

「そうなんだよ」とマークは言った。「卿は全部ぼくに打ち明けた。それで卿はおまえ自身から返事をもらうため明朝ここに来ることになっている」

「何の答え?」とルーシーは震えながら聞いた。

「あなた、返事はあなた以外に誰ができるというのです?」義姉は話しながらルーシーをぴったり抱き寄せた。「あなたが回答しなければなりません」

ロバーツ夫人は夫と交わした長い会話のなかで、言わばラフトン卿夫人に敵対する立場、ルーシーに味方する立場を強く打ち出していた。ラフトン卿が求婚を押し通すとき、牧師館の彼らがラフトン卿夫人を喜ばせる立場に立って、ルーシーが勝ち取ったものを奪うようなことをしたら、そこに正当性はないと夫人は言った。

「しかし、卿夫人は」とマークは言った。「ぼくらがこういうことを企み、陰謀を巡らしたと思うだろうね。ぼくらを忘恩の徒と呼び、ルーシーの一生をみじめなものにするだろう」これに対して妻は答えた。そういうことはみな神の御手に委ねられなければならない。彼ら夫婦は企んでも、陰謀を巡らしてもいないと。ルーシーはこの男性を心底愛していたにもかかわらず、すでに一度拒否した。なぜなら、こんなすばらしい賞品を母からひったくったと思われたくなかったからだ。しかし、もしラフトン卿がルーシーを非常に温かく愛して、卿自身が言うように運命がどう転ぶか見るためわざわざこんなふうにやって来たとするなら、そのとき――そうロバーツ夫人は主張した――彼ら夫婦はたとえラフトン卿夫人への忠誠心で引けを取ることはないにせよ、ルーシーと恋人のあいだに割って入るのは良心に照らして正当化できないと。マークはそれでもこれにいくぶん異議を唱えた。もし彼ら夫婦が今ラフトン卿を励まして、ラフトン卿夫人といさかいになったとき、そんな励ましのあと、卿が母によって婚約をあきらめさせられるようなことにでもなれば、彼ら夫婦はどんな恐ろしい状態になるのかと。これに対してファニーは正義は正義、正当は正当と答えた。すべてルーシーに伝えて、ルーシー自身が判断しなければならないと。

「でも、ラフトン卿が何を求めているかわかりません」とルーシーは言った。目を床に降ろして、先ほどよりも震えていた。「卿から聞かれたとき、私はすでに返事をしました」

「その返事は最終的なものだったかい？」とマークはやや残酷に言った。というのは、ルーシーは恋人が申し込みを繰り返すつもりであることをまだ告げられていなかったからだ。しかし、ファニーは不当なことがあってはならないと判断して、話を続けた。

「あなたが卿に返事をしたことは知っています、ええ。でも、紳士方は時としてこんな話は一回の返事だけで我慢できないことがあるのです。ラフトン卿はもう一度求婚するとマークにはっきり言ったそうです。ラフトン卿はそのためわざわざ来たのです」

「それで、ラフトン卿夫人は――」とルーシーは囁き声にもならない声で言った。義姉の肩にすがりついてまだ顔を隠していた。

「ラフトン卿は卿夫人にこのことを話していない」とマーク。ルーシーは兄の声の調子から、恋人の誓いを受け入れたら、兄は少なくとも喜ばないとただちに見て取った。

「あなた自身の心に問うて決めなければなりませんよ、いい」とファニーは寛大に言った。「マークも、私も、あなたがどれほど立派に振る舞ったか知っています。というのは、私はマークに全部話しましたから」ルーシーはこう言われたとき、身震いし、いっそう義姉にすがりついた。「夫に打ち明ける以外に、あなた、仕方がありませんでした。それがいちばんよかったのです。そうでしょう？　でも、ラフトン卿にはこちらからまだ何も言っていません。マークは今夕卿をここに招待するのをやめました。そんなことをしたら、あなたを混乱させてしまいます。あなたに考える時間をあげたいと思ったのです。でも、明朝あなたは卿に会える――でしょう？　そのとき、卿に返事をしてください」

ルーシーは今黙りこくって立っていた。本当の姉のように優しい義姉、妹の恋がうまくいくように姉のように望んでくれる義姉を心から大切に思った。一方、ラフトン卿がお気に入りの恋人として彼女から受け入れられるものと思い込んで、ここにやって来るのは許せないとも思った。ルーシーの場合、愛は力強かったが、自尊心も強かった。彼女はラフトン卿夫人の目に宿る侮蔑に堪える気になれなかった。「卿のお母さんは私を軽蔑する。そうしたら卿も私を軽蔑する」とルーシーは一人つぶやいた。くじかれた愛と野心を辛抱強く抑え込み続けようと覚悟していた。

「今はあなたを一人にしておきますね、あなた。明朝卿が来る前にもう一度話しましょうか？」とファニー。

「それがいちばんいいな」とマークは言った。「今夜じっくりいろいろな面から考えてみなさい。祈りを唱えたあとにね――それから、ルーシー、こっちにおいで」――彼は妹を腕に抱いて、常にない優しさで口づけした。「これをおまえに言っておくのが適切だろう」と兄は言った。「ぼくはおまえの判断と心情を完全に信頼している。おまえが到達する結論がどんなものであってもぼくは兄としておまえを支持する。ファニーも、ぼくも、おまえがすばらしい振る舞いをしてきたと思っている。二人ともおまえが最善のことをすると確信している。おまえが何をしようと、ぼくは味方だよ――ファニーもね」

「最愛の、最愛のマーク！」

「さて、この件についてはもう朝まで何も言わないことにしましょう」とファニー。

しかし、朝まで何も言わないということは、ラフトン卿の申し込みを受け入れるのと同じことになるとルーシーは思った。ロバーツ夫人も、ロバーツ氏も、今や彼女の心の秘密を知っていた。こんな状況のなか、もし彼女がラフトン卿に明白に求婚の目的でここに来ることを許したら、それを拒否することはできなくなる。もし屈服すまいと決意しているなら、今こそ立ちあがって戦うときだ。

「行かないで、ファニー。とにかく、まだ」とルーシー。

「ええ、なあに？」

「私がマークに話しているあいだ、ここにいてほしいんです。マーク、明日ラフトン卿にはここに来させないようにしてください」

「来させないようにって！」とロバーツ夫人。

ロバーツ氏は何も言わなかったが、妹が彼の評価のなかで刻一刻高まっていくのを感じた。

「ええ。マークは彼が来ないように指示しなければいけません。求婚しても何の役にも立たないとき、彼は私を傷つけたくないはずです。いいですか、マーク」彼女は兄のところへ歩いて行くと、両手で兄の腕にすがった。「私はラフトン卿を愛しています。初めて会ったとき、そんな意志も、望みもなかったんです。でも、私は彼を愛しています――心から愛しています――ファニーがあなたを愛しているのとほとんど同じだと思います。あなたが適切と思うなら、彼にそれを言ってもかまいません。――いえ、それを言わなければばなりません。そうでないと彼は私のことが理解できないでしょうから。でも、私からと、こう伝えてください。彼のお母さんが結婚を願ってくださらない限り、彼とは決して結婚しませんと」

「卿夫人は残念ながらそれを願わないだろうね」とマークは悲しそうに言った。

「ええ、そうだと思います」とルーシーは言った。今勇気を完全に取り戻していた。「私が嫁になることを卿夫人が願っていると思ったら、そんな条件をつけるわけがありません。卿夫人がそれを願うはずがないと思うから、息子の嫁として私は望まれていないと感じるから、条件をつけるんです。卿夫人は私を嫌い、軽蔑します。そうしたら彼も私を軽蔑するようになって、きっと愛するのをやめます。私が息子を損なったと卿夫人が思うなら、私に注がれる彼女の目には堪えられません。マーク、今から彼のところに行ってくれませんか？　そして、このことを――必要な部分だけ説明してください。もし彼のお母さんから嫁になるように望まれたら、私は――承諾しますと伝えてください。でも、卿夫人から望まれることはないと思いますから、彼は言ったことをみな忘れたものと考えていいのです。私は忘れたものと見なします」

それがルーシーの判断だった。夫婦はともに彼女の決意の固さ――別の場面だったらマークは妹の頑固さと呼んだだろう――を確信したので、それを変えようとしなかった。

「彼のところに行ってくれませんか？――今から、今日の午後」とルーシーは言い、マークは行くことを約束した。彼は大きな安堵を感じないではいられなかった。ラフトン卿夫人は息子が牧師の妹に恋してしまうほど愚か者だったといつかおそらく耳にするかもしれない。しかし、現状なら、牧師か、その妹かによって苦い目にあわされたとは思わないだろう。ルーシーは立派に行動していたから、マークは妹を誇りに思った。ルーシーは激しい気迫で振る舞っていた。ファニーはそんな妹の姿を悲しんだ。

「夕食の時間まで一人でいたい」とルーシーは言った。ロバーツ夫人が一緒に書斎から出ようと用意していたときのことだ。「ねえ、ファニー、そんなに悲しそうな顔をしないで。私たちを悲しませるものは何もありません。私にはヤギのミルク(2)がいるって言ったでしょう、それで充分よ」

ロバーツは一時間ほど妻と話し合ったあと、フラムリー・コートにまた戻った。かなり探し回ったあげく、ラフトン卿が遅いディナーに帰ってくるところを見つけた。

卿は話が伝えられたとき、「母さんが彼女を嫁に望まない限りか」と言った。「それは馬鹿げている。それは世間のやり方ではないと、当然君は妹に言う必要がある」

ルーシーは義母から冷たい目で見られることに堪えられないのだと、ロバーツは説明に努めた。

「母さんが彼女を――特別彼女を――嫌っているのかい?」とラフトン卿。

ロバーツはいや、そういうことではないと、ラフトン卿夫人は牧師の妹との結婚を身分の低い者との不釣合いな結婚とおそらく見ているのだろうと答えた。

「それも論外だね。母さんは少し前までぼくを牧師の娘と結婚させたがっていたからね。だけど、マーク、母さんのことを話すのはおかしいよ。近ごろ男は母の言いつけ通り結婚することはないからね」

マークはこれに答えて、ルーシーは行動にぶれがないこと、完全に意を決していること、もしラフトン卿が母に話すことを不都合と思うなら、話す必要はぜんぜんないと言っていることを卿に請け合った。しかし、これらはみなまるっきりまとを射ていなかった。

「じゃあ彼女はぼくを愛してくれているのかい?」とラフトン卿。

「ええと」とマークは言った。「妹があなたを愛しているか、いないかわかりません。ぼくにできるのはただ妹の伝言を繰り返すだけです。あなたのお母さんの要請がない限り、妹はあなたを受け入れることはできません」彼はもう一度そう言うと、暇乞いして、牧師館に帰って行った。

哀れなルーシーは充分威厳を保って話し合いを終え、兄を完全に満足させ、すぐ申し出られた義姉の慰めを断ったあと寝室へ向かった。言動を再吟味しなければならなかったから、そうするには一人になる必要があった。問題を再考したとき、自分が兄ほど満足していないことがわかるかもしれない。彼女は寝室に入るまで、重々しい態度と、ゆるやかな礼儀正しい物腰を何とか持ちこたえた。動物のなかにはどこか痛みを抱えてもがき苦しむとき、弱い姿を見られることを恥じて、姿を隠すものがいる。実際、口の利けない動物がみな隠れるかどうか私にはわからないが、ルーシーはそんな口の利けない動物のようだった。彼女はファニーに打ち明けるときでさえ、自分の悲運を冗談の種にし、心の痛みを自嘲的に話した。とはいえ、今少しも急がず階段を登り、慎重にドアに鍵をかけると、振り返ってから、沈黙と孤独のうちに――鳥や獣のように――もがき苦しんだ。

ルーシーはベッドの前の低い椅子に腰掛け、頭をのけぞらせ、ハンカチを両手にしっかり握って目と額に当て、考え始めた。考え、かつ泣き始めた。涙がハンカチの下から流れ落ちた。孤独のうちにもがき苦しむため、姿を隠している状態でなければ、低い泣き声も聞こえたはずだ。

彼女は幸せのチャンスをみな投げ捨ててしまったのか？　卿からさらにまた――三度目の訪問を受けるというようなことはありえるのか？　いや、それはありえない。二度卿を拒絶した彼女のやり方とそこに示された強い誇りのせいで、それはありえない。ラフトン卿夫人がこんな結婚を嫌悪するに違いないとわかっていたので、彼女はこんな結論に達し、こう公言するに至った。ラフトン卿夫人からどうか息子の嫁になってほしいと頼まれることはないし、頼まれることはありえない。幸せの、栄光の、大望の、愛のチャンスは完全に消えてしまった。彼女は徳のためでなく、強い誇りのためすべてを犠牲にした。自分だけでなく、卿も犠牲にした。彼が初めてここに来たとき――最初の訪問のときのことを思い出したとき――彼に深い愛情が可能だとは思わなかった。しかし、今彼から愛されていることに疑問の余地はなかった。卿はロンドンの社交シーズンをへて、美しい人々に囲まれて昼夜をすごしたあと、ここに、この小さな田舎の牧師館に、彼女の足元に、再び身を投げ出すため帰って来た。それなのに彼女——彼女は心底卿を愛していたにもかかわらず会うのを断った。卿に会うのを断った。なぜなら、彼女はある老女の不機嫌な視線に堪えられないひどい臆病者だったからだ！

ファニーがついに寝室のドアをノックして、入れてくれるように求めたとき、「すぐ降ります」とルーシーは答えた。「開けたくないんです、ねえ、でも十分したらあなたのところへ行きます。きっとね」彼女は言葉通りに現れた。抑制したとても穏やかな表情と声だったから、経験豊かなロバーツ夫人の目でさえおそらく涙の跡は見つけられなかった。

「妹は本当に卿を愛しているのだろうか」とマークはその夜妻に聞いた。

「卿を愛しているかって！」と妻は答えた。「確かに愛していますよ。マーク、妹の厳しく静かな態度に惑わされてはいけません。妹は愛のためなら死ねる娘だと思います」

翌日ラフトン卿はフラムリーをあとにして、予定通りノルウェーへ鮭釣りに行った。

註

（1）牛の飼い葉桶に入って、自分では食べもしないまぐさを牛に食べさせない意地悪な犬の話がイソップにある。

（2）第二十一章ではロバのミルクが必要だと言っていた。

# 第三十二章　「ヤギとコンパス」

ハロルド・スミスは解散風のせいで不機嫌だった。しかし、彼が悲運と思ったものはサワビー氏の厳しい運命に較べると無に等しかった。ハロルド・スミスの場合、選挙区で勝つか負けるかの問題にすぎない一方、サワビー氏の場合、間違いなく州代表の地位を失うことを意味した。その地位を失うと、すべてを失う。チャルディコウツの主人の地位を明け渡しても、公爵から支持をえることは二度とないとサワビー氏は確信していた。こんなことを考えるとき、気力を保つのはじつに難しかった。

トム・タワーズはあらゆることを、いつものことだが、よく知っていた。彼はミス・ダンスタブルのパーティーでさりげなく一言だけ漏らした。それは間違いなくじっくり考え抜かれた、深い政治的な動機を持つ発言であり、巨人らが議会を解散して総選挙に打って出るという、十二時間もしないうちにごく一般的な報道となるものの先駆けとなった。神々は寛大にも私心のない支持の約束を巨人らに与えていたけれど、議会内で巨人らが少数派だったのは明らかだ。これがはっきりしていたので、それで巨人らは総選挙に打って出ることにした。しかし、彼らはオリュムポスの傑出した御曹司から、もし解散するなら、私心のない支持は撤回するぞとあらかじめ警告されていた。この警告がそれほど重要でないように思えたから、彼らはミス・ダンスタブルのパーティーの翌日二時までに解散の布告を出すと見られていた。噂はトム・タワーズから始まり、そのころまでに小袋局のバギンズの耳にすでに届いていた。

「わしらには関係ないことですよ、はい、ロバーツさん?」とバギンズは言った。彼は個人秘書官の部屋のドア近くの壁にうやうやしくよりかかっていた。

その日、若いロバーツとバギンズは政治的な、特殊な、多岐に渡る会話を交わした。彼らはこのよくない時代に頭上に多くのものを放り出されたわけだから、そんな会話が当然と言えば当然だった。現在の小袋大臣は巨人らの一人で、ハロルド・スミスのような人ではなかった。大臣は私的なことには無関心で、役職の分配の義務さえいいかげん、めったに役所にも現れなかった。ほかに事務員がいなかったから――ハロルド・スミスがいた短い大臣期間に徹底的な改革が断行されたせいだ――、若いロバーツはもしバギンズに話しかけなかったら、誰に話しかけることができたろうか?

「いや、そうじゃないと思うよ」と若いロバーツ。彼は長椅子に腰かけているトルコ人の精妙な絵を吸取紙上に完成させていた。

「なぜなら、ご存知のように、はい、わしらは今貴族院におります――そうあるべきだといつも言っているようにね。小袋局が下院にあるのは組織的におかしいと思いますよ、ロバーツさん。とにかく、これまで貴族院にあったんです」

「最近こういうものがみな変えられているんだ、バギンズ」とロバーツはトルコ人のパイプに最後の筆を加えつつ言った。

「さて、どうするか教えましょう、ロバーツさん。わしは仕事をやめようと思います。わしはこういう変化には我慢できません。もう六十を越えていますから、証明書なんかいりません。これから年金暮らしをします。役所が下院に移れば、これまでと同じじゃなくなります」それからバギンズは溜息をついて退いた。彼は個人秘書官の部屋のそと、小さなロビーに出ると、小テーブルの上に立てて開いた大きな台帳の後ろで黒ビールの瓶を抱え、慰めの時をすごした。彼は開けた台帳の日付が彼の採用の時とほとんど同じとわかってまた溜息をついた。こんな台帳を小袋局では長く保存していた。身分の高い貴族が当時は小袋大臣で、役所にはめったに来なかったが、――おそらく一季節に四度の――訪問をじつに厳かにはたしたとき、使い走りからは無限の敬意を込めて仰ぎ見られた。小袋大臣は当時職員から深く尊敬されており、その訪問は何時間も前から、また何日後も話題になったものだ。しかし、ハロルド・スミスは綿製品店の管理事務員のようにここにせわしなく出入りした。「仕事がつまらないものになった」とバギンズは胸中つぶやくと、黒ビールの瓶を置き、台帳越しにドアに現れた紳士を見あげた。

「ロバーツさんが部屋にいるかって?」とバギンズは紳士の言葉を繰り返して言った。「ええ、サワビーさん、いますよ。左側の最初のドアです」それから、その訪問者が州選出議員であり、バギンズが貴族の次に位置づける地位にあることを思い出して、立ちあがると、個人秘書官の部屋のドアを開け、訪問者を入れた。

若いロバーツとサワビー氏はもちろんハロルド・スミスの大臣期に知り合いになった。その短い期間、西バーセットシャー選出議員はたいてい毎日小袋局に一、二分立ち寄り、精力的な閣僚が何をしているか見て、半分公的なお喋りをし、個人秘書官には大臣を馬鹿にする仕方を教えた。それゆえ、今回の訪問に何か奇異なところとか、何かすぐ特別説明を要するところとかなかった。彼は普段通りに座って、その日のことを喋り始めた。

「わしらはみなやめなければならない」とサワビー。

「そう聞きました」と個人秘書官は言った。「私には何の心配もありません。尊敬すべきバギンズが言う通り、私たちはまだ貴族院にいますから」

「あの幸運な貴族らは何と楽しい時をすごしているのだろう!」とサワビーは言った。「選挙区もなければ、解散もない、政争もなければ、政治的意見を打ち出す必要もない。概してそんな意見なんかぜんぜん持ち合わせてもいないんだ!」

「西バーセットシャーのあなたは、まあまあ安全だと思いますよ」とロバーツは言った。「公爵はあそこでずいぶんやりたいようにやっていますからね」

「そうだね、公爵はやりたいようにやっている。ところで、兄さんはどこにいるかな?」

「うちにいますよ」とロバーツは言った。「そう思います」

「フラムリーかな、それともバーチェスターかな? バーチェスターの宿舎に少し前にいたと思うが」

「今はフラムリーにいます。つい昨日奥さんから手紙が届いたんです。依頼が一つあって。兄はそこにいますが、ラフトン卿は出発しました」

「そうか、ラフトンは田舎にいたのか。彼は今朝ノルウェーへ発った。わしは兄さんに会いたいんだ。君自身は兄さんから便りをもらわないのかい?」

「はい、最近はもらいません。マークは筆無精なんです。兄に個人秘書官の代わりはできませんね」

「とにかく、ハロルド・スミスの秘書にはなれないな。だが、バーチェスターで兄さんを捕まえることは無理かい?」

「電報を送ればいいんです。そうすれば兄のほうからあなたに会いに来ますよ」

「それはしたくないな。電報は田舎に騒ぎを起こし、奥さんらをおびえあがらせ、馬という馬を全速力で駆け巡らせる」

「用件は何ですか?」

「たいしたことではないんだ。兄さんがあんたに話をしたかどうかわからないんでね。今夜の夜行便で手紙を送ろう。そうしたら、明日バーチェスターで兄さんに会えるだろう。あるいは、君が書いてくれればいい。手紙を書くことくらいいやなことはないな。ただわしが来たと、『ウォントリーのドラゴン』で明日二時に会えたら嬉しいと、兄さんに伝えてくれ。わしは急行で行くから」

マーク・ロバーツは借金返済の問題をサワビーと相談したとき、短期間で手形を買い戻す必要があるなら、弟から金を借りられるかもしれないと一度言ったことがあった。二枚目の手形の金額くらいは父の遺産の残りがまだ個人秘書官の手中にあった。頼めば、弟が金を貸してくれるのは間違いなかった。サワビー氏は兄から弟にそんな依頼がなされたかどうか確かめたかった。もし兄の牧師がそうしていないとわかったら、自分で弟にその依頼をしようと半分決意して小袋局を訪問した。そんな金が言わば手の届く距離にあるのに手つかずのまま放置され、身をかがめてそれに手を出すこともできないでいるのを残念に思った。そんな自制は彼の生活のあらゆる習慣に背くもので、猟師が雄のキジを見逃すのと同じくらいありえないことだった。しかし、個人秘書官の部屋で彼は座った椅子を傾けて釣り合いを取りつつ、若い男の率直な顔を見たとき、何か自責の念のようなものを感じた。

「ええ、手紙はぼくが書きます」とジョン・ロバーツは言った。「しかし、兄はぼくに特別何も話しませんでしたね」

「話していないのかい？　まあ、たいして重要なことじゃないんだ。兄さんが話すものと思っていたから、ただ言ってみただけだ」それからサワビーは椅子を傾けて揺らし続けた。彼が五百ポンドというわずかな金のことをジョン・ロバーツのような若者に言い出せないと感じたのはなぜなのか？　この若者は妻も、子も、扶養する人もいない。生活費としてたっぷり月給をもらっていて、お金がなくても痛くも痒くもないのだ。サワビーは自分の弱さがわからなかった。今、彼は極度に切迫した金欠状態にあった。マーク・ロバーツのほうも手形を更新するのはすこぶる難しいと想像することができた。もしこの金をすぐ手に入れることができれば、彼、サワビーなら、手形の支払請求呈示を止めることができる。

「何かわたしにできることはありませんか？」無邪気な子羊はそう言って肉屋に喉を差し出した。

ところが、肉屋は何かいつにない感情のせいで指を麻痺させ、ナイフの刃を鈍らせた。彼はこの問いのあと三十秒ほどじっと座っていたが、それから椅子を飛び降りてその申し出を断った。「いや、いや、いいんだ、ありがとう。マークに手紙を書いて、明日行くと言ってくれればいいよ」それから彼は帽子を手に取ると、急いで事務室を出た。「何てわしは馬鹿なんだろう」と彼は歩きながら胸中つぶやいた。「この期に及んで何かの役に立つかのようにうるさく振る舞うなんて！」

彼は馬車に乗って、ニュー・ロード[1]方面へポートマン・ストリート[2]を半分ほど進んだ。そこから数百ヤード横町を歩いてあるパブにたどりついた。「ヤギとコンパス」と呼ばれるパブだった。じつに無意味な名だと人は言うが、そこは公的娯楽の提供場所として長く地元に定着していることを誇っていた。クロムウェルの時代にはもっと田舎にあった居酒屋だった。その時代に敬虔なパブの主人は敬虔なお客のため敬虔な看板を掲げて「神は我らを取り囲む《ゴッド・エンコンパス・アス》」という銘をつけた。現在の「ヤギとコンパス」も同じくらいうまい銘[3]になっている。パブの特徴を考えると、おそらく古い銘より合っていなくもないだろう。

「オースティンさんはいるかい？」とサワビー氏はカウンターの男に尋ねた。

「どっちのほうですか？　ジョンさんはいません。トムさんは——左手の小部屋にいます」サワビーがどちらかと言えば会いたいのは兄のジョンのほうだった。しかし、兄の姿が見つからないので、仕方なく小部屋へ向かった。彼が小部屋に見つけたのは弟の——一つの命名法によると、オースティン氏、別のによると、トム・トウザー氏だった。彼は普通法的職業に携わる紳士たちにはオースティンという由緒ある一家に属していると自己紹介した。しかし、親しい人たちのあいだではいつも——トウザーだった。

サワビー氏はこのトウザー家とは親しかったけれど、好きではなかった。特にトム・トウザーを嫌った。トム・トウザーは猪首で、濃い眉の人で、その顔ははっきり悪党であることを表していた。「おれは悪党だ」とその顔は言っているようにみえた。「それはわかっている。世界じゅうがそれを知っている。が、あんたも悪党だ。世界じゅうが知らないが、おれは知っている。人はみなかなり似通った悪党だぜ。あるものはやわな悪党、あるものは堅い悪党。おれは堅いほうだ。だから、眼《がん》を飛ばさないように気をつけな」トム・トウザーが顔で言うのはこういうことだった。彼は完全な嘘つきだったが、顔は嘘をつかなかった。

「ああ、トウザー」とサワビーは言いつつ悪党としっかり握手した。「あんたの兄さんに会いたかったんだが」

「ジョンはここにいない、いないが、わしらは一人みたいなものさ」

「そう、そう。そう思うよ。あんたらが二人一組で狩りをすることは知っている」

「狩りとは何が言いたいのかわからんね、サワビーさん。あんたら紳士が狩りをして、わしら貧乏人が仕事をするんだぜ。わしらが長くもらえなくて困っているこのわずかなお金をあんたが返してくれればそれでいいんだ」

「わしが来たのはそのことでなんだ。あんたがなぜ長くというのかわからんよ、トウザー。いちばん新しい手形はほんの二月の日付だろ」

「支払期限はすぎているね？」

「そう。すぎている。それに間違いはないね」

「いいかい、小さな紙が回って来たら、次にすることは全額返済することなんだ。それがわしの考えだ。

本当のことを言うとな、サワビーさん、あんたは最近わしらをちゃんと扱ってくれていないと思っている。ラフトン卿の問題でも、あんたはいつになくわしらに当たっていたぜ」

「自分が抑えられなかったんだ。わかるだろ」

「だが、わしらももう自分が抑えられん。肝心の点はそこだ、サワビーさん。なあ、わしらは事実関係をつかんでいるんだ。いいかい、ちょうど今手持ちの金がなくていつになく困っている。その数百ポンドは入れてもらわなければならん。すぐな。でないとあの牧師の紳士を売らなければならなくなる。牧師から金を巻きあげるのは、犬から骨を取りあげるほども難しくない。牧師だってきっとつけの控えくらいは持っているだろ。なぜ払わないんだろう?」

サワビーは問題の手形に決着をつけるため明日バーチェスターへ赴くことを説明しようとここに来た。もしジョン・トウザーに会えたら、ジョンはしぶしぶ多少の時間的余裕を与えてくれただろう。トムもジョンもこれがわかっているので、ジョン――やわなほうの人――は姿を消して出て来なかったのだ。トムが弱みを見せる可能性はぜんぜんなかった。半時間の談判のあとサワビー氏は出て行き、トムは弱みを少しも見せることなく再び一人取り残された。

「わしらが求めているのは銭なんだ、サワビーさん、それだけだ」国会議員が部屋を出るとき、トムが言った最後の言葉がそれだった。

サワビーはそれから別の馬車に乗って、妹の家へ向かった。今サワビーに見られるように、金に困った連中には際立った一つの特徴がある。彼らは小額の金にかいもく頓着しないか、あるいは小額で買える贅沢を嬉しがる。金銭的苦境に陥っている人々は馬車、ディナー、ワイン、劇場、新しい手袋などにいつも自由に金を使う。一方、一シリングの借金もない人々はしばしばそういうものを我慢してやっていかなければならない！　こういう人にとって借金をしない満足ほど贅沢な満足はないように見える。それでも、もし人が何か趣味を持つなら、その支払をしなければならないのは当然だ。

ハロルド・スミス夫人の家はオックスフォード・ストリートを横切ってほんの少し行ったハノーヴァー・スクエア(4)の近所なので、ほかの人だったら何シリングかでも使うのを控えたことだろう。しかし、サワビー氏にそんな考えはまるっきりなかった。彼は生涯一シリングとて節約したことがなかったので、今それを始めることなんか思いもよらなかった。妹に家にとどまっているように言づてを送っていたから、妹が待っているところを見つけた。

「ハリエット」と彼は言って、安楽椅子に深く身を投げ込んだ。「勝負はとうとうおしまいだ」

「馬鹿げたこと」と妹は言った。「もしあなたに続ける元気があったら、勝負は終わりませんよ」

「今朝確かに公爵の弁護士から正式の通知を受け取ったよ。公爵はすぐ差し押さえをするつもりらしい。フォザーギルからではなく、サウス・オードリー・ストリートの連中からだ」

「それはあなたが予想していたことでしょう」と妹。

「予想が事態をよくするものかどうかわからんよ。そのうえ、予想が確実とは思っていなかったからね。とにかく、はっきりしていなかった。が、今ははっきりした」

「はっきりしたのはいいことです。どんな基盤の上に立たなければならないか、知ることはずっといいことです」

「じきにわしが立つ基盤なんかなくなるよ。少なくともわしの土地は全部――一エーカーも残すことなくね」と不幸な男はじつに苦々しい口調で言った。

「現実的に見て去年よりあなたが貧しくなっているはずがありません。特別取りあげるべき支出なんかなかったのですから。チャルディコウツが公爵への借金全額を返済する充分な価値の土地であることにも疑問の余地はありません」

「借金と同じくらいの価値だろ。それで、わしはどうしたらいいかな？　チャルディコウツについて考えるよりむしろ議席のことが気になっている」

「私の助言はわかるでしょう」とスミス夫人は言った。「公爵が持つ抵当相当の金を融通してくれるように、ミス・ダンスタブルに頼むのです。そうすれば今の公爵よりも彼女のほうが安全です。その手配ができたら、公爵に対抗して州代表選挙に打って出るのです。おそらくあなたは負けるでしょうがね」

「勝つチャンスはないだろう」

「ですが、あなたが公爵の飼い犬でないことを示すことになります。これが私の助言です」とスミス夫人は熱心に言った。「もしあなたが願うなら、私がミス・ダンスタブルにこの話を切り出して、弁護士に調べさせるように頼み込みます」

「もしおれが前にこれをしていたら、別の馬鹿げた世界に頭を突っ込んでいただろうな！」

「そんなにやきもきしないでください。彼女がこの投資で失うものは何もありません。ですから、何ら特別な好意を彼女から求めているわけではないのです。そのうえ、むしろ彼女のほうから救いの手を差し伸べて来なかったでしょうか？　彼女は昨日別のことであなたを断ったから、今日あなたにこれをしてあげようとする普通の女性です。あなたはたいていのことがわかっていますよ、ナサニエル。ですが、確かに女性のことはわかっていません。少なくとも彼女のような女性のことはね」

サワビー氏はほぼ二週間前に求婚を試みた女性から金銭的援助を求めることを意に沿わぬことと思った。しかし、妹に勝ちを譲った。こんな苦境にある男が意に沿うことだけをすることができようか？　今この時、彼はフォザーギル氏、ガンプションとゲイズビー、ギャザラム城とサウス・オードリー・ストリートのすべての連中に計り知れぬ憎しみを抱いていた。連中はサワビー家のもの――オムニアムの名さえ、州でも、イギリスでも聞かれることがなかった時代から存在するサワビー家のもの――を奪いたかったのだ。深海のレビヤタンは餌食として彼を呑み込みたかったのだ！　彼は後悔の苦痛もなく呑み込まれ、取り除かれ、視野から消されることになる。そんないやな日が来るのを食い止める手段が今あるならば、どんなものでも受け入れられる。それゆえ、彼はミス・ダンスタブルに二度目の提案をするように妹に委託した。公爵を呪うとき――彼は強く公爵を呪った――、公爵が自分のものを結局求めたにすぎないのだと思い当たることはなかった。

ハロルド・スミス夫人に関して言うと、妻として、また社会の一員として、夫人の一般的な性格についてどんな見方があろうと、妹としての美徳はあるということは認められなければならない。

註

（1）メリルボン・ロードのこと。
（2）オックスフォード・ストリートからポートマン・スクエアまでの通り。
（3）悪魔はヤギの姿を取ると言われ、コンパスは周回する道を表す。このパブは悪魔の出没する場所を意味する。
（4）オックスフォード・ストリートの南、ニュー・ボンド・ストリートとリージェント・ストリートのあいだにある広場。

# 第三十三章　慰め

マーク・ロバーツは翌日二時きっかりに「ウォントリーのドラゴン」にいて、ハロルド・スミスの講演のあと一行が朝食を取ったまさにその部屋を行ったり来たりしながら、サワビーの到着を待った。彼は友人が会いたがっている用件が何か、かなりはっきり推測することができた。呼び出しを受けるほうが、受けないよりもまだ嬉しかった。これまで見てきた友人の性格から判断すると、サワビー氏が近づいて来るということは、恐ろしい手形に対して何らかの用意をする力ができたということだろう。それで、彼は到着が待ち切れなくて、すすけた部屋をいらだって歩き回った。時計が三時十五分前を打ってもサワビー氏は現れず、不当に扱われたと思った。しかし、時計が三時を打ったとき、サワビー氏が現れて、彼の期待は消えてしまった。

「やつらは九百ポンド要求しているというんですか?」ロバーツは立ちあがって、怒って、国会議員をにらみつけた。

「残念ながら要求している」とサワビーは言った。「わしらがどうしたらいいか考えるためにも最悪のことをあんたに伝えておくのがいちばんいいと思う」

「ぼくは何もできないし、何もするつもりもありません」とロバーツは言った。「やつらは好きなことを、法によって許されることをしたらいい」

そのとき、彼はファニーと子供部屋のこと、誇りのためラフトン卿の申し込みを断ったルーシーのことを思った。目の前の世慣れたむごい人から、目に溜まる涙を見られないように顔を背けた。

「だが、マーク、あんた――」サワビーはそう言いつつ、甘言で人を丸め込む能力に頼ろうとした。

しかし、ロバーツは聞こうとしなかった。

「サワビーさん」彼は冷静になろうと努めたけれど、話す音節の一つ一つが冷静でないことを表していた。「あなたはぼくからお金をかすめ取ったようです。ぼくは馬鹿でした、いや馬鹿より悪かったのがよくわかります。しかし――、しかし――、しかし、あなたの社会的地位から見て、ぼくがこんな扱いを受けることはないと思っていました」サワビーは感情を欠いていたわけではなかったので、今耳にした言葉で深く傷ついた。怒りを装いつつそれに反論することができなかったから、いっそう深手を負った。彼は鋭い機知の持ち主のはずなのに、友人から金を盗んだと告発されても、盗んでいないように見せる気の利いた言葉一つ今このとき持ち合わせなかった。

「ロバーツ、今は言いたいことを言っていい。わしは腹を立てんからな」

「あなたの怒りを気にする人がいるんですか？」牧師は相手のほうに残忍に向いた。「紳士の怒りは紳士には恐ろしい。正義の人の怒りは別の正義の人には恐ろしい。あなたの怒りなんか！」それから、彼は椅子に黙って座っているサワビーを放置し、部屋を二度行ったり来たりした。「あなたがぼくのこの破滅を企てたとき、ぼくの妻や子供のことを考えていたかぜひ知りたいです！」そう言うと、再び部屋を歩いた。

「あんたがやがてこのことを冷静に話せるようになったら、何らかの取り決めをすることができると思うが？」

「いえ、そんな取り決めなんかするつもりはありません。あなたの友人らはぼくに九百ポンド請求し、即座の支払を要求しています。ぼくがそのお金のどれほどのものを扱ったか法廷であなたに答えてもらいたい。ぼくはその一シリングにも触れたことがないし、また触れたいとも思わなかった。それはあなたがご存知でしょう。ぼくはどんな取り決めもするつもりはありません。ぼくはここにおり、家もあります。借金取りに最悪のことをやらせたらいい」

「だが、マーク――」

「ちゃんと姓で呼んでください。わざとらしく愛称で呼ぶのはやめてください。詐欺師にお金をだまし取られるなんて何て馬鹿だったんだろう！」

サワビーはこんなことはぜんぜん予想していなかった。ロバーツが彼、サワビーの言ういわゆる紳士魂を持っていると常々思っていた。ロバーツが大胆で、開けっぴろげで、寛大な男であり、もし求められたら自分の役割を演じることができ、胸中を包み隠さず言う男だと思っていた。しかし、ロバーツがこんな怒りをほとばしらせるとは、こんな深い怒りを宿せるとは夢にも思っていなかった。

「そんな言葉を使うなら、ロバーツ、あんたを放っておくことしかできないね」

「いいですとも。行ってください。あなたはぼくから九百ポンドをだまし取ろうとするやつらの使者だとみずから教えてくれました。筋書きにあるあなたの役割を演じて、今伝言を持って来たんです。あなたはもうやつらのところへ帰ったほうがいいでしょう。ぼくとしては待ち受ける運命の準備を妻にさせる時間がほしいんです」

「ロバーツ、あんたはいつか今の残酷な発言を後悔するよ」

「あなたこそ、いつかあなたの残酷な行為を後悔するか、それともこんなことをただの冗談として笑い飛ばすか知りたいもんです」

「わしはもう破産した人間だ」とサワビーは言った。「わしはすべてを失いつつある――社会的地位も、一族の地所も、父の家も、国会の議席も、同郷の人々のなかで暮らしていく気力も、いや、どこかで生きていく気力さえ――失いつつある。しかし、こういうものよりもあんたにもたらしたみじめさほど今わしを苦しめるものはない」それから、サワビーは顔を背けて、偽りではない涙を目から拭った。

ロバーツはまだ部屋を行ったり来たりしていたが、このあとは非難を続けることができなかった。こういうことはよくあることだ。我慢して自分を侮辱する言葉を自分の頭の上に積みあげてみよ。そうしたら、他人からの侮辱を――しばらくは――沈黙させることができる。サワビーは深く考えなくても、これを薄々感じ取って、会話のきっかけをとうとう見つけたことに気づいた。

「あんたを救う気が今のわしにないと思うなら」と彼は言った。「それはわしを不当に見ている。わしがここに来たのは、ただあんたを救いたいと願っての一心だ」

「あなたの願いって何です？　結局もう一組ぼくに手形を引き受けさせたいっていうことでしょう」

「一組ではなくて、一枚、更新した手形を――」

「いいですか、サワビーさん。あなたがどんな約因を提示しようと、手形引き受けの振りをして、またぼくに名を署名させることはできません。ぼくはじつに弱かったから、今その弱さを恥じています。しかし、これくらいの強さがまだぼくに残っていればと思います。ぼくはじつに邪悪でしたから、今その邪悪さを恥じています。しかし、これくらいの節操がまだぼくに残っていればと思います。ぼくは二度と手形に名は書きません。あなたのためにでも、ぼく自身のためにでも書きません」

「しかし、ロバーツ、あんたの現状ではそれは狂気の沙汰だよ」

「それなら、ぼくは狂っているんです」

「フォレストに会ったことがあるかい？　もしあいつに話しかけたら、全額つなぎ融資をしてくれることがわかると思う」

「フォレストさんにはもう百三十ポンド[1]借りています。あなたがあの馬の代金を迫ったとき借りたんです。これ以上借金を増やすつもりはありません。この点でもぼくは何て馬鹿だったんだろう！　おそらくあなたは覚えていないでしょうが、馬を買うことに同意したとき、その代金はこの手形の弁済に役立つはずでした」

「覚えているよ。だが、それがどういう意味のものだったか説明しよう」

「たいした意味なんかありません。みな同じ内容のものです」

「だが、聞いてくれ。わしが経験したことをみな聞いたら、わしに同情すると思う。厳粛に誓って言うが、馬をやったとき、わしはあんたからお金をもらうつもりはなかった。本当にそのつもりはなかった。だが、あんたはラフトンのあの件を覚えているだろ。卿がロンドンのあんたのホテルに来て、支払済みなのに残った手形のことで激昂したときのことだ」

「ぼくが見たところ、卿はかなり理性を失っていました」

「うん、理性を失っていた。だが、それはどうでもいい。卿は激昂して全部暴露する決意だった。そんなことをされたら、あんたにいちばん害が及ぶとわしは思った。あんたがバーチェスターの名誉参事会員席を手に入れたばかりだったからね」哀れな名誉参事会員はここでひどくたじろいだ。「わしはあの手形を手に入れるため、万策を尽くした。あの強欲なハゲワシらはおれがそれをほしがっているのにつけ込んで、餌食を手放そうとしなかった。手形を手に入れるため、そのとき百ポンド以上の値をつけなければならなかった。手形に記載された金は一シリング残さず完済されていたにもかかわらずだ。わしはあの百二十ポンドを調達しようとしたときほどお金がほしいと思ったことはない。最期のときに慈悲を請いたいが、あれはあんたのためにやったことだ。ラフトンはあの件でわしを非難なんかできなかったはずだ」

「しかし、あなたは卿にあれを二十五ポンドで手に入れたと言っていました」

「そう、そう言った。そう言わざるをえなかった。そう言わなかったら、わしがどれほど手形を手に入れたいとせっぱ詰まっていたか曝け出してしまい、明らかにわしに火の粉が降りかかってきただろう。彼とあんたの前でこれを全部説明できなかったこともわかるはずだ。あんたはうんざりして参事会員席を放り捨てていただろう」

全部説明してくれていたらなあ！　それがマークの今の願い――無益な願いだった。ギャザラム城のあの夜の愚行の結果、何という落胆のぬかるみのなかでのたうつことになったのか！　あのとき愚かなことをした結果、ほぼ総破産のなかで今それを悔やまなければならない！　彼はこういう嘘にうんざりしていた。魂は渡るように強いられたぬかるみの汚物によって意気消沈していた。気づかぬうちに最低の卑劣なやつらとつるむようになっていたから、日刊紙でそういう名に混じって彼の名が見つかるようになった。何のためにこんなことをしたのか？　なぜこんなふうに心を汚し(2)、聖職服に恥じる存在に自分をしてしまったのか？　サワビーのようなやつに力を貸すためだった！

「さて」とサワビーは続けた。「金は手に入れた。だが、わしに強要された返済の誓約の厳しさをあんたは信じることができないだろう。金はハロルド・スミスから手に入れたよ。最悪の苦境に置かれても、二度ともう彼からの援助は当てにできない。たった二週間の借金だった。それに返済するため、あんたに馬の代金を求めなければならなかった。マーク、わしがこれをやったのはみなあんたのためなんだ、本当にそうだ」

「それで今ぼくはこの世に持つものを残さず失い、あなたの親切にお返しをしなければならないんです」

「もしあんたがこの件をフォレスト氏の手に委ねたら、もう何にも触れる必要がない、馬の背の毛一本にもね。いや、あんたの収入から徐々に全額を自分で支払わなければならないけれどね。三か月おきに支払日が来る一連の手形をこなしていくだけだ。そうしたら――」

「ぼくはもう手形はやりません。この件ではどんな書類にも署名しません。これについてぼくの気持ちは決まっています。やつらが来て、最悪の限りを尽くしてもいいんです」

牧師はサワビー氏から長いあいだ辛抱強く説得されたが、姿勢を変えることはなかった。牧師はサワビー氏が取り決めと呼ぶものにまるっきり取り合わないで、フラムリーの家にとどまりたいと、金を請求する者は法的措置を取ればいいと言い張った。

「ぼくのほうからはもう何もしません」と彼は言った。「しかし、ぼくに対する法的手続きが取られたら、一シリングのお金もぼくは受け取っていないことを立証するつもりです」彼はこう決意して「ウォントリーのドラゴン」を立ち去った。

サワビー氏は一度便宜的にジョン・ロバーツから全額を借りることを口にした。しかし、これについてマークは何も答えようとしなかった。サワビー氏がこういうことに関して今相談したい友人ではなかった。「ぼくがどうするか」とマークは言った。「はっきり言う用意が今はありません。やつらがどんな措置を取るかまず見る必要があります」それから、彼は帽子を手に取って、出て行った。「ウォントリーのドラゴン」の中庭で馬にまたがり――その馬には嫌う理由が今たくさんあった――、ゆっくり家路に就いた。

その帰路、彼の胸中に多くの思いがよぎった。しかし、ただ一つの決意だけがしっかりそこに位置を占めた。今こそ妻に残さず打ち明けなければならない。執行吏が州の留置場に引っ張っていく用意をして玄関先に現れるまで、あるいは夫婦が寝ているベッドがその場で売り飛ばされるまで、事実を秘密にしておけるほど彼は無慈悲ではなかった。そうだ、妻にすべてを打ち明けよう。決意がまた消えてしまう前に、すぐにだ。中庭で馬を降りたあと、台所のドアで妻のメイドに会ったから、女主人に書斎に来てもらうようにメイドに頼んだ。三十分といえども遅らせて決意を衰えさせるつもりはなかった。もし人が溺れ死ぬように定められているとしたら、早く溺れ死んで済ませてしまったほうがいいのではないか？

ロバーツ夫人はやって来て、夫が書斎に入るとき、手を伸ばして夫の腕に触れることができた。

「あなたが呼んでいるとメアリーから聞きました。庭の手入れをしていたのよ。ちょうど私が入って来たとき、彼女に捕まりました」

「そうだよ、ファニー、おまえに用がある。ちょっと座ってくれないか」彼は部屋を横切って、鞭を所定の場所に置いた。

「ねえ、マーク、何かありました？」

「そうだ、おまえ、そうなんだ。座ってくれ、ファニー。おまえが座ってくれるほうがうまく話せるから」しかし、彼女、哀れな夫人は座りたがらなかった。夫から何か不幸なことが匂わされたから、それで夫のそばに立ち、夫に寄り添いたいと感じた。

「そうね、じゃあ、必要なら、座ります。でも、マーク、怖がらせないで。どうしてそんな悲しそうな顔をなさっているの？」

「ファニー、ぼくはとても悪いことをしてしまった」と彼は言った。「ぼくはじつに愚かだった。残念ながら、大きな悲しみと心労をおまえにもたらしてしまった」それから、彼は片手に頭を抱え、顔を妻から背けた。

「ああ、マーク、愛しいマーク、私のマーク！　何があったの？」妻は急いで椅子から立ちあがると、夫の前にひざまずいた。

「私から顔を背けないで、話して、マーク！　話して、分かち合えるように」

「そうだ、ファニー、今こそおまえに話さなければならない。しかし、聞き終えたとき、おまえはぼくのことをどう思うだろう」

「私の夫と思いますよ、マーク。私の夫――おもにそのことを考えます。話がどんなものであってもです」

それから、彼女は夫の膝を愛撫して、顔を見あげた。それから夫の片手を取って、両手で握り締めた。「たとえあなたが愚かだったとしても、私があなたを許さなければ、誰が許せるのです？」

それから、彼は妻にすべてを語った。サワビー氏が寝室に彼を連れ込んだあの夜から始まって、次第に手形のこと、次には馬のことを話し続けた。かわいそうな妻は説明の複雑さのため完全にわけがわからなくなってしまった。夫の説明が細部までがよくわからなかったうえ、手形を更新するという意味が少しも理解できなかった。それで、サワビー氏に対する夫の怒りに共感することもできなかった。妻がこの問題で最重要の部分と思ったのは、夫が返済するように求められている金額であり、夫に二度とそんな借金を負ってほしくないという強い願い、すでに確信となっている願いだった。

「それで、あなた、総額でいくらになるのです？」

「やつらはぼくに九百ポンド請求している」

「まあ、あなた！　すごい金額ね」

「それからぼくが銀行から借りた百三十ポンド――馬の代金――がある。ほかにも借金がいくつかあるが、たいした額ではないと思う。しかし、やつらは今一シリングに至るまで取るべきものを取ろうとしている。もし全額支払わなければならないとしたら、一千二百ポンドか一千三百ポンドになるだろう」

「年収と同額になりそうですね、マーク、名誉参事会員の禄を入れても」

それは――もし非難と呼べるなら――妻の唯一の非難の言葉だった。

「そうだね」と彼は言った。「力さえあれば、どんな犠牲を払ってでも取り立てる無慈悲なやつらからそれだけの金を要求されている。ぼくが何も受け取ることなく、これだけの借金をしてしまったことを考えると、ああ、ファニー、おまえはぼくをどう思うだろう?」

しかし、彼女は借金について何とも思っていないこと、借金のことで夫に恨みを抱く理由はないこと、借金が夫への信頼を失わせる力を持ちえないことを夫に誓った。夫ではないか？　彼女はすべてを告白してもらって嬉しかった。夫を慰めることができるからだ。実際、夫を慰めて、話を聞くにつれて夫の肩の重荷を徐々に軽くした。その重荷はこうして軽くなった。一人の肩なら押しつぶすほどの重荷が等しく分担されるなら――二人によって分かち合われ、それぞれが重い部分を受け持とうとの気持ちがあるなら――、羽毛のように軽くなる。男が妻に求めるおもなものの一つが心の重荷の分担ということではないか？　ということは、悲しみを隠しておくことほど大きな愚行はない。

この妻は元気よく、喜んで、ありがたがって、重荷を分かち合おうとした。彼女が主人の苦悩にともに堪えるのはたやすかった。自分に誓った仕事だから。しかし、もし主人が告白できない苦悩を抱えたままだと思ったら、彼女には堪えられないことだった。

それから、夫婦はこの恐ろしい金銭的苦境からどんな脱却手段があるか、計画を議論した。ロバーツ夫人は真の女性にふさわしくすぐ贅沢品を残さず捨てるように提案した。馬はみな売り払い、雌牛は売らないでそのバターを売る。ポニーの馬車を売り、馬丁を解雇する。従僕の解雇はあまりにも当然すぎて、ほとんど口にもされなかった。それからバーチェスターの宿舎、構内の威厳のある名誉参事会員邸に関しては、夫婦はもう一年長くそれに――貸すため――入らないでいることは許されないものだろうか？　もちろん夫婦はこの不幸を世間から知られるに違いない。とはいえ、もしその不幸に勇敢に立ち向かうなら、それほど厳しい批判に曝されることはないだろう。それから、とりわけラフトン卿夫人に残さず伝える必要がある。

「とにかくこれは信じていいよ、ファニー」と彼は言った。「どんな約因を申し出られようと、ぼくはもう二度と手形に署名するつもりはないんだ」

妻はこれに感謝して夫に口づけした。それはまるでその日夫がいちばん明るい知らせをもたらしたかのように温かく、優しい口づけだった。彼はその晩座って、妻とだけでなくルーシーともこの問題を議論した。そのとき、心労がごく軽くなっているのはどうしてなのか不思議に思った。

喜びを胸にに秘めることがいいかどうかわからない。しかし、悲しみを胸に秘めることは何の役にも立たないのがわかる。

註

（1）トロロープは原稿段階で一貫してこの馬に百五十ポンドの値をつけていた。「コーンヒル・マガジン」では第十四章、第十九章、第二十一章で百三十ポンドと修正した。おそらくクロウリーの年収との関係で馬の値段を百三十ポンドと変更したのだ。しかし、この第二十三章では修正を忘れて二か所百五十ポンドのまま残していた。ここでは修正されたかたちに統一した。

（2）「マクベス」第三幕第一場に「そうだとすれば、バンクォーの子孫のためにおれは心を汚し、やつらのために慈悲深いダンカン王を殺したということになる」とある。

# 第三十四章　ラフトン卿夫人が驚く

ロンドンに戻ったラフトン卿は次にどんな措置を取ったらいいか決めかねていた。時々、一、二分ルーシーがおそらく難題を克服してまで手に入れるほどの女性ではないと思いたくなった――あるいはそう独り言を言った。そういうとき、卿はルーシーを深く愛している、ぜひ妻に迎えたいと、思ったり、口に出したりした。しかし、そういうときはただそういうときだった。男が恋に落ちれば、その恋がうまくいかないからといって恋心が薄れるわけではない。それゆえ、そういうときがすぎると、卿はすぐ母に話して、ミス・ロバーツを認めてくれるように説得しようと決意した。母からいい顔をされないのは承知のうえだったが、この問題で意思が固いことをしっかり示すことができれば、おそらく母も彼を否定できないだろう。願いを聞いてくれるように卑屈に頼むのではなく、よき母として息子のため受け入れざるをえない義務の一つとして、卿夫人に式に参加するように求めるつもりだった。そういうのが卿がオールバニーの寝室で到達した結論だった。

翌日、卿は母に会わなかった。繰り返さなくていいようにノルウェーに出発する直前に母と面会するのがいいと考えた。卿が母に気持ちを伝えたのは出発前日、しばらくお別れということでブルック・ストリート(1)の朝食に招待してもらったときのことだ。

「母さん」と卿は食堂の肘掛け椅子に身を投げ入れてから、かなり唐突に切り出した。「話したいことが一つあるんです」

母はすぐ重大な話だと、話される問題が結婚にかかわることだと母特有の直感で推察した。息子がお金の話をしたかったら、声の調子や顔つきが違っていた。北京への巡礼とか、ハドソン湾地域への長い釣り旅行とかを考えていたら、また違った様子だったろう。

「話したいことが一つって、ルードヴィック！　ええ、時間はたっぷりありますよ」

「はっきり言って、母さんがルーシー・ロバーツをどう思うか知りたいんです？」

ラフトン卿夫人は青ざめ、おびえ、血が冷たく流れるように思った。息子が恋愛の話をしそうだと思うと、喜びよりも恐れを感じた。恋愛くらい恐れているものはなかった。「ルーシー・ロバーツをどう思うか？」

母は明らかに当惑した口調で息子の言葉を繰り返した。

「そうですよ、母さん。最近一度ならずぼくに結婚すべきだと思うと言ってくれましたね。ぼくもそろそろそう考えているんです。母さんは牧師の娘をぼくに選んでくれたけれど、その女性はもっといい相手を見つけたようですし――」

「あなたより立派な相手はいませんよ」とラフトン卿夫人はぴしゃりと言った。

「そこでぼくには別の牧師の妹を選んではどうかと思って。ミス・ロバーツのことは嫌いでなければいいんですが？」

「ああ、ルードヴィック！」

ラフトン卿夫人が衝動的に言うことができたのはそれだけだった。

「彼女に何か差し支えがありますか？　何か異議が？　ぼくの妻にふさわしくないところがどこかありますか？」

しばらくラフトン卿夫人は黙ったまま座って、胸中を整理していた。未来のラフトン卿夫人として見れば、ルーシー・ロバーツには大いに異議があると思った。根拠をみな言えるはずはなかったにせよ、それは充分説得力のあるものだった。卿夫人の目から見れば、ルーシー・ロバーツは美しさも、気品も、作法も、望ましい教育さえ身に着けていなかった。卿夫人は名利欲の強い人ではなかった。彼女の地位の女性としてはいちばん名利欲からかけ離れた人だった。しかし、それでも彼女が長年占めてきた地位を継承するのにふさわしい属性、若い女性の性格に不可欠と思ういくつかの世俗的属性があった。息子の嫁を捜すとき、卿夫人は嫁がこれらの属性に加えて、道徳的卓越性も同時に具えていることが望ましいと思った。ルーシー・ロバーツは道徳的卓越性を具えているかもしれないし、いないかもしれない。しかし、卿夫人はその他の属性に関してはこの若い女性にははなはだ欠陥があると見ていた。ルーシーはラフトン卿夫人らしく見えないし、州のなかでラフトン卿夫人らしく振る舞うこともできないだろう。ルーシーは卿夫人が上流階級の若い既婚女性に求めるあの穏やかな物腰――あの泰然たる威厳――を欠いていた。卿夫人に言わせれば、ルーシーは黙っていたら、部屋にいても取るに足りない存在だろう。他方、グリゼルダ・グラントリーは一晩中黙っていても、その威厳のある存在感によって誰もが圧倒されるのだ。それからルーシーは金を持っていなかった――それからルーシーは卿夫人の教区牧師の妹にすぎなかった。人は故郷でめったに預言者になれるものではない。ルーシーはフラムリーの預言者ではなかった。少なくとも卿夫人の目には平凡な普通の女性だった。思い出してもらいたいが、一度卿夫人はこの問題について不安を抱いたことがあった。その不安は、息子が愚行を犯すとは思えなかったから、息子に対する不安というよりも、貴族から愛されていると夢見るルーシーに対する不安だった。ああ、悲しや！　ああ、悲し！　息子の問いかけは今まさに恐ろしい重い一撃で哀れな母を襲った。

「ぼくの妻にふさわしくないところがどこかありますか？」

それが息子の先ほどの問いだった。

「最愛のルードヴィック、最愛のルードヴィック！」彼女は立ちあがって、息子に駆け寄った。「あると思います、そう、事実あります」

「あると思うって？」卿はほとんど怒った口調で聞いた。

「あなたの妻にふさわしくないと思います。あなたに選んでほしい階級に属していません」

「グリゼルダ・グラントリーと同じ階級ですよ」

「いいえ、あなた。そこで間違っています。グラントリー家はもう異なる上の生活圏に入っています。あなたもそうなっているとわかって――」

「誓って、母さん、ぼくはそうは思っていません。一方はプラムステッドの禄付牧師、もう一方はフラムリーの俸給牧師です。だけど、それを議論しても無駄ですね。母さんにルーシー・ロバーツが好きになってほしい。これをお願いするためここに来たんです」

「あなたの妻としてということなのですか、ルードヴィック？」

「そう。ぼくの妻としてです」

「あなたは――彼女と婚約した、と理解していいのですか？」

「いいえ、実際にはまだ婚約したとは言えません。だけど、婚約に向けて力の限り努力するのは当然のことと思います。決心は固まっている。それを変えるつもりはないんです」

「相手の女性はみな知っているの？」

「もちろんです」

「ぞっとする、ずるい、忌まわしい、陰険な娘！」ラフトン卿夫人は胸中つぶやいた。息子の前ではっきり口に出してそれを言う勇気はなかった。もしラフトン卿がすでに明確に申し出をしたとしたら、希望はどれほど残されているかしら？

「では彼女の兄や、ロバーツ夫人はそのことを知っているのですか？」

「うん、二人とも知っています」

「二人とも認めているの？」

「いや、それはわかりません。ロバーツ夫人には会っていないし、夫人がどんな意見を持っているかわかりません。マークについては、正直に言うと、この話を心から認めてくれているとは思えないんです。マークは母さんを恐れていて、母さんがどう思っているか知りたがっています」

「とにかくそれが聞けてよかった」とラフトン卿夫人が重々しく言った。「もしマークがこの話を進めるようなら、じつに卑劣です」それからまたしばらく沈黙が訪れた。

ラフトン卿は事態の全貌を母に教えまいと決めていた。すべてが母の言葉に懸かっており、ラフトン卿夫人が望まない限り、ルーシーは結婚してくれそうもないなんて、口が裂けても言う気になれなかった。すべてが母の意向に懸かっていることを、ルーシーの現在の判断に素直に従って暴露するわけにはいかなかった。母から結婚の許可を求めることについて強い抵抗があったからだ。もし本当のことを全部話したら、母の許可を求めなければならなくなる。卿は母にルーシーのことをよく思ってもらい、フラムリーで親切に、寛大に、愛情深くもてなしてもらいたかった。そうしたら次にそこを訪れたとき、ノルウェーから帰ったらすぐそうするつもりだったが、状況は快適に変わっていることだろう。権威でもって阻止できない縁談に反対しても無駄だという母のそろばんを当てにして、それくらいは実現できるのではないかと思った。しかし、もし最終的な審判者が母だと告げてしまったら、すべてが母の意思に懸かっていると告げてしまったら、許可は十中八九もらえないだろうとラフトン卿は思った。

「それで母さん、どんな返事をぼくにくれるつもりですか?」と卿は言った。「ぼくの決意は固いんです。そうでなければ母さんに会いに来たりしません。今から田舎へ帰るんでしょう。帰ったら、ぼくが婚約したと理解している娘を母さんが扱いたいと思うようにルーシーを扱ってほしいんです」

「けれど、婚約はしていないと言いましたね」

「うん、婚約はしていません。だけど、ぼくは彼女に結婚の申し込みをしたし、断られているわけではないんです。彼女は——ぼくを愛していると告白しました——ぼくにでなく、彼女の兄にね。こんな状況ですから、母さんがぼくの言うことを聞いてくれるものと、当てにしてもいいですか?」

ラフトン卿夫人は息子の話し方に何か腑に落ちぬところがあると思い、話されたこと以外に何かあると感じた。一般的に言って、卿は開けっぴろげで、優しくて、警戒心のない話し方をするのに、今日はまるで言葉をあらかじめ用意してきたかのように話して、厳しく強情な態度を貫こうと構えていた。

「とても驚きましたよ、ルードヴィック。返事もできないくらいにね。こんな結婚を認めるかと聞かれたら、認めないと言わざるをえません。ミス・ロバーツと結婚すれば、あなたは自分を棒に振ってしまうと思います」

「それは母さんが彼女を知らないからです」

「あなたより私のほうが、彼女のことがよくわかっているというようなことは考えられませんか、ルードヴィック? あなたは彼女といちゃついていたから——」

「その言葉は嫌いですね。いつも下品に聞こえる」

「彼女に言い寄っていたと言い直しましょう、こっちの言い方のほうがよければね。紳士もこういう状況では時々のぼせあがるものです」

「言い寄らなければ、男は娘と結婚なんかできませんよ。つまり、母さん、こういうことです、母さんとぼくの好みは必ずしも同じじゃないっていうこと。母さんは口を利かない美人が、ぼくはおしゃべりな美人が好きなんです。ですから――」

「ミス・ロバーツが美人だって言うの？」

「そう、そうです、じつに美人です。ぼくが賛美する美しさを具えています。じゃあ、さようなら、母さん。出発までもう会えません。ほんの短い期間の旅行だし、泊まる場所も定かじゃありませんから手紙は無用です。戻って来たらすぐフラムリーにくだります。母さんからそのとき状況がどうなっているか聞きますよ。ぼくの願いは言いましたから、その願いに沿うことがどのくらい正しいことか考えてみてください」卿はそれから母に口づけして、返事を待たずに出て行った。

哀れなラフトン卿夫人は一人になると、頭のなかがぐるぐる回るのを感じた。これが卿夫人の野心――息子に注いだ愛の結末なのか？　これがロバーツ家に親切にしてやった結果なのか？　兄妹をフラムリーに連れて来るため一役買ったことを思い出すと、マーク・ロバーツが憎くなった。マークの罪を全部思い返してみた。教区を留守にしたこと、ギャザラム城を訪問したこと、売られていたかもしれないあのオックスフォードシャーの農場にかかわる取引のこと、狩りをしたこと、それから噂によるとオムニアム公爵側の働きかけを通して名誉参事会員席を手に入れたこと。こんな状況でいったいどうしてマークを愛せようか？　それから卿夫人は牧師の妻のことを考えた。ファニー・ロバーツが、友であるファニーがこんな結婚に手を貸すほど不実を働くなんて信じられようか？　むしろ結婚を阻止するため全力を尽くしてくれてもいいのではないか？　卿夫人はまさしくこの問題についてファニーに話したことがあった。そのときは息子を心配して話したのではなく、ルーシーのような娘とラフトン卿のような男のあいだの親密な関係は不適切だとの一般的な考えを示した。そのときはファニーも同意してくれた。そのファニーまでも敵と見なさなければならないなんて考えられようか？

それから徐々にラフトン卿夫人はどんな措置を取ったらいいか考え始めた。すぐ降参して結婚を認めてしまったらどうかまず考えた。ただ一つはっきりしているのは、息子と絶えずいさかいをしなければならなくなったら、彼女の人生は生きるに値しなくなるということだった。そんなことになったら死んでしまう。卿夫人はほかの貴族の家庭のいざこざを新聞で読むとき――そんないざこざの記事が時々不幸にも無理やり読者の注意を引くことがある――、ほとんど偽善的な精神状態で自分の場合は他人とは違うと考えて喜んだ。父と娘の、母と息子のそんな喧嘩や憎み合いの場合、彼女の目には関係者全員が見苦しく見えた。彼女は夫と幸せに、隣人と快適に、世間と立派に、とりわけ子供と愛情深く生活してきた。彼女はどこに行ってもラフトン卿のことをほとんど完璧な人のように話した――そう話しても、確信を偽ることはなかった。こういう状況だったたから、どんな結婚であろうと喧嘩よりましではなかったか？

しかし、彼女が譲歩してしまったら、日々の生活にある高い誇りはこんな結婚によってどれほど破壊されてしまうことか？　喧嘩しないで結婚を阻止することは力に及ばぬことなのか？　結婚して半年もしないうちに息子はルーシーのような小娘にうんざりするだろう――ラフトン卿夫人はそう信じて疑わなかった。それゆえ、著しく有害な縁談の成立を阻止することに対して良心の痛みはなかった。この件がまだ定まったものではないこと、またこの件が何らかのかたちで母の同意に懸かっていると息子が見ていることは明らかだった。全体的に見ると、もっぱら義務を優先し、義務に伴って生じる意に沿わぬ結果を考えないようにすることが卿夫人自身にとっても、本人たちにとってもいいのではないか？　こんな縁談に同意することが義務であるはずがないのではないか？　それで彼女はそれを全力で阻止することにした。少なくともそれが第一段階で試みられなければならない。

そう決意すると、ラフトン卿夫人は次いで一連の行動を取ることに決めた。フラムリーに到着したらすぐルーシーを呼びつけて、持てる限りの雄弁を振るい――卿夫人を特徴づけるあの厳しい威厳もおそらく少し見せ――、小娘のくせにラフトン家のような一族に強引に割り込もうとするなんて、何と邪悪なことか力説しよう。幸せはそんな結婚からは生じないと、不運にも身分違いの場所に収まる人は必ずみじめな思いをすると、ルーシーに説明しよう。要するに、こんな場合にお決まりのあの優れた道徳的教訓を役立てるつもりだった。そんな道徳はおそらく捨てて顧みられないだろうが、それでもラフトン卿夫人は厳格な威厳を拠りどころにすることにした。こう決意したあと、故郷へ帰る支度を始めた。

フラムリー牧師館では、ラフトン卿の結婚申し込みの件は本人が旅立ったあと、少なくともルーシーの前でほとんど話題にされなかった。牧師と妻が二人だけでそれについて話し合ったのは当然だ。しかし、夫婦が、あるいはルーシーが、この件に触れることはなかった。それで、ルーシーは一人思いにふけり、一人希望にかけるほかなかった。

それから、別の問題がフラムリーに起こって、関心を別の方向にそらせた。まずサワビー氏による「ウォントリーのドラゴン」訪問があった。その結果マーク・ロバーツは妻に手形のことを告白しなければならなくなった。その話題がまだ新しくて、ファニーとルーシーが家内で実践できる、主人にあまり不自由を感じさせない節約について頭をひねっていたころ、ホグルストックのクローリー夫人が熱病で倒れたという知らせが届いた。何が恐ろしいといってこれほど恐ろしい事態はなかった。この一家を知る者にとって、あの勇敢な一家の司令塔が一日でも倒れたということは、最低限の生活すらままならなくなることを意味したからだ。哀れなクローリー氏は非常に貧乏だったから、病床の悲しい必需品すら援助なしには用意できないだろう。

「私がすぐ行きます」とファニー。

「ねえ、おまえ！」と夫が言った。「発疹チフスだよ。まず子供のことを考えないと。ぼくが行く」

「いったいあなたに何ができるというのです、マーク?」と妻が言った。「男性はこんなとき、役立たずというより、むしろ邪魔なのです。それにずっと感染しやすいのよ」

「私は子供もいないし、男性でもない」とルーシーは笑みを浮かべて言った。「どちらにも該当しないことに感謝します。私が行きます。戻っても子供とは接触しないようにしますから」

それで決着した。ルーシーはホグルストックの病気の夫人に役立ちそうなものを牧師館の倉庫から持ち出して、ポニーの馬車で出発した。そこに到着すると、ドアが開いていたので、使用人の少女に案内されることもなく家のなかへ足を踏み入れた。いちばん年上のグレース・クローリーが居間で赤ん坊をあやしながら、母の椅子に慎み深く腰掛けているのを見つけた。グレースはまだ子供だったとはいえ、悲しい現状を理解して、集中しているだけでなく、ほとんど厳粛に仕事をこなしていた。六歳の弟がそばにいて別の子を世話していた。子供はそこに静かに、重々しく、ひっそりと、互いに気を配りつつ身を寄せて座っていた。彼らは誰からも世話してもらえない状況にあった。

「ママの具合はどう、ねえ、グレース?」ルーシーは近づいて、手を差し伸べつつ、そう声をかけた。

「ママはひどく悪い」とグレース。

「パパはとても悲しんでいるよ」とボビー少年。

「今赤ん坊がいるから立ちあがれません。けれど、ボビーなら行ってパパを呼べます」とグレース。

「私がドアをノックしてみます」ルーシーはそう言うと、寝室のドアに近づいて、軽くコツコツと叩いた。三度これを繰り返したところ、ようやく低いしわがれ声でなかへ招き入れられた。彼女は部屋に入るとすぐ、クローリー氏が手に本を持って寝台のそばに立っているのを見た。この闖入で動転して、落ち着きを失った彼からちらちらと視線を向けられた。ルーシーは妻の病床で彼が祈りを捧げているところを邪魔したことに気がついた。しかし、彼は近づいて来て、ルーシーと握手を交わすと、いつもの重々しい、厳かな声で聞かれることに答えた。

「妻はよくありません」と彼は言った。「ひどく悪い。神は私たちに厳しい仕打ちをされた。しかし、御心が行われますように。それでも、あなたは妻に近づかないほうがいいですよ、ミス・ロバーツ。発疹チフスです」

この警告はしかし遅かった。ルーシーはすでに寝台のそばに行って、病気の夫人の手を取っていた。その手は挨拶しようと掛け布団の上に延ばされていた。「まあ、ミス・ロバーツ」弱々しい声がそう言った。「ご親切ありがとうございます。でも、こんな恰好であなたに会うのは恥ずかしい」

ルーシーはさっそくさまざまな問題を一手に引き受けて、この悲惨な家庭にもっとも必要とされているものは何か確認した。というのは、状況はじつに悲惨だった。ただ一人の使用人である十六歳の娘はクローリー夫人が熱病で倒れたと知るやいなや、娘の母の手によって引き取られてしまった。その母はそれなりにいいところがあって、娘の代わりに朝夕一時間程度できる家事をしに来ると約束した。それでも、熱病が移るかもしれぬところに子を置いておくわけにはいかないと言った。今ルーシーが訪問した時点で、看護婦を入れる措置は取られていなかった。クローリー氏が看護婦役を引き受ける覚悟をしていた。彼は病気を治す方法についてまるっきり無知だったから、ただひざまずいて祈るだけだった。もし祈り——真の祈り——が哀れな妻を救うとすれば、妻はそんな救いについては自信が持てただろう。しかし、ルーシーは別の援助も夫人には必要だと判断した。

「もし私たちのため何かしてくださるなら」とクローリー夫人が言った。「かわいそうな子供にしてあげて」

「あなたがよくなるまで子供はよそへ移します」とルーシーは大胆に言った。

「移すって！」とクローリー氏。彼は今でも——現在の苦境にあっても——重荷の一部を誰かから減らしてもらう考えに反発した。

「そうです」とルーシーは言った。「クローリー夫人が部屋を出られるようになるまで、一、二週間はきっと子供がいないほうがいいんです」

「しかし、どこへやるのですか？」と彼はとても悲観的に言った。

ルーシーはこれについてまだ何も言えなかった。事実、フラムリー牧師館を出たとき、議論の時間がなかったからだ。いったん戻ってファニーと話し合い、牧師館の子供に危険が及ばない方法を見つける必要があった。子供が熱病の毒に感染していないとの確証がえられれば、全員すぐ牧師館にかくまってもいいのではないか？　まともなイギリスの淑女は病気の隣人にはあらゆる救いの手を差し伸べる。しかし、一点だけ例外があって、知っていながら子供部屋に伝染病を入れることはないのだ。

ルーシーはゼリーや解熱剤を馬車から降ろした。それをクローリー氏は苦々しげにしかめ面をして見ていた。食べ物が慈善行為として目の前で家のなかに運び込まれた、そう彼の目には映った。それで、それを運び込んだルーシー・ロバーツを憎いと思った。運び込まれた広口瓶や壺をポニーの馬車に戻すことはできなかった。妻が健康だったら、そうしていたのに。妻の容体を考えると、それを断ったら、残酷だった。断って騒動になるのもみっともなかった。しかし、小包が運び込まれるたび、彼は誇りをますます鋭く、深く傷つけられたので、すべてが運び込まれたころにはほとんど堪えられなくなっていた。妻は病気中でもこれに気づいたから、夫を慰めようとかすかに無益な努力をした。しかし、ルーシーは新たな力を手に入れて情け容赦がなかった。鶏スープ用の鶏を彼の鼻先で籠から取り出した。

とはいえ、ルーシーはそこに長くとどまらなかった。なすべきことを確認すると、すぐフラムリーに引き返す用意をした。「また戻って来ます、クローリーさん」と彼女は言った。「たぶん今夕に。そうしたら、奥さんがよくなるまでそばにいるつもりです」クローリー氏が余分な寝室なんかないと、もごもご言い出したとき、彼女は「看護婦に部屋はいりません」と続けて言った。「奥さんの近くに何か敷くものをこしらえますから。かなり心地よく寝られます」それから彼女はポニーの馬車に乗り込んで、御してうちへ帰った。

註

（1）グローヴナー・スクエアとハノーヴァー・スクエアを結ぶ通り。

# 第三十五章　コフェチュア王(1)の物語

ルーシーは馬車を御してうちへ帰る途中、考えるべきことがたくさんあった。ホグルストックに戻って熱病が治るまでクローリー夫人を看病しようと決意していた。彼女はそれくらい引き受けられる、やり通せると思う自由な行動力を具えていた。しかし、子供についての約束はどうしたらいいのか？　子供を収容するための農家とか、借りられる田舎家とか、二十もの案が胸中に浮かんだ。が、これらにはみなお金の問題がつきまとった。現在、牧師館の住人は残らず節約を心がけていた。ポニーの馬車を使うことさえ今回のような緊急の場合でなかったら、不当と見なされたかもしれない。というのは、馬車も、哀れなパックさえ売られることが決まっていたからだ。しかし、ルーシーは子供のことを約束した。所持金はあまりなかったにしろ、その約束を守るつもりだった。

牧師館に到着したとき、彼女は当然いろいろな計画を考えていたのに、不在中に別の関心事が起こっていて、義姉の注意を彼女の計画に集中させることができなくなっていた。ラフトン卿夫人がその日屋敷に帰っており、帰るとすぐミス・ルーシー・ロバーツ宛に手紙を送ってきた。ルーシーがポニーの馬車から降りたとき、ファニーはその手紙を手に持っていた。手紙を運んできた使用人から回答を求められたから、ミス・ロバーツは家を留守にしており、帰り次第自分で返事を送るとの口頭の回答を与えていた。応接間でファニーから手紙を受け取ったとき、ルーシーは顔をぱっと赤らめ、手を震わせたのは否定できない。この世のすべてがその手紙の内容に懸かっていたのかもしれない。しかし、彼女はすぐそれを開かないで、手に持ったまま、ファニーから手紙のことを促されても、会話をクローリー夫人のほうへ引き戻そうと努めた。

しかし、心は手紙のほうに奪われており、すでに筆跡や宛名書きから凶兆を占っていた。もしラフトン卿夫人が好意的だとしたら、名なしでミス・ロバーツと宛名書きしたはずだ。少なくともそうルーシーは考えた。こういう問題で人がよくするようにきわめて無意識のうちにそう考えた。人は前提部分が心をよぎったと意識するかしないかのうちに人生の結論の半分を決めてしまうものだ。

マークが外出中だったので、今は二人しかいなかった。「手紙を開かないの？」とロバーツ夫人。

「はい、すぐ。でもファニー、クローリー夫人のことをまずあなたに話さなければ。今晩私はあそこへ戻って泊まらなければなりません。そう約束しましたから、きっと守ります。子供を避難させることも約束しました。それについて手配しなければなりません。夫人が置かれた状況は恐ろしいものです。クローリーさんしか看る人はいません。子供は完全にほったらかしにされています」

「あなたはあそこへ行って泊まるつもり？」

「はい、どうしても。そうするとはっきり約束しました。子供については、あなたが何とかしてくれませんか、ファニー――おそらくうちのなかには入れられません。少なくとも最初のうちはね？」しかし、彼女はこんなふうにクローリー家のことを話し、懇願しているあいだも、ずっと指のあいだに挟んだ手紙の内容が何か想像しようとした。

「夫人はひどく悪いのですか？」とロバーツ夫人が聞いた。

「どのくらい悪いかはっきりしません。ただ発疹チフスに罹っているのは確かです。シルバーブリッジからお医者さん、あるいはお医者さんの助手が来ています。でも、もっとちゃんとした助言が必要のように思えます」

「でも、ルーシー、手紙は読まないの？　そんなに無関心でいられるなんて驚いてしまいます」

ルーシーは決して無関心ではいられなかったから、今封を切ることにした。手紙はごく短くて、次のように書いてあった。――

親愛なるミス・ロバーツ

特別あなたにお会いしたいので、ここフラムリー・コートにお越しいただければたいへん嬉しゅう存じます。こんなふうにあなたをお使いして申し訳ありませんが、おそらく牧師館よりもここでの面会のほうが私たち二人にとって好都合だと思います。

真にあなたのものである
M・ラフトン

「ほら、困ったことになりました」ルーシーはそう言うと、手紙をロバーツ夫人に渡した。「哀れな娘がこれまで叱られたことがないほど叱られるんでしょうね。私がしたことを考えると、厳しいな」

「そうね。あなたがしなかったことで、でしょう」

「その通り。私がしなかったことでよ。でも、行かなければ」彼女はいったん解いていたボンネットのひもを再び結び始めた。

「すぐお屋敷へ行くつもり？」

「はい、すぐ。いいでしょう。早く終わらせるほうがいい。そうしたら、クローリーさんのうちへ行ける。

でも、ファニー、悲しいのはすでに卿夫人から言われたかのように、はっきり言われることがわかることとなんです。これに堪えたら、いいことってあるかしら？　コフェチュア王が乞食娘と結婚するときの型通りの不届きを、卿夫人が私に説明する口調が想像できますね？　グリゼルダ[2]——大執事の娘でなく、もう一人のグリゼルダ——が堪えなければならなかったことを卿夫人が説明する仕方が想像できますね？」

「でも、グリゼルダの場合はうまく収まりましたよ」

「そうね、でも、私はグリゼルダじゃないから。私の場合、卿夫人はどんなふうに万事がうまくいかないか説明してくださるんです。でも、全部前もってわかるとき、いいことってあるかしら？　私はコフェチュア王に王と王笏を別の女性に持っていくように願わなかったかしら？」

彼女はクローリーの子供について一言二言まず言い残し、午後パックとポニーの馬車を使うことを予約してから出発した。パックがフラムリーに帰るとき、四人の子を連れて帰ることもほぼ合意された。しかし、この件はマークと相談する必要があった。今のところ計画は子供のため家のそとに——昔は搾乳場で、今は馬丁と妻が住んでいるところに——部屋を用意し、感染の危険がないことがはっきりしたら、すぐ母屋に子供を移すことにした。しかし、これらはみな協議にふされる手はずだった。

ファニーは行く前にラフトン卿夫人に先に手紙を出したほうがいいと言った。しかし、ルーシーはこの提案に答えないで歩いて行った。

「そんな大仰な儀式に何の意味があるかしら？」と彼女は言った。「卿夫人が家にいるのはわかっています。いなかったら、十分損するだけよ」そんなふうに出かけた彼女は、フラムリー・コートのドアに到着してすぐ卿夫人が在宅と知った。そう告げられたとき、心臓が口のなかに飛び出しそうになった。それから、二分後二階の小部屋に入った。その小部屋に私たちは——私とあなた方、おお、読者よ——一度入ったことがある。しかし、ルーシーはこの神聖な領域にこれまで入ったことがなかった。この小部屋の雰囲気は、ラフトン卿夫人がいるところを最初に見る人に畏怖の念を吹き込むように計算して作り出されていた。ここは卿夫人が籐の座の肘掛け椅子に背筋をまっすぐにして座り、本や書類を前に仕事をする部屋だった。卿夫人はこの小部屋の効果をよく知っていたから、ルーシーをこの部屋に迎えようと決めたのだ。とはいえ、そこには暖炉のそばに置かれた心地よいゆったりした別の肘掛け椅子があって、そっちのほうの椅子で午後ラフトン卿夫人がうたた寝しているのを見る人は、この畏怖の念をおそらく跡形もなくなくしてしまうだろう。

「ミス・ロバーツ」卿夫人はそう言うと、椅子から立つことなく客に手を差し出した。「私のところに来ていただいて、とてもありがとう。あなたにお話ししたい内容についてはきっとお察しのことと思います。牧師館で会うよりもここで会うほうがいいということには同意してくださるでしょう」

ルーシーはこれにただ頭をさげて答えただけで、用意された椅子に座った。

「息子はね」と卿夫人は続けた。「いわゆる——この件で、ミス・ロバーツ、私が理解するところ、あなたとのあいだに進展がないと言っていますが？」

「何も問題はありません」とルーシーは言った。「彼は私に結婚の申し込みをして、私は断りました」彼女はこれをきわめてつっけんどんに——必要以上につっけんどんに、にべもなく、ぶっきらぼうに言った。じつは、このとき彼女はラフトン卿との関係でなく、卿夫人との関係で自分の立場、自分の気持ちのほうを重視したからだ。

「あら」ラフトン卿夫人は相手の話し方に少し驚いて言った。「それじゃあ、あなたと息子のあいだには今何も進んでいないと、二人の関係は終わったと、理解していいのですね？」

「それは全部あなた次第です」

「私次第、ですか?」

「彼があなたに何と言ったか私は知りませんが、ラフトン卿夫人。私としては、この件であなたに秘密を持ちたくないんです。彼があなたにこの件を話したとすると、それも彼の願いだと思います。この件で彼があなたに話したと考えてよろしいんですか?」

「そうです。話しました。それこそ私が失礼をも顧みずあなたに来ていただいた理由なのです」

「彼があなたに何を話したかお聞きしてもよろしいですか?　もちろん私のことについて何を話したかです」とルーシー。

ラフトン卿夫人はこの問いに答える前に、若い女性のほうがこの会話の主導権を握っていると、事実若い女性のやり方中心に勝負が進んでいると、それは若い女性を呼ぶことにした卿夫人の動機とぜんぜん一致しないと、考え始めた。

「息子はあなたに結婚の申し込みをしたと言いました」とラフトン卿夫人は答えた。「それは母として重大な問題です。それで、あなたに会って、あなたの良識と判断と気高い感情に訴えたほうがいいと思ったのです。もちろんあなたにはおわかりと思いますが――」

こうしてルーシーがロバーツ夫人に言っていたように、今コフェチュア王とグリゼルダによって例証されるお説教が始まった。しかし、ルーシーはしばらくしてそれをうまく止めることができた。

「それで、ラフトン卿から私が何と答えたかお聞きになりましたか?」

「いいえ、あの子からは。でも、あなた自身の口から今それが断られたと聞きました。あなたの良識を称賛せずにはいられ――」

「ちょっと待ってください、ラフトン卿夫人。彼は私に結婚を申し込みました。牧師館に来られて本人みずから申し込まれたのを、私はそのとき断りました――今は愚かだったと思っています。というのは、私は心から彼を愛しているからです。でも、おそらく説明する必要のない入り混じったごったな感情から断ったんです。いちばん大きかった理由は、あなたから不快に思われることを恐れたんです。それから、彼は私のところにでなく、兄のところにやって来て、私との結婚を迫りました。彼がしてくれたことくらい私にとって親切で、気高くて、愛情に満ちて、寛大なものはありません。最初彼が私に申し込んでくれたとき、彼の言ったことはみな軽率になされたものと思いました。彼が確信を持っていたのはわかりましたが、私はその愛を信じられませんでした。でも、再び兄のところにやって来て、結婚を申し込んだとき、私はそれを信じないわけにはいきませんでした。あなたが私のことを理解されるかどうかわかりません、ラフトン卿夫人。でも、私のような状況に置かれた娘は時の勢いでなされたものよりも、そんな愛情の申し出を十倍も固く信じるものなんです。それに私は――私自身が――彼を最初から愛していたことを覚えておいてください。私は彼について知り合いになることはできても、愛することはできないと思うほど馬鹿だったんです」

「そういうことが進行していることはわかっていました」とラフトン卿夫人は英知を具えている振りをして言った。「間に合って、それを止めることができればと願って措置を取りました」

「誰でもそれはわかりました。当然のことでした」とルーシーは一撃で卿夫人の英知を粉砕した。「ええ、私はそんなつもりはなかったのに彼を愛するようになりました。しかも心の底から愛しているんです。愛していないと思い込もうとしても無駄なんです。私は明日にでも彼とともに祭壇に立ち、結婚を誓うことができます。そうすることが彼との義務をはたす――女性ならそう思います――ことになると感じるからです。今彼はあなたに私のことを話したので、私の愛と同様、彼の愛が真実だと思っています」彼女はそれからしばらく間を置いた。

「でも、ねえ、ミス・ロバーツ――」ラフトン卿夫人が話し始めた。

しかし、ルーシーは今徐々に興奮して強気になっていたので、卿夫人に話を中断させることを許さなかった。

「すいません、ラフトン卿夫人、話を最後までさせてください。あとであなたのお話を伺います。それから、兄が私のところに来て、この結婚を進めるつもりはない、むしろ望まないと意見したんです。でも、兄は私に判断を任せて、翌朝もう一度彼に会うように言いました。でも、もし会ったら、私は彼を受け入れずにはいられなかったんです。考えてもみてください、ラフトン卿夫人。私が胸中すでに彼を受け入れているのに、いったいどうしてそれ以外のことができたでしょう?」

「それで?」ラフトン卿夫人はもう言葉を差し挟む気はなかった。

「私は彼に会いませんでした――会うのを断りました――なぜなら、臆病だったからです。この家に息子さんの妻として入って、母であるあなたから冷たい目で見られるのに堪えられなかったんです。私は彼を愛していたし、今も愛していますが――彼がここにやって来て二度繰り返してくれた寛大な申し出をたいへんありがたいとは思うけれど――、彼と一緒に住んで、あなたの軽蔑の対象になりたくありません。それで、あなたが私を迎え入れたいと願うとき、そのときまで私は彼のものにはならないと伝えました」

彼女は言いたいことをこんなふうに申し立てて、恋人が主張したいと思われることも述べたあと、話すのをやめ、コフェチュア王の物語に耳を傾ける用意をした。

しかし、ラフトン卿夫人はかなり話を始めるのが難しいと感じた。まず卿夫人は決して冷酷な、利己的な人ではなかった。息子が関係していなかったら、また息子の栄光を母のものと見なしていなかったら、ルーシー・ロバーツに共感していただろう。事実、彼女はルーシーを身近に感じ、賛美し、ある程度愛した。息子がなぜこの娘を愛するようになったか理解し、付随する不幸な状況がなかったら、目の前の娘が新ラフトン卿夫人にふさわしい人になっていたと感じ始めた。ルーシーはそこに座って話していたあいだに卿夫人の目のなかで次第に大きな存在となって、卿夫人がいつもルーシーにつきまとうものと見ていたあの小娘のような重みのなさ——社会的重要性のあの欠落——をほとんど払拭していた。こんなふうに今自分の立場を申し立て、説明することができる娘は将来自分の、そしておそらく他人の立場も申し立て、説明することができるだろう。

しかし、ラフトン卿夫人はこれらのいろいろな理由があったにもかかわらず、この娘に屈服することは考えなかった。この結婚を実現することも、破綻させることもできる力を好都合なことに握っていたから、息子に有利になるようにいちばんいいかたちでこの力を行使しなければならなかった。卿夫人はルーシーを賛美したとはいえ、息子をその賛美の犠牲にすることはできなかった。付随する不幸な状況が依然として変わらないまま強い力を及ぼしていたので、この結婚は不適切なのだ——そう卿夫人は思った。ルーシーの兄はフラムリーの教区牧師という特殊な立場のせいで、フラムリーの所有者の義兄となるにはふさわしくなかった。ラフトン卿夫人ほど牧師が好きで、愛情を持って親しく牧師とともに生活したいと思う人はいなかった。しかし、教区牧師が卿夫人の——あるいは息子の——付属物であり、使用人だという気持ちを胸中から取り除くことができなかった。ラフトン卿が使用人の一人と結婚するのはよろしくなかった。ラフトン卿夫人は言葉ではそう言えなかったにしろ、そう思っていた。それから、ルーシーは充分な教育を受けていなかった。ラフトン卿夫人を実際以上に俗悪に見せることなく私はこれをどう表現したらいいかわからないが、ルーシーの人生初期に上流社会の作法に慣れている人が彼女のまわりにいなかった。ルーシーがこの点で短所を抱えていることは言葉では定義できないにせよ、彼女自身がたった今申し立てた仕方によって例証されていた。彼女は才能と善良な気質と健全な判断を示した。しかし、穏やかさや冷静さはどこにもなかった。ラフトン卿夫人がいちばん称賛する若い女性が持つ力は美しい威厳のある沈黙の力だった。哀れルーシーにはこういうものが何一つなかった。それからまた、財産がなかった。たいした悪ではなかったとしても、やはり悪だった。上流階級的な言い方をすると、生まれもよくなかった。これはもっと大きな悪だった。それから、愛を告白したとき彼女の瞳は煌めいていたにもかかわらず、ラフトン卿夫人は彼女をはっきり美しい女性と認める用意がなかった。この縁談はやはり破綻させる必要があると卿夫人に決意させる、付随する不幸な状況とはこういうことだった。

しかし、卿夫人がこの場面で演じる役割は想像以上に難しかった。卿夫人は気づくと一、二分黙ったまま座っていなければならず、その間ミス・ロバーツはそれ以上話そうとしなかった。

「この件全体であなたが示したすばらしい良識に」とラフトン卿夫人はついに言った。「感銘を受けました。ロンドンを発ったときあなたを見ていた見方とは、まったく違った見方で今あなたを見ていると、ミス・ロバーツ、私に言わせてください」これに対してルーシーは今表明された賛辞よりむしろその前に含まれていた非難を察知したから、かすかに、とてもぎこちなく頭をさげた。

「けれど、私の気持ちは」とラフトン卿夫人は続けた。「この件にかかわる私の強い気持ちは、母の気持ちから離れることはありません。もしこんな結婚が実現したら、私の行動がどんなものになるか、今は考える必要がありません。けれど、こんな結婚をきわめて――きわめて無分別だと思っていることは認めなければなりません。ラフトン卿ほど気立てのいい、立派な原則を持つ、言葉に対して深い注意を払う若者はいません。けれど、あの子はまさしく未来の生活について性急な見通しを持つ点で過ちに陥っています。あの子とあなたが夫婦になったら、それはあの子にも、あなたにも不幸です」

お説教の中心部分が今述べられていたのは明らかだ。ルーシーははっきり自分の弱みを認め、決定権を完全にラフトン卿夫人に委ねていたから、なぜこの説教を聞かなければならないのかわからなかった。

「私たちはそんなことを議論する必要はありません、ラフトン卿夫人」と彼女は言った。「私があなたの息子さんと結婚する唯一の状況はすでに説明しました。とにかくあなたは安全なところにいるわけです」

「ええ、議論するつもりはありません」ラフトン卿夫人は謙虚に答えた。「けれど、私がこれに同意しないのは残酷だとあなたから思われないように、申し開きをしておきたいのです。息子のため最善を尽くしているとあなたに信じてもらいたいのです」

「最善を尽くしていると思っているのですから、言い訳する必要なんかありません」

「そうね、確かに。もちろん意見の違いはあります。私はそう思うのです。この結婚があなた方を幸せにするとは信じられません。それで、私が同意したら、間違いを犯すことになります」

「それでは、ラフトン卿夫人」ルーシーは椅子から立ちあがって言った。「私たち、二人とも必要なことはもう言ったと思います。さよならを言わせてください」

「さよなら、ミス・ロバーツ。この件で私があなたの行動をどれほど高く評価しているか、あなたにわかっていただけたらと思います。言葉で褒めきれないほど立派でした。そのことをあなたの親戚にも話すことを躊躇しません」この言葉はルーシーをかなり当惑させた。この件でラフトン卿夫人から親戚なんかに褒めてもらいたくなかった。「どうかロバーツ夫人に」とラフトン卿夫人は続けて言った。「よろしくお伝えください。夫人にここにすぐ来てほしいと言ってください。ロバーツさんにも。あなた方みなさんにディナーに来ていただく日を指定します。でも、おそらくまず私はファニーと話をしたほうがよさそうですね」

ルーシーは何かぼそぼそつぶやいてから――それはディナー・パーティーなんか彼女を含めるかたちで計

画されないほうがいいと言いたいようだった——、暇乞いをした。彼女は断然この面会で勝ちを占めた。ラフトン卿夫人から握手されたとき、胸中にそういう意識があった。相手が用意した説教を持ち出そうとするたび、彼女はすぐそれを止めることができた。面会のあいだ卿夫人が発した一言におそらく三言の割合で言葉を返すことができた。それにもかかわらず、彼女は歩いてうちに帰るとき、胸中に苦い失望を感じ、自分で自分に不幸をもたらしてしまったと意識していた。自分のロマンティックな考え方と騎士道精神のせいで、結局自分同様卿にも損失をもたらしてしまった——つまり、卿も犠牲にしてしまったと考えると、なぜ彼女はあんなにロマンティックに、騎士道精神旺盛に、自己犠牲的に振る舞う必要があったのか？　なぜ彼女はラフトン卿夫人の利益になるように行動したのか？　紳士の母が結婚に同意しなければ、女性は紳士の求愛を拒絶しなければならない、そんなことが社会の掟として一般に正しいとは思わなかった。そんな考え方はむしろ馬鹿げていると思った。女性は自分が作る家庭のことだけに注意して、それ以上のことを考える必要はないと、できれば言いたかった。彼女はどちらかというと美徳の感化というよりも臆病のそれの影響を受けていた。だから、悲しくみじめになったとき、自分の行動に非の打ち所がないというあの慰めをえることができなかった。ラフトン卿夫人から畏怖の念を吹き込まれたものの、そんな畏怖の念はさもしく、卑劣で、彼女自身が具えていると思いたい精神にふさわしくなかった。自己批判の焦点はそこだった。そのため、彼女は面会結果についてどうしても勝利感をえることができなかった。

牧師館に着いたとき、マークはそこにいて、当然みなが彼女を待っていた。「さて」と彼女は短い、性急な口調で言った。「パックをもう一度借りてもいいかしら？　無駄にする時間はありません。持っていくものを詰め込まなければ。子供はどうするか決めましたか、ファニー？」

「ええ、すぐ教えます。でも、ラフトン卿夫人に会ったのでしょう？」

「会った！　ええ、ええ、もちろん会いました。卿夫人が私を呼んだんでしょう？　その場合、言いつけに従わないことなんてありえません」

「卿夫人は何て言ったんだい？」

「あなたって何て人の気持ちがわからないのかしら、マーク。人の気持ちがわからないだけでなく、何て失礼なのかしら、私に屈辱の話を繰り返させるなんて。もちろん卿夫人は私の主人、つまり彼女の息子と私を結婚させるつもりはないと、こんな状況でそんなことを考えてはいけないと言ったんです」

「ルーシー、あなたが理解できませんね」とファニーはすこぶる重々しく言った。「あなたがこの問題を真剣に考えているかどうか疑いたくなります。もし真剣に考えていたら、いったいどうしてこんなことで冗談が言えるかしら？」

「それが奇妙な点で、時々私自身真剣なのかどうかわからないんです。青白くならなければいけないかしら？　ひどく痩せて、徐々に頭がおかしくならなければいけないかしら？　でも、そんなふうに振る舞う気はぜんぜんありませんから、これ以上この問題にこだわる必要はありません」

「しかし、卿夫人はおまえに礼儀正しくしてくれたかい、ルーシー？」とマークは聞いた。「つまり丁寧に扱ってくれたかい？」

「ええ、並はずれて丁寧でした。信じられないでしょうが、事実私をディナーに招待しました。彼女が上機嫌であることを示したいとき、いつもよくそうしますね。もしあなたが足を折ったら、彼女はあなたに同情したいから、ディナーに招待するんです」

「卿夫人は人に親切にしたいと思っているのです」とファニーは言った。彼女は戦わなければならなかったら、ルーシーに味方して戦う用意がある一方、おいそれと古くからの友人を捨てる気にはなれなかった。

「ルーシーは意固地になっているから」とマークは言った。「コートで本当に起こったことを聞き出すことはできそうもないね」

「でも、いい、私と同じくらいあなた方にもはっきりわかるはずです。ラフトン卿は私に結婚を申し込んだかと卿夫人から聞かれたから、私はそうだと答えた。次に私はそれを受け入れるつもりかと卿夫人から聞かれたから、卿夫人の許可がなければ受け入れるつもりはないと答えた。そうしたら私たちみんなが卿夫人からディナーに招待されたんです。それがまさしく起こったことよ。私が意固地になっていると言われるのがわかりません」そのあとルーシーは椅子に身を投げ入れた。マークとファニーは立ったまま互いに顔を見合わせた。

「マーク」とルーシーはしばらくして言った。「私に厳しく当たらないで。私たちみんなのため、できるだけ問題を小さくしていたいんです。病気の牛みたいにうめきながら歩き回るより、ファニー、そのほうがいいでしょう」それから夫婦が彼女を見ると、すでに目から涙があふれそうになっているのがわかった。

「愛する、愛するルーシー」とファニーはすぐ彼女の前にひざまずいて言った。「二度とあなたに冷たく当たったりしません」それから二人は一緒に大声で泣いた。

**註**

（1）女嫌いで通っていたが、乞食娘ペネロフォンに一目惚れして結婚する伝説のアフリカの王。

（2）中世ヨーロッパの物語に出る忍従貞淑の妻。ボッカチオの『デカメロン』やチョーサーの『カンタベリー物語』の「学僧の話」（"The Clerk's Tale"）などで扱われる。

# 第三十六章　ホグルストックの誘拐

号泣は長く続かないで、ルーシーはまたすぐポニーの馬車に乗った。このとき、兄が彼女を送っていくことを買って出て、兄がクローリーの子供をみな連れ帰る手はずになっていた。計画全体が練りあげられており、馬丁と妻は牧師館に収容されることになった。普段この夫婦が使用している庭の向こうの大きな寝室は、検疫旗を降ろさせるほど安全になるまで隔離病棟として使われることになった。ホグルストックまで半分の道のりを来たとき、兄妹は騎馬の男に追いつかれた。馬車と並んだとき、ロバーツ氏はそれがアラビン博士、バーチェスター聖堂参事会長、彼が属する参事会の長と知った。参事会長もまたホグルストックの友人に降りかかった不幸を聞きつけて、そこへ向かうところだとすぐわかった。参事会長はどうしたら最善の援助がなされるか確認するため、知らせが届いてすぐ出発したと言った。これをはたすためほぼ四十マイルの乗馬を引き受けており、夜なかより前にうちに帰れそうもないと思っていると説明した。

「フラムリーのそばを通りますか?」とロバーツが聞いた。

「はい、通ります」と参事会長。

「それなら、お帰りになられるとき、当然私たちのところで夕食をともにしてください。あなたもですが、馬にも食べてもらわないと、それはじつにだいじなことですから」これがきちんと約束され、参事会長とルーシーの正式の紹介の儀式があったあと、クローリー氏の性格が議論され始めた。

「彼とは生涯に渡る親友です」と参事会長は言った。「学校でも学寮でも一緒でした。それ以後何年もいちばん親しい間柄でした。それなのに、私は必要なときに彼を助ける方法がわからないのです。彼くらい誇り高い人には会ったことがないし、彼くらい友と悲しみを分かち合いたがらない人はいません」

「彼があなたのことを話すのをよく聞きますよ」とマーク。

「こんなに親しい人がこんなに近くに住んでいるのに、ほとんど会えないことに悔しい思いをしています。が、私に何ができるでしょう？　彼はうちに来ようとしない。私が彼のうちに行くと、私がショベル帽をかぶって、馬に乗っているからといって、腹を立てるのです」

「私、帽子と馬を教区境の手前に置いて行くことにします」とルーシーはびくびくした様子で言った。

「ええ、そう、確かにその通り。人はそんなことで感情を害してはいけません。が、私の上着も、ベストも同じように彼の気に障る。私は変わってしまった――つまり外見的にという意味です――が、彼は変わっていない。それが彼をいらだたせる。昔のままの私にならない限り、彼はそのころと同じ目で私を見ることができないのです」それから、参事会長はロバーツと妹が現場に到着する前に、クローリーと会う最初の苦痛を終えていたいと言って、先へ馬を進めた。

参事会長が馬を早足で進めて近づいたとき、クローリー氏は小さな木の手すりにもたれかかって玄関ドアの前に立っていた。クローリー氏はきめ細かい看病の数時間のあと、心地よい夏の空気を吸うため現れて、そこにいるあいだ末っ子を腕に抱いていた。幼児が一人じっにおとなしく、あまり幸せそうでもなくそばに座っていた。この父は人が注ぎうる最大の愛情で子を愛したのに、子から好かれるこつには恵まれていなかった。というのは、それはせいぜいこつ、幼い子の好意をえるという一部の人に恵まれたただの要領にすぎない。そういう人は必ずしも最良の父でも、いちばん安全な保護者でもないのに、子供からすぐ察知されて、三分で五歳と四十五歳のあいだの障壁を取り払う秘訣をどこかに持ち合わせている。しかし、クローリー氏は厳しい人で、父なら、かくあるべきだが、常に子供の魂と精神について考えていた。そして、父なら、また教師なら、かくあるべからずだが、子供の魂と精神には年がら年じゅう働きかける必要があると考えていた。結果、子供は好きなようにしていいと言われたら父を避け、父の裂けた心にさらに新しい傷を与えた。しかし、だからといって父は子を見る大きな愛の一部たりとも減らすことはなかった。

彼は小さな赤ん坊を腕に抱いて、そこに立っていた——その赤ん坊はじつにおとなしい女の子だったので、父が願っていたようには、口づけしたり、小さな柔らかい手で頬を撫でたりしてくれなかった。そうしていたとき、彼は参事会長が近づいて来るのを見た。彼は今鼻の上に眼鏡を載せて使い込んだふくれた本を読まなければならなかった状態なのに、戸外ではオオヤマネコのように目が利いた。それで、遠くから友を見つけて、どう迎えようかと考える余裕をえた。この友は確かにゼリーと鶏肉は手にしていないにせよ、お金と助言——羽振りのいい参事会長が貧しい仲間の牧師に提供できるお金と助言——を携えてやって来た。クローリー氏ほどおそらく妻の体を心配する夫はいなかったけれど、たちまち怒りを露わにして、提供されるものをどうやって断ろうかと考え始めた。

「奥さんの容態はどうですか?」参事会長は馬を小門の近くに止めて、手を差し出し、友の手を取った。

「元気ですか、アラビン」とクローリー氏は言った。「あなたをバーチェスターにつなぎ止める仕事がどれだけたくさんあるか知っていますから、こんなに遠くまでやって来てくれてありがとう。妻の状態は変わらないと言っていいね。しかし、悪くなっているとは思いません。よくはわからないが、時々錯乱するように見える。精神はとりとめがない。あとはただ眠るだけです」

「熱はさがっていますか?」

「あがったり、さがったり、というところかな」

「子供は？」

「子供は不憫ですが、今のところは大丈夫」

「子供は、クローリー、当然ここから離れなければいけないね」

クローリー氏は参事会長の助言に権威的な口調を感じ取ったから、ただちに難色を示した。

「どうしたらいいかわからない。決めていない」

「が、いいかいクローリー――」

「そんな隔離が必ずしもいつも神の配剤によって許されるわけではないからね」と彼は言った。「貧しい階級では子供はこんな危険に堪えなければならない」

「多くの場合はそうです」参事会長はこの場面で口論したくないと思った。「が、今回の場合、子供が堪える必要はありませんよ。子供を送り出す手配を私にさせてください。もちろんそのあいだあなたはここに専念できます」

ミス・ロバーツはクローリー夫人のところに泊まる意志はアラビン氏に伝えていたが、子供にかかわるフラムリーの計画は何も話していなかった。

「あなたが言いたいのは私の肩から重荷を取り除くということ――実際には子供に金銭的な援助を与えるということです。アラビン、それは許すことができない。子供は父母の運命をたどらなければならない。それが正しいことです」

参事会長はここでも言い争いをしたくなかったから、子供の問題はしばらく取りさげたほうがいいと思った。

「看護婦さんはついていないのですか?」と参事会長。

「ええ、いません。今は私が妻の世話をしています。もうすぐ女性が来ることになっている」

「その女性って?」

「うん、名はスタッブズさんという方で、教区に住んでいる。その人が下の子供を寝かしつけて、それから――しかし、こういうことであなたを煩わせても無駄です。若い女性がここにやって来るという話もあるが、きっとあまりに不自由であることがわかると思う。現状のほうがいいね」

「ミス・ロバーツのことですね? 彼女ならすぐここに到着します。ここに来る途中で追い越したから」

アラビン博士がまだ話しているあいだに馬車の車輪の音が道路に聞こえてきた。

「私はもうなかに入ることにするよ。妻がまだ寝ているかどうか見なくては」クローリー氏はそう言うと、ドアの前で馬にまたがった参事会長を残して、うちに入った。「彼は感染がいやだろうから、うちのなかに入るようには言うまい」とクローリー氏は胸中つぶやいた。

「入れとも言われないのに入ったら、彼の貧乏を覗き込んでいるように思われるかもしれない」と参事会長は独り言を言った。それで、参事会長がそこにとどまっていたところ、パックは今やこのあたりをよく知っていたから、ドアの前で止まった。

「まだなかに入ってないんですか?」とロバーツは聞いた。

「そう。クローリーがドアの前で話しかけてきたから。すぐここに戻って来ると思うね」マーク・ロバーツも家の主人が現れるまで待つ用意をした。

しかし、ルーシーはそんな作法に頓着しなかった。クローリー氏を怒らせようと、怒らせまいとあまり気にならなかった。病気の女性の枕元に身を置くことと、――えられるならその夫の同意をえて、たとええられなくても同意なしで――四人の子を避難させることしか考えていなかった。それで、彼女は馬車から降りると、荷物を手に持って、まっすぐ家のなかへ向かった。

「マーク、席の下に大きな包みがあります。すぐ取りに来ますから、それを引きずり出しておいてください」ルーシーはそう言い残した。

それから五分間、教会の二人の高位聖職者は、一人は馬上で、もう一人は低い馬車で、ドアの前に残ったまま、二言三言言葉を交わしつつ誰かが家から再び現れるのを待った。「もうちゃんと手はずは整っているんです」それが彼らの耳に届いた最初の言葉だった。ルーシーの声だった。「何の問題も、何の出費もありません。クローリー夫人が元気になられたら、すぐ子供もお返しします」

「しかし、ミス・ロバーツ、はっきり言いますが――」それはミス・ロバーツをドアのほうに追いかけているクローリー氏の声だった。しかし、年上の子の一人がそのとき父を病室に呼んだので、ルーシーは一人になって、最悪の仕事に取りかかった。

「子供を連れて行くつもり?」と参事会長。

「そのつもりです。家内は子供を迎える準備をしています」

「あなたは私よりここの友人を思うままに扱うことができますね」

「全部妹がやっていることです」とロバーツは言った。「こんな問題では女性のほうが男性より大胆ですからね」そのとき、ルーシーがボビーと下の子の一人を連れて再び現れた。

「クローリーさんの言うことを聞いては駄目よ。子供がみんな来たら、馬車を出してください。ほんの少ししかないけれど、見つけられるものはみな籠のなかに入れたとファニーに伝えてください。グレース用のものはグレンジャー夫人の小さな女の子から借りなければ駄目ね」――(グレンジャー夫人とは、フラムリーの農夫の妻だ。）――「それから、マーク、パックの向きを変えておいてください。そうすればすぐ出発できます。グレースともう一人の子もすぐ連れて来ます」それから、ボビーと小さな妹を馬車の後ろに乗せるのを兄に任せて、ルーシーは家のなかの仕事に戻った。彼女はクローリー夫人の寝台をちょっと覗き、目を覚ましているのを見つけて、夫人にほほ笑みかけた。それから、持ってきた包みを寝台のそばに置いて滞在の意思を明らかにすると、何も言わずに子供を連れ去る仕事にかかった。フラムリーへ持っていく品物をどこで見つけたらいいか教えてくれるようにグレースに話しかけたあと、できるだけうまく子供にこれから直面する運命を説明し、この件についてクローリー氏に内緒で彼らに出発の準備をさせた。ボビーと上のほうの幼児は馬車の後部に無事収容されて、そこで黙っているように言われた。その二人の子は目を見開いて、馬上の参事会長をじっと見つめながら、確かにひどく驚いていたが、しっかり口をつぐんで、ロバーツから与えられた命令に従った。

「さあ、グレース、急いで、いい子ね」ルーシーはそう言いながら腕に赤ん坊を抱いて帰って来た。「グレース、この赤ちゃんに注意してあげてね。それから、籠を持って行ってね。馬車に乗ったら渡します」グレースと赤ん坊が別の席に座らされ、子供の衣類の入った籠がすぐ続いて積み込まれた。「これでいいわ、マーク。さようなら。ファニーにきっとあさってのことを伝えてね、それと――」ルーシーはクローリー氏が聞いていたらとても話せない乳製品についての指示を兄の耳に囁いた。「みんな、さようなら。いい子にしているのよ。あさってにはお母さんのことを知らせます」とルーシー。パックが主人の声に促されて動き出したそのとき、クローリー氏が再びドアに現れた。

「おい、おい、止まれ！」と彼は言った。「ミス・ロバーツ、そんなことはしないほうが――」

「行って、マーク」ルーシーが囁いた。それはクローリー氏に聞かれたかどうかわからないが、参事会長にははっきり聞こえた。マークはクローリー氏が現れたため、パックの手綱をかすかに引き締めていたところ、今や走りたがっている獣に鞭を当てたから、馬車は積み荷を載せて一気に駆け出した。パックは首を左右に振り、驚くほど小股の早足で走ったので、すぐ子供をクローリー氏から引き離した。

「ミス・ロバーツ」とクローリー氏が言い始めた。「この措置はまったく私の了解なしに——」

「そうです」とルーシーはクローリー氏の言葉を遮って言った。「兄はすぐ戻る必要がありました。子供は、ご存知のように、牧師館にみんな一緒に住むことになります。それが、思うに、クローリー夫人がいちばん望んでいることです。一日二日すると、子供はロバーツ夫人自身の世話を受けることになります」

「しかし、ねえミス・ロバーツ、子供の世話を他人の肩に負わせる気はぜんぜんないのです。子供をすぐうちに帰してください——つまり、できるだけ早く戻してください」

「ミス・ロバーツはとても上手にことを運んだと思いますよ」と参事会長は言った。「子供が危険を逃れたと知ったら、クローリー夫人はずいぶん安心するに違いありません」

「みんな牧師館でとても快適にすごせると思います」とルーシー。

「それはその通りと思う」とクローリー氏は言った。「しかし、あまり快適すぎては、あの子らが自分のうちになじめなくなってしまう。それに——こんな処置がとられる前に時間をかけて私に相談してくれたらよかったのに」

「前にここにお邪魔したとき、クローリーさん、子供はここを離れたほうがいいということに決まりました」とルーシーは申し立てた。

「そんな措置に同意した覚えはありませんよ、ミス・ロバーツ。しかし、子供が今夜ここに返されることはないでしょうね？」

「ええ、今夜はありません」とルーシーは言った。「私は入って奥さんのところへ行きます」彼女は二人の紳士を玄関先に残したままうちへ戻った。そのときになって人夫の子がぶらぶら歩いて来たから、参事会長はその子に馬を預かってもらって、やっと馬を降り、友と対等な立場で話をすることができた。

「クローリー」参事会長は友の肩に優しく手を載せた。二人はドアの前の手すりにもたれかかった。「じつにいい娘——非常にいい娘ですね」

「そう」とクローリー氏はゆっくり言った。「根はいい人です」

「いや、じつにうまくやっている。すばらしい行動力です。今あれより立派な行動はないでしょう？　この苦境のなかでどうあなたの奥さんを支援してあげられるか私が考えているとき、彼女は——」

「支援なんかいらない。少なくとも、男からはいらないね」とクローリー氏は辛辣に言った。

「ああ、私の友、あなたが言っていることをよく考えてみてください！　そんな精神状態に伴う弊害のことを考えてみてください！　仲間となる人の援助もなしに、一人で歩ける人がこれまでいましたか？」

クローリー氏はすぐ答えないで、全体につらい境遇について一人で考えながら歩く時の習慣から、後ろ手に手を組んで、家の前の道路をゆっくり歩き始めた。友に一緒に歩くように誘いはしなかったが、その仕草には一人になりたいと示すものもなかった。美しい夏の午後で、春の深まりのなか夏が突然現れる、一年でもすこぶる心地よい時期だった。夏になってまだ三日、自然が産み出す様々な色合いの緑には、まだ汚れていない初々しい純粋さがあった。りんごの花が咲いて、生垣は五月の甘い香りがした。五時のカッコウは衰えることなく精力的にまだ優しい夏の合図を響き渡らせていた。生垣の普通の草さえも新しい成長の香りでかぐわしかった。ナラは完璧な葉を見せ、大枝も小枝も緑の服を身にまとっていた。しかし、葉が塊となってまだ重くさがっていたから、大枝のしなりや小枝の先端の曲線が明るい緑の服を通して見ることができた。

美しさの点で、夏の最初の一週間に匹敵する時期はない。自然が与える色合いの点で、秋の華麗な色合いさえ、五月の最初の暖かい日差しによってもたらされる新緑にはかなわない。

ホグルストックはすでに説明したように風景美といった点で取り立てて言うところはない。ホグルストックの牧師館は、道路から奥まった緑に覆われた小高い斜面にあるわけでも、窓が灌木に囲まれた芝生に面して、灌木の向こうに教会の小さな塔が見えるわけでもなかった。イギリスの農業地域に見られる精神的牧者の快い家に共通するあの美しさもなかった。モチノキやキングサリ、ポルトガルローレルや接ぎ木の薔薇が内側に植えられたきれいに巡る柵もなかった。ホグルストック牧師館は道路のそばに寒々と立っていた。しかし、ホグルストックでさえ今は美しかった。花で一杯のリンゴの木があり、生け垣は花盛りだった。ツグミが歌声を響かせ、道ばたのところどころでナラの木が孤立した完璧な美しさを見せていた。

「ちょっと散歩しよう」と参事会長が言った。「奥さんには今ミス・ロバーツがついている。しばらく病室を離れているほうがいい」

「いや」と相手は言った。「戻らなければいけない。あの若い娘に私の仕事をさせるわけにはいかない」

「待ってくれ、クローリー」参事会長は手を伸ばして相手を道の真ん中で止めた。「あの娘は今自分の仕事をしている。もし彼女があなたのうちにでなく、よその人のうちに入ったのなら、あなたはそう言っていい。こんな危急の時に奥さんが一人の女性に近くにいてもらえて、しかも女性同士話せる相手だとわかれば、あなたの慰めになるのではないかな?」

「そんな慰めは私たちには許されない。私がいても、かわいそうなメアリーにあまりしてやれない部分があった。男にできることに欠けたところがあってはならないのに、やはりどこかそれがあった」

「それはそう。よくわかる。男にできることはたいていあなたもやっている——ただ一つのことを除いてね」参事会長はそう言って相手の顔をじっと見た。

「私にできないことって？」とクローリー氏。

「誇りを捨てること」

「誇り？」

「うん、あなたの誇りです」

「最近はまるっきり誇りなんて感じたことがないね、アラビン、あなたは私の人生がどんなものだったか知らないのです。誇り高い男がいったいどうして――」彼はそこで口をつぐんだ――まさしく内部の誇りの芽を圧殺した、そう感じた。不平不満の目録を蒸し返したくなかったか、彼の立場の貧困、欠乏、不公平を言葉で言い表したくなかった。「いや、私だってできれば誇りは持ちたい。しかし、世間の重圧は私には厳しすぎた。誇りなんてすっかり忘れたよ」

「あなたと知り合ってどれくらいになるかな、クローリー？」

「どれくらい？　ああ、あなた！　ほぼ生涯と言っていい」

「かつては本当の兄弟のようでした」

「そう、当時は兄弟のように対等で――財産も、趣味も、生活様式も」

「それなのに私があなたにお金を用立てることや、運命によってあなたと、あなたがこよなく愛する人に降りかかった不便を私が取り除くことをいやがる」

「私は誰の憐れみも受けたくない」クローリーはそうぶっきらぼうに言い放った。ほとんど怒りの表現とも見えた。

「それを誇りっていうのじゃないかな？」

「違う、いや――そうだね。これは一種の誇りと言えるね。しかし、あなたの言うような誇りじゃない。多少の誇りがなければ、男は正直とは言えない。あなただって――乞食になるより、飢えるほうがましでしょう？」

「妻が飢えるのを見るよりは、物乞いしたほうがましです」とアラビン。

クローリーはこの言葉を聞くと、鋭く回れ右して、参事会長に背を向けて立った。手は後ろ手にしたまま、目は地面に落としていた。

「が、今回の場合、物乞いの必要なんかありません」と参事会長は続けた。「神が喜んで自由に使わせてくれる余分のお金から、私は愛する人に必要なものを援助したい」

「妻は飢えてなんかいないね」とクローリーはすこぶる辛辣な声で、それでいて弁解する口調で言った。

「うん、愛する友よ。奥さんが飢えていないことは当然承知しています。使えるいちばん強い言葉で問題を投げかけようとしたからといって、私に腹を立てないでください」

「アラビン、あなたは問題を一面からしか見ていない。私は同じ問題を反対側から見ることができる。お金を与えるのはとても甘美で、心地よくていいよ。しかし、人から与えられたものを受け取るのはとても苦々しい。もらったパンは喉に詰まり、血を汚染し、心に鉛のように居座り続ける。あなたは食べてみたことがないから、わからないのです」

「が、それこそ私が咎めたあなたの罪。捨てるべきだと私が言っている誇りですよ」

「なぜ私が誇りを捨てるように言われなければならないのかな？　働き人が誇りという報いをえるのは当然と思う。私が仕事をすることができないとでも、仕事をしたくないとでもいうのですか？　私が仕事といういう首輪をされる肩を持たないとでもいうのですか？　私が金持ちの台所から出るものだけで飢えをしのぐのが正しいとでもいうのですか？(1)　アラビン、あなたと私はかつて対等で、そのときは友でした。互いの考えを理解し合えたし、お互いの悲しみに共鳴できた。しかし、今はそんなことはとてもできない」

「それをできなくしているものがあるとすれば、あなたに問題がある」

「私に問題があるって――私たちの関係において苦痛はいつも私の側にあるからね。履きつぶした靴とよれよれのシャツを身に着けた私をあなたのテーブルで見ても、あなたに心の痛みはない。あなたのほうは私のようにそんな卑しい人とは思われていないからです。たとえ私が椅子の後ろにいる使用人ほども立派な身なりをしていなくても、あなたは私にご馳走を振る舞ってくれる。しかし、あなたの部屋に私が座るのは不似合だと思う人々が私を見ていると思うこと自体、私の心を痛めるのです」

「それが私の言う誇り――誤った誇りですよ」

「そう言いたいならそう言えばいい。しかし、アラビン、あなたがいくら説教しようと、それを改めることはできない。それが私に残された男らしさですから。あそこに病んで横たわっているあの哀れな弱々しい人――私への愛のためあらゆるものを犠牲にした人、私の子供の母、私の悲しみの共有者、私の心の妻――は身一つの雄弁で嘆願しても、彼女でさえ私のこの部分を変えることはできない。妻のためにさえ私は施しを求めて手を差し出すことができない」

二人は今家の玄関先まで戻っており、クローリー氏は何をしているか気づかぬまま家のなかに入ろうとした。

「うちに入らせてもらったら、クローリー夫人は会ってくれるかな？」と参事会長は聞いた。

「いや、駄目。入らないほうがいい」とクローリー氏は答えた。「きっと感染してしまう。そうなったらアラビン夫人が震えあがってしまう」

「感染なんかこれっぽっちも気にしていませんよ」と参事会長。「しかし、入っても何の役にも立たない。入らないほうがいい。妻の部屋はとても見られるようなものではない。しかも家全体にご存知のように感染の危険がある」

アラビン博士はこのころまでに居間に入り込んでいた。しかし、友が心からこれ以上先に行ってほしくないと望んでいるのを見て、固執しなかった。

「ミス・ロバーツが奥さんと一緒にいると思うとともかく安心です」

「あの若い女性は非常に立派――じつに立派です」とクローリーは言った。「しかし、明日はきっとうちへ帰ると思う。私のうちのようなこんな貧しい家にとどまることなんか不可能ですよ。彼女が必要とするものがここには何もありませんからね」

参事会長はルーシー・ロバーツがクローリー夫人の病室に長く滞在して看病するのに多くのものを必要としているとは思えなかったし、哀れな夫人が夫のいくぶんつたない看病だけに取り残されるのではないと確信したから、それで満足して暇乞いすることにした。

註

（1）「ルカによる福音書」第十章第七節に「働き人がその報いをえるのは当然である」とある。また、第十六章第二十、第二十一節に「この金持ちの玄関の前に座り、その食卓から落ちるもので飢えをしのごうと望んでいた」とある。

# 第三十七章　友のいないサワビー

今西バーセットシャーでは驚くべきことが起ころうとしており、人心はすこぶる混乱していた。政権担当者が政令を発し、女王が忠実な下院を解散したのだ。巨人らは現下院にほとんどもしくはぜんぜん力を及ぼせないことがわかったので、新しい賭に出て、どういうことになるか試してみようと決意した。総選挙の混乱が国じゅうに広がり、かなりのいらだちと当惑を産み出した。なぜなら下院はできてからまだ三年しかたっていなかったからだ。下院議員は友人に会い、有権者の手を握ることに当然議員として喜びを感じるけれど、議席を失うことを怖れる点で下品な人々にきわめて近いところがある。議席にとどまる努力に相当な経費がかかることが確実で、これが好ましいわけがない。

神々と巨人らのあいだに古くからある近親憎悪がこの時ほど高まったことはない。巨人らは敵側からほんの数週間前に与えられた優しい支援の約束にもかかわらず、国家に奉仕しようとして取ったあらゆる措置が党派心によって歪められたと主張した。神々は巨人らのボイオティア人的[1]愚かさのせいで敵対せざるをえなくなったと断じた。神々は確かに支援を約束したし、きちんとした分別ある法案なら支持する用意があった。しかし、政府が好きなように高齢主教に年金を与えるような法案に支持なんかできなかった。駄目だ。忍耐にも限度がある。こんな法案が企てられたとき、明らかにその限度は超えられた。

これらのことはトム・タワーズが――愉快な人々のなかでもこの上なく愉快なトム・タワーズが――ミ

ス・ダンスタブルのパーティーで思いがけなく内緒話を漏らしてから、ほんの一、二日後に公然たる事実となった。庭の飛びっきり甘い花から花へハタハタ飛んでいる彼がどうしてそれを知ることができたのか？

ナデシコに砂糖を加え、薔薇に蜂蜜を添える
与えるものゆえに彼は愛されるが、去るときそこからは何も受け取らない

しかし、その内緒話が噂となり、噂が事実となって政界は大揺れになった。巨人らは主教の年金法案が通らないのに憤慨して、下院をかなり無分別に脅した。怒った議員らが誠意に燃えて立ちあがり、下院の紳士が議席に関する期待や恐れによって投票を左右されると思うのは下劣だと強調した。その様子を見るのはすばらしかった。それから事態はさらに悪化し、対立した二党が今くらい毒を含む怒りで互いにぶつかり合ったことはない。ごく最近友好、尊敬、忍耐といった多岐にわたる約束をして一緒に闘技場に入場したばかりだというのに！

しかし、全体を離れて個別の問題に移ってみれば、西バーセットシャーの選挙区ほど深い動揺が広がったところはない。解散の知らせが州に届くやいなや、公爵が指名の候補を取り替えるという意向が知れ渡った。サワビー氏は選挙法改正法案(2)以来ずっとこの選挙区選出議員だったのに！　彼は州になじみの制度のようなものになっており、習慣と長く続く権力組織によって支えられていたから、金銭的なだらしなさがよく知られていたにせよ、ジェントリーらから好かれていた。今やこれが変えられようとしていた。理由はこれまでのところ公にされていなかったが、ダンベロー卿が州に一エーカーの土地も所有していないのに、選出される予定だと了解されていた。ダンベロー卿がバーセットシャーと密接なつながりを持ちたがっているとの

噂は本当だった。彼は隣の東部出身の若い女性と結婚する直前で、今はチャルディコウッ御猟林として普通知られている尊い王室領地を購入するため、政府と取り決めを済ませようとしていると噂された。チャルディコウッ・ハウス自体がまもなく侯爵の住み家になるということも——この件はしかしこれまで内緒の囁き声でしか言われていなかったが——噂されていた。公爵はチャルディコウッを自分のものだと言い張っており、やがてすぐ要求を貫徹し、所有することになるだろう。それから両者のあいだで何らかの取り決めがあって、ダンベロー卿に譲り渡すのだろう。

しかし、まるっきり正反対の噂も広がっていた。人々は——公爵に反対する勇気のある人々も、いざ戦いの日が来れば、公爵に反対する勇気のない若干の人々も——ダンベロー卿をバーセットシャーの大立て者に据えるのは公爵の能力を超えていると言った。王室領地は——とそんな人々は言った——東部のボクソル・ヒルの若きグレシャム氏の手に落ちる予定だと、購入条件はすでに取り決められていると。サワビー氏の資産とチャルディコウッ・ハウスに関しては——オムニアム公爵の利害に敵対するこれらの人々は続けて説明した——まだかいもくはっきりしたことがわからないので、公爵がそこに入ることも、所有することもできないのだと。その土地はすんなり公爵のものになりそうもなかった。大きな戦いが起こりそうだった。ある大金持ちの女性が莫大な抵当に支払するという噂も信じられるようになった。それからちょっとしたロマンスの香りがこの話に振りかけられた。この大金持ちの女性はサワビーから言い寄られて、胸中に愛情を認めたものの、彼の品行のせいで結婚を断った。とはいえ、この女性は愛の印として彼の全借金を肩代わりしようとしているのだと。

サワビー氏が公爵の命令に従って州の候補を辞退する気がないことはすぐ噂でなく周知の事実となった。西部全域に貼られたポスターは、公爵の名に一言も触れないまま、西バーセットシャーの代表からサワビー氏が引退するというデマに惑わされないよう友人らに警告していた。そのポスターはこう言っていた。「彼は四半世紀にわたってこの州の議員を務めてきた。彼はこれまで賜ってきた名誉、貴重なものとして誇っている栄誉を軽々に投げ捨てるつもりはない。彼と西バーセットシャーのあいだに結ばれた絆くらい長く、同じ選挙民との関係が壊れないで残っている議員は今国会内にほとんどいない。彼が『州代表下院議員の父』という名誉ある地位に立つまで、この絆が次の任期のあいだも続くように信じ、希望している」ポスターはこれ以上のこともたくさん述べており、州にとってみな大きな利害にかかわる種々雑多な問題を提起していた。しかし、ポスターはオムニアム公爵について一言も触れていなかった。公爵が現在意図していることはみなに知られていたにもかかわらずだ。公爵はいわば至聖所に閉じ込められた、謎めいた、姿を見せぬ、情け容赦のない偉大なラマ僧――常人の目に見えぬ、常人の耳に聞こえぬ、こんな時期にあって胸中に震えを感じることなく常人がその名を口にすることもできぬ人だった。しかし、それにもかかわらず人々を支配すると思われているのはその僧だった。次の選挙にかかわるどんな集会でも、その名は口にせず遠回しに触れることが望まれた。それにもかかわらず、州のほとんどの人々は公爵が望めば、彼の犬を西バーセットシャー代表議員として下院に送ることができると信じていた。

それゆえ、私たちの友サワビーにはチャンスがないと思われた。しかし、彼は受けるに値しない方面から援助をえる幸運に恵まれた。彼は全政治活動においてホイッグ党の神々の強固な友人だった。公爵の指名を受けた議員だから、当然といえば当然だった。しかし、今回の選挙では州のトーリーの巨人ら全員が彼に救援を申し出た。巨人らは公爵に敵対するという公的目的でそうしたのではない。長く州の議員だった人が議席を追われるのを見たくないとの寛大な気持ちからそうしていると明言した。しかし、世間の人はこの戦いが偉大なラマ僧を相手に戦われることを知っていた。それは西バーセットシャーの実態を反映し、貴族権力対独裁権力の戦いになりそうだった。つけ加えて言えるのは、民主勢力はどちらの側に対しても口を差し挟む余地がなかったということだ。有権者の下層部分、小農家や商人はちゃっかり公爵側について、それでリベラル派の考え方を推進していると得意がった。しかし、そのラマ僧が立ちあがって怒りに身を震わせれば、彼らは実際には偉大なるラマ僧に対する昔ながらの由緒正しい信奉と、害が身に及ぶことへの恐れに従って投票することになる。もしラマ僧が従者と軍隊と廷臣を引き連れてここを出て行ったら、州はたいへんなことになるのではないか？　ほら、偉大なラマ僧が現れた。もっとも僧が彼らのところに来ることはめったになかったし、来たときもほとんど姿を見せることはなかったが、——それでもやはり、それだからこそいっそう——僧への服従は有益で、僧への敵対は危険だと見なされた。一人の偉大なラマ僧がイギリスのこの地方ではまだ充分力を保持していた。

しかし、僧院の司祭であるフォザーギル氏は人々の目にたびたび触れた。彼がまわりのいろいろな状況とこれから訪れる変化についていかに違った声色で話すか聞くと楽しかった。ギャザラムやよその地所の小農家らに対して、フォザーギル氏は公爵のことを周囲に繁栄をもたらす有益な影響力として話した。公爵の存在によって物価が維持され、公爵がもたらす全般的雇用によって救貧税(3)を一ポンド当たり一シリング四ペンス以下に抑えることができていると。進んで公爵に噛みつこうとする連中は気が狂っているに違いないと彼は言った。遠くの郷士らに対して、フォザーギル氏は少なくとも公爵の胸中を知る限り、選挙干渉の罪で公爵を告発する権利は誰にもないと言い切った。人々は根拠のないことを話しているのだ。一票の依頼を直接公爵にまで追跡したと、いったい誰に証明することができようか？　彼がいくらこんなことを言っても、人々の心に定着した固定観念は変えられなかった。とはいえ、言うだけの効果はあって、結果として公爵の行為を包み隠す謎を増やすことになった。しかし、親しい仲間や近隣のジェントリーに対して、フォザーギル氏はたんにウインクするだけだった。こういう人たちとは気心が通じ合っていたからだ。公爵は選挙で痛い目にあったことがなかった。フォザーギル氏は選挙運動をしているとは思っていなかった。

フォザーギル氏が公爵のバーセットシャーの地所に関して行った様々な奉仕に対して、どんな割合で報酬を受け取っていたか私は一度も聞いたことがない。しかし、金額がいくらであろうと、彼が相当稼いでいたことは確かだ。彼ほど忠実な味方はいなかったし、味方するとき彼ほど口が堅い人はいなかった。彼は次の選挙でダンベロー卿のためみずから――彼個人の責任で――積極的に行動を起こすつもりだときっぱり言った。確かにサワビー氏は彼の旧友であり、とてもいい男だった。それは否定できない。しかし、世間の人はみなサワビー氏が州代表議員になれる立場にないことを認めなければならない。彼は破産者だ。資産家だけに許される地位にとどまることは論外だろう。サワビー氏はチャルディコウツに対する一切の権利と要求を放棄すべきだと彼、フォザーギルは考えていた。もしそうなら、サワビーに国会議員の権利と資格を認めるくらい馬鹿げたことがあろうか？　ダンベロー卿に関して言えば、たぶん卿がまもなく州でいちばん広い土地の所有者になる。そうなれば、誰が議員にふさわしいと言えようか？　そのうえ、フォザーギル氏はダンベロー卿の代理人を務めたいという、そんな希望を恥じることなく告白した。代理人を引き受けても、ほかの仕事と両立できるだろう。それゆえ、当然ダンベロー卿を支援するつもりだった。つまり、フォザーギル氏自身に動機があったのだ。この件について公爵の考えと言えば――！　しかし、フォザーギル氏がそれをどう処理したかすでに説明した。

近ごろサワビー氏は屋敷――そこは表向きまだ自宅だ――に戻って来た。しかし、彼はひそかに帰って来たので、村でも到着が知られることはほとんどなかった。ポスターは広範囲に貼られていたけれど、彼自身は少なくとも今のところまだ何の選挙運動もしていなかった。議会からえていた逮捕を免れる保護特権もまもなく切れてしまう。彼が法の手下らに充分なチャンスを与えたら、公爵から逮捕の措置を取られるだろうと、公爵を批判する人々は主張した。その場合、彼が逮捕されることはありえるとしても、それが公爵の要請によってなされることはありえなかった。フォザーギル氏はこんな濡れ衣を公爵が着せられたと憤然として話したが、特別分別ある男だったから、いかなることにも腹を立てることなんかなかった。彼はまとをはずしたこういう非難を味方側に有利に利用する仕方を心得ていた。

サワビー氏はひそかにチャルディコウツにやって来て、一人でそこに二日間とどまった。このささやかな物語の初期にマーク・ロバーツが馬でやって来たとき、私たちが目にしたここの光景と比較すると、今のこの姿はずいぶん違った様相を呈していた。窓に明りはなく、馬屋から聞こえる声もなく、吠える犬もおらず、すべてがひっそりとして、墓のように静まり返っていた。その二日間の大部分、彼はほとんど何もせず、家のなかで一人座っていた。彼がいた朝食用の小さな居間のごちゃごちゃしたテーブルの上には手紙が山積みになっていたのに、それを開封することすらしなかった。こんな人物の場合、手紙は山になって来る。読んで嬉しい手紙はほとんどなかった。彼は様々な悲しい思いに心を混乱させてそこに座っていた。時折家のなかを行ったり来たりすることはあっても、ほとんどの時間を身に招いた状況について考えることに費やした。もしチャルディコウツの所有者でも、州選出の国会議員でもなくなったら、彼は世間の目にどう映るだろうか？　彼はこれまで世間を前に立派に生きてきて、借金にはいつも悩まされてきたが、重要な地位にある喜びに支えられ、慰められてきた。借金と難局にこれまで堪えてきた。あまりにも長いあいだ易々と堪えてきたから、堪えていけるとほとんど考えるようなっていた。しかし、今は――

法のハルピュイアら(4)はやっと差し押さえ命令をえたから、これまで餌食に近づけなかった遅れを取り戻そうと、すばやく彼の資産の残骸に爪を突き刺そうとした。彼の議席に関する命令も出た。ポスターは妹とミス・ダンスタブルと有名な選挙請負人、巨人らの利害のため働いていると見られるクローサースティルの協力によって作成された。しかし、哀れなサワビーはそのポスターにかいもく自信がなかった。公爵の力がいかに大きいか彼ほどよく知る者はいなかった。

それゆえ、彼は過去と未来の人生について思いを巡らせつつ空っぽの部屋を歩き回るとき絶望していた。この世を楽しくしていたものがみな死につつある今、むしろ死んでしまったほうが早いのではないか？　私たちはサワビー氏のような人々について見たり聞いたりするとき、彼らは気苦労のかたちでも、労働のかたちでも支払なんかしないで、世界が与えるものを全部受け取ってきたととかく考えがちだ。しかし、私はそうではないと思う。彼らのなかでもいちばん無感覚な者でさえみじめさ――とても堪えられないほどのみじめさ――を感じることがしばしばあるに違いない。人は二月に鮭と子羊、三月にグリーンピースと新ジャガを食べても、支払をしなければ、幸せを感じることはない。悪党が前を走り、そのあとを脚の悪いネメシスが着実に追う、という構図(5)は時として人の安らかな眠りを妨げるほどすごみがある。今の場合、悪党である彼はネメシスから追いつかれたと感じた。ネメシスは脚が不自由であり、悪党は速く走ったにもかかわらず、ついにネメシスの口にくわえられた。断末魔の苦しみの光景で「ウワー」というみずからの叫び声を聞くしか彼にはなすすべがなかった。

今やチャルディコウツの大きな家はもの悲しくわびしい場所だった。森は若葉で青々としており、庭は花々で一杯だったのに、それもものの悲しくわびしかった。芝生は手入れされておらず、雑草が砂利から生え出ていた。木の精ドリュアス像が台座から落ち、割れて芝生の上にあちこち寝そべって、この場所全体に混乱の様相を与えていた。木の格子がこちらでは粉々になり、あちらでは曲がっていた。立木作りの薔薇が地面に腰を曲げ、落ち葉がいまだに植え込みの邪魔をしていた。サワビー氏は二日目の夜遅く散歩に出かけて、庭を通り抜け、森に入った。彼はあらゆる非動物界のなかでチャルディコウツのこの森をこの上なく愛していた。詩的感情や詩的思考の持ち主と仲間から言われるような男ではなかったけれど、この御猟林に入ると、胸中はほとんど詩趣に満たされた。森の木々のあいだをさまよい歩くうち、彼は人間性の持つ優しさに目覚めた。鳥のさえずりに耳を傾け、小道のあちこちで野の花を摘んだ。老木の衰えと若木の成長を観察し、森の曲がり角という曲がり角を残さず瞳のなかに焼きつけた。小道が谷にくだって、それから小川を抜け、向こう側の土手を茶色く、でこぼこに起伏して、美しく登るとき、その道の色の変化に注目した。それから腰を降ろして、彼の古い一族のことを考えた。一族の者が父と子と孫という規則正しい継承のなか、チャルディコウツの森を傷つけることも減らすこともなく後継者に譲り渡して、遙か遠い昔どんなふうに森を歩き回ったかを。それで、彼はよく森で腰を降ろした。そして今も腰を降ろした。これらのことを考えつつ、彼は生まれて来なければよかったと思った。

彼が家に帰ったときは闇夜だった。帰ったとき、この土地をすっかり放棄し、敗者と認め、戦いをあきらめようと決意していた。公爵はこの土地を手に入れて好きなようにすればいい。国会の議席に関しては、ダンベロー卿だろうと、別の同じように才能のある若い貴族だろうと、代わりに議席に着けばいい。彼は舞台から姿を消し、誰の目にも触れず誰の耳にも聞こえぬどこかよその土地へ行き、飢え死にしよう。今やそれが将来の展望だった。とはいえ、彼は健康とあらゆる身体的能力に関してはいまだ全盛期にあることを自覚していた。そうだ、全盛期だ！　しかし、真っ盛りの自分に残ったものでいったい何ができよう？　今使える口座にどう心や力を向けることができよう？　ひどく窮乏するなか、どうやって最低限のパンを稼ぐことができよう？　彼にとって死ぬのがいちばんいいのではないか？　結局、若いころのエンドウ豆とシャンパンの日々が数えきれず長くても、浪費家の運命をうらやましがってはいけない。なぜなら、勝負がみな終わらぬうち、脚の不自由なネメシスはきっと追いつくのだから。

サワビー氏が家に着いたとき、留守のあいだに電報が届いていることに気がついた。それは妹からで、その夜妹がここに来ることを知らせていた。郵便列車でこちらに向かっており、バーチェスターに駅馬車の予約電報を打っておいたから、夜なかの二時にチャルディコウツに到着の予定だった。ゆえに妹の用件が重大であることは明らかだった。

きっかり夜なかの二時にバーチェスターの駅馬車が到着した。ハロルド・スミス夫人は寝床に就く前、一時間余り兄と密談を交わした。

翌朝一緒に朝食用のテーブルに着いたとき、妹は言った。「さて、どう思います？　もし彼女の申し出を受け入れるのであれば、今日の午後彼女の弁護士と会わなければなりません」

「受け入れなければいけないと思う」と彼は答えた。

「もちろん私もそう思います。当然地所は公爵から取られたのと同じようにに完全にあなたの手から奪われてしまいますが、少なくとも家は生涯あなたの手元に残ります」

「維持することができなければ、家は残っても何の役にも立たんだろ？」

「ですが、お金のことは私にもよくわかりません。彼女は適正な利子以上のものは取りませんから、完全にうまく処理できたら、余ったお金が出ると思います――家を維持していくくらいのお金がね。それに、とにかく田舎に住むところがなければいけませんから」

「ハリエット、おまえに正直に言うよ。お金のことでハロルドともうこれ以上関係を持ちたくないんだ」

「ああ！　それはあなたが夫のところへ行ったからです。どうして私のところに来なかったの？　それに、ナサニエル、これはあなたが議席を保てる唯一の方法なのです。彼女は私が出会ったなかでもとても変わった人で、今は公爵を倒す決意をしているようです」

「それはよくわからないが、おれに異議はないよ」

「あのお金持ちは王室の御猟林の払い下げの件で、公爵が若いグレシャムの邪魔をしていると考えています。彼女がそんなに多くの事業に精通しているとは思いもしませんでした。私が最初にこの件を申し入れたとき、まるで弁護士のようにそれを取り扱って、あなたが結婚を仕掛けたことなんかいっさい忘れているように見えました」

「おれも忘れることができたらいいのに」とサワビー氏。

「彼女は忘れていると本当に思います。あの求婚の件に触れたとき――少なくとも私はそうしなければと感じたから、あとで触れたことを後悔したのですが――、彼女はただ笑っただけでした。いつものとても大きな笑い声でね、それから用件に移ったのです。ですが、この件を詳しく知っていて、選挙費用の全部も彼女が融通した総額に加算することと、家賃なしであなたにあの家を残すことを明言しています。もしあなたが家のまわりの土地を手に入れたければ、借地人のように一エーカーいくらでお金を支払わなければなりません。彼女はまるで弁護士事務所で生涯を送ってきたかのように、こういうことに精通していました」

　読者はこのすばらしい妹ハロルド・スミス夫人が兄のためどんな最後の措置を取ったか、もうよくおわかりになるだろう。その日の内にサワビー氏がロンドンに急いで戻り、ミス・ダンスタブルの弁護士と連絡を取ったと知っても読者は驚くことはないだろう。

註

（1）退屈な人、愚鈍な人、文学・芸術に無理解な人の意。ボイオティアはギリシア中東部の地方。
（2）一八三二年の選挙法改正案を指す。
（3）収入に対して一ポンド当たりいくらというかたちで課された地方税。
（4）上半身が女で、鳥の翼と爪を持つ二、三匹の貪欲な怪物。「掠める女」の意で、おそらく風の精らしい。
（5）ローマの詩人ホラティウスの「頌歌」第三巻第二部に「悪党は前を走り、ネメシスは足が悪いけれど追跡をやめない」とある。

# 第三十八章　何らかの理由あるいは障害があるか？(1)

私はこれからバーセットシャーの別の田舎屋敷を訪問するつもりだ。今回の滞在は東部になる。そこはイギリスのほかのどの州とも同じく、選挙の話題が今はいちばん重要なのだ。小グレシャム氏――若いフランク・グレシャムと普通呼ばれている――はボクソル・ヒルというところに住んでいた。彼の妻が遺言によってこの地所を手に入れたあと、今そこを住まいにしていた。父がまだグレシャムズベリーでグレシャム家の当主の座に就いていたからだ。

ミス・ダンスタブルは現在ボクソル・ヒルのフランク・グレシャム夫人のところに滞在していた。この二人の女性はほかの人々同様ロンドンを離れたので、そこの商人らをひどく当惑させてしまった。このたびの議会の解散によって、地方のパブの主人を除いてすべての人が落胆し、とりわけロンドンの社交シーズンが台無しになってしまった。

ハロルド・スミス夫人はロンドンを発つ前、ミス・ダンスタブルを何とか捕まえることができた。それでもそれができたから、大いなる女相続人はすぐ弁護士らに会って、チャルディコウツの資産に設定された抵当についてどう行動すべきか指示した。ミス・ダンスタブルは自分のことや金銭上の関心事について、決まったことにちょっかいを出すことがめったに許されていないかのように話す癖があった。ところが、これは彼女が普段よくやる小さな冗談の一つだった。というのは、事実はミス・ダンスタブルくらい自分の関心事について完璧な知識、抱える問題について力強い声を持っている女性はいなかった。おそらく男性でもまれだったろう。彼女はいろいろな理由のせいで近ごろバーセットシャーを訪問することが多くなり、親密な友人をそこに見つけた。今もし可能ならバーセットシャーに土地を所有したいと思い、その線に沿って最近王室領地を購入する方向で若いグレシャム氏と合意した。とはいえ、その購入はグレシャム氏の名で始められたから、その名のままで継続されることになった。しかし、ご存知のように、結局公爵か、公爵でなければ、ハートルトップ侯爵がこの御猟林の未来の所有者になるだろうとの噂があった。けれども、ミス・ダンスタブルは達成できるものなら目的をあきらめるような人ではなかった。今チャルディコウツの資産に残るサワビーの取り分を、公爵の魔の手から救う力が自分にあるとわかって、いやな気はしなかった。なぜ公爵はよその資産について彼女あるいは彼女の友人に干渉したのか？　それゆえ、抵当が保証する公爵の請求分全額をすぐ支払う用意をするように手配した。しかし、ミス・ダンスタブルが提供するものに対する担保も有効でなければならなかった。

ボクソル・ヒルやグレシャムズベリーにいるミス・ダンスタブルは、ロンドンにいるミス・ダンスタブルとはまったく別人だった。この違いがグレシャム夫人をずいぶん当惑させた。この友人はロンドンで見せる機知や愉快に遊ぶ才能を田舎に持って来るのを忘れたというのではない。田舎の愛すべき女性が具えている真の善良さと誠実さをロンドンへ持って行かなかったというのがむしろ正しい。彼女は言わば二人の別人だった。女性が一年のある時期は別の時期より――あるいはある場所では別の場所よりずっと俗っぽく振る舞うというのがグレシャム夫人には理解できなかった。

「ああ、あなた、あれが終わって心底嬉しいわ」ミス・ダンスタブルはボクソル・ヒルに到着した最初の朝、応接間の机に腰掛けて言った。

「『あれ』って何です?」とグレシャム夫人。

「まあ、ロンドンと、霧と、夜更かしと、階段のてっぺんで四時間も突っ立って、来る人来る人からお辞儀をされることよ。あれは終わりました——少なくとも一年はね」

「あれは承知の上で好きなんでしょう」

「いいえ、メアリー。そこがわからないところなのです。好きなのか嫌いなのか自分でもわかりません。時々最愛の女性、ハロルド・スミス夫人の霊が私に降りて来て、私はあれが好きなのだと思う。けれど、別の霊が降りて来ると、あんなのは好きじゃないと思う」

「別の霊の持ち主って誰なんです?」

「まあ! もちろん、あなたもその一人よ。けれど、あなたは少し弱い霊ですから、ハロルド夫人のような怪力サムソン(2)と戦うことはできません。それにほら、あなたは最近ちょっと邪悪に染まってきています。ダイヴズのテーブルに座ってから、かなりロンドンが好きになっていますからね。あなたの伯父さん——先生こそ本物の、手に負えない、近づき難いラザロです。先生とのあいだには大きな淵があって、渡ろうと思ってもなかなか渡れないのです。誰かが年一万ポンドを遺したら、先生がどう振る舞うか見てみたいわ」

「確かにまれなほど立派な人ですね」

「ええ、そう。先生は現代のラザロです。ですから当然先生を称賛せずにはいられません。けれど、私は先生が試されるところを見てみたい。試されて一年もたたないうち、先生はきっとベルグレーヴ・スクエア(3)に一軒家を持って、ちょっとしたディナーで有名になっていることでしょう」

「でも、それでいいんじゃありません? 伯父さんに世捨て人なんかになってほしくないでしょう?」

「先生が結婚の運試しをしようとしていると聞きました。年一万ポンドでなくて、年千ポンドか二千ポンドで」

「どういうことです？」

「ジェーンによると、先生がスキャッチャード令夫人と結婚するという噂がグレシャムズベリーにあるそうです」スキャッチャード令夫人というのはその地域に住んでいる未亡人で、とても優れた女性だが、育ちのせいで最上の階級とは反りが合わなかった。

「何ですって！」グレシャム夫人はその噂に怒って、目を煌めかせ、椅子から立ちあがった。

「まあ、あなた、私を食べないでね。私がそうだとは言っていません。ジェーンがそう言ったと言っているだけです」

「じゃあ、あなた、ジェーンを追い出さなければ」

「けれど、あなた、これだけは確かです。ジェーンは誰かから聞かなかったら、私には言わなかったはずよ」

「それで、その噂を信じたんですか？」

「そういうことは言っていません」

「でも、それを信じていたように見えます」

「そう見える？　どんな表情をしているか見てみましょう」ミス・ダンスタブルは立ちあがると、暖炉の上の鏡のところに歩いて行った。「この確信に満ちた表情。けれど、メアリー、人の表情を信じてはいけないくらい、あなた、わかる歳になっているのではないの？　このごろは何も信じちゃ駄目よ。ですから、私はかわいそうなスキャッチャード令夫人の噂を信じません。先生をよく知っているから先生が結婚したがる男性ではないと確信しています」

「何て汚い、陳腐な、嘘に満ちた言い回しなんでしょう、この結婚したがる男性っていう表現！　ある男性は月に三回も四回も結婚する習慣があるように聞こえます」

「それでもしたがるかどうかが重要な点です。男性の場合、すぐわかりますから」

「女性でも同じじかしら？」

「それはまったく話が違うでしょう。未婚女性はみな必然的に結婚市場にいますから。けれど、もし彼女らが行儀正しく行動したら、外見上まるっきり結婚する気がないように見えます。グリゼルダ・グラントリーがそう。もちろん彼女は夫を手に入れる気満々でしたし、とても立派な夫を手に入れました。けれど、彼女はいつもまるでバターが自分の口のなかでは溶けないかのような表情をしていました。もし彼女を結婚したがる女性だと言ったら、まったく見当違いになったでしょう！」

「でも、もちろん彼女は結婚したがる女性でした」グレシャム夫人はかわいい若い女性が別のかわいい若い女性に対してしばしば見せるとげのある口調で言った。「でも、もしあなたが男性についてわかるように、女性についてもわかるとすれば、あなた自身についてもわかるはずです。さあ、あなたが結婚したがる女性かどうか知りたいわ？　私、まだあなたがどっちなのか決めかねていますから」

ミス・ダンスタブルはしばらく沈黙を続けた。まるでその問いを最初はある意味真剣になされた問いと見なす気になったかのようだった。しかし、結局笑い飛ばすことにした。「それで、私、思うのよ」と彼女は言った。「どれだけたくさん私が申し込みを断ったか、先日あなたに言ったばかりではないかと」

「ええ。でも、受け入れる気になる申し込みがあったかどうか聞いていません」

「その気にさせるような申し込みは一度もありませんでした。そう言えば、あなたのいとこのジョージ令息のことは忘れたことがありません」

「いとこじゃありません」

「でも、夫のいとこでしょう。男性の手紙を見せるなんて公正じゃありませんね。けれど、彼の手紙を見せたいくらいです」

「それでは、あなたは独身を通すことに決めたんですか？」

「そうは言っていません。けれど、なぜそんなふうに詰問するのです？」

「あなたのことをだいじに思っているからです。誰も信用できないと思うほど、あなたが近づいてくる男性の動機を恐れているのは残念ね。でも、あなたは結婚すればもっと幸せな、もっとすてきな女性になれると時々思います」

「例えば、ジョージ令息のような人と？」

「いいえ、令息のような人とではありません。いちばん悪い例を出してきたのね」

「あるいはサワビーさんと？」

「いいえ。サワビーさんとでもありません。おもにお金を求める人とあなたには結婚してほしくないんです」

「お金以外のものを私に求めるように男性に期待することってできるかしら？　あなた、私が置かれた状況の難しさがわかっていないのね？　もし私が年五百ポンドしかもっていなかったら、私に似た立派な中年の男性にきっと出会っていました。私自身をかなり好きになってくれて、そんな年収も相当好きになってくれる男性にね。真っ赤な嘘なんかつかないし、おそらくどんな小さな嘘もつかない男性よ。私も同じようにその男性が好きになって、二人でとてもうまくやっていくのです。けれど、本当に私利私欲のない男性から私が愛されることってあるかしら？　そういう男性はいったいどういうふうに求婚っていう仕事に取りかかってくれるかしら？　もしある羊に二つ頭があったら、二つ頭という事実がその羊を世間が見る最初で、唯一の見方ではない？　どうしてもこういう見方になってしまうのではないかしら？　私は二つ頭の羊なのです。私の父が積みあげた富は五月のにわか雨で育つ芝生のようにそれ以来増え続けて、私を奇形にしてしまった。私は八フィートの大女でもないし、手のひらに乗る小人でも――」

「二つ頭の羊でもない――」

「けれど、私は六百万ポンド――ある人たちはそれくらいあると信じています――もの大金を持つ未婚の女。こんな状態で、普通の一つ頭の羊みたいに芝生の分け前をもらう公平なチャンスってあるかしら？　私はぜんぜん美人ではないし、十五年前より今容色はもっと衰えているのです」

「不美人ということが結婚を妨げている理由ではないと思いますね。本気で自分を不美人だなんて言ってはいないでしょう。たとえ平凡な顔の女性でも、きれいな女性と同じように毎日結婚しているし、愛されてもいますから」

「そうなの？　じゃあ、もうこの話は終わりにしましょう。けれど、私の美しさでたくさん恋人ができるとは思っていません。そんな男性がいると聞いたら、ぜひ教えてください」

グレシャム夫人はそんな男性を一人――つまり彼女の伯父――を知っていると、ほとんど言ってしまいそうになった。しかし、先生が確実にそんな男性だとはっきり言えなかったし、そうだと感じる根拠があるとも自慢できなかった。確かにそう公言するだけの充分な根拠を持ち合わせていなかった。伯父はこの件について何の意向も示していなかったし、そういう結婚をほのめかされたとき、混乱し、困惑していた。しかし、それにもかかわらずグレシャム夫人は彼ら二人がお互いに愛し合って、独身でいるよりも結婚したほうが幸せになれると考えていた。しかし、とても大きな困難が立ちはだかっていた。というのは、先生はミス・ダンスタブルから金目当てだと思われることを極度に恐れていたからだ。それにミス・ダンスタブルのほうから先に先生に打診するように促すことはほぼ期待できそうもなかった。

「あなたにぴったり合うと考えられる男性は私の伯父しかいません」とグレシャム夫人は大胆に言った。

「何ですって、先生を哀れなスキャッチャード令夫人から奪うっていうの！」とミス・ダンスタブル。

「ええ、よろしいわ。もしあなたがそうやって伯父の名を冗談の種にしたいんなら、もうお手あげね」

「あら、まあ！　私に何を言わせたいのかしら？　私の冗談はまったく無邪気なものです。まるであなたって先生が十七歳の娘ででもあるかのようにやわなのね」

「先生のことじゃないんです。哀れなスキャッチャード令夫人をもの笑いにするのは恥ずかしいことよ。もし令夫人がこれを聞いたら、伯父に来てもらう喜びを残らずなくしてしまいます」

「スキャッチャード令夫人が先生といても安全になれるように、私は先生と結婚することにします」

「もう結構よ。お手あげね」グレシャム夫人はすでに椅子から立ちあがり、応接間のテーブルに運ばれていた花をせっせと生けることに集中した。こうして一、二分二人は黙っていた。そのあいだ夫人は結局自分もまた伯父のため大遺産相続人を捕まえようと画策していると見なされるかもしれないと思い始めた。

「怒っているのね」とミス・ダンスタブル。

「いいえ、怒ってなんかいません」

「あら、けれど、怒っています。人が腹を立てているのがわからないほど私が馬鹿だと思っているの？　もしあなたが平常心なら、あのゼラニウムの頭をちぎったりしなかったはずよ」

「スキャッチャード令夫人についての冗談は嫌いです」

「それで終わり、メアリー？　できるなら正直に話すようにしてね。あの主教の言ったことを覚えていますか？　真実は偉大なりよ」

「本当はあなたってロンドンで友人らに辛辣なことばかり言い、とげとげしいやり方に慣れすぎてしまって、そういうやり方でないと受け答えできなくなってしまったんです」

「できなくなったですって？　何てまあ、何て助言者なの、メアリー！　ロンドンで馬鹿騒ぎをしようとオックスフォードから上京したどんな若者でも、浪費や悪行のことで私みたいに説教されることはありません。ところで、ソーン先生とスキャッチャード令夫人に許しを請わなければ。もう辛辣な言い方はしません。それから――ええと、私がしなければならないことは何かしら？　先生と結婚することね、そうではなかった？」

「いいえ、あなたは先生の半分もまともじゃありません」

「それはわかっています。よくわかっている。私はとても辛辣ですが、とても謙虚よ。自尊心が強すぎるといって人から非難を受ける覚えはありません」

「人からの非難を考えるよりむしろ、自分に批判を向けるべきでしょう」

「あら、どういう意味です、メアリー？　私はいじめられたくも、からかわれたくも、当てつけを言われたくもありません。なぜなら、あなたのほうが心に何か思うところがあって、それをあえて言おうとしないからです。何か言いたいことがあるのなら、言ってください」

しかし、グレシャム夫人はこのときそれを言いたくなかった。夫人は口をつぐんだまま、花を生け続けた。今は前より満ち足りた気分になり、ゼラニウムに危害を加えたりしなかった。きちんと花をまとめたあと、花瓶を部屋のあっちに置いたり、こっちに置いたりして、色彩の効果を見た。まるで心は花に集中しており、しばらく花以外のものに関心がないかのようだった。

とはいえ、ミス・ダンスタブルはこれに我慢ができるような女性ではなかった。友人が部屋を行ったり来たりしているあいだ、彼女は黙って座っていたが、それから立ちあがった。「メアリー」と彼女は言った。「そのいやらしい緑の束をいじるのはやめて。花瓶はそこに置いてちょうだい。私を怒らせようとしているのね」

「私が？」とグレシャム夫人。夫人は大きな鉢に向かって立ち、そうすると手仕事の成果がよく見えるのか小首をかしげた。

「わかって私を怒らせようとしているのね。全部あなたにはっきり言う勇気がないせいよ。何の目的もなしにあなたがこんなふうに話を始めることなんかないはずです」

「私に勇気がない。その通りね」グレシャム夫人はそう言いつつ、花束の背景を作る小枝の一箇所をちょっとよじったり、別の箇所を挿し直したりした。「邪悪な動機があることをはっきり言う勇気が――私にはないんです。何か言おうと考えていたのに、怖くなって、それで言えなくなりました。さあ、もしよければ、十分で一緒に外出できるように準備します」

しかし、ミス・ダンスタブルはこんな先延ばしは嫌いだった。じつを言うと、グレシャム夫人は友人の扱いがはなはだ下手だったと言わなければならない。夫人はこの件について完全に沈黙を守るか――そのほうがおそらく賢明だった――、あるいは良心に照らして動機を確信し、考えをはっきり主張するかすべきだった。「私はこの部屋から動きませんよ」とミス・ダンスタブルは言った。「あなたが考えていることをはっきり言うまではね。あなたに邪悪な動機があるとしても、言ってもらわなければ、あなたが私にどの程度冗談を言い、どの程度辛辣なことを言っているかわかりません。けれど、私があなたに悪意を抱いているなんて思ってもらいたくありません。もしあなたが本当にそう思っているなら、あなたへの私の愛の裏切りです。

もしあなたがそう思っているとわかったら、あなたの家にとどまることはできません。どうして！　本当の友人と偽の友人の違いがわからないなんて、あなたにそれがわからないなんて、そんなことは信じられません！　ただ私をいじめようとしているのよ」それから、ミス・ダンスタブルは友人に代わって部屋を行ったり来たりした。

「でも、私はいじめてなんかいませんよ」グレシャム夫人はそう言うと、花を置き、友人の腰に腕を回した。「少なくともここ、私の家ではね、たとえあなたのほうが時々弱い者いじめをしてもです」

「メアリー、あなたはこの件に深入りしすぎて、もう後戻りできないのです。あなたが何を考えているか教えてください。私に関係することならあなたに正直に答えます」

グレシャム夫人はこの話を切り出さなければよかったと後悔し始めた。正式に提案しなくても、半分冗談めかしてほのめかすだけにしておけば、おそらく望ましい結果をもたらしたかもしれない。しかし、今求められたからには正式に何か言わなければならなかった。夫人は自分の願いを明らかにしたあと、友人の願いについても意見を述べなければならなかった。しかも第三者、ソーン先生の願いについては何も言えないままでだ。

「ええと」と夫人は言った。「私が何を言いたいかわかると思います」

「だいたいわかります」とミス・ダンスタブルが言った。「けれど、それでもはっきり言うことが必要です。あなたがただ考えをほのめかすだけで、まるっきり安全なところにとどまっているあいだ、私のほうはあなたの考えを忖度するしかないなんていやです。ほのめかしは嫌いです——まったくね。真実は偉大なりっていう主教の教えが好きよ」

「でも、はっきり言えません」とグレシャム夫人。

「まあ！　言えます」とミス・ダンスタブルは言った。「だから続けて。そうでなければずっと口をつぐんでいて」

「まさしくそのことなんです」とグレシャム夫人。

「そのことって何？」とミス・ダンスタブル。

「あなたがたった今読み終えた祈祷書の一節です。『聖なる結婚にあたって二人のあいだに一緒になれない理由や障害があるなら申告しなさい。これが最初の質問です』何か理由がありますか、ミス・ダンスタブル？」

「あなたにはありますか、グレシャム夫人？」

「ありません、名誉に誓って！」と若い夫人は胸に手を当てて言った。

「まあ！　けれど本当にないの？」ミス・ダンスタブルは相手の腕を捕まえて、ふいに勢いよく言った。

「はい、本当にありません。どんな障害がありますか？　何か障害があったら、この話を切り出してはいません。一緒になったら、あなた方二人ともとても幸せになれると言い切れます。もちろん、一つだけ障害があります。私たちみんなが知っている。それはあなたの問題です」

「どういうことです？　障害って？」

「あなたのお金よ」

「ふん！　あなたがフランク・グレシャムと結婚したとき、お金が障害になったかしら？」

「まあ！　それとこれとは問題が別です。全体を考えたら、彼は私より与えるものをたくさん持っていました。それに私にはお金がありませんでした、私たちが――最初に婚約したときは」夫人は恋の初めのころを思い出して、目に涙を浮かべた。その恋の話はバーセットシャー年代記のなかで語られており、今関心のある男女に読まれている。

「そうね。あなたは恋愛結婚でしたね。はっきり言えるのは、メアリー、しばしば思うのですが、あなたこそ私が耳にしたなかでいちばん幸せな女性ですね。あなたがお金なんか何一つ持たないうちに愛されていると確信して、与えるものを全部持てたというのは」

「ええ、愛を確信したうえでのことでした」夫人は若者が目の前に現れて、決然とした態度で全特権を要求したあの日のことを思い出して、甘い涙を目から拭った。夫人はそのとき女相続人ではなかった。「ええ、確信したうえでのことでした。でも、今あなたの場合、愛を確かめるため貧乏にはなれません。もしどんな男性も信じることができなければ――」

「信じられます。私は先生を信じられます。それについて先生に全幅の信頼を置けます。けれど、私が先生から好かれているとどうしてわかるのです?」

「伯父から好かれていることがわからないんですか?」

「いえ、わかっています。先生は同じようにスキャッチャード令夫人も好きなのです」

「ミス・ダンスタブル!」

「私でも、スキャッチャード令夫人でも、どちらでもおかしくないでしょう? 私たちは同類――同じ階級の出ですから」

「まるまる同じじゃないと思いますよ」

「いえ、同じ階級の出です。令夫人が神から置かれた場所にとどまって満足していられるのに、私は公爵や公爵夫人のあいだに何とか首を突っ込もうとしている。私が技巧で勝るのに、令夫人は生得の能力で私に勝るのです」

「馬鹿げたことを話しているとあなた自身わかっていますね」

「私たち二人ともそうして——そう、馬鹿げたことを話しています。十八歳の女学生が話し合っているのと同じね。けれど、救いはあります。ないかしら？　いつも分別あることを話さなければならないとしたら、窮屈ですから。さて、これでおしまい。それでは外に出ましょう」

このあとグレシャム夫人は検討中の計画にミス・ダンスタブルが積極的に加わってくれることを確信した。かなりの期間これまで計画については疑念があった。難しいのは伯父のほうだったから、これまで夫人はミス・ダンスタブルに求婚するように伯父を説得する前に、その求婚の成功を担保しておきたかったのだ。伯父はボクソル・ヒルに今夕来る予定であり、一日二日滞在することになっていた。結婚問題で何かするとするなら、今がそれをするときだ。とにかくそうグレシャム夫人は思った。

先生はやって来て、割り当てられた期間ボクソル・ヒルに滞在した。しかし、先生が立ち去ったとき、グレシャム夫人は納得していなかった。実際先生はいつものようにこの滞在を楽しんでいないように見えた。先生とミス・ダンスタブルのあいだに過去しばらくあったあの楽しい、親しい交際は今ほとんどなかった。ご両人が刃を交えることはなかった。ミス・ダンスタブルのロンドンの派手な振る舞いに対して先生がののしることもなく、先生の田舎の習慣に対してミス・ダンスタブルがからかうこともなかった。二人は互いにすこぶる礼儀正しく振る舞い、グレシャム夫人の思うところ、あまりに礼儀正しすぎた。夫人の見る限り、先生は滞在期間中一度に五分もミス・ダンスタブルと二人だけになることがなかった。グレシャム夫人は思った——どうしよう、もしいとも親密な、永続的な友情でこの二人を結びつける代わりに、仲違いをさせてしまったら、どうしよう！

それでも、いったん勝負を始めたら、最後までやり遂げなければならないと、夫人はまだ思っていた。いい結果を生むようにことを運ぶことができなければ、やったことはむしろ裏目に出るに違いない、そんな思いもあった。事実、もし何とかうまくことを運ぶことができなければ、ミス・ダンスタブルに思考や感情を明確にするように求めるとき、はっきり傷を負わせることになるだろう。夫人はすでにロンドンで伯父にこの縁談のことを打ち明けていたが、伯父はその計画に賛成するとも、反対するとも言わなかった。それゆえ、夫人はこの三日間ずっと伯父が——少なくとも夫人に対しては——何らかの意向を示してくれることを、この件に関して伯父がどう思っているかはっきり教えてくれることを願っていた。しかし、出発の朝が来ても、伯父は何も言わなかった。

伯父がミス・ダンスタブルと別れを済ませて、グレシャム夫人と握手を交わしたあと、夫人は滞在の最後の五分間に「伯父さん」と話しかけた。「ロンドンで私が話したことを考えてくれましたか?」

「うん、メアリー。もちろん考えたよ。いったん男がそんな考えを頭のなかに入れると、考えずにはいられなくなるものだからね」

「あら、それでどうなりました? 話してください。そんなに固く構えないで、伯父さんらしくないから」

「言いたいことはほとんどないのだ」

「伯父さんがその気になったらかなうと、それは確かなこととして言えます」

「メアリー! メアリー!」

「伯父さんを厄介なことに巻き込むことはないと、もし確信できなかったら、こんなことは言い出しませんん」

「そんな願いを持つなんて馬鹿だね、おまえ。老人を愚行に誘おうとするなんて馬鹿だよ」

「結婚があなた方二人を今より幸せにするとわかっているなら、馬鹿なことじゃありません」

伯父はそれ以上何も答えないで、いつものように身をかがめてグレシャム夫人に口づけさせてから、立ち去った。取り残された夫人は無駄に水を掻き回して濁らせてしまった、そんなみじめな思いを味わった。ミス・ダンスタブルからどう思われるだろうか？　しかし、その日の午後、ミス・ダンスタブルはこれまでと変わらず幸せそうに、平静にしているように見えた。

**註**

（1）「祈祷書」の結婚の秘跡の部分に婚姻によって法的に結ばれてはならぬ何らかの理由あるいは障害があればただちに告白せよと述べる箇所がある。

（2）「ルカによる福音書」第十六章第十九節から第三十一節。毎日ぜいたくに遊び暮らしていた金持ちの名はウルガタ訳聖書にダイヴズとして出ている。ラザロという貧乏人とダイヴズが死んだとき、死後火炎のなかで苦しむダイヴズにアブラハムは言う。「あなたは生前よいものを受け、ラザロのほうは悪いものを受けた。しかし今ここでは彼は慰められ、あなたは苦しみもだえている。そればかりか、私たちとあなた方とのあいだには大きな淵が置いてあって、こちらからあなた方のほうへ渡ろうと思ってもできないし、そちらから私たちのほうへ来ることもできない」

（3）ハイドパーク・コーナー近くスローン・ストリートとグローヴナー・プレイスのあいだの広場。

# 第三十九章　ラブレターの書き方

　ソーン先生はボクソル・ヒルを発つ前、姪と少し話し合ったとき、自分のことを老人と呼んだ。しかし、先生はまだたっぷり五年ほど六十歳に満たず、たいていの五十五歳の男性よりずっと若く見えた。先生を見た人は先生にそんなチャンスがあるとわかったら、結婚しない理由はないと言うだろう。提案された花嫁の年齢を見れば、その点で不都合なところはなかった。

　しかし、先生は姪の提案を考えてみることさえ恥ずかしいと感じていた。先生はその日ボクソル・ヒルで馬にまたがると――というのは、彼は馬の背に乗って州を巡回していたから――、提案された結婚よりむしろそれを考える自分の愚かさのほうを思いつつ、ゆっくりグレシャムズベリーへ向かった。この年齢になって平坦な道をこんな考えで掻き乱されるほど自分は愚か者なのか？　もちろん、先生はミス・ダンスタブルのような妻について莫大な富のことを考えずにいることはできなかった。先生は世間からお金に無関心な人だと言われるように生きることを一生の誇りとしてきた。医者の仕事をすべてだと、食べるパンであり、呼吸する空気だと心得ていた。もしこんな結婚をしたら、いったいどんなふうにこの仕事を続けていったらいいのか？　彼女からロンドンに一緒に行ってほしいと言われるだろう。そこで彼女のかかとにくっついて歩き回り、ただロンドン一の金持女性の夫としてのみ世間に知れ渡る、そうなればいったい自分はどうなってしまうのか？　その種の生活はまるっきり合わないだろう。それでも、馬でうちへ向かうとき、結婚という考えを胸中から払いのけることができなかった。先生はそれについて考え続けたから、それに囚われている自分を責めた。うちに着いてからその夜決心しよう、そう自分に言い聞かせた。提案を取りさげてくれるように請う手紙を姪に書こう。そこまで決論にたどりついたあと、万一ミス・ダンスタブルと夫婦になった場合、自分がどんな人生行路をたどったらふさわしいか考え続けた。

その日到着してから先生が会わなければならない二人の女性がいた。グレシャムズベリーを留守にするときを除いて、普通毎日会う女性たちだった。一人目はこの土地で最初に考えられる人――郷士の妻で、とても古くからソーン先生の患者であるレディー・アラベラ・グレシャムだった。先生は午後いちばんに彼女を訪ねて、もし郷士から毎回誘われるディナーの招待を断ることができたら、急いで自宅で食事を済ませ、もう一人スキャッチャード令夫人のところへ行くのが常だった。少なくとも夏はそうした。

「なあ、先生、ボクソル・ヒルで二人は元気にやっているかな?」郷士は玄関先の砂利の上で先生を待ち伏せしていてそう聞いた。郷士はこういう夏の数か月は暇つぶしをおもな仕事にした。

「とても元気にしているようです」

「フランクがどうしているかさっぱりわからない。あの子はもうここが嫌いになったんじゃないかと思うくらいだ。きっと選挙で忙しいんだろ」

「ええ、ええ、もうじきここに来ると伝えるように彼から言われました。もちろん対抗馬がいないから、面倒はないのです」

「幸せなやつだ、あの子はね、先生? 全部を後ろにではなく前に持っているからね。いちばん幸せな若者だな。いちばんね。ええと、メアリーの予定日は――」この話題ついてはとても重要な言葉がいくつか話された。

「ちょっとレディー・アラベラのところへ行ってきます」と先生。

「家内は格別気難しくなっている。さっきまで一緒だったよ」

「特に問題はないと思いますが？」

「うん、ないと思う。つまり、あなたが扱うような問題はね。ただ格別不機嫌なだけで、それでいつもわしに当たる。今日はもちろんディナーを食べて行ってくれるだろ？」

「今日は駄目なのですよ、郷士」

「馬鹿な。食べて行ってください。わしはあなたを当てにしていた。今日はあなたに来てもらいたい特別な理由があるんだ――とても特別な理由がね」しかし、郷士はいつも特別な理由があると言った。

「申し訳ありません。しかし、今日は無理なのです。座って真剣に書かなくてはならない手紙がありますから。令夫人を診たあとでまた会いましょう」

郷士は夜の退屈しのぎの見込みがなくなって、返事もせずにすねて立ち去った。先生は二階の患者のところへあがった。

レディー・アラベラは病気とは言えなかったが、いつも患者だった。彼女が寝床に就いていたとか、毎日決まった量の薬を飲んでいたとか、退屈な生活に時々紛れ込んで来る平凡な楽しみに加わることを禁じられていたとか、そんなふうに考えてはならない。とはいえ、病弱で、医者を抱えているという考えが彼女の気に入っていた。運よく手近に置いた医者から症状が完全に理解されていたから、大きな害はなかった。

「メアリーに会えないのでとてもいらいらします」レディー・アラベラは病状に関するいつもの最初の質問に答えたあと、すぐそう言った。

「あの子は元気で、まもなくこちらに伺いますよ」

「今は動いてもらいたくありません。何の支障もないときはこちらに来ることを考えないで、今旅をするなんて、もしものことがあったら――」そこでレディー・アラベラはじつに重々しくかぶりを振った。「お腹の子がいかに重要か考えてみてくださいね、先生」と彼女は言った。「とほうもなく大きな危険が考えられることを忘れないでください」

「危険が二倍あっても、あの子に害なんかありませんよ」

「馬鹿なことをおっしゃって、先生、まるで私が何も知らないような言い方をしないでください。彼女がこの春ロンドンへ行くのに私、ずいぶん反対しました。けれど、私の言うことはもちろん却下されました。いつだってそう。グレシャムさんはわざわざ彼女をロンドンへ行かせるため、ボクソル・ヒルへ出かけたことがわかっています。けれど、郷士は本当は何も心配していません。もちろんフランクのことは好きなのです。けれど、郷士は決して今より先のことを見ようとしません。あなたもよくご存知の通り、そんなことはしたことがないのです、先生」

「旅はあの子の体にとてもよかったのです」ソーン先生は郷士の罪状の話から話題を変えようとしてそう言った。

「私が妊娠していたころ、旅が体にいいなんて考えられませんでした、そうしっかり覚えています。けれど、おそらくそのころからまったく変わってしまったのでしょうね」

「ええ、変わりました」と先生は言った。「近ごろそんなうるさいことは言いません」

「静かにしていることがだいじとされていた時代に、旅のような娯楽を求めることはなかったと思います。フランクが生まれる前――いえ、子供がみな生まれる前のことを思い出します。けれど、あなたがおっしゃるように、当時は今とは違っていました。メアリーが思う通りにやろうと決めた人であることはすんなり受け入れられます」

「しかし、レディー・アラベラ、もしフランクがちょっと小指でもあげたら、あの子は動きたいとは思わないで、うちにとどまっているでしょう」

「私だっていつもそう。もしグレシャムさんからちょっとでもほのめかされたら、言われた通りにしていました。けれど、そんなふうに盲目的に服従しても、お返しにえられるものは何もないとわかるのです。先生、今年ももちろん私はロンドンに一、二週間行きたいのです。サー・オミクロンに会ったほうがいいとあなたもおっしゃいましたから」

「異議はありませんと言いました」

「ええ、そう、その通り。グレシャムさんは私がそれを望んでいるのを知っているのですから、自分のほうからそれを言い出してくれてもいいと思います。お金について文句を言われる筋合いはもうありません」

「しかし、メアリーがあなたとオーガスタを特に招待したと聞いています」

「ええ、メアリーはとてもいい人よ。私を招待したのです。けれど、彼女がロンドンの部屋を全部必要としていることとくらいわきまえています。彼女にとって家が広すぎるなんてことはないのです。詳しく言うと、私の義姉、伯爵夫人は私と一緒にいたいととても望んでいます。けれど、人はできれば独立独歩でいたいものです。二週間くらいはグレシャムさんが何とかしてくれてもいいと思うのに。夫がすこぶる貧乏とわかったとき、私が夫を困らせたことなんかありません。神のみぞご存知ですが、お金がなかったのは私のせいではありません」

「郷士はロンドンが嫌いなのです。暖かい季節に二週間もあそこにいたら死んでしまいますよ」

「ロンドンへ行ってみてはどうかくらい、夫はお愛想にでも言ってくれたらいいのに。私が行かない可能性だって十中八九考えられますからね。私を苦しめるのはそういう冷淡さなのです。夫はついさっきまでここにいました。信じられます？」

　しかし、先生は今日はこれ以上不平を聞くまいと決めた。「あなたをうちに残して、よそへ遊びに行くことを郷士が考えたら、あなたはどう思いますか、レディー・アラベラ？　いいですか、グレシャムさんより悪い夫はたくさんいますよ」レディー・アラベラもよく理解していたように、これはみな彼女の兄ド・コーシー伯爵への当てつけだった。先生は彼女を黙らせるためよくこの論法を使った。

「それでも、誓って言いますが、汚い犬の世話をする以外に何もしないでここら辺をぶらつかれるより、よそへ遊びに行ってくれるほうがまだましです。夫にはもう気力が残っていないのではないかと、時々思うことがあります」

「それは違っていますね、レディー・アラベラ」先生は帽子を手に取って立ちあがると、これ以上議論することなくこの場を逃れた。うちへ帰るとき、結婚生活のこんな面はあまり望ましいものではないと思わずにいられなかった。グレシャム氏と妻は世間から仲のいい夫婦と思われていた。夫婦はいつも同じ家で暮らし、外に出かけるときも一緒、家族の信者席でそれぞれの隅にいつも座った。途方もない新奇な幸福を夢見て、サー・クレスウェル・クレスウェル[1]の世話になることなんか夢にも思わなかった。いくつかの点で——例えばグレシャムズベリーの一族の館で続けられる家庭生活では——二人は手本となるような夫婦と見られたかもしれない。しかし、先生が見る限り、夫婦はお互いの幸せを増やし合っているようには見えなかった。二人は愛し合っており、もし一方が真の危険に陥ったら、その危険は他方も不幸に陥れることは疑いなかった。しかし、一方がいなければ、他方が居心地悪くなるものかどうかたぶん疑問だった。

　先生はいつものように五時に夕食を取り、七時には古くからの友人であるスキャッチャード令夫人のところへ行った。スキャッチャード令夫人は洗練された女性とは言えなかった。幼いころは労働者の娘として育ち、それから労働者と結婚した。しかし、前に触れた年代記のなかで語られているように、夫が功成り名を遂げたため、その未亡人は今スキャッチャード令夫人となり、かわいい田舎家とたくさんの寡婦資産を所有していた。彼女はあらゆる点でレディー・アラベラ・グレシャムとは正反対の人だった。それでも、先生の庇護のもと、ある程度レディー・アラベラとも知り合いになっていた。ソーン先生は未亡人の結婚生活も垣間見ていたので、その生活の思い出がグレシャムズベリーに今ある生活よりも魅力的なものかどうか比較することができた。

ソーン先生は二人の女性のうち謙虚な友人のほうを段違いに好み、医者としてではなく隣人として彼女を訪ねた。

「ねえ、奥さん――」と先生は庭園の広いベンチで彼女のそばに座って言った。世間の人はみなスキャッチャード令夫人をそう呼んだ。「この夏の長い日があなたの体に応えているのではありませんか？　あなたの薔薇は大きなお屋敷で見るどんな薔薇より二倍はきれいですが」

「長いというんももっともです、先生。確かに長いです」

「でも、日の長さだけではないでしょう。ねえ、あなたに不平を言わせようとしているわけではありませんが、何か憂鬱なのじゃありませんか？　言わないでください。私は信じませんから」

「まあ、憂鬱ですって！　憂鬱かどうかわかりません。憂鬱だなんて言ったら罰が当たります。こんなに慰めになるもんがたくさんあるっていうんに」

「本当に罰が当たると思いますよ」先生は厳しく言うのではなく、柔らかい親しみのある口調でそう言い、優しく彼女の手を握った。

「憂鬱だなんて言うつもりはありません。むしろすべてんことに感謝しています。少なくともいつも感謝するように努力しています。ですが、先生、とても寂しいんです」

「寂しいって！　私ほどではないでしょう」

「いえ、いえ、先生は違います。どこへでも行けるから。ですが、孤独な女に何ができますか？　ええかね、先生、前掛けをつけてつるはしを手に持ったロジャーが帰って来てくれるんなら、私はみんななくしてもええんです。夜うちに帰って来るときん夫ん顔を、どれほどはっきり覚えていることか！」

「それじゃあかなりつらい思いをしてきたのですね、え、あなた。しかし、今手に入れているものに感謝するのが先でしょう」

「感謝しています。前にもそう言いませんでした？」と彼女はいくぶん不機嫌に言った。「ですが、寂しい生活なんですよ、こん独りぼっちん生活はね。私はハナが羨ましいって言うんです。ハナには台所で隣に座ってくれるジェマイマがいるから。時々私ん隣にもハナに座ってほしいけれど、座ってくれません」

「うん！　しかし、ハナに頼んじゃいけません。身を落とすことになるから」

「落とすとか、守るとか、どうでもええんじゃありません？　夫がおらんようになったら、どっちでも変わらんから。夫が生きていれば、先生が言うように、身を落さんよう気をつけるかもしれません。ねえ、先生、私はまもなく夫んあとを追います。そうしたら何も気にせんでええようになる」

「私たちはみな遅かれ早かれあとを追うのです。それが定めです」

「ええ、先生、その通り。オリエル牧師ん突飛な説教によると、人ん命はただん一スパン(2)ん長さだそうです。ですが、先生、夫婦になって牧師ん言うそん一スパンを一緒にすごせんというんはつらいことです。ですが、私もほかん人んように、我慢せんといけんと思います。先生、まだ帰らんでええよね。ここで一緒にティーをいただきましょう。ハナがオールダニー種③から搾ったクリームはまだ味わっておらんでしょう。さあ、先生」

しかし、先生は手紙を書かなければならなかったので、ハナのクリームを味わう誘惑に負ける気はなかった。前に郷士を怒らせたように、スキャッチャード令夫人も怒らせて、帰路についた。道すがらレディー・アラベラとスキャッチャード令夫人では、どちらのみじめさが道理に合わないか考えた。前者は適度の願いなら応えてくれる、生きている夫にいつも不平を言っており、後者は亡くなった夫——傲慢で厳しく、時として残酷で、不当だった夫——に囁きかける日々をすごしていた。

先生は手紙を書かなければならなかったが、まだどう書くか決めていなかった。実際、これまで誰に向けて書くかさえ決めていなかった。問題を見つめてみると、手紙は姪のグレシャム夫人から受け取っていた。しかし、向う見ずに振る舞ってみるつもりなら、手紙を書く相手は直接ミス・ダンスタブルだろう。

先生はまっすぐ帰り道をたどるのではなく、かなり回り道をして、狭い小道を通り、花を満載した生け垣を通り抜けながら考えた。彼女から結婚を望まれていると言われた。そういうとき自分のことだけ考えていていいのか？　お金に無関心でいられるというあの誇りについては、本当に力強い、男らしい感情だったのか？　それとも多くの同系の感情と同じように、恥じ入るほかない偽りの誇りだったのか？　この問題で正しく行動するなら、なぜ他人の思惑を気にする必要があろうか？　哀れなスキャッチャード令夫人を見て、もう一人の近い隣人、いたように、孤独な人生はつらすぎた。それでも、スキャッチャード令夫人が言って友人の郷士を見ると、先生を結婚生活へ促すようなものはほとんど見当たらなかった。先生は後ろ手に手を組み、深く考えつつ小道を抜け、ゆっくりうちへ帰った。

家に着いたとき、先生はまだはっきりした方針に傾いていなかった。家の応接間に一人で座ってお茶を飲むより、スキャッチャード令夫人と飲んだほうがまだよかった。というのは、先生はペンも紙も持たないまま、言わばいやなことを先延ばしにして、ティーカップを手にじつにぐずぐず時間をすごしたからだ。一つだけ決めていた。手紙は寝る前までには書こうと。

十一時近くになるまでお茶は終わらなかった。それから先生は下の階に降りて、薬の貯蔵庫の奥にある、書き物をするときによく使う散らかった小さな部屋に入った。ここでようやく仕事に取りかかったが、この瞬間もまだ迷っていた。しかし、ミス・ダンスタブルに手紙を書いて、どうなるか見ることにした。それは送らないことにほぼ決めていたから、せめて書いてみよう、そう胸中言い聞かせた。書くだけなら、害になるものでもない。それで、先生は次のように書いた。

グレシャムズベリーにて、一八五―年六月

親愛なるミス・ダンスタブル

ここまで書くと、先生は椅子に寄りかかって、紙を眺めた。今言いたい言葉をいったいどう見つけたらいいのか？　人生でこんな手紙に類するものを書いたことがなかったので、予想もしない困難に自分が圧倒されそうになっているのがわかった。この新しい困難に直面したまま、紙を眺め続け、さらに三十分を費やした。飾り気のない、明瞭な言葉を選ぼうと、何度も自分に言い聞かせた。とはいえ、飾り気のない、明瞭な言葉を使うのは必ずしも易しいことではない。哀調や感情の激発や感嘆符が入った多音節の言葉を駆使し、竹馬に乗って行進するほどそれは易しいことではない。とはいえ、先生は手紙をついに書いて、結果そのなかに感嘆符を一つも用いなかった。

親愛なるミス・ダンスタブル

今からする申し出をあなたから好意的に見てもらえると、私の判断でなく他人の判断によって信じさせられなかったら、私がこの手紙をあなたに書くことはありませんでした。そう告白するのが正しいと思います。そんな他人の判断がなかったら、お金にかかわるあなたと私の大きな距離のせいで、この申し出が嘘と金目当ての様相を帯びたことと思います。私がそれを恐れていることも認めます。今厚かましくもお願いしたいのは、私がそんな過ちを犯していないとあなたから無罪を言い渡してもらうことです。

この手紙をある程度読めば、私の言いたいことがおわかりになると思います。私たちは長いつき合いではありませんが、互いに相手を親しく知っています。私があなたと一緒にいて楽しいと思うように、あなたも私と一緒にいて楽しいと思っていると時々空想していました。私の勘違いなら、ただそう言ってください。そうしたら、この手紙はなかったかのように、私たちの友情が続くように努めます。しかし、もし私の考えが正しくて、私たちは独身でいるよりも一緒になったほうが幸せになれると思えたら、誠意を持ってあなたに誓いの言葉を与え、婚約して、世間の重圧があなたの肩に軽くなるように、この老いぼれにできることをしたいと思います。年齢を考えると、自分が老いぼれの馬鹿だとしか思えません。しかし、あなたももう若くありませんから、相身互いと考えるように努めます。私がお世辞なんか言ってないことはおわかりでしょう。私からお世辞を期待しても無駄です。

この三倍の分量を書いたとしても、私がこの手紙の真実に何もつけ加えることはないと思います。必要なのはあなたに私の本心を知ってもらうことです。私が誠実で、嘘を言っていないとあなたに信じてもらえなければ、私が書いていることをあなたに信じさせることはできません。

あなたに神の恵みがありますように。長く宙ぶらりんのまま返事を待たされることはないと信じています。
愛情を込めて、あなたの友人である
トマス・ソーン

手紙を書き終えたとき、彼女のお金の問題について何かつけ加えるほうがいいか、先生はさらに三十分考え込んだ。莫大な財産について彼女の好きなように使っていいと伝えることは――追伸で言えるかもしれない――どうだろうか？　先生には少なくとも彼女に返済しなければならない借金などなかったし、自分でしたいことをするだけの充分な収入があったからだ。しかし、一時ごろこの問題には触れないほうがいいとの結論に達した。もし彼女から好かれ、信頼できる価値ある人と認められるなら、そんな記述を省略しても、彼女が来るのを思いとどまらせることはないだろう。もし元々そんな信頼がなければ、そんな保証をしたからといって信頼は作り出せないだろう。それで先生は手紙を二回読むと、封をし、寝台用のろうそくと一緒に持って、寝室に入った。今手紙を書いたからには、それを出すのが定めのように思えた。書いたらどう見えるか試すため書いたとはいえ、今や書いてみると、送るのが当然のように思えた。それで、彼はそばの化粧台に手紙を置いて、寝床に就いた。早朝――手紙の重要性が眠りを妨げたと思われるほど早い時間に――使者に特別手紙を持たせてボクソル・ヒルへ送った。

「返事を待ちますか？」と少年。

「いや」と先生は言った。「手紙を置いて帰って来なさい」

夏のボクソル・ヒルの朝食の時間はそれほど早くなかった。フランク・グレシャムは朝のお祈りの前に農場を回り、妻は酪農場でバターを調べた。いずれにしても夫婦は十時ごろまで顔を合わさなかった。そのため、グレシャムズベリーからボクソル・ヒルまで馬で二時間ほどだったが、ミス・ダンスタブルは下へ降りる前に自室で手紙を受け取った。

彼女はメイドと一緒に部屋にいて、着替え中だったから、黙って手紙を読んだ。しかし、手紙が普通以上に重要なものと彼女のアビガイル(4)に察知されるような素振りはいっさい見せなかった。読み終えると、穏やかに便箋を折りたたみ、封筒にしまい、テーブルの上に置いた。メイドにグレシャム夫人がまだ自室にいるか見て来るように頼んだのは、それからたっぷり十五分たったあとだった。「朝食前に五分ほど彼女と二人きりで会いたいのよ」とミス・ダンスタブル。

「この裏切り者！　嘘つきの、卑劣な裏切り者！」これが友人と二人きりになったとき、ミス・ダンスタブルが最初に発した言葉だった。

「まあ、どうしたんです？」

「あなたにこんな悪戯心があって、こんな熱心なつまらぬ縁組作りの願望があったなんて、思ってもみませんでした。ほら、ここを見て。最初の四行を読んで。それ以上は読まないでね。あとは内緒の話ですから。あなたの伯父さんが手紙のなかで言っている他人の判断って誰の判断です？」

「ねえ、ミス・ダンスタブル、全部読んでみなければわかりません」

「そんなことはしなくていいのよ。おそらくあなたはこれをラブレターと思っているでしょう。けれど、実際には愛情についてこのなかで一言も触れられていません」

「伯父が結婚を申し込んだのね。とても嬉しい。あなたが伯父が好きなのはわかっていましたから」

「先生は私をお婆さんと言っている。私をたぶん老いぼれの馬鹿だと遠まわしに言っています」

「きっとそんなことは言っていません」

「ああ！　でもそう言っています。お婆さんのほうは本当のことですから、本当のことについて不平は言いません。けれど後半のほうはとても本当のこととは思えません――彼の言っている意味ではね」

「愛する、最愛のあなた、今はそんなふうにちゃかさないで。率直に話してよ。冗談は抜きにしてね」

「先生がこんなに盲目的に信頼する他人の判断って誰の判断です？　教えてちょうだい」

「私のです。もちろん私の判断です。ほかに誰もそういうことを伯父に話せる人はいません。もちろん私が伯父に話しました」

「あなたは彼に何て言ったの？」

「私が言ったのは――」

「白状しなさい。真実を教えて。いい、彼に何かを教える権利なんかあなたにはなかったとはっきり言っておきます。私たちのあいだで交わされた話は内緒の話でしょう。けれど、あなたが彼に言ったことを先に教えてちょうだい」

「結婚を申し込めば、あなたは受けると伯父に言いました」グレシャム夫人はそう言うと、ミス・ダンスタブルが本当のところ、からかっているのか、不愉快に思っているのかわからないので、怪訝そうに友人の顔を覗き込んだ。もし不愉快に思っているとしたら、伯父は何という思い違いをさせられたことか！

「事実としてそう彼に言ったの？」

「私はそう思っていると言いました」

「それなら私は彼を受け入れなければならないのね」ミス・ダンスタブルは絶望したような身振りをして、手紙を床に落とした。

「愛する、愛する、最愛のあなた！」グレシャム夫人はそう言うと、わっと泣き出して、友人の首に飛びついた。

「私にかまわずせっせと忠実な姪でいなさい！」とミス・ダンスタブル言った。「もう放して、着替えを終えなきゃ」

その日の午後、グレシャムズベリーに手紙が送られたが、次のような返事だった。

親愛なるソーン先生

今もこれからもあらゆる点であなたを信頼します。あなたが言われる通りにします。メアリーがあなたに手紙を書くと思いますが、彼女の言うことは一言も信じないでください。というのは、彼女はこの件でけしからぬ振る舞いをしたので、私は二度と彼女の言うことを信じません。

愛情を込めて、心からあなたのものである
マーサ・ダンスタブル

「結局私はイギリスでいちばんの金持ちと結婚することになるのか」ソーン先生はその日羊肉の切り身の前に座って独り言を言った。

註

（1）第二十章註八参照。
（2）約九インチ。
（3）イギリス海峡にある英領チャンネル諸島の一つオールダニー島原産の乳牛。

（4）「サムエル記上」第二十五章第一節から第四十二節に出てくるダビデに食料をもたらし、のちに妻となった女性。ここではメイドを指す。

# 第四十章　しのぎを削る

禄付牧師の妻がダンベロー卿の花嫁となる娘を連れて家に帰って来たとき、プラムステッド・エピスコパイには勝利の高揚感があったことは想像できるだろう。ハートルトップ侯爵の跡取りは当時財産面で傑出する若い独身貴族で、気難しい人、ハンサムな人、気取った人として有名だった。そんな人の妻として選ばれたというのは教区牧師の娘にとってたいした玉の輿だった。この幸せな娘の母がラフトン卿夫人に、言わば強い誇りをベールに包んで、どんなふうに事実を伝えたかすでに私たちは見てきた。幸せな娘があたかも恵まれた栄誉を無視するかのように謙虚に服の荷造りに専念して、大幸運にいかに従順に対処したかも私たちは見てきた。

それでもやはり、プラムステッド・エピスコパイには勝利感があった。母は帰宅したとき、人生最大の目標を完璧に達成したと感じ始めた。ロンドンにいるあいだ、母はまだ満足感にほとんど気づかない状態で、それどころかむしろ中味を味わわないうちにコップが唇から奪われるかもしれないとの疑念にとらわれていた。ハートルトップ侯爵の息子といえども親の権威に屈服するかもしれない。グリゼルダと貴族の宝冠のあいだに障害が生じるかもしれない。ところが、その種のことは何一つ起こらなかった。大執事は侯爵と小部屋で密談し、グラントリー夫人は侯爵夫人と小部屋で密談した。侯爵家の両親とも息子が申し出た結婚に満足していなかったものの、妨害しようとはしなかった。ダンベロー卿は意思を貫ける人だった――そうグラントリー夫妻は二人して得意に思った。かわいそうなグリゼルダ！　主人が横柄な意思の人、この事実があまり得意になれることではないことを彼女が知る日がやがて来るだろう。しかし、すでに述べたように家族がロンドンで喜びを味わう時間はなかった。やり遂げなければならない仕事自体が神経を使ったからだ。ロンドンで栄光にふけっていたら、命取りになっていたかもしれない。とはいえ、今プラムステッドに戻って安全になったら、壮麗な姿を見せて現れた現実に直面した。

　グラントリー夫人は娘を一人しか持っていなかったので、その娘の人格を形成することと、この世にきちんと居場所を見つけてやること、それを母の人生の主目標とした。プラムステッドの家中の者はグリゼルダの美しさを意識していた。この娘は分別、品行、物腰の点で非の打ち所がなかった。しかし、グリズィは兄たちほど賢くないと父は時々母にほのめかした。「あなたのおっしゃることには同意できません」とグラントリー夫人は答えた。「そのうえ、あなたのおっしゃる賢さは娘にはまったく不要なものです。娘は申し分ない淑女であり、これはあなたも否定できないでしょう」大執事はこれを否定したいとはさらさら思わなかった。彼が賢さと呼ぶものは若い女性には不要だと今では喜んで認めようとした。

　一家が栄光に包まれていたこの時期、大執事は少し遠慮がちになって、この高貴な娘と大らかにつき合うことができなかった。大執事を評価できる点をあげれば、バーチェスター周辺をあちこち堂々たる足取りで誇らしい勝利の行進をしようとしなかったことだ。大執事は娘に口づけし、祝福し、夫を愛し、よき妻となるように命じた。しかし、娘が侯爵夫人という地位を確保して見事に義務をはたしたのを見るとき、父のそんな指図は場違いで、通俗的と思われた。副牧師[1]、あるいは駆け出しの法廷弁護士とこれから結婚する娘に対してなら、神が喜んで召命した生活の場所で義務をはたすように忠告することは必要であるかもしれない。しかし、未来の侯爵夫人に父がそんな指図をするのはほとんど無礼であるように思われた。

「これまでの娘の振る舞い方を見れば」とグラントリー夫人は言った。「娘のことであなたが心配なさる必要はないと思います」

「あの子はいい子だが」と大執事は言った。「大きな誘惑に身を曝そうとしている」

「あの子はどんな立場にも適応できる芯の強さを具えています」とグラントリー夫人はひどくうぬぼれて答えた。

しかし、それにもかかわらず、大執事でさえこの結婚が知られるようになると、バーチェスター構内を前よりいくぶん誇らしい足取りで歩いた。彼は父の晩年のころ構内でいちばんの実力者だった。聖堂参事会長は年をとって虚弱になり、グラントリー博士が主教の権限を代行して振るった。しかし、そのころから状況が変わってしまった。新主教が赴任して、徹底的に彼と対立した。新しい参事会長も登場した。この会長は彼の友人であるだけでなく、妻の義弟だ。しかし、この登場でさえ大執事の権威を弱めることになった。聖歌助手は以前のように彼の言葉に耳を傾けることはなくなった。準参事会員はバーチェスターの聖職者仲間の会合で会ったとき、前ほど媚びた笑みを彼に返さなくなった。しかし、今は昔の絶対的権力が甦ってきたように思えた。多くの人々にとって、大執事は侯爵の義父となったから、どんな主教とも対等だった。大執事は参事会長以外の人に新しい姻戚関係のことをあまり話さなかったが、この事実をかなり意識し、頭のまわりに反映されて輝く栄光もまた意識していた。

しかし、グラントリー夫人は堂々たる喝采のなか、はてしない行進をしていたと言っていいかもしれない。夫人がダンベロー卿と侯爵夫人のことを友人や隣人に絶えず話していたというふうに考えてはならない。夫人はすこぶる賢かったので、そんな馬鹿な真似はしなかった。新しい姻戚関係がいったん公表されたあと、夫人はハートルトップという名を家庭内以外でほとんど口にすることがなくなった。夫人は自分でも驚くほどのたやすさで権勢ある女性の態度と気品を装うことができた。田舎のジェントリー階級の人に愛想よくするのが仕事でもあるかのように、朝の社交訪問の仕事をこなした。邪気のない貫禄で参事会長の妻である妹を驚かせ、プラウディ夫人にへりくだった態度を見せて奥方の心をひどくめいらせた。「やがて彼女と対等になる」とプラウディ夫人は独り言を言った。奥方はダンベロー卿とグリゼルダの知らせを知ってから、ハートルトップ家に関する様々な汚点を知ろうと努めてきた。

グリゼルダ当人はほとんど行進しないで、まるで東洋の神のように御輿に担がれて運ばれた。母の愛撫を受け取り、母から褒め言葉を聞き、ほほ笑みを返す一方、明らかに勝利を内に秘めた。誰にもあまりこの縁談のことを話さなかった。未来のダンベローの家政を一緒に議論することを拒否したため、家に古くからいる家政婦を大いにむかつかせた。叔母のアラビン夫人から将来の抱負について率直に話すように強く言われたが、完璧に感情を隠し通した。「ええ、そうよ、叔母様、もちろんです」「考えてみますね、エレナー叔母様」あるいは「ダンベロー卿が望めば、もちろんそうします」アラビン夫人は六回も不毛な努力を試みたあと、姪からこれ以上の言葉を引き出すことができず、結局この件をあきらめてしまった。

しかし、それから服装――花嫁衣装――の問題が生じた！　皮肉な人はよく仕立屋が人を作ると言う。私なら婦人帽製造業者が花嫁を作ると主張したい。娘時代と人妻時代と――女性の人生に見られるこの二つの時代の明瞭な境界線となる――花嫁時代。婦人帽製造業者がこの花嫁時代の女性を作るのに大いに力を振るう。もし花嫁衣装がなかったら、女性は花嫁なんかにならないかもしれない。花嫁衣装がないまま結婚した娘は、境界線のないまま人妻の状態に入ってしまうように見える。結婚のため華やかな衣装に最初に身を包む開花の瞬間、彼女は花嫁になり、これらのいちばん華やかな衣装をしまい込み始める別の瞬間、人妻になるのだ。

この衣装の問題が持ちあがったとき、グリゼルダはそれに強い関心を示した。彼女は落ち着いて、ゆっくり、ほとんど厳粛に花嫁衣装作りに取り組んで、その仕事を辛抱強くやらなければ、自分が道をはずれてでもいるかのように考えた。彼女は発想の大きさと理論的深さによって母に畏怖の念を抱かせた。彼女が地位の究極の印であり、指標であるもの、花嫁の真髄、言わば幕屋の外側のベール、すなわちウエディングドレスの大きな組み立てをどうするかとの問題にすぐ飛びついたと考えてはいけない。大詩人が叙事詩の重要な転換点に必須のあの霊感に向かって徐々に心の準備をするように、彼女も神聖な場所にゆっくり近づいた。そして大臣らをまわりに従えて座り、やがてあの重要な衣装の生地、大きさ、デザイン、色、構造、装飾を議論するのだ。いや、ドレスの問題に到達する前にやっておかなければならないことがたくさんあった。すでに述べた大詩人がまず詩神を呼び出し、それから小さな出来事を徐々に舞台に載せるように、そのようにミス・グラントリーは聖なる熱意を込めて母に援助を頼み、それから目に見える豪華な花嫁衣装の基礎にする全下着のリストを準備したのだ。

お金のあるなしは問わず。この言葉の意味はよく知られており、お金がなくてもすばらしい輝きが手に入ること、としばしば解釈されている。しかし、今回の場合お金は意に介されなかった。少なくとも万が一の場合に費やされるくらいの大金が、宝石類とは別に、女性用の衣装に使われた。大執事はすぐダイヤモンドやその類の問題は――ダンベロー卿かハートルトップ側が喜んで選定に加わらない限り――自分が引き受けると言い切った。グラントリー夫人もその決意に異存はなかった。彼女は無分別な女性ではなかったから、宝石商の危険な誘惑に置かれるとき、あやふやな信用の責任を取らされることをひどく恐れた。しかし、シルクやサテンについて――フランス製ボンネット、綿モスリン、ビロード、帽子、乗馬服、造花、金箔の頭飾り、へんてこな網、ほうろうの留め金、金の垂れ飾り、機械式ペチコートについて――靴、手袋、コルセット、ストッキング、リンネル、フランネル、キャラコについても——今入念にいろいろ取りあげてみたが、お金は意に介されなかった。こういう状況のなか、グリゼルダ・グラントリーはいくら褒めても褒めきれない一貫した勤勉と忍耐で仕事をこなした。

「姪が幸せになることを願っています」とアラビン夫人は姉に言った。二人が参事会長邸の応接間で一緒に座っていたときのことだ。

「ええ、ええ、あの子は幸せになると思います。幸せにならないはずがありません」と母。

「ええ、きっと幸せになります。でも、グリゼルダは世間的な目から見て今よりはるかに上の地位に昇るから、心配せずにいられません」

「貧乏な人と結婚する以上に心配なのです」とグラントリー夫人は言った。「グリゼルダは高い地位にふさわしい娘だといつも思っていました。生まれつき高い地位、上流階級に昇る運命だったのです。あの子は少しものぼせていないのがわかります。生得の権利ででもあるかのようにすべてを受け入れている。あなたの言いたいことがそういうことなら、あの子の気が変になる危険はないと思います」

「姪の心構えのほうを考えていました」とアラビン夫人。

「愛してもいないのにダンベロー卿を受け入れるようなことはなかったと思いますが」とグラントリー夫人はかなり早口で話した。

「私が言いたいのはそのことではなくてよ、スーザン。愛していなければ、もちろん彼を受け入れることはなかったでしょう。でも、高い地位のお偉方のあいだで心を新鮮に保ち続けるのはじつにたいへんなことです。高い地位を生得のものとして享受している人よりも、そこに生まれついていない娘が保ち続けるのはもっと難しいのです」

「新鮮な心というのがよくわかりません」とグラントリー夫人は不機嫌に言った。「あの子が義務をはたし、夫を愛し、神から正しく置かれた場所を占めるなら、それ以上のものを求める必要はないと思います。若い娘が世に最初の一歩を踏み出そうとするとき、怖がらせるような話はいやですよ」

「いえいえ。あの子を怖がらせるつもりはありません。グリゼルダを怖がらせるほうが難しいと思いますね」

「そうならいいのですが。大きな問題は女の義務についてきちんとした考えを持つようにあの子を育てられたかどうかという点です。もちろん、これを自慢するつもりはありません。あの子があんな子なのは、当然私に責任があります。けれど、この機をとらえてあの子に変化を願う必要はないと思うのです」それで、姉妹のこの話はおしまいになった。

この娘の運命に大いに驚いたが、ほとんど何も話そうとしなかった親戚の一人に祖父のハーディング氏がいた。(2)彼は気取りのない、素朴な、老いた聖職者で、高い地位にも就いていない聖堂参事会のただの音楽監督だった。彼は娘のグラントリー夫人から愛されており、婿である大執事から少なくともいつも配慮と敬意——変わらぬ最高の尊敬とまでは言えないが——を持って遇された。とはいえ、プラムステッドの若い人々からたいして敬愛されていなかった。彼は老いて率直だったうえ、ほかの親戚たちより貧しくて、バーセットシャーの人々の輪のなかで堂々と振る舞うこともなかったからだ。彼は近ごろ参事会長邸を安らぎの場としていた。実際には市内に間借りしていたのに、徐々にそこから離れるようになっていた。彼には参事会長邸に寝室があり、参事会長の図書室に肘掛け椅子があり、参事会長夫人の応接間のソファーに席もあった。それゆえ、この来るべき結婚に口出しする理由なんか少しもなかった。しかし、それでも彼は孫娘にお祝いの言葉を一言言う——おそらく忠告の言葉を一言言う——のを義務と感じた。

「ああ、グリズィ」と彼は孫娘に言った。彼はいつもこの孫をグリズィと呼んだが、その愛称は若い娘からあまりありがたがられなかった。「ここに来て、口づけしておくれ。大きな昇進のお祝いをおまえに言わせておくれ。私は心からそうするよ」

「ありがとう、おじいちゃん」孫娘はそう言うと、額に口づけ——言わばかなり控え目に口づけ——した。今では彼女の唇は尊いものになっていたから、聖堂の老いぼれ馬よりも高貴な人の額のため取っておかれなければならなかった。というのは、ハーディング氏はまだ聖堂聖歌隊のあのよく知られた机に立って、日曜ごとに絶えず連祷を歌っていたからだ。グリゼルダはハートルトップ家の者がこの連祷を聞いたら、快く思わないだろうと思った。参事会長とか大執事なら地位として申し分ないかもしれない。もし祖父が本当の音楽監督なら、まだ我慢できたかもしれない。しかし、祖父はこの年齢で卑しい仕事をする聖堂の牧師の一人だったから、ほとんど家族の恥だと孫娘は思っていた。それゆえ彼女は控えめに口づけし、口数も少なくしようと決めていた。

「たいそうな貴婦人になるよ、グリズィ」とハーディング氏。

「うん！」と孫娘。

そんなふうに言われて彼女は何と答えたらよかったのか？

「おまえが幸せになることを願うよ——そしてほかの人たちを幸せにしてあげなさい」

「そうするようにします」と孫娘。

「でもね、いつも後者のほうをだいじにするようにね、おまえ。おまえのまわりの人たちの幸せをまず考えなさい。自分の幸せは考えなくてもついて来るものです。おまえにはそれがわかっているね？」

「ええ、ちゃんとわかっています」と孫娘。話しているあいだ、グリゼルダはハーディング氏から手を握られたままだったが、しぶしぶ手をそこに残していたから、祖父から無作法にその手を引っ込めようとするように見えた。

「それにグリズィ――私は金持ちの伯爵夫人が幸せになるのは、乳搾りの女が幸せになるのと難しさは変わらないと信じている――」

グリゼルダはちょっと頭をそらせる仕草――これは二つの思考作用によって生み出されたものだった――をした。一つは祖父が階級を取り違えたという思いで、彼女は金持ちの侯爵夫人になるのだった。もう一つは彼女の運命を乳搾りの女のそれに喩えた老人への怒りだった。

「難しさは変わらないと信じている」と祖父は続けた。「人は違うと言うけれど。でもね、伯爵夫人の場合も、乳搾り女の場合も、幸せの問題はその女性自身に懸かっている。伯爵夫人であること――それだけでおまえは幸せにはなれない」

「ダンベロー卿は現在ただの子爵です」とグリゼルダは言った。「家族に伯爵の爵位はありません」

「ああ！　それは知らなかった」ハーディング氏はそう言うと、孫娘の手を離した。あとはそれ以上忠告して彼女を悩ませることはしなかった。

プラウディ夫人と主教はグラントリー夫人がロンドンから帰って来てからプラムステッドを訪問し、プラムステッドの女性らももちろんお返しの訪問をした。グラントリー家とプラウディ家が互いに憎しみ合っていたのは当然だ。彼らは本質的に教会人であり、教会の全問題にかかわる考え方で対立していた。双方とも主教区の支配権を巡って戦うことを強いられ、双方とも雅量と快活の余裕を見せられるほど相手を征服したことがなかった。双方とも相手を憎んでいたから、一時は主教と聖職者のあいだにきわめて必要な儀礼的挨拶さえこの憎悪のせいでしっかり交わされなかったほどだ。しかし、この憎悪は克服されて、両家の女性は互いに訪問し合う関係を保っていた。

しかし、今この縁談の報を聞いたとき、プラウディ夫人は怒りを爆発させた。グラントリー家があの新主教区創設法案の件で大きな失望を舐めたから、奥方はそれを知ってしばらく溜飲をさげていた。かわいそうなグラントリー夫人！　奥方はそう話すことができた。「夫人はね、いい、この件でひどく悲しんでいます。こんな不幸が繰り返し起こったら堪えられないでしょ」奥方はとてもよく似合う自己満足の素振りでそう言った。しかし、今その自己満足に終止符が打たれた。オリヴィア・プラウディはベスナル・グリーン地区(3)教会の男やもめ――三人の子持ちで、教会の信者指定席使用料に頼って生活している説教師――を夫として受け入れたばかりだった。それなのにグリゼルダ・グラントリーはハートルトップ侯爵家の長男と婚約したのだ！　女が敵を許すように命じられるとしても、これほどの虐待が許す範囲に含まれているはずがない。

とはいえ、プラウディ夫人が勇気をくじかれることはなかった。奥方について自慢できるものと言ったら、勇気をくじくものなんか何一つないという点だった。バーチェスターへ戻った直後、奥方とオリヴィアは――オリヴィアはかなりしぶしぶだった――プラムステッドへ馬車で出かけて、グラントリー家が不在だったため、名刺を残した。しばらくしてグラントリー夫人とグリゼルダがお返しの訪問をした。プラウディ家の女性がミス・グラントリーに会うのは、彼女の婚約の事実が知られてから初めてのことだった。

最初に交わされたひとしきりの挨拶は、生垣の茂み咲いた薔薇の群れに喩えられるかもしれない。薔薇の群れは見た目に美しい反面、あまりにもぎっしりトゲに囲まれているので、大きな危険を犯さなければ花は摘めないのだ。挨拶が生垣にちょっかいを出さない限り――つまり花を集め、楽しみのため手元に置こうという試みがなされない限り――薔薇が悪戯をすることはなかった。しかし、そんな目的を持って差し出された最初の指は血の跡を残してすぐ引っ込められた。

「もちろんグリゼルダにとってたいそうな縁談です」とグラントリー夫人は囁き声で言った。その声ははなはだおとなしかったから、プラウディ夫人のようにしっかり武器を握っていなかったら、どんな敵からも武器を取りあげていただろう。「けれど、それとは無関係に、この縁談は多くの点で満足させてくれるものです」

「ええ、おそらく」とプラウディ夫人。

「ダンベロー卿はどこまでも自分の思い通りになさる方ですから」とグラントリー夫人は続けた。その囁き声には意図せず勝利の口調がかすかに混ざっていた。

「私が聞いているところから判断すると、この先も卿の性格は変わらないようですね」プラウディ夫人はそう言って、引っかかれた手をすぐ引っ込めた。

「もちろんあの一家の――」とプラウディ夫人は穏やかにお祝いの言葉を続けたとき、自分の言葉が若い人たちから聞かれないようにグラントリー夫人の耳元で囁いた。

「そんなことは、聞いたことがありません」グラントリー夫人は緊張して言った。「そんなこと、信じられません」

「私が間違っているのかもしれません。間違っていればいいと思います。しかしながら、若い男性って所詮若い男性でしょ。それに子は親に似るって言いますから。これからずいぶんオムニアム公爵と相談することになりそうですね」

しかし、グラントリー夫人は抵抗もしないで倒されたり、踏みつけにされたりする女性ではなかった。薔薇の茂みのなかで傷を受けたにせよ、まだ戦闘不能に陥っていなかった。夫人はじつに穏やかにオムニアム公爵のことに触れて、たんにバーセットシャーの一地主として話した。それからいちばん甘い笑みを浮かべると、まもなくティクラー氏と知り合いになれるかもしれないと喜びを表して、オリヴィア・プラウディに上品に小さなお辞儀をした。さてそのティクラー氏というのはベスナル・グリーン地区教会の立派な牧師だった。

「彼は八月にこちらにやって来ます」とオリヴィア。自分の恋愛を恥じ入るまいと大胆に決意していた。

「あなたはそのころまでにヨーロッパ大陸で主役を演じていますね」とプラウディ夫人はグリゼルダに話しかけた。「ダンベロー卿はホンブルクやエムス(4)やその種の場所では有名人ですから。あなたもくつろげますよ」

「私たちはローマへ行きます」とグリゼルダは堂々と言った。

「ティクラーさんはまもなくこの主教区に来られると思います」とグラントリー夫人は言った。「彼の友人の一人スロープさんから、すこぶる好意的に彼が紹介されたのを覚えています」

　グラントリー夫人が盾を捨て、剣を構え、死闘を宣告し、助命することも、助命されることもないときが来たと今断固たる決意を固めたとしか、このような発言は理解しえない。プラウディ夫人はスロープ氏のことを言われると雄牛が赤い布に反応するように反応した。とはいえ、プラウディ夫人の未来の婿が友人としてスロープ氏の名と結びつけられたとき、奥方に与えた効果たるやすさまじいものがあったのは確かだ。ここにはまだそれ以上の含みがあった。というのは、まさにそのスロープ氏がかつてミス・オリヴィア・プラウディに対して無礼な――若い女性自身にとっては無礼とは見なされなかった――望みを抱いたことがあったからだ。グラントリー夫人はこういう事情を知っていて、あえてスロープの名を出したのだ。

　プラウディ夫人は黒い怒りで顔を曇らせた。社交上の洗練された笑みが消え、生来の気質、激昂しやすい気質に場所を譲った。

「あなたがお話になっている男性はね、グラントリーさん」と奥方は言った。「ティクラーさんからは友人として見られていません」

「あら、そうですか」とグラントリー夫人は言った。「勘違いかしら。でも、確かにスロープさんが彼について話すのを聞いたことがあると思いますが」

「スロープさんがあなたの妹を追いかけ回してね、グラントリーさん、その妹からも実際励ましを受けていたころは、あなたのほうがおそらく私よりも彼に会っていたんでしょ」

「プラウディさん、それは事実ではありません」

「大執事はそう思っていたし、それを不愉快に思っていたと推測するだけの根拠が私にはあるんです」しかし、これは不幸なことにグラントリー夫人が否定できない事実だった。

「大執事はスロープさんを誤解していたかもしれません」とグラントリー夫人は言った。「バーチェスターのほかの人たちと同じようにね。でも、彼をここに連れて来た責任は、プラウディさん、あなたにあったと思いますが」

グラントリー夫人は交戦中昔の恋愛に触れたことで、かわいそうなオリヴィアに致命傷を負わせたかもしれない。しかし、夫人は寛大さを具えていなかったわけではない。激戦のさなかにさえ若く傷つきやすい人に手心を加える方法を知っていた。

「私がここにやって来たとき、グラントリーさん、大聖堂の構内でこんなに強い悪意が見つかるなんて夢にも思っていませんでした」とプラウディ夫人。

「では、愛するオリヴィアのため、かわいそうなティクラーさんをどうかバーチェスターに来させないでください」

「グラントリーさん、ティクラーさんは確かな道徳と高度な宗教的思考法をお持ちの方です。娘の将来については、みんなが私と同じくらい安心してくださったらいいと思います」

「ええ、彼が家庭人として取り柄があることは知っています」とグラントリー夫人は立ちあがって言った。

「ごきげんよう、プラウディさん。さようなら、オリヴィア」

「自分の思い通りにする人より家庭人のほうがずっとよろしいでしょ」しかし、この一撃はただ空を切っただけだ。というのは、オリヴィアが玄関の用意をするように使用人にベルを鳴らしているあいだ、グラントリー夫人はすでに階段から逃げてしまった。

グラントリー夫人は馬車に乗り込んだとき、戦いのことを思い浮かべて少し笑みを浮かべた。腰を降ろしたとき、娘の手を優しく握った。しかし、プラウディ夫人は敵が立ち去ったあとも、アケロン(5)のように暗い顔をして、憤慨の口調で娘を仕事に駆り立てた。「あなたの立場でそんな怠惰な習慣に陥ったら、ティクラーさんが不平を言う立派な理由になるでしょ」とプラウディ夫人。それゆえ、私は公正に見てこの戦いではグラントリー夫人が勝利を収めたと思う。

**註**

（1）『祈祷書』の教理問答に出る文言。

（2）音楽監督というのは通常は聖堂参事会長に次ぐ地位だが、バーチェスターでは連祷を先唱する役目という古い意味で使われている。

（3）ロンドン東部タワー・ハムレッツの一部。

（4）ヨーロッパ大陸でギャンブル場のある行楽地。ホンブルクはドイツ西部のザールラント州――フランスのロレーヌ地方に国境を接する——町。エムスはドイツ西部ラインラント・プファルツ州の町で、別称バート・エムス。

（5）冥界（Hades）を流れる川。

# 第四十一章　ドン・キホーテ

ルーシーがラフトン卿夫人と対話した日、聖堂参事会長はフラムリー牧師館で夕食を食べた。参事会長とマークは後者がこの主教区に来て以来の仲で、特に参事会に席をえたから、今ではとても親密になっていた。参事会長は哀れなクローリー氏の子供がホグルストックから運び出された仕方に惚れ込んで、フラムリー牧師館の人々みなに心を開きたいと思った。それでも、帰宅しなければならなかったので、夕食のあと三十分しかとどまることができなかった。とはいえ、その三十分で参事会長はクローリー氏について多くのことを語り、ロバーツがよきサマリア人[1]の役を演じたことを称えた。それから次第に、フラムリーの牧師を逮捕するつもりか、資産を差し押さえるつもりかわからないが、市の執行吏が令状を手にしたとの知らせがバーチェスターを出る前、彼の、参事会長の耳に入ったと話した。

参事会長はロバーツに防御を固めるように会長みずから助言してほしいと願う善意の人からこの知らせを受け取っていた。しかし、会長は同僚の牧師にこんな話をする任務をとても不快に感じたため、出発五分前になるまでこれを切り出すことができなかった。

「無礼な干渉だなんて思わないでください」と参事会長は詫びた。

「いいえ」とマークは言った。「そんなふうには思いません」彼はひどく落ち込んでいたため、どう言っていいかわからなかった。

「こういう問題について私はよくわかりませんが」と参事会長は言った。「もし私なら、弁護士のところへ行きますね。捕えられるような恐ろしい、不快な事態は避けられるかもしれません」

「厄介なことですね」とマークは弁明したくて言った。「この人たちはこんな要求をしてくるけれど、ぼくはお金か、お金に相当するものを一シリングも受け取っていません」

「それなのにあなたの名が手形にあるのですか！」と参事会長。

「はい、ぼくの名が確かに手形にあります。しかし、それは友人に親切を施すためでした」

参事会長は助言を終えるとそれから馬で帰って行った。ロバーツ氏のような立場にある牧師がいったいどうして友情にほだされて、期日までに返済する能力のない融通手形に名を書き込むようなことになったのか、理解できなかった。

その夜、牧師館の夫婦はみじめだった。マークはこれらの手形についてひょっとすると敵意ある措置なんか取られないのではないかとこれまで楽観視していた。何か予期せぬ偶然が起こって救われるかもしれないと、あるいは手形を手に入れた人たちが分割払いに応じてくれるかもしれないと。しかし、今いやなことが一挙に訪れて来た。もう妻に何の秘密もなかった。弁護士のところへ行くべきなのか？ それならどの弁護士に？ 弁護士を見つけたとき、何と言ったらいいのか？ ロバーツ夫人はかつてラフトン卿夫人にすべてを打ち明けるべきだと勧めた。しかし、マークはそうする気になれなかった。「それはまるで」と彼は言った。「夫人に金を貸してくれとせがんでいるようじゃないか」

翌朝マークは馬でバーチェスターに入った。とはいえ、旅の途中で捕えられるのではないかとひどく恐れた。それから弁護士に会った。彼の留守中牧師館に二つの来訪があった——一つはじつに粗暴な様子の男の訪問で、使用人の手に怪しげな文書を残して行った。それはディナーへの招待状ではなく、地域の判事からの召喚状らしかった。もう一つはラフトン卿夫人直々の訪問だった。

ロバーツ夫人はその日フラムリー・コートへ行くことに決めた。いつもの習慣に従うなら、ラフトン卿夫人がロンドンから帰って来たら、一、二時間以内にそこに駆けつけたものだ。ところが、二人の関係は今これまでとは違っていた。いかにこれまでと違いはないと心に定めても、このルーシーの問題がどうしても違いを生じさせた。事実、ルーシーが最初にラフトン卿と親しい間柄になり始めて以来、フラムリー・コートとの深く緊密な関係は日に日に薄れていることにロバーツ夫人は気づいていた。それ以来彼女は前ほどフラムリー・コートに行かなくなっていたし、留守中のラフトン卿夫人から前ほど頻繁に便りを受け取らなくなっていた。教区のあらゆる事柄も前ほど無条件に任されることはなくなっていた。ロバーツ夫人はこれに腹を立てることはなかった。こういうことになるに違いないとある程度覚悟していたからだ。悲しい気持ちになったけれど、何ができようか？　ルーシーをも、ラフトン卿夫人をも非難することができなかった。確かにラフトン卿を咎めたとはいえ、夫以外に誰も聞いていないところで咎めた。

しかし、ロバーツ夫人はコートへ出かけて、卿夫人の非難の矢面に立とうと意を決した矢先、卿夫人の訪問によって足止めされた。この恐ろしいルーシーの恋愛問題――卿夫人と会ったときもう口をつぐむことができない問題――さえなければ、楽しい会話の、少なくとも不快ではない会話の話題が二十もあった。それでも、ロバーツ夫人の良心に重くのしかかって、重みで押しつぶそうとするあの恐ろしい手形の問題があった。ラフトン卿夫人が応接間の窓に近づいて来たとき、ロバーツ夫人は手に判事のあの不吉な召喚状を握っていた。夫の厳命は無視して、すっかり打ち明けてしまったほうがいいのではないか？　そのほうがいいかもしれない。ただし、一つ問題があって、夫人は夫の願いに反したことをこれまで一度もしたことがなかった。それで、夫人はその紙を机のなかに隠して、問題をまだ考慮の余地のあるものとした。

当然のこととして愛情に満ちた抱擁で会話は始まった。「愛するファニー」、「愛するラフトン卿夫人」という言葉がこれまで通り温かく交わされた。それからまず子供について質問があり、次に学校の話があった。一、二分間ロバーツ夫人はルーシーのことについて何も触れられないかもしれないと思った。ラフトン卿夫人が黙っていてほしいのなら、とにかく夫人のほうからこの話を切り出すつもりはなかった。

それから、ポッジェンズ夫人の赤ん坊のことを一言二言話した。そのあとラフトン卿夫人はファニーが一人なのかと尋ねた。

「はい」とロバーツ夫人は答えた。「マークはバーチェスターへ行っています」

「できればすぐ彼に会えるといいのですが。おそらく彼は明日来てくれますね。明日二人でディナーに来てくれませんか?」

「明日は無理だと思います、ラフトン卿夫人。でも、マークはきっとお伺いします」

「ディナーには来てくれてもいいのじゃない? 私たちのあいだに何の変わりもないようにしたいのよ、え、ファニー?」ラフトン卿夫人がそう言いつつ顔を覗き込んできたので、ロバーツ夫人はほとんど立ちあがって古くからの友の首に抱きつきそうになった。ラフトン卿夫人から与えられるような変わらぬ愛を与えてくれる友がどこにいようか? 卿夫人より親切な、立派な、誠実な人がどこにいようか?

「変わりなんて! いいえ、そんなものはありません、ラフトン卿夫人」夫人がそう言ったとき、目に涙があった。

「あら、けれど、今までのようにあなたが私のところに来てくれなかったら、変わってしまったと思うでしょう。私の帰郷の日には当然のことのようにあなたは私のところに来て、一緒にディナーをいただいていましたから」

これに対してファニー、哀れな女は何と答えたらよかったのか？

「昨日はかわいそうなクローリー夫人のことでみんなばたばたしていました。聖堂参事会長がここに立ち寄って夕食をなさいました。参事会長は友人に会うためホグルストックへ行っていたのです」

「クローリー夫人の病気のことは聞きました。私も行って、どうしたらいいか見てくるつもりです。あなたは行ってはだめよ、ファニー、聞いています？　あなたには小さな子供がいるから！　行ったら許しませんよ」

それからロバーツ夫人はルーシーがそこへ行って、四人の子をどうやってフラムリーに連れ帰ったか、ルーシーが今クローリー夫人を看護するためホグルストックに泊まっていることを説明した。その話をするとき、彼女は強い言葉でルーシーを褒めたかったが、今このとき義妹の名や性格がラフトン卿夫人に特別な意味を持つことを考えて、それを控えた。それでも、これを語るとき、ルーシーの優しい美点にこだわらずにはいられなかった。今このときルーシーの美点を高く称揚するのはラフトン卿夫人にけちをつけることになる反面、何も評価しないのはルーシーに対して不公平だろう。

「ミス・ロバーツは今本当にクローリー夫人のところにいるのですか？」とラフトン卿夫人。

「はい。マークは昨日の午後そこに残して帰りました」

「それで四人の子はみんなこの家にいるのね？」

「正確に言うとこの家にはいません――つまり、今のところはまだ。馬車置場に隔離病棟のようなものをこしらえたのです」

「何、スタッブズはどこに住んでいるの？」

「はい。スタッブズと奥さんはうちに来ています。医者が伝染の危険がなくなったと言うまで子供はそこに置くことにしています。私もまだ小さなお客さんたちに会っていません」ロバーツ夫人は少し笑ってそう言った。

「何とまあ！」とラフトン卿夫人が言った。「本当にてきぱきやりましたね。それでミス・ロバーツはあちらにいるのね！　どうにかしてやらないと、クローリーさんは子供のことで困っていると思っていました」

「ええ、困っていました。でも、子供は誘拐したのです——つまり、ルーシーとマークが。参事会長がそういう説明をしてくれました。ルーシーが子供を二人ずつ連れ出して、ポニーの馬車に詰め込んで、マークが道に立って叫ぶクローリーさんを尻目に全速力で馬車を走らせた。参事会長はそのとき現場にいてそれをみな目撃したそうです」

「あなたのあのミス・ルーシーは何か思い込むと、じつに断固とした娘のように見えますね」ラフトン卿夫人はそう言うと、今初めて腰を降ろした。

「ええ、そうなのです」ロバーツ夫人は熱の入った活き活きとした口調をやめてそう言った。なぜなら、恐れていた議論が今近づいていたからだ。

「じつに断固とした娘です」とラフトン卿夫人は続けた。「ねえファニー、もちろんルードヴィックとあなたの妹のことは全部知っているでしょう？」

「はい、妹が話してくれました」

「とても不幸なことです——とても」

「ルーシーに悪いところがあるとは思いません」とロバーツ夫人。そう話すとき、すでに血が頬にのぼっていた。

「誰も彼女のことを非難していないのに、あなた、そんなに気をもんでかばおうとしないで。そんなことをすると、あなたの底が浅く見えますよ」

「でも、ルーシーに限って浅い根拠からかばっているのではありません。妹に落度はないとはっきり感じています」

「誰かの擁護に回らなければならないと思うとき、ファニー、あなたがどれほど頑固になれるか知っています。ドン・キホーテだってあなたの義侠心には負けますね。けれど、敵を目で確認したり、敵の声を聞いたりする前に、槍と盾を手にするのはやりすぎじゃありません？　けれど、それはあなたのいつものドン・キホーテ流のやり方よね」

「ひょっとしたら敵の待ち伏せがあるかもしれませんから」とロバーツ夫人は胸中つぶやいた。夫人はそれを口に出す勇気がなかったから、沈黙を守った。

「私のただ一つの望みはね」とラフトン卿夫人は続けた。「私が見ていないとき、あなたが私のため今と同じように勇敢に戦ってくれることです」

「でも、卿夫人、あなたは哀れなルーシーみたいに疑惑の雲の下に置かれたことはないのじゃありませんか？」

「そうかしら？　けれど、ファニー、あなたが必ずしも雲のすべてを見ているわけじゃありませんからね。太陽はいつも輝いているとは限りません。土砂降りの雨と強い風が私のいちばんきれいな花々に吹きつける――彼女、哀れな娘の花々にもね。ねえファニー、あなたの空の輝きが雲で長く覆われることがなければいいと願っています。私が知る多くの人々のなかで、あなたこそいちばん穏やかに続く陽の輝きがお似合いですから」

そのときロバーツ夫人は立ちあがって、友を抱きしめ、そうして顔に流れる涙を隠した。続く陽の輝きなんて！　ひどい豪雨になりそうな黒点がすでに地平線に集まっていた。ラフトン卿夫人の腕の下、今机のなかにあるあの恐ろしい召喚状からどんな結果が生じるかしら？

「けれど、老いたカラスのようにカーカー鳴くためここに来たのではありません」とラフトン卿夫人はこの抱擁を終えたとき続けた。「私たちはみな悲しみを抱えています。けれど、これだけは確信している――義務を誠実にはたすように努めるなら、きっとみなが慰めをえられ、喜びもえられるとね。さて、あなた、この不幸な問題についてしばらくお話しましょう。お互いに口をつぐんでいるのは不自然でしょう？」

「そうですね」とロバーツ夫人。

「相手の考えていることについて私たちは実際よりもいつも悪く想像しがちですからね。さて、しばらく前にあなたの妹とルードヴィックについて私が話をしたとき――おそらく覚えていると思います――」

「はい、覚えています」

「二人には実際何の危険もないと、そのころ私たちは双方とも思っていました。本当のことを言うと、息子の愛情がどこか別のところにつながれていると想像し、希望していました。けれど、私はそのとき、そう想像した点、そう希望した点で完全に間違っていました」

ロバーツ夫人はラフトン卿夫人がグリゼルダ・グラントリーのことに触れているのがよくわかった。とはいえ、今はこれについて何も言わないほうがいいと思った。しかし、夫人はラフトン卿のそんな結婚の可能性をポニーの馬車で話したとき、そのときのルーシーの目の煌めきを思い出していたから、ラフトン卿夫人の失望をむしろ嬉しいと感じないではいられなかった。

「それ以来起こったことでミス・ロバーツを咎めるつもりは少しもありません」と卿夫人は続けた。「それをはっきりわかってほしいのです」

「どうして妹が咎められる話になるのか私にはわかりません。高潔に振る舞ってきましたから」

「咎められるかどうか問題にしても無意味ということです。私が彼女を咎めないことで充分でしょう」

「でも、どうみても充分ではないと思います」ロバーツ夫人はしつこく言った。

「そうかしら?」卿夫人は眉をあげて聞いた。

「ええ、ルーシーがしたこと、していることをちょっと考えてみてください。たとえ妹が息子さんを受け入れると言い出したとしても、あなたが正当に妹を咎められたかどうかわかりません。私が妹に思いとどまるように忠告できたとも思いません」

「それを聞いて嬉しいわ、ファニー」

「私は助言なんかしていませんし、助言の必要もありませんでした。ルーシーほどどんな進路を取ったらいいか自分ではっきり判断できる人はいないと思います。ルーシーほどとても意思が強く、生来禁欲的な人に助言する勇気なんかありません。妹はあなたと息子さんのあいだにもめごとや不和をもたらしたくないから、今自分を犠牲にしています。もし聞かれるなら言いますが、ラフトン卿夫人、妹に感謝しなければならない深い借りがあるのはあなただと思いますよ。本当にそう思います。妹を咎めるって――あなたが咎められるどんなことを妹がしたというのでしょう?」

「馬に乗ったドン・キホーテね!」とラフトン卿夫人は言った。「ファニー、私はあなたのことをこれからドン・キホーテと呼びますよ。そして、いつか誰かにあなたの冒険譚を書かせましょう。ねえ、でもこのことは事実よ。軽率なところがあったのです。言いたければ、それは私の軽率さと言ってもいい――どうやって責任を取ったらいいか実際にはわからないけれど。ミス・ロバーツをうちに招待せずにはいられなかったし、息子をうまくうちから追い出すこともできなかった。実際よくある話じゃありませんか」

「その通りです。世界の始まるのと同じくらい昔からある古い話、人々がここに生まれてくる限り続く話です。神みずからが語るしかない話です！」

「けれど、ねえあなた、すべての若い紳士と若い淑女が出会ったら、みんなすぐ恋に落ちるなんて言わないでちょうだいね！　そんな教えなんてまったく理屈に合いません」

「私はそんなことは言っていません。あなたはそう考えていましたけれど、ラフトン卿とミス・グラントリーは恋に落ちませんでした。でも、代わりにラフトン卿とルーシーがそうなるのはそんなに理屈に合わないことですか？」

「若い淑女は友人らの承認がえられるまで愛情の赴くまま振る舞ってはならないと、ファニー、一般的に考えられています」

「金持ちの若い紳士は好きなだけ遊んでいいとも言われていますよ。それが世の習わしということはわかります。でも、私はそれを正当と認めることができません。ルーシーが堪えなければならないひどい苦痛がわかりますから、そんな習わしに反対しないではいられません。妹は息子さんをえようとなんかしませんでした。むしろ危険があるかもしれないと察知し始めた瞬間から、徹底的にラフトン卿を避けたのです。フラムリー・コートに行こうとしませんでした、もっとも妹がそうしないので、あなたの注意を引いてしまいましたね。卿に会うといけないので、屋敷に近づこうともしませんでした。卿がここを去ったほうがいいと思うまで、日陰に身を置いて満足していたのです。でも、卿は――ここに、妹のところに来て、これからも会うように要求しました。私の外出中、妹を見つけて、これからも妹に話しかける決意をはっきり伝えたのです。妹はどうしたらよかったのでしょう？　妹は逃げようとしたのに、卿からドアのところで止められたのです。求婚されたのは妹の責任と言えるでしょうか？」

「ねえあなた、誰もそんなことは言っていません」

「そう、でも、若い淑女は許可なしに愛情の赴くまま振る舞ってはならないと言うとき、あなたはそう言っているのです。妹は何も言わないように懇願したのに、卿はここで思いの丈を打ち明けると言い張りました。妹が用いた言葉を教えることはできませんが、確かに言わないように懇願したのです」

「彼女が立派に振る舞ったことは疑いありません」

「でも、卿は――卿はしつこく繰り返し手を受け取るように請うたのです。そのとき、妹は卿を拒絶しました、ラフトン卿夫人――ある娘たちがするような、言葉通りに受け取られたくない嘘の遠慮ではなく、一貫して、神よ赦したまえ、真実を偽って拒絶したのです。妹はあなたがどう感じ、世間がどう言うかわかっていたので、卿が無縁の人だと明言したのです。あなたの代わりにこれ以上妹に何ができたでしょう?」それから、ロバーツ夫人は間を置いた。

「話し終えるまで待ちますね、ファニー」

「あなたは愛情の赴くまま振る舞う娘の話をしましたけれど、妹はそんな振る舞い方はしませんでした。以前と同じように正確に仕事をこなして、卿とのあいだに起こったことを私に話すことさえしませんでした――少なくともその時点では。すべてまるでなかったかのようにしようと決意していたのです。妹は息子さんを愛するようになりましたが、それは災難でした。妹はできる限りそれを乗り越えようとしたのです。卿がミス・グラントリーと婚約した、あるいは婚約しそうだとの知らせが私たちのところに入って来ました」

「その知らせは間違いでした」

「ええ、今はわかっています。でも、そのとき妹は知りませんでした。もちろん苦しむしかなかった。でも、一人で苦しみました」ロバーツ夫人はこう言うと、ポニーの馬車のことを思い出し、パックが打たれたことを思い出した。「卿から不当な扱いを受けたと不平を言うようなことはありませんでした――独り言にさえもです。妹は卿の申し出を断ることが正しいと信じて、卿に関する限り、これで終わりにするつもりでした」

「それが当然の流れだと思います」

「でも、当然の流れではなかったのです、ラフトン卿夫人。卿は求婚を繰り返すためロンドンからフラムリーに帰って来ました。卿は彼女の兄を呼び出しました――友人らの承認をえようと待つ若い淑女の話をあなたはしましたね。この件では誰がルーシーの友人でしょうか?」

「当然、あなたとロバーツさんね」

「その通りです。妹のごく少ない友人です。ええ、ラフトン卿はマークを呼びだし、マークに妹への求婚を繰り返しました。いいですか、マークはこの件に関して事前に一言も耳にしていなかったのです。どんなに驚いたか想像できるでしょう。ラフトン卿はきわめて公式のやり方で申し込みを繰り返して、ルーシーに会う許可をマークに求めました。妹は会うのを断りました。卿を押しとどめようと手を尽くしたにもかかわらずこの部屋に侵入して来たあの日以来、卿には一度も会っていませんでした。マークなら――きちんと考えて――ラフトン卿がここに来るのを許したでしょう。二人の年齢と身分から見ると、マークがそれを禁じるはずがありません。でも、ルーシーは息子さんに会うことをはっきり断って、代わりにあなたが今ご存知の伝言――あなたから請われて卿を受け入れるのでなければ受け入れないと伝えたのです」

「とても適切な伝言でした」

「それについて私は何とも言えません。たとえ妹が卿を受け入れたとしても、私は妹を責めるつもりはありません――私はそう妹に言ったのです、ラフトン卿夫人」

「あなたがそんなことを言うなんて、ファニー、理解ができません」

「ええ、私はそう言いました。私のこと――私が正しいか、間違っているか――について今議論したくありません。でも、私はそう言いました。私がどう責めたとしても、妹はそれを受け入れたでしょう。でも、妹は卿に――若い女性が好きな男性に感じるどんな愛情にも負けない――真実の愛情を感じていると信じていますが、それでも再び自分を犠牲にする道を選びました。誓って、妹が正しいかどうかわかりません。こういった世間への配慮はおそらく度がすぎているかもしれません」

「彼女は完璧に正しいと思います」

「そうでしょう、ラフトン卿夫人。わかりますね。でも、妹の側にそういった犠牲――ひたすらあなたのためなされた犠牲――があったあと、いったいどうしてあなたが『彼女を咎めない』などと言うことができるのでしょう？　行動が最初から最後までこの上なく優れている、そういった人に対してあなたが言う言葉がそれですか？　そもそも妹が責められる余地があるとしたら、それは――それは――」

しかし、ロバーツ夫人はここでやめた。義妹を擁護しつつ興奮してかっとなってしまった。しかし、こういった心の状態になることはめったになかったから、今胸中を吐露したとたん、不意に沈黙に陥ってしまった。

「私には、ファニー、あなたがミス・ロバーツの決断をほとんど残念に思っているように思えます」とラフトン卿夫人。

「私はこの問題で妹の幸福を願うだけ。それを損なうのを残念に思っています」

「それなら、あなたは私たちの幸福について何も考えていません。困難に陥ったとき、心からの友情と思いやりをあなたに期待できないとしたら、私は誰に期待したらいいかわかりません」

かわいそうなロバーツ夫人はこの言葉にほとんど動転してしまった。数か月前、ルーシーが現れる前なら、夫人はラフトン卿夫人一家の利益が夫のそれのあと、夫のそれの次に最重要だと言い切っただろう。今でさえ、卿夫人一家の利益に無関心だというこの非難によってひどく忘恩を指弾されているように感じた！　子供時代からラフトン卿夫人を敬い、愛してきた。卿夫人を女性の善きもの、優しいものの典型と見なすように何年も自分に教え込んできた。ラフトン卿夫人の人生観を正しい見方として受け入れ、卿夫人が好む人々を好きになった。しかし今、作りあげるのに半生をかけたこれらの観念を地に投げ捨てなければならないように思えた。なぜなら、知り合ってほんの八か月しかたたない義妹を守る必要があったからだ。ルーシーを擁護する立場に後悔はなかった。偶然という神が彼女とルーシーを一つにした。ルーシーは義妹だったから、義妹としての扱いを受けて当然だった。とはいえ、ラフトン卿夫人から見放される結果がどんなに恐ろしいものかそれでもやはり感じた。

「ああ、ラフトン卿夫人、そんなことはおっしゃらないで」とロバーツ夫人。

「けれど、ファニー、私は思う通り話さなければなりません。あなたはたった今雲のことを話していましたね、それはみんな私の空の上にある雲だとは思いませんか？　ルードヴィックはミス・ロバーツに愛情を抱いていると私に言い、あなたは妹が私の息子に愛情を抱いていると言う。私は二人のあいだのことを決めてくれと求められている。まさしく彼女の行動こそ私に決定を強いているのです」

「まあ、ラフトン卿夫人」ロバーツ夫人はそう言うと席から飛びあがった。その瞬間、古い友の優しい振る舞いによってまるで困難が残らず解決するかのように思えた。

「けれど、そんな結婚を私は認めることはできません」とラフトン卿夫人。

ロバーツ夫人は席に戻って、それ以上何も言わなかった。

「それは地平線上にある雲(2)ではありませんか？」と卿夫人は続けた。「心にそんな重荷を抱えているのに、日向ぼっこができると思いますか？　もうすぐルードヴィックが帰って来ますが、その帰りを待ちわびるよりむしろひどく恐れています。ノルウェーにいてくれたほうがよほどいい。何か月も遠くにいてくれたらと願っています。そのうえ、ファニー、あなたが同情してくれないと感じるのも私の不幸を大きくしています」

ラフトン卿夫人はゆっくり、悲しげに、厳しい口調でこう言うと、立ちあがって暇乞いをした。当然ロバーツ夫人は卿夫人に同情していると――これまで同様愛していると、請け合わないまま帰しはしなかった。しかし、傷は負うほど簡単に癒せないものだ。ラフトン卿夫人は胸に深い悲しみを抱えて去って行った。卿夫人は誇り高く、尊大で、意思を通すのが好きで、天与の世俗的威厳に注意を払いすぎる嫌いがあった。しかし、深い悲しみを自分で感じることなしに、愛する人々を悲しませることができない人だった。

**註**

（1）「ルカによる福音書」第十章第三十節から第三十七節参照。

（2）「列王紀上」第十八章第四十四節には予言者エリヤが小さな雲によって恵みの雨をもたらす話が描かれている。

# 第四十二章　ピッチに触って

六月の終わりから七月の始めというこの暑い夏の盛り、サワビー氏は落ち着かない日々をすごしていた。妹の要請を受け入れてロンドンに急いで上京し、弁護士らのところに毎日いたからだ。彼は新しい弁護士、すなわちミス・ダンスタブルが抱えている穏やかで用心深い年配の紳士らに会わなければならなかった。そこは銀行の裏の暗い路地にあり、スロー・アンド・バイダホワイル弁護士事務所と言った。そこの担当や事務員は彼を何時間引き留めても何とも思わない連中で、いろいろなことを彼に話しかけたけれど、ほとんど内容のない話をした。サワビー氏はこの仕事を遅延なく取りまとめなければ致命的だと思っていた。それなのに今その仕事を委ねたここの連中は法的手続きが陽光さんさんたる日向ぼっこの土手でもあるかのようにのんびりやっていた。それから、彼はサウス・オードリー・ストリートへも一度ならず行かなければならなかった。ところが、こっちのほうはひどい刑罰といってよかった。サウス・オードリー・ストリートの弁護士らは普通以上によそよそしかった。彼らはサワビー氏がもう公爵の被後見人ではなくて敵対者であること、公爵に指名された候補者、依存者ではなくて州の対立候補であることをよくわきまえていた。「チャルディコウツはな」と老ガンプション氏が若いゲイズビー氏[1]に言った。「チャルディコウツはな、ゲイズビー君、料理された鵞鳥だよ、サワビーに関する限りはね。公爵がそれを所有しようと、ミス・ダンスタブルが所有しようといったいどんな違いがサワビーにあるというのかね？　彼のような紳士が金にまだいやな薬の臭いがする薬壺女の手に資産が移るのを見たがるなんて、そんなことは私としては理解できないね。サワビーの振る舞いほど恩知らずなものはないな」と老ガンプション氏。「彼は二十五年間一シリングも出さずに州の議員だった。今支払の時が来て、金を出し渋っている」彼、ガンプション氏はそれを詐欺同然だと思い、許せなかった。彼の考えによると、サワビー氏は公爵をだまそうとしていた。それゆえ、サワビー氏がサウス・オードリー・ストリートに出向いて、苦い思いをしたのは想像に難くない。

それから、ヒルのような手形割引業者らのあいだにサワビーの死骸からもう一度血が吸えそうだとの噂が広まった。金持ちのミス・ダンスタブルがサワビーの件を救い出した。そんな話が「ヤギとコンパス」周辺で知られるようになった。トム・トウザーの兄は女とサワビーが結婚すると言い、サワビーの名がついたどんなくず紙もその重みの紙幣に相当するとはっきり言った。しかし、トム・トウザー自身——一族の真の主人公であるトム——はこれを馬鹿にして、鼻を歪め、ひどく軽蔑的な言葉で兄の甘さを指摘した。トムはそんな馬鹿ではなかった——実際そうだった。ミス・ダンスタブルは郷士を買いあげているところで、ほかの人も、彼らトウザーも、当然同じように買いあげてくれるはずだ！　彼らは持っているものの価値がわかっていた。トウザーはそうだ。そこで、彼らは普通以上に動きを活発化した。

サワビー氏はこのころ彼らとその同類から距離を置こうとしていたけれど、必ずしもそれがうまくいかなかった。弁護士から一、二日逃れることができたら、いつもチャルディコウツにこもった。しかし、トム・トウザーは辛抱強くそこまで彼を追って、大胆に玄関で使用人に名刺を差し出した。

「サワビーさんは今不在です」と、よくしつけられた家の者。

「じゃあ待たせてもらうよ」トムはそう言うと、玄関先の大きな石段の側面を飾る紋章ふうの石のグリフィンに座った。こうしてトウザー氏は目的を達した。サワビーはまだ州の議席を争っているところだったから、隠れ回っていると敵に言わせないようにする必要があった。ミス・ダンスタブルとの取り決めで州の議席を争うと約束していた。彼女は公爵の悪行を信じており、その償いをさせなければならないと思い込んでいた。「公爵は充分長いあいだ勝手な振る舞いをしてきたのです」と彼女は言った。チャルディコウツ側が公爵に対抗して州の議員をみずから選べるかどうか見たかったのだ。サワビー氏自身はこのとき尋常でなく苦しんでいたから、力があれば選挙運動を降りていただろう。しかし、ミス・ダンスタブルの決意が固かったので、彼女に屈服するしかなかった。こういうことがあって、トム・トウザー氏はうまく入り込んで、サワビー氏の前に立った。この闖入の結果、サワビー氏から友人マーク・ロバーツへ次のような手紙が送られた。

チャルディコウツにて、一八五一年七月

親愛なるロバーツ

わしは今無数の苦労を抱えてひどく苦しんでいるので、他人の苦労にまで気を回すことがほとんどできなくなっている。栄華は人をわがままにすると言う。わしはわがままになろうとしたことはないが、きっと逆境こそ人をわがままにすると思う。それでも、わしはあんたのあの手形のことを心配している。

(――「ぼくの手形!」とロバーツは独り言を言った。牧師館の灌木のなかの小道を行ったり来たりしながら、この手紙を読んでいたときのことだ。彼がバーチェスターの弁護士を訪ねてから一、二日後だった。――)

これ以上手形のことであんたが悩まなくて済むと思えたら、これほど大きな喜びはない。この貪欲なやつ、トム・トウザーは今までわしと一緒にいたのだが、両方の手形に支払をするように主張している。やつは二番目の手形に約因が書き込まれていないことを——誰よりもよく——知っている。取引が彼を相手にしているのでも、彼の兄を相手にしているのでもないこともわかっている。それでも、やつは両方の手形が有効だと誓う用意がある。五百ポンドのためなら、さらに言うとその半額のためだって、やつは何でも誓うだろう。悪戯の神はトム・トウザー以上の悪党をこの世に放つことはなかったと思う。

九百ポンドを一文も欠けることなく受け取るつもりだとやつははっきり言っている。わしの借金が完済されそうだと耳にして、やつはここにやって来た。天よ、助けたまえ！　その真の意味は、ここの哀れな土地が今はある百万長者の抵当に入っているものの、抵当先を替えて別の百万長者の抵当にこれから入るということなんだ。この変更によってわしはこの先一年おそらく住む家を確保できる。そういう利益をえるとはいえ、それ以外の利益はない。トウザーの臭覚はこの点、さっぱり見当違いなんだが、とばっちりがわしにではなく、最悪の結果、あんたに降りかかりそうなのだ。

そこであんたにしてもらいたいのはこういうことだ。わしら二人でやつに百ポンド支払うことにしよう。わしは持っている最後の痩せ馬を売って、五十ポンド作る。あんたは五十ポンドくらい何とか作れるだろう。それからわしと共同で八百ポンドの手形を書くんだ。この手形はフォレストの立ち会いのもとで書いて、彼に渡しておく。同時にあんたは前の二枚の手形を返してもらう。この新しい手形は九十日後を支払期限として設定する。そうしたら、わしはその期間にあらゆる手を尽くしてチャルディコウツの資産で弁済されるわしの借金の総体のなかにその手形を入れ込もう。

言わんとするところは、その手形を今入っている抵当で償われる金額の一部とすることによって、ミス・

ダンスタブルが支払うように仕向けるということなんだ。

あんたは先日バーチェスターで二度と手形を振り出すつもりはないと言ったが、それは将来の取引に関する誓いとしてはとてもいいことだ。そのような決意ほど賢いものはない。とはいえ、家財道具の差し押さえを食い止める手段が手近なところにあるというのに、もしあんたが差し押さえを甘んじて受け入れるとするなら、それは愚かなこと——それよりもっと悪いこと——だろう。新しい手形をフォレストに残すことで、あんたはこういうトウザーのような猛禽の爪からきっと安全になれる。三か月たったとき、たとえわしがその手形を決着させることができなくても、フォレストがあんたにいちばん都合のいい何らかの取り決めを見つけてくれるだろう。

お願いだから、親愛なる友、この申し出を拒絶しないでくれ。執行吏があんたの奥さんの応接間に入り込むのではないかという、そんな恐怖がどれだけわしの心の重荷となっているかあんたにはわからないだろう。あんたがわしを恨むのもわかる。それは当然のことだ。だが、わしがどれだけひどい罰を受けたか知ったら、少しは恨む気持ちをなくすことだろう。わしが忠告する通りにするかどうか知らせてほしい。

いつも忠実にあんたのものである

N・サワビー

この手紙に答えて牧師ははなはだ短い返事を書いた。

フラムリー、一八五——年七月

親愛なるサワビー

ぼくは二度と手形に署名しません。

真実あなたのものである
マーク・ロバーツ

彼はこの返事を書いて妻に見せたあと、灌木の小道に戻って、行ったり来たりしながら、時々サワビーの手紙を見て、この紳士との友情の経過に思いを巡らした。

マークはこの手紙を書いた相手がまさしく彼の友人だという事実を不名誉に感じた。サワビーは自分を知り、評判をよくわきまえていたから、ごく普通の正直な約束であっても、自分の言葉が重みを持って相手に受け取られるとは思っていなかった。「あんたは前の二枚の手形を返してもらう」と彼は強調していた。強い保証を与えなければ、友人であり手紙の相手であるマークがまた詐欺にかけられるのではないかと不安に思うことを知っていたからだ。マーク・ロバーツが親密になりたがったこの紳士、この州代表国会議員、チャルディコウツの所有者は、口を開けば相手に疑惑を抱かせる人として自分を意識するほど今厳しい局面に立ち至っていた。つまり、彼はあまりにも疑惑を与えることに慣れきってしまって、それを前提として話していた。彼は話したこと、書いたことが誰からも信用されないことを知って、それを隠そうとすることもなく話し、書いて満足していた。

マークが喜んで友人と呼んでいたのはこんな男だった。この男のため彼はラフトン卿夫人と喧嘩することをいとわなかった。この男の要請に従って、彼は気づかぬうちに人生のもっともいい決意をたくさん放棄してしまった。手に手紙を持ったまま、ゆっくり歩きつつ、校舎でサワビーに手紙を書いて、チャルディコウツの一行に加わることを約束したあの日のことを振り返った。彼はそのとき自分の思い通りにしたかったので、うちに帰って問題を妻と相談する気にならなかった。彼はまたオムニアム公爵の屋敷に招待されたときの誘われ方や、その誘いに乗ればきっと悪にまみれるとのそのときの確信を思い出した。それから、サワビーの寝室ですごした、手形の話が出た夜のことを思い出した。友人を助けたいと思ったからではなく、ただ拒絶できなかったから手形に署名してしまった。自分がしていることがいかにひどい過ちかわかっていたのに、「いや」と言う勇気がなかった。「いや」と言う勇気がなかったため、この不幸のすべてを自分と家族に招いて、苦い悔恨の原因となったのだ。

私は牧師らをずいぶん描いてきたけれど、そうするとき彼らの職業の様態や仕事を描くよりも、むしろ彼らの社会生活にかかわる姿を描こうと努めてきた。もし前者をしていたら、私の意見を述べるつもりなんかない題材を避けて通ることができなかっただろう。物語に説教をどっさり積み込むか、質の悪い私の説教を物語として押し出していたことだろう。それゆえ、私の物語のなかではこの人、マークの牧師としての感情や行動についてほとんど描いていない。

それだからといって、ロバーツ氏が牧師の義務に無関係だと考えることには抗議しなければならない。彼は束縛を解き放されて自由になった二十六歳の若者によくあるように、快楽を好み、誘惑に屈した。もし彼がその年齢まで副牧師としてとどまり、行動を残さず上司の監視のもとに置かれていたら、手形なんかに署名しなかったし、猟犬のあとを追って馬に乗ることもなかったし、ギャザラム城の不正を何一つ見ることもなかっただろう。もちろん二十六歳で独り立ちできる並はずれた――首相にも、校長にも、裁判官にも、主教にもふさわしい――若者がいる。しかし、マーク・ロバーツはそんな人ではなかった。彼は内部に善への多くの素質を持っていたとはいえ、それに見合う行動をする強い勇気を持ち合わせていなかった。多くの男によくあるように、彼の場合も男らしさを形成する素材の成長が遅かったため、結果として誘惑が来たとき、屈服してしまった。

しかし、彼は蹉跌を深く後悔して、悔い改めの時が訪れるたび、この世の戦いを遂行する闘士――そのため彼は甲冑を身に着けていた――にふさわしい参戦の決意を固めた。彼は何度も何度もクローリー氏の言葉を想起した。今小道を歩きつつサワビー氏の手紙を握りつぶして、再度その言葉を反芻した。「恐ろしい堕落なのです。堕落は恐ろしいが、立ち返ることが難しいから二重に恐ろしいのです」人が心地よく小道を走りくだる――どちらに向かってか？――とき、そうだ、恐ろしい比率で立ち返る難しさは増している。もし立ち返ることができない事態に立ち至ったら、教区牧師として曇りない良心で頭をあげることが二度とできなくなったら！　この不幸に彼を導き、この破滅をもたらしたのはサワビーだった。しかし、彼はサワビーからそれなりの見返りを受け取っていなかったか？　彼が今バーチェスターに持っているあの名誉参事会員席はサワビーからもらったものではなかったか？　今彼は哀れな、苦悩する、金に困る男になりはてる一方、バーチェスター聖堂参事会の立派な一員になっていなければよかったと心から思った。

「参事会員席は辞退するよ」と彼はその夜妻に言った。「もうこれは決めてしまったと言っていい」

「でも、マーク、突飛な行動と言われないかしら？」

「それは仕方がない――人からそう言われるのは避けられない。ファニー、残念ながらそれよりもっと厳しいことを言われても堪えなければならない」

「あなたが不正なこと、不名誉なことをしたなんて誰からも言われることはありません。サワビーさんのような人がいれば――」

「あの人の悪行がどんなに汚いものであっても、ぼくの悪行の言い訳にはならないね」彼はそれからまた座って黙り込み、目を隠した。そのあいだ妻はそばに座って夫の手を握った。

「落ち込むのはやめてください、マーク。やがて事情は好転します。数百ポンドなくしたからといって、あなたが破滅することはありません」

「お金じゃないんだよ――お金じゃない」

「でも、あなたは何も悪いことはしていませんよ、マーク」

「ぼくはいったいどういうふうに教会に入って、人々の前の席に着くことができるだろう、執行吏がぼくの家に入ることをみんなが知っているときに?」彼はテーブルの上に頭を落とすと、声をあげてすすり泣いた。


マーク・ロバーツはピッチに触っても汚れることはないと思っていた。そんな過ちをおもに犯した。心地よい牧師館からまわりの心地よい上流階級を覗き見たとき、そこにある人や物が格別魅力的に見えた。愛らしい妻のいる牧師館はきわめてだいじなもの、ラフトン卿夫人の深い友情はじつに価値あるものだった。しかし、こういうものもハロー校とオックスフォードの最良の仲間と生活した人にとっては、かなり退屈ではなかったか? もし時々もっと生き生きとした生活の刺激でそれを補うことができなければの話だ。以前学寮で生活をともにした友人らの味覚に合う美菓と美酒(2)は、彼の味覚にも快かった。彼は馬を見るのにも、田舎を歩くのにも、学友らと同じ目、同じ心を持っていた。それからまた彼は人々から――上流の人々からも――愛されているのがわかった。ロバの耳をくすぐられて、自分が上流社会向きに生まれついていると思い込むようになった。上流階級の金持ちの家で世俗的な男女と会うとき、自分が定められた行路をたどっているかのように感じた。彼がこんなふうに生活し、こんなふうに成功した最初の聖職者というわけではなかった。そうだ、聖職者はこんなふうに生活して、彼らの領域で国民の――そして君主の――満足のため全面的に義務をはたしてきたのだ。こうして、マーク・ロバーツはピッチに触っても、できれば汚れずにいようと決意した。どんな結果に立ち至ったか、それはこれまで読んできた方々にはおわかりになるだろう。

その日の午後遅く牧師館に馬車で乗りつけてきたのは誰あろうバーチェスター銀行の支店長フォレスト氏――適切に祈願すれば彼らみなを現在の苦境から救い出し、トウザー一味を退散させることができる「機械仕掛けの神」、サワビーがそんな存在として常に持ち出していた人――だった。フォレスト氏はトウザー一味を遠吠えさせて荒野へ追い払う――それがいちばん願わしいかたちだ――のではなく、これ以上迷惑をかけられる心配がないほど餌食で腹を一杯にして帰すのだ。フォレスト氏はこういうことができた。いや、それどころか喜んでそれをしたいのだ！　ただマーク・ロバーツに銀行家を受け入れさせ、銀行家が望む書類全部に穏やかに署名させればいいのだ。

「はなはだ不愉快な件ですね」フォレスト氏はマークの書斎で二人だけになるや、そう言った。牧師はこの発言に答えて、はなはだ不愉快な件であることを認めた。

「今ロンドンでこの仕事をする最悪の悪党の手にサワビーさんはあなたを放り込んでしまいました」

「ぼくもそう思います！　カーリングも同じことを言いました」カーリングは彼が最近救いを求めたバーチェスターの弁護士だった。

「カーリングは商売のやり口を暴露するぞとやつらを脅しましたが、ここにやって来た一人、トウザーという名の男は暴露しても失うものはおまえのほうが多いと答えたんです。それから、やつは金の支払を拒絶するなら、イギリスのどんな陪審員を前にしても、びくともしないとはっきり言ったそうです。やつは正当な商売上の手続きを踏んで、二枚の手形を割引したと誓いました。もちろんこれは嘘ですが、残念ながらそれを証明する方法がないんです。やつはあなたが牧師であり、それゆえほかの人よりもあなたにならつけ込めるとよくわかっています」

「サワビーがその汚名を引き受けなければなりません」ロバーツはこのときキリスト者が持つ許しの強い感情に動かされているとは言い難かった。

「残念ながら、ロバーツさん、サワビーさんはいくぶんトウザー一味の言いなりになっていますから。あなたのように感じてはいないようです」

「フォレストさん、ぼくは何とか堪えなければなりません」

「助言を差しあげても、ロバーツさん、よろしいでしょうか？　あなたに差し出がましいことを言うことを許していただかなければなりません。手形が私どものカウンターに持ち込まれて不渡りになりましたから、事情は当然のことながらよく存じております」

「本当にあなたに感謝しています」とマーク。

「あなたはとにかくこのお金を――大部分、というか実際には全額支払わなければなりません。弁護士がこれら詐欺師に即金を見せて値切ることができる分を差し引いた金額です。おそらく七百五十ポンドか、八百ポンドであなたはこの件から逃れられるでしょう」

「しかし、ぼくはその金額の四分の一も持ち合わせていません」

「ええ、そうでしょうね。ですが、私がお勧めするのはこういうことです。あなたは銀行から自分の責任でお金を――進んで連帯保証人となってくれる友人の助けをえて――借りるんです。ラフトン卿がおそらくなってくれるでしょう」

「いえ、フォレストさん――」

「決心する前にまず聞いてください。あなたがこの措置を取る場合、もちろんサワビーにも、ほかの誰にももう頼ることなく、自分でお金を払うというしっかりした心構えでそうする必要があると思います」

「ぼくはサワビーには二度と頼りません。それは確かですね」

「私が言いたいのは、あなたに借金をあなたのものとはっきり認識してもらうことなんです。もしそれができたら、あなたの収入なら利子も含めて二年で完済できるでしょう。もしラフトン卿が名を貸して援助してくださったら、ぴったりその二年間に支払が収まるように手形を処理します。そうすれば、こうしたことが世間に知られることはまったくありません。二年であなたは再び自由になれます。私ははっきり言いますが、多くの人が、ロバーツさん、これよりもっと高いお金で経験を贖ってきました」

「フォレストさん、それはまったく論外です」

「ラフトン卿が名を貸してくれないということですね」

「ぼくはとても卿に頼めません。しかし、それだけではないんです。まずぼくの収入はあなたが考えているほど多くありません。というのは、バーチェスターの名誉参事会員席をおそらく辞退するからです」

「参事会員席を辞退する！　年六百ポンドを放棄する！」

「そのうえぼくは何があろうともう二度と手形に署名する気がありません。そう言っていいんです。忘れたくない教訓を学びました」

「では、どうするつもりですか？」

「何もしません！」

「それならあの執行吏らはここらあたりの家具を残さず売り払ってしまいますよ。あなたの動産が要求金額を確保するくらいあることを連中は知っているんです」

「その人らにそんな力があるんなら、売り払ってもらいます」

「それに、世間の人はみな事実を知るんですよ」

「それなら世間の人にも知ってもらいます。犯した過ちの罰に人は堪えなければなりません。たとえそれが私自身であってもです」

「そこが問題のところですね、ロバーツさん。そんなみじめな目にあって苦しむ奥さんのことを考えてください！　私の助言を受け入れたほうがいいです。ラフトン卿はきっと――」

しかし、妹の恋人、ラフトン卿の名を聞いて、彼は再び勇気をえた。ラフトン卿があの夜ホテルのコーヒー店にいる彼のところに来て浴びせた非難も思い出した。卿に助けを求めることなんか論外だと感じた。それよりラフトン卿夫人に残さず告白したほうがましだった！　卿夫人なら、その損害がどれほど大きくても、彼を救ってくれるのは確実だった。ただし――卿夫人に救いを求めることこそ、まさしく彼が灰を噛まなければならない行為だった。

「ありがとうございます、フォレストさん、しかし、ぼくは決心しました。あなたの私心のない優しさに感謝していないとは思わないでください。というのは、これが私心のない申し出であることはよくわかっています。これは自信を持って言っていいと思いますが、たとえこんな大災難を避けるためとしても、ぼくは二度と手形に署名するつもりはありません。たとえあなたが二人目の名を載せなくてもぼくの支払契約を引き受けてくれると言っても、ぼくはそうするつもりはありません」

こういう状況でフォレスト氏は何もすることができなかったので、ただバーチェスターへ馬車で戻った。彼は自分の考えに従って若い牧師のため最善を尽くした。おそらく世間的な見方からみると、彼の助言は悪くなかった。しかし、マークは手形そのものを恐れていた。彼はひどい火傷をした犬のようなもので、どんなことをされても二度と火に近づくことができなかった。

「あの方は銀行の方ではありませんか？」馬車の車輪の音が消えたとき、部屋に入って来たファニーが聞いた。

「うん、フォレストさんだ」

「それで、何の話でしたの？」

「最悪の状況に備えなければならないよ」

「手形にはもう署名しないんでしょう、え、マーク？」

「うん、たった今も署名しないとはっきり言った」

「それなら私は何でも堪えられます。でも、愛する、愛するマーク、私にラフトン卿夫人に打ち明けさせてもらえませんか？」

重い罰を覚悟するかたちで夫婦に問題を直視させよう。

註
（1）第二十七章註二参照。
（2）『十二夜』第二幕第三場。

# 第四十三章　彼女は取るに足りない人か？

それから一か月すぎたが、フラムリーの友人らが苦しみを和らげられる機会もなく、牧師館に日々予想される破滅にも決定的な進展がなかった。ロバーツ氏はトウザー側に味方する手紙を様々な人物から受け取ったから、それらをみなバーチェスターのカーリング氏に見せた。いくつかの手紙では、何の罪もない未亡人がロバーツ氏の名を信じて残さず投資するように誘われ、今は三人の子とともに屋根裏で飢えていると言い、これもみなロバーツ氏が返済の約束を履行しないからだと指摘して、金の支払を懇願していた。とはいえ、大部分の手紙は脅迫だった。ほんの二日しかもう余裕はない、二日したら州知事が執行吏に仕事を命じる。それから猶予の一日があって、それが切れたら傭兵が放たれる、といった内容だった。カーリング氏は届くとすぐ転送されたこれらの手紙を受け取ったが、個別的には無視して、最悪の日が来ないように努力を続けていた。二番目の手形のほうならロバーツ氏は返済してもいい――そうカーリング氏は提案した。五百ポンドを二つに分割して、最初の二百五十を二か月後、次を四か月後に支払う、という考えだった。もしこれがトウザー側に受け入れられるなら――まずまず満足できる。もし受け入れられなければ、州知事の執行吏に最悪のことをさせて、トウザー側がそれでどれほどのものがえられるか見るしかなかった。トウザー側がこの条件で満足できるかどうか明言しようとしなかったから、事態は硬直化したままだった。ロバーツ夫人の頬の薔薇色がこの間日に日に褪せていったのは、こんな状況のゆえに容易に想像できるだろう。

この間、ルーシーはずっとホグルストックにとどまって、家の完全な女主人になっていた。哀れなクローリー夫人は死の瀬戸際にあった。数日間譫妄状態が続き、その後ほとんど意識を失った状態のままだった。しかし、今は峠を越えた。クローリー氏は人知の及ぶところ、男やもめになることはないと、子供は孤児になることはないと知らされた。これらの週のあいだルーシーは一度もうちに帰らなかったし、フラムリーの誰とも会わなかった。「そんな小さなことのため感染の危険を冒す必要がどこにあるかしら？」と彼女は手紙で主張した。そんな手紙は牧師館で開封される前、きちんと燻蒸消毒された。こうして彼女はホグルストックにとどまった。クローリーの子供は今牧師館に収容され、子供部屋に入ることを許された。フラムリーに収容されたとはいえ、子供が寝るベッドがサワビー氏の借金の支払のため差し押さえられる日が今日か、明日かと予想されていた。

ルーシーはすでに述べたようにホグルストック牧師館の女主人になっており、クローリー氏に対して絶対優位の立場に立っていた。ゼリーやスープや果物やバターさえフラムリー・コートから届けられた。ルーシーはそれをテーブルの上、彼の目の前のテーブルクロスに陳列したので、彼はそれに堪えなければならなかった。彼はこういうおいしいものを自由に口にすることはなかったが、出されればお茶を飲んだ。それにはフラムリーのクリームが入っていたし、わかったとしたら、それはフラムリーから密閉容器でもたらされたボヒー茶(1)だった。事実、このころ彼はこの見知らぬ女性の支配に完全に身を委ねていた。ルーシーが彼のシャツにボタンつけをし――ボタン穴や時々別の箇所にも針を当てて――便利に役立っていたとき、そこに行き合わせても、彼はただ両腕をお手上げ状態にして、「何と、何と」とだけしか言えなかった。

彼はこの時期ルーシーに感謝を表すことはほとんどなかった。二人が時々長い夜のあいだ会話を続けることがあっても、彼が現在の生活状態について多くを語ることはなかった。彼が話すのはおもに宗教のことだった。ルーシーに個人的に説教するというのではなく、キリスト者の生活がいかにあるべきか、特に牧師の生活がいかにあるべきか意見を述べた。「こういうことは頭ではわかるけれどね、ミス・ロバーツ」と彼は言った。「私くらいしばしば脱落する人間はいないのではないかと思うのです。悪魔とその所業のすべてを私は拒絶したとはいえ、それは口先だけのこと――ただ口先だけのこと――なのです。人は塵のなかに身を投げ、ひれ伏し、自分の力が水ほども強くないことを認める以外、どうして内部の古きアダムを十字架にかけることができますか？」ルーシーはしばしば繰り返されるこんな言葉に辛抱強く耳を傾け、持てる神学の知識を尽くして彼を慰めた。それから、こういうことが終わると、ルーシーは再び支配力を回復して、家庭内の命令に対する忠実な服従を彼に強いた。

その月の終わり、ラフトン卿がフラムリー・コートに帰って来た。まるっきり予想されていなかった帰宅だった。ところが、母が驚きを表したとき、彼が指摘したように、出発前に言っておいた日に正確に帰って来たのだ。

「あなたが帰って来てくれてどんなに嬉しいか、ルードヴィック、言わなくてもわかるでしょう」卿夫人はそう言うと、彼の顔を覗き込んで、腕を強く握った。「本当に予想していなかったのでいっそう嬉しい」

最初の夜、ロバーツ一家のことが会話のなかに出てきたのに、彼はルーシーについて母に何も言わなかった。

「ロバーツさんはどうやら借金で首が回らないようです」とラフトン卿夫人はずいぶん真剣な顔つきで言った。「とても痛ましい噂が届いています。私はまだ誰にも――ファニーにも――何も言っていません。でも、彼女が大きな悲しみのせいで苦しんでいることが顔にも、声の調子にも、伺えます」

「事情はみなわかっています」とラフトン卿。

「みなわかっているって、ルードヴィック？」

「はい、ぼくのあの貴重な友人、チャルディコウツのサワビーさんを通してね。サワビーのためマークは手形を引き受けたんです。事実、彼からそう聞きました」

「マークはチャルディコウツに何の用があったのかしら？　あんな友人らと何の関係があったのかしら？　私が彼を咎めないでいられるかどうかわかりません」

「彼がサワビーと知り合いになったのはぼくを通してなんです。それを覚えておいてください、母さん」

「それは言い訳になりませんね。彼はあなたの知人がみな自分の友人でなければならないとでも思っているのかしら？　あなたは立場上時々多くの人々とつき合わなければなりません。でも、そんな人々は教区牧師の彼がつき合うには必ずしもふさわしい相手じゃありません。そう考えるのが筋の通った考え方でしょう。彼はこれをわきまえていません。これを学ぶ必要があるのです。彼がギャザラム城に何の用があったのかしら？」

「そこに行くことでバーチェスター聖堂の参事会員席を手に入れました」

「その会員席は手に入れないほうがかえってよかったのです。ファニーにはそれがわかるだけの分別があります。家を二つ持っていったい何をしたいっていうのかしら？　名誉参事会員席は彼よりずっと年取った人――自分でそれを勝ちえて、人生の終わりに安楽を望む人のためのものです。そんなもの、手に入れなかったらよかったのにと心から思います」

「年六百ポンドはそれでもやはり魅力ですね」ラフトン卿はそう言うと、立ちあがって、部屋から出て行った。

「たとえマークがどんな困難に陥ろうと」とその夜遅く卿は言った。「ぼくらは彼を再起させなければいけません」

「彼の借金を肩代わりするということ？」

「そうです。彼にはサワビーのこの引受手形以外借金はありません」

「どのくらいなのかしら、ルードヴィック？」

「おそらく千ポンドくらいです。お金を見つけますよ、母さん。ただし、始めに思っていたほど早くあなたにお金を返すことができませんが」そのとき、母は立ちあがって、息子の首に両腕を投げかけ、ささやかな贈り物についてこれ以上一言でも言ったら許さないとはっきり言った。母にとって一人息子にお金を与えることくらい魅惑的な喜びはないと思う。

　翌朝、朝食のときルーシーの名が初めてあがった。ラフトン卿はこの朝早く――牧師館へ出かける前――彼女の件で母を攻撃する決意を固めていた。ところが、結局のところラフトン卿の彼女に対する特別な熱望とは無関係に、ミス・ロバーツの行動がいやおうなく朝食の席の話題となった。ラフトン卿夫人はクローリー夫人の病気に触れて、クローリー家の子供がみなどんな経緯で牧師館に連れて来られたか話した。

「ファニーは立派に振る舞ったと言わなければなりません」とラフトン卿夫人は言った。「まさに彼女に期待されたことをしてくれました。それから、本当に」と彼女は困惑した口調でつけ加えた。「ミス・ロバーツもやってくれました。ミス・ロバーツはホグルストックにとどまって、クローリー夫人をこの間ずっと看病しています」

「ホグルストックにとどまって――熱病なのに！」と卿は叫んだ。

「ええ、そうなのです」とラフトン卿夫人。

「今もそこにいるんですか？」

「ええ、そう。今のところまだそこを離れることは考えていないと思います」

「それなら、大きな失態ですね――恥ずべき失態です！」

「でも、ルードヴィック、彼女が望んでしていることです」

「うん、それはそうです。それはわかっています。だけど、なぜ彼女が犠牲にならなければいけないんです？　伝染病の患者のそばに行って一か月もとどまっていなくても、この地方にだって雇える看護婦はいるでしょう？　道理に合いませんね」

「道理ですか、ルードヴィック？　道理はわかりませんが、キリスト教徒にふさわしい大きな慈悲の行為がありました。クローリー夫人の命が助かったのはミス・ロバーツのおかげです」

「彼女は病気だったんですか？　病気なんですか？　病気かどうか知る必要があります。朝食後すぐホグルストックへ行ってみます」

ラフトン卿夫人はこれについて何も言わなかった。ラフトン卿がホグルストックへ行きたいと思ったら、止めることはできなかった。しかし、こんなことなら卿はうちに帰って来ないで、旅していてくれたほうがよほどいいと思った。あそこへ行ったら、ルーシーと同じように感染の危険が生じるうえ、クローリー夫人のベッドのそばが二人の恋人の再会の場として選ばれるなら、それは最悪のシナリオとなるだろう。ラフトン卿夫人はミス・ロバーツのせいで今自分が残酷な目にあわされていると感じた。あの若い女性――息子が美しくて価値があるという女性――の評価をおとしめることができるなら、道理を欠くことなくそれができるなら、それがもちろん彼女のやりたいことだった。ところが、不幸なことに彼女はかえってその若い女性を称賛し、その女性にあらゆる賛美を積みあげずにはいられなかった。ラフトン卿夫人は本質的に誠実な人だったから、たとえこんな重要な問題で本心を実現したいと思っても、たとえたんに黙っていることでそれが実現できるとしても、そんな欺瞞の罪を犯すことができなかった。それで、卿夫人はルーシーの賛美歌を歌う必要と本心を和解させることができなかった。

朝食後、ラフトン卿夫人は椅子から立ちあがったけれど部屋のなかにとどまって、出て行く様子を見せなかった。いつもの通り、できれば息子にこれからどうするか聞きたかった。しかし、今は聞く勇気がなかった。息子はほんの数分前にどこへ行くか言っていたではないか？　「昼食には帰って来ると思っていいですか？」と彼女はとうとう聞いた。

「昼食？　いえ、わかりません。いいですか、母さん。はっきり言ってミス・ロバーツに会ったら、ぼくは何と言ったらいいでしょう？」母にそう聞いたとき、彼は背を炉棚にもたせかけていた。

「彼女に何と言ったらいいか、ですか、ルードヴィック？」

「うん、何と言ったらいいか――母さんからの言づてとして？　母さんが嫁として受け入れてくれるって、彼女に言っていいですか？」

「ルードヴィック、ミス・ロバーツ本人にそういうことは説明しました」

「何を説明したんです？」

「あなたも、彼女もそんな結婚をして幸せにはなれないと思うと言いました」

「彼女になぜそんなことを言ったんです？　まるでぼくが子供ででもあるかのように、こういう問題でなぜ母さんがぼくに代わって判断を引き受けたりするんです？　母さん、言ったことを取り消さなければいけませんよ」

ラフトン卿はそう言いつつ母の顔を正面から見た。母に願い事をするようにでなく、命令をくだしているように見た。母は朝食用テーブルに片手を置き、近くに立って、正面から目を合わせる勇気がなくて盗み見した。ラフトン卿夫人がこの世で恐れることが一つだけあって、それは息子の不興を買うことだった。この世の天国の太陽は息子という媒体を通して彼女に輝いた。知人のなかには息子と喧嘩をしている母もいたけれど、もし彼女が息子と喧嘩したら、この世は終わりも同然だった。もっともあの世へ行くことが絶対必要というほど現状はひどいものではなかった。ある状況下では自殺するとある人々が決意するように、彼女もある状況下では息子との別離を受け入れなければならないと思った。息子のためとはいえ、悪いこと――悪いとわかっていること――はできなかった。幸せが完全に崩壊し、踏みつぶされて廃墟になることが避けられないとしても、彼女はそれに堪えて、神がそんな暗黒の世から救い出してくれる時を待たなければならない。しかし、太陽の光は彼女にとって途方もなくだいじなものだったから、それさえも非常に高い代償を払ってなら買えたかもしれない。

「ぼくはもう彼女に決めたと、母さん、前に言いました。そのとき、これに同意してくれるようにお願いしました。考える時間はずいぶんあげたから、再び母さんに聞こうと思います。もし母さんが率直にルーシーに手を差し出してくれるなら、ぼくの結婚に障害はなくなると考えていいと思います」

ラフトン卿夫人は今問題の決定権を握っており、力の行使は望むところだった。しかし、こんな決定権なんか持たないほうがいいと心から願った。息子が母の許しをえることなく結婚して、妻となったルーシーを連れて帰って来たら、疑いもなく息子を許しただろう。この縁組を嫌ったけれど、最終的には花嫁を受け入れていただろう。しかし、今彼女は判断を迫られていた。もし息子が無分別な結婚をするとしたら、彼女の責任になる。間違っていると信じているものに同意を与えることがどうしてできようか？

「彼女がぼくの妻になってはならない理由、彼女に不利な理由を何かをご存知なんですか？」と彼は続けた。

「道徳的な行動について言うなら、何の問題もありません」とラフトン卿夫人は言った。「でも、一つくらい長所があっても、まるっきり結婚に向いていない多くの若い女性がいると思います」

「うん、ある女性は俗悪かもしれないし、ある女性は短気かもしれない。ある女性は醜いかもしれないし、ある女性は問題がある親類を抱えているかもしれない。こういう欠点のある嫁に母さんが反対するのは理解できます。だけど、こういうことはミス・ロバーツには当てはまりません。彼女が淑女とは見られないと母さんが言うことには同意できません」

けれど、彼女の父は医者であり、教区牧師の妹であり、背は五フィート二インチしかないし、異様に茶色い肌をしている！　もしラフトン卿夫人に反対項目をあげる勇気があったら、この程度のことはあげただろう。しかし、彼女にその勇気はなかった。

「あなたが妻に求めるものをみな彼女が持っているとは、ルードヴィック、言えませんね」それが母の回答だった。

「彼女にお金がないということですか？」

「いいえ、そうではありません。あなたがお金をえることを結婚のおもな目的、あるいは本質的な目的とするならとても残念です。たまたまあなたの妻がお金を持っていたら、それはきっと好都合なことです。でも、どうか理解してください、ルードヴィック。私は幸せをそんな必要に従属させるようになんて一瞬たりともあなたに求める気はありません。彼女に財産がないことが反対の理由ではありません」

「それなら理由は何ですか？　朝食のとき、母さんは彼女を賛美して、並々ならぬ優れた女性だと言っていました」

「もし私の反対をどうしても一言で言い表せと言われれば、私に言えるのは――」彼女はそれから間を置いたけれど、すでに息子の額に表れているしかめ面を直視する勇気をなくしていた。

「母さんに何が言えるっていうんです？」とラフトン卿はかなり乱暴に言った。

「私に腹を立てないでくださいね、ルードヴィック。私がこの件について考えたり、言ったりすることはただ一つの目的、あなたの幸せを願う目的で考え、言うのです。この世の何かに対して私がほかにどんな動機を持つというのでしょう？」彼女はそう言うと、息子に近づいて、口づけした。

「だけど、母さん、その反対理由は何か言ってください。かわいそうなルーシーの罪の総目録を要約して、彼女が結婚に不向きだとするその恐ろしい言葉は何ですか？」

「ルードヴィック、私はそんなことは言っていません。言っていないことはわかるでしょう」

「どんな言葉ですか？」

ラフトン卿夫人はそれからついにそれを言った。「彼女は――取るに足りない人です。とてもいい娘だとは思いますが、あなたが昇らせる高い地位を満たすほどの人ではありません」

「取るに足りない！」

「そうです、ルードヴィック、そう思います」

「それなら、母さんは彼女を知らないんです。母さんは知らない娘のことを話していると言わせてください。英語で使えるあらゆる非難の形容辞のなかで、その言葉ほど彼女にふさわしくない言葉はありません」

「非難したつもりはありません」

「取るに足りない！」

「おそらく私の言うことがほとんどわかっていませんよ、ルードヴィック」

「取るに足りないという言葉が何を意味するか知っていますよ、母さん」

「あなたの妻の地位を彼女が立派に満たせるとは思いません」

「母さんが言いたいことはわかります」

「テーブルの主人席で彼女があなたの栄誉とはなりません」

「ええ、わかります。母さんは元気のいいアマゾン族の女――小さな人々を脅して行儀よくさせる社交界のピンクと白の大女――をぼくと結婚させたいんです」

「まあ、ルードヴィック、今度は私を笑いものにしようというの」

「ぼくは人生で今くらい笑う気になれない時はありません、請け合っていいです。ありません。これまで以上に確かなのは、母さんの反対がミス・ロバーツを知らないことから生じているということです。知ったら、母さんがご存知のどんな女性にも劣らず彼女がやれる――そう、夫の地位も立派に支えていけるとわかると思います。この点について心配する必要は彼女には何一つないと保証していいです」

「思うに、あなた、おそらくあなたはほとんど――」

「こう思うんです、母さん、はっきり言って、こんな問題では、ぼくはぼく自身の手で妻を選ばなければいけないと。ぼくは選びました。今母さんには彼女のところへ行って、彼女を歓迎するようにお願いしたいんです。愛する母さん、あなたがぼくの妻を愛してくれないと思ったら、ぼくは幸せになれないと思います」彼は母の心に届く愛情のこもったこの最後の言葉を言うと、部屋を出ていった。

哀れなラフトン卿夫人は一人取り残されると、息子の足音が玄関広間から去っていくのを聞き終わるまで待ち、それから二階にあがって朝のいつもの仕事に取りかかった。卿夫人はとうとう仕事に専念しようと座り込んだが、胸中にいろいろなことが一杯あって、ペンを取りあげることができなかった。彼女はつい先ごろも自分で息子のため花嫁を選んで、その花嫁を心から愛そうと幾度も独り言を言ったものだ。この新しい女王に玉座を明け渡して、息子の妻がより華々しく輝けるように自分は有爵未亡人の地位に喜んで退くつもりだった。彼女は息子が新しいラフトン卿夫人——彼女自身がイギリスのすばらしい女性たちのなかから選んで、最初の崇拝者になろうと決めた新しい偶像——花嫁をうちに連れて帰るときを人生のもっともたわいのない白昼夢としてきた。しかし、ルーシー・ロバーツに玉座を明け渡すことができるかしら？　玉座を譲って、そこに牧師館のあの小娘を座らせることができるかしら？　数か月前、誰にも話しかけることができず応接間の隅でぎこちなく座っていたあの小娘を受け入れ、決定的な愛の確信、心酔した母の確信でもって扱うことができるかしら？　しかし、そうしなければ——そうしなければならないように見えた。もしそうしなければ、あの白昼夢はみじんも実現することはなさそうだった。

卿夫人は座ったまま、ルーシーが玉座に着くことが可能か考えようとした。というのは、彼女は息子の意志に圧倒されそうになっている自分を受け入れ始めていたからだ。とはいえ、グリゼルダ・グラントリーのことを考えずにはいられなかった。白昼夢の実現に向けて唯一実った最初の試みで、彼女はグリゼルダを女王として選んだ。運命がミス・グラントリーを世間的に見てもっと高い別の玉座に着けることがわかって、その試みは失敗した。できればグリゼルダを男爵の妻にしたかったのに、運命はその若い娘を侯爵の妻にしそうだった。では、卿夫人はこれを悲しんでいたのか？　あらゆる美徳を具えたミス・グラントリーがハートルトップ家へお輿入れになることを彼女は本当に残念に思っていたのか？　ラフトン卿夫人は失望にやすやすと堪えられない女性だった。ところが、ラフトン＝グラントリー縁組協定の終焉を思うとき、彼女は重荷から解放されたように安堵していた。もしこの最初の試みに成功していたら、どうなっていたのか？　結局、えたものは期待したものとは別物だっただろう。えたものはかつて希望したものとは違っていただろう。そんな考えに彼女は時々とらわれた。グリゼルダはラフトン卿夫人が女王に望んだものを全部体現するように見えた。しかし、見てくれだけを信じる女王はどんな支配の仕方をするというのか？　この点、運命が介入したことは卿夫人にとっておそらくよかったのだ。グリゼルダは彼女の息子よりもダンベロー卿のほうが似合っている、そう彼女は認めるようになった。

それでも、――ルーシーのような女王とは！　王国の家臣があんなに小さくてつまらない君主にきちんと尊敬を込めて膝を屈するだろうか？　いっそうやんごとない筋では、王子と高位の家臣の結婚を禁じる慣行がある。いかなる王家の血も生まれが王家の出でない家臣の血を高めることはない、そういう考え方があのやんごとない筋では承認された規則となっているではないか？　ルーシーは牧師の妹であり、牧師館の住人だという点でラフトン家の家臣だった。たとえルーシーが女王に代わるとしても――かりに王冠が適切に頭に冠せられて、ルーシーが統治の能力を持つとしても――、玉座の近くにいるあの牧師の兄はどうなるのか？　兄が家臣である限り、結局フラムリーにもはや女王はいないということになるのではないか？

とはいえ、卿夫人は自分が屈服するに違いないとわかっていた。胸中そうは言わなかった。ルーシーに手を差し出して、娘として彼女の名を呼ぶことをまだ認めていなかった。胸中そうは決して認めなかった――まだ今までのところはだ。しかし、彼女はルーシーの気高い資質を考えると、女王としてふさわしくないとしても、少なくとも女性としてふさわしいとはっきり認め始めた。ルーシーの肉体は取るに足りないとしても、その肉体の内側に気高い精神があることをラフトン卿夫人は進んで認めた。ルーシーが力――この世のあらゆる力のなかで主となる力、ほかの人のため自分を犠牲にする力――を身に着けていることも明らかだった。ルーシーが――いいという普通に受け入れられている言葉の意味で――いい娘だということをラフトン卿夫人は疑わなかった。ルーシーはさらに機転が利いて、行動がすばやく、どこか情熱の煌めきを秘めていた。不幸なことにルーシーがラフトン卿の愛情を勝ちえたのはその情熱の煌めきだった。母である自分がルーシー・ロバーツを愛することもきわめてありうることだ、そうラフトン卿夫人は認めた。それでも、いったい誰がルーシーの前で膝を曲げ、女王として仕えることができようか？　彼女があれほど取るに足りない人なのは残念なことではなかったか？

しかし、それにもかかわらずラフトン卿夫人が何をするわけでもなくその朝二時間自室で座っているあいだに、ルーシー・ロバーツの星は徐々に天空に上昇していったと言っていい。結局、ラフトン卿夫人は唯一不可欠な栄養価のある食べ物として愛情を必要としていた。彼女はこれに気づいていなかったし、彼女をいちばんよく知る人々もおそらく愛情のことには気づいていなかった。そういう人々は卿夫人が日々の心の糧としているものは一族の誇りに違いないと言っただろう。彼女自身も、ただしもっと快い呼び方で、息子の栄誉と一族の栄誉！と、この世のもっともだいじなものを呼んだだろう。これは部分的に正しかった。というのは、息子が汚辱にまみれたら、卿夫人は悲しみで墓に隠れるしかなかったから。しかし、彼女が日々の生活のなかで唯一必要としていたものは自分に近い人々を愛する力だった。

ラフトン卿は食堂を出たとき、すぐ牧師館へ行こうとした。しかし、向こうで何を言うか心を決めるためまず庭をぶらついた。卿は母に腹を立てていた。母が今にも折れて、屈服しそうだと見て取るだけの眼力がなかったからだ。彼はこの件で思い通りにするつもりだと牧師館の人々に理解してもらうつもりでいた。ルーシーの気持ちを知ることが肝要だとわかっていたから、そんなとき母の反対で押しとどめられることなんか考えられなかった。「イギリスにぼくくらい母を愛する息子はいない」と彼は独り言を言った。「しかし、男には我慢できないことがある。もし母に任せたら、あの石の塊と結婚させられていただろう。母は今あそこでがっかりしているからあんな言葉を使う――取るに足りないって！　ぼくはこれまであれほど理不尽な、あれほど嘘っぱちな、あれほど思いやりのない、あれほど――ぼくに竜でも連れて来てほしいんだろう。そうしてやったら、いい気味だな——母が家にいるのが堪えられなくなるような怪物でも」「けれど、母には折れてもらわなければいけない」と彼は一人つぶやいた。「でないと、母とぼくは喧嘩することになる」それから、彼は牧師館へ行く心づもりができたので、門のほうへそれて行った。

「卿、何が起こったかお聞きになりましたか？」と庭師が門のところで彼に近づいて来て言った。庭師は息が切れており、抱えている知らせの大きさに圧倒されていた。

「いや、何も聞いていない。何だい？」

「執行吏が牧師館のものを残らず差し押さえたんです」

註

（1）中国産の紅茶で昔は高級品とされた。

# 第四十四章　牧師館のペリシテ人ら

トウザーらとカーリング氏とマーク・ロバーツのあいだでその月どのようなことが取り交わされていたかすでに述べた。積極的なかかわりという点では、サワビー氏と同じように、フォレスト氏もこの件からまったく手を引いてしまった。カーリング氏は頻繁に牧師館に手紙を送ってきていたが、ついに最悪の日が近いことを知らせる特別な通知をしてきた。カーリング氏は職業的な経験に基づいてトム・トウザーのような男の手続きを予想するか、予言するかして、フラムリー牧師館に州知事の執行吏が訪れるのは翌朝だと判断した。カーリング氏の経験はこの点間違えていなかった。

「どうするつもり、マーク？」夫から手渡された手紙を読んだあと、ファニーは涙声で聞いた。

「何もしない。何ができよう？　来たらいい」

「ラフトン卿が今日帰って来ました。卿のところへ行きませんか？」

「いや、そんなことをしたら、卿に金をくれというのと同じだよ」

「卿から借りるのならいいじゃありませんか、あなた？　お金を用立てるのは卿にとってきっとたいしたことじゃありません」

「ぼくにはできない。ルーシーのことを考えてごらん。妹は卿に顔を合わせられなくなる。そのうえ、サワビーとお金の件について、すでに卿と言葉を交わしたんだ。卿はぼくが悪いと思っている。会ったら卿はそれを言うだろう。ぼくらのあいだに厳しい言葉が交わされる。強いて用立ててくれと言えば、卿は都合をつけてくれるだろうが、ぼくがとても受け取れないような仕方でお金を工面するだろう」

夫婦のあいだではこれ以上話されなかった。もしロバーツ夫人が思い通りにできたら、すぐにもラフトン卿夫人のところへ駆け込んだところだ。が、そのようなことをする許可を夫からもらえそうもなかった。卿夫人から援助を受けたくないという思いは、卿から援助を受けたくないという思いと同じくらい強かった。悪感情のようなものがすでに芽生えていたから、こんな状況で金銭的支援を求めることは不可能だった。しかし、ファニーはこんな苦境を脱する援助は結局コート方面から来るほかないと思い、そうでなければばかいもく来ることはないと予感していた。ファニーはもし許してもらえたら、お屋敷に喜んですべてを知らせただろう。

翌朝、一家はいつものように朝食を取ったが、大きな悲しみに包まれていた。ロバーツ夫人が結婚したとき連れて来たメイドは差し押さえの噂が台所に届いていると夫人に報告した。前日バーチェスターへ行った馬丁のスタッブズの説明によると、市のみながその噂をしていたとメアリーは言った。「気にしないで、メアリー」とロバーツ夫人。「ええ、もちろん、気にしません、奥様」とメアリー。

このころロバーツ夫人は家に六人子供を抱えて、そのうち四人が必要なものを充分持たないままころがり込んでいたから、普段とても忙しかった。夫人は朝食後いつものように仕事に取りかかった。しかし、ただゆっくり家のなかを歩き回るだけで、使用人にほとんど指示を与えず、夫人につきまとった。夫は同じころ書斎にいたと子供はいったいどうしたんだろうと不思議に思いながら、子供に悲しげに話しかけただけだ。はいえ、そこで何かしようとしているのではなかった。両手をポケットに突っ込んで、炉棚に寄りかかり、テーブルの上に目をやるけれど、何を見ているのでもない。仕事をするのは不可能だった。書斎に入った牧師の仕事が普通どんなものか思い出せ！　こんな仕事にいかにてきぱき対応してきたか考えろ！　もし書かれるとするなら、こんな時に書かれる説教とはいったいどんなものになったろうか？　いったいどんな満足感を味わいながら、聖句を捜して聖書を参照することができたろうか？　この点、夫のほうが妻よりも重症だった。妻には仕事の気休めがある一方、夫はそこに突っ立ったまま、動かず、何もせず、目を据えて、人から何と噂されるか考えていた。

彼は好運なことにこの宙ぶらりん状態に長く置かれなかった。というのは、朝食のテーブルを離れて三十分もしないうちに従僕がドアをノックした。この従僕は苦境が始まった初期のころ彼が解雇しようと決意した使用人だったが、バーチェスターの名誉参事会員席のおかげでまだ雇われていた。

「よろしかったら、旦那さん、外に二人の男が来ています」と従僕。

二人の男！　マークは二人が何者かよくわかった。しかし、穏やかな田舎の牧師館にこんな二人がやって来るのが普通とは思えなかった。

「何者なんだい、ジョン？」彼は答えを求めていなかったのに、思わずその問いが口にのぼった。

「おそらくこの人たちは――執行吏です」

「よろしい、ジョン。結構だ。もちろん二人はこの場所を好きなようにしていい」

従僕が出て行ったあと、彼は動かないでその場にずっと立っていた。十分間立ち尽くしていたら、時間がじつにゆっくり進んだ。ふと何時だろう正午かなと思ったとき、その日がほとんど進んでいないのがわかって驚いた。

それから、別のノック――彼がよく知っている音――がドアにあって、妻が音もなく入って来た。妻は話しかける前に近づいて彼の腕を取った。

「マーク」と妻は言った。「男たちが来ています。庭にね」

「わかっている」と彼はぶっきらぼうに答えた。

「会ったほうがよくないかしら、あなた？」

「会うって、いやだね。会って何の役に立つっていうんだい？　どうせすぐ会うことになる。連中は数分もするとここに入って来ると思う」

「目録を作っていると料理番は言っています。今二人は馬屋よ」

「よろしい、二人は好きなようにしなければ。仕方がない」

「食事とビールをあてがったり、何も持ち去ったりしなかったら、あの人たちはじつにおとなしいと料理番は言っています」

「おとなしい！　しかし、そんなことはどうでもいい！　食べ物が続く限り、好きなだけ飲み食いさせなさい。肉屋がこれ以上肉を持って来ることはないと思う」

「でも、マーク、ちゃんと毎月請求書に支払していますから、肉屋に借金はありません」

「よろしい。いずれわかる」

「ねえ、マーク、そんなふうに私を見ないで。私から離れないで。今互いに支え合わなかったら、私たちの慰めはいったいどこに見出せるっていうの？」

「私たちの慰めか！　神の救いがおまえにあるように！　ファニー、ぼくとおまえが一緒に部屋にいられるのが不思議だね」

「マーク、最愛のマーク、私のいとしい、いとしい人！　私があなたに忠実でなければ、誰が忠実になれます？　あなたから離れません。こんなことで私たちのあいだに溝を作ってはなりませんね？」そう言うと、妻は夫の首に腕を投げて抱きしめた。

彼は最悪の朝を迎えて、あらゆる細部を生涯記憶にとどめた。彼は身分というものに強いこだわりを持っていたから、際立った高い地位に駆けあがり、うまく瞞着して近隣牧師の頭上に偉そうに構えていた。同じ欲求に突き動かされて大人物らのあいだに入り込み、オムニアム公爵に取り入り、バーチェスター名誉参事会員席をえた。しかし、今はどんな態度を取ったらいいいだろう？　世のアラビンやグラントリーは何と言うだろう？　主教はどうあざ笑い、プラウディ夫人やその娘たちは関係方面でどう話すだろう？　クローリー——すでに一度頭があがらなかったクローリーはどんなふうに見るだろう？　クローリーのいかめしい厳格な顔が今彼の前に大きく浮かびあがった。子供は半分裸同然で、妻はあくせく働く人で、本人は半分飢えている、そんなクローリーはホグルストックの家に執行吏を迎えることはない。それから副牧師のジョーンズ、彼がひいきにして、ほとんど従者のように扱ってきたジョーンズ、いったい彼はどうやってこの副牧師の顔を覗き込み、次の日曜の神聖な職務の手配を整えることができようか？

妻がそばに立って、彼の顔を見詰めていた。彼は妻を見て、妻のみじめさを考えた。サワビーが積みあげた悪を考えると心を制御することができなかった。彼と妻にこの恐ろしい苦悩をもたらしたサワビーの欺瞞、サワビーの詐欺。

「もし世に正義があるなら、あの男に報いが訪れますように」彼はとうとう感情を抑えることができず、無意識に妻にそう言った。

「あの人を呪うようなことはやめてね、マーク。あの人もきっと悲しい目にあっています」

「あの男も悲しい目って！　いや、あいつはこんなみじめさに無感覚なんだ。あいつは不誠実そのもので凝り固まっているから、こんなことがみんな愉快なんだ。天に欺瞞の罰があるなら——」

「まあ、マーク、あの人を呪ってはいけません！」

「あいつがおまえにしたことを考えると、いったいどうして呪わずにいられよう?」

「復讐は私のすること(1)、と主は言われます」若い妻は叱責しか念頭にない厳かな説教口調ではなく、この上なく優しい声で夫の耳に囁いた。「復讐は主に任せてね、マーク。私たちは主がみなの心を、苦しみを引き起こしたあの人の心も、私たちの心も和らげてくださるように祈りましょう」

　マークはこれに答える必要がなかった。というのは、ドアに来た使用人にまた邪魔されたからだ。今度は執行吏の伝言を持参した料理番だった。彼女は料理番としての仕事で入って来たのではなかった。これは覚えておかなければならない。というのは、従僕が来ても、ロバーツ夫人のメイドが来てもよかったのだ。ところが、物事のたががはずれてしまうと、使用人のたがもはずれる。普通は執事に馬屋に入れと言うことはできないし、メイドにフライパンを持たせることもできない。しかし、今やこの新しい騒動が家を襲ったからには――執行吏が差し押さえに入って、動産が目録に載せられるのを見たからには、みながいろいろなこと、自分の仕事以外のことをしたいと思った。庭師はだいじな子供の世話をした。保母は執行吏が入る前の部屋を整頓した。馬丁は台所に入って執行吏のため昼食を用意した。料理番はインク立てを持って歩き回り、これら有力者の命令に従った。使用人に関する限り、執行吏の到来が今のところ楽しい催しと考えられたように見える。

「よろしかったら、奥様」と料理番のジェマイマは言った。「あん人たちはどん部屋から最初に目録を作ったら奥様が喜ぶか知りたがっています。なぜなら、奥様、あん人たちはあなたにもご主人にも不必要に迷惑をかけたくないからです。こん仕事をしている連中としては、奥様、じつに穏やかな――本当にじつに物静かな人たちです」

「応接間に入ったらいいです」とロバーツ夫人は悲しげな小声で言った。立派な主婦の例に漏れず、彼女も応接間を誇りにしていた。夫婦は結婚直後お金がたっぷりあったころその部屋に家具を備えた。そこにあるすべてが彼女にとってきれいな、すてきな、だいじなものだった。ああ、淑女のみなさん、あなたにとってきれいな、すてきな、だいじなものが入っている応接間を持つみなさん、ペンと角製インク入れを持った二人の執行吏にその部屋を引っ掻き回され、州知事の競売のため目録を作られることがどういうことか考えてみてください。しかも、それがあなたの過失のせいでも、浪費のせいでもないのにそういう目にあうとは！　そこにはラフトン卿夫人やメレディス令夫人や他の友人らから彼女に贈られたものがあった。そういうものは汚辱から救えるかもしれないとふと頭をよぎったけれど、それを口にするとマークのみじめさが増すといけないので、彼女は一言も言わなかった。

「それから食堂もね」と料理番のジェマイマがほとんど得意げな調子で言った。

「ええ、よろしかったら」

「それからここんご主人ん書斎、あるいはあなたとご主人がまだここにおられるなら、おそらく寝室も」

「あの人たちが好きなようにね、料理番。どちらにしてもたいした問題じゃありません」とロバーツ夫人。

しかし、このあとしばらくジェマイマは決して夫人のお気に入りにならなかった。

料理番が部屋から出て行くや窓の前の砂利に速い足音が聞こえて、玄関のドアがすぐ開けられた。

「ご主人はどこだね？」とラフトン卿のなじみの声。それから三十秒もしないうちに卿も書斎にいた。

「マーク、ねえ君、これはどういうことなんだ？」と彼は心地よい顔つきをし、快活な声で聞いた。「ぼくがここに帰って来たのを知らなかったのかい？　つい昨日の朝ハンブルクから上陸して、その日こちらに着いたんだ。こんにちは、ロバーツ夫人？　はっきり言って、これはずいぶん不愉快な状況ですね？」

ロバーツは始め旧友にどう口を利いていいかわからなかった。置かれた立場の屈辱に打ちひしがれて、黙りこくっていた。ラフトン卿がこの災難を救おうと思えば救える状況だったから、いっそう黙りこくった。彼は一家を構えてまだ人から金を借りたことがなかった。一方、この若い貴族とはお金のことで口論したことがあって、貴族から不当に扱われたと思っていた。彼はこの二つの理由で今言葉が出なかった。

「サワビーさんが夫を裏切ったのです」とロバーツ夫人は涙を拭って言った。これまで彼女はサワビーを責めることはなかったが、今は夫を擁護しなければならなかった。

「間違いなくそうだろう。あの男は信頼してついて来る人たちをみな裏切ってきたと思う。あの男がどういうやつか昔君に言わなかったかい。だけど、マーク、こういうことになるまでどうして事態を放置してきたんだ？　フォレストは助けてくれなかったのかい？」

「フォレストさんが夫にさらに別の手形に署名するように言いましたから、夫はどうしても署名しようとしなかったのです」とロバーツ夫人がすすり泣きながら言った。

「手形は酒を飲むようなもんだからね」と分別ある若い貴族は言った。「いったん始めるとなかなかやめられない。執行吏が今来ているのは本当かい、マーク？」

「そうです、隣の部屋にいます」

「何、応接間にかい？」

「あの人たちは品物の目録を作っているところです」とロバーツ夫人。

「とにかくやめさせなければ」卿はそう言うと、作業の現場に向かって歩き去った。卿が部屋を出ると、ロバーツ夫人は夫を一人残してそのあとを追った。

「なぜ母のところへ伝言を送らなかったんです？」玄関広間に二人で立ったとき、卿がほとんど囁くような声で聞いた。

「夫がさせてくれなかったのです」

「だけど、どうしてあなたが駆け込まなかったんです？　それとも、どんなに親しい間柄か考えたら——どうしてぼくに手紙をくれなかったんです！」

ロバーツ夫人は卿とルーシーの特別な親密さのせいで、連絡しようにもできなかったのだと説明することができなかった。しかし、夫人はまさしくそういう状況だったと感じた。

「ええと、あなた方、ここで仕事をされるのは好ましくありません」と卿は応接間に入って言った。それで料理番は低く膝を曲げてお辞儀した。執行吏は相手が貴族だと知って、仕事をやめ、手を額に当てた。

「よろしかったら、これをやめてください——ただちに。さあ、台所か、外のどこかに出ましょう。私はあなた方がここで大きなブーツを履き、ペンとインクを持って家具のあいだにいるのを見たくないんです」

「何も悪いことなんかしていませんよ、閣下。どうかご勘弁を」と料理番のジェマイマ。

「わしらはやらなけりゃならない仕事をやっているだけです」と執行吏の一人。

「わしらはやると宣誓してやって来たんです、どうかご勘弁を」ともう一方。

「こん仕事はどんな紳士淑女をも、閣下、残念ながらひどく厄介な目にあわせるもんです。けれどいろんなことが起こります。そんなとき、わしらんようなもんはどうしたらええんでしょう？」と最初の執行吏。

「なぜなら、わしらはやると宣誓して来ているんです、閣下」と二番目の執行吏。とはいえ、宣誓にもかかわらず、彼らが申し立てている厳しい義務にもかかわらず、貴族の要請に従って作業をやめた。貴族の名はイギリスではまだ大きな力があるのだ。

「さあ、ここを離れてくれ、そしてロバーツ夫人に応接間に入ってもらおう」

「お願いです、閣下、わしらはどうすればええんです？　わしらは誰を当てにしたらええんです？」

ラフトン卿はこの点で執行吏らを文句なしに満足させるとき、貴族としての影響力以上のものを使わなければならなかった。卿はペンと紙を用いる必要があった。しかし、そのペンと紙で納得したから、執行吏らは以前隔離病棟だったスタッブズの部屋へ――食事とビールをいただけるという条件で――引きあげて、翌日閣下の影響下で届く別の建物を空にせよという指示を待つことにした。という意味は、ラフトン卿がロバーツ氏のものである負債の全部を背負い込んだということだ。

それから卿が書斎に戻ると、マークは朝食後すぐ身を置いたほとんど同じ場所にまだ立っていた。ロバーツ夫人は一緒に戻らないで、ペリシテ人らのため子供部屋の整頓をするようにとの指示を取り消すため、子供のところへあがって行った。「マーク」と卿は言った。「もうこの件については不必要に悩まなくていい。あの二人はもう仕事をやめている。明日の朝には二人ともよそへやるよ」

「お金はどうやって――支払われたんですか？」と哀れな牧師。

「今はそれについて考えなくていい。負債は最終的には――ほかの誰でもなく――君自身が負うように処理しよう。だけど、奥さんが応接間から追い出されなくていいとわかれば、きっと安堵できるだろう」

「しかし、ラフトン、あなたにそんなことをさせるわけには――これまで起こったことから考えると――現在のところ――」

「ねえ、君、わかっている。今それについて言っている。君はカーリングを雇った。彼にそれを決着させよう。誓って、マーク、君に手形を支払わせるよ。だけど、現在のような緊急事態だから、お金はぼくの銀行から出しておこう」

「しかし、ラフトン――」

「誠実に考えれば、つまりカーリングの手形の件だが、あれは君の問題であると同持にぼくの問題でもある。サワビーのことで君をこんな混乱に陥れたのはぼくだ。この件でぼくがロンドンでいかに君を不当に扱ったか今わかる。だけど、あのときはサワビーの裏切のせいでわけがわからなくなっていたというのが本当のところだ。あいつの裏切のせいで君も同じようになってしまったのははっきりしている」

「あいつはぼくを破滅させた」とロバーツ。

「いや、君は破滅なんかしていない。といって、あの男に感謝する必要はないけれどね。もし君を破滅させることができるとわかったら、あの男はそれをためらわなかっただろう。あの男の欺瞞の深さを、君もぼくも想像することができなかった。それが、マーク、真実のところだ。あの男はいつも金を漁っていた。友人と親しくつき合っているときも――ワインを飲みながら君と座っているときも、野原で君と馬に乗っているときも――、あの男は苦境を切り抜けるため、君をどう利用しようか考えていたと思う。あの男はそんなふうに生きてきて、人をだますことに快感を抱くようになったんだ。そういう生活のなかであまりにも賢くなったので、明日君かぼくが再びあの男と会っても、またあの男からだまされるだろう。あれは徹底的に避けなければならない男なんだ。とにかくぼくはそれくらい学んだよ」

そういう意見を述べたとき、ラフトン卿はサワビーにあまりにも厳しすぎた。世の悪党について意見を形作るとき、私たちは厳しくなりすぎる嫌いがある。サワビー氏が悪党だったことは否定できない。嘘をつくのは悪党のすることだが、サワビー氏はきわめつけの嘘つきだった。当事者が実行できないとわかっている約束をするのは悪党のすることだが、サワビー氏は毎日それをした。他人の金に依存して生活するのは悪党のすることだが、サワビー氏は長いあいだそれをした。悪党と喜んで交際するのは、少なくとも私はそう思っているが、悪党のすることだが、サワビー氏は絶えずそんな交際をした。数えあげられるこんな行為によって証明されるより、もっと明白な悪行を彼が時々犯していたかどうかわからない。しかし、私は彼の心にまだ親切なところがあり、よりよきものを求める変わらぬ志向があることを知っているので、彼に対して優しい感情を抱いている。だからといって、彼を大きな罪から放免するつもりはない。それでも、彼の悪党振りを知っているにもかかわらず、私はラフトン卿の彼についての判断は厳しすぎると思う。もし悔い改めのときが与えられれば、彼の内部にはまだ悔悛の芽があった。彼はみずからの所業を深く悲しんでおり、品格というものから自分にどんな変化が求められているかよく理解していた。変化を遂げられないほど悪が度を超していたかどうか――悔い改めがまだ可能だったかどうか――は、彼と高き神にかかわることだ。

「自分を責める以外に責める相手はいません」とマークはまだ同じ打ちひしがれた口調で言うと、友から顔を背けた。

借金は支払われる。執行吏は追い払われる。しかし、こういうことがなされても、彼が世間を前にして真っ直ぐ立つことはできそうもなかった。州知事の執行吏がフラムリー牧師館の差し押さえにかかったということは、すべての人――主教区のすべての牧師――に知れ渡るだろう。彼はバーチェスター構内で二度と再び頭を高く掲げることはできない。

「ねえ、君、もしぼくらがこんなささいなことでみじめにならなければならないとするなら、――」ラフトン卿は友の肩に優しく腕を置いて言った。

「しかし、こんなことを仕出かす牧師は限られていますよ」マークはそう言って窓のほうへ顔を背けた。ラフトン卿は涙が牧師の頬にあるのを知った。

それから数分間二人は言葉を交わさなかった。それからラフトン卿は再び言った――。

「マーク、ねえ、君!」

「うん」マークはまだ顔を窓に背けていた。

「一つ覚えておいてくれなければ困るよ。君がこの踏み越し段を越えるのを助けるのは、ぼくにとってたいして迷惑ではないんだ。今は旧友の立場よりもっとましな立場がぼくにある。君を義兄と思っているからね」

マークはゆっくり振り返って、涙の顔をはっきり見せた。

「何か別のことが」と彼は言った。「起こったんですか？」

「はっきり言って、君の妹を妻にすると言いたいんだよ。彼女はぼくを愛しているという言葉を君を通して送ってきた。こうしたあとで馬鹿げたことに固執するつもりはない。もし彼女とぼくが望むなら、誰もぼくらのあいだに割り込む権利はない。神かけて誰にも介入させない。ぼくは何ごともこそこそやるつもりはないから、母にも言ったように、同じことを君にも言うよ」

「しかし、卿夫人は何と言っていますか？」

「母は何も言わない。だけど、そんなふうには続けられないね。母がそんなふうにぼくに反対するなら、母とここで一緒に生活することはできなくなる。ホグルストックへ行って君の妹さんをおびえさせたくないから、今言ったことをぼくからの伝言として君が伝えてほしい。そうしないと、彼女はぼくから忘れられたと思うだろう」

「妹はそうは思いません」

「そう思う必要は少しもないね。さよなら、君。サワビーの件で君と卿夫人の仲がこじれないようにするよ」

それから、彼は暇乞いをして、お金の支払を決着させるため立ち去った。

「母さん」と彼はその夜ラフトン卿夫人に言った。「執行史のこの件を持ち出してロバーツを責めてはいけませんよ。彼の過ちというよりぼくの過ちなんですから」

ラフトン卿夫人と息子はこれまでこの件について一言も言葉を交わしていなかった。彼女は起こったことを聞いてひどく当惑した。ラフトン卿がただちに牧師館に駆けつけたことも聞いた。彼女が今介入することはそれゆえ無意味だった。彼女は必要なお金が出てくることがわかったとはいえ、牧師の家の強制執行に伴う恐ろしい恥辱を胸中から払拭することができなかった。マークは彼女の牧師――彼女が選び、任命し、フラムリーに連れて来て、彼女が選んだ妻を娶らせ、よきもので満たしてきた牧師――だった！　その牧師が仕出かしたはなはだしい失態だった。彼女はロバーツの名を聞いたことを悔やみ始めた。しかし、必要であれば、あるいは可能であれば、彼女はお金を出してでも悪の状況を改善するように急いで手を差し延べたことだろう。しかし、特にルーシーとラフトン卿の関係が念頭にあるとき、ロバーツと息子のあいだにいったいどうして卿夫人が介入することができようか？

「あなたの過ちって、ルードヴィック？」

「ええ、母さん。マークをサワビーに紹介したのはぼくなんです。じつを言うと、当時サワビーと係争中だった金銭問題で、ぼくがマークを代理人のようなものにしなかったら、彼がサワビーと親しくなることはなかったと思います。だけど、その問題は決着しました――まったく母さんのおかげでね」

「ロバーツさんの場合、たとえ感情によってできなくても、牧師としての立場によってそんな災難に巻き込まれないようにすべきでした」

「とにかく母さん、それを大目に見てくれると嬉しいです」

「ええ、マークには何も言いません」

「ファニーにも何か言ったほうがいいでしょう、そうしないと変です。マークにだって、一言二言言ってください——母さんが言い方をよくご存知の優しい一言を。母さんがまるっきり黙っているよりも、そうしてあげたほうが彼も楽でしょう」

このとき二人はそれ以上言葉を交わすことはなかった。しかし、その夜遅く母は息子の額に手で触れて、絹のような長い髪を整えた。特別な愛情に動かされたとき、よくそうした。「ルードヴィック」と母は言った。「あなたほど立派な気立ての子はいないと思います。ロバーツさんとお金の件については、あなたの言う通りにします」それから、この件についてそれ以上話は出なかった。

**註**

（1）「ローマ人への手紙」第十二章第十九節。

# 第四十五章　主教公邸からの祝福

このころ恐ろしい噂がバーチェスターに侵入し、聖堂の塔や聖堂の玄関あたりを飛び交い、そうだ、参事会員の家々や聖歌隊助手のもっと慎ましい部屋にも入り込んだ。噂は構内から主教公邸に昇って行ったか、あるいは公邸から構内へくだって来たか、あえて言うつもりはない。しかし、噂はこの地域に群れなして集まるあの上品な聖職者すべてにとってショッキングで、異常で、疑いなく嘆かわしいものだった。

噂の最初のものは新しい名誉参事会員が聖堂参事会にもたらした恥さらしに関するものだった。バーチェスターでは前代未聞の恥さらしと、ある者は知ったか振りして言った。しかしながら、これはほかのその種のものと同じで真実ではなかった。というのは、今からほんの数年前に先の名誉参事会員、老スタンホープ博士の家に強制執行があったからだ。そのときは、博士自身が椅子やテーブルと同じようにペリシテ人らの手に落ちないように、夜逃げしてイタリアへ逃亡せざるをえなかった。

「けしからぬ恥さらしでしょ」とプラウディ夫人は先の博士についてではなく、新しい違反者について言った。「けしからぬ恥さらしでしょ。聖職服を引っぺがしてやったら、正しい処置になります」

「彼の禄は没収されるでしょう」と若い準参事会員が言った。彼は主教区の女主人から発せられる教会の命令に仕えて、それなりに大きな寵愛をえていた。もしフラムリーが没収されたら、主教からいただける俸給もあれば、余人でなく彼自身がその職務を引き受けてもいいのではないか？

「彼は頭まで借金漬けになっているという噂ですね」と未来のティクラー夫人が言った。「おもに買ったまま支払をしていない馬のせいです」

「彼が聖堂の職務を務めるため現れたとき、すばらしい馬に乗っているのを見ました」と準参事会員。

「州知事の執行吏が現在牧師館にいるそうです」とプラウディ夫人。

「獄には入っていないんですか？」とティクラー夫人。

「もし入っていないんなら、入ってもらわなきゃ」とティクラー夫人の母。

「きっとすぐ入ります」と準参事会員は言った。「彼はじつにいかがわしい悪党らとつき合っていると聞きました」

この件について公邸内ではこんなことが話された。あまり表現力のない牧師の家よりも公邸では疑いなく気力も詩的能力も示されたから、これがロバーツ氏の災難が一般に議論される仕方を代表していた。実際、彼はこういう人々のあいだでこれ以上立派に扱ってもらうことはできなかった。しかし、人の噂も九日間と(1)いう通常期間の鞭打ちをロバーツ氏は受けなかったし、彼の悪名が頂点で二日以上続くこともなかった。この噂の突然の落ち込みはいっそう嘆かわしい性質を持つ別の噂によるものだった。その噂によってプラウディ夫人は、本人が言うには、血も止まるほど激しい衝撃を受けたのだ。奥方は自分と同じくらい感じやすかったら、ほかの人の血も止まっていただろうとずいぶん心配したものだ。ダンベロー卿がミス・グラントリーとの婚約を破棄したとの噂だった。

このような残酷な知らせがこの世のどんな敵対的方面からバーチェスターに舞い降りて来たか、私には突き止めるすべがない。噂がどんなにすばやく伝わって、各都市共通のものになるかよく知られている。バーチェスターの誰よりもプラウディ夫人がハートルトップ家に関する情報を把握していたとしても驚くには当たらない。奥方はこのような人々が住む上流階級に誰よりも精通していたからだ。ダンベロー卿は別の若い女性、レディー・ジュリア・マック・マル――三社交シーズン前に婚約していた相手――をすでにポイ捨てにした前科があった。プラウディ夫人は結婚問題で卿が見せる性格にまるっきり不信を抱いていたから、それゆえそれを明言することができた。じつを言うと、レディー・ジュリアはとんでもない浮気女で、あるドイツの伯爵とワルツにのめり込み、それから一緒に駆け落ちしてしまった。現在の場面でプラウディ夫人が公邸の聞き手らにこの駆け落ちについて何も言わなかったところを見ると、私が思うに奥方は上流階級に精通していたとしても、限られた情報しか持ち合わせていなかったようだ。

「これは私たちみなに対する恐ろしい警告、はなはだ有益な警告なんです、クイヴァーフル夫人、この世のものを信頼してはならぬというね。娘の身内の者がこの若い貴族と縁談を決める前に調査をきちんとしておかなかったのは残念です」奥方がこれを話していた相手はハイラム慈善院の現院長の妻で、奥方からひいきを受けていたから、その声には注意して耳を傾けざるをえない女性だった。

「けれど、婚約破棄が本当でなければいいのですが」とクイヴァーフル夫人。彼女はプラウディ夫人に対する当然の忠誠にもかかわらず、グラントリー一家の幸せを願うそれなりの理由があった。

「本当に私もそう思います」とプラウディ夫人はかすかに怒りを含む声で言った。「しかし残念ですが、疑いの余地はないでしょ。まあ何とか事実でなければと願う程度にすぎないんです。私たちはこれをみな教訓、手本、主の慈悲の教えと見なすことにしましょう。あなたのご主人が次の安息日に慈善院の朝夕の説教でこの件について取りあげて、この世のよきものに置く信頼がいかにまやかしに満ちたものか示してくれるように――私はね、クイヴァーフル夫人――あなたから依頼してくれたらと思います」クイヴァーフル氏はある程度その指示に従った。彼はバーチェスターで穏やかな生活を送ることがじつに価値あることだと心得ていた。しかし、慈善院の年取った収容者を聞き手にして、高嶺の花との結婚をねらう野心的な企てを咎めるようなことはしなかった。

　この噂の場合も、この種の他のすべての例に漏れず、大執事あるいはその妻に知られる前に参事会員全員に知られてしまった。参事会長がそれを聞いて無視し、会長の妻も無視した――最初はそういう状態だった。主教区内の争いでグラントリー側に普通味方する人々はその噂を軽くあしらって、大執事もグラントリー夫人も身内の問題をちゃんと扱うことができると互いに話し合った。しかし、雨だれ石をうがつの譬え通り、この心配には根拠があるとついにプラムステッドを除くあらゆる方面で認められるようになった。

「噂には何の根拠もありません。根も葉もないことです」とアラビン夫人は姉に囁いた。「でも、よくよく考えて、あなたには伝えておいたほうがいいと思いました。きっと嘘だとわかります」

「まったくその通りよ、愛するエレナー」とグラントリー夫人は言った。「あなたにはとても感謝します。でも、私たちには、ねえ、ちゃんとわかっているのです。もちろんこれはほかのキリスト教の祝福と同じように主教公邸から来たものなのです」それから、グラントリー夫人と妹のあいだでそれ以上何も語られることはなかった。

　しかし、翌朝郵便でグラントリー夫人宛に――リトルバス(2)の消印がある――一通の手紙が届いた。手紙には次のように書いてあった。

奥様

　ダンベロー卿が現在の婚約から逃れる方法を友人らと取り決めたことを私は知りました。それゆえ、キリスト教徒としてこれをあなたに警告するのが私の義務だと思います。

真にあなたのものである
幸福を願う者

さて、未来のティクラー夫人のいちばんの親友で相談相手になっている人がリトルバスに住んでいることが、たまたまプラムステッドの住人によって知られていた。また、きわめて不幸なことに——たまたま未来のティクラー夫人がご近所づき合いの温かい思いやりに導かれて、友人のグリゼルダ・グラントリーに情愛に満ちた手紙を書き、ダンベロー卿とのすばらしい結婚を女性らしい誠実さで祝福していた。

「彼女の自然な筆跡ではないけれど」とグラントリー夫人は夫に相談して言った。「でも、手紙がティクラー夫人のものであることは確かです。これも主教公邸から私たちが日々学んでいる新しいキリスト教の教えの一部なのでしょう」

しかし、大執事はこういう動きに何か思い当たる節があった。彼は最近レディー・ジュリア・マックマルの話を聞いて、娘婿——すぐそうなる人——がこの問題でまんざら無罪であるわけではないと確認した。そのうえ最近ダンベロー卿があまり姿を見せていなかった。グリゼルダがプラムステッドに帰って来た直後、彼は飛びきり上等なエメラルドの贈り物を送ってきた。それはしかし宝石商から直接送られて来たもので、事務方によって指示されたものかもしれない——おそらくそうだろう。それ以後彼はこちらに来ることも、贈り物をすることも、手紙を書くこともしなかった。グリゼルダは普通の愛情表現がこんなふうに欠けていることを何も気にしていなかったようで、着実に結婚準備を続けていた。「手紙を書くことについては」と彼女は母に言った。「何も約束していなかったから、期待していません」しかし、大執事は落ち着いていられなかった。「いいかい、ダンベローの言行には目を光らせておけよ」と大執事は社交クラブで友人の一人から囁かれた。まさしくその通りだった。大執事は家族のことでこんなふうにこけにされて無関心でいられるはずがなかった。聖職者であるにもかかわらず、受けた不当な扱いに対して彼ほど戦闘的な人——また戦える人は少なかった。

「何かおかしなところがあるのかな?」と大執事は妻に言った。「上京する必要があるかもしれないね?」

しかし、グラントリー夫人はこの件をみな主教公邸の汚いやり口と見ていた。ティクラーとの婚約の状況を見るなら、公邸の仕業としても何の不思議もないではないか?　夫人はそれゆえ大執事が取ろうとするどんな措置にも反対した。

それから一、二日後、プラウディ夫人はアラビン夫人と構内で会って、婚約破棄について公然とお悔やみの言葉を述べた。じつに開けっ広げな振る舞いだった。というのは、娘——未来のティクラー夫人——が母と一緒にいたし、アラビン夫人は義姉のメアリー・ボールドを伴っていたからだ。

「グラントリー夫人はとても悲しんでいるに違いありません。じつに悲しいことです」とプラウディ夫人は言った。「心から同情します。しかし、アラビン夫人、こういう教訓はみな永遠の幸せのため私たちに送られているんです」

「もちろんです」とアラビン夫人は言った。「でも、この特別な教訓については間違いではないかと——」

「ああ!　残念ながら本当なんです。残念ながら疑いの余地はありません。もちろんあなたはダンベロー卿がヨーロッパへ行かれたことはご存知でしょ」

アラビン夫人はこれを知らなかったから、知らないと認めざるをえなかった。

「卿は四日前に出発しました。ブーローニュ経由です」と事情通のように見えるティクラー夫人は言った。

「グリゼルダがとてもかわいそう。結婚の支度を残らず用意したと聞きましたのに。本当にかわいそう」

「けれど、ダンベロー卿は当然大陸から帰って来るのではありませんか?」とミス・ボールドが穏やかに聞いた。

「もちろんです。きっと帰って来ます」とプラウディ夫人は言った。「いつかきっと帰って来ます。しかし、もし卿が噂されているような人なら、グリゼルダがそんな結婚をしなくて済めば、むしろいいことです。というのは、結局アラビン夫人、この世のものって何でしょ?――足の下の塵[3]、歯のあいだの灰[4]、炉のため刈られた草[5]、虚栄、悩み、それ以外にありません!」プラウディ夫人は様々なキリスト教の隠喩に満悦しつつ、それでもまだ虫と地虫――それは夫人自身の類と特にダンベローやグラントリー一派を指すようだ――について何かつぶやいて去って行った。

アラビン夫人はこれがかなり応えたので、姉に会う必要があると考えた。それからプラムステッドで相談した結果、大執事が公式に公邸を訪問して、噂が根も葉もないものであることを申し立てることになった。大執事は翌朝早くこれを実行した。主教の執務室に通されて、そこに主教とプラウディ夫人を見出した。主教は立ちあがって特別礼儀正しく彼を迎え入れると、あたかも彼の聖職者のなかで大執事がいちばんのひいきででもあるかのようにしごく甘いほほ笑みを投げかけた。しかし、プラウディ夫人は朝のこんな時間のこんな訪問が、何か特別な問題にかかわることを知っているかのように陰気な表情を浮かべた。大執事による朝の公邸訪問は儀礼上普通そんなに多くなかったからだ。

今回の訪問で大執事はただちに本題に入った。「今朝訪問いたしましたのは、プラウディ夫人」と彼は言った。「あなたにお願いがあってのことです」これに対してプラウディ夫人はお辞儀をした。

「プラウディ夫人はきっと喜んで聞いてくれますよ」と主教。

「バーチェスターのある愚かな人々が私の娘について噂しているのがわかっています」と大執事は言った。

「それでプラウディ夫人にお願いしたいんです――」

たいていの女性はこういう状況に置かれたら、気まずい雰囲気を察して、しかめ面をしつつ前言の過ちを認める用意をするだろう。しかし、プラウディ夫人はそうではなかった。グラントリー夫人は――奥方の応接室で――スロープ氏を引き合いに出して、奥方を面責する無礼を働いた。奥方はその復讐を決意していた。グラントリー夫人はさらにティクラーとの縁談を馬鹿にした。ダンベロー卿との結婚に対してプラウディ夫人が鬱積した感情を吐き出すのを止めるものは何もなかったと言っていい。

「残念ながら多くの人が彼女の噂をしています」とプラウディ夫人は言った。「でも、かわいそうに彼女が悪いのではありません。どんな娘にも起こりうることでしょ。ただし、おそらくもう少し注意を払っていたら――、許してくださるわね、グラントリー博士」

「バーチェスターに広まっている噂、ダンベロー卿と娘の結婚が破談になったという噂について一言言うためここに来たんです。そして――」

「バーチェスターの人々はみなそれを知っていると思います」とプラウディ夫人。

「――そして」と大執事は続けた。「その噂に反論したいと思うんです」

「反論したいって！　ねえ、卿はきれいに姿を消しているんでしょ――この国から！」

「卿がどこに行ったかどうでもいいことです、プラウディ夫人。噂は根も葉もないものだと主張します」

「それならバーチェスターじゅうの家を回らなければなりませんね」と奥方。

「決してそんな必要はありません」と大執事は答えた。「主教に私がここに来た理由を説明すればそれでいいんです。なぜなら――」

「主教は何もご存知ありません」とプラウディ夫人。

「まるっきり何もね」と主教は言った。「若い娘が失望なさらなければいいと願っています」

「――なぜなら、この件は昨日プラウディ夫人によってはっきりアラビン夫人に述べられたものだからです」

「はっきり述べられた！　もちろんはっきり言いましたよ。枡の下に置く[6]ことができないものってあるでしょ、グラントリー博士。これはそういうものの一つです。あなたがこんなふうに歩き回っても、ダンベロー卿に若い娘と結婚させることはできません」それは本当だった。こうしたからといって、プラウディ夫人の口をふさぐこともできなかった。おそらく大執事の今の用向きがお門違いだったのだ。それで彼は考え始めた。「とにかくこんな噂に根拠はないと言われたら」と彼は一人つぶやいた。「普通の人だったら、これ以上それについてはもう触れないと言ってくれるのが親切というものだろう。私がこう言っても、主よ、求めすぎということはないと思うが」

「主教は何もご存知ありません」とプラウディ夫人はもう一度言った。

「まるっきり何も」と主教。

「私がこの件で届いた情報を信じていると主張しているんですから」とプラウディ夫人は言った。「私がそれを否定することがいかにありえないかわかるでしょ。あなたの気持ちはよくわかりますよ、グラントリー博士。娘さんの地位を考えると、この縁談は世俗的な富に関する限り、途方もない玉の輿です。それが破談になってあなたが嘆いておられるからといって、何の不思議もありません。しかし、この悲しみは結局あなたとミス・グリゼルダにとって祝福となると信じています。こういう世俗的な失望は貴重な香油であり、あなた方はそれをそういうものとして受け入れるやり方をご存知のことと思います」

グラントリー博士が公邸にやって来たのは実際誤りだった。彼の妻なら何とかプラウディ夫人に勝てたかもしれないが、彼にはかいもく勝ち目がなかった。奥方がバーチェスターに来てから、大執事はほんの二、三回しか奥方と刃を交えたことはなかったけれど、この戦いでみな負けていた。彼の公邸訪問はいつも不本意なかたちで人々の前から退く結果に終わった。噂が嘘だとプラウディ夫人に強いて言わせることはできなかった。妻ならやれたとしても、彼には奥方の娘について卑劣な反撃をすることができなかった。彼はこんなふうに完全に失敗して、立ちあがり、暇を請うた。

しかし、最悪なのは、噂にはどこか真実性があるかもしれないとの疑念を大執事がうちに帰る途中払拭することができなかったことだ。ダンベロー卿がミス・グラントリーを妻にできない理由をあとで知らせる決意を胸に、ヨーロッパ大陸へ渡ったとしたら、どうだろうか？　卿の階級の男たちが以前にもそういうことをしたことがあった。ティクラー夫人がリトルバスから手紙を出した「幸せを願う者」であろうとなかろうと、あるいは彼女が友人に手紙を書かせた張本人であろうとなかろうと、どうでもいいことだった。彼、グラントリー博士には、熱心に広めている噂そのものをプラウディ夫人が信じていることははっきりしているように思えた。

妻が噂を信じていなかったので、大執事はある程度慰められた。ところが、その夜彼はプラウディ夫人によって植えつけられた疑念を大いに強める一通の手紙を受け取った。妻でさえもダンベロー卿への信頼を揺す振られた。たんなる知人からの手紙で、普通なら大執事に手紙を書いて来る相手ではなかった。手紙の大部分はごく普通のもので、くだんの紳士がわざわざ手紙を書く手間なんか考えないような内容だった。しかし、この短い手紙の最後は次のように書かれていた――。

「もちろんあなたはダンベローがパリへ行ったことはご存知でしょう。私は彼の帰国の正確な日付が決まっているか聞いていていません」

「やはり噂は本当なんだ」と大執事は書斎のテーブルを片手で打って言った。口と顎のあたりは蒼白だった。

「そんなはずはありません」とグラントリー夫人。しかし、夫人も今は震えていた。

「もしそういうことなら、やつの上着の首根っこをつかんで、引きずってイギリスまで連れ戻し、やつの父の玄関階段で辱めてやるぞ」

この脅しの言葉を発したとき、大執事はイギリス国教会の聖職者としてよりもむしろ怒った父の姿を見せていた。大執事はプラウディ夫人にはひどい敗北を喫したとはいえ、男たちのあいだで戦う――時として聖職服への配慮を忘れて戦う――戦い方は知っていた。

「もしダンベロー卿がそういう意図を持っているとしたら、今ごろ手紙を書いているか、友人に書かせているか、しているはずです」とグラントリー夫人。

「やつが婚約から抜け出したがっているということはありうるかもしれない。だが、やつは家名を汚したくないから、上品に抜け出そうと汲々としているんだ」

夫婦でこんなふうに議論して、問題がじつに重大に思えたので、大執事はただちにロンドンへ上京する決意をした。ダンベロー卿がフランスへ行ったことは疑いなかった。ロンドンなら、誰か卿の意図を知っている人が見つけられるし、きっと卿がいつ帰ってくるか、聞き出すことができるだろう。疑惑に充分な根拠があったら、大執事は大陸に変節漢を追うつもりだったが、確かな根拠なしにこれはできないだろう。現在の約束によると、ダンベロー卿は次の八月にプラムステッド・エピスコパイに――その時その場でグリゼルダ・グラントリーと結婚する目的で――現れる予定だった。もし卿がこの約束を守るなら、この間パリにいることを取り立てて問題にすることはできなかった。結婚を待つたいていの新郎はこういう状況なら未来の新婦にパリへ行く目的をはっきり伝えていただろう。しかし、もしダンベロー卿が普通の新郎と違うとすれば、そうしなかったからといって卿に腹を立てる権利が誰にあろうか？　卿は特にハートルトップ侯爵の長男という点、はっきり普通の人と違っていた。ティクラーが毎週毎週自分の居場所を明らかにするのはいいことだ。しかし、侯爵の長男はそんな堅苦しさを不愉快に思うかもしれない！　それにもかかわらず、大執事はロンドンへ上京するのが分別あることだと思った。

「スーザン」と大執事は出発するとき妻に言った。このとき夫婦はとても悲しみに沈んでいた。「グリゼルダに警告の言葉を伝えておいたほうがいいと思う」

「それほど深い疑念があるのですか？」とグラントリー夫人。夫人は夫の言葉にかなり動揺したが、それでも夫の提案に直接異を唱える勇気はなかった！

「できるだけ娘をおびえさせないように警告したほうがいいと思う。もし打撃を受けなければならないのなら、少しでもそれを弱めることができる」

「私なら死んでしまいます」とグラントリー夫人は言った。「でも、娘はそれに堪えると思います」

次の朝、グラントリー夫人は巧妙に準備を重ねて、夫からはたすように命じられた仕事に取りかかった。これをはたすのにずいぶん時間がかかった。というのは、夫人はこの話をするのにすこぶる狡猾に立ち回ったからだ。しかし、ついに言葉を漏らした。何か失望するようなことがまだ前途に待ち構えているかもしれない、そういう可能性――かすかな可能性――があると。

「母さん、結婚が延期されるとおっしゃるの？」

「そうなると言っているのではありません。断じてそれはありません！　ただの可能性です。こういうことを言う私はおそらく間違っているのでしょう。でも、あなたにはこういうことに堪える分別があると思っています。父さんはロンドンへ発ちました。じきに連絡があるでしょう」
「じゃあ、母さん、紋章つけの仕事は続けないように指示したほうがいいですね」

註
（1）驚くべきことも九日しか続かない、ということわざがある。
（2）架空の地名。
（3）「ナホム書」第一章第三節に「主は怒ること遅く、力強き者、……雲はその足の塵である」とある。
（4）「哀歌」第三章第十六節に「彼は小石をもって、私の歯を砕き、灰のなかに私をころがされた」とある。
（5）「ルカによる福音書」第十二章第二十八節に「きょうは野にあって、あすは炉に投げ入れられる草でさえ、神はこのように装ってくださる」とある。
（6）「マタイによる福音書」第五章第十五節に「明かりをつけてそれを枡の下に置く者はいない」とある。

## 第四十六章　ラフトン卿夫人の要請

その日執行吏らはビールつきの本格的な食事をした。彼らはそんなもてなしを受け、目録やそれに類するものを作る義務をまるっきり免除されて、この世の天国を味わった。翌朝、彼らは丁寧に挨拶して、邪魔したことをずいぶん謝ったあと去って行った。「紳士にご迷惑をおかけして申し訳ない」と彼らは言った。「しかし、仕事柄避けようがなかったんです」これに別の一人がつけ加えて言った。「仕事は仕事ですから」私はこの発言に逆らう気はないが、職業を選ぶとき、ことあるごとに謝罪か、いくぶん激しい権利の主張かが必要になる職業は避けるようにすべての人に勧めたい。若い男性読者はおそらく州知事の執行吏なんかになるつもりはないと答えるかもしれない。それでも、そう言う人が関心を向ける執行吏に似た職業があるのではないか？

執行吏が去ったその日の夕方、マークは翌朝早く来てほしいというラフトン卿夫人の手紙を受け取った。朝食後すぐ彼はフラムリー・コートへ向かった。彼がとても悲しみに沈んでいたことは想像できるだろう。しかし、冷水は最初に飛び込むときがいつも最悪なのだ、そういう妻の発言が正しいと感じていた。ラフトン卿夫人はたとえ最初ひどく冷たい言葉を浴びせても、いつまでも彼を非難し続ける人ではなかった。卿夫人の部屋に入ったとき、彼は普段の表情と態度を維持し、習慣となった屈託のない振る舞い方で挨拶の手を差し出そうと必死に努力した。しかし、これには失敗したことがわかった。善良な人は失敗の不面目を体験したら、どこか表情に恥辱の痕跡を残すと言えるかもしれない。それを残さないでいられる人は善人をやめるのだろう。

「これは痛ましい事件でした」と最初の挨拶のあとラフトン卿夫人は言った。

「その通りです」と彼は答えた。「かわいそうなファニーを悲しい目にあわせました」

「ええ、私たちみながしばらく悲しい時をすごさなければなりません。これ以上ひどい目にあわなければ、運がいいのかもしれませんね。ファニーが弱音を吐くことはありません」

「妻が弱音を吐く！」

「ええ、きっと大丈夫ですね。今私の願いは、ロバーツ、悪漢を相手にしてあなたとラフトンが何とか生き延びてほしいということです。というのは、あなた方の最近の友人サワビーさんは悪漢と言わなければなりません」

ラフトン卿夫人はこの問題に触れたとき、マークの名と彼女の息子の名をこんなふうに結びつけた。マークにとってこれくらい大きな親切と思えるものはなかった。卿夫人はこうすることによって叱責の苦味を取り去り、話題を彼にも楽に話せるようにした。しかし、卿夫人が今そんなに優しくしてくれるのを見て、彼はいっそう自分に厳しく当たらずにはいられなかった。

「ぼくはとても愚かでした」と彼は言った。「とても愚かで、ひどい了見違いを犯し、じつに邪悪でした」

「とても愚かだったと思いますよ、ロバーツ――率直に言って。これを限りにきっぱりやめてくれればね、それほど痛い目にあったとも思えません。やめるとちょっと一言約束してくれたら、私たちにとってそれがいちばんいいことだと思います。もうこの問題について二度と触れないように勧めます」

「ああ、ラフトン卿夫人」と彼は言った。「あなたのような友人を持つ人はぼく以外にいません」

卿夫人は面会のあいだじつに穏やかに、控え目にしており、いつもの活気ある話し方を慎んでいた。というのは、この日やり遂げなければならない仕事としてロバーツ氏のこの一件だけでなく、おそらくもっと難しい仕事を抱えていたからだ。しかし、卿夫人はこうマークから称賛されて少し元気が出た。というのは、こういう種類の称賛がいちばん好きだったからだ。彼女はまわりの人々のいい友人でありたいと願い、いい友人であることが嬉しかった。

「では、今夕あなたが、もちろんファニーも一緒に、ディナーに来てくださって、私を喜ばせてくださったら嬉しいです。ディナーの手はずは完全に整っていますから。言い訳は受けつけませんよ。これをお願いする特別な理由があるのです」ラフトン卿夫人は最後にこの厳しい指示をつけ加えた。牧師の顔に遠慮の表情が浮かぶのを見たからだ。哀れなラフトン卿夫人！　彼女が快活に自己表現できる唯一の手段はディナーへの招待しかないと、敵から――彼女にも敵がいた――よくいわれたものだ。しかし、私はその敵に聞きたい。ディナーは現存するどんな自己表現よりもその立派な方法ではないかと？　マークはこんな指示を与えられて、当然従い、妻とともにディナーに来ると約束した。それから、彼が去ったあと、ラフトン卿夫人は馬車を頼んだ。

フラムリーでこういうことが起こっていたあいだ、ルーシー・ロバーツはホグルストックにまだとどまって、クローリー夫人を看病していた。フラムリーに帰らなければならないような出来事は何一つ起こらなかった。ファニーは手紙でペリシテ人らの到来を最初に彼女に知らせたとはいえ、そのなかですでに執行吏らの退去も、どこから救済が届いたかも知らせていた。朝、この手紙を受け取ったあと、ルーシーは普段そうしていたように、患者が最近座れるようになった古い肘掛け椅子のそばに座った。熱病は去って、クローリー夫人はゆっくり――すこぶるゆっくり力を回復していた。シルバーブリッジの医者が頻繁に警告していた。患者はあまり急激によくなろうとすると、再び深い病を再発し、家庭内を無力に陥れるかもしれないと。「明日には本当に歩き回れると思います」と夫人は言った。「そうしたら、ルーシーさん、あなたをこれ以上長くここに引き留めなくて済みます」

「ずいぶん急いで私をお払い箱にしようとするんですね。クローリーさんはまたお茶のなかにクリームが入っていたと不平を言っているようです」クローリー氏は毎日ひそかに物資が家に持ち込まれていると確信して、一度それをはっきり口に出したことがあった。なぜなら、彼のコップにミルクではなくクリームが入っているのを発見したからだ。しかし、クリームはこれ以前にもほぼ毎日使われていたので、ミス・ロバーツは彼の発見の才をたいして評価していなかった。

「ええ、あなたが背を向けたとき、夫があなたのことをどう言うかわかりません」

「ご主人は私のことを何て言うかしら？　それをみな話す勇気があなたにはないことがわかります」

「ええ、そんな勇気はありません。夫のような外見の人がすることって、常識はずれに見えます。もし女性について詩を書くなら、主人公をあなたにすると夫は言っています」

「クリーム入れを手に持っているところとか、ワイシャツにボタンを縫いつけているところとかですね。でも、ご主人は羊の煮出し汁のことで私を許してくれなかった。じつに多くの言葉で私を――嘘つきとなじりました。事実、嘘つきでした」

「あなたは天使だと夫は言いましたよ」

「あらあら、まあ！」

「救いの天使だと。あなたはそうでした。あなたを友にすることができたから、病気になったほうがよかったと思うくらいです」

「でも、病気にならなかったら、好運に恵まれていたかもしれません」

「いえ、それはありませんね。病気のせいであなたが来てくれるまで、結婚生活で友人はできませんでした。病気にならなかったら、あなたと知り合いになることはなかったでしょう。誰か人と知り合いになるチャンスなんてどこにあるかしら？」

「もうありますよ、クローリー夫人。そうではありません？　来てくれると約束してくださいね。よくなったら、私たちのフラムリーへやって来ると？　すでに約束したことはご存知ね」

「弱って断れないときに約束させられたのです」

「その約束は守らせますよ。望むなら、ご主人にも来てもらいます。でも、ご主人が望もうと望むまいと、あなたには来てもらいます。ドレスが古いというような言い訳は聞きません。ホグルストックと同じようにフラムリーでも古いドレスは着ますから」

二人の女性が同じ病室に何週間も閉じ込められていたら、たいてい親しくなる。クローリー夫人とルーシー・ロバーツがこの看病の期間にどれだけ親しくなっていたかこんな会話からわかるだろう。

会話が二人のあいだで続いていたとき、馬車の音が道路に聞こえた。家の前を通っていたのは幹線道路ではなかったから、馬車はここではまれだった。

「きっとファニーよ」とルーシーは言って椅子から立ちあがった。

「二頭立てですね」とクローリー夫人は言った。病気によると思われる正確な聴覚で音を聞き分けていた。

「ポニーの馬車の音ではありません」

「正規の馬車です」とルーシーは窓から話した。「ここで止まった。フラムリー・コートから誰か来たんです。使用人を知っているもの」

ルーシーは話しながら額まで赤くなった。ラフトン卿ではないかしら、と彼女は思った。ラフトン卿が太った従僕を従えて窮屈なチャリオット(1)で田舎を走ることはないのをその瞬間忘れていた。クローリー夫人と親密になったとはいえ、ルーシーは新しい友に恋愛のことは何一つ話していなかった。

馬車が止まって、従僕が降りて来たが、家のなかからは声を掛けられなかった。

「おそらく彼はフラムリーから物資を持って来たんです」ルーシーはクリームとか、そんな物資のことを思い浮かべた。というのは、クリームや物資が彼女の滞在中に一度ならずフラムリー・コートからも届いていたのだ。「馬車はおそらくたまたまこちらのほうに来たんでしょう」

しかし、謎はまもなく少し解ける一方、おそらく別のかたちでもっと深まった。熱病が最初に発生したとき、おびえた母によって引き取られていた赤い袖の小娘が今この家の持ち場に戻っていた。その小娘がこのとき恐れおののいた表情で部屋に入って来ると、ミス・ロバーツに馬車の貴婦人のところへすぐ行ってほしいとはっきり言った。

「ラフトン卿夫人と思います」とクローリー夫人。

ルーシーは心臓が口に飛び出しそうなくらい驚いたので、しばらく何一つ話すことができなかった。ラフトン卿夫人がなぜこのホグルストックに来る必要があったのか、なぜ馬車で彼女、ルーシー・ロバーツに会いたがっているのか？　もうすべてが二人のあいだで決着したのではないか？　しかし――！　ルーシーは思考に許されたわずかな時間で、この面会のねらいを突き止めることができなかった。今はこの面会を延期したいというのが本音だった。しかし、赤い袖の小娘はそれを許そうとしなかった。

「すぐ行かれますね」と小娘は言った。

それから、ルーシーは一言も言わず、立ちあがって部屋を出た。しっかりした足取りだったが、どこへなぜ行くかほとんど意識することもなく階段を降り、小さな通路を歩き、外に出て、小さな庭を抜けた。平常心も、冷静さもなくなって、普通通り話すこともできないとわかっていた。今の振る舞いをあとで後悔するに違いないと思うくらい、感情を制御することができなかった。ラフトン卿夫人がなぜ彼女のところに来る必要があったのか？　彼女は歩き続けた。大きな従僕が馬車のドアを開けて立っていた。彼女はほとんど無意識のうちに段を登り、どうやってそこにたどり着いたかわからないうちに気づくとラフトン卿夫人の隣りに座っていた。

じつのところ、卿夫人も現作戦を遂行する方法がわからなくて少し途方に暮れていた。しかし、話を始める義務は明らかに卿夫人の側にあった。それゆえ、彼女はルーシーの手を取った。

「ミス・ロバーツ」と彼女は言った。「息子が帰って来ました。あなたがそれをご存知かどうかわかりませんが」

卿夫人はいつもとはまったく違った優しい小さな声で話したけれど、ルーシーは混乱していたのでそれに気づかなかった。

「知りませんでした」とルーシーは言った。しかし、彼女はファニーの手紙でそれを知らされていたのに、みな忘れていた。

「そう、息子は帰って来ました。ご存知のようにノルウェーにいました。――釣りなのです」

「ええ」とルーシー。

「少し前フラムリー・コート二階の私の小部屋であなたが言ったことを覚えていると思います」

ルーシーは覚えているとおずおずこれに答えた。全神経が震えていた。四肢が目に見えるほど震えていると思ったが、それは誤りだった。あのときはじつに大胆で、今これほど臆病なのはなぜなのか？

「さて、あなた、あのとき私はいちばん正しいと思ったことをあなたに言いました。私がほかの人より我が子を愛するからといって、あなたは腹を立てたりしないでしょう」

「ええ、怒っていません」とルーシー。

「あの子はいちばんいい息子、いちばんいい男性、きっといちばんいい夫になります」

ラフトン卿夫人が今話しているとき、目に涙が一杯あるのではないか、ルーシーは目で見てというより、本能によってそんなことを考えた。ルーシー自身、まるっきり目が見えない状態で、顔をあげたり、首を回したりする勇気がなかった。声を出すことなんか論外だった。

「今私がここに来たのは、ルーシー、あなたにあの子の妻になってくれるようにお願いするためです」

彼女がその言葉を聞いたのは確かだった。その言葉は彼女の耳にはっきり届いて、正しい意味を頭に残した。しかし、彼女は動くことも、あるいは了解の身振りをすることもできなかった。卿夫人のこんな行動につけ込んで、こんな大きな自己犠牲を払ってなされた申し出を受け入れたら、自分が卑劣であるように感じた。初め彼女の幸せはもちろんのこと、卿の幸せのことさえ考える余裕がなかった。彼女になされた譲歩の大きさだけが身に染みた。ラフトン卿夫人を運命の裁定者と定めたとき、彼女はこの愛情問題を自分に不利なものと見なしていた。ラフトン卿夫人から軽蔑されたまま、嫁の地位に就くことはできないとわかったので、勝負をあきらめた。勝負をあきらめ、自分を犠牲にし、犠牲である限り、卿をも犠牲にした。彼女はこの点で言行を一致させようと決意したが、ラフトン卿夫人のほうが彼女、ルーシーから出された条件を呑むという可能性は一度も考えたことがなかった。しかし、彼女がそうはっきり耳にしたように、事実は呑むということだった。「今私がここに来たのは、ルーシー、あなたにあの子の妻になってくれるようにお願いするためです」

二人がどれくらい長く黙ったまま座っていたかわからない。分単位で数えれば、おそらくそんなに多くは数えられなかっただろう。が、二人にはかなり長く感じられた。ラフトン卿夫人は話しているあいだ、うまくルーシーの手を取って、それをずっと握ったまま、顔を覗き込もうとした。ラフトン卿夫人の目も乾いていなかった。しかし、顔はほとんど見ることができなかった。相当背けられていたし、ラフトン卿夫人はもう一度言う必要があると思った。問いに対して答えが返って来なかったから、しばらくして卿夫人はもう一度言う必要があると思った。

「あの子のところに帰って、ルーシー、何か別の反対理由――厳しい老母のほかに何か――おそらく容易に克服できない何かがあると報告しなければなりませんか？」

「いえ」とルーシーは言った。それを言うのがそのとき精一杯だった。

「では、あの子に何と言いましょうか？　はいと言いましょうか――ただ、はいと？」

「ただ、はいと」とルーシー。

「一人息子がとても貴重で、一言言われたくらいではとても別れられないと思っている厳しい老母には――その母には一言もないのですか？」

「まあ、ラフトン卿夫人！」

「許しの言葉も与えられない、愛情の印ももらえないのですか？　母はいつも厳しく、不機嫌で、厄介で、気難しいと思われていなければならないのですか？」

ルーシーはゆっくり顔を回して、相手の顔を見あげた。まだ愛情を語る声を発することができなかったが、眼差しには愛情を一杯込められたから、そうすることで未来の母に必要な約束を残さず与えることができた。

「ルーシー、最愛のルーシー、あなたは私のとてもだいじな人よ」それから、二人は抱き合い、口づけを交わした。

ラフトン卿夫人はルーシーと必要な会話を終えるまで、あたりの道路をしばらく走るように今御者に申しつけた。卿夫人は最初ルーシーをその夜フラムリーに連れて帰ることを望んだ。翌朝クローリー夫人に再びルーシーを送り返す約束をして、そうするつもりだった。ホグルストックに彼女を送り返すのも「何かきちんとした取り決めができるまで」――つまり、未来の嫁のため正規の看護婦を代替させるまで――という条件つきにするのが卿夫人の心づもりだった。ルーシー・ロバーツは今や卿夫人の目にはクローリー夫人の病床で看護するには不釣り合いな属性を具えた存在に見えたからだ。しかし、ルーシーはどうしてもその夜フラムリーに帰ろうとしなかった。その夜も、翌朝もだ。ファニーがここに来てくれたら、嬉しかった。そうしたら、家に帰る手はずを整えるつもりでいた。

「でも、ルーシー、私はルードヴィックに何と言ったらいいのです？　もしあの子がここにあなたに会いに来たら、あなたはおそらく気まずい思いをするでしょう」

「ええ、ええ、ラフトン卿夫人、どうか彼に来ないように言ってください」

「私があの子に言わなければならないのはそれだけですか？」

「彼に何か言う――何か言う――彼は何も言われたくないと思います。――ただ私は一日静かにしていたいんです、ラフトン卿夫人」

「では、あなた、そうします。じゃあ明後日――いいですか、私たちはこれ以上あなたなしに済ますわけにはいきません。もうあなたはうちに帰ってもいいころです。あなたがこんなに近くにいるのに会うのを許されなかったら、あの子はとてもつらいと思うでしょう。あなたに会いたい人はほかにもいます。私はあなたに近くにいてもらいたい。というのは、もしあなたに私を愛するようになってもらえなかったら、ルーシー、私はみじめですから」これに答えて、ルーシーははっきり言葉に出して様々な約束をした。

そのあと彼女は小さなくぐり門のところで馬車から降ろされて、ラフトン卿夫人はフラムリーへ戻った。太った従僕がミス・ロバーツのため馬車のドアを開けていたとき、彼が未来の女主人に仕えていることを意識していたかどうか知りたいものだ。おそらく意識していたと思う。というのは、この種の人々はいつもすべてを理解しており、この男が馬車の踏み段を降ろすとき、その独特の行儀作法は注目に値するものだったから。

ルーシーは二階に戻ったとき、ほとんど気が動転していたので、どうしたらいいか、どんな表情をしたらいいか、どんな言葉を口にしたらいいかわからなかった。クローリー夫人の部屋にすぐ入る必要があったけれど、彼女は一人でいたかった。胸中にあるものを隠しおおすことも、表現することもできないと感じ、今の幸せについて誰かに話したいとも思わなかった。——今ファニー・ロバーツと話ができないことははっきりしていた。しかし、彼女は遅れることなくクローリー夫人の部屋に入った。混乱していると自覚している人にごく普通に見られる、あのちょっとせっかちな早口で、ずいぶん長く持ち場を離れていたのではないかと思うと言った。

「それで、ラフトン卿夫人でしたか?」

「ええ、ラフトン卿夫人でした」

「まあ、ルーシー、あなたと卿夫人がそんなに仲がいいとは知りませんでした」

「卿夫人が言いたい特別なことがあったんです」ルーシーはそう言うと、質問を避け、クローリー夫人の目も避けて、いつもの席に座った。

「不愉快なことを言われたのでなければいいのですが」

「いいえ、ぜんぜん不愉快なことではありません。ぜんぜんその種のことではないんです。——ああ、クローリー夫人、別の機会にお話しします。でも、今は何も聞かないでください」彼女は立ちあがって逃げ出した。どうしても一人になる必要があった。

自室――前は子供の寝室だった――にたどり着いてから、彼女は心を落ち着けようと大いに努めたが、必ずしもうまくいかなかった。紙と吸い取り紙帳を取り出して、書いても破棄するとわかっていたけれど、独り言を言うようにファニーに手紙を書こうとした。しかし、彼女は言葉をひねり出すことさえできなかった。手は震え、目はかすみ、思いは定まらなかった。彼女はただ座って、考え、不思議に思い、希望に託すことしかできなかった。時々目から涙を拭い、今胸がなぜこんなに痛むのか自問した。この二、三か月彼女はラフトン卿を恐れたことがなく、いつも彼の前で対等に振る舞ってきた。彼から牧師館で愛の告白を受けたときも、際立ってそう振る舞うことができた。しかし、今卿に会う最初の瞬間を漠然と恐怖を感じつつ待ち受けていた。

それから、彼女はフラムリー・コートですごしたある夜のことを思い出して、満足しつつそれを振り返った。グリゼルダ・グラントリーがそこにいて、グリゼルダとラフトン卿の縁談を円滑に進めるため両家の有力者が残らず動いていた。ルーシーはそれを見て、納得し、ある程度苦しみを味わった。不平を言うこともなく――痛ましくも劣等感を意識しながら――一人孤立したところに身を置いたとき、同時に彼女なりに優越した立場にいることを誇りに思った。そのとき、椅子の背後に来た卿から囁きかけられ、優しさと善意の最初の言葉を聞いた。ルーシーは彼の友人になろうと、たとえグリゼルダ・グラントリーが彼の妻になるにせよ、彼の友人になろうと決意した。そのような決意がどんな代償を払わなければならないかすぐ明らかになった。彼女はただちにその友情の結果を受け入れ、勇気を持って罰に堪えることに決めた。しかし、今――。

彼女はほぼ一時間そうして座っていた。もしそうしていてよければ、一日喜んでそうしていただろう。しかし、そうはいかなかった。立ちあがって目と顔を洗ってから、クローリー夫人の部屋に戻った。そこにクローリー氏もいたので嬉しかった。というのは、彼がそこにいるあいだは夫人から質問されることはないとわかっていたからだ。彼はいつも優しくしてくれ、旧式の洗練された尊敬を込めて扱ってくれた――ただし飲食物を調達する不正直について彼女を糾弾しなければならなかった、あの一度だけ義務感に駆られた場面を除いてだ。しかし、彼は妻のように無条件にルーシーと親しくなることはなかった。そんなふうになっていなくてよかった。というのは、今ラフトン卿夫人の訪問についてルーシーが口を利けるはずがなかったからだ。

夕方、三人が揃ったところで、彼女はロバーツ夫人が明日来ることになっているとやっと伝えることができた。

「心底残念ですが、あなたと、ミス・ロバーツ、お別れなのですね」とクローリー氏が言った。「しかし、私たちはあなたをこれ以上長く引き留めておくつもりはありません。クローリー夫人はあなたがいなくてももう何とかやれます。もしあなたが来てくれなかったら、妻がどうなっていたか、考えると途方に暮れます」

「帰るとは言っていません」とルーシー。

「でも、お帰りにならないと」とクローリー夫人は言った。「そう、あなた、もうお帰りにならないと。お帰りになるのが適切だと今は思います。いやですが、これ以上引き留められません。かわいそうな子供も――帰って来られる。ロバーツ夫人が私たちにしてくれたことについては、どういうふうに感謝したらいいかわかりません」

もしロバーツ夫人が明日来たら、ルーシーは一緒に帰ることに決まった。それから、その夜の寝ずの番のあいだに――というのは、ルーシーはこの最後の夜、夜明けあとまで新しい友人の病床をどうしても離れようとしなかったから――、これから彼女の運命がどう変わるか残らずクローリー夫人に打ち明けていた。本人は新しい地位によって何も変わったところはないように見えた。しかし、クローリー夫人は――貧しいうちのなかで――未来の貴族夫人に寝台のそばに付き添ってもらい、コップを手渡してもらい、休めるように枕を直してもらって恐縮してしまった。これは驚くべきことで、夫人はこれまで習慣となっていた親しさをほとんど保つことができなかった。ルーシーはこれを感じ取った。

「これまでとどこも変わるところはありませんよ、いいですか」と彼女は熱心に言った。「あなたと私の関係はまったく変わりません。これまでと少しも変わらないと約束してください」

強く求められたのでもちろん約束はなされたが、夫人がそんな約束を守る可能性はなかった。

翌朝とても早く――あまりにも早かったからルーシーは最初の眠りに入ったところで起こされてしまった――牧師館から彼女に手紙が届いた。ロバーツ夫人がラフトン卿夫人のディナーから帰ったあと書いた手紙で、次のような内容だった。――

私の愛する人

どんなにあなたにお祝いを申しあげ、どんなに熱烈にお喜びを表したいかわかるでしょう。おめでとうございます。私もとても嬉しい。私は明日十二時にあなたのところに着いて、あなたを連れて帰らなければなりません。おもにそれを伝えるためこれを書いています。もし私がそれをしなかったら、誰か別のあまり信頼の置けない方がそれをすると言い出すでしょう。

（しかし、趣旨はこんなふうに述べられ、この通りの内容かもしれないが、手紙は分量的には決してこの通りではなく、長い手紙だった。というのは、ロバーツ夫人は夜中すぎまで座って書いていたから。）

夫のことについては何も言うつもりはありません。（彼女は二ページほど夫の名で満たしたあとこう書いていた。）でも、奥様がいかに立派に振る舞われたかあなたに伝えておかなければなりません。奥様が高貴な方であることはあなたも認めるでしょう？

（ルーシーは昨日の訪問以来すでにそれを何度も意識していたから、それに疑問の余地がないことを繰り返し認めた。）

私たちがディナーの前に応接間に入ったとき、奥様はホグルストックにあなたに会いに行ってきたとまず切り出して、私たちを驚かせました。ラフトン卿はもちろん黙っていることができなくて、すぐ事情を明かしてくれました。卿が全部をどう話したか今あなたに言うことはできませんが、考えられるいちばん立派な態度で話したと信じていいです。卿は私の手を取ると、六度くらい強く握って、ほかにも何かしそうでしたが、そうはなさらなかったから、あなたは嫉妬する必要はありません。それから、奥様はマークにたいそう親切にしてくだって、あなたを褒め称える言葉をかけ、あなたのお父さんに最大級の敬意を表していました。でも、ラフトン卿はあなたを連れて帰らなかったといって、母をすごく叱っていました。ぼんやりで、間が抜けていると卿は言ったのです。でも、私は奥様がなさったことに対して卿がどれほど感謝しているかわかりました。奥様もそれに気づいたはずです。というのは、私は奥様の仕草に慣れていますから、卿を見て喜んでいるのがわかりました。奥様はその夜ずっと卿から目を離すことはありませんでした。確かに卿がこのときほど立派に見えたことはありません。

それからラフトン卿とマークが食堂に恐ろしく長くとどまっていたあいだ、奥様は部屋を見せるため私をなかに通して、どんなふうにあなたがそこの女主人になるか説明してくれました。奥様はそこを完璧に整えていました。きっと何年にも渡ってそれを考えてきたのでしょう。今奥様がいちばん恐れているのは、あなたと卿がラフトンへ行って住むことなんです。もしあなたが奥様か、私に恩義を感じているなら、卿にそれをさせないでください。ラフトンにはまだ重なる二個の石はないと言って、私は奥様を慰めました。事情はそういうことだと信じています。そのうえ、あそこは世界でいちばん醜いところだとみなが言っています。奥様はそれから目に涙を浮かべて、もしあなたがフラムリーにとどまることに同意してくれるなら、何事にも干渉しないとはっきり言いました。奥様は最良の女性だと思います。

この手紙の提示分はこれくらいにしておくけれど、ほんの一部にすぎない。それでも私たちが知る必要のあるものはみな含んでいる。その日正確に十二時にポニーのパックがロバーツ夫人とグレース・クローリーを乗せて現れた。グレースは家のなかの仕事ができるので、連れて来たのだ。そのとき内緒話はまったくなく、愛情のこもった言葉もほとんど交わされなかった。なぜなら、クローリー氏がそこにいて、ミス・ロバーツにさよならを言おうと待っていたからだ。彼にはこの客の未来の運命がどうなるかまだ知らされていなかった。それで彼らは互いに握手し、抱擁するだけだったので、ルーシーはかなり安堵した。というのは、彼女は義姉にさえ今度の話を公然と話す仕方がまだわからなかったからだ。

「全能の主があなたを祝福しますように、ミス・ロバーツ」クローリー氏はポニーの馬車へ案内する用意をして、すすけた居間に立っていたとき、そう言った。「あなたは陽光が消えた悪しき時にさえ、この家に陽光をもたらしました。主はあなたを祝福なさいます。あなたは苦しむ人の傷に油と香油を注ぎ、包帯をするよきサマリア人(2)でした。子供の母に生命を与え、私に光と慰めと善き言葉をもたらし、精神をこれまでになかったほど喜ばせてくれました。これはみな高ぶらない、誇らない愛によるものです。信仰と希望は偉大で美しいが、愛はこれらに勝るもの(3)です」彼はこれを言い終わると、彼女を外へ案内する代わりにいなくなり、姿を消してしまった。

ファニーがフラムリーへ御していくとき、パックがどんな所行に及んだか、馬車の二人の女性がどう振舞ったか――、それについてはおそらくこれ以上何も言う必要はないだろう。

註

（1）二人か三人乗りの四輪箱馬車。

（2）「ルカによる福音書」第十章第三十三節から第三十七節。

（3）「コリント人への第一の手紙」第十三章第四節に「愛は高ぶらない、誇らない」、第十三節に「いつまでも存続するものは、信仰と希望と愛と、この三つである。このうちでもっとも大いなるものは、愛である」とある。

# 第四十七章　ネメシス

これらの喜びに満ちた便りにもかかわらず、残念！　お仕置きの女神、あの公正なラダマンテュス(1)のような女神、私たち現代人がこの女神のことを話すとき、普通罰とか、ネメシスとかと呼ぶ女神はたとえその片脚が悪くても、邪悪な人がおそらく女神より前に走り出す(2)としても、必ずその人を捕まえる。今度の場合、邪悪な人とは私たちの不幸な友マーク・ロバーツにほかならない。彼は故意に汚いピッチに触り、ギャザラム城へ行き、速い雌馬に乗ってコボルズ・アッシーズまで田舎を快走し、無分別にもトウザー一味の手に落ちた。ネメシスの手先は『ジュピター』紙のトム・タワーズ氏だった。今女神の手先でこの人ほど恐ろしい懲罰者はいなかった。

　まず私はラフトン卿夫人とロバーツ氏のちょっとした会話に、詳しくは述べないが、触れなければならない。この紳士はお金の取引について卿夫人にもっと詳細に説明するのが適切だと感じた。彼はあの名誉参事会員席を手に入れたのはサワビー氏を通してだと思わずにはいられないと言い、起こったことを全部考えれば、こういう状況でその席を手にしている限り、安らいだ気持ちには決してなれないと言った。彼はこれからしようとしていることがラフトン卿への返済の最終決着をかなり遅らせることになるとわかっていた。しかし、ラフトン卿はそれを許してくれて、これからしようとしていることを妥当と認めてくれるだろうとの希望を述べた。

一聞したところ、ラフトン卿夫人は彼と意見を異にした。今ラフトン卿が牧師の妹と結婚するからには、その牧師が教会の高位聖職者であるほうが望ましい。また息子と親密に結びついている姻戚がお金の点でも恵まれているほうが望ましい。そのうえ、貴族の義兄にはより高い聖職の栄誉の可能性も将来遠くにぼんやり見えたし、きざはしの頂点もすでに一、二段登っていれば、普通より容易にきわめられるものだ。それにもかかわらず、問題が充分に説明されて、その席が与えられた状況を明確に把握したとき、卿夫人はそれを放棄したほうがよいとの意見に同調した。

彼ら二人がネメシスの懲罰がくだる前にこの結論に達したことは――フラムリーの人々みなにとっても――よかった。ネメシスは当然自分の懲罰がその辞任をもたらしたと断言した。しかし、これが誤った増上慢であることは一般に理解されていた。というのは、バーチェスターの聖職者はみなトム・タワーズが牧師の頭に最終的な一撃を投げかける前に、その席が聖堂参事会に返された、正確に言うと政府の手に返されたことを知っていたからだ。しかし、その一撃とは次のようなものだった。――

イギリス国教会は現在（と『ジュピター』紙の記事は書いていた。）この国の宗教各派に対する自己の優越性を声高に主張するけれど、その優位を維持するのがやっとだ。国教会の優位がいまだ保たれているのは、おそらくそれ本来の長所によるというよりも、由緒ある過去への人々の愛着によるものだ。しかし、国教会の聖職任命権者や聖職者が節度を守って行動するという一般規定をまるっきり無視して動いたら、由緒ある愛着に由来する寛容な態度も失われてしまうと予言することができる。時々私たちはそういう無分別な行動の例を耳にするから、国家宗教を深く敬愛するとされている人々の愚かさにあきれずにはいられない。

好運な聖職者が昇進できる威厳とゆとりのある地位の一つに聖堂参事会員席あるいは名誉参事会員席があ

る。よく知られているように、これらの席のあるものは報酬をほとんど伴わないか、ぜんぜん伴わない。しかし、別のあるものはこの世のよきもののなかでも特に恵まれている。家族用のすばらしい宿舎――その宿舎にどんな特権が伴うか知らない――がその席に用意され、そのうえ聖職報酬――それを分配したら、奴隷のような重労働に苦しむ聖職者をたくさん喜ばせるくらいの額のもの――が与えられる。これらの席についての改善も忙しい。報酬に応じた量の仕事を割り当てたり、席のなかで度を超したものから余分な富を削り落としたりしている。しかし、聖職という厳しい仕事で疲れ切った人々のため、威厳のある心地よい引退場所を備えるのはよいことだと考えられている。それゆえ、席についての改革は寛容だ。若い主教を任命する傾向が最近流行している。これは疑いもなく主教が実際に重労働をこなせる人でなければならないとの考え方に支えられている。しかし、名誉参事会員に若い人が望ましいなんて話は聞いたことがない。そのような地位に選ばれた聖職者は、私たちはいつも考えていたが、長い労働の一日のあとゆとりの夕べを手に入れた人、採用された聖堂にとって名誉となる人であると同時に、一生がとりわけ上品だった人、それゆえこれからも上品であろう人でなければならない。

しかし、バーチェスター聖堂のこんな贅沢な聖職禄の一つが、禄と会員席を一緒に保持するという了解のもと、近所の教区の俸給牧師マーク・ロバーツ師に与えられたと知る機会が先日あった。さらに調べてみると、この好運な紳士が三十という年齢をまだかなり下回ることもわかって驚いた。

とはいえ、私たちは彼の学識、敬虔の念、行動の正しさが聖堂参事会に特別な恩恵をもたらすものと信じたかった。それゆえ、渋々ではあるけれど沈黙していた。しかし、今彼の敬虔の念と行動の正しさが悲しいほど欠けていることが私たちの耳、まさに世間の耳に届いた。ロバーツ氏の生活と交際相手から判断すると、彼の学識さえも疑問に思えてくる。彼はロンドンのいかがわしい手形割引業者の告発を受け、フラムリー牧師館を今この時差し押さえられているか、あるいはほんの数日前に差し押さえられた。住み込む必要がないという事実がなかったら、バーチェスター構内にある宿舎にもおそらく差し押さえがあったことだろう。

（それから、同僚の行動に対しておもに責任を持つと思われる国教会の聖職者に、非常に耳の痛い必要な助言が与えられていた。記事は次のように終わっていた。）

これら会員席の多くはそれぞれの聖堂参事会長と参事会に任命権がある。そういう場合、参事会長と参事会に適切な人材が任命されるように見守る義務がある。しかし、その他の場合、選考権は王室にあるから、この場合、同じ責任が時の政府に委ねられる。ロバーツ氏は私たちが知るところ前首相によってバーチェスターの会員席に任命された。私たちは任命権が行使された仕方について前首相が重大な非難を受けなければならないと考える。前首相がこういう審査全部を個人的な判断で通したとは考えられない。それでも、私たちの政府は完全に代理責任の基礎の上に動いている。「代理人の行為に本人は責任を負う」との原則は特別な意味で私たちの大臣にも当てはまる。高位高職に就く人はこのような引責の危険を甘受しなければならない。この特別な例の場合、ごく最近入閣した閣僚――その入閣を当時私たちは大きな誤りだと指摘した閣僚――がロバーツ氏の推薦人だった。入閣した紳士はどんな高位の政務にもそれまで就いていなかった。それゆえ、バーチェスターでなされた今回の悪は、まさしく不適格な人が高位に昇進したことに伴う弊害だ。たとえ前首相の行政執行上の失敗という問題がその閣僚の手の届かないところにあるとしてもだ。

もしロバーツ氏が私たちの助言を受け入れるなら、会員席を再び王室の裁量に戻すため必要とされる手続きを時を移すことなく取ることだ。

哀れなハロルド・スミスはこれを読んだとき、苦悩に身をよじりつつこの記事が憎い敵サプルハウス氏の手になるものだと断言した。彼はその痕跡をたどれると、少なくともそう言った。しかし、私自身としては敵意のせいで彼の判断が間違っていると思う。サプルハウス氏よりもっと大物が私たちの哀れな俸給牧師を罰することを引き受けたのだと思う。

この記事はフラムリーの人々みなを恐怖に陥れた。最初に読んだとき、彼らを粉々に打ち砕くように見えた。哀れなロバーツ夫人はこれを読んだとき、家族にとって世界が終わったように感じた。記事を夫人に見せないようにしようとする試みがなされた。しかし、今度の場合もそうだったが、そんな試みはいつも失敗する。記事はあらゆる善意の地方新聞に転載された。夫人はすぐ何か隠されていると気づいて、とうとう夫から記事を見せられた。そのあと数時間完全に死んだようになり、数日間人前に姿を現す気になれず、数週間この上なく憂鬱だった。しかし、その後世界は前と同じように回っているように感じた。太陽はその記事が書かれなかったかのように、これまで通り暖かく彼らの上に輝いた。異教の雷の出現によっても輝きを完全に制限されることのない天空の太陽だけでなく、生活領域の愛想のいい太陽――その暖かさと光が本質的に人の幸せに必要である太陽――も輝いた。近所の禄付牧師らは不機嫌な表情を見せなかった。禄付牧師の妻らは訪問をいやがらなかった。確かにプラウディ夫人は構内でロバーツ夫人に気づいて、とても冷たくうなずいて通りすぎたことはあったが、バーチェスターの店の人々は夫人を恥知らずな女のように見ることはなかった。

記事が永続的な影響を及ぼしたのはプラウディ夫人の心のなかだけにとどまるように見えた。一点だけ記事はおそらく有益だった。ラフトン卿夫人は記事によってただちに彼女の牧師を支援するように促された。

これによってロバーツ氏の罪の記憶はフラムリー・コート内の全員の心からいっそう早く払拭された。

実際、州全体はほかに関心を引くものがない普通の時期だったら、当然この件に関心を集中させただろうが、そうはならなかった。総選挙の準備がなされている時期だった。東バーセットシャーは無投票になりそうだったが、西部では激しい戦いが繰り広げられていた。戦況があまりにも興奮させるものだったので、ロバーツ氏の記事は普通よりも早く忘れられた。サワビー氏を追い出すようにと指示する布告がギャザラム城から出た。それに応じる挑戦の声がチャルディコウツ側からあげられて、公爵の命令に従ってはならないとサワビー氏になり代わって抗議した。

この王国には下院議員選挙に制度上参加できない二種類の人間がいる――すなわち貴族と女性だ。しかし、現在の選挙戦が一人の貴族と一人の女性によって戦われていることがすぐ州の隅々にまで知れ渡った。ミス・ダンスタブルは言わばちょうどその時期チャルディコウツ御猟林の購入者と言われていた。もし巨人らが神々に対して一時的な優位をえていなかったら、その購入者はまるっきり逆になっていただろう――そうバーチェスターの人々は事実を知らないまま断言した。公爵は神々の支持者だったから、それゆえ公爵の金は拒絶されたのだと、フォザーギル氏はほのめかした。ミス・ダンスタブルは公爵の州で神々のこの友人に対して勇敢に立ち向かう用意があった。それゆえ彼女の金が受け入れられたのだと。しかし、私としてはフォザーギルは何も知らなかったと思う。ミス・ダンスタブルは勝ちをえたいとの熱意から公爵の見立てた資産価値以上の金を王室に提供したと思うし、王室は国家国民の明らかな利益を見て彼女の熱意につけ込んだだと思う。

ミス・ダンスタブルはチャルディコウツ全体の所有者だということ、州選出議員候補としてサワビー氏を応援するとき、彼女の借地人を支援していたということが、すぐ知られるようになった。ミス・ダンスタブルがついに結婚に同意したということ、グレシャムズベリーのソーン先生、あるいは敵陣営がはやし立てている「グレシャムズベリーの薬剤師」と今にも結婚する予定だということが、選挙戦のなかで取り沙汰されるようになった。「やつは生涯いかさま医者だった」とバーチェスターの著名な医者、フィルグレイブ先生が言った。「それでやつは今いかさま医者の娘と結婚しようとしている」ソーン先生はそういう言葉や、それに類する言葉によって平静を失うことはなかった。

しかし、こういうなかフォザーギル氏と選挙参謀のクローサースティル氏が一連のおもしろい揶揄を生み出した。サワビー氏を「女のペット」とあだ名し、このペットを飼う女を様々に描写するなか、決してミス・ダンスタブルの容貌、物腰、年齢について甘い言葉を連ねることはなかった。そして、州の西部は女によって代表されることが適切かつ妥当なのかと厳めしい口調で問いかけた。これに対して、州は公爵によって代表されることが適切かつ妥当なのかという問いかけがなされるのだ。州や市では、目立たない壁や納屋のドアに張り紙を貼るかたちでこういう問いかけがなされるのだ。これに対して、州は公爵によって代表されることが適切かつ妥当なのかという問いが投げ返された。すると、揶揄はミス・ダンスタブルに対する個人攻撃的様相を帯びてきた。州は女の手に引き渡されるだけでなく、レバノンの香油を売った女の手に引き渡され、永久に汚されてしまっていいのかと問うた。しかし、この問いによってえるものは何もなかった。というのは、これに応じる張り紙は州が貴族の――しかも特に上院の議席をもっとも汚した不道徳な人として知られる貴族の――領地となることを許したら、その恥がいかに深いものとなるか不幸な州に説明した。

こういう調子で選挙戦はかなり上品に繰り広げられた。金は湯水のように使われたので、西バーセットシャー全体から見れば不満はなかった。州あるいは市がこの種の恥さらしにひるむことなくどの程度堪えられたか見るのはおもしろい。王国全体で選挙制度に付与した価値がいかに至高のものと見なされていたか、その制度の原理が人々によって細部でいかに無価値と見なされていたか知るのもまたおもしろい。もちろん公爵は姿を現さなかった。公爵はどんなときにもめったに姿を現さなかったが、こんな時には絶対現さなかった。しかし、フォザーギル氏はいたるところに現れた。ミス・ダンスタブルも枡の下に明かりを隠さな(3)かった。私はここで歴史家として確信をもって言うと、コーシーのホテルで玄関ポーチの上から選挙民に彼女が演説したという広く膾炙する噂は事実に基づくものではない。確かに彼女はコーシーにいて、馬車はホテルに止まった。しかし、そこでもほかのどこでも公的に姿を見せることはなかった。「私はプラウディ夫人と間違えられたに違いない」と彼女は噂が耳に届いたとき言った。

しかし、残念！　選挙戦でミス・ダンスタブル陣営に大きな失敗の要因があった。いくら説得してもサワビー氏自身が男らしく戦う気にならなかった。課された明確な指示にはある程度従った。選挙に立つというのは彼女との取り決めの一部だったから、その取り決めを反故にすることはできなかった。しかし、彼は真に戦う気力を残していなかった。選挙演説で公爵に挑むことができなかった。戦いの初期にフォザーギル氏が彼に挑戦の小手を投げたにもかかわらず、サワビー氏はそれを拾おうとしなかった。

フォザーギル氏はシルバーブリッジのオムニアム・アームズで大演説して言った。「私たちはこの選挙戦のあいだオムニアム公爵の悪名と、公爵が候補者の一人に浴びせたとされる侮辱をずいぶん耳にした。サワビー氏の主張を支持する紳士たち――とあの女――は公爵に対してしばしば罵詈雑言を並べている。しかし、サワビー氏自身は公爵に対して多くを語る勇気はないと思う。私はサワビー氏に挑戦して、公爵の名を演説のなかで口にしてみろと言っている」

そして、確かにサワビー氏は公爵の名に触れることは一度もなかった。

気力がなくては戦いは不利だ。サワビー氏はこういうことに向かう気力を今ほとんどなくしていた。公爵がフォザーギル氏の力を借りて仕掛けた網をサワビー氏が逃れたのは確かだ。ただし、彼はある人の捕虜から別の人の捕虜になったにすぎない。お金は深刻なものだ。政治権力か、名声か、流行かと同じように、お金はなくなれば、トランプの一回勝負か、羽子板の好運な一撃かで取り戻すことはできない。十万ポンドがなくなったら、それを融通したと主張する人がB夫人であろうと、私のC卿であろうと、同じことだ。いかなる回避策も債権者からのそんな主張を消すことはできない――ただしサワビー氏がミス・ダンスタブルに試みたような回避策がなければの話だ。彼は女性の所有のもとでなら古い家に借地人として生活することが許されたから、公爵よりも女性を債権者とするほうが確かによかった。しかし、いろいろな経緯があったあと、彼はこれも悲しい生活だと思った。

選挙はミス・ダンスタブル側の負けだった。彼女は堂々と戦いを繰り広げ、最後の最後まであきらめずに戦って、敵のお金も使わせる反面、彼女のお金も惜しまなかった。戦い続けたが、うまくいかなかった。多くの紳士がサワビー氏を支持した。なぜなら、公爵の隷属状態から州を解放したいと望んだからだ。しかし、サワビー氏は厄介物だと、ラフトン卿夫人からそう呼ばれたように、やはりみなからそう思われた。選挙が終わったとき、彼は西バーセットシャーの代表を追われたことがわかった――二十五年間州を代表したあと永久に追放されたのだ。

不運なサワビー氏！　私は彼がよりよき指導のもとでなら、よりよきものを生み出す素質を具えていたと知るゆえ、残念の思いを抱くことなくここで彼のもとを去ることができない。高貴な家の出であっても、悪党になるため生まれついてきたような人がいる。しかし、サワビー氏は私の考えるところ、紳士になるため生まれついてきた。しかし、彼は紳士になれなかった――すこぶる誤った行動を取ったため指定された決勝点に至る走路から逸脱した――と了解しよう。社交にふさわしくない無防備なとき、友人から手形引き受けの承諾をえるのは紳士の行為ではなく、まさしくごろつきのやることだ。それやその他同様の悪行の烙印が彼の性格にはっきり押されている。しかし、それにもかかわらず私はサワビー氏のため一掬の涙を求め、彼が競馬クラブの規則に従って慎重に馬を走らせることができなかったことを嘆く。

彼はチャルディコウツの古い家の借地人として生活し、耕作する土地から収入をえる計画を立てていたにもかかわらず、すぐそれを放棄した。農業に適性がなかったうえ、州のなかの地位の変更に堪えられなかった。彼はすぐ自発的にチャルディコウツを放棄して、そういう人が姿を消すように姿を消した。とはいえ、必要な収入を必ずしも欠くことはなかった。ソーン夫人の実務担当者が――そこまで私が予想することを許してもらえるなら――両者合同の問題の最終処理に当たってこの点に特別注意を払った結果だ。

こうして公爵の指名を受けた人ダンベロー卿が、過去何年にも渡って指名を受けた人が当選してきたように当選した。ここに応報の女神は現れなかった――これまで一人の女神も。それにもかかわらず、片脚の悪い女神は彼、公爵にもし追いつく必要があると思うなら、きっと追いつくだろう。私たちは公爵にめったに会うことはなかったから、公爵の関心についてこれ以上詮索することは省略していいと思う。

しかし、ここイギリスで私たちが問題を処理するとき、その良識を表す注目すべき点が一点だけある。この物語の初期に読者はギャザラム城の内部に案内され、そこでミス・ダンスタブルがこの上なく親しい仕方で公爵からもてなされるのを見た。その後、その女性は公爵の近所に住むことになり、公爵と戦争を遂行した。公爵はこれにおそらくすこぶる腹を立てていた。それにもかかわらず、ギャザラム城の次の大きな催しのとき、ソーン先生とその夫人は招待客のなかにいて、公爵は誰に対するよりも裕福な隣人、前ミス・ダンスタブルにじきじきに礼儀を尽くした。

註

（1）ゼウスとエウローペーの子。正義の士として名高く、クレータ人の立法者となり、死後ミーノースやアイアコスとともに冥府の裁判官に選ばれた。
（2）第三十七章註五参照。
（3）第四十五章註六参照。

# 第四十八章　彼らがみないかに結婚し、二人の子をなして、その後いつまでも幸せに暮らしたか

親愛なる、愛情に満ちた、思いやりのある読者のみなさん、この最後の章で私は安堵の溜息をつく四つのカップルを扱わなければならない。私は合唱隊の指揮者として読者にはこのカドリールの幸せについていささかも疑念を抱いてほしくない。最近バーチェスターで起こったあのちょっとした挿話にもかかわらず、彼らはみな幸せになった。彼らの幸せを語るに当たって――今はそれを短めに語る必要があるが――、結婚の祭壇に登った順を優先して、時系列的に取りあげよう。

七月、聖堂でバーチェスター主教の長女オリヴィア・プラウディは花嫁の父の手によって、審問役の付牧師の補佐をえ、ベスナル・グリーンのトリニティ地域教会現牧師トバイアス・ティクラー師と結婚した。この二人の場合、読者が花婿と知り合いになってまもないから、おそらくあまり多くを語る必要はないだろう。式に臨むに当たって、花婿はいとしい彼の三人の子を出席させたいと申し出た。私はこの措置を分別あることと思うけれど、しかしこれは高い評価を受けている未来の義母の助言によって、いやむしろ強い勧告によって止められた。ティクラー氏は裕福ではなく、これまで職業上際立った名声を勝ちえてもいなかった。それでも四十三歳で、まだ充分チャンスがあった。今や彼の長所が高位聖職者の目に適切に評価されたので、それにふさわしい昇進の清新な露のしずくをきっと浴びることだろう。結婚式はすこぶる気の利いたもので、

オリヴィアは試練のあいだすばらしい作法で振る舞った。

この結婚式の数日後まで、バーチェスターの人々はダンベロー卿がまさしくフランスへ行ったあの奇妙な旅について疑念を抱いていた。こういう状況にある男性が未来の花嫁に何も知らせないまま突然パリへ発ったら、人々は疑うに違いない。プラウディ夫人は娘の結婚式の朝食の席でも、この件について重大な懸念を表明した。「あなた方に神の祝福がありますように、私のいとしい子供」と奥方はテーブルの上座で立ちあがってティクラー氏と妻に言った。「あなた方の完全な——すなわち人の幸せがこの涙の谷で完全になりうる限り完全な——幸せを目にするとき、そして不幸な隣人に降りかかった恐ろしい災難を思うとき、私は神の無限の慈悲と善意[1]を感じざるをえません。主が与え、主が取られる[2]のです」奥方はこの表現によってティクラー氏はオリヴィアに与えられ、ダンベロー卿は大執事のグリゼルダから奪い取られるときっと言いたかったのだ。幸せな二人はそれからプラウディ夫人の馬車で二番目に近い鉄道駅に行って、そこからモールバーン[3]へ向かい、そこで蜜月をすごした。

ダンベロー卿はパリから帰って、ハートルトップ＝グラントリーの縁組は実現の運びとなった、信頼できるそんな知らせがバーチェスターに届いた。これはきっとプラウディ夫人にとって大きな安堵となったことだろう。それでも、奥方は若い貴族が逃亡を図ったとの意見——その真偽が誰にわかろう？——を変えなかった。「大執事は断固たる姿勢を見せてやり遂げたんでしょ」とプラウディ夫人は言った。「娘を気乗りしない夫と無理やり結婚させるのは、娘のことを本当に考えているかどうか疑問です。しかし、不幸なことに、大執事が世俗的な問題にいかに深く執着しているかみなわかってしまいました」

大執事は確かにこの件で世俗的な問題に固執して望みの成功を手に入れた。彼はロンドンに上京して、ダンベロー卿の友人一、二人に会った。子爵の側の欺瞞か、ためらいか測りかねてこれを目立たぬかたちで行った。とはいえ、大執事はこのときの慎重さと機転で長く有名になった。バーチェスターを留守にした数日間で、彼はフランスへ渡り、ダンベロー卿をパリで狩り出したとプラウディ夫人は断言した。私はこれについて何も言う用意はないものの、大執事を知る人々と同じように確信している。彼は不当な扱いを避ける手段が残っている限り、娘が不当な目にあうのを指をくわえて見ているような人ではなかった。

しかし、大執事がパリへ旅したあの話題となった一件はとにかく、いずれにせよダンベロー卿は八月五日にプラムステッドに現れて、男らしく役目をはたした。ハートルトップ家の人々は縁組が避けられないとわかったとき、結婚式をハートルトップ・プライオリーで行うように画策した。結婚式の陽気な輝きがバーチェスター構内の聖職者のほこりっぽさと陰気さで損なわれないようにするためだった。というのは、じつを言うと、ハートルトップ家の人々は聖職者の家と結ぶ新しい縁組を概して誇らしく思っていなかったからだ。しかし、適切にもグラントリー夫人はぜんぜんこれに耳を貸そうとしなかった。花嫁にぎりぎり最後で母をうっちゃらせ、プライオリーで結婚すると言わせる試みがあったにもかかわらず、成功しなかった。ハートルトップ家の人々はグラントリーの迫力と度量を何一つ知らなかった。知っていたら、そんな試みはしなかっただろう。結婚式はプラムステッドで行われ、当日の朝ダンベロー卿はバーチェスターから禄付牧師館へ急行した。式には聖堂参事会長、音楽監督、その他二人の牧師が出席するなか、大執事によって補佐なしで執り仕切られた。グリゼルダはオリヴィア・プラウディのそれに勝るとも劣らぬ礼儀正しい物腰を見せた。実際、そのときグリゼルダはどんな花嫁にも勝る威厳に満ちた優雅さと立派な貴族的振る舞いを見せた。式のなかで口を開かなければならない三、四言の言葉をすらすら厳かに話した。式の進行を乱したり、友人らを困惑させたりするすすり泣きも、泣き声も漏らさなかった。彼女は教会の帳簿に気後れも——後悔もなしに「グリゼルダ・グラントリー」と署名した。

娘が父の腕にすがって旅立ちの馬車のほうへ歩き出そうとしたとき、グラントリー夫人は玄関広間で娘に口づけし、祝福を与えた。娘は顔をあげて最後に囁いた。「母さん、私たちがドーバーに着くころ、ジェーンはもうアンティークの波紋織に手を伸ばしていますね」グラントリー夫人はほほ笑み、うなずいて、再び祝福を与えた。一滴の涙も——少なくともそのときは——なかったし、その日の陽気な輝きを一瞬たりとも曇らせる悲しみの影はなかった。しかし、母は自室の孤独のなかで娘の最後の言葉を考えながら、何か欠けていることを認めて、溜息をついた。彼女は娘の教育について何ら後悔するところはないと妹に自慢した。とはいえ、今成功を遂げて一人になったとき、その自慢を繰り返せるとまだ思っていただろうか？ というのは、みなに知られているが、グラントリー夫人は胸に心を、心に信仰を持つ人だったから。彼女は聖職によって蓄積された富の重みで確かにひどく圧迫されていた。それでも、完全に押しつぶされることはなかった——彼女は押しつぶされなかったけれど、娘が押しつぶされた。父の罪については、第三、第四世代に訪れるのではないか？

しかし、グラントリー夫人は豊かな喜びをそんな後悔の感情によってしばらく曇らされていたが、娘の結婚生活の完全な成功によってすぐそれを払拭した。秋の終わりに花嫁花婿が旅行から帰ってきた。ダンベロー卿がこの結婚に少しも不満を感じていないことがハートルトップ・プライオリーの人々にもはっきりわかった。妻は至るところで称賛され、彼を有頂天にした。エムスやバーデンやニース(4)で人々は若い子爵夫人の堂々たる美しさに打たれた。彼女は最初優雅さと容姿で人々に尊敬の念を植えつけ、続いて品行の様式、格、高い威厳でそれを支えた。嘘ばかりのゴシップを快活に喋って夫の栄誉を奪うような真似はしなかった。どんな人にも彼女という女性が具えた貴族性(5)を忘れさせることはなかった。ダンベロー卿は自分が妻によって分別のある人という名声を確保したと知り、妻の振る舞いに教えを垂れる必要はないとすぐ悟った。

その冬が終わる前、グリゼルダはハートルトップ・プライオリーの人々の心を同じようにとらえていた。そこに滞在していた公爵は、ダンベローはおそらくこれ以上の結婚はできなかったと侯爵夫人に断言した。「実際、私もそう思います」と幸せな母は言った。「彼女は見るべきものはみな見、見てならないものは見ません」

それから、社交シーズンが到来したとき、ロンドンではあらゆる人があらゆる仕方でグリゼルダを賛美した。ダンベロー卿は時代のもっとも賢い人の一人と自分が見られていることに気づいた。妻は夫のためすべて取り仕切り、夫を困らせることがない。どの女性からも嫌われず、どの男性からも称えられる。卿はそんな妻と結婚した。理性の饗宴と魂の交流[6]という点に関しては、そんな饗宴や交流がそもそも夫婦のあいだに必要かという大問題があるのではないか？　いったいどれだけ多くの人が結婚によって魂の交流を享受し、結婚によって理性の饗宴に心から参加していると主張できようか？　しかし、ドレスの着こなし方を知り、立ち居振る舞いの仕方を知り、馬車に乗り込む仕方、降りる仕方を知る美しい女性、無知のゆえに夫に恥をかかせない、あるいはなまめかしい仕草で夫をやきもきさせない、あるいは才知でもって夫をけなさない、そういうテーブルの上座にいる美しい女性は何とすばらしいのだろう！　私としては、グリゼルダ・グラントリーは偉大なイギリス貴族の妻になるべくして生まれてきたと思う。

「それでも結局」とミス・ダンスタブル――このときはもうソーン夫人になっていた――はダンベロー卿夫人について言った。「奇妙な当世の哲学者[7]が言っている言葉に真実がありますね――『汝の力は偉大なり、ああ、沈黙よ！』」

私たちの古い友人ソーン先生とミス・ダンスタブルの結婚は目録の三番目だが、九月の終わりまで式は挙げられなかった。この結婚の場合、弁護士らがやらなければならない仕事がやたらにあった。女性のほうが内気なわけではなく、紳士のほうがのろいわけでもなかったのに、これより早く式を挙げるのは実際的でないとわかった。式はハノーヴァー・スクエアのセント・ジョージズ教会で挙げられて、どの点から見ても華々しいところはなかった。ロンドンはそのとき空っぽで、どうしても出席してもらいたい少数の人々には式のため田舎から来てもらった。花嫁はイージーマン先生によって花婿に引き渡された。二人の花嫁付き添いはミス・ダンスタブルが仲間として一緒に生活していた女性たちだった。若いほうのグレシャム氏と妻が参列していた。ハロルド・スミス夫人も列席した。夫人は新しい生活圏に入っていたけれど、古い友人をないがしろにする気になれなかった。

「ミス・ダンスタブルと呼ぶのをやめてソーン夫人と呼びましょう。決定的に違うと本当に思います」とハロルド・スミス夫人。

ハロルド・スミス夫人にはおそらく決定的に違ったのだろう。しかし、関係する大部分の人にはそうではなかった。

先生と妻が取り決めた生活設計によると、妻はロンドンの屋敷をまだ維持する予定だった。社交シーズンのうち妻が望む期間そこにいて、夫が訪問して来るときに迎え入れる。しかし、夫は田舎で主人として家を構える予定だった。御猟林に邸宅を建てる計画で、その家が完成するまで、グレシャムズベリーの古い家にとどまるつもりでいた。ソーン夫人は——莫大な資産にもかかわらず——小さいこの家に入ることをいとわなかった。しかし、その後の状況が計画を変更させた。サワビー氏がチャルディコウツに住むことができないし、住むつもりがないことがわかった。それゆえ、結婚から二年目にその場所が二人のため整備された。二人は今チャルディコウツのソーン先生と夫人として——東部の有名なウラソーンのソーンと区別して——州全体によく知られている。ここで彼らは近所の人から尊敬され、オムニアム公爵とラフトン卿夫人の両方と親密な関係を保って生活している。

「あの懐かしい古い並木道を見るととても悲しい」とハロルド・スミス夫人は言った。ロンドンの社交シーズンが終わってチャルディコウッに招かれたときのことで、夫人は目にハンカチを当てた。

「でも、あなた、どうしたらいいかしら?」とソーン夫人は言った。「並木を切らせてくれないのです。先生が切らせてくれないのです」

「いいえ、そこまでは」とハロルド・スミス夫人は溜息をついて言った。この夫人は意に反してチャルディコウッを訪問していたからだ。

ラフトン卿が幸せな男になったのは十月だった。つまり、期待よりも結実のほうに大きな喜びがあるとしての話だ。結婚の幸せは死海の果実――食べると口のなかで苦い灰に変わるソドムのリンゴ――ではないと思う。こんな上っ面な皮肉はじつに間違っている。それでも、祭壇で儀式が執り行われ、女性の法的所有が許されるとき、愛の祝宴のもっとも甘い一口が食べられ、花のもっとも新鮮で、もっとも汚れない薔薇色が摘まれ、消えてしまうのは事実ではないか? 花嫁には愛の馥郁とした香り、漠とした優雅な味わいがある一方、それは教会の表玄関を出る前に消え去り、旧姓とともに失われる。それは妻という地位に伴うしっかりした安楽とは両立しないのだ。妻を愛し、妻から愛されるのは男性の普通の定めであり、罰でもって男性に強要される義務でもある。しかし、男性のものになっていない、美しい若い女性を愛することが許され、か弱い女性――あたかも男性を愛することがほとんど不法でもあるかのように世間の目からまだ身をすくめている女性――から愛されていると知りながら、そんな女性の期待の待ち受け状態を終息させるとき、男性が幸せにならないはずがない。そうだ、夫は祭壇から戻って来るとき、祝宴の極上のご馳走をすでにいただいてしまっている。このあと、夫の前にはただ結婚生活の牛肉とプディングが待ち構えているだけ。いや、ただパンとチーズが待ち構えているだけだ。あるいは、パンの皮しかない――パンの皮も残っていないかもしれない。そんなことがないように男性は注意しよう。

しかし、物語を終える前にちょっとだけ極上のご馳走の時点――牛肉とプディングが出される前の時点、ルーシーがまだ牧師館にいて、ラフトン卿がまだフラムリー・コートにいる時点に遡ってみよう。ある朝、卿が現れて――それがこのころ卿の習慣となっていた――、数分間の会話のあとロバーツ夫人は部屋を出て行った――こういう場合、それが夫人の習慣だった。ルーシーは仕事を続けていた。ラフトン卿はちょっとだけ座って彼女を見ていたあと、それから突然立ちあがって彼女の前に立ち、このように聞いた。――

「ルーシー」と卿。

「ええ、ルーシーがどうしたというんですか？　今朝何か特別な落ち度でも？」

「そう、特別な落ち度だね。ぼくを愛せないかどうか、ここ、この部屋、まさしくこの場所で聞いたとき、なぜあなたは愛せないと言ったんだい？」

ルーシーはそのとき答える交わりに卿の記憶が自分のそれと同じかどうか確かめるように絨毯を見おろした。そうだ、卿は前に立っていたのと正確に同じ場所に立っていた。この世でここほど彼女の目に鮮明な場所はなかった。

「その日のことを覚えているかい、ルーシー？」と卿。

「はい、覚えています」と彼女。

「なぜ愛せないと言ったんだい？」

「愛せないって言いましたか？」

彼女はそう言ったことを当然覚えていた。彼女は卿が立ち去るのをどんなふうに待っていたか、それから自室に戻って、嘘をついた自分の臆病についてどんなふうに自責の念に駆られたか思い出した。

彼女はそのとき嘘をついた。今そのことでどんな罰を受けるというのか？

「ええと、愛せると思います」と彼女。

「だけど、ぼくをじつにみじめにするとわかっていながら、なぜあなたは愛せないと言ったんだい？」

「みじめにするって！　いえ、でも、あなたはかなり幸せそうに帰っていきました！　あれ以上満足した様子のあなたを見たことがないように思います」

「ルーシー！」

「あなたは義務をはたして、じつにうまく抜け出しました！　私が驚いたのはあなたがまた現れたことです。でも、水差しが井戸に行けばとうとう取り返しがつかなくなることもありますからね、ラフトン卿」

「だけど、もう本当のことを教えてくれないか？」

「本当のこと？」

「あの日、ぼくがあなたに聞いた日――のときはっきり言ってぼくを愛していたかい？」

「できたら終わったことは終わったことにして触れないようにしましょう」

「だけど、どうしてもあなたに白状させるよ。もし嘘だったら、あなたがしたような返事はじつに残酷な回答だった。それなのにあなたは母がクローリー夫人とあなたのところに行くまで、ぼくに二度と会おうとしなかった」

「私が――好きになったのはあなたがいなくなってからです」

「ルーシー、あなたはあのときぼくを愛していたと信じているよ」

「ルードヴィック、魔術師か誰かがあなたにそんなことを吹き込んだに違いありません」

彼女はそう言いつつ、立ちあがると、卿にほほ笑みかけ、両手をあげ、かぶりを振った。しかし、今彼女は卿のなすがままで、卿から復讐——彼女が過去についた嘘と現在言う冗談の復讐——を受けていた。彼女を全部自分のものにする結婚のとき、いったいどうして卿は今より幸せになれようか？

このころ、彼女に乗馬を勧める話が再浮上して、今回は前回とはぜんぜん違った結果になりそうだった。前回はじつにたくさん反対が出た。乗馬服がなかったし、ルーシーは怖がっていたか、怖がっていると言われた。そのうえ、ラフトン卿夫人が何と言っただろう？　しかし、今回ラフトン卿夫人は乗馬を認めたうえで質問した。馬は信頼できる馬ですか？　ルードヴィックは女性が乗れる馬か確認したのですか？　それから、当然のことながらメレディス令夫人の乗馬服が引っ張り出されて、一着が良心の痛みもなくハサミを入れられ、縮められ、仕立て直された。怖がっていたなんてまるっきり逆で、ルーシー・ロバーツくらい大胆な乗り手はいなかった。乗馬が彼女にうってつけのものであることがフラムリーじゅうの人々には明らかだった。「でも、彼女にちゃんと合った馬が手にはいるまで、ルードヴィック、私は不安です」とラフトン卿夫人。

それから、結婚式の衣装と花嫁道具の問題があった。ルーシーがそれについてダンベロー卿夫人に匹敵する能力あるいは着実さを見せたと、私はとても自慢して言うことができない。ところが、ラフトン卿夫人はこれを重大問題と見なした。彼女によると、ロバーツ夫人がこの問題であまり熱心な動きを見せなかったので、自分が一手に引き受けることにしたという。彼女は眉をひそめたり、うなずいたりして、ルーシーを完全に黙らせ、長靴のひもの金具に至るまですべて自分で決めた。

「ねえ、あなた、私が事情通であることを認めてくださいね」とラフトン卿夫人は言って、ルーシーの腕を軽く叩いた。「ジャスティニアにもみなこうしてあげました。私が買った物は何一つ後悔しなくてよかったのです。娘に聞けば、そう教えてくれます」

ルーシーは選ばれた品々について未来の義母の判断に何の疑念も抱いていなかったので、未来の義妹に聞いてみることはしなかった。ただお金のことがあった！　一度に六ダースものハンカチを買って、いったい彼女は何を期待したらよかったのか？　ラフトン卿が総督としてインドへ行くような話はなかった。それでも、グリゼルダの想像力なら、十二ダースのハンカチでも多すぎはしなかっただろう。

ルーシーはフラムリー・コートの応接間に一人よく座ったものだ。胸中は初めてそこに座ったあの夜のことで満たされていた。彼女はそのときここの人たちのなかで自分が場違いな存在なのだと思い知らされて、胸にうめきと涙を溜めた。グリゼルダ・グラントリーがラフトン卿夫人からかわいがられ、ラフトン卿から賛美されて、いともくつろいでそこにいた。一方彼女のほうはまわりの人たちから浮いていると感じて、目立たぬところに引っ込んでいた。そのとき、卿が彼女のところにやって来て話しかけ、気立てのよさで泣かせたから、彼女の状況をいっそう悪化させてしまった。それでも、彼女は打ち解けて卿に話しかけることができないとの思いで傷ついた。

しかし、今ルーシーが置かれた立場は一変した。彼女はこの広い世界から卿によって選ばれ、ここに連れて来られて、家と、栄誉と、与えられるものを分かち合った。彼女は卿の大切な宝、誇りだった。厳しい母は彼女に畏怖の念を感じさせる存在で、初めは路傍の石のように彼女の脇を通りすぎた。それから母は彼女に孤高を保つように警告してきた。その母が今は彼女に愛情と敬意と思いやりをどうすれば充分示せるか途方に暮れている状態だった。

このころルーシーが誇らしい気持ちになっていなかったと、こういう思いによって高揚した気分になっていなかったと言うつもりはない。失敗が恥辱を生むように、成功は誇りを生む。しかし、彼女の誇りは男女どちらが持っても決して不名誉ではない種の誇りであり、純粋な真の愛によって裏打ちされ、神が喜んで召命した場所で義務をはたす決意を伴っていた。彼女はグリゼルダでなく、自分が選ばれたことを心から喜んだ。愛したのに心から喜ばないとか、喜ぶのに愛を誇らないとか、そんなことがありえようか?

フラムリー・コートに二人を受け入れる計画と準備をラフトン卿未亡人に委ねて、夫婦は一冬を海外ですごした。次の春夫婦はロンドンに現れて、家財を整えた。ルーシーは広い世界を前にこんなふうに義務を始めるに当たって、精神に震えを、心におののきを感じたが、そのことを夫にほとんど、あるいはまったく話さなかった。彼女より前にほかの女性もそれをしてきたのだから、勇気を持って切り抜けた。家のなかに彼女にお辞儀してくる貴族や淑女がいたり、世間話をしなければならない堅苦しい国会議員がいたりする立場をかなり窮屈に感じた。しかし、それでも堪える必要があった。そのときが来て、彼女は堪えた。そのときが来て、最初の六週間が終わる前にそれが難しくないことがわかった。貴族や淑女は好みの席に着いて、取り立てて骨を折る必要のない普通のことを彼女に話しかけた。国会議員はフラムリー近辺で知っている牧師ほども堅苦しくなかった。

彼女はロンドンに来てまもなくダンベロー卿夫人に会った。この出会いでも胸中のわだかまりに打ち勝たなければならなかった。グリゼルダ・グラントリーにはフラムリーで数度会っただけで、たいして友情を深めていたわけではない。ルーシーはこのお金持ちの美人から軽蔑されていると思っていた。彼女のほうはこの競争相手を軽蔑してはいなかったものの、嫌っていた。しかし、今回はいったいどうしたらいいのか?ダンベロー卿夫人から軽蔑されることはないにしろ、友人として会ってもらうことはできそうにないように思えた。二人は会った。ルーシーはかなり積極的に歩み寄って、ラフトン卿夫人の以前のお気に入りに手を差し出した。ダンベロー卿夫人はかすかにほほ笑んで——二人が最初にフラムリーの応接間で紹介されたとき、彼女の顔にあったのとそのまま同じ笑み、少しも変わらない笑みを浮かべて——差し出された手を取り、一言二言つぶやいて、退いた。彼女が以前にしたのと正確に同じだった。彼女はルーシー・ロバーツを軽蔑していなかった。彼女は普段知人に応対する分量と等しい思いやりを牧師の妹に見せた。今貴族の妻に対してもそれ以上のことをしなかった。ダンベロー卿夫人とラフトン卿夫人はこれ以後もつき合って、時々お互いの家を訪問し合ったけれど、二人の親密さはこれ以上深まることはなかった。

未亡人はおよそひと月ロンドンに上京して、その間二番目の席に着いて満足していた。彼女はロンドンで花形社交夫人になる気なんかなかった。しかし、それから彼らがフラムリー・コートで生活を一緒にし始めたとき、試練の時がやって来た。年上の卿夫人はテーブルの上座を正式に明け渡した——正式に明け渡すと主張した。ルーシーは涙ながらに義母にそこにもう一度着くように懇願した。年上の卿夫人はまた同じように正式に言った——ロバーツ夫人にも強くその決意を繰り返した——家のなかの正しい女主人の権威を義母の干渉で弱めるつもりはないと。しかし、それにもかかわらず年上の卿夫人がまだ教区を牛耳っていることはフラムリーの誰もがよく知っていた。

「ええ、あなた、南向きの小さな庭に面した大きな部屋はずっと子供部屋でした。私に助言を求められれば、あの部屋はそのままにしておきます。でも、もちろんどの部屋でもあなたがお望みなら——」

南向きの小さな庭に面した大きな部屋は今でもフラムリー・コートの子供部屋だ。

終わり

## 註

（1）カンタベリー大主教ジョン・ティロットソン（1630-94）の言葉。
（2）「ヨブ記」第一章第二十一節。
（3）イングランド中西部ウスターの南西十キロにある鉱泉のある保養地。現在のグレート・モールバーン。
（4）ギャンブルで有名なドイツとフランスの町。第四十章註四参照。
（5）アレグザンダー・ポープの『オックスフォード伯爵閣下への書簡』の一節をもじったもの。
（6）アレグザンダー・ポープの『ホラティウスを模倣した風刺と書簡』第二巻「風刺一」からの引用。
（7）『当世パンフレット』の著者トマス・カーライルのこと。

# あとがき

一八五九年八月トロロープはエドワード・チャップマンと契約して、アイルランドのじゃがいも飢饉を背景にした小説『リッチモンド城』を書き始めた。アイルランド北部管区郵便監督官を務めていたときのことだ。

同年十月彼は『コーンヒル・マガジン』の編集を担当していたウィリアム・メイクピース・サッカレーに一連の短編の寄稿を手紙で申し入れた。これらの短編はのちに『万国の物語』としてまとめられたものだ。するとすぐサッカレーから好意的な返事が届くとともに、『コーンヒル・マガジン』の主宰者ジョージ・スミスから、新しい連載法による小説を千ポンドの報酬で依頼されることになった。

彼はチャップマンとうまく交渉できたら、『リッチモンド城』を『コーンヒル・マガジン』に横滑りさせようとしたが、アイルランドの物語に対してスミスから難色を示された。『自伝』に次のように書いている。「彼（スミス）は教会のことを持ち出して、それが私の本領とする題材ででもあるかのようにほのめかし……、イギリスの生活を描く、イギリスの物語――少し聖職者が出て来るもの――が望ましいと言った。こういう注文で私は仕事に取りかかって、『フラムリー牧師館』のプロットと呼ぶべきものを構想した」（『自伝』第八章）

彼は従来のものよりも一回の分量が多い三章一挙連載の試みに挑戦する覚悟を決め、依頼から六週間で第一回配本用の原稿を用意することになった。ちょうど五九年十一月、本業ではイングランド東部管轄区郵便監督官に任ぜられて、アイルランドからハートフォードシャーのウォルサム・クロス（ロンドンの北十二マイル）

に転居したときのことだ。六〇年一月から毎月三章ずつ十六回、各回にジョン・エベレット・ミレーの挿絵をつけて連載を刊行。六一年四月完成とともにスミス・アンド・エルダーから各分冊をまとめた一巻本を出版した。この間、『リッチモンド城』も執筆を続けて、六〇年三月にチャップマン・アンド・ホールから出版している。五九年十月から六〇年一月にかけてトロロープがいかに忙しかったか想像できる。

『フラムリー牧師館』については、トロロープが『コーンヒル・マガジン』に分冊段階で渡した手書き草稿レベル（ハロー校に十九章から四十八章が所蔵されている）と、彼が直接校正した分冊刊行レベルと、一巻本レベルという大きく三つのレベルのテキストがある。トロロープの手書き草稿には句読点の打ち方など、もともと曖昧な部分があって、『コーンヒル・マガジン』の印刷所が草稿に独自に加えた句読点がある。しかし、トロロープは分冊刊行レベルでかなりしっかり校正し、修正している。一巻本レベルでは、彼は一度すでに校正を加えたためか、おざなりな目の通し方しかしていない。このため、一巻本レベルでは特にパラグラフの数が極端に減って、一つ一つのパラグラフが長い、かさばるものになっている点、分冊刊行レベルとは大きな異同がある。エブリマンズ・ライブラリー版は一巻本レベルを採用している一方、ペンギン・クラシック版は分冊刊行レベルに基づいている。本訳書はペンギン・クラシック版によった。

『フラムリー牧師館』の分冊連載はトロロープの大きな転機となった。彼はすでにかなりの数の小説を書いていたが、それによってたいして収入をえていたわけではなかった。また、アイルランド在住のため、ロンドン文壇からも孤立していた。ロンドン近郊への転居、ジョージ・スミスの依頼、この分冊連載の大当たりによって、彼はたんに高額な報酬をえただけではなく、当代の主要作家としての地位を確立した。『サタデー・レビュー』はたいていの知的小説を見くだしているが、一八六一年五月発行のものはこの分冊刊行の成功を次のように評している。「『フラムリー牧師館』の著者は貸し出し文庫で一財産作るため生まれて来た作家だ。毎月始めの新しい分冊はほとんど時節の美味の一つとして位置づけられている。ルーシー・ロバーツの心理状態や、グリゼルダ・グラントリーのスカートのひだ飾りについて、最新の知識を持たないロンドンの美女は誰も自分を文学好きと見なすことはできない。……『フラムリー牧師館』を批判することは、今では客に対する歓待違反のように見える。それは応接間の住人となり、列車でともに旅し、朝食のテーブル上にある。私たちは田舎屋でラフトン卿夫人に会ったかのように、舞踏会でダンベロー卿に感心したかのように、主教の夜会でプラウディ夫人を見かけたかのように感じる」

## 訳者紹介

**木下善貞**（きのした・よしさだ）

1949年生まれ。1973年、九州大学文学部修士課程修了。1999年、博士（文学）（九州大学）。著書に『英国小説の「語り」の構造』（開文社出版）。訳書にアンソニー・トロロープ作『慈善院長』『バーチェスターの塔』『ソーン医師』（開文社出版）。現在、北九州市立大学外国語学部教授。日本英文学会監事。

フラムリー牧師館　（検印廃止）

2013年5月25日　初版発行

| | |
|---|---|
| 訳　　者 | 木 下 善 貞 |
| 発 行 者 | 安 居 洋 一 |
| 印刷・製本 | モリモト印刷 |

〒162-0065　東京都新宿区住吉町 8-9

発行所　開文社出版株式会社

電話 03-3358-6288　FAX 03-3358-6287

www.kaibunsha.co.jp

ISBN 978-4-87571-068-4　C0097